저문 날의 삽화

박완서

문학과지성사
2002

문학과지성 소설 명작선

이 소설 총서는
초판 간행 이후 시간의 벽을 넘어 끊임없이
독자와 평자들의 애호와 평가를 끌어 열고 있는
말의 바른 의미에서의 '스테디 셀러'들을
충실한 원본 검증을 거쳐 다시 찍어낸,
새로운 감각의 판형과 새로운 깊이의 해설로
그 의미를 더욱 풍요롭게 만든,
우리 시대 명작 소설들이 펼치는
문학적 축제의 자리입니다.

문학과지성 소설 명작선 18
저문 날의 삽화

초판 1쇄 발행__1991년 9월 5일
초판 8쇄 발행__1999년 5월 27일
재판 1쇄 발행__2002년 5월 2일
재판 6쇄 발행__2011년 1월 27일

지 은 이__박완서
펴 낸 이__홍정선 김수영
펴 낸 곳__㈜문학과지성사

등록번호__제10-918호(1993. 12. 16)
주   소__서울 마포구 서교동 395-2 (121-840)
전   화__02) 338-7224
팩   스__02) 323-4180(편집) 02) 338-7221(영업)
전자메일__moonji@moonji.com
홈페이지__www.moonji.com

ⓒ 박완서, 2002. Printed in Seoul, Korea

ISBN 89-320-1331-4

* 이 책의 판권은 지은이와 ㈜**문학과지성사**에 있습니다.
  양측의 서면 동의 없는 무단 전재 및 복제를 금합니다.

저문 날의 삽화

차 례

로열 박스 / 7
霧中 / 21
素描 / 41
초대 / 58
저문 날의 揷話 1 / 71
저문 날의 揷話 2 / 88
저문 날의 揷話 3 / 107
저문 날의 揷話 4 / 128
저문 날의 揷話 5 / 155
복원되지 못한 것들을 위하여 / 176
家 / 205
우황청심환 / 231
엄마의 말뚝 3 / 255
여덟 개의 모자로 남은 당신 / 274

해설 • 저문 날의 삽화, 혹은 소시민적 삶의 풍속도 • 박혜경 / 297
신판 해설 • 젊음과 늙음의 아름다운 의식 • 김치수 / 310
책 뒤에 / 325

로열 박스

점심을 먹고 있던 경비원이 작은 유리문을 열며 선희를 불러세웠다.
"등기가 와 있는데요. 제가 대신 도장 찍고 받아놨습니다."
선희는 양손에 보따리를 들고 있었다. 하마터면 경비원이 내미는 등기우편을 입으로 받으려다 말고 허둥지둥 짐을 한 손으로 모았다. 비빔밥을 먹다 만 경비원의 고춧가루 묻은 입언저리의 불결감이, 손 대신 입을 내밀려던 자신의 순간적인 무신경을 진저리치게 했다. 그녀는 누런 봉투의 등기우편을 바바리 포켓에 아무렇게나 쑤셔넣고 다시 짐을 나누어 들었다. 부피보다는 무게가 안 나가는 짐이었다. 엘리베이터엔 대학생인 듯싶은 장발의 젊은 남자가 먼저 타고 있었다. 그녀가 경비실 앞에서 지체하는 동안을 일부러 기다려준 듯 그녀가 타자마자 남자는 누르고 있던 '열림' 버튼에서 손을 떼고 '12'와 '닫힘'을 민첩하게 눌렀다.
"10 좀 눌러주세요."
그녀는 양팔을 축 늘어뜨려 짐의 무게를 과장하고 차가운 벽에 등을 기대면서 말했다. 남자의 입언저리에 보일 듯 말 듯한 미소가 감돌면서 억센 턱의 선이 누그러졌다. 십 좀 눌러주세요. 선희는 방금 한 말의 '10'을 속으로 된소리〔硬音〕를 만들어보면서 얼굴을 붉혔다. 내가 왜 이러지? 민박사 때문이야. 그녀는 자신의 외설스러운 마음을 이렇게 변명했다. 민박사는 그녀의 남편의 전번 주치의였다. 민박사는 모든 정신질환은, 그 뿌리까지 성공적으로 캐들어가면 반

드시 성적인 스트레스와 만나진다고 믿고 있는 것 같았다. 그녀는 십층에서 내렸다. 외설스런 생각 때문에 그녀는 전체적으로 쌀쌀하고 품위있려졌다. 그 일은 또 안 일어나고 말았어. 그녀는 자기 집 열쇠 구멍에 열쇠를 밀어넣으며 중얼거렸다. 그녀는 남자와 단둘이 엘리베이터를 탈 때마다 정전이 되어 그 속에 단둘이 갇히게 되는 사고를 예상하는 고약한 버릇이 있었다. 같이 타는 남자에 따라 그것은 기대도 됐다가 두려움도 됐다가 했다.

비어 있으면서도 후텁지근한 집안 기온이, 쌀쌀한 날씨에 수축됐던 그녀의 피부에 징그럽게 감겼다. 그녀는 쇼핑해온 보따리를 아무렇게나 팽개치고 다탁 위에 놓인 담배함을 열었다. 한 개비의 담배를 꼬나무는 동안이 손이 떨리게 다급했다. 한 모금의 담배로 한결 침착해진 그녀는 마치 분무기로 소독약을 뿌리듯이 온 집안을 휘저으며 골고루 담배 연기를 뿜어댔다. 사람사는 집에선 담배 냄새도 좀 나고 그래야 하거든. 그녀는 누가 곧 사람 냄새를 맡으러 오기로 돼 있는 것처럼 그 일을 열심히 했다.

베란다에선 화초들이 조금씩 조금씩 죽어가고 있었다. 물을 준 게 언제 적인지 생각나지 않았다. 물뿌리개를 찾으려다 말고 주저앉았다. 도대체 집안에 물뿌리개가 있는지조차 긴가민가했다. 화초에 물 주고 싶은 그녀의 모처럼의 선심은 물뿌리개를 찾다가 좌절되고 말았다. 이번만이 아니었다. 번번이 그랬다. 그 동안 그녀는 수도 없이 화분을 못쓰게 만들었다. 그래도 베란다엔 늘 화분이 가득했다. 한단지(團地) 안에 사는 시아버지가 가끔 한 리어카는 되게 화분을 보내왔다. 여러 회사를 거느린 회장님인 시아버지는 산하 기업의 무슨 행사 때마다 생기는 화분을 그런 방법으로 치운다고 선희는 추측했다. 그래서 하나같이 값비싼 고급 화초건만 받아서 탐탁지 않았고 죽여도 가책받지 않았다.

그녀는 바바리를 벗기 전에 마지못한 것처럼 찡그린 얼굴로 구겨넣은 등기우편을 꺼냈다. 같은 단지 안에 사는 시아버지는 생활비를 그런 방법으로 송금했다. 시아버지하고 한단지 안에 살게 된 것도 결코 그녀의 뜻은 아니었다. 남편의 입원이 장기화되면서 그녀 혼자 오래 큰 집을 지키게 되자 자기 곁으로 이사오길 제안해온 건 시아버지였다. 곁으로 오되 한집은 말고 한단지면 되지 않겠느냐는 그의 뜻은 듣기 좋았다. 서로 의지가 되되 자유로운 사생활을 침해받지 않기 위해서라고 했다. 그러나 그의 곁으로 이사를 안 할 자유도 자기에겐 없다는 걸 그녀는 곧 알아차렸다. 그녀가 시아버지로부터 그런 귀띔을 들었을 때 이미 그녀의 집은 전세올 사람이 정해져 있었고, 이사갈 아파트는 벌써 비워서 말끔히 새 단장을 끝내놓고 있었다. 전세들 사람이 이사오기로 한 날까지의 며칠 동안 중 하루를 이사 날짜로 골라잡는 일이 겨우 그녀 몫의 자유로 남겨져 있을 뿐이었다.

 이삿날 받거든 미리 알려주렴. 일 거들 사람은 넉넉히 보내줄 테니까 넌 손끝 하나 까딱할 것 없다. 그렇지만 일요일은 가급적 피하는 게 좋겠다. 아랫것들을 공일날까지 부려먹는단 소리 듣기는 싫으니까. 그렇게 해서 시아버지 곁으로 이사와서 의지가 되되 서로 자유로운 생활을 한 지도 그럭저럭 석 달째로 접어들고 있었다. 등기우편도 세번째였다. 그 동안 달라진 건 아무것도 없었다. 남편의 주치의가 민박사에서 양박사로 바뀐 것 말고는.

 그녀는 첫번째보다 한결 더 기갈들린 것처럼 두번째의 담배를 빨아댔다. 그리고는 멍청히 앉았다가 허둥지둥 쇼핑해온 보따리를 끌렀다. 그녀는 아무것도 안 하고 멍청히 있는 침체 상태에 오래 놓여지는 걸 몹시 두려워하고 있었다. 그렇다고 기분이 고양되고 몸에 활력이 넘치길 바라지도 않았다. 그것은 둘 다 병(病)이었다. 적어도 병명을 붙일 수 있는 무엇인가라는 걸 그녀는 알고 있었다. 그녀의 남편도 그런 병에 걸려 현재 입원중이니까.

 그녀가 준형이와 만나 연애하고 결혼할 때까지만 해도 준형이는 그의 아버지의 사업과도 별로 상관이 없었다. 물론 부잣집 아들로서 손색이 없을 만큼의 호강은 시키고 있었지만 사업을 이어가게 할 생각은 없는 것 같았다. 그의 형 준기가 대학 갈 때 학과를 선택하는 것으로부터 아버지의 간섭을 받기 시작해서 졸업 후 곧장 아버지 회사에서 좀 심하다 싶을 정도의 고된 트레이닝을 거쳐 차츰 사업을 익히고 기반을 잡아야 했고, 결혼도 아버지의 사업상의 이해 관계에 유리한 결혼을 강요당했던 것과는 딴판으로 그는 멋대로

로열 박스 9

자랐다. 대학을 사업에 별로 도움이 될 것 같지 않은 사학과를 가든 고아나 다름없는 가난한 여대생과 연애하고 결혼까지 하든 네가 좋다면야 하는 식의 한없는 관대함을 보였다.

준기가 자동차 사고로 급사한 건 준형과 선희가 결혼하고 나서 채 일 년도 안 돼서였다. 그때까지만 해도 그들의 신혼 생활은 꿀같이 달콤하고 꿈처럼 행복했다. 준기를 잃자마자 아버지는 준형을 발탁했다. 준기에게 한 것 같은 고된 트레이닝도 생략하고 곧장 그의 측근에 앉히고 후계자로서의 이미지를 안팎으로 과시해줄 것을 바랐다. 준형은 자신이 결코 그런 재목이 못 된다는 걸 알고 있었다. 그러나 후계자를 잃고 상심하고 있는 아버지에게 또 다른 충격을 줄 만큼 그는 마음이 모질지 못했다. 하는 데까지는 잘해보리라 마음을 굳혔다. 그는 불철주야 일했다. 실질적인 일이 아니라 회사가 뭐고 사업이 뭔가를 이해하기 위해 밤잠을 자지 않았다. 집까지 끌어들인 온갖 결재 서류, 장부, 상업·경제·무역에 관한 전문 서적 사이에서 밤을 새고, 밤을 새다 말고 자정이건 새벽 두시건 아랑곳없이 중역네 집에 전화를 걸어 질문을 퍼붓고 그들의 편안한 잠을 근무 태만처럼 꾸짖는 일이 거의 매일밤 계속됐다. 대신 낮에 쉬는 것도 아니었다. 낮엔 낮에대로 충혈된 눈을 번득이며 회사 안을 무작정 누비며 말단 사원에서부터 중역까지를 골고루 트집잡고, 공장·거래처·은행·관청까지도 드나들며 시키지 않은 짓 필요 없는 짓을 했다. 밤이고 낮이고 몸과 입과 머리가 잠시도 쉬지를 못했다. 그런 초인적인 과로를 십여 일을 계속하고도 아버지 눈에 들지 못했다는 걸 어느 순간 깨달으면서 그만 덜컥 자리에 눕고 말았다. 열이 있거나 어디가 지딱지딱 아픈 게 아니라 먹는 둥 마는 둥 자는 둥 마는 둥 심한 의욕 상실과 허탈 상태가 마냥 계속됐다. 과로가 길면 당연히 휴면기도 길었다. 선희는 차라리 준형의 이런 휴면기가 속 편했지만 그래도 옆에서 타이르고 애걸하는 걸 잊지 않았다. 당신은 이제 팔자좋은 막내가 아니란 말예요. 책임이 무거운 아버지의 후계자예요. 기운을 잃지 말고 다시 시작해봐요. 당신은 해낼 수 있어요. 난 그걸 믿어요. 말문이 막힘과 동시에 귀까지 먹은 것처럼 외부의 자극에 목석 같다가도 어느 순간 그 말귀를 알아들음과 동시에 그는 휴면에서 깨어났다. 그리고 다시 밤낮없는 그 헛되고헛된 과로로 자신을 들볶았다. 선희 보기에 준형의 이런 두 가지 상태의 반복은 자신을 향한 도전과 참패의 반복처럼 보였고, 그 차이가 좀 심해서 그렇지 살아 있는 사람이면 누구나 겪는 정신의 기복일 뿐이었다. 그러나 그의 아버지는 그것을 병이라고 판단한 모양이었다. 어느 날 준형은 회사에서 곧바로 병원으로 보내졌고 그날로 정신과 병동에 입원되었다. 아버지가 그를 병자라고 판단했고 전문의가 그것을 보증했으니 그는 병자일 수밖에 없었다.

쇼핑백에서 제일 먼저 나온 것은 앙고라 스웨터였다. 진분홍의 폭신한 스웨터 앞가슴엔 연분홍 공단으로 장미꽃이 수놓여져 있었다. 보기에 따습고 화려해 보였지만 그녀는 분홍색 옷을 별로 좋아하지 않았다. 그 밖에 또 뭘 그렇게 많이 샀는지 잘 생각나지 않았다. 그녀는 포장지를 하나하나 벗겼다. 갈색 디스코 바지, 화려한 식탁보, 봉제 완구, 쿠션, 타월, 용도가 분명치 않은 몇 가지 주방용품 등. 불요불급한 것들뿐이었고 그것들은 서로 아무런 연관성이 없었다. 그녀는 그것들을 모두 자기가 샀음에도 불구하고 남과 바꾼 쇼핑백을 쏟아놓은 것처럼 일일이 생급스러워서 이맛살을 모았다. 정작 샀어야 하는 건 치약·휴지·참기름이었다는 게 그제서야 생각나자 그녀는 손끝 발끝이 저려오는 절망감을 느꼈다.

양박사 때문이야. 그녀는 그 기분나쁜 절망을 떨치기 위해 엉뚱하게 양박사 탓을 하려 들었다. 이번에 새로 남편의 주치의가 된 양박사가 일방적으로 그녀를 몰고 가는 함정은 민박사 때와는 그 방향이 약간 달랐다. 이번엔 호락호락 그 함정에 빠져선 안 된다고 생각했다. 그 함정에 빠지는 게 남편의 치료에 도움이 된다면 모를까 전혀 그렇지 않다는 걸 안 바엔 절대로 안 빠져줄걸. 그녀는 허공에다 대고 몸을 도사렸다. 그러니까 민박사 때도 빠진 게 아니라 빠져줬다고 생각하고 싶었다. 그러나 이번엔 안 빠져줄 테야라고 벼를수록 함정은 자신의 발뒤꿈치 밑에 패어져 있으리란 예감이 그녀를 수시로 불안하게 했다. 그녀가 자신에 대해 확실히 알고 있는 게 있다면 조마조마한 불안을 견디는 지구력이 남보다 부족하다는 거였다.

남의 행랑채에 세들어 살던 큰집에 얹혀살 때, 사촌들하고 하던 놀이 중 도깨비술래잡기라는 게 있었다. 보통 술래잡기하고 다른 건 술래가 숨은 사람을 찾아다닐 때 살금살금 다가가는 게 아니라 얼굴에 흉악한 도깨비탈을 쓰고 누구누구 잡으러 간다고 미리 엄포를 놓으며 숨어 있는 곳으로 접근해가는 것이었다. 숨어 있는 사람을 찾아내도 미리 호명한 누구누구와 일치하지 않으면 그건 무효가 되어 술래는 계속됐다. 주인집에 들어가서 놀면 안 된다는 금기 때문에 놀이터가 제한되어 있어 보통 술래잡기론 도무지 재미가 없었다. 중간에 장지를 들여 칸을 막은 두 개의 방과 명색뿐인 부엌과 생전 볕이 들지 않는 좁다란 마당에 놓인 장독 몇 개뿐인 단조롭고 옹색한 공간에서 아이들이 몸을 숨길 만한 곳은 언제나 빤해서 술래 노릇이 너무 쉽기 때문이었다. 아이들 나름의 지혜로 만들어낸 이 신종 술래잡기에 선희는 매우 약했다. 선희 잡으러 갑시다…… 뿔 달린 시뻘건 도깨비탈을 쓴 술래가 음흉스런 가성으로 이렇게 벼르면서 저벅저벅 그녀의 은신처로 다가오는가 싶으면 그녀는 붙잡힐 동안의 조마조마한 스릴을 견디지 못해 숫제 술래의 품으로 마주 달려나가 덥석 안기고 말았다. 가만히 끝까지 참고 있으면 술래는 얼마든지 방향을 바꿀 수도 있었다. 그것이 놀이의 묘미건만 선희는 그러질 못했다.

민박사는 환자 문진(問診)보다 가족과의 면담에 더 열성스러웠다. 특히 선희와의 면담엔 집요한 데가 있었다.

남편을 사랑했나요? 그러믄요. 우린 열렬한 연애 결혼이었는걸요. 남편을 사랑했나요? 그러믄요. 남편을 사랑했나요? 네에. 남편을 사랑했나요? 네, 그렇다니까요. 남편을 사랑했나요? 아, 네, 뭐…… 남편을 사랑했나요? 아, 네, 뭐 그저…… 남편을 사랑했나요? 뭐, 그저. 남편을 사랑했나요? 잘 모르겠어요. 남편을 사랑했나요? 잘 모르겠어요. 그걸 꼭 알아야 하나요. 남편을 사랑했나요? 아뇨. 아뇨. 아뇨. 드디어 그녀는 술래의 품으로 자진해서 뛰어들 때와 같은 안도와 절망으로 여태껏 도사렸던 힘을 한꺼번에 쭉 빼면서 이렇게 말했다.

민박사가 꼭 그렇게 같은 말을 획일적으로 되풀이한 건 아니었다. 여러 말로 했다가, 간단한 말로 했다가, 듣기 좋게도 했다가, 듣기 싫게도 했다가, 쉽게도 했다가, 어렵게도 했다가, 직유법을 썼다가, 은유법을 썼다가, 표현 방법을 자유자재로 바꾸었으되 결국은 사랑하느냐?의 동어 반복이었고, 같은 질문을 그렇게 여러 번 한다는 건 기왕의 대답을 못 믿겠다는 표시였다. 자신이 의심받고 있다는 불안감이 덩달아 자신을 못 믿겠는 의혹으로 가중되고 종당엔 의심받는 쪽으로 자신을 처리함으로써 그 기분나쁜 불안으로부터 벗어날 수밖에 없었다. 도대체 이 세상에 사랑이란 게 있기나 있는 걸까? 있어봤댔자 개도 안 먹을걸. 그녀는 사랑엔 넌더리가 나고 신물이 났으므로 그것을 부정한 것만 갖고는 모자라서 이렇게 조롱까지 했다.

성생활은 원만했나요? 아, 네. 사랑하진 않았어도 그건 원만했단 말이죠? 성교의 횟수는요? 구체적으로 일주일에 몇 번이나 했습니까? 번번이 만족했습니까? 첫번 성교 때부터 만족했습니까? 호오, 그래요? 혼전 성경험은요? 불안해하실 거 없어요. 여기서 털어놓은 얘기가 외부로 새어나갈 걱정은 안 해도 됩니다. 사랑하지도 않는 남편과의 성생활에서 만족을 얻기 위해 특별한 방법 같은 거 쓴 일이 없습니까? 특별한 방법이라고 해서 그렇게 놀라실 거 없습니다. 보편적인 방법이라고 정정해도 되니까요. 왜 있잖습니까? 여자들이 흔히 쓰는 방법, 몸은 남편에게 안겨서 마음은 딴 남자 생각을 하는 거요. 부인의 경우도 있었죠? 그게 누굽니까? 아, 놀라지 마세요, 이름을 대라는 게 아니니까요. 여기선 이름 같은 건 별로 중요하지 않아요. 관계가 중요할 뿐이죠. 혹시 그 남자의 존재를 남편이 눈치챈 적이 있었다고 생각하진 않으십니까? 그럴 리가 없다구요? 매우 자신만만하시군요. 그러니까 남편하곤 전혀 모르는 남자겠군요? 남편이 아는 남자도 있었다구요? 그럼 남자가 한두 사람이 아니었단 소리 아닙니까? 호오, 대단하십니다. 삼각 사각 관계 정도가 아니라 매우 복잡한 다각 관계가 되겠네요. 그 남자들에 대해 좀 말씀해주셔야겠습니다. 이름이 아니라 사람됨과 당신네 부부와의 관계에 대해서 말입니다. 어디 사는 누구라는 주소 성명 따위는 별로 중요한 게 아니니 안심하시죠.

그것밖에는 모르는데 그게 중요하지 않으면 어떡해요. 제가 남편하고 자면서 생각한 외간 남자는 알랑 들롱, 그리고…… 참 이름 같은 건 별로 중요하지 않다고 그러셨죠. 알랑 들롱 기타 등등이에요. 이럼 됐나요? 그녀는 마지막 남은 팬티를 벗어서 휘두르듯이 발악적으로 외쳤다. 그렇게 성공적으로 선희를 벌거벗긴 민박사는 학회 참석차 외유중이고 준형의 현재 주치의는 양박사였다.

　민박사가 환자의 횡적인 인간 관계에 관심을 가졌던 것과는 달리 양박사의 관심사는 주로 환자의 종적인 인간 관계, 가족력(家族歷)쪽이었다. 요샌 환자의 가족력에서 처가인 선희네 가족력까지 깊이 파고드는 중이었다. 선희는 자신의 보잘것없는 과거, 비천한 출신이 낱낱이 드러나는 걸 자신의 입으로 불었음에도 불구하고 마치 남의 일처럼 덤덤히 바라보고 있는 중이었다. 지금 현재 양가의 가족력은 서로 상관이 없었다. 객관적으로 볼 때 영원히 서로 상관이 없을 것처럼 이질적이었다. 그러나 어느 날 갑자기 서로 관계지어질 것이다. 준형의 뜻도, 선희의 뜻도 아닌 양박사의 뜻에 의해. 선희는 다만 거기 동의만 하면 되는 것이다. 그녀는 앞으로도 또 그녀가 무엇에 동의해야 하는지 환히 알고 있었다. 사랑하지 않는 남편과의 잠자리에서의 쾌락을 위해 허구한 날 알랑 들롱을 안음으로써 남편을 허깨비로 만든 여자에 동의한 지 얼마 안 돼서였다. 돈과 집안 보고 순진한 남자를 꾀어 결혼을 성공시켜 마침내 미천한 출신을 벗어던진 여자에 동의 못 해줄 것도 없었다. 그녀는 자기가 이미 한 동의, 또 앞으로 하게 될 동의가 강요에 의한 거짓이라고까지는 생각하지 않았다. 그러나 또 다른 동의를 기다리는 수많은 자기가 아직도 남아 있다는 걸 알고 있었다. 그것은 끔찍한 일이었지만 잠간잠깐씩이나마 그녀를 살맛나게 하는 그 무엇이었다.

　하필이면 왜 알랑 들롱이었을까? 진분홍 앙고라 스웨터를 왜 샀는지 이해할 수 없는 것처럼 민박사에게 분 외간남자 이름이 왜 알랑 들롱이었는지는 끝내 이해할 수 없었다. 마음의 회로(回路)란 본시 그런 게 아닐까? 그걸 라디오나 텔레비전의 회로처럼 갈피를 잡아 납득하려는 민박사나 양박사가 딱하단 생각이 들었다. 그 잘난 사람들을 딱해하는 마음이 그녀에게 잠시나마 위로가 되었다.

하긴 남편에게 안겨서 딴 외간 남자를 생각함으로써 쾌락을 한결 진하게 만든 적이 있었던 것도 같다. 그렇지만 그게 알랑 들롱이었을 리는 없다. 그녀는 평소 알랑 들롱을 좋아하지 않았다. 그렇다면 알랑 들롱의 이름을 빌어 은폐하고자 한 정작 그것은 무엇이었을까? 그것은 잘못 걸려온 전화 목소리의 감각적인 허스키, 정원 손질을 하다 말고 그녀가 내민 콜라를 받아 병째 벌컥벌컥 들이켜던 정원사의 건강하고 억센 손, 쓸쓸한 가을날 담배 냄새를 은은히 풍기며 그녀 옆을 스친 바바리 입은 남자의 우울한 실루엣, 온몸으로 젊음을 강한 체취처럼 풍기며 아침마다 달리기를 하던 이웃집 총각의 건각(健脚), 꽤 괜찮게 생겼다싶어 지나치고 나서 되돌아보니 그 역시 되돌아보며 무심히 웃어준 신사의 따뜻한 인상, 몇 번 말을 물어도 못 알아듣고 제 일에 열중하고 있던 어떤 연구실 조교의 냉철하면서도 열정적인 눈빛…… 그녀의 무료한 일상을 순간적으로 빛내면서 지나간 이런 매혹들을 통틀은 것, 아니면 그 짜릿한 성적 감수성의 비밀 같은 거 아니었을까.

초인종이 방정맞게 울렸다. 선희는 숨죽이고 현관문에 붙은 작은 렌즈에다 한눈을 바싹 갖다댔다. 그녀는 아파트의 시설물 중 그 콩알만한 게 가장 싫었지만 가장 자주 이용했다. 180도의 반구(半球)로 일그러진 풍경은 늘 낯설었다. 낯선 풍경의 한가운데로 별로 반갑지 않은 친구의 모습이 추위타듯 옹숭그리고 있었다. 반갑지 않은 손님한테는 빈집을 가장할 수도 있다는 게 그 어안렌즈의 쓸모겠지만 그 비인간적인 쓸모에 대한 습관적인 저항감 때문에 그녀의 쓸모는 번번이 상대를 확인하는 것 이상이 되지 못했다.

"어쩌면 나한테도 안 알리고 이사를 할 수가 있니? 깍쟁이, 섭섭해서 혼났다."

친구는 다짜고짜 시비부터 하면서 안으로 들이닥쳤다.

"차차 알리려고……"

그녀는 속으로 그 친구와의 친밀도를 헤아려보면서 애매하게 대답했다.

"석 달이나 됐다며 아직도 차차야? 깍쟁이."

"아무튼 이렇게 찾아왔지 않니?"

"애 좀 봐. 집들이 잔치에 초대되는 거하고 이렇게 쳐들어오는 거하고 같니?"

"어떻게 찾았니?"

"아파트 집 찾기야 누워서 떡 먹기지. 동 호수만 알면야."

"그 동 호수 말야."

"느이 집 갔더니 이사갔다길래 느이 시아버지 회사에 알아봤지 뭐. 비서가 친절하게 가르쳐주더라. 비서하고 나하곤 통하는 사이 아니니. 느이 남편은 요새 미국 지사 근무라며?"

노골적인 선망으로 친구의 얼굴이 천격스러워지는 걸 민망한 마음으로 바라보며 그녀는 얼굴을 붉혔다. 그리고 거짓말끼리 서로 부합돼야 한다는 새로운 부담감 때문에 안절부절못했다. 난 이런 상태에 약하거든. 그렇지만 저 스피커한테 분다는 게 무슨 뜻인지 안다면 인내심을 최대한으로 발휘했으면 좋으련만.

"왜 그래, 별안간?"

"아, 아냐."

"얘는, 커피라도 좀 내놓으렴."

"그래, 그래, 내 정신 좀 봐."

선희는 부엌으로 들어섰다. 곤경을 쉽게 면할 수 있었다는 걸로 허둥지둥했다. 그녀가 물을 끓이고 커피를 타는 동안 친구는 집구경을 샅샅이 하며 잠시도 입을 다물지 않았다.

"부잣집 며느리가 과연 좋긴 좋구나. 두 식구에 오십 평이 넘는 아파트라니. 전에 살던 그 큰 양옥도 안 팔았다며? 그렇지만 느이 시아버지도 여간 아니다, 얘. 이왕이면 며느리도 아들 딸려 보낼 것이지 끼고 있을 건 또 뭐니? 시아버지 사랑이 아무리 대단해도 남편 사랑만 할라구. 노인네도 주책이야. 당신이야 당신이 좋아서 홀아비 노릇을 마냥 하고 있지만 젊으나젊은 내외를 뭣 때문에 생으로 독수공방을 시키노. 말이야 바른 말이지, 그 양반 홀아비 재미를 누가 모른다구. 요새 이런 아파트 얼마나 가니? 조 팔자 좋은 맹추가 그걸 알 까닭이 없지? 가만 있자, 이 동네가 제일로 아파트값 비싼 동네지. 게다가 또 로오얄이네."

"로오얄이 뭐니?"

선희는 먼저 더운 커피를 한 모금 마시면서 물었다.
"요 팔자 좋은 맹추, 로오얄도 모르는 것 좀 봐. 십사층 아파트에서 십층이면 로오얄의 첫째 조건 합격. 게다가 정남향이고, 코너가 아니고 엘리베이터 박스 옆이 아니고 앞의 녹지대가 넓어 전망 좋고 그런 위치를 로오얄 박스라고 하는 거야. 것도 모르면서 로오얄에 앉았는 꼴 좀 보게. 하긴 난 너무 알아 탈이지만, 아파트·보석·모피·골동품·미술품·화장품…… 뭘 모르니. 통속만 환하면 뭘 해. 하나라도 있어야 말이지. 참, 내 정신 좀 봐. 하마터면 용건을 까먹을 뻔했네. 너 또 보험 하나 들어줘야겠다. 이번 달 내 할당이 오천만 원인데, 말이 쉽지 오천만 원이 어디 쉽니? 고전할 때마다 네가 도와준 거 나 안 잊는다. 그렇지만 그 몫돈 네가 타는 거지 내가 타는 거 아니다. 너 이번 한 번만 더 도와줘라 애. 부자 친구 둬서 좋다는 게 뭐니? 이번엔 정말 다급해. 네가 정 못 도와주겠다면 느이 시아버지한테라도 쳐들어갈 판이야. 정말이야. 내가 못 할 줄 아니? 친구의 시아버지면 큰 연줄이다, 너. 여태껏 이용 안 한 건 네 체면 봐서지 내가 뭐 숫기가 모자라선 줄 아니?"
친구가 얼굴 가득히 미소를 띠며 보험 계약서를 펴들었다. 선희는 그 친구를 통해 수도 없이 보험 계약을 맺었었다. 그러나 보험금을 지불해본 적도, 탄 적도 없었다. 부잣집 마나님은 그런 일을 직접 하는 게 아니라는 거였다. 터무니없이 고액의 보험 계약을 맺으려 할 때도 선희가 놀라거나 깎아내리려고 하면 네 돈 낼 거 아닌데 쩨쩨하게 굴지 말라고 되레 핀잔을 주었다.
"시아버님께 죄송스러워 어쩌지?"
선희는 입 속으로 중얼거렸다.
"얘는, 시아버지 돈 모아드리는 게 다 죄송한 주제에 애도 하나 못 낳는 건 한번도 고민하는 걸 못 봤으니 알다가도 모를 계집애라니까."
목적을 달성한 친구는 아부하던 언변을 싹 바꾸어 품고 있던 생각을 속시원히 털어낼 기세였다. 선희는 뜨끔해서 못 들은 척했다.
"꼴값하고 있네. 제까짓 게 그래도 은행나무다 이거지."
밖에선 가을이 깊어가고 있었다. 생긴 지 얼마 안 되는 단지라 건물에 비해 녹지대의 나무들이 빈약했다. 진입로의 가로수도 회초리만 했다. 거기 몇 개 안 남은 잎이 노란 색종이가 날아가다 어쩌다 걸린 것처럼 생소하게 샛노란 걸 친구는 그렇게 비웃었다. 친구의 무작정 지글거리는 증오가 선희의 가슴을 답답하게 짓눌렀다. 그녀는 허우적거리듯 힘겹게 말했다.
"십 년만 있으면 근사한 터널이 될 거야. 나도 저게 은행나무란 걸 인제 알았지만 저것들이 크게 자라 한꺼번에 샛노랗게 물들 것을 상상해봐. 저 길은 강변까지 통하니 얼마나 로맨틱한 아베크 코스가 되겠니?"
"너 여기서 십 년씩이나 살 거니?"
"나 아니라도 누구든지 살 거 아니니?"
"살긴 살겠지. 그렇지만 은행나무를 베어다 땔감을 할 아귀 같은 빈민들이나 살 테니 저 나무가 살아 남겠니?"
"그게 도대체 무슨 소리니?"
"너 그거 몰라? 십 년만 있으면 아무리 호화 아파트도 빈민촌이 된다는 거. 겉모양만 번드르하지 벽 속에 든 정작 중요한 물자는 수명 십 년이 고작이라니, 아이, 끔찍해."
친구가 과장된 동작으로 몸서리를 쳤다.
"무슨 말을 그렇게 살맛 안 나게 하니?"
"너만 살맛나게 사는 게 심통나서 이제 가봐야겠다. 오라는 덴 없어도 갈 데는 많은 몸이야. 요샌 해가 짧아 파이더라."
친구가 어깨를 추스렸다. 어깨를 무턱대고 강조한 낡은 바바리 속의 친구 몸이 으스스해 보였다. 분홍색 앙고라 스웨터를 주고 싶다고 생각했지만 그러질 못했다. 그 곱고 따뜻한 것과 걸맞는 곱고 따뜻한 마음과 만나고 싶은 그리움이 목줄기를 타고 통곡처럼 치받치는 걸 참기만도 힘겨웠다.
친구가 간 후에 그녀는 열시까지 꼼짝 않고 소파에 앉아 있었다. 열시 정각에 인터폰이 울렸다. 인터폰 옆에 천장에서 늘어진 화초가 메마른 채 미미하게 흔들리는 게 보였다. 안 받을 테다. 오늘밤은 기어코 안 받을 테다. 그녀는 미처 30초를 지탱하지 못할 결심에 온종일의 살맛을 불태웠다. 그녀의 맹렬한 살맛은 30초 만에 무너졌다.
"내다."
"네, 아버님."
"왜 여태껏 자지 않고……"
"네, 이것저것 할 일이 좀 남아서요."
"일찍 자도록 해라."
"네, 아버님. 안녕히 주무세요."

피차 녹음된 목소리로 대신해도 될 만큼 인터폰을 통해 그들이 주고받는 대화는 날마다 똑같았다. 그 시간에 그 목소리를 들을 때마다 선희는 자신의 권태롭고 무의미한 일상이 그 시간을 정점으로 하고 있다는 데 심한 낭패감을 느꼈다. 어쩌다 용건이 있을 땐 전화를 이용하는 시아버지가 그 시간의 그 소리만은 꼭 인터폰을 이용했다. 마치 우리는 한단지 안에서 서로 의지하고 사는 가족끼리라는 걸 언제나 유념하고 있으란 경고처럼.

시아버지는 많은 사람을 거느리고 돌보는 위치에 있으니만큼 사람 다루는 데는 능구렁이였다. 사람에 따라 그 대접의 방법을 조금씩만 달리해도 자신의 관심도가 얼마나 크게 확대되어 상대를 감격시키는지 알고 있었다 선희는 바로 그게 싫다못해 그 소리에 익해 조만간 미치고 말 것 같은 예감을 즐기고 있기까지 했다.

선희는 시아버지가 그 밑에 거느리고 돌보는 일이 온통 이상없음을 최종적으로 확인하는 마무리 작업인 기계로 찍어낸 것처럼 완벽하게 독선적이고 완벽하게 인자한 목소리를 듣다 말고 느닷없이 준형이 병적으로 드러내보인 지배욕의 원형 같은 걸 엿본 느낌으로 소스라칠 적도 있었다. 그러나 그녀가 보았다고 생각하는 걸 어떻게 누구에게 증거할 수 있단 말인가?

오늘따라 시아버지는 그녀가 안녕히 주무세요라는 인사가 끝난 후에도 인터폰을 끊지 않았다. 어른이 통화를 끊기 전에 먼저 끊어선 안 된다는 예절에 길들여진 그녀는 수화기를 든 채 시아버지의 침묵에 귀를 기울였다. 시아버지의 침묵은 처음이었다. 처음엔 다만 곤혹스러웠지만 차츰 뭔가가 들려오는 것 같았다. 사람 사는 것의 덧없음, 늙어가는 일의 쓸쓸함, 사람마다 숨겨놓은 고독의 두려움.

그런 어둑시근한 것들이 그 침묵 속에서 우울하게 웅성대고 있었다. 그것은 그녀가 여태껏 나이먹으면서 감지한 그런 것들보다 훨씬 깊고 부피있는 어둠으로 그녀를 끌어당겼다. 그녀는 그것을 거역하기 위해 안간힘쓰면서도 수화기를 내려놓지 못했다.
"아가, 외롭쟈?"

침묵 끝에 들려온 이 한마디는 처음 들어보는 시아버지의 육성이었다. 귓전에 생생하게 숨결과 체온마저 느껴지는 이 한마디 육성이 무거운 추처럼 그녀를 곧장 그 깊이모를 어둠으로 끌어들였다. 그녀는 그 속으로 끌려들어가면서 실로 오랜만에 편안감을 맛보았다.
〔『현대문학』, 1982. 1〕

霧　中

　지독한 안개였다. 일층인데도 베란다에서 땅이 안 보였다. 내가 일층에 있다는 것조차 믿을 수 없을 만큼 막막한 깊이가 고여 있었다. 안개는 빛도 아니고 어둠도 아니었다. 필시 하늘과 땅, 빛과 어둠이 나누어지기 전에 혼돈이 그러했으리라. 덫에 걸린 맹수처럼 울부짖는 차들의 소리도 거리감 없이 다만 괴기하게만 들렸다.
　나는 베란다의 쇠난간 사이로 다리를 하나씩 넣고 걸터앉았다. 난간 사이는 내 넓적다리가 꼭 낄 만했다. 나의 희고 늘씬한 다리를 안개에 담가보고 싶었다. 안개는 여울물처럼 차고 새벽의 풀섶처럼 눅눅했다. 나도 바람난 계집애였다. 새벽의 풀섶을 헤치고 돌아와 간밤에 빗장 따논 대문을 가만가만 열고 들어서려는데 대문 뒤에 지키고 섰던 어머니의 무서운 눈과 마주친 날 나는 고향을 떠났다.
　베란다 난간 사이로 양다리를 내밀고 걸터앉아 발장구치는 일은 막상 해보니, 남의 아이들이 그렇게 하는 걸 보고 부러워한 것처럼 편하지만은 않았다. 나의 엉덩이는 베란다의 좁은 턱에 의지하기엔 너무도 컸다. 그래도 나는 양손으로 쇠난간을 움켜잡고 오래 그러고 있었다. 넓적다리까지 넘실대게 여울물이 흐르고 간밤 동안 더욱 싱싱하게 날이 선 억새풀이 종아리를 할퀴었다.
　학봉 골짜기에서 흘러내린 물줄기 중의 하나가 우리집 텃밭을 돌면서 물살 센 여울을 이루었다. 그 물은 복중에도 뼈가 시려 누구도 오래 미역감지 못했다. 더군다나 팽나무집 맏며느리 갑순이가 김매다 말고 더위를 먹었는지 비틀비틀 옷 입은 채 곧장 여울물에 뛰어들었다가 당장 시체가 되어 떠올랐다고 전해지고부턴 그곳은 귀신 붙은 여울목이 되어 아무도 미역감으려 들지 않았다. 나는 여름밤에 미역감는 일조차 어머니 몰래 해야 했다. 어머니는 물귀신을 안 믿는 딸을 물귀신보다 더 섬뜩하게 여기는 것 같았다.

그 동안 열어놓은 문으로 안개가 밀려들어와 방 속도 눅눅했다. 전등 갓 근처에 둥실 떠 있던 한 다발의 안개가 혼백(魂魄)의 자락처럼 인기척에 무산하는 것을 바라보면서 나도 뒤늦게 소름이 쫙 끼쳤다. 팬츠 밑 노출된 살갗엔 온통 모래알처럼 굵고 단단한 소름이 돋아 있고 군데군데 푸릇푸릇 얼어 있기까지 했다. 나의 자랑인 길고 유연한 다리가 남의 다리처럼 울퉁불퉁 징그러웠다.

베란다와 반대쪽 문만 열면 욕실이라는 게 나를 즐겁게 했다. 따뜻한 물에 언 몸을 담그는 행복을 무엇에 비길까? 머리끝서부터 발끝까지 완벽하게 행복했다.

내가 불 때거나 연탄 갈지 않고도 알맞게 따뜻한 방과 여성잡지 칼라페이지의 싱크대 선전과 똑같이 생긴 부엌과 언제나 더운 물을 쓸 수 있는 욕실이 있는 십팔 평짜리 아파트가 내 거라는 행복감이 쾌적한 온도의 따뜻한 물이 되어 젖가슴까지, 목고개까지 차올랐다.

그만 때쯤 옆집에서도 욕실 쓰는 소리가 들렸다. 옆집 욕실과는 벽 하나를 사이에 두고 붙어 있어서 물 트는 소리, 샤워하는 소리, 변기 쓰는 소리, 이 닦는 소리, 물 빠지는 소리를 따로따로 가려 들을 수도 있었다. 나는 옆집의 그런 소리를 들을 때마다 옆집 사람은 그런 일을 너무 조심스럽게 한다고 생각했다. 물론 벽을 하나 사이에 두고 듣는 소리라 내 집 일처럼 크게 들리지 않은 것을 감안하고도 옆집의 그런 소리는 지나치리만치 주눅이 들어 있었다.

옆집 사람은 진짜 신산가봐, 나는 옆집에 사는 사람을 남자밖에 본 적이 없기 때문에 이렇게 생각했다. 일층엔 옆집과 우리 두 집밖에 없었다. 고작 십팔 평짜리 아파트라 복도로 난 문은 여인숙의 방문처럼 다닥다닥 붙어 있었지만 일층에 입주한 가구는 우리 두 가구밖에 없었다. 아파트 경기가 없는 데다 일층은 인기가 없어서 나머지는 아직도 미분양 상태였다. 옆집이 먼저 입주하고 우리가 두번째였다. 두 집은 공교롭게 나란히 붙어 있었다. 그러니까 옆집 남자가 수돗물 하나 시원히 못 틀고 신경을 쓰는 건 순전히 나 때문이라고 생각되자 내가 아래층의 수많은 빈집 중에서 하필 그 남자의 옆집을 골라잡은 게 미안해졌다.

신사의 이웃이 됐으니 자연히 숙녀가 될 수밖에 없었다. 나 역시 수도꼭지를 반쯤만 틀고, 샤워도 소리 안 나게 쓰고 양치질할 때 물을 한 모금 물고 고개를 젖히고 목젖이 울리게 부글대는 상스러운 버릇도 고쳤다. 슬리퍼를 철썩거리고 걷다가도 깜짝 놀라면서 발끝으로 걸었다.

그러면서 본의 아닌 이런 숙녀 노릇이 슬그머니 편해지기 시작했다. 숨어 사는 것도 아니겠다, 어엿한 내 집이겠다 이게 무슨 꼴이람, 이러면서 기죽을 펴려고 해도 안 됐다. 어엿한 내 집이라는 건 의심할 여지가 없었지만 누구에겐가 쫓겨 숨어 살고 있을지도 모른다는 의심은 날이 갈수록 더해졌다. 옆집 남자 탓만은 아니었다. 옆집 남자에 의해 내가 자신에게조차 감추고 싶은 이런 생각이 좀더 분명해졌다뿐 그런 의심은 지금처럼 늘어진 팔자가 시작될 때부터 피할 수가 없었다.

아빠가——나를 귀여워해주고 놀고 먹도록 돌봐주는 친절한 남자를 나는 그렇게 불렀다——아파트를 하나 사줄 테니 이제 그만 들어앉으라고 말했을 때 나는 충격처럼 갑자기 내가 이 도시에서 몸을 함부로 굴리며 허덕이고 희구하던 소원이 뭔지를 깨달은 것 같았다. 그건 아파트를 하나 갖는 거였다.

내 아파트를 갖게 되다니. 이 도시에서 몸 하나로 벌어먹고 산 지 칠 년이 되건만 이 도시는 조갑지처럼 입을 다물고 나를 약올렸었다. 마침내 조갑지를 열었다는 복수심 같은 게 마냥 나를 즐겁게 했다.

"아빠, 이왕이면 난 강변이 좋아."

나는 이렇게 아빠에게 응석을 부렸다. 아빠와 나는 곧 아파트를 보러 다녔다. 강변엔 아파트도 많았다. 그 중에서도 호화롭고 비싸기로 소문난 아파트만 골라서 아빠는 나를 데리고 다녔다. 아빠는 기분파였다.

도시 생활 칠 년 동안에 버는 대로 옷차림에만 집중 투자한 덕으로 명동 한복판에 내놓아도 꿀릴 게 없을 만큼 세련됐지만 먹는 것과 잠자리는 상경했을 당시와 별로 달라지지 않은 조악하기 짝이 없는 게 내 형편이었다.
 그런 내 눈에 50평, 60평 아파트는 눈요기하기만도 벅찼다. 내 빈약한 상상력으로는 베르사유 궁전도 그 이상을 넘지 못했다. 눈이 뒤집힌다는 과장된 표현이 왜 있어야 하는지 알 것 같았다.
 그러나 나는 먼저 나 자신을 알아야 했다. 자주 자신을 됫박과 비유해가며 소유할 수 있는 것과 할 수 있는 것을 되보길 잘하는 나의 버릇을 나의 통 큰 친구들은 옹졸하다고 비웃었지만 남이 뭐라든 그건 나의 마지막 미덕이었다.
 기분파이면서도 능구렁이기도 한 아빠는 내가 60 몇 평에서 50 몇 평으로, 50 몇 평에서 40 몇 평으로 자꾸만 낮추는 걸 다만 미소로서 지켜볼 뿐 자신의 의사 표시는 전혀 하지 않았다. 어차피 아빠에겐 나나 아파트가 장난감이었다. 드디어 10 몇 평으로까지 자신의 값을 하락시킨 날 아빠는 "쇠뿔도 단숨에 빼랬다구……" 하면서 지금의 아파트를 계약하러 들었다.
 그렇다고 아빠와 내가 의견 충돌이 전혀 없었던 것은 아니다. 나는 10 몇 평짜리는 10 몇 평짜리만 모여 있는 서민 아파트 단지를 원했는데 아빠는 굳이 지금의 이 맨션 아파트 단지를 고집했다. 이 단지는 최소가 40평인 자타가 공인하는 고급 맨션 단지인데 어떻게 된 게 18평짜리 한 동이 혹처럼 붙어 있었다.
 "○○동의 ××맨션이라면 세상이 다 알아주게 돼 있어. 18평짜리도 있다는 건 아마 한 단지 안에서도 잘 알려지지 않았을걸."
 아빠는 이러면서 좋아했지만 난 되레 그게 떨떠름했다. 그러나 나는 아빠의 뜻을 따르기로 했다. 최근에 분양된 거라 깨끗한 게 마음에 들었고, 평수가 넓은 동은 높은 경쟁률이 붙어 분양된 후에도 최고 기천만 원씩의 프리미엄이 붙었다는데도 18평짜리는 아직도 미분양된 호수가 많아 분양가에 살 수 있어서 좋았다. 아빠는 돈 걱정 같은 건 하지 말라고 했지만 그럴수록 눈치껏 처신하는 게 귀염을 오래 받을 수 있는 비결이라고 나는 알고 있었다.

이렇게 서로 조금씩 양보해서 일이 다 잘 돼가다가 막상 벌집처럼 붙은 무수한 십팔 평 중의 하나를 골라잡을 때 아빠와 나는 또 한번의 의견 충돌을 겪었다. 나는 텅텅 비어 있는 일층에서 하나를 골라잡으려 들었고 아빠는 될 수 있는 대로 높은 층을 원했다.
　"이런 바보, 아파트는 일층이 제일 인기가 없고 값도 싸다는 것도 몰라? 높은 층 좋은 자리는 여기도 벌써 프리미엄이 붙었고 사이드나 이삼층도 빈집이 몇 안 남았는데 아래층만 텅텅 비어 있는 것만 봐도 알조지. 딴 것도 아니고 집이란 비록 작은 집이라도 투자가치라는 걸 생각해야 돼. 이 남는 건 고사하고 팔고 싶을 때 안 팔릴 집처럼 곤란한 것도 없으니까."
　그러나 그건 남들의 사정이고 내 사정은 달랐다. 나는 베란다에서 뛰어내리면 직사할 것 같은 고층에서 살 수 없었다. 이삼층은 직사는 안 해도 발목이 삐거나 부러질 게 뻔했다. 발목을 삐고는 멀리멀리 도망치지 못한다. 불이 나서 창문으로 뛰어내린 거라면 발목쯤 삐어도 목숨만 살면 그만이지만 나에겐 불보다 더 무서운 게 있었다. 멀리멀리 도망치기 위해 발목을 삐지 않고도 뛰어내릴 수 있어야 했다.
　뭔가에 쫓기고 있다는 느낌은 아빠한테 종종 귀염받는 거 이엔 내 몸이 편하게 놀고 먹을 수 있게 된 후부터 싹튼 거였지만 앞문으로 쫓아왔을 때 뒷문으로 도망갈 궁리까지 할 만큼 구체적인 게 된 것은 내 집을 사러 다닐 때부터였다.
　아빠와 내가 함께하는 생활은 처음부터 떳떳지 못했다. 떳떳지 못한 남녀가 함께하는 시간을 위해 도시는 수많은 여관과 방갈로를 거느리고 있었다. 이런 떳떳지 못한 생활의 유동적인 습성이 떳떳한 사람들의 붙박이 생활에 끼어들기 직전에 그 정도의 자구책을 강구하는 건 당연했다.
　그러나 나는 아빠에게 이런 자세한 이야기까지 할 수 없었다. 내가 그를 아빠라고 부르는 것처럼 그는 나를 큰아기로 불렀다. 그만큼 아빠는 나를 이 풍진 세상에서 안전하게 보호하고 있다고 믿고 있었다. 그런데 쫓기고 있다니, 그건 아무리 내 망상이라 해도 아빠의 자존심을 해칠 만했다.

나는 아빠의 자존심을 해칠 만한 사연은 쑥 빼고 덮어놓고 일층을 고집했기 때문에 아빠와의 대립은 좀 심각해지고 말았다. 아빠는 일주일도 넘어 나한테 발길을 끊었고 나 역시 십팔 평의 내 집이 생기는 일생일대의 행운을 놓쳐도 그만이라고 생각할 정도로 고집을 피우고 있었으니까. 나에게 집이란 은신처를 뜻했고 도망칠 구멍을 터놓지 않은 은신처는 무의미했다.
　결국 아빠가 우리 큰아긴 언제 철이 들어 세상 물정을 좀 알게 될꼬? 하는 한마디로 내 고집에 져주어 나는 십팔 평짜리 나의 아파트를 갖게 됐다.
　아빠는 나하고 미리 약속한 날만 찾아왔다. 그 밖의 날은 나의 자유였다. 그러나 쫓기고 있다는 의심으로부터 자유로워질 순 없었다. 화장품 장수가, 예수쟁이가, 참기름장수가, 자연 식품 선전꾼이, 벨을 누를 때마다 나는 일단 나를 쫓는 사람을 연상하고 아울러 도망갈 구멍을 점검하고 나서 문을 열었다. 아직도 나는 나를 쫓는 사람을 본 적이 없었다. 그러나 나는 미물이 배우지 않고도 천적(天敵)의 얼굴을 알 듯이 그의 얼굴을 알고 있었다. 그의 얼굴은 조강지처라는 여자 중에서도 가장 거룩하고 매력 없는 여자의 얼굴일 수도 있고, 만화영화에 나오는 정의의 사도의 얼굴일 수도 있었다. 나는 내 망상 속에서 자주 그 얼굴과 만났다.
　그렇다고 아빠가 나 때문에 조강지처를 박대했다거나 정의를 짓밟은 증거를 가지고 있는 건 아니었다. 증거는커녕 그런 낌새조차 느낀 적이 없었다. 아빠가 가끔 나를 귀여워하고 싶어한다는 것 하나만 확실할 뿐 그 밖의 아빠는 나에겐 오리무중이었다. 알려고도 하지 않았다.
　아빠가 오기로 된 날을 기다리는 동안 나는 자주 따뜻한 물에 목욕하고 이것저것 먹고 싶은 걸 해먹고 낮잠도 자고 텔레비전도 봤다. 어린이 놀이터에서 아이들이 노는 걸 바라보는 것만으로 한나절이 간 적도 있었다.
　밤엔 조금 무서웠다. 아빠가 밤에 온 적은 한번도 없었기 때문에 나는 혼자서 밤을 보내는 데 익숙했다. 그렇지만 아래층에 아직도 두 집밖에 살고 있지 않다는 게 휑한 나머지 지나치게 옆집에 신경을 썼다. 도대체 옆집에 사람이 살고 있기나 한지. 욕실에서 물 쓰는 일조차 신경을 써가며 소리 안 나게 가만가만 하는 골수 신사고 보니 그 밖의 인기척이 날 까닭이 없었다.

그러나 상가에 불이 꺼지고 단지를 드나드는 차소리도 멎은 깊은 밤중이면 나는 칠흑 같은 어둠 속에서 남자의 숨소리와 심장 뛰는 소리를 들을 수가 있었다. 그건 분명히 쫓기는 자의 거칠고도 짓눌린 숨결이었다. 그건 어쩌면 나 자신의 숨결과 심장의 박동인지도 몰랐다. 나는 그의 숨결과 내 숨결을 구별할 수가 없었다. 그의 심장 뛰는 소리와 나의 심장 뛰는 소리를 구별할 수가 없었다. 그래서 서로 가슴을 맞대고 쫓기는 불안을 함께하고 있는 것 같은 착각에 사로잡히곤 했다. 내가 남자와 부둥켜안고 있는 공상을 하면서 전혀 정욕을 안 느껴보기도 처음이었다. 정욕은커녕 그 남자와 함께라면 온 세상이 썩은내를 풍기며 부패한다 해도 싱싱한 채 청청한 하늘을 우러를 수 있을 것 같았다.

날이 밝으면 물론 밤 사이의 망상은 사라졌다. 특히 그가 쫓기고 있다는 건 터무니없는 추측이었다. 그는 아침에 욕실을 쓰는 거 외엔 온종일 인기척이 없었지만 남자니까 아마 출근을 해야만 할 것이다. 그의 아내를 본 적은 한 번도 없었다. 없기니 이니면 그를 닮아서 이웃에 지나치게 신경을 쓰는 조신한 여자일 것이다. 그에게 아내가 있나 없나 확인해보는 건 쉬운 일이지만 그러고 싶지 않았다. 일단 그의 아내를 만나보고 나면 그를 밤마다 부둥켜안을 수가 없겠기 때문이다. 보지 못했기 때문에 없는 셈치기도 수월했다.

목욕을 끝내고 보디로션을 온몸에 치덕거리고 거울 앞에서 드라이어로 젖은 머리를 말리면서 고슬고슬한 걸 내 마음에 드는 웨이브로 푸는 동안 안개가 갰다. 화장을 만족스럽게 마치고 다시 베란다로 난 창을 열다 말고 나는 깜짝 놀랐다. 베란다 옆 녹지대의 어린 나목들, 상록수, 잔디 할 것 없이 온통 은백색으로 빛나고 있었다. 우리 창 앞에 서 있는 뼈쩍 마른 어린 벚나무의 가장귀가 그렇게 섬세하고 아름다운 줄은 미처 몰랐다. 우리집 앞 녹지대뿐 아니었다. 단지내의 모든 나무들이 일제히 마술에 걸려 곶감처럼 희디흰 시설을 내뿜은 것처럼 동화적인 은백색을 하고 있었다.

안개 속에서 눈이 왔나? 그러나 찻길과 보도블록에 눈의 흔적은 없었다. 눈처럼 희되 눈처럼 헤프지 않고, 훨씬 더 결곡했다.

그럼 서리인가? 그러나 서리처럼 차갑되 서리처럼 반지빠르지 않고 훨씬 더 넉넉했다. 눈인들 서리인들 저다지도, 아무리 잔 가장귀나 가시 하나라도 빠뜨릴세라 보탤세라 본디 모양대로 완벽하게 감쌀 수는 없는 일이었다.

측백나무의 이파리 하나하나까지 그 섬세한 모양 그대로 희디희게 반짝이고 있어 마치 유리창에 피어난 절묘한 성에꽃을 한필의 직물처럼 걷어다가 걸어놓은 것처럼 환상적으로 보였다.

이게 무슨 조화일까? 나는 마치 꿈을 꾸고 있는 것 같았다. 더군다나 안개가 갠 것만 좋아라고 이런 절경엔 관심도 없이 바삐 지나다니는 차와 사람들을 보고 있으려니 내 눈이 더욱 의심스러워졌다.

이때 나는 문득 옆집 베란다 밑에 웅크리고 앉은 남자를 보았다.
"안녕하세요."
오다가다 몇 번 눈길이 마주친 적은 있어도 말을 시켜보긴 처음이었다. 허심한 눈길이 인상적일 뿐 보통으로 생긴 남자였다.
"아, 네."
남자답지 않게 참새처럼 민감하게 놀라면서 나를 쳐다보았다. 허심한 눈길에 아직도 찬탄의 흔적이 남아 있었다. 나는 그게 반가웠다. 그도 영문모를 환상의 세계에 도취해 있었다고 알아차렸다.
"뭐 하세요?"
"아, 네 그저……"
남자가 엉거주춤 어쩔 줄을 몰랐다. 그는 파자마바람이었고 한쪽 가랑이 솔기가 터져 삐쩍 마른 정강이가 벌쭉댔다. 그는 신사가 아냐, 나는 그게 유쾌해서 웃음이 났다.
"뭐 하시냐니까요, 거기서."
"아, 네. 안개를 보고 있었습니다."
"안개를요?"
나는 그가 여태껏 그의 베란다 밑의 작은 장미나무 떨기를 들여다보고 있었다는 걸 알고 있었다. 나는 그의 이 기상천외의 대답에 적이 당황했다. 그는 신산가봐를 그는 미쳤나봐로 고쳐야 할 것 같았다. 그러나 두렵진 않았다. 나는 곧 한층 유쾌해졌다. 이제 안개는 흔적도 없이 개고 유난히 맑고 쌀쌀한 아침이었다.
"안개를 좋아하시는군요?"
"글쎄요."
"저도 좋아해요."
"난 뭐……"
남자가 도망가고 싶은 것처럼 난처한 얼굴을 했다.
"아까 난 안개에다 발을 씻었어요."
"아, 네. 참 지독한 안개였죠?"
"그렇지만 지금은 흔적도 없이 사라졌잖아요?"
"아뇨."
그가 정말 미친 사람처럼 자신있게 대들었다.
"아니면?"
"그놈이 드디어 꼬리를 잡혔어요. 아니 온몸을 송두리째. 난 드디어 안개의 입자(粒子)를 보았습니다. 같이 구경하지 않겠어요?"
그가 베란다 밑에서 나에게 손을 내밀었다. 나는 주저하지 않고 ㄱ의 가슴을 향해 뛰어내렸다. ㄱ의 손은 찼지만 ㄱ의 가슴은 듬직했고 몸에선 구수한 담배 냄새가 났다.
"자아 이것 보세요."
그가 희게 반짝이는 장미 가장귀를 가리키며 말했다. 나의 동의를 구하는 것처럼 그의 눈에서 찬탄이 싱싱하게 되살아났다.
"그게 그럼 안갠가요?"
"네. 안개가 미처 도망가지 못하고 닿았던 자리에 이렇게 얼어붙은 거죠."
"댁은 그럼 정말 안개를 보았군요?"
"댁도 볼 수 있어요, 자아."
그가 나를 자꾸 끌어잡아당겼다. 나는 공부도 많이 안 했는데도 시력이 안 좋았다. 그 남자처럼 안개의 입자를 하나하나 볼 수는 없었다. 그러나 그게 얼마나 아름다운지는 담박 알 수 있었다. 마음으로 본 것도 같았고, 그 남자의 찬탄에 감염된 것도 같았다. 뒤미처 나는 그의 숨결과 심장 뛰는 소리를 들었다. 그 소리는 내가 꿈속에서 감지한 것처럼 거칠고도 짓눌린 듯한 소리였다. 우린 쫓기고 있다! 밑도끝도없는 그런 생각은 허황하고도 감미로웠다.
"언제까지 이러고 있을 건가요?"
나는 그와 나의 너무도 다정한 자세에 대해 묻고 있었다. 그러나 그는 안개에 대해 대답했다.
"곧 사라지겠죠? 햇살이 퍼지고 기온이 오르면……"
"이웃이 돼서 반가워요. 부인은 안 계신가요?"
나는 그의 손을 놓으며 열린 창문을 통해 그의 집안을 훔쳐보며 말했다.
"네. 여행중입니다."
"어머, 멋있는 부인가봐요."
"왜요?"
"남편을 집 보게 하고 훨훨 여행을 떠나다니 얼마나 멋있어요?"
"그게 그런가요?"
"저녁에 초대해도 되겠어요? 우리 남편도 여행중이거든요. 일년에 열석 달은 아마 여행으로 보내나봐요."
"재미있는 분이군요."
"본인은 재미있을지 몰라도 아내는 쓸쓸하답니다. 댁은 외롭지 않으세요? 부인이 여행중일 때 말예요."
"아, 네. 별로 못 느껴봤는데요."
"저녁 초대 응해주시는 거죠?"
"아뇨, 아닙니다. 오늘 저녁엔 약속이 있습니다."
그가 획 몸을 돌이켜 난간을 휘어잡더니 원숭이처럼 민첩하게 베란다로 기어올라 안으로 들어가버렸다.
반상회날 나는 처음으로 동네 사람들과 인사를 나누었다. 옆집에선 아무도 나와 있지 않았다. 내가 일층 몇 호에 입주한 누구누구라고 자기 소개를 하자 여기저기서 한마디씩 했다.
"8층 사이드도 비었는데 왜 하필 일층을 했어요?"
"8층 사이드보다도 2층 한가운데 남향이 낫지, 안 그래요?"
"2층 남향보다는 9층 동향을 더 쳐줄걸요. 9층 동향에 딱 한 집이 남아 있었는데 바로 오늘 나갔답디다."
"이제 일층 빼고는 거의 다 들어찼죠? 아마."
"봄만 돼봐요. 일층이라고 마냥 비어 있겠어요?"
"봄 아니라도 저이처럼 일부러 일층 찾는 사람도 있으니까."
"아파트 처음 살아보는 사람 중에 더러 저런 사람이 있어요. 땅 떠나면 죽는 줄 알고 경제성 같은 건 고려를 안 하거든요."
 일층 산다고 이건 숫제 무지렁이 취급이었다.
"맨션에선 한겨울에도 반소매에 발 벗고 산다더니 우리 맨션은 올겨울에 왜 그렇게 추웠죠? 참 별꼴이야."
"정말이에요. 맨션 체면이라는 게 있지. 난 이사오기 전에 겨울 내복을 싹 정리했다가 겨우내 감기 떠날 날이 없었다니까요. 맨션 체면에 남부끄러워 말도 못 하고."
 너나할것없이 똑같이 18평에 사는 주제에 말끝마다 맨션이었다. 여자들이 맨션, 맨션, 할 때마다 그 표정까지 함박꽃처럼 염치없이 피어났다. 대개 처음 집장만을 했거나, 연탄 때는 작은 땅집 아니면 연탄 때는 서민 아파트에서 옮겨온 걸로 보이는 이들에게 맨션이란 몽매에도 그리던 지상의 목표였음직했다. 나는 가당치도 않게 그들에게 연민을 느꼈다 그들의 맨션 콤플렉스는 반상회 도중에도 문득문득 나타나곤 했다.
 집집마다 몇월 며칠 몇시를 기해 일제히 쥐약을 놓자는 반상회의 공지 사항을 반장이 읽자 그건 서민 주택에나 해당되는 소리지 맨션에 쥐가 어딨냐고 너도나도 한마디씩 했다. 집집마다 문패를 달자는 대목도 있었다. 문패도 서민 주택에나 어울리지, 호화 주택이나 맨션의 문패는 하이힐 신고 댕기꼬랑이 늘인 꼴일 거라고 누가 재빨리 농담을 했다. 그 말도 안되는 농담을 여자들은 박장대소하면서 좋아했다.
 그 밖에 특별히 맨션에 저촉되지 않는 조항들은 열심히 귀를 기울이고 때로는 진지한 질문도 했다.
 반상회의 공식적인 순서가 끝나자 커피와 과일이 나왔다.
"아이 달아, 나는 블랙으로 드는데."
"나도예요. 요지음 허리가 굵어져서요."

"설탕이 몸에 그렇게 해롭다면서요?"
"그걸 인제 알았수. 소금도 설탕 못지않게 해롭다는 게 밝혀지고, 아무튼 야단이야."
"커피도 하루 석 잔 이상 마시면 심장에 부담을 준다는 게 밝혀졌다면서요?"
"된장이 암을 유발하는 게 밝혀진 건 어떡허구요? 그까짓 커피 끊는 건 문제 없지만 된장을 끊어야 할지 말아야 할지 요새 큰 고민이라니까요."
"그러게 모르는 게 약이에요."
"그렇지만 오늘 다르고 내일 다르게 새록새록 밝혀지는 사실이 신문 텔레비를 통해 쏟아져 들어오는 걸 어떻게 모른 척해요."
"하긴 그래요. 글쎄 우리나라 사람이 제일 좋아하는 외국이 미국이고, 제일 싫어하는 외국은 일본이란 게 밝혀졌단 소리를 듣고부턴 우리 옆집의 일본 여자하고 친하게 지내던 게 담박 뜨악해지더라니까요."
"참 그 일본 여자 왜 반상회에 안 나와? 제가 뭐라구?"
"글쎄 말이야. 요다음엔 따끔하게 충고를 해야지."
"일층에도 한 가구 더 있을 텐데요?"

이번엔 반장이 나한테 추궁했다.
"아, 네 마침 부인이 여행중이라나봐요. 제가 대충 전하죠 뭐."
"전하는 거야 인쇄물도 있는데 뭐 어려운가요. 반상회란 어디까지나 참석에 의의가 있다는 데 대한 인식이 문제죠."
"네 그것도 전할게요."

나는 내가 무슨 잘못을 저지른 것처럼 괜히 필요 이상으로 쩔쩔맸다.

여자들의 화제는 곧 다시 근래에 밝혀진 것들로 돌아갔다. 새록새록 밝혀낸 사실들이 돋아나온 루트가 무슨 연구소나 세미나가 아니라 매스컴이었기 때문에 나도 대강은 알고 있는 것들이었다. 나는 얼굴의 면적이 유난히 넓은 텔레비전의 앵커맨이란 사람이 그날 새롭게 일어난 사건 보도 끝에 본디부터 있었으되 새롭게 밝혀진 사실이나 현상을 일러줄 때면 반신반의하면서도 한편 그런 것을 밝혀낸 사람들에게 마음으로부터의 존경을 금할 수가 없었다.
 그 유명한 앵커맨의 말을 전적으로 믿지 않고 반신반의밖에 못했던 것은 그 밝혀진 게 하고많은 사람들이 일으킨 현상 중 너무도 극소수를 대상으로 한 조사나 통계의 결과이기 때문이었다. 그런 만용에 비하면 코끼리를 구렁이나 기둥 혹은 담벼락으로 밝혀낸 건 오히려 약과였다. 요즈음 유행하는 밝힘증을 애써 비유하자면 오밤중에 정전까지 겹쳐 칠흑에 잠긴 서울이란 거대한 도시 아무데나를 작은 플래시로 한번 번쩍 비춰보고 나서 서울은 이러저러하다는 걸 밝혀냈다고 풍기는 허풍과도 흡사했다. 반신반의라도 해줄 수 있는 건 순전히 매스컴이란 막강한 백 때문이었다.
 그러면서도 존경을 금할 수 없는 것은 내 소견으론 아무리 보아도 갈피잡을 수 없는 막막한 혼돈으로밖에 안 보이는 사람 사는 켜 속에 대해 반딧불이든 플래시든 아쉬운 대로 들이대고 그 속에서 일어나는 문제와 현상의 의미를 밝혀내려는 노력이 어디선가에서 끊임없이 이어져오고 있다는 데 대해서였다.
"어제 뉴스 시간에 그 끔찍한 얘기 들었어요?"
"아아 그 민여인 살해 사건이요?"
"아니 그까짓 살인 사건 안 일어나는 날 있나 뭐, 그거 말고 십대의 성(性)경험이 사십 퍼센트나 되는 걸로 밝혀졌단 뉴스 말예요."
"사십 퍼센트나? 난 삼십 퍼센트로 들었는데……"
"아녜요. 사십 퍼센트가 틀림이 없다니까요."
"그래요. 사십 퍼센트가 맞는 것 같긴 한데 난 우리나라가 아니고 미국 얘긴 줄 알았는데……"
"아유 이렇게들 못 믿으시긴. 사십 퍼센트고 우리나라인 게 틀림이 없다니까요. 내 코앞에 닥친 일인데 내가 그걸 비면하게 들었겠어요?"
"코앞에 닥쳤다니요?"
"우리 큰애가 올해 아홉 살이니까요. 십대가 코앞 아녜요. 불안해서 미치겠어요."
"설마 십대 되자마자 무슨 일이 있을라구요."
"요새 애들 조숙한 것 말도 말아요. 세상은 또 얼마나 빨리 달라지구요. 아마 십대의 성경험도 올해니까 사십 퍼센트지 해가 갈수록 급속도로 늘어날 테니 두고 보세요."
 그 여자의 예언은 인플레의 예언만큼이나 신빙성이 있어 보였다.
 "맞았어요. 성교육의 시기도 자꾸 앞당겨지더니 이젠 글쎄 유치원이 적기라는 게 밝혀졌다지 뭐예요? 그 한 예만 보더라도 세상이 얼마나 눈부시게 발전하는지 알 만하잖아요?"
 "발전이라구요? 그 한심한 작태가 발전이라구요?"
 "그럼 후퇴랍디까?"
 "아유 발전이면 어떻구 후퇴면 어때서들 싸워요? 가만히 있는 건 하나도 없고 시시각각 변하긴 그거나 그거지. 그보다는 우리 아홉살짜리가 큰일이네. 성교육할 시기까지 이미 놓쳤으니 이를 어쩐다지?"
 아무리 걱정도 팔자라는 말이 있긴 하지만 그들의 걱정은 좀 지나쳤다. 지나침이 모자람만 못하다는 것의 참뜻을 알 것 같았다. 어쩌면 그들은 십대의 성경험에 대한 걱정이 지나친 나머지 그들의 자녀가 혹시 십대에도 성경험을 못 하고 넘어갈까봐 걱정하고 있는지도 몰랐다. 그들이라면 능히 그럴 만했다. 그들은 다만 밝혀진 사실의 신도(信徒)일 뿐이니까. 십대의 성경험이 격증하고 있다고 밝혀진 이상 그들의 자녀가 거기 못 낀다는 건 다행스럽기 전에 우선 불안한 일이 될 터였다.
 나는 오싹 무서움증을 느꼈다. 밝혀낸 장본인은 영원히 익명이고, 밝혀진 사실은 비록 우리가 사는 광대무변한 혼돈 중의 극소 부분에 대한 조명에 지나지 않는다더라도 나머지 대부분이 이렇게 쌍수를 들고 거기 만장일치하고자 할진대 그 극소 부분의 편협한 조명 효과가 어찌 두렵지 않으랴.
 나는 그들이 그들의 아이들이 십대에 성경험을 할까봐 걱정하는 일에서 해방되기 위해 숫제 채찍을 휘두르며 아이들을 미리 십대의 성경험이라는 함정 쪽으로 몰고 가고 있음을 빤히 바라다보는 것 같았다.
 나는 그들의 얼굴에서 지난날의 나의 어머니의 얼굴을 보고 있는지도 몰랐다. 격렬한 분노가 나를 숨가쁘게 했다.

나도 십대에 성경험을 했다. 그러나 밤중에 빗장을 따놓고 나갔다가 새벽에 풀섶을 헤치고 이슬에 젖어 돌아온 날은 아니었다. 어머니는 그날 대문 뒤에 숨어 나를 지키고 있다가 다짜고짜 대가리에 피도 안 마른 년이 바람부터 나서 암내를 피우고 다닌다는 쌍욕을 퍼부었지만 바람이 난 건 그 후였다.

그날 내가 선생님의 숙직실에서 자고 온 건 사실이었다. 젊고 잘 생긴 국어 선생님이었다. 그 선생님이 나에게 『데미안』을 빌려주었다. 그걸 다 읽고 나는 몽롱하고도 청결한 황홀경에서 선생님한테로 달려갔다. 그때가 밤중이라는 게 나에겐 별로 문제되지 않았다. 처음으로 책다운 책을 읽고 나서의 감동이랄까 충격이랄까 너무 벅차 혼자서는 파열해버릴 것 같았다. 선생님은 다 큰 계집애의 한밤중의 방문에 적이 당황해했다. 야단도 치고 달래기도 했다. 그분으로선 아마 최선을 다했을 것이다. 그러나 나는 신열에 들떠 헛소리 하듯 데미안 얘기만 했다. 마침내 선생님도 나를 돌려보내기를 단념한 모양이었다. 이야기 상대를 해주었지만 붕 떠 있는 나를 끌어내리려는 상식적인 설교가 고작이었다. 선생님과 데미안을 정신없이 혼동하고 있던 나의 눈에도 조금씩 선생님의 범속한 인간성이 드러났다. 마침내 나는 하품을 했고 선생님은 내가 편히 자도록 밖으로 나가 어디를 얼마나 헤맸는지 바짓가랑이가 흠뻑 이슬에 젖어 돌아와 나를 깨웠고, 깨자마자 나는 십리나 되는 새벽길을 달음질쳐 집으로 돌아왔다.

"어느 놈이냐? 응 어느 놈이야?"

엄마가 눈에 불을 켜고 종주먹을 댔지만 나는 선생님의 이름을 대지 않았다. 엄마가 미친 듯이 날뛰었다. 내가 그때부터 나쁜 아이였음엔 틀림이 없다. 그때 나는 엄마의 광란에서 아직도 남아 있는 엄마의 지글대는 욕망을 보고 있었으니.

나는 죽도록 얻어맞으면서도 선생님의 이름도 그날 밤 아무 일도 없었다는 것도 말하지 않았다. 하늘 땅이 뒤바뀐 걸 믿게 할 수 있을지언정 남자와 여자가 같은 방에서 하룻밤을 보내고 아무 일도 없었다는 걸 세 번씩이나 개가한 어머니에게 곧이듣게 할 수는 없으리라는 담벼락 같은 절망감이 마침내 나를 출분(出奔)케 했다. 십대의 성경험은 그 후 도시에서의 일이었다.

반상회 다음날 아침 나는 정식으로 옆집의 초인종을 눌렀다. 남자는 꽤 오랫동안 꾸물대고 나서야 문을 열었다. 그는 사람의 방문을 생전 처음 받아보는 사람처럼 어쩔 줄을 모르는데, 꽁무니빼고 싶은 눈치와 덤벼들 듯 도전적인 기세가 함께 느껴져 그만 용건 대신 웃음부터 났다.

"아무 일도 아녜요."

나는 우선 이렇게 눙쳐주면서 재빨리 안을 기웃거렸다. 규격화된 아파트 살림이 제자리에 놓여 있었지만 이상하도록 썰렁했다. 아내가 여행중이기 때문일 거다.

"아무일도 아니면?"

남자가 내 눈길을 막았다.

"어제 반상회에 안 나오셨더군요?"

"보시다시피 아내가 여행중이라서……"

"반상회는 여자들만 하는 거 아녜요."

나는 장난삼아 시비조로 말했다.

"그렇지만 쑥스러워서……"

남자가 울상을 했다.

"다음부터 꼭 참석하도록 하세요. 안 그러면 재미없을 테니까."

나는 복받치는 웃음을 삼키고 위협적인 태도를 취했다.

"네, 알겠습니다."

"어제 반상회에서 결의한 걸 가르쳐드릴 테니까 잘 듣고 꼭 지키도록 하세요."

"네, 네."

"집집마다 문패를 달기로 했어요."

"네? 아파트에도 문패를요?"

남자가 펄쩍 뛸 듯이 놀랐다. 얼굴에서 핏기마저 가시는 것 같았다. 그때 나는 또 꿈속에서 감지한 쫓기는 자의 그 거칠고도 짓눌린 듯한 숨결을 들었다. 그의 이마에 늘어진 머리칼엔 적지 않은 새치가 섞여 있었다. 가엾어라. 나는 그를 껴안고 숨결을 나누고, 백발 섞인 머리칼을 긁어올려주고 싶단 충동을 억제하느라 더욱 무뚝뚝해졌다.
 "아파트가 무슨 감옥인가요? 이름 없이 번호로만 살게. 그래서 문패를 달기로 만장일치로 결정을 본 거예요."
 "네, 알겠습니다."
 내 집으로 온 나는 얼른 베란다 쪽으로 가서 옆집 베란다를 망보았다. 그가 나로부터 놓여나기 위해 베란다를 통해 도망칠지도 모른다고 생각해서였다. 옆집 베란다에선 아무 일도 일어나지 않았다. 나는 내 허황한 생각에 실소했다.
 그날은 아빠가 오는 날이어서 온종일 바빴고 다음날은 피곤해서 아무 생각도 없이 온종일 잠만 잤고 다음다음날 아침 복도를 지나면서 보니 옆집에 문패가 붙어 있었다.
 김철수.
 귀여운 이름이었다. 그러나 너무도 평균치의 이름이어서 가짜스러웠다. 나는 또 그의 집 초인종을 눌렀다. 이번에도 그는 사람을 한참 기다리게 하고 나서야 문을 열었다.
 "꼭 도망갈 구멍 터놓고 나서야 문을 여는 사람 같아요."
 "네? 무슨 말씀을 그렇게 하시죠?"
 뜻밖에 그가 정식으로 따질 기세였다. 내가 그를 멋대로 상상할 수 있었던 것은 그가 너무 만만해서였는데 그는 더 이상 만만하게 보이지 않을 기세였다. 나는 웃음으로 얼버무리며 말했다.
 "사람을 너무 오래 기다리게 하니까 그렇잖아요. 체면 차리는 분도 아니면서……"
 나는 슬쩍 그의 꾀죄죄하고도 허술한 파자마 차림을 나무랐다. 그러나 이마에 헝크러진 머리에 섞인 흰 머리는 보기 좋았다. 그를 끌어안고 내 손가락으로 그걸 빗질해보았으면…… 부질없는 소망으로 가슴이 저렸다.
 "용건은?"
 "무슨 근심이 있으세요?"
 내가 생각해도 엉뚱한 질문을 하고 있었다.
 "네?"
 "큰 근심이 있으신 분 같아요. 솔직히 털어놔보세요. 내가 도와드릴께."

"나 바쁩니다."

그가 매정하게 문을 닫으려고 했다.

"내가 잘못 봤나요? 흰머리가 저번보다 더 늘어났기에……"

"아, 이 새치요? 이건 내력이에요."

그가 약간 안심한 듯 머리를 긁어올리며 빙긋이 웃었다. 구수한 담배 냄새가 났다.

"참 매력있는 내력이네요."

"농담 그만두고 용건은요?"

그가 눈치도 없이 또 매정하게 굴었다.

"이 문패 이름 가짜죠?"

"네?"

"누가 모를 줄 알구요? 가명을 쓸려면 좀 그럴듯한 가명을 써요. 유치하게 김철수가 뭐예요?"

"당신 정말 왜 이래요?"

그가 성큼 내 앞으로 다가왔다. 고양이를 물려는 쥐의 그것 같은 싸늘한 증오로 그의 눈이 인광처럼 번득였다.

"괜히 겁주지 말아요. 나한테 잘 보여봐요. 작명소에 가서 입신출세할 이름도 지어다줄 용의가 있는 친절한 이웃이 될 테니까요."

"농담 그만두지 못하겠어요."

그의 눈 속에서 인광이 파르르 떨었다.

"맞았어요. 농담이에요. 문패 얘기도요. 본명이든 가명이든 아파트에 이름 내걸고 사는 건 웃음거리예요. 세상에, 순진도 하시지."

나는 그의 어깨를 한번 정답게 토닥거려주고 그의 문 앞을 물러났다.

저녁때 지나다 보니 문패는 없어지고 아크릴 문패가 붙었던 자리엔 본드 자국이 씹어붙인 껌 자국처럼 남아 있었다.

이제 나는 그의 집을 방문할 구실이 없었다. 그러나 나는 밤마다 그의 숨결이 그리웠다. 나의 거칠고 짓눌린 숨결을 그의 숨결인 양 부둥켜안는 일은 너무 허전했다. 나에겐 타인의 숨결이 필요했다. 그를 부둥켜안지는 못하더라도 그의 숨결을, 타인의 인기척을 느낄 수 있을 만큼이라도 가까이 가고 싶었다.

 어느 날 밤, 나는 베란다로 나가 난간을 타고 옆집과의 사이의 칸막이 벽을 넘었다. 만약 고층이었다면 목숨을 건 모험이었을 것이다. 그러나 그의 집도 내 집도 일층이었다. 나는 일층을 골라잡은 나의 선견지명을 대견하게 여겼다. 그의 집 베란다 창문은 굳게 닫혀 있었다. 그래도 나는 집에서보다 행복했다. 그의 숨소리를 들은 것처럼 느꼈기 때문이다. 그 후 나는 밤마다 그의 베란다에서 그의 숨결을 엿들었다. 그 역시 인기척에 깨어나 잠 못 이룬다는 것도 알게 됐다. 나는 깨어 있는데 그 혼자 쿨쿨 자느니보다 같이 깨어 있는 게 훨씬 더 나를 흡족하게 했다. 그러나 그가 문을 열고 나를 안으로 맞아들였으면 나는 더 행복했을 것이다. 베란다에서 밤새도록 찬이슬을 맞으면서도 나는 추운 줄도 몰랐다. 그와 체온이 있는 가슴을 맞대고 거칠고 짓눌린 서로의 숨결을 확인하고, 그의 구수한 담배 냄새를 맡으며 흰머리 섞인 몇 가닥의 앞머리를 애무하고 싶은 뜨거운 갈망 때문이었다.

 서로 따로따로 깨어 있음을 점점 더 견딜 수 없어져 드디어 나는 그의 창문을 흔들기 시작했다. 처음엔 미풍처럼 가만가만, 점점 태풍처럼 거칠게, 나중엔 광풍(狂風)처럼.

 어느 날인가 문득 나는 그의 창문 안이 비어 있음을 느꼈다. 그리고 신문에 난 그의 사진을 보았다. 그는 정말 쫓기고 있었다. 그는 현상금 붙은 사내였다. 아깝게도 현상금을 타먹을 사람은 아무도 없었다. 오 년 가까이나 잘도 피해다니던 그가 무슨 심경의 변화에선지 제 발로 걸어가 자수를 했기 때문이다.

 그의 마지막 은신처이던 우리 아파트 사진도 크게 났다. 신혼 살림을 차리자마자 외국 지사로 발령이 나서 집을 비우게 된 사람을 친구인 양 위장하고 부모가 가지고 있던 열쇠를 교묘히 사취(詐取)해서 아파트에 숨어들 수 있었다고 했다.

 기라성 같은 명사들이 아파트의 문제점에 대해 한마디씩 한 것도 그 사건의 양념처럼 곁들여져 있었다. 물론 그의 어마어마한 죄상도 실려 있었다. 나는 그걸 읽어보았지만 무슨 소리인지 하나도 이해할 수 없었다. 내가 본 그의 유일한 행동은 안개가 사라진 후 안

개의 입자를 보려 했다는 것밖에 없었다. 그러나 그의 죄상 속에 그 부분은 없었다.

어찌 그에 관해 드러나지 않은 게 그 부분뿐일까? 그는 제 발로 걸어가 자수한 게 아니었다. 그를 그리로 쫓은 건 나였다. 그는 나한테 쫓겨 막다른 골목으로 들어갔을 뿐이었다.

그리고 나는 현상금을 놓친 셈이었다. 그만한 돈이면 지금처럼 쫓기는 불안 없이도 지금 같은 안락을 일년쯤은 누릴 수 있으리라. 그러나 나는 현상금을 놓친 게 별로 아깝지 않았다. 나 역시 쫓기는 몸이었고, 쫓기는 일로부터 한시인들 자유로워질 자신이 없었기 때문이다.

비로소 나는 내가 철들고 덮어놓고 몸을 던진 광대무변한 혼돈 속에서 무엇인가를 보았다고 말할 수 있을 것 같았다. 그건 사람마다 죽자구나 쫓고 쫓기고 있다는 거였다.

〔『세계의 문학』, 1982년 여름〕

素　描

 별채의 내 방 창에서 시선을 아래로 빗금으로 내려꽂으면 안채의 밝고 넓은 거실이 한눈에 들어왔다. 안채는 남향이었고 별채는 안채에서 ㄱ자로 꺾인 서향이었다. 별채는 단층이고 안채는 이층이었지만 별채가 마당에 본디부터 있던 암반(岩盤) 위에 신축한 거여서 안채의 이층하고 높이가 같았다. 별채가 들어서기 전의 암반 위엔 운치 있게 자란 노송이 한 그루 독야청청, 신식 양옥의 이마에 드리워 고풍스러운 기품을 더해줬다고 했다.
 내가 이 집의 외며느리로 들어오기 전 시부모님은 아들 며느리를 이층을 쓰게 하느냐 별채를 지어서 뚝 떼어내느냐로 많이 고심한 모양이었다. '젊은것들 저희끼리 제멋대로 자유롭게' 살아보도록 별채를 지어 내보내자는 데는 두 분 다 이의가 없었지만 그러기 위해선 암반 위의 소나무를 베어야 한다는 게 차마 못할 노릇이었다고 했다. 결국 어떤 경험 많은 정원사가 선뜻 나서서 그 노송의 자태와 목숨을 조금도 다치지 않고 마당으로 옮겨 심어줄 것을 장담해서 별채의 신축은 이루어졌다.
 지금도 이백 평 가까운 정원 한 귀퉁이에 그 노송이 서 있지만 옮겨심자마자 죽었는지 잎은 갈색으로 타들어가고 가장귀는 삭정이가 된 노송은 기품은커녕 괴기스러웠다. 아름다운 잔디와, 값비싼 정원수와, 기암과 괴석으로 운치 있게 꾸민 정원에 암만해도 안 어울리는 그 고사목(古死木)을 시어머니는 베어 없앨 척도 안 했다. 시어머니는 오는 손님마다 붙들고 그 죽은 노송에 대해 이야기하길 즐겼다.
 그것이 살아 있을 적엔 얼마나 정정하고 기품 있었던가를, 풍류를 알고 나무를 볼 줄 아는 부자들이 보통 사람의 상식으론 상상도 할 수 없는 비싼 값을 부르며 그 나무를 탐낸 적이 얼마나 여러 번 있었던가를. 또한 그 대지를 살 적에 남들은 혐을 잡고 외면한, 평지에 돌출한 암반과 그 위의 노송에 한눈에 반한 당신의 안목이 그런 유혹을 얼마나 가볍게 물리쳤던가를. 그 다음에 한바탕 장탄식을 뽑고 나서야 결론에 도달했다. 결론은 '젊은것들 저희끼리 제멋대로 자유롭게' 살게 하기 위해 당신이 얼마나 아끼고 사랑하던 걸 희생했나 하는 거였다. 그러니까 그 고사목은 그 생생한 희생물이 되어서 '젊은것들 저희끼리 제멋대로 자유롭게' 사는 생활을 증거하면서 오래오래 거기 서 있어야만 했다. 시어머니의 이런 고통스럽고도 자랑스러운 증언을 들은 사람들 중 아무도 이 넓으나넓은 세상, 허구많은 집들 중에 '젊은것들 저희끼리만 제멋대로 자유롭게' 살 수 있는 터전이 왜 하필 그렇게 값비싼 희생을 치러야 하는 암반 위의 여남은 평이어야 하나 하는 의문을 나타내지 않았다. 어쩌면 단 한 사람도 그것을 의심하지 않으니까 그것은 저절로 금지된 의문이 되어 나 홀로 의심하기가 두려웠다.
 나는 수시로 안채 이층과 ㄱ자를 이루면서 꼬부라진 별채의 '젊은것들 우리끼리만 제멋대로 자유롭게' 살라고 허락된 내 방 창에서 아래층 거실까지 시선의 빗금을 긋고 그 길이를 내 자유의 길이로 삼았다. 정원에는 고사목 외에도 많은 관상목과 기화요초가 어우러져 무성했지만 나의 방과 시부모님의 거실을 잇는 빗금 사이를 가로막는 것은 아무것도 없었다. 우회할 필요 없이 곧장 뻗은 직선은 두 점 사이를 가장 짧게 했고 나에게 허락된 자유의 길이도 그만큼 인색한 셈이었다. 나는 자주자주 결코 늘어날 리 없는 빗금의 길이를 재느라 헛되고헛되이 시간을 보냈다.
 정남향의 안채 거실은 밝고 넓고 유리창은 늘 티끌만한 얼룩 한 점 없이 반짝거렸다. 그 유리창가를 온통 아프리칸 바이올렛의 시렁이 차지하고 있었다. 모양도 빛깔도 가지각색의 바이올렛은 휴면기도 없이 사시장철 꽃을 피웠다. 나는 아직 어떤 애호가네 집에서

건 화원에서건 심지어는 바이올렛 전시회에서조차 그렇게 화려하게 다발로 핀 꽃을 본 적이 없다. 신접살림 난 친구들이 창가에 놓고 한두 분(盆) 기르는 그 꽃은 대개 가련하다 못해 비실비실했지만 시어머니가 기르는 것은 전혀 딴 종류처럼 사치스럽고 극성맞았다. 가장자리에 프릴까지 달고, 철쭉꽃만한 크기로 무리져 피어난 진분홍 바이올렛 같은 건 요괴롭다 못해 독기까지 느껴졌다.

그런 화분이 거실 창가에서 안방 창가로 이어져 자그마치 오백 분이 넘었다. 시어머니는 칠백 분이라고 했지만 내 창가에서 내려다보면서 하는 나의 셈은 항상 오백을 고비로 헷갈리고 지쳤다.

당연한 얘기지만 내 방 창으로 보는 것보다 들어가서 직접 보면 더욱 장관이었다. 손님들마다 자지러진 탄성을 질렀다. 처음 오는 손님 아니라 두번 세번 보는 손님도 우선 탄성 먼저 지르게 돼 있었다. 그리고 나선 으레 그렇게 탐스러운 꽃을 사시장철 키울 수 있는 비결을 물어보았다. 시어머니는 그런 물음을 기다리고 있었다는 듯이 망설이지 않고 자못 자랑스럽게 대답했다.

사랑이라고.

사랑을 듬뿍 주면 그렇게 예쁜 꽃을 피운다는 시어머니의 대답에 손님들은 더욱 감동하는 것 같았다. 오오리, 고개를 크게 끄덕이기도 하고 자기의 사랑의 부피를 돌이켜보듯이 심각해지기도 하고 더러는 사랑에 자신이 없는지 부끄럼을 타기도 했다. 나라고 사랑으로 그런 꽃을 못 피울까보냐고 사랑에 자신이 만만한 사람은 화분을 한두 개 나누어주기를 간청하기도 했다. 시어머니는 당신이 만든 그런 사랑의 신도에게 매우 후하게 굴었다. 그 거대한 꽃시렁의 해가 덜 드는 아래쪽 단은, 뿌리를 내리기 위한 잎이나, 뿌리가 내려 새잎이 대여섯 장쯤 되는 어린 포기들의 투명한 인큐베이터 차지였다. 시어머니는 그 어린 포기 중에서 그중 될 성부른 걸 골라 흰 플라스틱 화분에 정성스럽게 옮겨 심어주면서 '루비'니 '데라웨이'니 '자이언트 버터플라이'니 하는 그 꽃의 문벌을 일러주고 나서 또 한바탕 사랑 설교를 했다. 그러나 대부분의 사랑의 평신도들은 그 어린 포기에서 꽃을 보기는커녕 살리지도 못했다. 이래저래 시어머니는 사랑의 절대적인 교주였다. 그러나 나는 그 꽃이 그렇게

素描 43

기를 쓰고 피어날 수밖에 없는 까닭을 알고 있었다. 화원에서 파는 엉성한 꽃시렁이 아니라 실내의 가구와 잘 조화되도록 설계해서 맞춘 튼튼한 목제로 꽃시렁의 맨 밑의 단은 문이 달린 수납장이었다. 그 수납장 속엔 바이올렛 재배를 위한 온갖 신기하고 세련된 도구와 비료와 약품이 들어 있었다. 광도와 습도를 함께 측정할 수 있는 광습도 측정계를 비롯해서 비실비실한 포기를 밑에 놓고 불을 켜주면 상태가 회복되고 꽃을 빨리 피게 하는 촉진등, 각종 분무기, 물조리개, 번식용 케이스, 잎받침대, 흙삽, 그리고 어린 포기를 키우기 위한 인큐베이터까지 있었다. 그 밖에 용토를 배합하기 위한 '피이트 모니'니 '비너스 라이트'니 하는 어려운 서양 이름을 딴 재료들이 베개만한 비닐 봉지에 들어 있었다. 그것들은 마치 추수가 끝난 부농의 곳간의 쌀가마처럼 욕심스럽게 차곡차곡 쟁여져 있었다. 또한 그 많은 바이올렛이 한시도 쉬지 못하고 사시장철 꽃을 피게 하는 비결엔 최신의 도구와 적절한 용토만이 다가 아니었다. 그 장 속엔 외국에서 수입한 갖가지 비료들이 구비되어 있었다. 싸라기같은 입자로부터 막대기같이 생긴 거, 정제·분말·액체·유탁제 등 갖가지 신기한 영양제를 갖추어놓고 적절한 때 적절한 양을 주는 걸 보면 시비(施肥)라기보다는 투약이었다. 사랑 이외의 비결을 한번도 입 밖에 낸 일이 없기 때문일까, 시어머니가 투약하는 모습은 남의 눈을 꺼리듯이 비밀스럽고도 잔혹해 보였다. 나는 무심히 엿보다가도 또 독(毒)을 치는군, 하면서 전율할 적이 있었다. 잠시의 나태나 휴면(休眠)도 허용하지 않고 만개(滿開)의 지속만을 강요하는 약이 독약이 아니고 무엇이랴. 나는 시어머니의 사랑의 효험은 믿지 않았지만 독의 효과는 믿었다. 아침마다 그 많은 바이올렛이 일제히 살아 있기와 꽃 피기를 그만두고 폭삭 썩어 문드러져 있기를 기대했지만 시어머니의 유리벽은 허구한 날 난만한 꽃밭이었다. 매번 기대에 어긋나자 나는 그까짓 허구한 날 만개한 꽃이라면 플라스틱 조화와 다를 게 없다고 무시해주기로 했다. 그러나 시어머니의 사랑의 설교만은 그렇게 둔감해지지가 않았다. 처음 들을 땐 그냥 가슴이 쓰렸지만 사랑이란 말이 마치 점액질의 고약한 오물이 되어 나의 고운 살갗에 묻어나는 것 같아 펄쩍펄쩍 뛰고 싶게 기분이 나빴다.

　시어머니가 거실에서 하는 일은 바이올렛 사랑하는 것 말고도 전화 받기가 있었다. 잘 닦아놓은 은촉대처럼 교만하게 생긴 전화기는 폭신한 안락의자 옆에 있는데도 시어머니는 전화를 받아봐서 이야기가 길어질 상대 같으면 잠깐 기다리게 해놓고는 보조의자를 갖다놓았다. 그리고 안락의자에 편안히 파묻혀 보조의자 위로 발을 뻗고 나서 다시 전화를 받았다. 통화는 오래오래 계속됐다. 가끔 주먹으로 무릎이나 어깨를 치기도 했고, 가정부에게 마실 것을 갖다 달라고 손짓을 하기도 했다. 통화 내용은 잘 들리지 않았다. 볼일이 있어 거실에 들러도 통화 내용을 짐작할 수 없긴 마찬가지였다. 시어머니의 목소리는 간지럽도록 낮았고, 남이 들어서 거북한 소리는 일본말로 했다. "아노꼬가 하잇다요." 시어머니가 우리말을 일본말로 바꿀 때 시작하는 말이었다. 그분의 통화 내용을 알아듣고 못 알아듣고의 상관없이 길고긴 통화를 바라다보는 일은 고통스러웠다. 그 동안에 꼭 어디서 애타게 나를 찾는 이가 있어 계속되는 통화중 신호 때문에 쓸쓸한 좌절감을 맛볼지도 모른단 생각은 어쩌면 몽상일 수도 있었다. 그것보다 훨씬 생생한 현실감으로 느낄 수 있는 게 방안에 충만히는 정보였다. 증권 시세, 시채시장 정보, 부동산 전망, 누구라면 다 알 만한 댁 자녀의 결혼 예물, 예단 소식, 그리고 며느리 다루는 법 등의 정보가 눈에 보이진 않지만 방안에 가득 충만한 걸 나는 피부적으로 느낄 수가 있었다. 그분의 정보욕은 한이 없었다. 걸신들린 것처럼 탐해도 탐해도 충족을 모르고, 늘 아쉬워했다. 드물게 정보에 접할 수 없는 날은 불안해서 안절부절을 못했고, 그 좋은 살집이 다 초췌해졌다. 그런 날은 으레 외출을 해서 생기를 회복해서 돌아왔다. 그분에게 있어선 정보는 정신의 공기 같은 것인지도 몰랐다. 그래 그런지 그분의 정보에 대한 탐욕은 좀 도가 지나쳤다. 예의도 염치도 없었다. 이를테면 어쩌다 나한테 오는 전화도 엿들었다. 별채의 내 방으로 연결해주고 나서도 수화기를 계속 귀에 대고 있는 그분의 긴장한 표정을 나는 전화를 받으면서도 빤히 바라볼 수가 있었다. 안채의 거실 유리창과 별채의 내 방 유리창을 잇는 빗금 사이를 가로막는 것은 아무것도 없었으니까. 그분의 예민한 청각에 의해 일단 걸러지고 나서 나에게 도달한 정보는 맹물보다도 못했다. 그러나 나는 그분처럼 정보에 걸신들리지 않았으므로 그건 그닥 고통스럽지 않았다. 정작 고통스러운 것은 외부를 향해 자신을 표현할 수 없는 거였다. 그분의 전화기가 외부와 나 사이를 둑처럼 차단하고 있는 걸 빤히 바라보는 위치에서 나는 거의 절망적인 거짓말쟁이가 되었다.

외부에서 가장 궁금해하는 것도 그랬지만, 내가 외부에 대해 표현하고 싶은 것도 내가 결혼해서 새롭게 맺은 관계에 대해서였다. 남편과, 시부모와, 시댁 식모와, 그리고 시댁 분위기와의 관계를 외부에서 궁금해하는 것만큼 나도 표현해보고 싶었다. 표현함으로써 그 관계 속에서의 나의 위치를 이해하고 확보하고 싶었다. 그러나 표현의 길은 완강하게 막혀 있었다. 이를테면 "시집살이가 어떠니?" 하고 단도직입적으로 묻는 가장 흉허물 없는 친구에게도 나는 있는 그대로의 나를 나타내지 못했다.

"얘는? 시집살이랄 것도 없어. 우리끼리 멋대로 살아. 시어른들이 워낙 이해성이 많은 신식 분들이시거든. 우리의 프라이버시는 물론 당신들의 프라이버시를 위해서도 우리를 당신들의 집에 들이지도 않았다면 말 다 했잖아. 우린 완전 별채에서 살아. 별천지야. 그래그래, 꿀과 참기름이 뚝뚝 떨어지는 별천란다, 요것아."

이렇게 나의 별채는 늘 닫힌 세계였다. 그래서 시어머니의 거실엔 늘 살아 있는 정보가 충만해 있다면 나의 방엔 돌파구 없는 정보가 고여서 썩어가고 있었다. 나는 내가 놓인 이런 상황에 대해 늘 누구에겐가 구원을 청해야 할 것처럼 느꼈지만 그러기 위해선 정직해져야 한다는 게 문제였다. 시어머니의 도청(盜聽)이 없을지라도, 설사 밖에서 직접 동기간이나 친구를 만날지라도, 나는 내가 자유스럽고 행복하다는 거짓에서 못 벗어났다. 나는 이미 누구보다도 자유스럽고 행복하게 사는 걸로 소문이 나 있었다. 그런 소문은 도저히 벗어날 수 없는 나의 틀〔型〕이었다.

안채와 별채를 잇는 것은 언제나 궁금할 때 곧장 닿을 수 있는 서로의 눈길만이 아니었다. 그분은 그분이 손님을 맞을 때 앉는 소파 옆구리에 비상벨의 단추를 달아놓고 있었다. 손님이 있을 때마다 별채의 내 방으로 신호를 보냈다. 한 번 울리면 한복을 차려입고 잎차를 내올 것, 두 번 울리면 홈 웨어를 입고 커피를 내올 것, 세 번 울리면 슬그머니 점심 준비를 할 것 등등, 그분이 정해놓은 암호는 예닐곱 가지나 됐다.

"내가 며느리를 얼마나 잘 보았나 친구들이나 일가친척한테 자랑하고 싶어서 그러는 게야. 그렇지만 줄창이야 그러겠니. 신혼 시절 한때지. 이런 일도 지나놓고 보면 그땐 참 호강했다싶을 테니 너무 번거롭게 생각하지 말거라."

그분의 이런 말씀의 거짓 없음을 나도 잘 알고 있었다. 실제로 내가 한복으로 곱게 갈아입고, 소반에 백자로 된 우아한 잎차 도구를 받쳐들고 나가면 거기엔 교양과 품위가 넘치는 손님이 와 있게 마련이었고 시어머니는 순전히 나를 추켜세우기 위해 거짓말을 잘도 했다.

"아유, 글쎄 우리 며느리가 이렇게 엽엽하답니다. 못하는 게 없는 가정부가 있건만도 나한테 오시는 손님 시중만은 꼭 제가 손수 들어야 할 줄 알거든요. 그뿐인가요. 이 애가 또 어떻게 능통한지 누가 일러주지 않아도 어떻게 대접해야 할 손님인지 알아서 척척 하거든요. 보세요, 사장님하고 사모님이 커피 안 하시는 거 알고 잎차로 내오지 않습니까. 마음이 그러하거든 자태라도 좀 두루뭉술했으면 흥을 깰 텐데 한복 입은 저 맵시 좀 보십시오. 눈에 넣어도 안 아프단 소리가 아마 며느리 본 내 마음을 두고 하는 소리가 아닌가 싶습니다."

손님들 앞에서 하는, 며느리한테 홀딱 반한 시어머니의 연기는 일품이었다. 내가 그분의 넘치는 자애로움을 연기로밖에 여길 수 없는 건 손님들이 가고 나서 돌변하는 그분의 태도 때문이었다.

"수고했다. 잠시 잠깐 얼굴 내비치는 것도 시집살이라고 그렇게 쌀쌀맞고 정 안 붙게 굴 게 뭐냐? 다 저한테 이로우라고 시키는 노릇이건만. 그나마의 시집살이도 싫다면 안 시키마. 다시는 안 시키면 될 게 아니냐."

이렇게 억울한 말씀을 했다. 나는 그분의 이런 특이한 며느리 다루는 법도 그분에게 수시로 흘러들어오는 정보에서 얻어진 거라는

素描 47

걸 알고 있었기 때문에 더욱 몸둘 바를 몰랐다. 내가 비위맞춰야 할 대상은 그분의 성미가 아니라, 다양하고 변덕스럽기 짝이 없고 눈에 보이지 않는 최신의 정보였기 때문이다. 뉘 집에선 며느리 버릇을 어떻게 고쳐놓았다든가, 아무개는 콧대높은 며느리 기를 어떻게 꺾었다든가 하는 새로운 정보는 즉각 그분을 긴장시켰고 나를 보는 눈빛을 바꾸었다.

안채와 별채를 ㄱ자로 연결하는 지붕 달린 다리 밑은 골목이었다. 나는 안채에 손님이 계실 때가 아니라도 아침 저녁 식사 때는 그 다리를 건너 안채 이층을 지나서 아래층 식당으로 내려갔다. 점심은 별채의 냉장고에 있는 과일이나 우유 따위로 간단하게 때웠다. 다리 밑 골목은 좌우가 한쪽은 안채의 벽, 한쪽은 별채가 올라앉은 바위의 가파른 단애(斷崖)로 되어 있었다. 바위의 경사 때문에 평지에서의 폭은 더욱 좁아져서 그저 두 사람 정도가 엇갈릴 만했다. 그 좁은 골목은 안채의 뒤란으로 통했고, 뒤란엔 뒷집과의 경계인 회색 블록담이 둘러쳐 있었다.

퇴직하고 집안에서 안락한 노후를 보내는 시아버님의 어쩌다 하시는 외출은 각별히 화려했다. 줄이 선 감색 바지에 크림색 상의라는 눈에 띄는 콤비 차림에다, 분홍이나 옥색 계통의 비단 와이셔츠에, 훨씬 더 대담한 색상의 넥타이를 매고, 상의 윗주머니엔 선글라스가 꽂혀 있지 않으면 넥타이와 세트로 된 손수건이 호랑나비처럼 현란하게 나풀대는 걸 보면 퇴직한 은행가라기보다는 아직도 현역으로 사랑과 존경을 받는 늙은 배우나 가수를 연상시켰다.

그러나 그런 외출은 어쩌다나 있는 일이고 매일 한 번씩 하는 외출이 더욱 볼 만했다. 유명 상표가 붙은 흰 농구화에 같은 상표의 흰 반스타킹을 신고, 흰 반바지에 역시 가슴에 상표가 붙은 티셔츠를 입고 정구채를 들고 현관을 나서서 마당의 우거진 푸르름 사이를 지나가는 그분의 모습은 참으로 보기 좋았다. 우쭐대는 어깨가 젊은이보다 더욱 발랄해 보였다. 그렇게 폼잡고 나가지만 번번이 동네 한바퀴 돌 만큼의 시간만 지나면 되돌아왔다. 처음에 나는 약속한 파트너가 무슨 일이 생겨 안 나와 그분이 허탕을 쳤겠거니 했다. 그러나 번번이 그럴 수는 없는 일이었다. 마치 어른이 때때옷을 입혀 내보내니까 나가서 한바퀴 돌긴 돌았으되 아무도 거들떠봐주지 않아 허전해진 아이모양 풀이 죽은 모습으로 돌아왔다. 그리곤 안채와 별채를 잇는 다리 밑의 골목으로 들어가 뒤란을 향해 공을 가볍게 쳤다. 공이 뒷집의 블록담을 맞고 되돌아오면 받아치기를 오래 계속했다. 무슨 까닭인지는 몰라도 밖에서 정구를 치는 일이 허탕을 치게 되니까 집에서 그런 방법으로 몸이라도 푸는 게 이상할 건 조금도 없었다. 골목 속이지만 라켓을 휘두르기에 불편함은 없어 보였고 되돌아온 공이 멀리 빗나갈 수 없다는 이점도 있었다. 그러나 마당 안에서도 가장 후미진 곳에서 공치기를 하기엔 아래위로 화려한 상표가 붙은 새하얀 운동복 차림이 아까워 보였다. 혼자 공을 치더라도 넓으나넓은 잔디에서 쳤으면 얼마나 보기 좋을까 싶었다. 혼자 치는 공치기 놀음에 지쳤는지 다리 밑에 우두커니 서 있는 그분의 모습은 더욱 쓸쓸해 보였다. 집에 들어가 쉴 수도 있으련만 다리 밑에 넋 나간 사람처럼 시간 가는 줄 모르고 서 있기를 잘 했다. 그럴 땐 마치 막막한 들판에서 비를 만나, 사람 없는 원두막 밑에서 비를 긋는 올데갈데없는 노인네처럼 후줄근하고 청승맞아 보였다. 아무리 화창한 날이라도 다리 밑이 우중충해서 그렇지, 그분의 어깨와 이마엔 두터운 구름 그림자와 눅눅한 습기가 서려 보였다.

그런 시아버지에게 나는 걷잡을 수 없는 친화감을 느꼈다. 그분의 화사한 운동복도 바람둥이풍의 콤비도 그분의 의사와는 상관없는 시어머니의 농간일지도 모른다고 생각했다. 내가 시어머니의 한 번 벨에 한복을 입고, 두 번 벨에 홈 웨어를 입듯이 말이다. 같은 꼭두각시 신세끼리 마음만 통하면 반란을 꾀할 수도 있으련만. 그러나 무슨 수로 마음을 통할 수가 있을까. 나는 시아버지와 한번도 말을 해본 적이 없었다.

안녕히 주무셨어요 아버님, 진지 잡수셔요 아버님, 이런 내 말에 가볍게 고개를 끄덕이기도 하고 오냐 소리도 했지만 서로의 의사가 통하는 대화를 한 적은 없었다. 나타낼 수 없는 친화감이 나를 고통스럽게 했다. 그렇다고 시아버지가 나에게 특별히 데면데면하다는 유감이 있는 건 아니었다. 그분은 누구하고도 말이 없었다. 식탁에서 꼭 필요한 말은 시어머니가 대신했다. 아버님은 닭고기를 안 잡수신다든가, 이 국은 아버님한테는 짤 것 같다든가, 아버님은 젓갈 든 김치를 싫어한다든가, 이런 잔소리를 시어머니가 대신했지만 그것조차 믿을 만한 그분의 의사인지는 분명치 않았다. 시어머니가 부재중일 때, 그분의 식욕은 다만 왕성했다. 당뇨기가 있으니까 식사의 양을 조절해서 드려야 한다고 시어머니로부터 들어둔 사전 지식만 아니었다면 그분이 평소 배까지 주린다고 생각할 지경이었다.

집엔 손님이 잦은 편이었지만 거의 다 시어머니 손님이었고 시아버지가 함께 어울리는 적은 없었다. 손님들은 시아버지의 존재를 조금도 의식하지 않는 것 같았고 시아버지 역시 이층으로 재빨리 숨어버리는 게 잘 훈련된 것처럼 감쪽같았다. 손님이 온종일 있을 때는 그분도 온종일 이층에서 꼼짝도 안 했다. 나는 몰래 이층으로 식사를 나르면서 그분과 대화를 할 수 있을지도 모른단 기대로 가슴을 울렁거리곤 했다. 이층은 서재로 꾸며져 있었지만 그분이 책을 읽는 걸 본 적은 없었다. 아래층에 손님이 있을 때 그분은 이층에서 혼자서 소주를 마셨다. 소주를 마시다가 나를 보면 얼른 소주병을 책상 밑으로 감추면서 어색하게 웃었다. 독한 소주 냄새와 새하얀 의치는 그분과 말을 하고 싶은 나의 소망을 비웃는 것 같았다. 서재의 장식장에는 양주병이 즐비하게 장식돼 있었으나, 그분이 마시는 건 언제나 소주였다. 콤비로 차려입고 외출했다 돌아오는 그분은 으레 서너 종류의 일간 신문을 돌돌 말아 옆구리에 끼고 있었는데 그 안에 소주병이 들어 있다는 걸 안 건 시집살이를 서너 달 하고 나서였다. 그렇게 숨겨서 들여온 소주병을 서재의 술 두꺼운 책 뚜껑 속이나 책 뒤에 숨겨두고 수시로 조금씩 마신다는 것도 알게 됐다. 그분에게서 늘 풍기는 소주 냄새는 마치 역한 체취처럼 가까워지고 싶은 나의 마음을 밀어냈다.

그러나 손톱을 뾰죽하게 길러 진주빛으로 매니큐어한 도톰한 손으로 시어머니가 당신의 코 앞을 부채질하면서,

"아유 냄새 또 어데서 홀짝 하셨구려, 아유 창피해, 아유 지겨워. 며느리 부끄러운 줄이라도 좀 아슈."

라고 하는 소리를 들으면 시아버지가 그런 방법으로나마 마나님으

로부터 자신의 속마음을 지키려는 게 아닌가 하는 생각이 들기도 했다. 그러나 그분의 속마음을 이해할 수 있는 건 아니었다. 그분의 속마음은 텅 비어 있을 수도, 아예 있지도 않을 수도 있었다.

어렴풋이 때로는 역하게 소주 냄새를 풍기는 것과는 상관없이 그분은 거의 취한 티를 안 냈다. 말이 없으니까 주정도 없는 건지도 몰랐다. 그러나 취했다 하면 왕창 취했다. 물론 집안에서가 아니고 밖으로부터 취해 들어오는데 골목 밖으로부터 떠드는 소리가 들렸다. 그 동안의 실어증을 한꺼번에 만회하기 위해 들입다 마신 것처럼 고래고래 소리를 지르고 웃고 떠들었다. 그러나 한마디도 알아들을 수는 없었다. 시어머니가 재빨리 그분을 안으로 끌어들이고 주정부리는 소리보다 훨씬 더 크게 전축을 틀어놓기 때문이다. 집의 뿌리가 다 들썩들썩할 것처럼 웅장하게 울려퍼지는 오케스트라가 집어삼킨 그분의 주정은 성대를 제거당한 맹수의 울부짖음보다도 더 비참하고 헛돼 보였다. 시어머니는 그분의 벼르고벼른 주정을 그렇게 간단히 무화시켜놓은 뒤, 그 어느 때보다도 화평스럽고 품위 있게 바이올렛 화분을 돌보는 것이었다.

시아버지의 주정을 통해 그분의 내면 세계를 이해해보려던 나의 기대는 수포로 돌아갔지만 새롭게 짚이는 게 있었다. 어렴풋하지만 그분이 평소에 왜 말을 못 하는지 알 것 같았다. 나는 그분의 말을 한마디도 되돌려주지 않고 번번이 집어삼키기만 했을 시어머니에게 격렬한 적의를 느꼈다. 이래저래 마음붙일 곳은 시아버지밖에 없었다. 말이 통하기는 단념했지만 마음을 붙인다는 건 일방적으로도 할 수 있는 편안한 기쁨이었다.

온종일 회색 블록담을 상대로 공을 치는 그분의 뒷모습을 보면서 느끼는 연민, 청천하늘에 비를 긋듯이 피해 어둑시근한 다리 밑에 마냥 서 있는 그분에게서 피어오르는 눅눅하고 막막한 느낌에 대한 공감, 그런 것들은 기쁨이라기보다는 비애에 가까운 거였지만 시집에서의 유일한 나의 살맛이었다. 나의 방 창에서 다리 밑까지는 소주 냄새를 안 맡고도 그분을 곰곰이 바라볼 수 있는 최적의 거리였다.

내 창을 통해 곧바로 바라볼 수 있는 가장 화사한 양지에서 시어머니는 항상 자신있게 움직이고 말을 많이 했고, 정반대의 가장 음습한 음지에서 시아버지는 움직일 때도, 가만히 있을 때도 목적도 자신도 없어 보였고 말이 없었다.

나는 이런 시아버지의 모습을 곰곰이 바라보면서 늘 무언가 생각날 듯 말 듯하다가 말았다. 어디서 본 듯한 얼굴, 어디서 본 듯한 눈빛, 어디서 본 듯한 막막한 표정이었다. 언제 어디서 보았을까? 언제 어디서긴? 어제도 그제도, 그끄제도 바로 저 자리에서 보았을 뿐이야. 요즈음의 나에겐 새로운 경험이란 없고 반복이 있을 뿐이니까. 나는 십 년쯤 시집살이를 하고 난 것처럼 똑같은 일상의 반복을 이렇게 체념하면서 무언가 생각날 듯 날 듯한 느낌을 지우려고 했다. 그러나 생각나야 할 것을 아주 잠재우진 못했다. 어느 날, 아! 하고 가슴의 통증을 느낄 만큼 느닷없이 그게 생각이 나고야 말았다. 시아버지의 모습과 표정과 몸짓 속엔 지울 수 없이 극명하게 남편의 모습이 남아 있었다. 아무리 물려주어도 지워지거나 덜어지지 않고 남아 있는 핏줄의 특징을 통해 나는 남편의 모습뿐 아니라 앞으로 태어날 나의 아이의 모습까지를 내다보고 있었다. 실상 나는 아직 아이를 갖기 전이었다. 아이를 갖게 될까봐 다달이 전전긍긍하고 있는 중이었다. 왜 아이를 가질까봐 두려워하고 있는지도 아울러서 알 것 같았다. 내가 다만 연민과 비애로써만 바라볼 수 있는 특징들이 마냥 이어지고 퍼지는 게 싫었던 것이다.

안 돼, 나는 격렬하게 안 된다고 생각했다. 시아버지가 지금대로 살아도 안 되고 내가 그 핏줄의 특징을 잇고 퍼뜨리는 일을 해도 안 된다고 생각했다. 그 두 가지 일은 따로 떼어놓고 생각할 수 없이 뒤죽박죽이 되어 나를 혼란시켰다. 나는 마치 혁명을 꿈꾸듯이 비밀스러운 정열로 시아버지가 조금이라도 달라질 수 있는 방법을 모색했다. 그분은 비록 살아 움직이고 있었지만 시어머니가 오래 전에 죽여서 행복한 노인의 표본을 만들어놓은 것과 다를 바 없었다. 그분을 달라지게 한다는 것은 표본이 된 지 십 년이 넘는 나비를 푸드덕대게 하는 거나 마찬가지로 불가능한 일인지도 몰랐다. 그러나 나는 혁명의 꿈을 버리지 않았다. 혁명을 믿을 수 있어야만 앞으로 올 내 아이를 두려움 없이 맞이할 수 있을 테니까.

우선 시아버지를 자발적으로 다리 밑에서 잔디밭으로 나오게 해야 했다. 청천하늘을 긋는 게 아니라 거침없이 우러르게 해야 했다. 마침 길에서 파는 혼자서 공치기 할 수 있는 도구를 발견했다. 빨간 비닐 가방 속에 무거운 추가 들어 있고 밖에는 끈 달린 공이 달려 있어 적당한 거리에서 혼자서도 얼마든지 공치기를 즐길 수가 있게 되어 있었다. 도시의 한복판 아스팔트 길 위에서 그것을 하고 있는 건 군중 속의 고독을 연출하고 있는 것처럼 보기 흉했지만 햇볕이 찬란한 내 집 푸른 잔디 위에서 옷 잘 입은 노인이 그걸로 혼자서 공치기를 즐긴다면 얼마나 보기 좋을까. 나는 망설이지 않고 그걸 사다가 시아버지에게 선물하기 전에 먼저 잔디밭 한가운데서 시범을 보였다. 그러나 정작 그분은 한번 해보기도 전에 시어머니에게 들켰고 심한 꾸지람을 들었다. 첫째 잔디가 망가질 테고, 둘째는 한길에서 빤히 들여다뵈는 잔디밭에서 노인이 혼자서 온종일 공치기를 하면 남 보기에 얼마나 청승맞아 보이겠느냐는 거였다. 청승맞기야 굴다리 밑이 훨씬 더하겠지만 거기는 행인의 시선이 안 미쳤다.

"그럼 제가 아버님하고 놀아드리겠어요. 저도 정구를 잘 치지는 못하지만 아버님 상대는 충분히 할 수 있을 것 같아요."

나는 그 소리를 하면서 비로소 하고 싶은 소리를 해보는 쾌감을 느꼈다.

"아서라. 효부 노릇할 생각 반갑지 않으니 네 남편 걱정이나 해, 이 한심한 것아. 참말로 큰일이다, 네 남편 일이. 돈을 쳐들여서 결혼까지 시켜줘도 달라지는 게 조금이라도 있어야지. 남편 잘되고 못되고는 계집 하기에 달렸다는데 너희들은 어쩌면 그렇게 똑같이 무심하냐. 남 다하는 성공이 부럽지도 않아? 눈꼴사납지도 않아? 이 한심한 것아."

내가 자초한 시어머니의 화살은 내 허점을 정통으로 찔렀다. 모욕당한 자존심이 아프고 쓰렸다.

내가 가장 이해할 수 없는 건 시어머니보다도 시아버지보다도 남편이었다. 내가 그에 대해 알고 있는 건 결혼 전 중매쟁이를 통해 들은 거가 전부였고 중매쟁이의 말에 거짓은 없었다. 그는 명문 중

고등학교와 명문 법대 출신이었고, 군대를 갔다왔고, 고등고시에 삼 년을 내리 실패하자 법관보다는 학문에 뜻을 두고 대학원에 다니면서 유학 준비를 하고 있는 점잖은 집 외아들이고 집안 형편은 대대로 물려 내려오는 재산에다 적지 않은 퇴직금을 주로 시어머니 될 분이 잘 굴려 알부자로 소문나 있고, 시아버지는 법 없이도 살 사람, 부처님 가운데 토막 등으로 불리울 만큼 인자한 분이라고 했다. 시집 와보니 하나도 틀린 말이 아니었는데도 나는 때때로 남편한테 심한 배신감을 느꼈다. 그는 어디 내놓아도 조건만 버젓한 게 아니라 인물도 호남축에 들었는데도 말이다.

그러나 그에겐 중대한 결함이 있었다. 자신의 의지라는 게 없었다. 학벌이 좋고, 대학원까지 다니니까 아는 것은 많을지 모르지만 자기가 뭘 원하는지는 모르고 있었다. 그것까지 중매쟁이가 알고 있어야 한다고는 생각하지 않았다. 그건 내가 알아내야 할 문제였지만 결혼 전에 나는 그가 유학을 가려 한다는 데 너무 솔깃했었다. 나는 이 땅에서 특별히 고통받거나, 원한 맺힌 일이 없건만 이 땅을 면해보는 게 소원이었다. 이 땅이 젊은이를 옴짝달싹못하게 하는 그 옹색한 사고(思考)의 틀을 일단 한번 면해보고 싶었다. 그걸 면하는 방편으로 그런 사고에 편승해도 상관없다고까지 생각했다. 가장 구역질나는 걸 면하기 위해 가장 구역질나는 걸 이용할 수도 있다는 논리에 의해 나는 이 땅에 팽배한 정략 결혼 풍습을 이용해 이 땅을 면할 작정이었고, 일단 비행기만 떴다 하면 그 더러운 것에 제일 먼저 침을 뱉아줄 작정이었다. 그가 비행기 못 탈 이유는 전혀 없어 보였다. 그보다 훨씬 못한 대학 나오고도 장학금 타서 유학가는데, 그 학벌에다 자비로라도 우선 보내놓고 볼 각오를 부모네들이 하고 있다니 유학은 떼어놓은 당상인 줄 알았다. 나는 그때 너무 이 땅을 일단 떠보는 일에 급급했었다. 그쪽에서 원하는 대로 자주 만날 겨를도 없이 결혼 먼저 하고 나서 그가 전혀 유학갈 의사가 없다는 중대한 결함을 발견했다.

유학뿐 아니라 고시 볼 뜻도 전혀 없었다고 했다. 고시뿐 아니라 법대 갈 뜻도 없었다고 했다. 어머니가 뒷바라지를 잘 해주니까 공부를 잘했고, 어머니가 원하니까 법대를 갔고, 어머니가 법대 다니는 걸 자랑스럽게 아니까 조금도 마음에 없는 공부를 그럭저럭 할 수가 있었고, 어머니가 고시 붙기를 소원하니까 삼 년간 고시 공부 하는 척은 할 수 있었지만 그때부턴 이미 스스로의 의지 없이는 아무것도 될 수 없는 단계였다. 삼 년 내리 고시를 실패하자 자존심이 몹시 상한 어머니는 유학가서 박사 따오는 걸로 새로운 희망을 삼기 시작했다. 그러나 그는 유학갈 마음이 처음부터 없었다. 그는 미국이란 나라가 박사가 오렌지나무의 오렌지처럼 주렁주렁 달린 고장이 아니라는 것쯤은 알고 있을 만큼은 똑똑했다. 그는 거의 천진한 호기심으로 판·검사 다음에 박사, 박사 다음엔 또 무슨 희망을 어머니가 그에게 걸까를 기다리는 눈치였다. 그가 바라는 건 어머니의 새로운 희망이 그에게도 희망이 될지도 모른다는 기대가 아니라, 우선 저절로 박사를 면할 수 있는 거였다. 박사 때문에 저절로 판·검사를 면했듯이.

그는 자기가 원하는 게 뭔지 모르기 때문에 성취욕도 없는 게 당연했다. 한번도 자기가 원하는 것을 가지려고 애써본 경험이 없는 그에게 나는 속수무책이었다. 그런 무력감은 내가 원하는 걸 위해 수단 방법 가리지 않았던 자신에 대한 혐오감과도 일맥상통해서 나의 나날을 헤어날 수 없이 침체케 했다. 그러나 시어머니한테 한심하단 소리까지 듣자 그 침체의 늪에서 꿈틀하는 안간힘이 생겼다. 한심하단 말보다 더 굴욕스러웠던 것은 불쌍해 마지않던 시어머니의 눈빛이었다. 좀처럼 남을 불쌍해할 줄 모르는 시어머니였다.

나는 간절하게 남편과 마음을 열어놓고 얘기를 하고 싶다고 생각했다. 양말이 어디 있냐든가, 배가 고프다든가, 커피 한잔 끓여달라든가 하는 용건이 있는 말 외의 말을 남편은 거의 안 했다. 남편의 마음을 모르겠으니까 일 년 가까이 살 대고 살았어도 얼굴이 잘 생각나지 않을 적이 있었다. 오죽해야 시아버지 얼굴에 남아 있는 낯익은 걸 남편의 모습이라고 깨닫기까지 며칠씩 걸렸겠는가. 심지어는 같이 있을 때도 자기 얼굴을 숨기고 있는 것처럼 보였다. 얼굴을 뭘로 가렸다든가, 밝은 데를 싫어한다든가 그런 얘기가 아니라, 마음을 안 나타내니까 표정을 종잡을 수가 없었고 흡사 일방적인 숨바꼭질을 하고 있는 것 같았다.

나는 서로가 그런 느낌을 극복하고 새롭게 만나지길 바랐다. 그는 늘 바빴다. 아직은 유학 준비중으로 돼 있고 연내로 석사 학위 논문도 써야 하니까 저녁 늦도록 도서관에 있다가 와야 명분이 서는 건 이해가 갔다. 그러나 저녁 먹고 나서의 오붓한 시간을 일부러 피하는 것처럼 그는 부리나케 또 외출을 했다.

"뽕뽕 한 판 하고 올께, 딱 한 판만."

그러고 나가면 자정이 넘었다. 시어머니에게 한심하단 소리를 들은 날 밤도 나는 그를 붙들지 못했다. 나라고 전자오락이라는 걸 전혀 모르는 건 아니었다. 그렇다고 서른 살 먹은 대학원생을 그렇게 지속적으로 열중케 하는 마력이 어디 있는지까지 안다고 할 순 없었다.

삼자 대면을 하리라. 나는 그 전자오락 기구가 살아 있는 사람인 것처럼 이렇게 벼르며 그의 단골집으로 달려갔다. 그의 단골집은 아랫동네 상가 지하에 있었고 기계들의 차가운 울부짖음 같은 전자 음향을 계단 위에서도 들을 수 있었다. 어둑시근한 실내였지만 나는 곧 그를 발견했다. 그는 갤러그 앞에 앉아 있었다.

"나 좀 봐요."

나는 숨을 죽이고 나직하게 불렀다. 왠지 큰 소리를 낼 수 없었다. 그나마 한 번밖에 못 불렀다. 그는 돌아보지 않았고, 암만 크게 불러보아도 그의 의식을 나에게로 돌이킬 수는 없을 것 같았다. 그는 깊이 열중해 있었다. 그가 무엇에 열중해 있는 걸 보긴 처음이었다. 푸르스름한 불빛 속에 드러난 그의 옆얼굴은 흡사 시퍼런 날을 세운 한 자루 칼날처럼 섬뜩하고 예리해 보였다. 그리고 그의 왼손은 단호하고 그의 오른손은 눈부셨다. 아아, 나는 그의 새로운 모습에 경탄했고 절망했다. 입 속이 깔깔하게 탔다. 그가 지혜와 힘과 경험과 감각을 다해 뭔가에 도달하고자 하는 모습은 일사불란하고 감동적이었지만 그가 도달하고자 하는 건 토플 점수가 아니라 십만, 이십만 하는 갤러그 점수였고, 그가 도전의 의지를 불태우고 있는 건 박사 학위가 아니라 눈앞의 화면에 난무하는 파리떼 같은 우주 괴물이었다. 그의 무아의 경지를 깨뜨리려는 건, 그를 영원히 무아의 경지로 떠다미는 만용이 될지도 모른단 생각이 들었다.

나는 그 전자오락실을 물러났다. 그러나 인조 맹수가 울부짖는 것처럼 기계적이면서도 야성적인 음향은 나의 뒤를 줄창 뒤쫓아오는 것 같았다. 힐레벌떡 별채로 쫓겨온 나는 이불을 뒤집어쓰고도 그 울부짖음에서 못 놓여났다. 인조 맹수가 도시의 골목을 횡행하고 있을지도 모른다고 생각했다. 그가 무사히 돌아올 수 있을까? 그 괴수가 횡행하는 거리에서. 그 인조 맹수들은 거리거리에서도 뽕뽕댔고, 내 머릿속에서도 뽕뽕댔다. 나는 처음으로 그에게 싱싱한 욕망을 느꼈다.

자정이 지났나보다. 그가 돌아오는 기척을 느꼈다. 안채의 문을 따주면서 이 한심한 것아, 하고 바라보았을 시어머니의 얼굴도 어렴풋이 떠올랐다. 그가 말없이 이불 속으로 파고들었다. 그런 굴욕적인 시선에 그를 다시는 내맡기지 말아야지 하는 생각은 제법 단호했다. 나는 그를 안았다. 그의 온몸이 끈적했다. 피투성이인 것처럼. 인조 짐승들이 일제히 야성의 짐승으로 돌변해서 그를 상처냈다고 생각했다.

꿈과 현실이 행복하게 화합했다. 그는 피투성이였다. 그가 피투성이인 게 겁나지도 싫지도 않았다. 나는 그의 상처를 정성을 다해 애무하고 그의 피를 핥았다. 그의 싱싱한 상처와 더운 피가 나의 더운 피를 불러일으켰다. 그가 피투성이인 채 왕성하게 살아 있음이 고맙고 신기했다. 나는 그와 화합하면서 기적을 믿었다. 인조 짐승이 야성 짐승으로 살아나는 판에 무슨 일인들 못 일어날까 싶었다. 안채 사람과 별채 사람과의 관계도 문득 살아나 불화하고 아우성치면 얼마나 살맛 날까 싶었다.　　　〔『소설문학』, 1983. 8〕

초 대

　쿨컥, 쿨컥 쿨컥……, 희주의 맹렬한 펌프질에 따라 막대기 끝의 시커먼 고무 벙거지도 괴롭게 쿨컥대며 압축과 흡입을 되풀이했다. 희주의 코끝에 반드르르 진땀이 배고, 이마에 헝클어진 머리칼도 수초처럼 늘어붙었다. 막대기를 누르던 손바닥의 심한 통증과 함께 온몸의 기운이 대롱의 물이 빠지듯이 발끝으로 쭉 빠져버리는 듯한 느낌과 함께 희주는 고무 벙거지가 달린 막대기를 스르르 놓쳤다. 머리가 아찔하면서 까닭모를 슬픔이 가슴을 후볐다. 그녀는 상채기를 다칠세라 감싸듯이 가슴을 오그리고, 세운 무릎에 얼굴을 파묻는 자세로 주저앉았다. 찌르는 듯한 슬픔은 여전했다.
　전화벨이 울렸다. 놓은 지 며칠 안 되는 전화라 남편한테서밖에 걸려올 데가 없었다. 그럼에도 불구하고 그녀는 잘못을 저지르다 들킨 것처럼 허둥대며 겁에 질린 소리로 전화를 받았다.
"여보세요."
"나야 나. 준비는 잘 돼가고 있겠지? 접때처럼 또 시간 어기지 말아. 이삼십 분 일찍 도착할 요량하고 떠나도록 해. 초대한 쪽에서 늦게 온다는 건 큰 실례야. 또 호스트의 너무 수수한 옷차림도 손님 대접을 소홀히 한다는 오해를 받기 쉽다는 걸 잊지 말고……"
"네"라고 대답하고 나서인지 그 전인지, 전화는 찰카닥 끊겼다. 희주는 되돌아온 자신의 "네" 소리에 흠칫 놀랐다. 마치 깊고 음산한 동굴 속을 휘젓고 되돌아온 메아리처럼 인기척이 빠진 공허한 목소리였다. 식탁 위에 걸린 동그란 전자시계가 세시 오십오분을 가리키고 있었다. 이삼십 분 일찍 도착할 요량을 해도 집 떠나기까지는 두 시간이나 넘어 남아 있었다. 두 시간이나 넘게 자신을 치장하는 방법을 희주는 알고 있지 못했다. 그녀는 반 평 남짓한 욕실 앞으로 돌아왔다. 타일 바닥에 벙벙히 괸 물은 조금도 줄지 않은 채 미동도 안 하고 있었다. 하수도 뚫는 기구로 애써 펌프질한 흔적으로 구정물 건더기가 죽어 썩어가는 거품 해파리처럼 부유하고 있을 뿐이었다. 광고에서 본 하수도 뚫는 약을 사와야겠다고 생각했다. 그 약 선전에 의하면, 하수도를 막고 있는 물질을 뭐든지 녹여서 뚫는다고 했다. 머리카락까지도. 머리카락을 특별히 강조한 것을 보면 인체 여러 부분 중 머리카락이 가장 늦게 부패한다는 말이 맞는구나 싶었다. 사람이 살아가면서 경험한 온갖 기억과, 맛본 기쁨과, 슬픔과 분노와 꾀한 음모와, 용서와 집념을 담았던 뇌수와 두개골이 썩은 후까지도 머리칼은 올올이 남아 있는 것일까? 묘비는커녕 봉분도 안 남은 수많은 사라진 무덤 속에서 사라지지 못한 머리카락이 산발하고 꾸는 꿈은 어떤 것일까?

　일주일 전에도 욕실 하수도가 막혔었다. 하수도 뚫는 간단한 기구가 있다는 것도 몰랐을 때라 일꾼을 부를 생각만 하고 딴일을 하고 있는데, 누가 초인종을 시끄럽게 울렸다. 아래층 사는 여자라고 했다. 화장이 유난히 짙은 그 여자는 덮어놓고 마루로 올라와 욕실 문을 열어젖혔다. 그리고 범행의 현장을 덮친 수사관처럼 의기양양해서 째지는 소리로 단죄를 했다.

　"세상에, 세에상에, 위층에 산다고 이래도 되는 거예요? 일껏 드라이한 머리에 구정물 벼락을 맞았단 말예요. 아파트에 살려면 이웃보다 아래 위층을 잘 만나야 한다더니, 뭐 이런 여자가 다 있어?"

　"아래층으로 새는 줄은 정말 몰랐어요. 곧 뚫는 사람을 부를께요. 용서하세요."

　"일꾼을 불러요? 흥 피차 열세 평에 사는 주제에 부틱 내봤댔자예요. 보아하니 신접살림인데, 뚫는 것도 없나보군. 빌려줄 테니 빨리 뚫어요."

　여자가 검정 벙거지가 달린 막대기를 가져왔다. 그러나 어떻게 쓰는지를 몰라 우두망찰을 하고 있는데 마침 남편이 퇴근해 왔다.

그는 믿음직스럽게 바짓가랑이를 올리고 팔뚝을 부르걷고, 구정물 한가운데로 들어섰다. 그리고 고무 벙거지를 하수도 구멍에다 대고 막대기로 들입다 펌프질을 하면서 잔뜩 앙심먹은 얼굴로 이를 악물었다. 머리카락일 거야, 머리카락이 뭉쳐서 꽉 막혔을 거야. 그가 간간이 내뱉는 소리를 들으며 희주는 자신의 유난히 긴 머리카락을 죄스럽게 생각하며, 한 손으로 뭉쳐 뒤에서 쪽을 만드는 시늉을 하며 서 있었다. 제발 비닐봉지나 치약 껍데기 따위가 떠올라 자신의 무고를 증명해주었으면 얼마나 좋을까, 마음을 졸였다. 그때도 흐느적대는 구정물 건더기만 떠오르고, 막힌 하수도는 좀처럼 뚫어지지 않고 쿨럭대기만 했다. 남편의 관자놀이에 힘줄이 서고 호흡이 거칠어졌다. 희주는 남편의 앙심이 팽배하여 폭발 직전에 이르는 것을 아득한 기분으로 지켜보기만 했다. 머리카락일 거야, 머리카락이 뭉쳐서 꽉 막혔을 거야. 남편은 머리카락에 대한 자신의 적의를 절정까지 끌어올리려고 이렇게 이를 갈았다. 드디어 하수구에서 울컥 토악질하는 소리가 나면서 정말 다박솔만한 크기로 뭉친 머리카락을 토해냈다. 머리카락에도 구정물 건더기가 느적느적 엉겨붙어 마치 메밀국수 다발처럼 희뿌옇게 보였다. 남편은 집게로 그것을 집어서 수돗물을 한껏 틀고 엉겨붙은 걸 씻어냈다.

"뭐하러 그래요? 버리지 않고."

"이것 보라구. 검은 머리가 아니야. 백발이야. 전에 살던 집에 노인이 계셨나봐."

남편은 그렇게 함으로써 희주의 무고를 증명해냈다는 듯이 개운하고 관대한 표정을 지었다.

"네? 백발이라고요?"

희주는 가슴이 오래 벌렁대도록 크게 놀랐고, 남편처럼 개운해지지 않았다. 그녀의 머리카락이 그 속에 뭉쳐 있는 동안 그렇게 하얗게 세어갔으리라고 여겨졌기 때문이다. 세는 것도 생명 현상일진대 머리카락은 그녀의 몸을 떠나서도 죽지 않고 살아 있었단 말인가. 어쩌면 자신의 길고긴 검은 머리는 가짜이고, 더러운 하수구를 막고 있던 백발이야말로 진짜 자신의 머리칼이 아닌가 하는 혼란이 왔다. 그래서 마치 하룻밤에 머리를 세게 한다는 깊고깊은 절망을 자신 속 어디엔가에 은폐하고 있는 것처럼 느꼈다. 그것을 어떻게든지 토해내게 해서 다시 한번 확인해보고 싶었다. 독한 약으로 감쪽같이 녹여버릴 수는 없다는 것이 자신의 것에 대한 그녀의 애정이자 증오였다.

오줌이 마려웠다. 다시 그 구정물에 발을 담그지 않고는 변기까지 갈 수 없다는 게 그녀의 요의(尿意)를 한결 다급하게 했다. 지금도 구정물이 아래층으로 떨어지고 있는 것일까? 그 동안 고친 일 없으니 일주일 전에도 샌 물이 저절로 안 새게 될 리가 없었다. 여자는 머리를 손수 화려하게 드라이하고 외출을 했거나 짙은 화장을 하고 낮잠을 자고 있음이 분명했다. 그렇지 않고서야 그 좁아터진 집 한쪽 귀퉁이에서 나는 뚝뚝 물 떨어지는 소리를 못 들을 리가 없었다. 시간이 어느 틈에 다섯시에 육박하고 있었다. 별볼일없이 외출했던 여자들도 수퍼에 들러 저녁 찬거리를 사들고 돌아올 시간이고, 낮잠자던 여자도 크게 기지개를 켜며 일어나 화장실에 갈 시간이었다. 미구의 아래층 여자가 째지는 소리를 지르며 올라오리라. 희주는 욕실 문지방에 앉아서 괸 구정물 위에 오줌을 누었다.

남편은 호스트라고 했던가 호스티스라고 했던가. 아무튼 여주인 노릇을 해야 할 모양이다. 남편은 집으로 손님을 초대하는 법이 없었다. 그러고도 희주에게 자주 여주인 노릇을 시켰다. 결혼한 지 반년밖에 안 되는데 벌써 다섯번째였다. 사업상 필요한 사교라고 했다. 희주는 남편이 정확하게 무슨 사업을 하는지 알지 못했다. 월급생활을 삼 년쯤 하고 나서 독립했다고 했다. 그의 독립과 결혼은 거의 같은 시기여서 생활비에 꽤 짰다. 희주는 한 끼에 그녀의 한 달 생활비보다 많은 돈이 드는 사교적인 식사에 참석하는 것이 매우 고역스러웠다. 더욱 괴로운 것은 그런 사교적인 모임에서 돌아와서 그녀가 사교적이지 못한 것을 일일이 책잡히는 일이었다. 내가 당신을 잘못 봤나봐. 이렇게 말할 때의 남편은 매우 입맛이 써 보였다. 사람을 잘못 본 것은 희주도 마찬가지였지만, 드러내놓고 내색할 기회가 없었다. 그와의 일상이 곧 기회의 연속이었기 때문에 기회가 없는 것과 다를 바 없었다.

다섯시를 넘기자 갑자기 시간의 흐름이 빨라지기 시작하면서 불투명한 긴장감이 그녀를 옥죄었다. 여주인의 너무 수수한 옷차림은 손님에게 실례가 되는 모양인데, 어떻게 차려입어야 수수하지 않게 보일지 난감했다. 그녀는 머리를 한 손으로 끌어올리고 한 손으로 블라우스 단추를 몇 개 뺐다. 그러고 나서 목둘레가 깊게 패인 옷과 세팅이 우아한 에메랄드 목걸이를 걸어보았다. 참, 구슬백도 있어야지. 그러나 그 중 하나도 실제로 가지고 있지는 않았다. 예물로 받은 패물 중에 딱 하나 마음에 드는 것이 에메랄드 목걸이였지만, 지금은 품목도 모양도 생각나지 않는 딴 패물과 함께 남편의 사업 자금으로 들어가버렸다. 그녀는 자주는 아니었지만 가끔 그것을 걸어보는 적이 있었다. 그것은 이미 바래져버린 자신의 여자다움에 대한 쓸쓸한 향수를 되씹는 시간이기도 했다. 그때마다 그녀는 공중탕에서 서로 등을 밀어주던 어떤 아주머니한테서 들은 얘기를 생각해내곤 했다. 색시 목둘레는 어쩌면 이리 고울까, 백조 같아, 장신구 같은 거 할 생각 말아요. 처녀 적 미모에 대한 찬사를 들은 것이 한두 번이 아닌 희주였다. 남편도 입에 침이 마르게 그녀의 아름다움을 칭송하면서 청혼했었다. 그러나 그의 칭송은 곧 미모와 사교적인 쓸모와를 동일시한 착각이었다는 것을 깨달은 것은 남편과 아내가 거의 동시였다. 그것을 깨닫자 그녀의 처녀 시절을 화려하게 수놓았던 그 칭송의 의미는 무지개처럼 허망하게 사라지고 말았다. 그런데도 공중탕에서 만난 아주머니의 찬사만이 사라지지 않는 것은 무슨 까닭일까. 벌거벗은 사이니만큼 순수함을 믿을 수 있어서일까. 벌거벗고 있어서 빈부나 신분을 헤아릴 수는 없었지만, 눈가의 잔주름이 어머니 연배는 되어 보였고, 웃는 모습이 착해 보였었다. 그 아주머니 말짝으로 장식품 없이 더욱 아름다워 보이는 목이라면 목이 패인 옷이라도 입어야 할 텐데, 그나마도 없었다. 무슨 옷을 입을까 망설이는 사이에 삼십 분이 가버리고, 그때부터 어릴 적 개꿈 같은 실수가 연속되고, 시간은 실수에 바람을 일으키며 미친 듯이 가속이 붙었다. 한창 키가 클 나이에도 그녀는 낭떠러지를 뛰어내리거나 하늘을 나는 꿈을 꾸어보지 못했다. 그녀의 단골 개꿈은 연쇄적인 착오의 끝도 없는 되풀이에 칭칭 얽히고설키는 꿈이었다. 학교 갈 시간이 임박했는데 책가방이 없어서 동동거리며 천신만고 찾아가지고 숨가쁘게 학교길을 뛰다보면 교복을 안 입은 평상복이었고, 집에 가서 교복을 찾아 입고 뜀박질하다보면 흰 칼라가 안 달린 온통 까마귀처럼 새카만 교복이어서 다시 집으로 가 칼라를 아무렇게나 달고 뜀박질하다보니 언니의 샌들을 신고 있었다는 식이었다. 교복이 자율화되기 이전 교칙이 유난히 까다로운 공립중학교에서도 융통성 없는 모범생이었던 그녀에게 그런 꿈은 유령이 나오는 꿈보다 훨씬 더 고통스러운 박진감이 넘치는 악몽이었다. 꿈에서도 생생하게 피가 마르는 것 같은 노심초사를 했다.

어릴 적 개꿈 속의 연쇄적인 착오가 결혼 후 때때로 현실에서 일어나고 있었다. 그녀는 시간 가는 소리와 심장 뛰는 소리를 동시에 느끼며 헛된 착오를 끝없이 되풀이하고 있었다. 꽃무늬가 잔잔한 원피스를 입고 나니 거기 맞는 핸드백이 만만치 않아 베이지색 핸드백을 의식하고 커피색 투피스로 갈아입으려니 그 점잖은 색에 어울리는 화사한 블라우스가 없었고, 회색의 갈색 줄무늬가 있는 원피스가 그럴듯하다 싶어 입어보니 단추가 하나 떨어져나갔는데 스페어 단추도 없다는 식이었다.

겨우 입어서 편하고 거울에 비쳐보기에도 어색하지 않은 옷차림으로 집을 나설 때는 가까스로 제 시간에나 대갈 수 있는 시간이었다. 또 수수하게 입고 나왔다고 핀잔을 들을 각오는 하고 있었다. 요행히 아파트 단지로 들어오는 차는 많고 나가려는 사람은 적은 저녁 시간이라 쉽게 택시를 잡아타고 L호텔 로비에 당도했을 때는 오분 전 일곱시였다. 초조하게 기다리고 있던 남편은 그녀를 보자 낭패와 분노로 얼굴을 일그러뜨렸다.

"그렇게 옷이 없어? 접때하고 같은 옷을 입고 올 게 뭐야?"

희주는 그제서야 일껏 차려입은 옷이 저번에 손님을 초대했을 때 입었던 옷과 같은 옷이었다는 것을 알아차렸다. 남편의 표정으로 미루어 연거푸 두 번 같은 옷을 입는다는 것이 수수한 옷보다 더 큰 잘못이 된다는 것도 짐작했다.

"다들 초면일 텐데 당신 말고 누가 또 나를 단벌치기 취급할까봐 그래요?"

희주도 그 정도의 입바른 소리는 해야 견디는 성미였다.

"접때 대접한 사람도 끼어 있단 말야. 그런 것까지 일일이 고해바쳐야 되겠어?"

희주는 오늘 남편이 초대한 인사들이 어떤 친분이나 이해 관계로 얽힌 사람들인지 미리 궁금해한 적도 없었고 나름대로 짐작한 바가 있는 것도 아니었다. 남편이 더 화를 내기 전에 성장한 부부가 그들 앞으로 걸어왔다. 일곱시 정각이었다. 남편이 언제 화를 냈더냐 싶게 부드럽게 웃으면서 희주를 그들에게 소개했다. 희주는 그녀의 곤경을 구해준 그들에게 마음으로부터 와주셔서 고맙다는 인사를 했다.

남편이 앞장서 안내한 곳은 그 호텔 이십층의 뷔페 식당이었다. 서울의 야경을 한눈에 볼 수 있는 창가에 예약된 자리 수로 보아서 아직도 두 커플쯤이 더 오게 되어 있는 듯했다. 일곱시를 전후로 한 십 분 사이에 초대한 손님들이 다 모였다. 희주는 맛이 비슷비슷한 육류를 눈을 까뒤집고 먹고 나도 손해본 것 같은 기분이 드는 뷔페 식당이라는 데를 좋아하지 않았다. 그러나 은도금한 각종 나이프와 포크와 꽃처럼 접은 냅킨으로 아름답게 세팅한 양식당에서 금박 문양이 박힌 메뉴를 펴들고 이국의 어려운 요리 이름에다 자기만의 식성까지 가미해서 주문할 줄 아는 세련된 신사숙녀 앞에서 수프 이름 하나도 제대로 말 못 하는 곤욕을 치르기보다는 훨씬 편한 곳이었다. 남편도 손님들에게 스스럼없이 이런 대중적인 데로 모셨노라고 너스레를 떨고 있었다.

접시를 들고 음식 주위를 도는데 성장한 여자가 좋은 소식이 있나보죠? 하며 희주를 유심히 보았다. 희주는 자신이 여주인이고 그 여자가 방금 소개받은 손님이라는 것을 잊고, 그 여자 곁을 건너뛰어 모르는 사람들 틈바구니에 끼었다. 얇게 썰은 분홍빛 나는 육류를 서너 점이나 덜어내고 있는 그녀를 보고 남편이 다가왔다.

"또 남기려고 그래? 고기가 먹고 싶으면 숫제 갈비를 먹어. 여기 갈비 맛이 괜찮아."

남편은 마치 능숙한 컨닝꾼처럼 점잖고 권태로운 표정과는 딴판의 신경질적인 소리로 날카롭게 속삭이고 나서 그녀 곁을 건너뛰어 싱그러운 양상치를 듬뿍 덜어내고 있었다. 희주도 금빛 나는 커다란 그릇 속에서 감미로운 냄새를 풍기며 지글대고 있는 갈비를 수북하게 덜어냈다. 희주는 그녀 안에서 지글대는 욕구 불만과 식욕을 구별하지 못하고 있었다. 식탁으로 돌아온 그녀는 알맞게 조금씩 덜어온 손님들 앞에서 잠시 어쩔 줄을 몰랐다. 특히 남편의 눈총은 따가웠다. 그녀는 애매하게 웃으면서 자리에 앉았다.
"좋은 소식이 있나봐요?"
 아까 음식을 덜 때 만나서 같은 말을 한 여자가, 섬뜩하도록 정결한 잇속을 드러내고 우아하게 웃으면서 말했다.
"그래요? 어머? 축하해요."
 딴 여자가 탄력있는 소리로 말하고 남편에게 손까지 내밀었다. 남편은 그 여자의 손을 살짝 잡고 나서 난처한 듯이 희주를 강하게 일별했다. 진주 반지를 끼고 진주빛 매니큐어를 칠한 그 여자의 손은 갖고 놀고 싶게 앙증맞고 보드라워 보였다.
"아, 아녜요, 정말 아녜요."
 희주는 그제서야 좋은 소식의 뜻이 짐작되어 강하게 부정했다. 그러나 아무도 그녀의 강한 부정을 귀담아듣지 않고 딴 얘기로 옮겨갔다. 그들에게 그것은 사건이랄 것도 없는 일일지도 몰랐다. 희주는 그들의 잠깐 동안의 관심에서 놓여난 게 우선 다행스러웠다. 그러나 그녀가 갈비를 그렇게 많이 덜어내기 전부터 좋은 소식이 있느냐고 물어온 까닭은 무엇이었을까, 혼자서 곰곰이 생각했다. 아마 어떤 이질감 때문이었으리라. 풍만한 목둘레를 대담하게 드러내고도 품위를 잃지 않고 차분히 하늘대는 실크 옷 사이에서 평범한 진 원피스도 초라해 보였지만, 면밀한 피부 관리와 컬러풀한 화장으로 갓 피어난 요염한 꽃송이 같은 얼굴들에 비해, 나올 때 임박해서 이것저것 찍어바르는 둥 마는 둥한 자신의 얼굴은 어쩌면 병색마저 돌아 보일지도 몰랐다. 어디 아프냐고 묻고 싶은 것을 슬쩍 좋은 소식으로 둘러댄 상대방의 화술에 희주는 뒤늦게 감탄을 하며 실소를 했다. 손바닥이 얼얼했다. 식탁 밑에서 몰래 펴보니 살갗이 무참히 으깨어져 있었다. 매니큐어는커녕 로션을 바르는 것도 잊어버린 손등은 까실했고, 집게손가락 손톱 밑엔 어쩌자고 새카맣게 때까지 끼어 있었다. 기회를 보아서 상 밑에서 살짝 이쑤시개로 후

벼내야 할 것 같았다. 손톱 밑의 때 때문에 갈비 먹는 일이 더 어줍어졌다.

　남편이 그녀의 옆구리를 날카롭게 찔렀다. 그러나 깜짝 놀라 쳐다본 남편은 고개를 끄덕이며 열심히 좌중의 화제에 귀를 기울이고 있을 뿐이었다. 그렇게 상관없는 얼굴을 하고 있지 말고 동참하라는 뜻임을 희주는 쉽사리 알아차렸지만, 손님들에 대한 낯가림처럼 껄끄러운 느낌은 혼자서 삭이기에는 벅찼다. 불가(佛家)에서는 소매를 스치는 것도 인연이란다지만, 한상에서 비싼 식사를 더불어 하는 그들에게 희주는 완벽한 무연감(無緣感)을 느끼고 있었다. 그것은 어쩌면 그녀의 비밀스러운 결벽증일 수도 있었다. 그들은 한창 각자의 식도락 경험을 자랑하고 있는 중이었다. 그녀가 한번도 가본 적이 없으되 전생(前生)에 살았음직한, 그 이름도 우아하고 짜릿하니 그리운 유럽의 고도(古都) 뒷골목의 해묵은 음식점의, 발음도 흉내낼 수 없는 진귀한 요리를 마치 무교동 낙지골목을 순례하듯이 종횡으로 누비며 마구 품평을 하는 그들이었다. 어떻게 그와 같은 그들과 삶이나 운명이나 하다못해 사소한 이해 관계라도 서로 얽히거나 섞이는 일이 있을 수 있을까. 그녀는 남편이 왜 그들을 초대해서 엄청난 과용을 해야 하는지, 그녀가 왜 하수도를 뚫던 일을 팽개치고 그들과 어울려야 하는지 이해할 수 없었다.

　"여기 갈비 맛도 괜찮네요."

　희주처럼 수북이는 아니지만 모두 갈비 한두 대씩은 덜어가지고 있었다.

　"이 호텔만 해도 자체적으로 갈비를 수입할걸요."

　희주가 넋을 잃고 바라볼 만큼 미적으로 교묘하게 갈비를 다 뜯고 난 신사가 번드르르한 입가를 냅킨으로 누르며 말했다.

　"그럴 거예요. 한우는 기름만 많고 도저히 이런 맛이 안 나거든요. 저희도 집에서 손님을 치를 때 제일 애먹는 게 외제 갈비를 구하는 일이랍니다. 값도 때에 따라 엄청나지만 때맞춰 있기도 어렵거든요."

　희주에게 두 번씩이나 좋은 소식이 있나봐요, 라고 말한 여자의 얘기였다. 모처럼 화제가 국내로 돌아왔건만, 희주에게는 더욱 어려워지기만 했다. 쇠고기 값이 비싸 고기를 수입해들일 때, 그녀의 어머니는 고기를 살 때마다 한우 고기로 살까 수입 고기로 살까를 망설이고 또 망설였었다. 교육공무원 월급으로 여러 식구 먹여살리려니 고기는 어쩌다가나 상에 올릴 수가 있었다. 값이 싼 대신 맛없는 수입 고기로 넉넉히 먹이느냐, 비싸고 맛난 한우 고기를 조금만 먹이느냐로 어머니는 국가 예산을 짜는 고관보다 더 세심하게 앞뒤를 재고 심각하게 갈등하곤 했었다. 그러나 어머니는 종당에는 한우 편이었다. 조금 넉넉히 먹으려고 수입 고기를 산 날은 영락없이 후회를 했고, 한우를 상에 올리고는 역시나, 하면서 의기양양해했다. 그럴 때 어머니의 고기 심부름을 하는 것은 질색이었다. 장사꾼을 믿지 못하는 어머니는 육고간에서 행여 수입육을 한우로 속여 팔까봐 전전긍긍했다. 그렇게 싸고 천한 수입 고기 말고 또 딴 수입 고기가 있단 말인가. 한우 고기, 싼 수입 고기, 비싼 수입 고기, 세 등급의 고기가 희주의 머릿속에서 마구 혼란을 일으켰다. 아유 노린내. 어머니는 싼 맛으로 수입 고기로 국을 끓일 때면, 자주 코를 킁킁대며 냄새를 맡고 나서 이렇게 진저리를 쳤었다. 아직도 많이 남은 접시의 갈비에서 그 누린내가 풍겨와 희주는 눈살을 찌푸렸다. 수북하게 남은 갈비가 접시가에 촛농처럼 접접이 허옇게 기름기를 남기며 굳어가고 있었다. 구역질이 날 것 같았다. 희주는 자신의 구역질엔지 좌중의 늘적지근한 포만감엔지 모를 맹렬한 적의를 느끼고 대들 듯이 말했다.

"마알도 안 돼요. 말도 안 된다구요. 한우보다 수입 고기가 더 맛있고 비싸다니 마알도 안 된다구요."

통 말이 없던 그녀의 돌연한 시비조에 좌중의 시선이 일제히 모였지만, 곧 저희들끼리 눈을 맞추고, 약속이나 한 듯이 누구 한 사람 대꾸하지 않았다. 남편도 뭐라고 그러려고 입만 씰룩거리다가 곧 차갑게 날이 섰다. 희주는 또 실수했다고 생각했다. 저번에 손님을 초대했을 때도 그랬다. 처음 화제는 패션계가 돌아가는 얘기였는데, 그녀가 딴생각하고 있는 사이에 아이들 교육 문제에 열을 올리기 시작했다. 우리 아이들의 장래를 근심하는 것까지는 좋았는데, 아이들을 망쳐놓은 게 국민학교 선생님이란 데에 의견의 일치를 보아 설마 그랬을까 싶은 교사들의 야비한 짓거리를 코미디 경연 대회처럼 한껏 과장되게 보고하기 시작했다. 아버지가 교장 선생님이고 언니가 선생님인 희주는 거의 가학 취미에 가깝게 마구 구겨지고 짓밟히는 교사상에 자기도 모르게 감연히 항의를 하고 나섰다. 그때도 마알도 안 돼요, 말도 안 돼로 시작했던 것 같다. 교사가 다 그렇다는 얘기는 아니라는 정도의 어정쩡한 해답을 얻어내기는 했지만, 그 후유증은 좀 심각했고 오래갔다. 남편은 노발대발했고, 차후에는 절대로 남의 말에 끼어들지 말고, 더군다나 자기 의견 같은 것은 가질 필요가 없고 다만 표정과 미소와 간간이 아, 네, 그럼은요, 그렇구말구요, 하는 정도의 말로 우아한 동의(同意)만 하라는 엄명이 내렸다. 우아한 동의, 아아, 우아한 동의…… 그녀는 자다가도 이렇게 중얼거릴 만큼 그 일이 어렵고 두려웠다. 그리고 구역질이 났다.

"말이 났으니 말인데, 한우 값 폭락이 정말 심각합디다. 신문에 난 유가 아녜요. 시골에 취미삼아 조그만 농장을 하나 가지고 있어 가끔 바람쐬러 내려가다보니 더러 농사꾼 사정도 얻어듣게 되는데, 엊그저께 내려갔더니 외양간을 불지르고 자기도 불 속에 뛰어들어 같이 타죽은 사건 때문에 시골 인심이 사뭇 흉흉하더군요. 송아지를 사다가 살찐 어미소로 길러 새끼를 두 배나 낳았는데, 새끼하고 어울러 팔아도 송아지 값밖에 안 나간다니 불지를 것도 없이 가슴에서 활활 횃불이 날 만도 하잖겠어요. 정말 심각해요." 신사가 조금도 심각하지 않은, 다만 편안하고 식욕적인 얼굴로 갈비를 야금야금 뜯으면서 말했다. 희주는 구역질을 참느라 거의 사색이 되어 있었다. 무슨 생각에서인지 남편이 친절하게도 사리에다 냉면 국물을 부어왔다.

"여기 냉면도 별미야. 비위가 좀 가라앉을 테니 먹어봐."

남편의 뜻하지 않은 친절이 어쩌면 좋은 소식과 관계가 있을 것도 같아, 희주는 쓸쓸하게 웃으며 국물을 한 모금 마시고 대젓갈로 뭉친 사리를 풀었다. 국물 맛이 제법 맛깔스러워 비위가 가라앉을 듯도 했다. 뷔페 식당의 냉면은 그릇도 돌장이 반병두리만밖에 안 했고 사리도 적었다. 사리를 풀면서 그것이 꼭 하수도 구멍에서 울컥 치민 머리카락 다발만 하다고 생각했다. 그녀를 떠나서도 오히려 그녀의 절망에 민감해 단 며칠 만에 하얗게 세어버린 그 머리칼 생각은, 그녀의 구역질을 더 이상 참을 수 없게 했다. 그녀는 입을 막고 허둥대며 화장실을 찾아나섰다. 타일 바닥에 무릎을 꿇고 변기에다 대고 웩웩 헛된 욕지기를 하는데, 뒤에서 인기척이 났다. 남편이었다. 눈물이 그렁한 눈으로 쳐다본 남편의 얼굴은 웃는 것도 같고 우는 것도 같았다. 그녀는 남편을 안심시키기 위해 억지로 웃었다.
"아무것도 아녜요. 정말 아무것도 아녜요."
"고집은, 고집부릴 게 따로 있지."
남편은 뻣뻣하게 긴장한 채 씹어뱉듯이 말했다.
"고집이 아니라 정말 아무것도 아니라니까요."
아마 그날이 그녀의 생리일만 아니었어도 그렇게 필사적인 부정은 안 할 수도 있었으리라. 어제부터 생리중이었고, 그간에는 비위가 약해지는 게 그녀도 어쩔 수 없는 체질적인 리듬이었다.
"아니긴 뭐가 아냐. 다들 그렇게 알고 있는데 아니라니 말도 안 돼."
남편은 어전치 뻣뻣하게 선 채 말했다. 희주는 뭐라고 악을 쓰려 했지만, 마치 누가 그녀의 입에 그 흉측한 고무 벙거지로 자갈을 물리고 펌프질을 해대는 것처럼 심한 구역질이 식도에 한바탕 경련을 일으켰다.
"심하게 설 모양이지?"
남편이 혼잣말로 중얼거렸다. 희주는 아니라고 항의할 기운도 남아 있지 않았다. 그것은 어차피 그녀와는 상관없는 일이었다. 남편은 지금 자신이 초대한 사람들의 의견에 동의하고 있을 뿐이었다. 그녀가 알 수 없는 사람들에 대한 남편의 무조건의 동의를 번복시킬 수는 도저히 없을 것 같은 절망감이 그녀를 무력하게 했다. 손끝 하나 까딱할 수 없는 아찔하고도 아늑한 무력감 속에서 그녀는 어두운 하수구에서 하얗게 세어가는 그녀의 머리칼 다발을 보고 있었다. 그것은 내일쯤이나 은빛으로, 아니 메밀국수 빛으로 둥실 떠오르리라. 그녀의 절망이 옮아붙은 머리칼이 밤새 세고 있는 동안은 하수구는 뚫리지 않을 테고, 하수구가 뚫리지 않는 동안은 구정물은 조금씩 조금씩 아래층으로 떨어지리라. 아무리 늦어도 지금쯤은 그 화장이 짙고 목소리가 째지는 여자가 외출에서 돌아와 또 물이 새는 것을 발견하고 씨근대며 위층으로 달려왔을 테지만, 말짱 헛수고일 테니 얼마나 고소한가. 그 여자가 팔짝팔짝 뛰고 있는 동안 자기는 얼마나 근사한 장소에서 얼마나 고상하고 우아한 인사들과 사교를 즐기고 있다는 것을 그 여자에게 보여줄 수 없는 것이 유감스러울 뿐이었다. 그 여자는 아마 용변을 보는 동안도, 세수를 하는 동안도, 구정물을 피할 수는 없으리라. 구정물에 오줌까지 더하고 나온 것은 얼마나 잘한 일인가. 꼼짝달싹할 수 없는 무력감 속에서 가학적인 망상만이 작은 도깨비들처럼 나름대로 눈부시게 날뛰기 시작했다. 〔『문학사상』, 1985. 10〕

저문 날의 揷話 1

성당 안은 텅 비어 있었다. 헐레벌떡 달려왔기 때문에 정신이 얼떨떨했다. 벽시계를 보니 미사 시간까지는 반 시간도 더 남아 있었다. 무엇 때문에 그렇게 서둘렀는지 잘 생각나지 않았다. 처음부터 미사 시간에 늦을까봐 조급하게 군 건 아니었다. 시간이 넉넉하다는 걸 알고도 달려올 때의 조바심은 그대로였다.
 일부러 일찍 온 신도들이 앞자리에 무릎꿇고 열심히 기도하고 있는 모습이 보였다. 고백소에도 불이 켜져 있고 신도들이 줄을 서 차례를 기다리고 있었다. 나는 영세받은 지 얼마 안 돼서 아직 고백성사를 받은 적이 없었다. 예비자 교리를 받을 때 그 속에서 어떻게 해야 된다는 걸 배웠지만 잘 생각나지 않았다. 신부님하고 단 둘이 말할 수 있고 어떤 말을 해도 비밀이 새어나갈 걸 염려 안 해도 된다는 것 정도를 알고 있을 뿐이었다. 신부님한테 할 얘기가 있어서 그렇게 서둘렀을지도 모른다는 생각이 들었다. 할 얘기라고 해도 좋고 불평이라고 해도 좋았다. 나는 고백소 앞으로 가서 줄을 섰다. 내 앞엔 세 사람이 있었고 나하고 같은 연배의 중늙은이들이었다. 한참 입심이 좋은 나이들이었다. 마냥 기다려야 될지도 모른다는 예감이 들었다. 기다리는 동안 내 바로 앞의 부인은 줄창 가늘게 떨고 있었다. 그 미세한 전율이 무엇 때문인지 짐작이 안 되는 채로 나는 약간 물러섰다. 옮아붙을 것 같아서 싫었다. 그 부인은 나보다 목이지 하나는 작아서 가리마를 중심으로 동그랗게 머리가 빠져 남자의 대머리처럼 반들반들 윤기나는 맨살을 몇 가닥 안 남은 머리칼이 어설프게 덮고 있는 것이 민망하도록 여실히 보였다. 그 부인이 고백소로 들어가 맨 앞차례가 될 때까지 줄곧 그 대머리는 늙은 여자의 치부를 훔쳐보는 것처럼 나를 참담하게 했다.

오래 걸리리라고 자신있게 예상한 것과는 달리 그 부인은 곧 나왔다. 나는 나도 모르게 내 뒷사람들을 돌아다보았다. 세 사람이 더 서 있었고 그들의 무표정에 떠다밀린 것처럼 나는 아무런 준비 없이 고백소 안에 들어서고 말았다. 꼭 공중전화 박스만한 넓이의 실내는 침침하고 형언할 수 없이 고즈넉했다. 기대와는 달리 신부님하고 마주앉게 돼 있지 않았다. 신도는 무릎꿇게 돼 있었고 신부님은 칸막이 저쪽에 계신 듯했다. 나는 황급히 성호경을 읐지만 그 소리의 떨림이 나의 것 같지 않아 낭패스러웠다. 신부님이 뭐라고 그러셨지만 내 가슴이 두근대는 소리가 하도 명료하게 들려 알아들을 수가 없었다. 고백을 재촉하는 말씀이려니 짐작될 뿐이다. 나는 먼저 처음 보는 고백성사라는 걸 변명하듯 밝히고 나서 주님께서 정말 계신지 하루에도 몇 번씩 의심하고 또 자주 이웃을 미워하고 가족들을 속였다고 고백하고 용서를 빌었다. 나는 그런 소리를 내가 들어도 건성으로 들릴 만큼 빠르고 성의 없이 말했다. 내가 하고 싶은 말은 그게 아니었기 때문이었다. 나는 오늘 아침 내내 신부님한테 따지고 뭔가 환기시킬 게 있는 것처럼 여기고 있었다. 성당으로 달려올 때 같은 조바심이 가슴을 옥죄었다.

요다음부터는 잘못을 그렇게 추상적으로 말하지 말고 하나하나 구체적으로 고백하도록 하라는 신부님의 훈계 말씀이 들렸다. '신부님처럼 말인가요?' 이렇게 말대답이 하고 싶어서 나는 입 속이 탔다. 신부님의 강론은 언제나 신자들의 죄에 대해서였다. 어떤 것이 죄가 되고 어떤 것은 죄가 안 된다는 걸 일일이 구체적으로 예를 들어가며 쉽게 타이르셨는데 그런 일에다 죄라는 이름을 붙이는 게 과연 온당할까 의심스러울 만치 사소한 잘못들이었다. 이를테면 주일날 아침부터 급한 볼일이 생겨 미사를 거른 건 죄가 안 되지만, 게으르거나 귀찮아서 아침 미사를 낮 미사로 미루고, 낮엔 또 저녁에 가지 하고 미루다가 저녁에 급한 볼일이 생겨 결국 주일 미사를 거르게 되면 그건 죄가 된다는 식이었다. 그런 식의 자상한 지적은 끝도 없었다. 쌀이나 연탄을 살 돈도 없어서 교무금을 안 내는 건 죄가 안 되지만 자식 과외 학원에 보낼 돈은 있는데 교무금 낼 돈이 없다면 그건 죄가 된다고 했고, 우리의 가족이나 이웃 중 아직 주님을 모르고 사는 사람을 두고도 전도를 안 하면 죄가 되지만 전도를 했는데도 주님을 모른다고 하면 그건 우리의 죄가 아니라고도 했다. 신부님은 교회라는 공동체의 이익에 위배되는 사소한 잘못이나 무관심도 놓치지 않고 후뚜루 죄라고 지목하셨고, 나는 그 죄목에 승복할 수가 없었다. 그런 것들은 죄라기보다는 잘못이라고 하는 게 합당할 듯했다. 그렇다고 우리가 죄짓지 않고 산다고 생각하는 건 아니었다. 오히려 그 반대였다. 일상적인 잘못에다 일률적인 죄목을 붙여 끝도 없이 지적하는 강론을 들을 때마다 '어찌 우리 죄를 그뿐이라 하십니까?'라고 반박하고 싶어 몸이 달곤 했다. 적어도 신부님쯤 되면 누구 눈에나 보이는 그런 잣다란 실수보다는 우리가 죄인 줄도 모르고 편히 몸담고 있는 크나큰 잘못, 진짜 죄에 대한 환기(喚起)가 있어야 되지 않을까 바라고 있었다. 신앙의 초심자다운 순진한 바람일 수도 있었으나 벌써부터 냉담을 예비하며 구실을 찾는 심보인지도 몰랐다.

신부님이 주신 보속은 묵주 신공을 열 번 바치는 거였다. "나도 성부와 성자와 성신의 이름으로 이 교우의 죄를 사하나이다" 하는 신부님의 마지막 말씀을 듣고 고백소를 나왔다. 긴장에서 풀려난 때문인지 아까보다 훨씬 편해진 듯했다. 그 동안에 미사 시간이 임박한 듯 성당 안은 거의 차 있었고 지금도 계속해서 모여들고 있었다. 나도 순백의 미사보로 머리를 가리고 다소곳이 뒷자리에 앉았다. 속속들이 편안해진 건 아닌 듯 울고 싶게 막막하고 외로웠다. 오늘만은 신부님이 나의 근심과 잘못에 대해 언급하시려니 했는데 또 그냥 지나갔다. 오늘의 내 고통과 잘못을 우리들의 고통과 잘못으로 확대해서 풀이하고픈 내 기대는 서운케 무너졌다. 무턱대고 조바심친 끝에 남은 것은 안타까움뿐이었다.

밤에 딸 내외가 맡겨놓았던 아이들을 데리러 왔다. 배낭을 멘 채 등산화 끈 풀기 귀찮다고 올라오지도 않고 현관에 섰다가 갔다. 즈이 집보다 심심한지 평소보다 일찍 잠들었던 남매가 졸린 눈을 비비면서도 마다 않고 에미 애비 손목을 잡고 비틀걸음을 걷는 걸 나는 보이지 않을 때까지 배웅했다. 학교가 뭔지……, 학교만 아니었으면 데리러 올 리도 없지만, 그렇게 보내지도 않았을 걸 하는 아쉬움을 이렇게 중얼거리면서 현관문을 들어서려는데 신장 위에 새빨간 단풍잎이 여남은 장 흩어져 있었다. 딸 내외가 무심히 떨군건지 일부러 놓고 간 건지 모르지만 점점이 떨어진 핏자국처럼 처연한 빛깔이었다. 나는 그 중에 몇 장을 골라 부챗살처럼 펴들고 안으로 들어왔다. 남편은 안방에다 텔레비전을 켜놓은 채 잠들어 있었다. 오그리고 자는 남편을 깨워 잠자리를 봐주면서 아이들한테 뭘 더 껴입혀 보낼 걸, 감기나 들면 어쩌나 걱정이 되었다. 일기 해설자는 내 속을 들여다본 것처럼 일교차가 심하니 감기 조심하라고 말하고 들어갔다. 딸 내외는 둘 다 등산을 좋아하긴 하지만 둘이서만 근교의 산을 즐기는 정도지 전문적인 산악인은 아니니까 올해의 마지막 등산이 될 듯했다. 어제 아이들을 맡기면서 즈이들 입으로도 그와 비슷한 말을 했었다. 단풍을 따라 남단(南端)까지 내려갔다오려니 부득이 일박을 하게 되었노라고. 아직도 그렇게 고운 단풍이 남아 있는 데는 남단 어데쯤일까. 나는 그걸 미처 묻지 못했고 그애들도 그걸 밝히지 않았다. 딸네는 가까운 아파트 단지에 살기 때문에 걸핏하면 아이들을 맡겼지만 재우기까지 하는 일은 어쩌다가 있었다.

"동냥자루 도루 달랜다더니……"

나는 이렇게 소리내어 중얼대며 집안을 휘둘러보았다. 아이들이 다녀간 후는 언제나 그렇듯이 무엇 하나 제자리에 제대로 놓여 있는 게 없었다. 남편 들으라고 한 소리인데도 안방에선 아무런 기척도 없었다. 동냥자루 메고 다니는 거렁뱅이한테 애보기를 시켰더니 처음엔 빌어먹는 것보다는 얼마나 좋으냐고 감지덕지하더니 사흘이 못 돼 동냥자루 도루 달래가지고 떠났다는 옛날 얘기가 있다. 나는 그 얘기에 빗대서 애보기의 신역이 얼마나 고되다는 푸념을 하기를 잘했고 남편은 그 소리를 제일 듣기 싫어했다. "에잇 그것도 말이라고……, 천금 같은 손주 보는 일을 얻다 못 갖다대서 하필 동냥질에다 갖다대남." 가래 끓는 소리로 이렇게 역정을 내기를 나는 우두커니 기다렸다. 남편은 깊이 잠들었나보다. 아이들이 떠나고 난 후의 정적에는 스산함이 스며 있어 나는 추위타듯이 어깨를 웅숭그렸다. 그리고 제자리를 벗어나 흩어지고 곤두선 잣다란 장식품과 일용 잡화들을 제자리에 끼워맞추면서 크레용 토막, 꽃핀, 조립하다 만 로켓, 반도 안 짜내고 굳어버린 접착제 튜브 등 아이들이 떨구고 간 것들을 따로 모았다. 그런 하찮은 것들, 십중팔구는 다시 찾지 않을 것들을 일일이 챙길 때마다 나는 달아나는 아이의 덜미를 붙잡았을 때처럼 가슴 가득히 아이의 체온을 느꼈다. 마지막으로 바닥의 모래흙을 쓸어냈다. 아이들은 수없이 들락거렸고 그때마다 접은 바짓단 속으로 하나 가득 모래흙을 담아들였다. 그때그때 현관에서 털고 들어오도록 일렀건만도 모래흙은 구석구석에 공기처럼 스며 있었다. 나는 중늙은이 특유의 결벽성으로 그것들을 꼼꼼하게 쓸고 닦았다. 그래도 부족해 해마다 니스칠을 새로 해서 좋은 거울처럼 잘 비치는 마룻바닥을 손바닥으로 핥듯이 쓸어보았다. 무슨 일이든지 완벽하게 끝낸다는 건 결코 좋은 일이 못 되었다. 문득 맥이 빠지면서 어쩌나, 싶은 느낌에 사로잡혔다. 어떤 일이고 완벽하게 끝냈을 때처럼 그 일의 무의미함이 노골적으로 드러날 적도 없다는 생각을 간간이 하게 된 것은 최근의 일인 듯했다. 그런 생각은 때로는 어렴풋했고 때로는 몸서리가 쳐지게 과장되어 다가오기도 했지만 오십여 년을 몸에 밴 완벽주의가 쉽게 고쳐질 턱은 없었다. 그렇다고 그런 생각이 저절로 사그라질 것 같지도 않았다.

내 속으로 낳은 딸들도 내 결벽증과 완벽주의를 별로 좋아하지 않았다. 딸들이 기분내키는 대로 사입은 기성복의 단추나 단은 나 보기엔 늘 미심쩍게 마련이어서 벗으라고 해서 일일이 손을 봐주고 나면 그 꼼꼼한 솜씨에 질린 딸들이 한다는 소리는 으레 "우리 엄마는 백 살은 사시겠네"였다. 저런 버르장머리 없는 말버릇이 있나 속으로 이렇게 언짢아하면서도 그런 말버릇을 대놓고 야단친 일은 없다. 에미가 백 살까지 살까봐 미리 징그러워하고 있는 딸의 진의를 짚어본 듯 섬뜩한 심사 때문이었으리라.

정말 백 살까지 살면 어떡허나. 맥없이 앉았다 말고 그런 생각이 들자 누구한테 유세하려는 엄살이나 응석이 아니라, 정말 마음으로부터 그게 싫어져서 체머리를 흔들었다. 그리고 갈증처럼 다급하게 기도가 하고 싶어졌다. 정확하게 말한다면 기도할 때마다 빠뜨리지 않는 '저를 너무 오래 살게는 마옵시고……' 소리를 하고 싶은 거였다. 오랫동안 방심해 있다가 정신을 차린 것처럼 오늘 낮에 신부님으로부터 보속으로 받은 묵주 신공 열 번이 생각났다. 마루는 너무 넓고 반들거렸다. 나는 기도가 즉각 반사될 것 같은 번들거림이 불안해서 허청허청 마루를 건넜다. 큰딸의 공부방이었던 건넌방은 지금은 남편의 서재였다. 말이 좋아 서재지 장서는 빈약했고 전문적이지도 장식적이지도 않았다. 딸의 나이 따라 열심히 들여놓아준 전집들이 세계 명작 동화로부터 문학·역사 관계 전집류까지 손때보다는 세월의 때에 곱게 찌든 채 간간이 이가 빠지긴 했지만 고스란히 남아 있었고, 딸이 직접 샀음직한 릴케, 니체, 헤세의 책들도 딸의 정신에 영향을 미쳤다기보다는 지적 허영심이나 채우다 말았음이 역력했다. 오래된 리본이나 포장지처럼 사용의 흔적 없이 그냥 바래 보였다. 남편의 책이라곤 일본말로 된 삼국지와 어쩌다 사 놓은 종합지가 몇 권 있을 뿐이었다. 그래도 남편은 친한 친구가 오면 "우리 서재에서 바둑이나 한판 두세" 하기도 했고, "여보 서재에서 술 한잔 하게 해줘" 하기도 했다. 그래서 그 방은 남편의 서재였다. 나는 그 방에 남아 있는 딸의 의자에 앉았다. 딸이 시험 공부할 때 피곤을 덜려고 사준 의자는 폭신하고 뱅글뱅글 도는 회전의자였다. 묵주의 기도 열 번은 너무 지루했다. 나는 내가 그 기도를 바침으로써 용서받고자 하는 잘못이 무엇이었던가를 골똘히 생각하느라 자주 기도문을 놓치고 헷갈렸다. 그러다가 나도 모르게 전도서의 첫 구절을 외고 있었다.

"헛되고 헛되다. 세상만사 헛되다. 사람이 하늘 아래서 아무리 수고한들 무슨 보람이 있으랴. 한 세대가 가면 한 세대가 오지만 이 땅은 영원히 그대로이다. 떴다 지는 해는 다시 떴던 곳으로 숨가빠지고, 남쪽으로 불어갔다 북쪽으로 돌아오는 바람은 돌고돌아 제자리로 돌아온다. 모든 강이 바다로 흘러드는데 바다는 넘치는 일이 없구나. 강물은 떠났던 곳으로 돌아가서 다시 흘러내리는 것을. 세상만사 속절없어 무엇이라 말할 길 없구나. 아무리 보아도 보고 싶은 대로 보는 수가 없고 아무리 들어도 듣고 싶은 대로 듣는 수가 없다. 지금 있는 것은 언젠가 있었던 것이요, 지금 생긴 일은 언젠가 있었던 일이라 하늘 아래 새것이 있을 리 없다." 전도서도 그 이상은 외지 못했다. 지금 있는 것은 언젠가 있었던 것이요, 지금 생긴 일은 언젠가 있었던 일이라 하늘 아래 새것이 있을 리 없다는 대목만 몇 번 되풀이하는 사이에 어젯밤부터의 조바심으로부터 조금씩 풀려나는 듯한 느낌을 맛보았다. 너만 그런 게 아냐, 남들도 다 그렇게 해왔다는 위로처럼 확실하고 참담한 위안은 없다. 꼭 외고 있어야 하는 기도문도 제대로 못 외는 주제에 전도서의 그 대목만은 노력하지 않고 쉽게 욀 수 있었던 것은 학교 시절 암기 과목은 싫어하면서도 읽어 마음에 드는 시만 있으면 곧 욀 수 있었던 소질과 관계가 있는지도 몰랐다. 왜 그 대목이 마음에 들었을까. 세상은 새록새록 새로워지고 있었다. 아직 생존해계신 친정 어머니는 팔순을 바라보시건만도 세상 변화를 어린애처럼 즐거워하시면서 백 살을 살아도 죽을 때는 억울할 것 같다고 한탄을 하신다. 그런데 내가 직조(織造)해내는 나의 일상은 그렇지가 않았다. 수없이 떴다 풀었다 다시 뜨는 듯한 낡은 실이 몇 가닥씩 어떤 때는 온통 끼어들곤 했다. 그건 매우 기이하고 기분나쁜 느낌이었다. 곧 그 기이함조차 처음 인식했을 때의 낯설음이 바래고 익숙하고 낡은 실이 되리라. 조금도 새롭지 않은 나날들, 예전에도 수없이 저질렀음직한 잘못과 어리석은 짓, 헛된 욕망의 되풀이는 사는 걸 쉽고 익숙하게도 했지만 때로는 비명을 지르고 싶도록 진부하고 무의미하게도 했다.

"이제 그만 아이들을 재우도록 해요."
 텔레비전 화면에 착한 아이가 나와서 이 닦고 세수하고 잠옷 갈아입고 안녕히 주무시라고 인사를 하자마자 남편은 이렇게 나에게 채근했다. 아이들의 눈은 아직 초롱초롱했다. 더군다나 로켓 조립이 거의 완성 직전이었다. 계집애는 오빠 옆에 바싹 붙어앉아 접착제 튜브를 아껴가며 조금씩 짜주고 있었고, 사내녀석은 가느다란 나무 젓가락 끝에 그걸 묻혀서 로켓의 날개를 붙이고 있었다. 계집애는 선망과 찬탄으로, 사내녀석은 몰입과 자신감으로 둘 다 발가니 상기해 있었고 숨결이 할딱이고 있었다. 로켓은 거의 다돼가고 있었다. 그때가 조립식 장난감의 전성 시대였다. 완성되자마자 그것은 방치되고 그리고 잊혀졌다. 아마도 아이들의 꿈에서나마 그게 땅을 박차고 비상하는 일은 일어나지 않으리라. 아이들한테 조립식 장난감 좀 작작 사주어라, 낭비벽 생길까 겁난다고 나는 기회 있을 때마다 딸에게 말해봤지만 딸의 대답은 한결같았다.

"어머니도 참, 조립은 가지고 놀라는 장난감이 아니라 만들면서 놀라는 장난감이에요. 만들고 나면 끝이라니까요."

보고 있자니 그 말이 이해가 되었다. 어린 남매의 몰입과 협동은 볼수록 대견했다. 공장에서 완성된, 전지약이나 태엽으로 구르고 나는 비싼 장난감보다 훨씬 교육적 효과가 높은 장난감이다 싶었다. 고지식한 남편은 아이들에게 텔레비전 속의 착한 아이를 즉시 본받도록 하지 않는 내가 아직도 못마땅한지 눈매가 곱지 않았다. 분합문이 흔들리면서 커튼이 부풀었다. 커튼을 제쳐보니 분합문이 반 뼘쯤 열려 있었다. 밤바람은 찼고 먼 허공에서 휘파람 소리를 내고 있었다. 밤 사이에 더 추워지지나 말았으면 좋으련만. 나는 아무리 남쪽이라지만 일기가 변덕스러울 때 등산을 간 딸 내외가 걱정이 돼서 일기예보를 기다렸다. 착한 아이는 들어가고 뉴스 시간이었다.

K대학에서 농성하고 있던 대학생들이 연행되고 있었다. 얼굴이 검게 탄 학생의 얼굴이 클로즈업되자 손녀가 무섭다고 말하면서 다가왔다. 그새 로켓은 완성되어 저만치 나동그라져 있었다.

"벼엉신 저까짓 게 뭐가 무서워."

손자는 로켓을 조립할 때의 우월감을 곧장 화면으로 끌고 올 수 있는 좋은 기회다 싶었는지 필요 이상으로 똑똑히 화면을 바라보면서 가슴을 폈다.

"안 돼! 보면 안 돼."

나는 겨드랑이 밑으로 아이들의 머리통을 끌어안아 눈을 가려주면서 다급하게 소리쳤다.

"그러게 내 뭐랬소? 진작 재우라니까."

남편의 험악하게 부릅뜬 눈과 마주쳤다. 남편도 같은 생각을 하고 있다는 걸 알아차리자 어쩔 수 없는 심술과 혐오감이 복받쳤다. 손녀는 어른들의 심상치 않은 기색에 놀라 더욱 떨며 몸을 오그렸지만 손자는 안 무섭다고 반항했다. 손자는 특히 영택이를 따랐다. 영택이가 집을 나간 지 일년이 넘었는데도 손자는 외가에 올 때마다 삼촌 어디 갔냐고 묻는 걸 잊은 적이 없었다. 한번은 온데간데없어진 손자를 찾아 헤매다가 영택이가 거처하던 지하에서 올라오는 것과 부딪친 적도 있었다. 거긴 뭣하러 내려갔었느냐는 내 물음에 손자는 이렇게 대답했다.
"할머니 미워. 영택이 삼촌 방은 더럽고 냄새도 나빠. 그러니까 삼촌이 도망가버렸잖아."
아이는 탄환처럼 온몸으로 격앙해서 나를 비난했다. 그애는 벌써 국민학생이었다. 능히 가족간의, 사람과 사람과의 관계 속의 비밀을 감지할 수 있는 나이가 돼 있었다. 그러나 모르는 게 더 많았다. 내가 영택이를 구박한 건 사실이나 어디까지나 마음속으로였지 지하실을 쓰게 할 만큼 드러내놓고 하진 않았다. 그 지하실에는 연탄광과 보일러실과 꽤 큰 방이 하나 있었다. 집장수가 그렇게 지어놓은 걸 샀다뿐 그 방에서 사람이 살 수 있다고 생각하진 않았다. 골목 안의 집들이 같은 집장수 솜씨여서 다 그런 방을 가지고 있었고 월세나 전세를 준 집도 적지 않았고 식구가 쓰는 집도 있었지만 우리집의 지하방은 그렇지 못했다. 처음부터 잘못된 방수(防水)는 몇 번씩 새로운 방수제로 덧칠을 해도 마찬가지였다. 벽지고 장판지고 오줌 싼 요처럼 누렇게 습기가 번지면서 들고일어나 축 처졌다. 영택이가 멀쩡한 제 방 놓아두고 그런 지하방으로 제 집을 옮긴 건 내가 그애를 구박하고 싶어지고부터였다.
영택이가 우리집에 온 건 여덟 살 때였다. 지금의 외손자만할 때였다. 키도 꼭 그만했었다. 남달리 자식복이 많아 자그마치 육 남매를 둔 남편의 친구가 상처를 하더니 다음해엔 그마저 따라 죽은 사건은 남편의 친구들 사이에 적지 않은 충격이 되었다. 그들은 서둘러 사십대의 건강을 면밀히 체크해보기도 했고 보약을 먹거나 건강식에 관심을 갖기도 했다. 안사람들은 죽은 사람이 남긴 자식의 반밖에 안 되는 제 자식을 얼싸안으며 두셋만 낳은 단출한 식구를 자축하기에 여념이 없었다. "세상에, 육 남매라니, 모아놓은 재산도 없다는데, 맡아줄 만한 친척도 없다는데," 이러면서 알토란 같은 제 식구와 중년의 건강을 껴안은 마음에는 일말의 동정과 진이 날 듯이 농밀하고 잔혹한 쾌감이 없었다고는 말 못 했다. 외할머니가 그 많은 외손들의 치다꺼리를 맡게 되었다는 뒷소식에 적이 마음이 놓이면서도 그 노인의 욕된 장수가 징그러워 몸서리를 치는 걸 잊지 않았다. 남편이 그 육 남매의 유자녀 중 막내인 영택이를 집으로 데려온 것은 그 후 얼마 안 돼서였다. 남달리 정이 많은 남편은 생활비라도 좀 보태주려고 들렀다가 외할머니도 오래 사실 것 같진 않더라며 막내를 데리고 왔다. 안 찾을 테니 입양을 하라고 신신당부하더란다. 영택이는 총명하고 순진해서 곧 정이 들었다. 본은 달랐지만 같은 이씨여서 남보기에 우리 아들로 키우는 데 별로 지장이 없었다. 우리에겐 딸만 둘이 있었다. 한번도 드러내보인 적이 없는 아들에 대한 갈망을 먼저 드러내보인 것은 내 쪽이었다. 저애를 진작만 데려왔어도 감쪽같이 우리 아들로 키우는 건데…… 이런 말을 나도 모르게 입 밖에 낼 만큼 영택이는 탐나는 아이였다. 그애는 공부를 썩 잘했다. 나는 그애 덕에 반장 엄마 노릇도 할 수가 있었고 요릿집에 그 학년의 선생님을 모두 초청해서 일등 턱을 낼 수도 있었다. 그러나 가끔 기억력이 비상한 그 아이의 머릿속에 남아 있을 우리집 자식이 되기 전의 기억에 생각이 미치면 치가 떨리는 적의를 느끼곤 했다. 겉으로 보기에 그 아이에겐 그런 기억의 그늘은 조금도 남아 있지 않았다. 그늘을 남기지 않는 기억, 투명한 기억, 그건 행복일까 불행일까 이런 부질없는 생각에 시달리기도 했다. 딸들은 자라면서 나보다 한결 지혜롭게 영택이를 귀애했다. 남동생이 없다는 걸 아는 친구들에게 "우리 아빠가 낳아 들여온 동생이야. 역시 아들은 있어야겠나봐. 아빠도 아빠지만 엄마도 저렇게 좋아하신단다." 이렇게 말할 수 있을 만큼 능청스럽게 굴었다. 그애들의 남동생에 대한 욕심은 대를 잇고 싶다는 우리의 맹목적인 갈망과는 달리 그들이 평생 지게 될지도 모르는 책임에서 놓여나고 싶은 걸 뜻했으므로 한결 용의주도했다.

영택이가 남편의 친구가 밖에서 낳아 들여온 자식이었다는 소문을 들은 건 그 아이가 고등학교에 입학한 해였다. 그런 소문 때문에 영택이와 우리 식구와의 관계가 달라질 리가 없었는데도 한번 귀에 들어온 그 소문은 목구멍의 가시처럼 내 일상의 흐름을 편안치 못하게 했다. 소문을 소문으로 흘려보내지 못하고 진부를 가려보려고 수소문할수록 뚜렷한 실체를 갖추기 시작했다. 영택이 외할머니는 아직도 생존해계셔서 남은 오 남매 중, 셋이나 시집 장가를 보낸 후였다. "그 노인네한테 육 남매는 무리야. 밑으로 세 아이는 남을 주든지 고아원에라도 보내야 할 것 같소. 내가 제일 먼저 솔선 수범을 했으니 차차 독지가 나서겠지." 영택이를 데려오고 나서 남편이 한 말이었다. 그러나 그 노인은 악착같이 오 남매를 다 기르면서도 내친 막내를 한 번도 찾은 일이 없었다. 제 앞가림을 할 만큼 자란 형제들도 마찬가지였다. 아무리 영택이를 내칠 때 그렇게 약속이 돼 있다고는 하나, 제 딸의 배를 빌지 않은 외손자, 배가 다른 형제간이 아니고서는 설명이 안 되는 냉혹함이 아닌가. 그러고 보니 오 남매의 자식복에다 하나를 더 보탠 영택이가 그 집안에 얼마나 큰 화근이 되었던가를 생각하면 그 동안 그 아이한테 들인 나의 정까지 중년에 혔디딘 하룻밤 치정처럼 수치스럽게 식어지곤 했다. 내가 아는 육 남매의 어머니는 사십대 초반에 이미 얼굴이 노인 반점으로 충충하게 얼룩져 있었다. 간암으로 죽고 나자 어쩐지 간이 나쁜 안색이었다고 쉽사리 해명이 됐던 걸 다시 수정하려 들었다. 넉넉지 못한 살림에 오 남매씩이나 낳아 기르느라 뱃가죽이 터져 주글주글 겹겹의 주름으로 늘어지고, 가슴은 늑골의 수를 헤일 만큼 말라붙은 조강지처에게서 채워지지 않는 욕정을 함부로 흩뿌리고 다니다가 또 하나의 아이를 만든 짐승 같은 남자 때문에 그 여자가 맛보았을 절망과 증오는 어떠한 것이었을까. 그건 암으로라도 피어나지 않으면 다스릴 길 없는 지독한 원한이었으리라. 그 여자의 죽음도 참혹했지만 그 여자의 복수 또한 참혹했다. 그 짐승 같은 남자는 아내가 죽고 나서 일년도 더 살지 못했으니까. 나는 그 연쇄적인 죽음 끝에 추처럼 달린 게 영택이라고 생각했고 피가 차갑게 굳는 듯한 두려움을 맛보곤 했다. 내 딸들이 바야흐로

꽃처럼 피어나 혼기를 맞을 무렵이었다. 나는 영택이가 딸들의 장래에 해코지나 하지 않을까 전전긍긍했고 그를 식구로 받아들인 걸 후회했다. 내가 영택이를 밀어낼수록 남편은 그를 측은해하며 보듬어안으려는 게 보이는 듯했다. 영택이가 좋은 대학에 무난히 합격하던 해 여름이었던가. 텔레비전으로 야구 중계를 볼 때마다 눈꼴이 시도록 죽이 잘 맞던 그들이 결승전 때는 경기장에 같이 가자고 약속을 하는 것 같았다. 결승전은 연장전까지 가 밤늦게 끝났다. 우승한 쪽의 코치와 홈런을 친 선수를 헹가래치는 것까지 보고 나서도 한 시간이 넘도록 그들은 돌아오지 않았다. 몇 대 몇으로 어느 쪽이 이길까 내기를 거는 것 같더니 진 쪽에서 한잔 사는 게 아닐까. 친한 부자지간에나 가능한 그런 활기 넘치는 친화의 관계가 나에겐 견디기 어려운 통증을 일으켰다. 나는 그런 통각이 부끄러웠지만 어쩔 수가 없었다. 마치 의심할 여지없는 외도에서 돌아오는 남편을 기다리는 헐벗은 심정으로 나는 자정이 넘도록 대문 소리에 온 신경을 곤두세웠다. 아니나다를까 그들은 알맞게 취해서 떠들썩하게 돌아왔다. 귀에 익은 야구 선수들 이름을 종횡무진으로 들먹이면서 그들은 어깨동무를 하고 있었다. 취중에도 내 뾰죽한 시선이 심상치 않았던지 영택이는 열없게 웃으면서 그의 어깨를 감싼 남편의 팔을 슬그머니 풀었지만 남편은 좀더 취해 있었는지 그만한 눈치도 없었다.

"왜? 당신 우리 부자가 죽이 잘 맞는 게 샘이 나나보군. 우하하하…… 나 오늘 기분 좋았다구. 아들이 좋긴 좋아. 역시 아들은 있어야겠더구만. 통하는 게 있거던."

그런 모욕적인 언사보다 더 충격적이었던 건 그들이 취기보다 훨씬 확실하고 농밀하게 내뿜는 부자다움이었다. 그 그지없이 행복해 보이는 친화감이었다. 얼핏 마(魔)가 끼듯이 순간적으로 날렵하게 영택이가 남편의 진짜 아들일지도 모른다는 생각이 들었다. 남편의 친구가 낳아들인 아들이 아니라, 남편이 밖에서 낳아들인 아들일지도 모른다는 생각은 실상 터무니없었다. 아무리 뛰어난 상상력으로도 이치에 맞게 뜯어맞출 수가 없었다. 그러나 내가 눈에 쌍심지를 돋우고 그들의 부자다움을 지켜보는 동안 그건 피할 수 없는 사실이었다.
 영택이는 당신 아들이죠? 그쵸? 그쵸? 그쵸? 이렇게 미친 듯이 날뛰면 남편은 억지 좀 작작 부릴 수 없냐고 가래 끓는 소리로 나무라고 나서 낭패스러운 듯 어깨를 축 늘어뜨렸다. 그럴 때 남편은 죽지를 잃은 날짐승처럼 억울하고 무력해 보였다. 그러나 나는 그렇게라도 해서 영택이를 남편으로부터 조금씩 조금씩 밀어내야만 했다. 그들이 드러내놓고 다정하게 굴 적만이 아니라, 은근히 통하는 것처럼 보일 적에도 나는 어김없이 남편을 들볶았다. 영택이는 당신 아들이죠? 그쵸? 그쵸? 도대체 어느 년하고 눈이 맞아 걜 낳았죠? 대란 말예요. 점점 사설이 길어지고 수법도 악랄해졌다. 낮에 있었던 사소한 눈짓이나 부드러운 말 한마디도 놓치지 않고 챙겨두었다가 밤에 곤히 잠든 남편의 어깨를 미친 듯이 흔들어 깨워 들볶을 꼬투리로 삼곤 했다. 당신은 제정신이 아냐. 처음부터 변명의 가치조차 없는 억지이기도 했지만 남편은 변명하기를 단념하고 어떡허든지 나를 덧들이지 않으려고만 했다. 나를 덧들이지 않는 방법은 간단했다. 남편과 영택이 사이는 하루하루 서먹서먹해졌다. 아아 거기까지만 영택이를 몰아붙였으면 좋았을 것을.
 ㄱ 무렵이었다. 영택이가 이층 다락방으로부터 지하실로 내려간 것은. 그전서부터 보일러의 연탄을 가는 일을 그가 자청해서 하고 있었기 때문에 지하실 출입도 그의 전담이었다. 들락거리며 아직 안 가신 개구쟁이 적 호기심으로 그 동굴 같은 지하방에 눈독을 들였을 뿐 아니라 하나둘 은밀하게 예비를 했으리라. 친구들이 한떼 몰려와 도배를 한다고 법석을 떨고 간 다음날, 영택이는 나하고 누나들을 집들이에 초대했다. 나는 교활하고도 용의주도하게 남편과 영택이 사이만 이간질했을 뿐 나하고는 예전과 다름없이 혼연한 관계를 유지하고 있었다. 친구들도 열 명 가까이나 와 있었다. 어느 틈에 짐도 다 옮겨 지하실은 아늑하고 오붓하게 신혼 살림을 시작해도 좋을 만큼 정결하고 오밀조밀하게 꾸며져 있었다. 을씨년스럽거나 구질구질한 구석은 조금도 없었다. 도배만 했다고 당장에 그런 기분이 나는 건 아닐 것이다. 애정과 잔손이 조금씩 조금씩 그곳을 그렇게 변화시키고 길들였음직했다. 나는 영택이와 그의 친구

들이 권하는 대로 막걸리도 찔끔찔끔 마셨고 족발도 널름널름 집어 먹었다. 새우깡하고 귤도 있었다. 그의 친구들은 잘 웃고 떠들었지만 나는 그들의 농담을 반도 못 알아들었다. 그들은 하나같이 무례했지만 그 중에는 부끄럼을 타는 아이도 있었고 귀티나는 아이도 있었다. 그들은 영택이를 따라 조금도 구김살 없이 나를 어머니라고 불렀다. 하긴 시장의 과일장수나 생선장수도 손님에게 아주머니나 할머니 대신 어머니라고 너스레를 떠는 세상이니까. 그렇게 흔한 어머니 소리건만 범강장달이 같은 일류 대학생들한테 듣는 맛은 또 달랐다. 입에서보다 속에서 훨씬 더 독한 막걸리 탓도 있었겠지만 나는 맥없이 감동해서 남편이 영택이하고 어깨동무하고 야구 구경 갔다오면서 왜 그렇게 행복해했나까지를 소급해서 이해하려 들었다. 내가 좀 해롱해롱했던지 저희끼리 더 질탕하게 놀고 싶었던지 영택이는 나를 부축해 일으키면서 어머닌 이제 그만 올라가셔야겠어요, 했다. 그래 그래, 늙은이가 주책이야 진작 자리를 비켜줄 일이지, 이러면서 일어서서 몇 발짝 떼다 말고 나는 돌아섰다. 몽롱하고 빙글빙글 도는 듯한 취중에도 분명히 짚고 넘어가야 할 게 생각났기 때문이었다. '이건 내 집이야.' 그렇게 말하고 싶었다. 아니 선언하고 싶었다. 내 집을 무단히 점거당한 것 같은 느낌 때문이었다. 취중에도 그런 느낌은 감겨오는 젖은 수건의 감촉처럼 섬뜩하고 불쾌했다. 나는 그 말을 몇 번씩이나 했지만 저희끼리 웃고 떠드는 소리에 묻혀버리고 말았다.

그때의 내 느낌은 옳았다. 그날부터 지하실은 영택이가 아닌 그들 모두의 차지였다. 지하실은 현관문을 통과하지 않고도 드나들 수 있게 돼 있었다. 그들은 한꺼번에 우루루 몰려나갔다가 몰켜들어오기도 했고 한 사람 두 사람 모래처럼 조용히 스며들어오기도 했다.

"큰일났어요. 영택이가 못된 친구들과 못된 짓을 꾸미고 있는 것 같아요."

나는 잠자리에서 남편에게 겁먹은 소리로 속삭였다. 그건 이간질도 음해도 아닌 마음으로부터 우러나는 근심이었다. 남편은 대꾸 없이 줄담배를 피웠다. 나는 우리집 지하에서 절대로 해서는 안 되는 악(惡)이 땅속 깊이 뿌리를 박고 가닥가닥 무성하고 극성스럽게 퍼지는 걸 유리병에서 기르는 둥근파 뿌리를 보듯이 명료하게 보는 것처럼 느꼈다. 그것만은 결코 원치 않았음에도 불구하고 나는 결정적인 증거까지 잡고 말았다. 텔레비전 화면에서 유심히 봐두었던 불온 서적의 대부분을 영택이의 지하방에서 발견한 것이었다. 나는 그 물적 증거를 남편에게도 확인시키는 걸 잊지 않았다. 그건 영택이의 어떤 비행을 고자질하는 것보다도 확실한 이간질이었다. 정부를 비난하는 논조가 강한 신문을 구독하는 것조차 공무원 신분에 어긋난다고 믿을 만큼 고지식하고 융통성 없는 남편의 얼굴에서 핼쑥하게 핏기가 가셨다. 분노와 불안 때문이리라. 그는 이를 악물고 떨고 있었다. 여보 진정해요, 그러면서도 내심 나는 마침내 영택이를 재기 불능으로 몰아붙였다는 잔혹한 쾌감을 맛보고 있었다. 집안에서조차 그 이상 가는 방법은 없었다. 그날 남편은 영택이가 들어올 때까지 기다렸다가 그가 보는 앞에서 그 온당치 못한 책에 불을 싸지르며 떨리는 소리로 말했다.

"못된 놈 같으니라구, 이게 고작 너를 길러주고 공부시켜준 은인한테 할 짓이냐. 천하에 배은망덕한 놈, 썩 나가지 못할까. 꼴도 보기 싫다."

영택이는 정말 나갔다. 정말 나가리라고까지는 생각 안 했는지 남편은 가끔 남의 자식 기르고 난 뒤끝의 허망함을 한탄하며 한숨을 짓곤 했다. 영택이는 그렇게 쉽게 뛰쳐나갈 때와는 달리 나중엔 잘못했다고 빌러도 왔고 설이나 추석을 쇠러도 왔다. 전화로 묻는 안부도 예의바르고 다정했다. 그러나 다시 들어올 것 같진 않았고 그건 우리도 원하는 바가 아니었다. 그를 내치고 나서도 행여나 그가 못된 일에 연루되어 우리에게 화를 끼칠까봐 전전긍긍하는 것만도 못할 노릇이었다. 그 후 지하실의 벽지는 다시 눅눅하게 처지고 시커멓게 곰팡이가 슬었고, 사람이 한번 살고 간 찌꺼기엔 쥐가 극성맞게 들끓었다. 다만 아이들만이 영택이에 대한 좋은 기억을 가지고 있었다. 같이 살지도 않았건만 외손자들은 외삼촌이라고 부르며 따르던 영택이 없는 외가를 재미없어하고 외삼촌이 돌아와도 살 수 있을 것 같지 않게 망가지고 더럽혀진 지하방을 보고는 다부지게 항의도 할 줄 알았다.
 이번 K대학 농성 사건엔 꼭 영택이가 끼어 있을 것 같았다. 수적으로도 많았지만 우리가 영택이에게 붙인 죄목과 같은 죄목이 이미 붙어 있기 때문에 더 그랬다. 아이들한테 그 꼴을 보일 수는 없었다. 나는 두 아이를 양쪽 겨드랑 밑에 옴짝달싹못하게 끼고 있으면서도 안심이 안 돼 연방 입으로 겁을 주었다.
 "눈 꼭 감고 있어. 아이들은 저런 나쁜 사람 보는 거 아냐. 세상에, 나쁜 사람들이 많기도 하지. 끔찍한 세상이로구나."
 문득 한쪽 겨드랑 밑에서 계집애가 떨고 있는 걸 느꼈다. 계집애는 눈을 꼭 감고도 제 두 손바닥을 펴서 얼굴을 가리고 미세하게 그러나 속 깊이 떨고 있었다. 나는 그렇게 떨고 있는 게 손녀가 아니라 나일 거라는 기이한 느낌에 빠져들었다. 손녀의 작은 심장 소리, 할딱이는 숨소리, 꼭 감은 눈 속의 망막한 어둠, 나쁜 것, 나쁜 사람에 대한 공포는 나에게 얼마나 익숙한가.
 내가 손녀만 했을 때 우리집은 서대문 형무소 근방의 빈촌에 살고 있었다. 어머니는 가난을 두려워하거나 부끄러워하지 않는 꿋꿋한 분이었지만 감옥소 근처에서 자식을 길러야 한다는 걸 퍽 불안해하고 때로는 굴욕스러워하기도 했다. 이놈의 동네만 떠날 수 있으면 죽을 끓여먹어도 다리 뻗고 살 수 있을 것 같다는 소리를 말버릇처럼 되뇌이곤 했다. 그때는 재판받으러 가는 미결수한테 용수를 씌워서 무개차에 태우고 다녔다. 용수는 머리 끝부터 목 밑까지 내려오는 뾰죽한 짚모자였지만 두 눈 있는 데만은 뻐끔하게 뚫어놓았었다. 나쁜 사람이 그 구멍으로 내다본다는 건 어린 마음을 매우 으스스하게 했다. 자다가 가끔 가위를 눌릴 만큼 구멍 속의 시선은 악을 농축한 그 무엇이었다. 어머니는 더했다. 어머니하고 같이 길을 가다가 용수 쓰고 끌려가는 사람을 만나게 되면 어머니는 우선 나를 당신 치마폭으로 폭 싸안으면서 눈감아라, 꼭꼭 감고 있어야 한다, 나는 어머니가 시키는 대로 눈을 꼭 감고 몸을 잔뜩 오그리고 마음속 깊이 떨었다. 그때 어머니는 나쁜 사람이 한번 눈독을 들이면 곧장 악에 물든다는 미신적인 공포감을 갖고 계셨던 듯하다.

그 후 철이 들고 나서 그 미결수들은 나중에 무죄가 판명되어 풀려나는 수도 있고 또 독립 투사도 얼마든지 섞여 있을 수 있다는 걸 알게 되었다. 어머니는 왜 그런 말을 안 해주었을까, 어머니가 그걸 조금만 귀띔해주었던들 꼭 감은 눈 속의 어둠이 그리도 완벽하고 망막하지만은 않았으련만. 이렇게 훗날 어머니를 경멸한 주제에 오늘날 손녀에게 해줄 수 있는 것 역시 똑같은 짓밖에 없었다. 손자의 칠흑 같은 어둠에 행여나 반딧불만한 빛이라도 스며들까봐 전전긍긍하고 있었다.

어제 일어난 일은 끔찍했다. 그러나 오늘 신부님의 강론에 그 사건에 대한 언급은 한마디도 없으셨다. 우리 눈에만 큰 사건이었나 보다.

나는 끝내 묵주 신공을 열 번 채우지 못했다. 서재를 돌아나오려는데 벽에 걸린 십자고상이 눈에 띄었다. 영세받은 날 교우로부터 선물로 받은 거였다. 놋쇠로 된 십자고상은 너무 반짝거렸다. 가까이에서 표정을 살피고 싶어 다가가니 마침 내 입술이 못박힌 예수의 발에 닿았다. 그 우연한 사실에 감동해서 나도 애절한 마음으로 그의 얼굴을 우러르며 물었다.

"주여, 한말씀만 하소서. 저희들이 매일매일 말과 행위로 못박는 죄인 중 의인은 몇몇이나 되리이까?"

영택이를 몰아붙이는 데만 급급해서 한번도 이해하고자 하지 않았던 데 대한 회한으로 못박힌 분의 얼굴이 몽롱하고 부드럽게 흐려 보였다.

〔『여성동아문우회 동인지』, 1987. 3〕

저문 날의 揷話 2

햇살이 도타워 보이건만 놀이터는 비어 있었다. 집집마다 일제히 베고니아 화분을 창문 밖 화분대로 내놓아 화사한 봄기분을 내고 있었다. 강제성을 띤 것은 아니었지만 관리실의 권고로 일괄 구입한 장방형의 화분은 소복소복 다복솔만큼씩한 걸 세 포기씩 심은 거여서 공장에서 막 출하한 제품 같았다. 앞으로 한 달 안에 가꾸기에 따라서 말라 죽기도 하고, 썩어 시들기도 하고, 이파리만 웃자라기도 하고, 예쁘게 꽃을 피우기도 할 것을 생각하며 나는 속으로 회심의 미소를 지었다. 작년까지 살던 아파트에선 해마다 페튜니아 화분을 공동 구입했는데 늦가을까지 꽃을 보는 건 우리집밖에 없었다. 찬바람 난 후의 페튜니아는 빛깔과 자태가 특히 애잔해서 이웃의 젊은 여자들은 저희들이 잘못해서 죽인 화초가 아닌 줄 아는지 꽃이름을 물으며 신기해하기도 했다. 화초뿐 아니라 개나 고양이 새 등 집에서 기르는 짐승들도 내 손만 가면 기승스럽게 번성해 어려서부터 손이 걸다는 말을 들어왔다.

나에게는 생명을 건강하게 하는 특별한 힘이 있다는 맹신과 그 힘을 정작 쓰고 싶은 데다는 쓸 수 없는 안타까움이 타는 듯한 느낌으로 가슴에 와 닿았다. 나는 속에서 활활 열불이 날 것 같은 예감에 지레 괴로워하면서 베란다 창문을 열었다. 유리창으로 보기보다는 차가운 날씨였다. 블라우스 소맷부리로 힘센 날짐승처럼 휘몰아친 바람이 소매를 럭비공처럼 부풀렸다. 노인정 너머로 마주보이는 동회 옥상에 꽂힌 태극기와 새마을기와 시(市) 마크가 들어 있는 청색기도 어찌나 세차게 펄럭이는지 무자비한 채찍질을 연상시켰다.

요양원은 남으로 강을 굽어보는 언덕 위에 있었지만 국도하고 연결되는 찻길로 난 정문은 북향이었다. 따라서 정문에서 바라다본 요양원은 암울한 회색빛 등을 보이고 돌아앉아 있었다. 정문에서 요양원까지는 상당히 길고 꼬불꼬불한 오르막길이어서 그 동안을 줄창 그 밉상의 등만 쳐다보며 기어올라가노라면 가뜩이나 마음 고생이 많은 방문객들은 너나없이 불길한 예감에 짓눌리곤 했다. 그렇게 허위단심 당도하면 요양원 내부는 눈이 부시게 밝아서 딴 세상 같았다. 그런 비현실감 때문인지 방문객은 방금까지의 흉흉한 예감을 몸서리를 쳐 떨어내면서 모든 것이 다 잘돼 있을 것 같은 새로운 환상에 부풀곤 했다.

아들은 자유로워 보였고 흰 가운을 입은 동년배의 의사와 서로 어깨를 툭툭 치며 나타나서 환자가 아니라 의사하고 동격으로 보였다. 모든 것이 다 잘돼 있어! 나는 터질 듯한 마음으로 아들을 얼싸안으며 속으로 그렇게 부르짖었다. 잠깐이었지만 아들이 나를 들었다놓았고 나는 황홀했다.

"좋아졌구나. 정말 좋아졌어. 근데 그분은 누구냐? 처음 보는 선생님이더라."

아들과 같이 나온 의사가 미처 인사할 새도 없이 어디로 가버린 게 아쉬워서 나는 이렇게 물었다.

"아까 그 친구요? 한 달에 한두 번씩 자원 봉사 나오는 친구예요."

"얘야, 친구라니, 의사 선생님한테."

나는 또 가슴이 내려앉아 목소리가 떨려나왔다. 아들이 부드럽게 웃으면서 말했다.

"고등학교 선배거든요. 친구처럼 흉허물 없이 지내던 사이예요."

"그래? 이런 데서 만나서 언짢았쟈?"

나는 아들을 바로 보지 못하고 손등만 어루만지며 말했다.

그 조그만 사건을 빼면 그날의 면회도 딴 때와 다르지 않았다.

셀프서비스의 식당에서 아들과 함께 점심을 먹었으며, 내 아들의 건강과 식욕과 혈색 좋은 두툼한 볼과 표정은 나를 먹지 않아도 배부르게 해 거의 먹는 시늉만 했으며, 딴 환자들 역시 아들처럼 정상적으로 보여 이곳이 정신을 위한 요양원이라는 걸 믿을 수 없음에 문득문득 절망하곤 했다. 점심을 먹고 나서도 아들과 손을 잡고 이곳저곳을 자유롭게 거닐었으며, 아직도 내 아들과 같은 자유가 허락되지 않은 환자들의 병동으로 통하는 복도를 차단하고 있는 창살문은 먼발치로 바라만 봐도 뭔가 옮아붙을 것만 같아 얼른 외면을 하고 못 본 척하기도 했다.

아들은 또 국민학교에 입학하던 때의 순결한 표정으로 나를 정원으로 끌고 나갔다. 며칠 전에 자목련나무의 맨 윗가지에 달린 꽃몽우리가 아기 주먹만큼 부푼 걸 보았는데 그 동안에 얼마나 더 커졌나 같이 보자고 했다.

"보셔요. 그 동안에 어머니 주먹만해졌네요."

아들이 내 손가락을 하나하나 꺾어 주먹을 만들면서 목련나무 꼭대기를 가리켰다. 성기게 뻗은 가장귀마다 뾰죽뾰죽 꽃몽우리가 부풀고 있어 어떤 몽우리가 긴지 알 수 없었다. 대낮의 하늘이 현기증이 나게 밝았다.

"참 그렇구나."

나는 건성으로 대답하고 완만한 언덕을 휘감고 흐르는 강줄기를 내려다보았다. 요양원 땅은 그 강까지인지 남향으로는 울타리도 문도 없었고, 그 밖의 경계 표시가 될 만한 아무것도 보이지 않았다. 건물도 북쪽에서 볼 때와는 딴판이었다. 밝고 깨끗한 크림색이 주조를 이루고 넓은 창문마다 붉은 벽돌로 테를 두른 게 요양원이라기보다는 콘도 같은 인상이었다.

잔디와 관상목이 조화롭게 배치된 정원은 차츰 야산으로 변하고 새들이 인기척에 놀라 푸드덕대며 날아가곤 했다. 나는 조금도 춥지 않은데 아들이 어머니 감기 드시겠어요, 하면서 되돌아섰다. 쫓기듯이 빠르게 걷는 아들을 뒤쫓으며 나는 숨찬 소리로 물었다.

"언제쯤이나 여기서 나갈 수 있을 것 같냐?"

"잘 모르겠어요."

"모르다니?"
"관심이 없으니까요."
 조리로 물을 떠올릴 때처럼 쭈욱 기운이 빠졌다. 아들은 더는 나를 부축해주지 않았다. 요양원 안으로 들어와서도 아무 말도 붙여볼 수가 없었다. 그래도 나는 단념을 못 하고 의사한테 같은 소리를 하고 말았다.
"너무 조급하게 굴지 마세요."
 처음 듣는 대답이 아니었다. 전에도 그전에도 같은 대답을 들었으니, 전에도 그전에도 같은 소리로 졸랐었나보다. 나는 실망과 창피함을 무릅쓰고 이번엔 한마디 더 하고 말았다.
"서른이 내일 모렙니다. 사회에 복귀해서 제 몫의 일을 찾게 하고 싶습니다."
"여기도 사회고 윤군은 여기서 제 몫의 일을 찾아내서 훌륭히 해내고 있습니다."
"환자 노릇을 말씀하시는 건가요?"
"아닙니다. 이 안에서 윤군은 결코 환자가 아닌걸요. 환자를 치료하는 데 도움이 되는 일을 하고 있습니다. 윤군이 각본을 쓰고 연출까지 맡은 연구가 아주 좋았었습니다. 윤군도 보람을 느꼈겠지만 환자들이 그렇게 즐거워하는 건 처음 봤습니다."
"그런 일이나 시키시려고 멀쩡한 아이를 이 안에 마냥 붙들어두겠다는 말씀이신가요?"
 나는 나도 모르게 언성을 높였지만 곧 고개를 떨구었다. 그렇게 떼를 써서 데리고 나갔다가 다시 데리고 들어온 쓰라린 경험 때문이었다.
 돌아올 적에 아들은 마냥 나를 배웅해주려고 했다. 가뜩이나 음산한 뒤쪽 비탈길은 해질녘이라 바람이 세찼다. 술술 품속으로 파고들던 바람이 느닷없이 모진 채찍처럼 온몸을 후려칠 적이 있었다. 그럴 때마다 나는 걸음을 멈추고 뒤따라오는 아들한테 어여 돌아가라고 손짓을 했다. 아들은 씩 웃기만 하고 여전히 뒤따라왔다. 아들은 세찬 바람을 즐기고 있는지도 몰랐다. 약간 긴 듯한 머리가 풀풀 날리는 게 보기 좋았다. 나는 뒤돌아보며 요양원의 암울한 뒷

모습에 어울리지 않는 아들의 싱그러운 젊음에 에미의 욕심이 헛되게 꿈틀대는 걸 느꼈다. 나는 연방 돌아가라고 헛손질을 하면서 실은 마냥 데리고 갈 수 있을 것 같은 예감에 가슴을 졸이고 있었다.
　아들은 정확하게 정문까지 따라나와서 딱 멈춰 서더니 작별 인사를 했다. 아들의 작별 인사는 좀 길었다. 안녕히 가시라는 말 말고도 조석 거르지 말란 얘기, 아침 산책 거르지 말란 얘기, 아버지 건강에 대한 염려, 누나들 매형들의 안부 등 갑자기 수다스러워지기 일쑤였다. 나는 뭔가 참을 수 없는 심정으로 아들의 말의 중턱을 잘랐다.
"애야, 조금만 더 바래다주지 않겠니? 조오기 버스 정류장까지만 말이다."
　아들은 고개를 저으며 외면을 했다. 나는 내 얼굴이 필사적인 아부로 얼마나 보기 싫게 일그러져 있는지 알고 있었기 때문에 그의 외면이 차라리 다행스러웠다. 누가 강제로 잡아끌 것도 아닌데 아들은 굳게 닫힌 정문 옆에 달린 작은 출입문의 쇠빗장을 움켜쥐고 잔뜩 겁에 질려 있었다.
　아들이 건강하고 자유스러운 건 요양원의 울타리 안에서만이었다. 그가 다 나은 .건 아니었다. 한때 아들은 내가 이해할 수 없는 이상(理想)에 목숨을 걸고 싶어했고 그때 그의 젊음은 얼마나 아름답게 빛났던가. 이상 대신 공포가 차지한 아들의 초라한 모습이 내 마음을 무두질했다.
"어여 들어가거라. 감기 들라, 어여."
　마침 세찬 바람이 불어 내 목소리가 갈갈이 찢기는 걸 뒤로하고 나는 정거장 쪽으로 종종걸음을 쳤다. 그 동안도 봄바람은 미친 듯이 날쳐 버스에 올라타자 한바탕 얻어맞은 것처럼 뺨은 물론 온몸이 얼얼했다.

　유리창을 닫으려다 말고 나는 고개를 내밀고 바로 위층 베란다를 올려다보았다. 아들과 함께 자목련나무 꼭대기를 쳐다볼 때처럼 하늘빛이 너무 밝아 눈이 아렸다. 위층 화분대는 비어 있었다. 베고니아 화분은 꼭 사야 하는 것도 아닐 뿐더러 샀어도 밖으로 안 내놓을 수도 있었다. 그럼에도 불구하고 나는 위층 가연(佳然)이네 화분대만 비어 있는 걸 예사롭게 보아 넘기지 못하고 이런저런 걱정을 하기 시작했다. 경제적 궁핍으로부터 내외간의 불화, 생활에 대한 자포자기의 과시, 정신적 황폐 등등 타고난 팔자인 걱정은 어느 것 하나도 확실한 건 아니었지만 전혀 터무니없는 것도 아니었다.

가연이는 내가 이십 년 가까이나 모교에서 국어 교사로 봉직하는 동안 거쳐간 수많은 제자 중에서 그닥 인상에 남는 애는 아니었다. 그녀가 우리 바로 위층에 산다는 걸 알고 나서도 그녀의 여학교 때 모습을 떠올릴 순 없었다.

작년에 이사하고 나서 며칠 안 돼서였다. 초인종 소리에 문을 열기 전에 누구냐고 물었고 문밖에선 여리디여린 소리로 위층에서 왔다고 대답했다.

"으응, 애기 엄마유?"

내가 문을 열자 여자는 눈이 휘둥그래서 두어 발짝 뒤로 물러서면서 비명을 삼키듯이 말했다.

"어머, 김창희 선생님 아니세요? 여기 사시는 줄 몰랐어요."

"누구더라? 아무튼 반가워요."

흔치 당차는 일이라 나는 여유있게 말했다.

"이십구 회 민가연이에요."

"그래, 그래, 생각나. 들어와요. 참, 무슨 볼일이더라?"

"예, 저어 저희 집 물건이, 아니 빨래가 선생님 댁 화분대에 걸린 것 같아서요."

"그래? 들어와봐요. 언제 그랬는지 아직도 그냥 있으려나 몰라. 바람받이라서 말야."

"방금 내려다보고 왔으니까 있을 거예요."

마침 여름이어서 가연이는 소매 없는 헐렁한 내리닫이를 입고 있었는데 드러난 팔다리가 유난히 희고 매끄러워 보였다. 그런대로 토실해서 불건강해 보일 정도는 아니었지만 개구쟁이들한테 시달리기엔 역부족해 보여 애처로웠다. 그런 느낌 역시 그만한 딸을 가진 에미다운, 걱정도 팔자였다. 아니나다를까. 가연이가 베란다 화분걸이에서 주섬주섬 챙겨가지고 나오는 걸 보니 빨래가 아니라 시시한

잡동사니들이었다. 아이들 짓이 분명했다. 양말짝·양념통·냄비받침·머리빗·구두솔 등을 가연이는 감추듯이 두 팔 안에 얼싸안고 앉지도 않고 가려고 했다.
"찬 것 한잔 하고 가. 마침 나도 혼자 있는데."
"아녜요, 선생님."
"아니긴 뭐가 아냐, 여자 제자 소용없다더니 쌀쌀맞긴…… 그래도 먼저 아는 체를 해줘서 기특하다 했더니 모르는 체하는 년이나 조금도 나을 게 없네그려."
이러면서 손수 콜라 한 병과 컵 두 개를 다탁 위에 갖다놓았건만도 가연이는 엉거주춤 도망갈 낌새만 엿보는 것처럼 불안한 자세로 서 있었다.
"아이들 때문에 그래? 어련히 찾아올까봐서. 여간내기들이 아닌가 보던데. 홀앗이가 애들 기르기 힘들다는 거 나도 다 알아. 핵가족들 좋아하다가 맛좀 봐야지 뭐. 외출할 때는 더러 갖다 맡기고 그러렴."
나는 출가한 내 딸들 생각을 해서 이렇게 친숙하게 굴었다.
"선생님, 저 아직 애기 없어요."
가연이는 이 한마디를 남기고 도망치듯 가버렸다. 나는 혼자서 좀 머쓱했다. 왜 그런 실수를 했을까. 그녀가 가연이라는 걸 알기 전에 위층에서 왔다는 소리만 듣고도 담박 애기 엄마 취급을 했으니. 아들이냐 딸이냐 몇 살이냐를 물을 것도 없이 연년생쯤 되는 개구쟁이 형제를 두었거니 단정을 해버리고 말았으니 만약 아이를 기다리는 입장이라면 마음이 상했을지도 모른다.
이사온 첫날이던가 다음날이던가 위층에서 온종일 쿵쾅거렸다. 아이들이 높은 데서 연속적으로 뛰어내리는 소리 같기도 하고 쫓고 쫓기고 숨바꼭질을 하는 소리 같기도 했다. 심할 때는 우리집 천장의 전등갓이 다 출렁댔다. 그럴 때는 어른이 참다 못해 고함을 치는 소리도 들렸다. 저음이지만 멀리 퍼지는 남자의 목소리였다. 개구쟁이들 등쌀에 두 손을 든 얌전한 엄마가 별수없이 남편에게 응원을 청한 모양이었다. 이런 나의 추측은 의심할 여지가 거의 없었다. 그렇다면 층수를 잘못 짚은 모양이었다. 그러고 보니 전에 살던 아파트로 이사했을 때도 그와 비슷한 실수를 한 생각이 났다. 그때는 오밤중에 단단한 나무에 못을 박는 소리에 잠을 설치곤 했다. 안방에 누워 있으면 바로 천장 위에서 들리곤 했다. 하루 이틀이 아니고 매일 밤 같은 소리에 잠을 깨는 것도 못할 노릇이었다. 처음엔 목수가 사나도 싶었지만 목공일이 법에 걸리는 일이 아닌 바에야 밤중에 할 까닭이 없었다.

반상회 날 넌지시 806호 집에 누가 사나 알아보았더니 시어머니를 모신 맞벌이 교사 부부였다. 반상회에 나온 시어머니 된다는 부인은 허구한 날 생으로 벙어리 노릇을 해야 하는 팔자를 한탄했다. 낮엔 둘 다 출근을 하니 그러려니 하거니와 밤에도 고단하단 핑계로 초저녁부터 저희 방으로 들어가면 다음날 아침까지 코빼기도 볼 수 없으니 이 세상에 서러운 것 중에 말 붙일 데 없는 서러움이 제일이더라는 하소연이 먹혀들 만큼 나이든 이는 나밖에 없었으나, 나 역시 맞장구를 치는 대신 딴생각을 하고 있었다.

그렇다면 그 못박는 소리는 도대체 어디서 들려오는 걸까. 그날 밤에도 그 소리는 어김없이 들렸고 풀 길 없는 수수께끼는 어둑시근하고 괴기한 망상으로 이어졌다. 스스로의 방향 감각을 믿지 못하게 된 소리는 위층에서 베개 밑으로 잦아들었다가 감미롭고 옅은 수면을 누비며 먼먼 미래의 시간까지 길게 여운을 끌었다.

나는 꼼짝도 할 수 없는 가사 상태에서 내 관(棺)에 못박는 소리를 듣고 있었다. 나는 아직 죽지 않았건만 내 피를 받고 뼛골을 빼간 자식들은 하나도 약초를 구하려 떠나지 않고 못박는 소리에 장단을 맞추어 악머구리 끓듯 곡만 해서 내 죽음을 기정 사실로 만들려 하고 있었다. 악몽이었다.

어떤 공예전에 출품할 거라는 괴목 삼층장이 실려나가는 걸 본 건 그 후 며칠 안 되어서였다. 못박는 소리도 그 악몽의 밤을 고비로 들리지 않게 됐다. 공예가네 집은 우리집과 대각선으로 위층에 있었다. 소리에 대한 나의 방향 감각에도 문제가 있었겠지만 아파트의 벽은 방음 장치 대신 소리의 방향을 종잡을 수 없게 하는 야릇한 트릭을 가지고 있을지도 모른다고까지 의심한 바 있거늘 어쩌자고 그런 실수를 또 하고 말았을까.

가연이가 곧 정식으로 인사를 와야 마땅할 듯하여 기다렸으나 감감 무소식이었다. 젊은것들 그저 그러려니 접어두고 마침 딸네 농장에서 보내온 참외가 싱싱하고 달길래 한 소쿠리 담아가지고 내가 먼저 방문을 했다. 아직 아이가 없다니 얼마나 오밀조밀 예쁘게 꾸며놓고 살까 구경하고픈 호기심도 없지 않았다. 벌써 몇 년째 아파트에서 산다곤 하나 구닥다리 세간을 못 버리고 끌고 다니다보니 새록새록 예쁜 걸로만 꾸며놓고 사는 집을 보면 부럽기도 하고 즐거운 눈요기도 되었다. 그러나 가연이네는 썰렁하고 어수선하기가 이삿짐을 풀지 않은 집 같기도 하고 이삿짐을 싸다 만 집 같기도 했다. 액자 하나 거울 하나 번듯하게 걸린 게 없었고, 부엌 세간은 더군다나 극도로 단순하고 검약한 것이어서 도리어 새롭고 낯설었다. 요새도 양은냄비에 밥을 짓고 양은 국대접을 쓰는 집이 있다니. 딸네도 그렇지만 이웃의 젊은 새댁들 사이에서도 그릇 사치는 유행이었다. 나도 그것만은 귀엽게 보여 더러 흉내도 내고 눈여겨 봐두고 벼르기만 하는 것도 있었다.

"아아, 벌써 참외가 났군요. 몰랐어요."

가연이는 엉뚱하게 활기찬 목소리로 말했으나 표정에는 전혀 생기가 없었다. 일년 내내 있는 참외였지만 요새 특히 지천이었다. 아파트 정문 앞에도 차량의 통행에 불편을 줄 정도로 과일 노점상들이 한여름의 대목을 보고 있었다. 그런 참외를 처음 보다니. 가연이는 지금도 참외를 보고 있지 않았다. 나는 손수 참외를 부엌 싱크대 위에다 쏟아놓으면서 숟갈이 꽂힌 채인 찌그러진 양은냄비를 곁눈질했다. 넘쳐서 줄줄이 말라붙은 밥물자국이 안주인의 분노 권태 그런 것들의 더께처럼 완강했다. 그 다음 나는 어쩔 줄을 몰랐다.

"참외 드시고 가셔야지 그냥 가시면 어떡해요. 단 걸로 골라 드릴까요. 참외를 잘 골라야 신랑을 잘 고른다는 소리는 괜한 소린가 봐요."

가연이의 목소리는 말뜻과는 상관없이 생생하고 절박했다. 어떡하든지 나의 탐색을 교란시켜보려는 안간힘인 듯싶었다.

"참외를 잘 고르냐, 너는?"

"아뇨. 형편없어요."

"그럼 신랑을 괜찮게 만났다는 소리구나."

"아아, 모르겠어요 선생님. 전 복잡한 건 질색이에요."
"그 정도가 그렇게 복잡해가지고는 현대 생활에 어떻게 적응을 하누?"

나는 별것도 아닌 일을 상담실까지 가져와 비죽비죽 울기부터 하는 여학생을 우선 안심부터 시켜놓고 봐야 할 때 쓰던 왕년의 대범하고 소탈한 말투로 말했다. 그러나 가연이는 사랑받지 못한 아이가 일찍부터 터득한 것처럼 교활한 경계 태세를 늦추지 않았다.

"선생님은 제 남편이 뭐 해먹고 사는 작자일까 그게 궁금하신 거죠? 그걸 못 알아내고 가시면 아마 몸살이 나실 거예요. 다 알아요."

"이런 못된 걸 봤나. 어떻게 그렇게 남의 속에 들어갔다 나온 체를 할 수가 있니? 딴사람도 아닌 스승에게 무안을 줘도 분수가 있지."

나는 나잇값도 못하고 목소리가 떨렸다. 그러나 가연의 눈빛은 점점 더 심술궂어졌다.

"아무리 겉으로 점잖은 사람도 남에 대한 호기심까지 점잖지 않다는 것쯤 알고 있으니까요. 그뿐인 줄 아세요. 만일 제 남편이 돈을 잘 버는데 살림꼴이 요 모양이라면 저를 나무라시고, 제 남편이 땡전 한푼 못 버는 무능력자면 저를 불쌍해하실 준비까지 속으로 하고 계시다는 것도 알고 있는걸요. 그렇지만 둘 다 아녜요."

지글대는 심술궂음 때문인지 가연이는 처음 볼 때와는 딴판으로 기운이 넘쳐 보였다. 과도도 없는지 수통맞게 생긴 식칼로 참외 껍질을 두껍고 빠르게 벗겨 두 쪽으로 내더니 한 쪽은 내 앞으로 밀어놓고 한 쪽은 제 입으로 가져갔다. 국물을 뚝뚝 떨구며 왁살스럽게 참외를 먹는 가연이를 망연히 바라보며 나는 메마른 입맛을 다셨다. 가연이 넘겨짚은 대로 이 집 남자는 뭐 해먹고 사는 사람일까 하는 천박한 호기심이 독기 서린 갈등이 되어 입 안을 말리고 있었다. 이런 나를 홀긋 쳐다본 가연이의 입가에 미미한 비웃음이 어렸다. 그렇게밖에 웃을 줄 모르는 것처럼 그 웃음은 그녀에게 잘 어울렸다. 그 순간 왠지 나는 그녀가 그런 비웃음으로 견디고 목격해야 했던 온갖 삶의 신산(辛酸)을 떠올리고 가슴이 뭉클했다.

"둘 다 아니면 뭐란 말이냐?"

나는 가연이에게 나의 호기심을 숨기기를 단념하고 순순히 물었다.
"돈은 못 벌지만 무능력자는 아녜요. 월급쟁이들이 경제 발전에 이바지하고 있다고 말하는 식으로 하면 그 사람은 역사의 발전에 이바지하고 있다고 말해도 될 거예요. 보통 남자들이 가족이 굶주리는 걸 못 견디듯이, 그 남자는 열심히 일하고도 사람답게 못 사는 사람이 이 사회에 있다는 걸 못 견디고 들입다 역성을 드는 거예요. 그는 아주 예쁜 꿈을 꾸고 있는데 사람들은 그의 꿈을 그냥 안 놔둘려고 그래요. 쫓겨다닐 때도 있고 언제고 흙 묻은 구둣발이 마루고 안방이고 마구 휘젓고 다닐 수 있도록 집을 내줘야 하고, 산골 오막살이에도 있는 그 흔한 전화통도 아예 없이 사는 게 편하고……"
가연이의 비웃음이 한결 명료해졌다. 그러나 눈길은 나를 보고 있지 않았다. 그녀 내부로 향한 양 허공에 멍청히 고정돼 있었다.
"혹시 네 남편도 운동하는 사람 아니냐? 스포츠 말고……"
"왜, 네 남편 '도'라고 하시나요? 운동하는 사람이 그렇게 흔해빠진 것도 아닌데."
"내 아들도 그랬으니까."
"지금 현재는 아닌가요?"
"그래, 다 지난 일이 되고 말았단다."
"평범한 직업인으로 돌아갔나보죠?"
"아니, 그 애는 운동을 못 하게 되자 삶도 멎어버렸단다."
"그럼, 죽었단 말인가요?"
가연이가 성급하고 신경질적인 소리를 냈다.
"아니다. 그 애는 지금 정신병원에 있다. 한번은 연행되어 몹시 처참하게 망가져갖고 풀려났길래 몸만 그렇게 된 줄 알았더니 정작 못쓰게 된 건 정신이었단다."
"그만하세요, 그만. 아아, 끔찍한 일이에요."
가연이는 참혹한 환상을 지우려는 듯 도리질을 하면서 날카롭게 부르짖었다. 나 역시 더는 할 말이 없었다.
작년 여름 그렇게 해서 가연이와 그녀의 남편에 대해 알게 된 후부터 내 생활엔 갑자기 생기가 돌게 되었다. 나는 김치만 알맞게 익어도 한 보시기 퍼가지고 쪼르르 위층으로 올라갔고, 어떤 때는 단지 위층에 가는 구실을 만들기 위해 꽤 손이 가는 별식을 만들기도 했다. 맛난 음식이나 몸에 좋다는 영양가 높은 음식을 만들 때 일수록 나는 가연이보다는 그녀의 신랑 생각을 더 극진히 하느라 괜히 가슴속이 따뜻해지곤 했다. 그 후의 나의 살맛은 거의가 위층과 상관이 있었다. 가연이 신랑과 인사를 나눌 기회도 자연스럽게 생겼는데 약간 무뚝뚝해 보이긴 해도 천진한 인상이었다. 그는 좀 섭섭할 정도로 나에게 의례적인 인사 이상의 관심을 두는 법이 없었지만 나는 신뢰감 가득한 눈길을 그에게 보내곤 했다.

어떤 때는 나의 신뢰감을 그에게 나타내 보이고 싶다는 무작정의 갈망으로 가슴을 조이며 일부러 그가 들고날 때를 현관 근처에서 기다리기도 했다. 그가 들고나는 시간은 불규칙해서 거의 들어맞지 않았다. 그 대신 우연히 만나면 그렇게 반가울 수가 없었고 나의 마음으로부터의 신뢰감을 그가 알아차렸을까를 마치 사춘기 때 던진 최초의 추파의 효험을 헤아려보듯이 잔뜩 촉각을 세운 감수성으로 헤아려보곤 했다.

우리 아파트 엘리베이터는 삼개월에 한 번씩 짝수에 섰다 홀수에 섰다, 서는 층을 바꾸기로 돼 있는데 우리 층에 서는 동안 나는 그의 신중하여 마치 스며드는 듯한 발짝 소리까지 알아듣게 되었다. 그가 돌아왔구나! 나는 은은한 미소를 띠고 그가 우리 층에서 내려 위층으로 통하는 계단을 느리게 밟는 소리에 귀기울이곤 했다. 아들이 집에서 들고날 때처럼 나는 그의 발짝 소리를 기다리고 반가워하고 그가 어느 만큼 피곤한가, 기분이 좋은가 처져 있나까지를 읽어내려고 했다. 그에 대해 날로 고조되는 나의 관심이 나도 모르게 가연이네 생활을 조금씩 간섭하기 시작하고 있었다. 이런 나의 침투에 가연이는 조금도 방어적이지 못했다. 어쩌면 내가 나타나기 전부터 그녀는 이미 생활을 방기하고 있었는지도 몰랐다. 그렇지 않고서야 아무리 넉넉지 못하기로서니 그렇게 황폐를 도처에 처바르고 살 수는 없는 일이었다. 나는 가연이의 그 점이 가장 마뜩하지가 않았다. 마치 아들 수발을 제대로 못 드는 며느리가 곱지 않듯이 가연이가 곱지 않을 때는 으레 그가 안쓰러웠다. 계집 잘못 만나 큰 뜻을 펴보기는 애저녁에 글렀지 싶은 탄식을 하기도 했다. 그러나 가연이한테 대놓고 할 수 있는 말은 못 되었다.
그가 한푼도 벌어들이는 게 없이 오륙 년째 소위 운동만 하면서도 밥을 굶지 않았을 뿐 아니라 툭하면 동지를 모아들여 숙식을 제공하고 제 속옷까지 벗어 입히면서 살 수 있었던 건 순전히 가연이네 친정 덕분이었다. 사는 꼴로 봐서 도저히 지닐 수 없는 평수의 아파트에 살고 있는 것 또한 친정 덕이었다. 그렇다고 사위에게 아주 사준 건 아니고, 아주 사줄 만큼 넉넉한 편도 아닌데 맏아들 세간낼 요량으로 사놓은 걸 거저로 빌려주고 관리비까지 내주니 딸 가진 죄인 노릇을 과분하게 치르고 있는 셈이었다.
"그래도 그이는 조금도 감사할 줄 모른다니까요."
가연이가 이렇게 하소연할 때마다 나는 그의 역성을 들곤 했다.
"그럴 리가 있나. 비굴해지지 않으려고 오기 부리는 것도 모르고, 쯧쯧."
"아녜요. 잠자코만 있어도 저도 그런 줄 알았을 거예요. 그이는 툭하면 우리 친정 욕을 하는걸요. 쩨쩨하다고요. 이만큼이라도 대주는 게 친정으로선 얼마나 큰 출혈이라는 걸 통 모르는 척해요. 아버지가 하시는 전자용품 대리점 수입이 그저 그렇거든요. 요샌 사원들한테 강제로 배당되는 전자용품이 워낙 많아 그런 걸 덤핑으로 사기 때문에 대리점 매상은 쭉 내리막이래요. 당신네는 생활비 줄이려고 아들 내외 눈치 봐가며 분가를 미루면서까지 딸네 먹여 살리시는 심정이 오죽하시겠어요?"
"그래도 느이 신랑은 복이 많은 사람이다. 남아도는 돈을 적선하는 셈치고 선선히 집어주는 것보다 하는 일을 뜻있게 보고 당신들이 잡술 거 입을 걸 아껴 보태주는 돈이니 얼마나 값있는 돈이냐?"
"우리 친정에서 그가 하는 일을 이해한다구요? 아유, 아녜요. 그이를 얼마나 미워한다구요. 처음부터 친정에선 우리 결혼 반대였어요. 여편네 고생시킬 게 뻔한 남자도 미웠겠지만 그런 남자를 좋다고 시집가겠다는 딸은 또 얼마나 증오스러웠겠어요. 그렇게 꼴 보기 싫은 것들한테 생활비를 대주는 관계가 얼마나 힘들다는 걸 짐작이나 하시겠어요? 주는 쪽이나 받는 쪽이나 서로 말예요."
"알 만하다. 보통 사람들한테 느이 신랑이 하는 일을 이해해주기 바라는 건 무리지. 무리구말구. 그렇지만 그분들이 너를 사랑하는 한 주어서 기쁠 테고 너희들도 넙죽넙죽 받아도 상관없어. 신랑한테 너무 감사를 강요하지 마. 알았지?"
"우리 친정에서 생활비를 못 끊는 게 딸을 사랑해선 줄 아세요? 아니라니까요. 화염병 때문이에요."
"화염병 때문이라니?"
"우리 친정에서 운동권에 대해서 알고 있는 상식은 화염병이 다예요. 운동권은 누구나 신분증처럼 화염병을 하나씩 품속에 품고 다니다가 수틀리면 아무데나 내던지는 줄 안다니까요. 여북해야 우리 생활비 때문에 어머니나 올케가 불평을 하면 아버지가 한마디로 틀어막는 구호가 '별수 있소? 우리 집안이 한꺼번에 불구덩이에 들지 않고 제명에 죽으려니……' 하고 땅이 꺼지게 휴우 한숨을 쉬는 거래요."

그건 처음 듣는 끔찍한 사실이었음에도 불구하고 놀랍진 않았다. 나 또한 화염병 때문에 그를 좋아하고 있을지도 모른다는 생각이 들었다. 나 역시 내 아들을 그 꼴로 만든 무자비한 힘을 향한 화염병을 가슴깊이 품고 살고 있고 같은 것을 품고 있다고 믿을 만한 그에게 그렇게 이끌렸던 게 아닐까. 물론 그 사실은 전혀 끔찍하지 않았고 보람 있기조차 했다.

중간에 두어 번 잠깐씩 들락거린 적이 있긴 해도 아들이 요양원 생활을 한 지 만 사 년이 넘었다. 그런 작은 위안도 없이 어찌 그 서리서리 길고, 피를 말리게 가혹한 시간을 견딜 수 있었으랴. 남편과 나는 아들이 그렇게 된 후 한번도 살을 섞은 일이 없었다. 나이와 함께 쇠잔해진 기력이긴 하나 쾌락이라 이름붙인 걸 탐한다는 게 아들의 고난 앞에 차마 못할 부끄러움이라는 것에 우리는 말 않고도 합의했던 것이다. 그래도 남편은 가끔 슬프디슬픈 얼굴로 시든 성기를 어루만진다는 걸 나는 알고 있었다.

"이제 남은 수는 하나밖에 없다. 네가 벌면 되잖니. 아이도 아직 없겠다, 교직 과목도 이수했겠다, 내가 알아봐주련? 당장 정식 교사로 발령받긴 힘들어도 시간강사 자리 얻기는 어렵지 않을 게다. 첫 술에 배불릴 생각 말고 그렇게 시작하는 게야. 진작 그럴 일이지, 이 맹추야."

나는 큰 수가 난 것처럼 수선을 떨었지만 가연이의 생기 없음은 그대로였다.

"전들 그 동안 왜 그런 생각을 안 해봤겠어요. 실제로 친정을 통해 취직 자리가 생긴 적도 서너 번 됐구요. 그이가 질색이에요. 제가 돈 버는 꼴도 보기 싫지만, 자기나 자기 동지들 시중은 누가 드냐는 거예요. 실상 그것도 수월찮거든요."

"아무리, 그 정도 불편을 못 참아서 마냥 처갓집 신세를 지겠대? 그 사람 배짱 한번 두둑하네."

나는 어이가 없어 언성을 높였다.

"그 사람은 본디 그런 사람이니까 선생님 말끝마다 역성들지 마세요."

"애 좀 봐. 내가 언제 역성을 들었다고 그러냐? 그래도 네가 참아야지 어떡하니. 그만한 배짱이라도 있으니까 운동을 할 수 있지, 지금이 웬만한 사람이 운동할 수 있는 세상이 아니잖냐?"

"운동이라는 게 꼭 있어야 할까요?"

"있어야 하구말구. 수많은 사람이 품고 있는 화염병이 운동으로 바뀌어야 해. 그래서 제 곬을 찾지 않으면 미친 불이 돼. 미친 불을 두려워하는 건 비단 너의 친정 식구뿐이 아니란다."

"역시 역성이시군요. 그이 배짱이 어느 정도냐 하면요, 판검사나 의사가 당연하게 받는 처가 덕을 왜 운동권 인사는 감지덕지 비굴하게 받느냐는 거예요. 더 큰일을 하니까 그들보다 더 떳떳하게 받아야 한다는 거죠."

"글쎄다. 그런 배짱까지 역성을 들어야 할지 모르겠구나. 그 사람 혹시 여자를 통틀어 넘보는 사람 아니냐?"

"넘본다는 말이 딱 들어맞는 건 아니지만 그이는 여자 다루는 방법에 대해 확고한 일가견을 가지고 있어요. 사실은 그게 그 사람의 처가 멸시나 생활고보다 훨씬 더 힘들어요."

"어떤 일가견인데?"

"저도 느낌으로 받아들인 거라 조목조목 설명할 수는 없어요. 강력하게 지배할수록 좋다는 식의 사고 방식일 거예요. 그가 저항하는 부패한 권력의 지배 논리를 그대로 여자에게 적용하고 쾌재를 부를 정도니까요."

가연이하고 처음 알게 된 것도 나중에 알고 보니 그가 집어던진 물건 때문이었듯이 그는 자주 밖에서 생긴 울화를 집안의 얼마 안되는 물건을 부수고 던지는 걸로 푼다고 했다. 가연이네 집안꼴이 썰렁한 것은 그런 때문도 있었다. 그래도 그저 가연이더러만 참으라고 해온 나였건만 이번에만은 아무 말도 할 수가 없었다. 나는 내 신뢰감을 보낼 대상을 잃고 싶지가 않았다.

그러나 거짓 관계는 언젠가 파탄이 나게 마련이었다. 먼저 친정과의 관계가 끝장나려 하고 있었다. 더는 미움과 두려움 때문에 사위에게 돈을 빼앗기지 않아도 되게끔 가연이 아버지 사업이 망해버린 것이었다. 부도를 냈기 때문에 아버지 명의로 된 아파트도 불원간 내쫓기게 되리라고 했다. 약간 핼쑥해지긴 했어도 비교적 차분하고 담담하게 가연이가 그 얘기를 나에게 해준 게 바로 엊그저께였다. 화분대가 비어 있는 것도 예사롭게 보아넘기지 못하고 마음이 아픈 것은 거정도 팔자인 성미 때문만은 아니었다. 그 얘기를 하고 나서 가연이는 심란하게 웃으면서 이렇게 덧붙였었다.

"글쎄 우리 그이가 처갓집 망했단 소리 듣고 첫마디가 뭐랬 줄 아세요? 새장가 들게 생겼군, 이러지 뭐예요. 자기의 생활 대책이니까 당당하대요. 원망할 것도 없구요. 그 사람 농담도 잘하죠?"

"듣자듣자하니 그 사람 참 개새끼로구나."

나는 버럭 역정을 냈다.

"농담이래두요."

이번엔 어째 가연이가 그 사람 역성을 들려고 했다.

그날은 그러고 말았지만 그 동안 어떻게 지내고 있는지 좀이 쑤셔서 견딜 수가 없었다. 그 사람이 아직 안 나갔을 것 같은 시간이니 그냥 가기는 염탐온 걸로 오해를 받을 듯해 꺼려지고 가지고 갈 만한 것도 마땅치가 않아 서성거리고 있는데 전화 벨이 울렸다. 기업체의 부설고등학교 책임자로 가 있는 친구로부터의 전화였는데 가정과 선생을 한 사람 구해달라는 부탁이었다.
　이럴 수가. 가연이가 가정과 출신이고 자격증도 가지고 있었다. 나는 들뜨려는 목소리를 어금니 사이에 억누르고 어떤 대우를 해줄 것인지 조목조목 따져보았다. 공사립의 중고등학교보다 오히려 나은 대우를 보장해주겠다고 했다. 그만하면 만족할 만했다. 뜻밖의 행운이었다. 궁하면 통한다더니, 사람이 죽으란 법은 없다더니, 나는 별안간 굴러들어온 가연이의 행운을 이렇게 대견해하면서 겅중겅중 으스대며 위층으로 올라갔다. 가연이 혼자 있었다. 눈가가 질척했다.
"울고 있었구나? 바보같이……"
"네, 자꾸만 눈물이 나오는 걸 어떡해요."
"울지 말아. 내가 기쁜 소식을 가져왔다."
　내 얘기를 다 듣고 가연이는 고맙다고 말했지만 내가 기대한 것처럼 기뻐하진 않았다.
"그이가 승낙할지 모르겠어요. 저한테는 더 바랄 수 없는 자리이긴 하지만……"
"제가 승낙 안 하고 배겨? 나라도 승낙을 받아낼 테니 걱정 말아."
"그이 보기보다는 심약한 사람이에요."
"심약하면 승낙받기 더 쉽겠구나."
"아녜요. 이것 보세요."
　가연이가 스커트 자락을 걷어올리면서 꿇어앉았다. 유난히 흰 넙적다리 두 개가 어여쁘게 둥근 무릎을 앞으로 가지런히 붙어 있는데, 그 흰 살결 위로 매화꽃잎이 한꺼번에 낙화가 진 것처럼 점점이 선연하게 부풀려 있었다.
"그이가 담뱃불로 지졌어요. 가끔 잘 그래요. 이번엔 특히 심했지만…… 저더러 날치지 말라는 표시래요. 제 내조가 필요하니 제발 날치지 말고 국으로 있으라면서 글쎄 꺼이꺼이 울지 뭐예요."
"개새끼, 눈물도 흔해."
　나는 가연이 눈치 볼 것 없이 이렇게 씹어뱉고는 가연이 눈물까지 꼴도 보기 싫어서 그 집을 뛰쳐나왔다. 그러나 가연이 넙적다리의 화상은 쉬 지워지지 않고 내 살점에 점점이 와 박히는 듯했다. 가연이가 불쌍해서 내 살점이 아팠다. 처음 느껴보는 느낌이었다. 그 새로운 느낌이야말로 우정(友情)인지도 몰랐다. 여태껏 나는 그녀를 사랑하기보다는 길들이고자 했고 결과적으로 그녀 남편의 편이었지 그녀 편은 아니었다. 그녀 말짝으로 그 남자의 역성을 들 때도 물론 그러했지만 역성을 안 들 때도 그러했다. 시어머니가 본질적으로 아들 편이듯이.

가연이에게 우정을 느끼자 가연이는 물론 그 남편과, 그들의 관계까지가 비로소 바로 보이기 시작했다. 직시해야 할 시간은 불가피하게 왔고 직시해야 할 것은 고통스럽더라도 직시하는 게 수였다. 나는 가정 선생을 부탁한 친구에게 먼저 전화를 걸어 내일 당사자를 데리고 가겠노라고 말하고 나서 다시 위층으로 올라갔다.
"아까 말한 취직 자리 내일 가기로 했으니, 그렇게 알아라. 이력서랑 몇 가지 갖춰야 할 서류도 준비하고."
"그이 허락도 받기 전에 그러시면 어떡해요? 야단날 거예요."
"우선 네 의식이 자립하고 나서 자립 의사를 밝혀봐. 그럼 다 잘될 거야. 자립할 수 있는 자유인을 누가 함부로 때려."
"그이는 저이 내조가 필요하댔는데...... 울면서 그랬는데."
"제가 무슨 큰일을 한다고 내조씩이나 필요하누?"
나는 구태여 경멸을 감추지 않고 속시원히 말했다.
"어머, 선생님. 그이 하는 일을 그렇게 두둔하시더니 그까짓 취직 자리 하나 때문에 어쩌면 그렇게 쉽게 전향을 하세요?"
"전향을 하긴. 그 사람이 가짜라는 걸 알았기 때문이지. 생각해 봐. 소위 민중을 위한다는 친구가 여성처럼 오랜 세월 교묘하게 억압받고 수탈당한 큰 집단이 민중으로 안 보인다면 그를 어떻게 믿냐? 저는 남자의 기득권을 안 내놓으려 들면서 권력자의 기득권은 내놓으라고 외치는 것도 가짜답고, 도대체 제 계집을 종처럼 다루면서 일말의 연민도 없는 자가 민중을 사랑한다는 소리를 어떻게 믿냐. 내조도 좋지만 가짜를 내조한다는 건 너무 자존심 상하잖냐?"
"선생님, 너무해요, 그를 가짜로 몰지 마세요. 고약한 쪽으로 몰리기만 하고 이날이때까지 살아온 사람이에요."

"그래 그가 가짜인가 아닌가는 네가 정하렴. 바로 보고. 바로 보기 위해선 자립을 해. 그를 먹여살리기 위해서가 아니라 네가 그를 대등한 입장에서 바로 보기 위해 자립을 하란 말야. 그 후에 그가 진짜인가 가짜인가는 알아봐도 늦지는 않아. 그렇지만 자립은 더 늦으면 안 된다."

나는 내 우정이 가연이에게 통하길 바라며 간곡하게 말했다.

〔『또하나의 문화』, 1987. 4〕

저문 날의 挿話 3

나에게는 도자기를 하는 딸이 하나 있다. 요새 흔한 취미나 여가 선용으로 하는 게 아니라 어엿한 명문대학 도예과를 졸업하고 꾸준히 작업을 하고 있으니, 이왕이면 우아하고 듣기 좋게 도예가인 체해도 누가 뭐랄 사람이 없으련만 그 아이는 곧잘 '사기장이'라고 자칭하고 있다. 하긴 개인전은 물론 그 흔한 공모전이나 그룹전에도 한번 출품해본 적이 없으니까 도예가라기엔 자격이 좀 모자랄지도 모르겠다.

그 방면에 욕심이 나는 건 그래보나는 나이서 국진이나 이름난 공모전의 광고가 날 때마다 은근히 충동질을 해보지만 그 아이는 사기장이가 넘볼 일이 아니라고 막무가내였다. 겸손을 떠는 것 같지도 않게 완강한 걸 보면 그 아이 나름으로 도예가와 사기장이 사이에 서로 넘볼 수 없는 금을 긋고 있는 듯했다. 나는 내 딸이 도예가연하면서 한가닥 하는 여자로 지냈으면 하는 허욕을 단념 못 하는 푼수로는 도자기에 대해 아는 것도 없고 학교를 졸업시킨 것밖엔 작업실 하나 마련해준 게 없었다. 물레는 하나 사주었지만 전기 가마네 가스 가마네 하는 비싼 물건은 엄두도 못 냈고 딸이 그런 욕심을 내비친 적도 없었다. 작업실은 넓은 단독 주택에서 사는 친구네 지하실을 뜻이 맞는 동창 몇이서 빌어 쓰고 있었다. 뜻이 맞는다는 게 사기장이 이상의 욕심은 없는 동호인끼리라는 뜻은 아닌 듯싶은 게 그 중에선 국전에 입선하거나 공모전에 특선을 해서 축하를 받는 친구도 해마다 한두 명씩은 생겨났다. 내 딸이 그런 친구 얘기를 하면서 부러움이나 시샘 같은 걸 억지로 숨기지 않고 자연스럽게 드러내는 걸 볼 때마다 나는 속이 좀 상했다. 저게 욕심이 없어서가 아니라 재능의 한계를 일찌감치 깨달았기 때문이려니 짐작이 가기 때문이었다. 딸애는 공부를 중간쯤 하는 평범한 아이였다. 예능 방면에도 마찬가지였다. 그러나 최소한도 E대학은 보내고 싶은 내 욕심 때문에 고3 때 미술 지망으로 바꾸었고, 그해의 추세가 데생의 기초가 약한 지망생들이 도예과로 몰리는 경향을 덩달아서 탄 게 합격의 과녁을 맞추게 된 데 불과했다. 그야말로 운수가 좋아서 딴 간판이기 때문에 거기 자족하지 못하고 졸업하고 나서도 시난고난 전공의 일손을 놓지 못하는 그애가 대견하다기보다는 딱해 보일 수밖에 없었다. 그러다가도 문득문득 허욕을 부리게 되니 정작 딱한 건 내 쪽일지도 모르겠다. 그렇지만 도예가연할 가망도 없다면 도자기하는 게 곁에서 보기에도 할 짓이 못 되었다. 성형에 들어가기 전에 흙을 밟고 온 날은 작업복도 말이 아니었지만 기운도 탈진해서 막노동판에서 모군을 서고 돌아온 것과 진배없었다. 흙을 밟는 게 어느 만큼 힘이 들고 또 어떤 모습인지 본 적도 없고 그애 역시 자세한 얘기는 안 했지만 상상하기는 어렵지 않았다. 한옥 기와지붕을 고치려면 진흙이 많이 든다. 푸실푸실한 진흙을 부려놓으면 '데모도'라고 불리는 막일꾼이 물을 적당히 붓고 개놓은 진흙 위에 가마니를 덮고 정강이를 걷어붙이고는 맨발로 올라서서 들입다 밟아서 흙을 차지게 만들었다. 고루 차지게 밟은 진흙을 애녀석 머리통만하게 뭉쳐 지붕 위로 올리면 노련한 기와장이는 만져만 보고도 제대로 밟았나 덜 밟았나를 알아맞추고 덜 밟았으면 불호령이 떨어지곤 했다. 도자기 만드는 흙도 그런 과정을 거쳐야 하는 모양이었다. 원 세상에, 내 딸이 그 희고 매끈하고 가냘픈 종아리를 걷어붙이고 그 짓을 하다니. 예전에 사기장이가 왜 바닥천민의 생업이었나를 알 것 같았다. 복중에도 외씨 같은 버선발이 치맛자락 밑에서 보일락말락 아장걸음을 걷는 게 부녀자가 마땅히 갖추어야 할 미덕이던 시절에 딸년이건 여편네건 닥치는 대로 종아리를 걷어올리고 맨발로 흙을 밟아야 밥을 먹을 수 있는 게 오죽한 천민이었을까 뻔했다.

"대학까지 나와 예술을 한다는 애들이 꼭 흙 밟는 일까지 해야겠니? 기와장이만 돼도 그런 일은 데모도한테 시키던데 너희들도 그런 허드렛일은 사람을 사서 시키면 안 되겠냐?"

언젠가 이렇게 권해본 적도 있다. 사람을 살 것도 없이 밟는 구실을 해주는 기계도 있고, 기계적으로 밟는 과정을 거쳐 당장 성형할 수 있게 돼 있는 흙도 판다고 했다.

"그런데도 그런 고생을 했어, 미련한 것? 많이 비싸냐? 많이 비싸도 그렇지, 아낄 게 따로 있지, 명색이 예술을 한답시고 그만한 밑천도 안 들까?"

막도자기가 얼마나 싸다는 것쯤은 알고 있는지라 나는 허덕이며 희떱게 굴었다. 그때 딸애는 아득한 시선으로 나를 흘긋 한번 쳐다보고는 짧게 대답했다.

"흙 밟는 맛에 도자기를 하는 걸요. 아니면 벌써 그만뒀을 거예요."

나는 그애가 첫애가 아니기 때문에 자식들이 부모의 소망과 꿈을 배반하고 세상살이의 독자적인 방법과 생각을 갖기 시작하는 갖가지 수법에 대해 알고 있었지만 그때처럼 무안하고도 괘씸해보기도 처음이었다.

그러나 작업실에서 줄창 미장이 데모도처럼 흙만 밟는 것은 아닌 모양으로 마침내 구워낸 도자기를 집으로 들여올 적이 몇 달에 한 번씩은 있었다. 많이는 백 점이 넘을 적도 있었고 아무리 적어도 오륙십 점은 되었다. 실패율이 거의 없는 가스 가마를 빌려서 굽는다지만 초벌구이·재벌구이를 거치는 동안 금가고, 내려앉고, 비뚤어지는 게 생겨나게 마련이어서 반타작이나 될까말까라고 했다. 금이 가거나 모양이 망가져서 못쓰게 되는 것 말고 마음에 안 들어서 그 자리에서 깨뜨려버리는 것도 적지 않다는 것도 무슨 말끝엔가 얼핏 들은 것 같았다. 그렇다면 집에까지 가지고 들어온 물건들은 제딴엔 그래도 잘 빠졌다 싶은 것들일 텐데도 딸이 그때처럼 심란하고 허전해 보일 적도 없었다. 그러건 말건 나는 그애가 손수 빚은 올망졸망한 그릇들이 포장에서 풀려나 제 모습을 드러내는 걸 지켜볼 때가 제일 즐겁고 대견했다.

어머, 이 빛깔 참 잘 빠졌다 얘, 이 선은 기가 막히구나, 어쩌구 내 기분에 들떠서 찬사를 해봐도 그애는 더욱 침울해질 뿐이었다. 그애가 가까스로 참고 있는 건 무엇일까. 재능에 대한 절망일까? 어미의 지칠 줄 모르는 헛된 욕망에 대한 혐오감일까? 이런 달가워도 안 하는 찬사가 끝나면 나는 그것들의 용도에 대해 묻기도 하고 궁금해하기도 하는데, 내 딸이 칭찬보다도 싫어하는 게 바로 그런 질문이었다. 파는 도자기처럼 한눈에 찻잔이면 찻잔, 대접이면 대접이라고 알아볼 수 있는 게 별로 없었다. 물컵으로 쓰기엔 너무 두루뭉실하고 손잡이도 마땅치 않길래 꽃을 꽂아보면 그럴듯해 보이는 것도 있었지만 딸이 그걸 꽃병으로 만들었는지는 알아낼 방법이 없었다. 대접으로 쓰려고 부엌 찬장에 얹어두었다가 막상 국을 뜨려고 하니 가상이가 몇 군데 패어 있는 게 볼썽사나워 슬쩍 치웠다가 나중에서야 그게 재떨이었을지도 모른다고 깨닫게 될 적도 있었다. 그러나 그 정도라도 만든 이의 의도를 알아맞출 수 있는 건 몇 개 안 됐다. 나는 딸애가 그릇들에게 부여한 운명대로 그것들을 쓰고 싶었고 또 그렇게 하는 게 창조 행위에 대한 최소한의 예절이라고 여기고 있었기 때문에 도무지 용도를 종잡을 수 없는 그릇에 대해선 그게 뭔가를 묻지 않을 수가 없었다. 그럴 때 딸은 대답 대신 모욕당하고 억지로 웃는 것처럼 참담하게 일그러진 웃음을 웃거나 "어머니 좋을 대로 생각하시면 되잖아요. 아무 생각 없이 그냥 만들었단 말예요." 그렇게 싸울 듯이 대들고 나서 어깨를 탈골이 된 것처럼 축 처뜨리기도 했다. 그렇담 저까짓 것들이 순수한 예술품이란 말인가? 예술이라면 질색인 주제에⋯⋯ 나는 느닷없이 딸이 아니꼬워져서 속으로 이렇게 뇌까리곤 했다. 아무 생각도 안 했다는 게 예술가들이 흔히 말하는 무사(無私)의 경지 같은 걸 말하려는 것 같아서였다.

이것을 뭣에 쓸 거냐는 물음이 질색인 대신에 그것들을 뭘로 쓰든지 딸애는 전혀 상관하지 않았다. 재떨이를 몰라보고 국대접으로 쓴다고 해도 그애는 끝내 모른 체했으리라. 그 그릇들의 용도에 대해선 당초의 괴팍스러움도 교만함도 없어서 그저 무엇으로든지 소용이 닿는 것만 감지덕지하는 듯했다. 그것들을 보고 갖고 싶어하는 사람이 있으면 집어주는 것도 내 마음대로였다. 누가 가져갔대도 딸은 상관하지 않았다. 나는 우선 내 눈에 드는 걸 몇 점 골라내고 나서 시집간 큰딸이나 세간난 큰머느리를 불러서 쓸 만한 걸 골라가도록 했다. 친구를 일부러 부르는 적은 없었지만 우연히 놀러 왔다가 보고 탐을 내도 곧장 인심을 쓰곤 했다. 그러나 "잘 간수해, 너. 누가 아니, 내 딸이 유명해질지. 그럼 그거 가보(家寶)된다" 하는 말로 내 숨은 허영의 자락을 드러내보이는 걸 잊지 않았다.

이렇게 저렇게 제자리를 찾아가고 나서도 으레 몇 점은 처지게 마련이었다. 나는 그것들을 문갑이나 장식장 위에다 늘어놓게 되는데 딸은 그때 또 한번 괴퍅을 떨었다. 그것들을 일일이 수거해다가 산산이 박살을 내버리고 마는 것이었다. 아무짝에도 쓸모가 없어서 장식품이 되고 만 것들에 대한 딸의 응징은 신들린 것처럼 무아지경이어서 나는 엉뚱스럽게도 흙을 밟거나 성형을 할 때의 딸도 저러하지 않았을까 유추해보곤 했다. 그러나 이건 뭐냐, 조건 뭣에 쓸거냐고 그 그릇들의 용도를 묻는 걸 제일 싫어하던 딸이 막상 실용가치에서 제외된 그릇들에 대해 그다지도 지독한 혐오감을 나타내는 심사가 무엇인지 내가 이해하기엔 좀 어려웠다. 대강 깨뜨려버리면 누가 주워 모아 접착이라도 할 줄 아는지 딸은 부수고 또 부수어 산산조각을 내고도 부수기를 멈추지 않았다. 제딴엔 흙으로 돌아가게 할 작정인 듯했으나 예리한 사금파리만 한 무더기 만들어놓고 탈진을 해서 손을 놓곤 했다. 딸이 손을 다칠세라 나는 그것들을 도맡아 치우면서 속으로 어려워, 어려워, 소리를 수도 없이 삼키곤 했다. 그 딸도 시집을 가더니 도자기 일을 흐지부지 쉬고 있다. 여가도 없겠지만 그 괴퍅을 받아줄 사람이 없어서일 거라고 나는 문득문득 고소해하기도 하고 서운해하기도 했다.

아이들이 마루에서 어찌나 극성맞게 뛰는지 안방 구들장이 다 들썩하는 것 같았다. 이어 비명인지 환성인지 분간할 수 없는 날카로운 아이들 소리와 한껏 볼륨을 높여놓은 어린이 프로의 시그널 뮤직이 섞여서 들렸다. 아침 방송의 어린이 시간이 시작되고 있다면 이른 시간이 아니기 때문인지, 그런 시끄러운 소리들이 삼십 분만 더 자고 싶은 나른하고 감미로운 졸음에 조금도 방해가 되지 않았다. 내가 좀더 즐기고 싶은 건 늦잠이 아니라 늙은이들만 사는 집에 손자들이 와서 잔 날 아침의 활기 넘치는 소요인지도 몰랐다. 나는 비몽사몽간에도 얼굴 하나 가득 인자한 미소를 띠고 다음에 일어날 일을 기다렸다. 문틈으로 할미의 동정을 엿보던 아이가 더 기다리지 못하고 할미의 잠을 깨우러 들이닥칠 차례였다. 계집애라면 손가락으로 할미 뺨을 찔러보거나 귓전에서 뭐라고 속삭이겠지만 사내녀석이라면 다짜고짜 몸으로 덮쳐 할미 갈비뼈를 결리게 할지도 모른다. 나는 스멀대는 장난기를 이기지 못하고 실눈을 떴다. 벌써 해가 높다란 듯 커튼을 통해 희석된 빛이건만도 방안은 눈이 부시게 환했다. 어제던가 그제던가, 텔레비전으로 활짝 핀 진해의 벚꽃을 본 것은. 나는 아이들 떠드는 소리에도 잔물결처럼 일렁이는 방안의 밝음에 간지럼타듯 몸을 꼬며 생각했다. 아니나다를까 밖에서 방문이 한 뼘쯤 소리없이 열렸다. 발목이 나오게 껑충한 청바짓가랑이가 먼저 들어오면서 문은 좀더 열렸다. 시끄러움이 멎은 대신 아이의 억제된 가쁜 숨소리가 들리는 듯했다. 나는 참지 못하고 아이의 빨간 점퍼를 건너뛰어 얼굴을 찾았다. 버짐으로 얼룩진 입언저리, 콧구멍이 빤히 보이는 납대대한 코, 아둔한 것도 같고 교활한 것도 같은 눈, 불밤송이처럼 곤두선 갈색 머리의 까만 얼굴이 둘, 이층으로 겹쳐져서 안방을 엿보다가 나와 눈이 마주치자 후닥닥 도망을 쳐버렸다. 부엌 쪽에서 밥 뜸드는 구수한 냄새와 아이고 이 웬수야, 하는 만수네의 지친 듯한 나무람 소리가 끼쳐왔다. 아이들은 내 손자가 아니라 만수네의 손자였다. 나는 나른하고 달착지근한 비몽사몽간에서 깨어나 머리를 끌어올려 뒤통수에다 핀으로 꽂으면서 일어나 앉았다. 옆자리는 비어 있었다. 나는 남편의 베갯잇에 어지럽게 달라붙은 유난히 새까만 머리칼을 일일이 뜯어내면서 우울하게 한숨을 쉬었다. 재떨이엔 담배꽁초가 다섯 개나 구십도로 꺾인 채 거품 같은 가래침과 범벅이 돼 있는 걸 보면 새벽부터 잠을 설친 모양이다. 남편의 퇴직 후 우리는 둘 다 수면 시간이 자연스럽게 늦게 자고 늦게 일어나는 걸로 바뀌어져 있었다. 삼십여 년간 강박관념이 돼온 출근 시간에서 놓여난 해방감 때문이었는지 섭섭함 때문이었는지 우리는 자정까지 텔레비전을 보았고 그러고 나면 출출해서 달고 말랑말랑한 생과자나 찹쌀떡 같은 걸로 주전부리까지 하고 입가심으로 차 한잔 마시고 나면 거지반 한시가 돼서야 자리에 들었기 때문이다. 국민학교 들어가기 전부터 줄창 지켜왔을 일찍 자고 일찍 일어나던 버릇이 바뀐 것을 남편은 이제야 어른이 된 것 같다고 말하곤 했다. 만수네가 손자를 데리고 들이닥친 후 남편은 그들과 더불어 늦게까지 텔레비전 앞에 턱 쳐들고 앉았기가 뭣했던지 혼자서 일찍 잠자리에 들었으니 일찍 일어날 만도 하건만 저 극성스러운 애녀석들 때문만 같아서 부아부터 났다. 나는 주섬주섬 옷을 꿰면서 거실로 나왔다. 그만그만한 연년생 형제들은 텔레비전을 켜놓은 채 부엌에서 파를 다듬고 있는 저희 할머니 치맛자락에 엉겨붙어 칭얼대고 있었다.

"놔두고 아이나 봐. 손님 노릇 좀 하면 어때서 꼭 조석을 떠멜려고 그래."

"나 한시 반시 가만히 못 있는 거 알잖여?"

"그래도 그렇지 한 사날 놀고 먹는다고 삭신에 녹슬까봐서?"

나는 이렇게 핀잔을 주면서도 사날이란 말에 알아들을 만큼 못을 박는 걸 잊지 않았다. 세 식구가 느닷없이 들이닥친 지 오늘이 사흘째였다. 오던 날부터 빨래며 집안 청소며 조석을 마치 줄창 해오던 일처럼 스스럼없이 해내고 있지만 그건 제가 좋아서 하는 거고 나도 할 만큼은 했다. 오던 날은 저녁 먹고 치운 후여서 라면을 끓여 먹도록 했지만, 다음날은 불고기를 세 식구가 약비나게 먹도록 했으며 비록 막과자일망정 아이들의 주전부리거리도 한 보따리를 사다가 안겼고, 둘쨋날은 근처 상가에 아이들을 데리고 나가 기장이랑 품이 넉넉한 걸로 옷도 한 벌씩 사 입혔고 그만그만한 자식들을 기르는 딸네·아들네로 전화를 걸어 안 입는 아이들 옷을 모아 들인 게 이불꾸러미만했다. 그만큼 해주었으면 오늘쯤 떠나는 게 예절이었다. 오늘도 늘어붙어 있다면 해줄 게 없었다. 갈 때 노자를 얼마나 주어보내면 후하단 소릴 들을까 생각해놓은 액수를 만약 내일이나 모레까지 늘어붙어 있으면 반을 깎아야지 하는 심통이 날 만큼 오늘은 떠났으면 하는 마음이 간절했다.

"영감님은?"

거실에도 화장실에도 남편이 안 보이자 나는 만수네에게 물었다. 만수네는 흐릿한 표정으로 마당 쪽을 가리켰다. 말수가 적은 건 여전했다. 하긴 수다스러웠으면 더 견디기 어려웠을 것이다. 그녀 말짝으로 더러는 잊어버렸건만도 생각나는 것만 얼추 긁어모아도 책으로 엮으면 열두 권 분량은 될 거라는 게 그녀의 기구한 팔자였으니까.

남편은 파자마 바람으로 마당 구석에 쭈그리고 앉아 있었다. 앞집 사이의 담이 금가 있는 게 볼 때마다 마음에 걸렸다. 해토 무렵이나 장마 때는 더했다. 손가락이 들어갈 만한 큰 금이 Y자가 삐딱하게 쓰러지는 형상으로 한가운데 나 있는데도 담은 앞집 쪽으로도 우리집 쪽으로도 기울지 않고 수직을 유지하고 있었다. 설마 내 집 쪽으로 무너지랴 싶은 마음 때문에 양쪽 집이 다 못 본 체하고 있었다. 양쪽 집이 다 지은 후 몇 번 주인이 갈린 집장수 집이어서 당초의 그 담을 쌓은 게 뉘 집인지 만약에 안전 사고가 발생했을 때 뉘 집에서 책임을 져야 하는지 분명하지가 않았다. 가장 좋은 방법은 양가가 공동으로 새로운 담장을 쌓는 비용을 부담해서 사고를 미연에 방지하는 거였으나 못 본 체하고 있었다. 먼저 말을 꺼낸 쪽에서 덤터기를 쓸 것 같아서였다. 우리와는 달리 고만고만한 아이들이 있는 앞집에선 더 신경이 쓰일 법한데 먼저 말을 안 꺼내는 걸 나는 지독한 집이라고 여기고 있었으니 나야말로 그 집이 조금만 만만해도 덤터기를 씌우려 들었을지도 모른다.

"좀 물러앉으시잖구……"

표시를 해놓진 않았지만 담장이 우리집 쪽으로 무너질 때 어디까지가 위험하리라고 마음속으로 가상의 줄을 쳐놓고 있었기 때문에 그 안에 있는 남편이 못마땅해서 나는 좀 얼뜬 소리를 냈다. 그리고 허둥지둥 슬리퍼를 꿰면서 그를 끌어낼 듯이 다가갔다. 남편은 골똘히 들여다보고 있던 것에서 눈길을 돌리면서 입을 벌려 웃었다. 틀니를 아직 끼지 않은 분홍빛 잇몸 때문인지 문득 남편이 천치처럼 보이면서 나는 내던지듯이 담장에 대한 경계심을 풀었다. 담장 밑에선 예서제서 칸나의 새싹들이 붓끝처럼 뾰족뾰족 흙을 쳐들고 있었다.
"토끼풀이나 좀 뽑아주시잖구요."
 양회로 처바른 장독대를 빼면 열 평이나 될까말까한 마당에서 담장 밑을 따라 ㄱ자로 꺾어 대문 있는 데까지 떠를 두르듯 흙을 돋워 꽃밭을 만들고, 그 나머지에 잔디라고 깐 게 작년부터 극성맞은 토끼풀한테 잠식을 당하더니만 올해는 아예 토끼풀 천지였다. 잔디는 돋아날 낌새도 안 보이는데 토끼풀의 어린 잎들은 잘잘 기름이 흐르게 푸른 빛깔이 어우러져 그들의 영토를 매일매일 눈에 띄게 넓혀가고 있었다.
"잔디면 어떻구, 토끼풀이면 어떻소. 푸른 빛이나 보면 됐지."
 잇몸이 드러나게 웃을 때와는 달리 남편의 기분은 그다지 좋지 않아 보였다. 퉁명스럽게 말했다. 파자마 바람에 틀니도 아직 안 낀 주제에 머리는 기름 발라 곱게 빗어 넘기고 있었다. 정수리가 대머리 지고부터 그걸 가리기 위해 남편은 왼쪽 귀 위에 가리마를 탔다. 그러나 옆머리도 정수리를 넉넉하게 덮을 만큼 숱이 많은 건 아니어서 기름 발라 가까스로 덮은 정수리의 새까만 광택에 나는 담즙처럼 쓰디쓴 혐오감을 느꼈다. 기름 바르지 않은 검은 머리가 무성하던 그의 젊은 날을 떠올리려 했으나 잘 되지 않았다. 나의 젊은 날도 그의 기억 속에 그렇게 함몰돼버렸다면 우리의 산 자취는 무엇이란 말인가. 남편의 그 특이한 머리빗기는 시간이 오래 걸렸고 내 경대를 쓰지 않고 꼭 화장실 거울을 이용했다. 걸어잠근 화장실 안에서 염색한 옆머리를 한 올 한 올 아껴가며 공들여서 정수리에다 기름으로 늘어붙이는 모습을 상상하는 것은 대머리를 보는 것보다 몇 배 고통스럽다는 걸 남편은 아마 모를 것이다. 서로 그런 것도 감지하지 못한다면 근 사십 년을 해로했다는 게 과연 무슨 뜻이 있단 말인가. 남들이 말하는 소위 복 많은 부부다운 사십 년 동안의 세월이 너무 하찮은 시각의 거슬림에도 쉽사리 그 무의미함을 드러낸다는 건 어처구니없는 일이었다. 나는 허우적대듯이 말했다.
"아침이 다 됐나봅디다. 들어갑시다."
 안에서 아이가 기를 쓰고 우는 소리가 들렸다. 큰아이인지 작은 아이인지 나는 아직도 그 녀석들의 목소리를 구별하지 못했다. 남편이 이맛살을 찡그리면서 말했다.
"부엌에 좀 가보지 그래요. 두 아이 건사하기도 힘들 텐데 조석까지 시켜먹으면 쓰겠소."
"지 좋아서 하는 걸 어쩌란 말예요. 그것도 오늘 내일이에요. 더 있으래도 있을 사람들이 아니니 너무 그러지 말아요."
 나는 의식적으로 남편의 말을 곡해하려 들었다.
"내가 뭘 어쨌다고 그러나. 그래도 내 집에 온 손님 아니오. 행여나 저들이 우리한테 업신여김을 당했다고 생각할까봐서 그러는 거요. 그건 도무지 당신답지 않은 짓이기도 하구."
 남편이 애원하듯이 말했다. 나는 남편의 소심한 눈길을 피하며 홍, 하고 얼핏 코웃음을 쳤다. 내가 나답지 않다는 남편의 말에 나는 자신도 이해할 수 없는 짓궂은 쾌감을 느끼고 있었다. 부처님 가운데 토막, 법 없이도 살 사람, 이 험난한 세상에 그래도 처자식 안 굶긴 게 신기한 사람 등이 그가 살아오면서 얻어들은 세평이었다. 그는 누구에게나 자신을 낮추었다. 자기 집에 남아도는 선물꾸러미를 실려 보내온 아우네 운전사에게도, 손자가 보고 싶어 비교적 자주 들르는 딸네 아파트 수위에게도 남편은 구십 도로 허리를 굽혀 인사를 했고 나잇값도 못하고 최고의 공대말을 썼다. 성경에선 도처에서 마음이 교만하면 낮아지게 되고 겸손하면 높임을 받는다고 설하고 있지만 세상 인심이란 그런 게 아니어서 그들은 금세 안면을 바꾸어 남편을 우습게 보기 십상이었다. 정년으로 퇴직할 때까지 한 번도 직장을 옮긴 적이 없는 그의 은행에서의 진급은 남보다 빠른 것도 더딜 것도 없었다. 큰 실수 없이 오로지 착실하기만한 은행원의 거의가 다 그렇듯이 그도 부장급에서 퇴직을 했고 나도 거기까지가 남편의 한계라고 생각했기 때문에 유감이 없었다. 일찍부터 남편에게 그 정도밖에 기대를 안 할 수 있었던 것도 실력을 못 믿어서가 아니라 상대를 가리지 않고 자기를 낮추는 버릇 때문이었다. 직장까지 남편을 찾아간 적은 없었지만 그가 어떤 모습으로 아랫사람을 거느릴까 상상하는 것만으로도 등골에 닭살이 돈곤 했다. 그의 그릇으로는 부장도 과분했다. 내가 이렇듯 사뭇 냉철

한 관찰자 노릇을 해왔음에도 불구하고 그는 내가 그의 사는 방법에 완벽하게 순종해왔다고 여기고 있는 말투였다.
"그 정도는 내가 알아서 할 수 있으니 걱정 말아요. 왜 점점 더 좁쌀영감이 돼가시우?"
 나는 한번도 과욕이 깃들여본 적이 없는 남편의 얼굴을 난감한 듯이 바라보며 짜증스럽게 말했다. 그가 웅크리고 앉았던 자리에서 뭉기적대며 일어섰다. 무릎에서 녹슨 소리가 날 것처럼 굼뜨고 어설픈 몸놀림이었다. 철썩, 하고 네 절로 접은 조간 신문이 땅으로 떨어졌다.
"아이들이 안경을 밟아서 그만 못쓰게 만들어놓고 말았다우."
 그는 아침마다 한 시간이나 넘어 걸려서 통독하는 신문을 그렇게 끼고만 있었던 까닭을 이렇게 변명했다.
"그 비싼 안경을…… 이를 어쩌나. 테예요, 알이에요, 못쓰게 된 게?"
"둘 다요. 테는 가운데가 뚝 부러졌으니 고칠 생각 말아요."
"손모가질 잠시도 가만히 안 두더니 기어코 큰일을 저질렀군 저질렀어. 세상에 그게 얼마짜리 안경인 줄이나 알고 저 여편넨 저렇게 태평한가 원. 비싼 물건이 아니라도 그렇지. 아무리 에미 애비 없이 자랐기로서니 애녀석들이 대가리가 저만큼 컸으면 남의 물건 어려운 걸 알아야 사람이 되련만."
 나는 안에 남아 있는 세 사람의 객식구한테 참았던 넋두리를 마구 내뱉으면서 안으로 냅다 뛰어들어갈 기센데, 남편이 치맛자락을 잡아끌어 그 자리에 앉히며 자기도 허리를 굽혔다. 나는 그가 왜 그러나보다는 그의 힘이 세다는 걸 더 이상하게 생각했다. 그는 손을 갈퀴처럼 만들어가지고 땅에서 시퍼렇게 돋아나는 걸 부득부득 쥐어뜯으며 말했다.
"토끼풀을 뽑아줘야겠소. 이놈의 토끼풀 극성에 잔디가 어디 남아나겠나."
 내가 아까 한 말인데도 생뚱스럽게 들렸다. 나는 그 생뚱스러움에 맥이 빠져 그 자리에 스르르 무릎을 꺾고 그가 하는 대로 토끼풀을 쥐어뜯기 시작했다. 그가 흘긋 내 눈치를 보고 나서 흐물흐물

웃었다. 나는 화난 듯이 그를 외면했지만 연분홍색 잇몸은 말랑하게 흐느적대는 감촉으로 나의 속살에 늘어붙는 듯하여 진저리를 쳤다.

"그 안경테 과히 비싼 거 아니니 너무 아까워하지 말구려."

아까와는 달리 틀니를 빼놓았다는 걸 의식 안 할 수가 없는 김새고 노회한 음성이었다.

"무슨 소리예요. 그건 큰애가 본바닥에서 사온 이탈리아젠데."

나는 그에게 사납게 눈을 홀겼다. 그건 회사일로 처음으로 유럽 몇 나라를 다녀온 큰아들이 아버지한테 선물한 거였다. 큰아들은 그게 아주 비싼 거라고 했다. 큰며느리는 한술 더 떠서 그게 워낙 비싼 거여서 어머니 선물은 생략할 수밖에 없었다지 뭡니까 했다. 나는 내 선물값까지 보탰으니 기십만 원짜리는 되려니 했다.

"아주 싸구려란 소리는 아니구 국산 중급품 값이면 살 만한 겁디다."

"그럼 그애가 가짜를 사왔단 말예요, 설마?"

"누가 가짜랬소. 이탈리아제는 맞는데 대중적인 거지 다시는 못 만져볼 고급품은 아니더라구요."

남편이 몹시 민망한 듯 말끝을 흐렸다.

"그러니까 당신은 아들이 못 미더워서 그걸 들고 다니면서 값을 물어봤다 이 소리 아녜요? 어쩜……"

나는 덮어놓고 분해서 입술을 떨었다. 아들한테 선물받은 물건을 들고 다니며 진짜인가 가짜인가 값은 얼마인가를 물어보는 남편의 노추(老醜)와, 경멸과 연민으로 그 물건의 가치를 가르쳐주었을 젊고 반들반들한 점원을 함께 떠올린다는 건 고통스러운 노릇이었다. 나는 그 고통 때문에 아들 내외에 대한 괘씸한 마음조차 챙길 겨를이 없었다.

"설마 내가 일부러 그 값을 알아보러 다녔겠소. 안경점에 알을 끼우러 갔다가 진열장 속에 같은 게 많길래 정가표를 보았을 뿐이오."

"못된 것들!"

"난 조금도 섭섭하지 않습디다. 좀 좋소. 그애가 과용하지 않았으니 좋고, 내가 개발에 편자격으로 분수에 넘치는 걸 쓰고 다니지 않게 됐으니 좋고, 남의 아이들이 부러뜨려도 덜 아까우니 좋고, 그러니 제발 아이들이나 할머니한테 싫은 소리 말아요."
 나는 입을 다물고 토끼풀을 거칠게 쥐어뜯었다. 잘 퍼지는 깐으로는 줄기가 연해 잔디의 단단하게 얽히고설킨 줄기 사이로 퍼진 뿌리까지는 제거되지 않고 중턱만 잘렸다. 그 연한 게 잔디를 이기는 까닭도 잔디의 땅속 줄기가 되레 토끼풀 뿌리를 보호해주기 때문이 아닐까 싶었다. 나는 그 일을 죽자꾸나 거칠게만 했기 때문에 금방 손아귀에 눅진한 녹즙이 묻어나고 손톱에 새까맣게 흙이 끼었다.
 저것들 때문이라니까. 마당으로 나오고 싶긴 한데 두 늙은이의 성난 얼굴에 질려서 분합문을 빠끔히 열고 서로 먼저 나가라고 몸을 비틀며 밀치고 있는 아이들을 흘긋 쳐다보면서 이렇게 뇌까렸다. 적당히 미화돼 있던 우리의 가족 관계는 물론 남편의 소심하고 무력한 노후까지가 그 있는 대로의 모습을 드러낸 게 나는 너무도 굴욕스러워 그들의 탓이라도 하지 않고는 견딜 수가 없었다. 남편은 못 알아들었는지 탓하지 않고 잔디는 다치지 않고 토끼풀만 뿌리째 제거하려고 더디고 조심스럽게 일을 하고 있었다. 나는 도전적으로 남편을 건드렸다.
"저것들을 불러들인 건 당신이란 말예요."
"무슨 말을 그렇게 하오?"
"난 당신처럼 마음에도 없는 듣기 좋은 말은 못 하니까요."
"누가 마음에도 없는 말을 했다는 거요?"
"그럼 저것들한테 서울 구경 오라고 신신당부한 게 진심이었수?"
"진심이잖으면?"
"근데 저것들이 들이닥쳤을 때 왜 그렇게 놀라고 뜨악해하셨수?"
"정말 오리라고는 미처 생각을 못 했었나보오."
 남편이 낭패한 목소리로 남의 말 하듯 말했다.
"거 봐요. 그게 바로 그 소리라니까요. 혼자 실컷 착한 척하더니 꼴좋구랴."
 나는 의기 양양하려고 했지만 남편에게 필요 이상의 강한 혐오감을 드러낸 데 지나지 않았다. 남편 역시 안간힘쓰듯 낭패스러움을 떨치더니 여태껏 본 적이 없는 격렬한 표정을 지었다.
"제발 저것들이란 소리 좀 안 할 수 없소?"

　만수네의 처녀 적 이름은 분녀였고 그녀의 어미가 우리 친정집 안잠자기였을 때 태어났으니까 그녀와 나와의 주종 관계는 태어나기 전부터 비롯됐다고도 할 수 있었다. 나보다 한 살을 더 먹었는데도 꼬박꼬박 분녀라고 하대해도 엄한 어른들이 야단을 치거나 고쳐주지 않은 것도 어린 나에게 은연중 상전 의식을 심어준 결과가 됐는지도 모른다. 분녀네는 과수댁으로 우리집 안잠자기로 들어온 지 십여 년 만에 분녀를 낳았고, 아들을 하나 얻어가질 욕심으로 애걸애걸해서 남의 서방과 동침을 했다는 것 이상은 밝히질 않았기 때문에 아무도 분녀 애비를 모른다고 했다. 아들이 아니어서인지 나는 한번도 분녀네가 분녀에게 세상의 여느 어미처럼 구는 걸 본 적이 없었다. 이 웬수야, 아니면 육시를 할 년, 베라먹을 년으로 딸의 이름을 대신했다. 분녀가 기를 펴고 산 건 아마 분녀네가 죽고 나서였을 것이다. 그 동안 번 돈을 찾아서 구멍가게를 내고 모녀가 독립한 지 일년 만에 분녀네가 죽자 사고무친한 분녀는 저희 어미 뒤를 이어 우리집으로 식모살이를 들어왔다. 과수가 애를 낳아 길러도 내치질 못하고 데리고 있을 때만 해도 우리집은 가세와 인심이 함께 넉넉했었지만, 분녀가 고아가 됐을 때는 식모를 둘 형편이 못 되었다. 또 진 일, 마른 일 막히는 게 없던 어미와는 달리 먹성만 세고 일이 거칠어 일제 말기의 식량난이 극심할 때 마냥 데리고 있기는 좀 곤란한 군식구였다. 그러나 대를 물려 몸을 의탁하려는 걸 함부로 내칠 수는 없다는 상전다운 체모를 지키느라 궁리 끝에 시집을 보내기로 했다. 내가 여학교 삼학년이었으니 분녀가 열일곱 살 때였다. 시골 외가에서 중신을 서서 스무 살 먹은 농사짓는 총각한테로 시집을 보냈다. 그만하면 괜찮은 자리라고들 했다. 곧 해방이 되었고 일년에 한두 번씩 친정 나들이삼아 다니러오는 분녀는 그런대로 얼굴이 피고 색시꼴이 박혀갔다. 올 적마다 이불 호청을 있는 대로 뜯어서 양잿물에 삶아 빨아 푸새 다듬이질까지 번들번들하게 해놓는 동안 연방 서방 걱정이 떠나지 않는 걸 보면 금슬이 괜찮은 모양이었다. 그때 나는 생전 시집 안 갈 것처럼 새침하게 굴 때라 어린 색시가 서방 흉을 보는 것처럼 말을 꺼내놓고 은근슬쩍 자랑을 하는 게 어쩌나 징그럽던지 너하고 말 안 할 거라고 야멸치게 쏘아주곤 했었다. 시집간 지 삼 년 만이던가 배가 안암산만해가지고 한 번 다녀가더니만 아들을 낳았다는 소식이 왔다. 어머니는 미역이네 쌀이네 한 보따리를 해서 내려보내면서 친정어머니라 해도 이보다 더 잘 하지 못할 거라고 한바탕 공치사를 했다. 어머니의 그런 공치사는 아무리 해도 지나치지 않는 게, 시집은 보냈으되 아들을 낳아야 비로소 시집 식구가 된 걸로 마음을 놓을 수 있다는 당신 생각에 따라 큰 짐을 벗은 것처럼 시원하고 대견해서 당시의 우리집 형편으론 과하게 후하게 구셨다. 나 보기에도 그런 어머니가 세전(世傳)의 노비를 속량해주는 것만큼이나 도량 있어 보였다. 그때 분녀가 낳은 아들이 만수였다.

 만수네가 우리 앞에 또 나타난 건 만수가 네 살 때였다. 휴전이 된 직후였고 나는 그제서야 혼처가 나서 광목마전이랑 혼수바느질이랑 일손이 달릴 때였지만 모자의 꼴은 영락없이 거지여서 그 동안에 소식을 끊고 지낸 걸 나무랄 마음도, 일손으로 반길 마음도 나지 않았다. 만수 애비가 난리통에 피편을 맞고 죽었다고 했다. 농촌과 도시가 다 같이 피폐할 때였지만 농촌에선 배를 곯지 않으면 부자라고 칠 때라 식모살이라도 해서 밥이라도 실컷 먹는 게 소원이라고 했다. 애가 딸리지 않은 말만큼씩한 처녀도 시집보내준다는 명목으로 월급도 없이 얼마든지 부릴 수 있을 때였다. 한창 말썽부릴 애가 딸린 식모를 데려갈 집이 나설 리 만무했다. 거리로 내쫓자니 모자의 꼴이 너무 가긍하고 또 세전의 상전 의식도 있고 해서 공치사해가며 하루이틀 거두기 시작한 게 만수가 국민학교를 졸업할 때까지였으니 십 년은 됐을 것이다. 그 동안 만수네는 친정집 살림뿐 아니라 시집간 딸들의 해산바라지는 물론 세간난 아들네 생일 잔치·돌잔치·손님 초대 등에 부지런히 불려다녔다. 나 역시 애기 낳을 때는 으레 만수네가 오려니 했지만 계모임이나 집들이 등 손님 칠 일만 생기면 친정에 전화를 걸어 "엄마 만수네 좀……" 하고 코맹맹이 소리를 내곤 했다. 만수네는 그날이 그날같이 진국스럽고 황소처럼 힘은 장사에 입이 무거워서 각각 사는 우리 오 남매가 다 같이 의지하고 보배로워했다. 만수 또한 학교 공부는 꼬라비 근처에서 맴돌았지만 기운이 세고 심성이 착한 걸 눈여겨본 친정 부모님은 만수네를 따로 낼 결심을 하고 그 동안 부려먹기만 한 우리 오 남매에게 톡톡히 그 대가를 요구하셨다. 야박하게 품삯이라고 생각할 거 없다. 십시일반으로 사람 하나 살리는 셈치고 추렴을 좀 내야겠다. 이러시면서 우리들에게 요구한 액수는 그 동안 만수네를 얼마나 부려먹었나보다는 각자의 사는 형편에 따라 공평히 차등을 둔 거였고 또 친정에서 솔선해 내놓은 액수가 친정의 사는 형편으로는 과한 거였으므로 우리는 아무 말 못 하고 순종했다. 어머니의 도량이 다시 한번 돋보였던 것은 말할 것도 없다. 우리는 그렇게 해서 만수네를 만수의 친가붙이가 남아 있는 충청도 충주 근방 매화나무재라는 예쁜 이름의 고개 밑에다 땅뙈기와 집간을 마련해서 내보냈다. 같이 자라서 제일 만만하게 많이 부려먹던 나도 그 후 곧 만수네를 잊어버렸다. 만수네 대신 파출부를 불러 손님을 치르니 그렇게 좋을 수가 없어 추렴낸 돈이 아까워질 때나 떼어낸 혹 생각하듯 알량하게 생각날 따름이었다. 또 큰일 때 친정에 모일 때도 만수네가 있었으면 이러저러했을 거라느니 이러저러하진 않았을 거라느니 아쉬운 대목에서 겨우 생각들을 하곤 했다. 어찌 팔자를 그리 못 타고났을까 동정들을 할 때마다 만수네가 평소 가장 부러워하던 여자 팔자가 뭐였던가에 화제가 미치게 되고 그럴 때 언니나 올케들은 허리를 잡고 웃어젖히곤 했다. 왜냐하면 말수 적은 만수네가 가장 자주 입에 올리며 부러워한 건 결코 유별난 부부 금슬이나 떵떵거리며 사는 재복이 아니었다. 제딴엔 그런 게 다 과람해 감히 바라지 못하겠으면 하다못해 리어카채를 앞에서 끌고 뒤에서 밀면서 연명하는 계집서방을 부러워해도 좋으련만 그만큼도 욕심을 부릴 줄 몰랐다. 만수네가 제일 부러워하는 건 남편이 국군으로 전사한 미망인이었다. 얼마나 좋을까, 나라에서 다달이 월급이 나온다니. 그 다음으로 만수네가 부러워하는 게 남편이 의용군으로 끌려가서 생사를 모르고 사는 생과부였다. 얼마나 좋을까, 기다릴 사람이 있으니. 만수네의 그 절절하고 피 맺힌 '얼매나'를 흉내내면서 킬킬대는 언니·올케를 덩달아 웃지 못하는 게 고작 나에게만 있는 만수네에 대한 우정의 그루터기가 아니었을까. "얼매나 좋을까"는 뉘 집에서나 두루 풍기고 다닌 소리였지만 나에게만 해준 소리도 있었다. 파편이 지붕을 뚫었을 때는 굉음과 바람과 먼지로 천지와 정신이 같이 아득했다가 정신을 차리고 보니 피가 홍건히 괸 가운데서 서방이 "난 괜찮여, 임자 다친 데 없어?" 하면서 환히 웃고 있더라고 했다. 입술이 하얗게 바래서 웃음이 그리 환해 보였던지 아무튼 너무 환한 웃음에 왈칵 무서운 생각이 나서 뒤로 물러나면서 보니 터진 배로 창자가 꾸역꾸역 나오고 있더라고 했다. 그녀의 외마디 소리에 서방도 제 배에서 꿰져나오는 창자를 제 손으로 주물러보더니 억, 하고 정신을 잃고 영 못 깨어나고 말았다고 했다. 그 피할 길 없는 절대절명의 목도(目睹)가 만들어낸 그녀의 척박한 상상력을 누가 감히 웃을 수 있으랴.

　만수네를 또 만난 건 작년 가을이었다. 만수네를 만났다고 언니들이나 올케한테 전화질을 했지만 처음엔 다들 만수네가 누구더라 하고 못 알아들을 만큼 우리 사이에서 잊혀진 후였다. 작년 가을 우리 부부는 단양 팔경을 돌아 수안보에서 일박하고 오는 관광단을 따라간 적이 있었다. 알고 보니 기의 친힌 기족끼리로 구성된 관광단에 우리만 전지전청으로 끼어든 꼴이어서 아는 이가 한 가족밖에 없었다. 단양 팔경을 돌 때는 그런대로 괜찮았지만 다음날 목욕하고 화투치고 음담패설하는 자리에서 우리 부부는 애써 노력을 했건만도 자꾸만 겉돌았다. 우리가 즐겁지 않은 건 참을 수가 있었지만, 그들이 우리 때문에 즐겁지 않다는 건 여간 민망한 노릇이 아니었다. 우리 부부는 서로 눈짓을 주고받고 그 자리를 빠져나왔다. 버스는 오후 늦게나 출발하도록 돼 있었다. 가까이 관광지가 있나 여관 종업원에게 물었더니 무슨 절터로 가는 버스가 한 시간에 한 번씩 있다고 했다. 남편은 절터에는 관심이 없는 듯 그냥 걷자고 했다. 걸어서 절터에 도착해도 그만, 가다 말아도 그만이란 생각으로 목표는 우선 절터로 잡고 걷기 시작했다. 그렇게 산책을 나온 관광객도 더러 있는 듯 후미진 시골길인데도 더덕이랑 버섯, 산나물 말린 것 등을 벌여놓고 파는 장사꾼들이 있었다. 만수네도 그런 것들을 팔고 있었다. 그녀는 눈물이 그렁해서 어쩔 줄을 몰랐고 그 동안의 안부를 묻는 나에게 생각나는 것만 끌어모아도 소설책 열두 권은 될 거라고 했다. 워낙 말주변이 없어서 그 동안 지낸 일을 다 엮어낼 엄두가 안 났던 모양이다. 집이 거기서 가까운 듯했지만 가보자고는 안 했다. 남편이 더덕을 좋아한다며 남아 있는 걸 다 살 뜻을 비치자 돈을 안 받겠다고 단호하게 말하더니 조금만 기다리라고 우리를 그 자리에 세워놓고 휑하게 어디로 가버렸다. 이윽고 그녀는 일꾼의 주먹처럼 울퉁불퉁 험악하게 큰 더덕 한 뿌리와 산나물 말린 걸 한 보따리 가져왔다. 집에 다녀왔다고 했다. 그 큰 더덕은 십 년 넘어 자란 거여서 소주에 담가 몇 달 두면 소주에 산(山) 정기가 다 우러나 산삼처럼 기운을 돋운다고 했다. 말로뿐 아니라 그 더덕을 받드는 태도가 심마니가 산삼을 받드는 태도가 저러려니 싶을 만큼 어마어마한 것이어서 도대체 얼마를 받으려는 걸까 지레 겁이 날 지경이었다. 그러나 그녀는 한사코 돈을 받지 않았다. 남편이 나서서 간청을 하다시피 해서 겨우 국밥집에서 점심 요기를 시킬 수 있었을 뿐이었다. 그 동안 어렵게 얻어들은 그간의 사정은 만수가 공장에 다니다 뭘 잘못했는지 지금 감옥살이를 하고 있고 늦게 장가든 그의 처는 아들을 둘 데리고 옥바라지하기가 지겨웠는지 도망을 가버렸다고 했다. 만수네 혼자서 아들 옥바라지하랴 손자 둘 기르랴 고생이 말이 아닌 모양이었다. 옆에서 대강의 사정을 듣고 난 남편은 또 한번 돈을 주고 싶어 애걸을 했지만 만수네는 터무니없이 당당한 얼굴로 어디서 받아온 물건도 아니고, 힘만 좀 들여 거저로 캔 물건을 딴사람도 아닌 친정붙이에게 돈 받고 팔 만큼 돈독이 오르진 않았노라고 했다. 우리를 만수네가 친정붙이 취급하는 데는 나도 가슴이 좀 찐했지만 마음이 여린 남편은 감격까지 한 모양이었다. 손자들 데리고 서울에 한번 다녀가라고 신신당부를 하는 것이었다. 내가 지금 남편에게 비아냥거리는 것은 그 일을 두고 하는 말이었다. 약이 된다는 십 년 묵은 더덕 말고도 그때 우리가 거저로 얻은 산나물 말린 것은 여관으로 돌아와 일행에게 골고루 나누어줄 수 있을 만큼 푸짐한 것이었다. 나중에도 심심찮게 인사를 받을 만큼 그 나물들은 연하고 맛좋은 것이기도 했다.

아무리 고지식한 남편이지만 정말 만수네가 손자를 데리고 놀러올 줄은 몰랐던 듯 서울에 오자마자 만수네한테 돈을 좀 부쳐주자고 졸라 나는 그대로 했고, 그것으로 우리와 만수네 사이는 더 이상 주고받을 게 없는 개운한 사이가 되었다고 여기고 있었는데 엊그저께 느닷없이 손자들을 데리고 들이닥친 거였다.

"들어갑시다. 느이들 배고프쟈?"
 남편이 아이들을 양손에 하나씩 잡으며 말했다. 할머니가 진지 잡수시래요, 하면서 아이들이 매달린 건 내가 아니라 남편 쪽이었다. 나는 속으로 흥, 꼴 좋구랴, 소리를 또 한번 되풀이하면서 남편 뒤를 따랐다. 구수한 된장국 냄새가 나고 식탁 위엔 아침상이 정갈하게 차려져 있었다. 내가 부엌 수도에서 대강 손을 씻는 동안 아이들은 또 저희 할머니 치맛자락을 양쪽에서 쥐어짜며 뭐라고 칭얼댔다.
 "만수네, 불쌍하다고 저애들을 너무 오냐오냐 하는 거 아뉴. 야단 칠 때는 딱 부러지게 야단을 쳐요. 에미 애비가 같이 사는 집에서도 할머니가 있으면 아이들 버릇 버려놓는다고 말이 많은 세상이라우. 재들도 생긴 만수네가 기를 것도 아니고 언젠고 에미 애비가 돌아와봐요, 그 동안 길러준 공은 생각도 안 하고 버르장머리 버려 놨다고 탓이나 실컷 듣게 생겼구먼."
 나는 내친김에 이탈리아제 안경테 얘기까지 하려고 아이들을 한 번 곱지 않게 노려보고 숨을 크게 들이마시는데 만수네가 불쑥 뚱딴지 같은 소리를 했다.
 "약속을 안 지킨다고 날 이렇게 주리를 트는 걸 워째. 제풀에 지칠 테니까 내비둬."
 "약속은 무슨 약속?"
 아이들이 기다렸다는 듯이 고개를 쳐들며 입을 참새새끼처럼 함빡 벌렸다. '어린이대공원' 소리는 만수네의 넓적한 손바닥에 틀어막혀 미처 끝을 맺지 못했다. 못 알아들은 체 주책이야, 한마디 해주고 나서 식탁에 앉았다. 식탁의자가 도합 넷밖에 없는 걸 핑계로 만수네는 아이들과 함께 따로 먹으려 했고, 그럴 때마다 남편은 한 아이를 무릎에 앉히면서까지 한상에서 먹자고 법석을 떨더니만 오늘따라 묵묵히 숟갈질만 했다. 이런 남편의 태도가 나도 편치 않았으니 만수네라고 눈치가 없었을 리 없었다. 아침상을 치우자마자 보따리를 챙겨가지고 나왔다. 나도 남편도 그들을 붙드는 시늉도 안 했다. 그런 인사치레로 다시 한번 속을 들여다보이기도 싫었고 무엇보다 몹시 피곤했다. 나는 큰아이 호주머니에다 준비한 노자 돈 봉투를 찔러주면서 할머니 승낙받아 너 하고 싶은 걸 하라고 말했다. 대공원에 가고 싶으면 다시 한번 졸라보렴, 하는 꼬드김도 내포되어 있었다. 이탈리아제 안경테 얘기를 할 기회를 놓치긴 했지만 그 말 할 새 없이 떠난 건 얼마나 잘된 일인지 몰랐다. 내가 모아준 커다란 옷보따리를 이고 양쪽에서 치맛자락을 쥐어짜는 아이들에게 지척지척 이끌려가는 만수네가 골목어귀를 돌자 나는 날아갈 듯 가벼운 걸음으로 집으로 뛰어들어왔다. 만수네가 쓰던 현관에서 빤히 보이는 작은 방은 열린 채였다. 나이 먹더니 뒤끝도 흐려졌는지 만수네가 떠난 자리는 깔끔하지가 않았다. 나는 빗자루를 들고 들어가 방바닥에 흩어진 종이쪽지를 쓸어모았다. 갈기갈기 찢어버린 건 내 필적이 아닌가. 나는 그것들을 펴서 맞춰보다 말고 예리한 사금파리에 찔린 듯이 놀라서 그것을 떨구었다. 그것을 떨구었건만도 찔림은 여전했다. 지금 내가 함부로 찔리고 있는 건 손바닥이 아니어서 피할 수가 없었다. 실용에서 제외된 장식용 도자기를 산산이 부수면서 수치스러워하던 딸의 모습이 떠올랐다.

그 편지는 수안보 근처에서 만수네를 만나고 와서 돈을 부칠 때 동봉한 편지였다. 남편 성화에 못 이겨 돈을 부치러 가긴 했지만 막상 소액환만 달랑 부치려니 너무 박절한 듯하여 우체국 창구에서 수첩을 뜯어서 쓴 편지였다. 얻어온 나물에 비해 부치는 금액은 많이 넉넉하였으므로 나만큼 너그럽고 인정 많은 사람도 흔치 않을 거라는 자기 황홀이 즉흥적으로 장황한 미사여구를 늘어놓게 했다. 그녀의 고생에 대한 간절한 위로와 함께 언제고 힘이 돼줄 테니 어려운 일이 생기면 의논해주기 바란다는 부탁까지 하고 나니 나는 걷잡을 수 없이 마음이 좋아졌다. 그래서 봄에 아이들을 데리고 상경하면 푹 쉬면서 회포도 풀 수 있고 아이들을 데리고 도시락 싸가지고 어린이대공원에 놀러도 가면 얼마나 좋겠느냐, 아무리 바빠도 그 불쌍한 아이들을 위해 그런 기회를 꼭 만들도록 하기 바란다, 기다리고 있겠다, 하는 데까지 편지 사연이 발전하고 말았다. 그리고는 곧 잊어버렸던 편지 사연이 지금 예리한 사금파리가 되어 내 마음에 사정없이 꽂히고 있었다.

  방안을 어지럽힌 건 내 편지가 다였다. 그 밖엔 머리카락 하나 떨군 게 없이 깔끔하게 정돈돼 있었다. 〔『현대문학』, 1987. 6〕

저문 날의 揷話 4

　작년 추석 무렵이었다.
　남편이 한 주먹이나 되는 환약을 입 속에 털어넣고 보리차를 주전자째 들이켜는 걸 보고, 나는 상비약이 들어 있는 서랍을 열려다 멈칫했다. 움직일 때마다 무디지만 기분나쁠 정도로 아픈 무릎에다 파스라도 붙여볼 참이었는데 금세 안 하고 싶어졌다. 그는 파스 냄새를 싫어했다. 나 또한 그가 한 움큼이나 되는 환약을 한꺼번에 삼키려고 목을 길게 빼고 끼룩대는 모습을 보는 게 괴로웠다. 나는 약을 붙이는 대신 옷 위로 무릎을 꾹꾹 주물렀다. 그럴싸해서 그런지 무릎이 부어 있는 것 같았다. 걸음만 좀 걸으면 그 모양이었다. 어제 기운좋은 동네 여편네들을 따라 경동시장까지 김장 고추를 사러 간 게 잘못이었다. 고추장거리까지 합쳐봐야 열 근도 못 살 걸 무슨 큰 이득을 보려고 도매시장까지 간 건 아니었다. 수퍼에서 반듯하게 포장되어 정가표 매긴 것만 사먹고 살다보면 가끔 향수처럼 재래식 시장의 원색적인 악다구니나 싱싱한 에누리는 물론 질펀하게 푸성귀나 생선이 썩어가는 냄새까지가 그리워질 때가 있다. 경동시장에서 백 근짜리라나 이백 근짜리를 포대째 사서 이웃끼리 나누기로 했는데 우리도 한몫 끼지 않겠느냐고 물어왔을 때 열 근만 달래도 될 것을 굳이 따라나선 것도 누굴 못 믿어서가 아니라 그런 증이 울컥 도져서였다. 그래서 고추 홍정은 동행들에게 맡기고 그 넓은 경동시장을 한바퀴 골고루 기웃대고 다니다가 마침내 만병에 신효하다는 약초까지 바가지를 쓰고 난 후유증이 무릎통이었다. 벌써 몇 년째 툭하면 도지는 관절염이어서 며칠 푹 쉬면 가라앉는다는 걸 알고 있지만 제 발로 걸어다니는 낙까지 제한을 받아야 한다는 게 서글퍼서 짜증밖에 나는 게 없었다. 실상 며칠 푹 쉴 수 있는 형편도 못 됐다. 추석이 댓새밖에 안 남았으니 몇 군데 해마다 인사 치르던 데 인사도 치르고 차례도 지내려면 내일부터라도 꿈적거려야 될 판이었다. 더군다나 그 다리를 하고 성묘까지 가야 할 생각을 하니 울컥 남편에게 야속한 생각이 들었다. 볼품없는 둔덕이지만 서울 근교에 선산을 가지고 있다는 건 나쁠 게 없었다. 팔대조의 묘소를 정점으로 산세의 흐름을 따라 밑으로 내려 쓴 산소는 비석과 상석을 다 갖춘 것도 얼마 안 됐다. 비석만 있는 것도 있고 상석만 있는 것도 있고 둘 다 없는 것도 있었지만 후손들이 사초를 게을리하지 않아 잡풀 없이 잘 자란 떼엔 윤기가 흐르고 봉분이 거하진 않았지만 의젓했다. 팔대조까지 거슬러올라가 봤댔자 높은 벼슬이나 학덕으로 지금까지 이름을 남긴 분은 비록 안 계셨지만 조촐하고 점잖은 가문의 선영일 거라는 짐작이 가게 하는 독특한 분위기를 지니고 있었다. 선조 중 역사에 이름을 남긴 인물이 없는 것처럼 현재 사회의 현역들인 남편 항렬이나 그 밑의 항렬 중에도 아쉴 때 소위 빽 될 만한 인재가 거의 없었다. 그저 서로 신세나 안 끼칠 정도로 아등바등 사는 월급쟁이나 소상인들이 대부분인 별불일없는 집안이었다. 이른바 명가(名家)는 아니지만 분수껏 사는 것도 근본 있는 가문 아니면 못할 짓이다 싶은 편안한 긍지를 느끼게 하는 선산이었다. 그러나 교통은 공원묘지들에 비해 훨씬 불편했다. 행주산성까지 도로가 포장된 후 연장 운행되기 시작한 시내버스가 산밑 마을 앞을 지나고 있어 예전보다 많이 편리해졌다고는 하나 택시가 들어가기를 꺼리는 비포장도로와 언덕길이 오 리는 넉넉했다. 내 부실한 다리가 느끼는 거리감은 십리도 넘어 며칠 전부터 절로 엄살을 부리게 되고, 다녀오면 영락없이 몸살이 나곤 했었다. 말로 곰살궂게 굴 줄은 몰랐으나 속으로는 잔정이 많은 남편이 이런 나를 위해 택시회사 하는 친구에게 부탁해서 추석날 택시를 대절해서 성묘간 지가 몇 년 되었다. 한결 편해졌을 뿐 아니라 성묘가는 일이 기다려지기까지 했었는데 금년부터는 택시 대절을 안

하겠다고 우기고 있었다. 대절 요금이 부담스러울 만큼 그의 주머니 사정이 나빠져서 그러는 거라면 이해할 만하고 또 내가 부담해도 되는 일인데 그게 아니었다. 그는 옹졸하게도 택시회사 김사장한테 속았다고 여기고 있고 그 불쾌감 때문에 택시 대절을 다시는 안 할 기세였다. 김사장이 우리한테 한껏 생색을 내며 보내준 택시의 대절 요금은 시간당 팔천 원이었다. 추석날은 시간당 만 원이 보통이지만 자기가 보내주는 거니까 평일 요금만 내라는 걸 우리는 곧이곧대로 믿고 기사에겐 만 원씩 쳐서 지불을 했었다. 세 시간 이상은 안 쓰려고 속으로는 안달을 해가면서도 겉으로는 쩨쩨하게 보이지 않으려고 희떱게 굴었다. 평일날 오천 원이면 얼마든지 택시를 대절할 수 있다는 걸 남편이 안 건 최근의 일이었다. 늦더위가 기승스럽던 날 친구들 몇 명이서 근교의 계곡으로 발이나 씻으러 가자고 택시를 잡아탔는데 그 중 한 친구가 올 때의 교통편을 생각해서 대절을 하자고 기사와 흥정을 하는데 기사는 시간당 오천 원을 부르고 친구는 사천오백 원만 하자고 깎다가 삼십 분 미만으로 초과되는 분은 기사가 손해보기로 하고 오천 원으로 낙착을 보더란다. 고지식한 남편이 두고두고 쾌씸해할 만했다.
"정말 당신 김사장한테 전화 안 하실 거예요?"
나는 무릎통을 과장하기 위해 우거지상을 하고 물었다.
"안 한다면 안 해요. 모르고는 속았어도 알고도 속을까."
"당신은 그럼 추석날도 시간당 오천 원에 택시를 대절할 수 있다고 생각해요. 아니죠? 팔천 원 내지 만 원은 줘야 할 거예요. 친구 간에 오천 원짜리를 팔천 원 내라는 것보다 만 원짜리를 팔천 원 내라는 게 얼마나 하기 좋고 듣기 좋은 소리유. 그쪽에선 밑천 안 들이고 생색내고, 우린 본전치기하고도 이득본 것 같고…… 좀 좋아요. 그게 장사꾼의 화술이라는 거예요. 그걸 새겨듣지 못한 건 우리가 너무 순진해서지 김사장 탓할 게 뭐 있어요."
"이득본 줄 알고 이천 원씩 더 얹어준 건 어떡허구……"
"이천 원씩 다섯 시간이라면 만 원이에요. 가난한 집 며느리도 배탈이 난다는 팔월 한가위에 만 원쯤 낭비한 걸 뭘 그렇게 오래 속에 담아두고 그래요."

"만 원이 거액이었으면 훨씬 덜 불쾌했을 거요. 친구놈 보기에 내가 기껏 만 원 정도 사기당하기 알맞은 그릇으로밖에 안 보였다는 게 화딱지날 뿐이오."
"홧김에 자가용을 한 대 사면 되겠구려. 아무튼 나는 버스 타고 가서 또 십리길 걷진 못하겠으니 그런 줄 아세요. 성묘를 못 가면 못 갔지."
"예약 안 한다고 택시 못 잡을까."
"우리 동네 평일에도 택시 잡기 힘든 거 알잖아요. 운 좋게 잡았다고 해도 거기까지 가자고 해봐요. 왕복 요금 받고도 온갖 세도를 다 부릴걸요."
나는 온몸으로 운전 기사한테 주눅든 시늉을 해보이며 말했다.
"글쎄 걱정을 말라니까. 콜택시라도 대절을 해서 당신 걸리지도 않고 주눅도 안 들게 해주면 될 게 아냐."
"그래요 콜택시를 대절해보면 아마 김사장 고마운 줄도 알게 될 테죠."
"이 사람이 누굴 약올리기로 작정을 했나."
"다리가 부실하니까 어디 갈 일이 생기면 우선 탈것 걱정부터 되는 게 당연하잖아요. 여보 공연한 고집 부리지 말고……"
나는 가뜩이나 분주한 때 탈것 문제만이라도 걱정을 안 하고 있고 싶어서 다시 한번 무릎통을 팔았다. 그러나 그는 은근한 비웃음을 띠고 딴전을 피웠다.
"왜 어제 사온 만병통치약이나 달여 먹어보시지 그래? 사흘 안에 씻은 듯이 거뜬해질 텐데 무슨 걱정이람."
어제 내가 경동시장에서 사온 약초를 두고 하는 소리였다. 한약재 생약재 건강차 종류의 도매상이 몰려 있는 거리 끄트머리에 좌판을 벌여놓은 노인한테서 산 거였다. 노인은 연못에서 방금 은도끼 금도끼를 들고 솟아오른 것처럼 상투를 틀고 수염까지 기르고 있었다. 노인은 강인하고도 과묵해 보였고 실제로도 말로 외치는 대신 한자에다 굵은 먹글씨로 그 약초가 잘 듣는 병명을 잔뜩 나열해놓고 있었다. 냉·대하, 월경통 다음에 신경통, 요통, 관절염까지 눈으로 더듬어가면서 나는 슬그머니 그 좌판 앞에 쪼그리고 앉다. 그리고 툭하면 도지는 무릎을 호소하면서 그 약초로 고칠 수 있나를 물었다. 물으나마나 한 물음인 줄 뻔히 알면서도 나는 잠깐 입에 침이 마르게 간절해져 있었다. 나는 엉뚱하게도 그 시끄럽고 번다한 시장 한복판에서 위로받고 싶었던 것이다. 병원에서 못 받아본 위로와 장담이 듣고 싶었던 것이다. 노인은 내가 기대한 것만큼 속시원한 장담을 해주었다. 물 한 주전자에 그 약초를 한 움큼씩만 넣고 뭉근한 불에 달여서 차 마시듯 마시면 사흘 안에 씻은 듯이 나을 거라고 했다. 약값은 생각보다 비쌌다. 내가 비싼 양해하니까 밭에서 비료 써서 기른 게 아니라 깊은 산중에 자생하는 거라서 알아보는 눈과 다리품이 그만큼 든 거니까 약효를 보려거든 돈 아까워 말라고 했다.

"그러니까 할아버지가 손수 캐러 다니셨단 말이죠?"
"그럼 누굴 시켰간디? 나 그런 짓 안 해라우. 병이 낫으고 싶으믄 이 늙은일 믿이시소잉."

나는 일흔도 넘어 뵈는 노인이 깊은 산의 벼랑과 골짜기를 헤매 다닐 수 있다는 게 믿어지지 않아 물은 건데 노인은 손수 캤다는 게 약효를 보증할 수 있다고 여기는 듯했다. 나는 그 약초의 오만 가지 효험 중 하나도 믿을 마음이 아니면서도 한 근을 샀다. 뿌리째 잘 마른 약초는 한 근이 어른 베개만 했다. 그때 웅크리고 앉았다 일어설 때부터 이미 무릎통은 시작되고 있었다. 나는 노인의 군살 없이 깡마르고 뼈마디가 실한 꼬장꼬장한 체격을 훑어보면서 그가 온종일 험준한 산줄기를 탄다는 게 약효보다 훨씬 믿을 만하다고 생각했다. 내 무릎통은 남편이나 의사의 동정을 사지 못해도 썼다. 다리는 처녀 적의 별명대로 새다리인데 허리와 배와 엉덩이는 군살이 함부로 붙어 뒤룩뒤룩했다. 하중(荷重)이 과해지니 새다리가 못 견디어하는 건 당연했다. 노인이 내 등뒤에서 쨍하는 쇳소리로 약 먹는 동안은 절대로 괴기나 비린 거 먹지 말라고 악을 썼다.

나는 그 약초의 약효를 믿고 있지 않았지만 속았단 생각은 조금도 없었다. 남편이 비아냥거리는 건 더군다나 참을 수 없었다.
"당신이 장복하는 그 환약은 어떻구요. 흰머리가 검어지고 빠진 이가 돋아난다고 했다면서요. 돌팔이도 그쯤 되면 금메달감이라니까."
 우리도 한때 젊었었다는 걸 증거할 만한 흔적은 아무데도 남아 있지 않았다. 그렇다고 우리 몸을 바람처럼 스치고 지나간 젊음을 다시 불러올 수 있다고 꼬드기는 건 사기꾼이나 요술쟁이지 의사는 아니었다. 나처럼 아픈 데가 있는 것도 아닌데 먹는 소위 보약에 대해 익숙해져 있을 터인데도 오래 참았던 불신감을 터뜨린 듯 속이 후련했다.
 "그건 그 사람이 한 소리가 아니라 동의보감에 그렇게 나 있더라는 얘기요. 그 사람이 왜 돌팔이야. 어엿한 한의과대학 졸업생인데. 그 사람 중간에서 방향 전환하기 참 잘했지. 사십이 다 돼서 그때까지 걸어온 길을 버리고 새길을 개척하기란 아무나 할 수 있는 일이 아니거든. 그때만 해도 처자식 거느린 가장으로서 할 짓이 아니다 싶게 무모해 보이더니만 지금은 그 사람이 부러워. 하고 싶은 일을 하면서 먹고 살 만큼 돈을 벌 수 있다는 건 꿈 같은 이야기였는데 그 사람은 마침내 해냈잖아. 게다가 정년도 없으니……"
 남편이 한의사가 된 친구가 처방한 환약을 장복하는 건 회춘의 효능을 믿어서가 아니라 친구에 대한 선망 때문인지도 모른단 생각이 들었다. 그 생각이 속에 쓰렸다. 이제디 접이든 길을 다민 치음 접어든 길이라는 이유 하나로 끝까지 완주하고 난 후 꼭 속임수에 당한 것처럼 갑작스럽게 엄습한 허망감에다 저렇게 허둥지둥 환약을 털어넣고 있는 것이다. 나는 그가 피할 수 없이 도달한 비소(卑小)에서 눈을 돌려야 했으므로 그와의 부질없는 말씨름이 안 하고 싶어졌다. 그 후에도 그는 그 부피 많은 환약을 끼니처럼 하루 세 번 거르지 않았고 나는 그 약초를 달여먹지 않았다. 추석날까지 무릎통이 가라앉을 새가 없이 바쁘기도 했지만 다시는 대절 택시 문제를 입에 올리지 않았다.
 좀 시간이 걸리긴 했지만 추석날 택시 잡는 게 불가능한 일은 아니었다. 그러나 한군데 진드거니 붙어 있지 못하고 이리 뛰고 저리 뛰면서 보낸 시간은 한 시간은 더 되어, 선산이 있는 화전리(花田里)에 도착한 건 한시 다돼서였다. 딴 때 같으면 버스길에서 화전리까지 가는 비포장도로를 터덜터덜 걷는 종질(從姪)들을 만나 차를 세워 태워주는 재미도 수월찮았는데 마을 앞까지 이를 동안 한 사람도 못 만난 걸 보면 우리가 제일 꼬마리일 게 확실했다.
"당신 배 놔라 감 놔라 못 하시게 돼서 섭섭하시겠수."
남편은 외아들이고 우리 또한 외아들밖에 못 두었지만 시아버님은 삼 형제 중의 막내여서 남편에겐 종형제가 다섯 명이나 되었다. 그러나 생존해 있는 건 남편뿐이라 지금 한창 활동기에 있는 그 아래 항렬들한테는 남편이 유일한 어른이었다. 친족의 범위가 점점 좁아지는 세상이어서 종숙(從叔)이 변변히 어른 행세할 만한 기회도 없었지만 그래도 추석이나 한식에 선산에서 만나면 잔소리깨나 해댔다. 저희 부모 산소에다 먼저 절을 하려는 당질들을 야단을 쳐서 맨 꼭대기에 계신 팔대조부터 내리 참배하도록 했고 남자하고 똑같이 재배만 하려는 종질부(從姪婦)를 굳이 사배(四拜)를 시키기도 했다. 신식과 약식을 숭상하는 종질부들인지라 제수도 격식에서 너무 벗어나거나 지나치게 간소화하기도 했는데 그럴 때도 종숙의 곱지 않은 눈총과 따끔한 한마디를 못 면했다.
"우리가 좀 늦었기로서니 저희끼리만 지내기야 했겠소."
"왜 못 그래요. 얼씨구허구 휘딱 해치웠겠죠."
"저런 말버릇이 있나. 해치우다니 뭘 말이요?"
나는 남편의 엄숙주의에 어깨를 움찔했지만 조금도 겁나거나 미안하지 않았다. 내가 이럴 때야 젊은 종질부들이야 말해 뭘하랴 싶어 그가 조금 안돼 보이는 게 고작이었다.
"그렇게 잔소리가 하고 싶으면 서둘러야죠. 산소까지 타고 올라갑시다."
이렇게 넌지시 귀띔해보았지만 그는 들은 척도 안 하고 산지기네가 사는 마을에서 차를 세웠다. 영구차가 올라갈 수 있도록 묘소 앞까지 닦아놓은 길이 있건만 그는 택시를 대절했을 때도 꼭 산지기네 마당에서 기다리게 했었다. 그 정도도 불경으로 여기는 그에게 마음으로부터 동조하는 것도 아니면서 나는 삼십여 년간 길들여진 조신하고 공구스러운 얼굴로 그의 조상이 팔대째 누워 있는 산자락을 밟았다. 무릎이 깊고 무디게 쑤셨다. 그 기분나쁜 동통이 여태껏 무의식적으로 순종해왔던 것에 대한 단순하고도 격렬한 반발

을 불러일으켰다. 생전에 소매 한번 스친 일은커녕 동시대의 공기
를 더불어 호흡한 일조차 없는 완벽한 미지의 사람들을 내가 공경
할 의무가 있음은 그들이 남편을 있게끔 했기 때문이거늘 나를 있
게끔 한 내 조상에 대해선 어째서 남편이 공경의 의무를 지려 들지
않는가. 나는 당장 그걸 따져 그 두 관계를 서로 비기게 하고 싶은
열망으로 헐떡이며 앞서가는 남편을 불렀다. 그러나 그 다음에 내
입에서 튀어나온 건 전혀 엉뚱한 탄성이었다. 저만치 송림 사이로
붉게 타오르는 단풍을 보았기 때문이다. 거기 단풍나무가 있었다는
것도 처음 알았거니와 아직은 나무들이 물들기 전이었다. 철 이른
단풍치곤 그 빛깔이 너무도 선연했다.
"여보 벌써 단풍이 들었네요. 어쩜 곱기도 해라."
 남편은 나보다 먼저 그걸 발견한 듯 어디냐고 묻지도 않고 곱지
않은 눈으로 나를 노려보고 나서 퉁명스럽게 말했다.
"그것도 눈이라고? 저게 단풍이야? 차야, 차. 누가 자가용을 저기
다 세워놓은 거야 한 대도 아니고 아마 서너 대는 되나본데."
 그러고 보니 며칠째 궂은 날씨로 발이 빠지게 진 길에 깊이 패인
차바퀴자국을 골라 디디며 올라가고 있는 중이었다.
"참 그렇군요. 누가 남의 산속에다 차를 대놓았을까요."
"누군 누구겠어. 걸핏하면 자가용 몰고 야외놀이 다니는 족속들이
겠지."
"그래도 그렇죠. 우리 산에 물이 있나 절이 있나 뭐 볼 게 있다
고."
"왜 볼 게 없어? 행주벌하고 한강 줄기가 빤히 내려다뵈는데. 자
가용족들이 휴일마다 휘젓고 다니지 않는 데가 없다 했더니만 남의
선산에다 다 판을 벌이네그려. 내 이것들을 그냥……"
 남편은 마치 선영을 도굴당하는 현장을 잡은 종손(宗孫)처럼 비
장한 사명감에 넘쳐 주먹을 휘두르며 돌진해갔다. 아닌게아니라 자
가용은 한 대가 아니라 넉 대였다. 건조하기 전의 만물 고추처럼
순전한 빨간 빛깔의 르망과 짙은 회색의 스텔라, 군청색의 프레스
토 그리고 흰색 맵시가 길에서 비켜나 송림 사이에 머리를 처박고
정차해 있었다. 그러나 판을 벌이고 있는 건 종질들과 종질부, 그리

고 그만그만한 종손(從孫)들이었다. 휘둘러보아도 딴 행락객들의 모습은 보이지 않았다.

　관영·관수·관민·관모·관회·관구·관호…… 관(寬)자 돌림의 종질들과 그 식솔들이 일어서기도 하고 엉거주춤 일어서는 시늉만 하기도 하면서 우리를 맞았다.
"아저씨 늦으셨어요."
"관수형은 아저씨댁하고 한동네 아냐? 자가용을 샀으면 오늘 같은 날 아저씨댁에 들러서 모시고 올 것이지. 노인네가 저 고생도 안 하시고 좀 기특해하셨겠어. 아저씨 고생하셨어요. 제가 자가용 사면 아저씨 이런 고생 안 시킬께요."
　관호가 넌지시 제 사촌형을 핀잔주면서 너스레를 떨었다. 관수는 미처 생각을 못 했다는 듯이 뒤통수를 긁었지만 영악해 뵈는 관수댁이 가만히 있지 않았다.
"서방님 차 사면 어디 얼마나 잘하나 두고 봅시다. 그렇게 말을 앞세우는 게 아녀요. 막상 자기 차를 굴리게 되면 없을 때 생각했던 것처럼 그렇게 인심이 써지는 게 아니라구요."
　우리는 더 듣기가 민망해 얼른 그 자리를 피해 묘역을 웃대서부터 참배하고 맨 나중에 부모님 산소 앞에 가지고 온 간소한 제수를 진설했다. 집에서 아침에 추석 차례를 지냈으면 산소에 따로 음식을 가지고 오지 않는 게 가풍이었으나 워낙 먼길이라 요기라도 할 겸, 다들 음식을 싸가지고 다니는 시체 풍습도 따를 겸해서 짐이 되지 않을 만큼 가져온 거라 변변치가 않았다. 종질들이 자리를 봐놓은 데로 올라오니까 관호댁이 얼른 보온병에서 종이컵에다 커피를 두 잔 따라다가 공손하게 우리에게 권했다. 야외용 돗자리를 여러 개 이어 펴서 만든 넓은 자리엔 김밥·통닭·불고기·튀김·사라다 등 마음먹고 차린 듯한 음식이 풍성했다. 관자 돌림의 형제간 사촌간 중에 해외에 나가 있는 몇몇을 빼고는 남김없이 다 모인 것도 처음 있는 일이었다. 아마 저희끼리 미리 연통을 해서 성묘를 겸한 야외 놀이의 자리를 마련한 모양이었다. 안 하던 짓을 하게 된 건 저희들 사이에 별안간 마이카족이 반수 이상이 된 것과 무관하지 않을 듯했다. 돗자리로 오르려다 말고 나는 엉덩이만 겨우 걸

치면서 돌아앉았다. 치맛자락과 버선 등이 말이 아니었다. 고무신 도리가 넘게 묻은 진흙은 말라 꾸둑꾸둑했지만 치맛자락에서 버선 등으로 옮아붙은 진흙 자국은 주홍 물감을 몽당붓으로 거칠게 문지른 것 같았다. 남편이 택시 대절을 안 하기로 했을 때 나도 한복을 입지 않기로 했어야 했다. 시체 풍습에 따라 한복을 입을 일은 어쩌다나 있었고, 그나마 입어도 그만 안 입어도 그만이었지만 성묘 때만은 꼭 한복을 입어야 하는 줄만 알았다. 제사 때 주과포가 기본인 것처럼 그것만은 감히 변경시킬 수 없는 기본적 예절로 못박아놓은 게 남편이었다. 나는 내 속에서 일어난 조그만 반란을 남편이 눈치챌 수 있도록 터무니없이 단호한 얼굴로 그를 찾았다. 대각선으로 반대편에 앉은 그의 구두와 바짓부리도 엉망이었다. 그도 그게 신경쓰이는지 엉덩이만 걸치고 앉아서 으레 하던 짓을 안 했다. 법도를 가르치려면 차를 산소 앞까지 끌고 온 것부터 시작을 하는 게 순서인데 그는 말을 참는다기보다는 뱉고 싶은 걸 참고 있는 얼굴로 입을 잔뜩 다물고 있었다. 나는 그가 못 참을까봐 조마조마했다. 이 이상 더 초라해지고 싶지 않았다. 종질부들이 은박지 접시에다 먹을 것을 골고루 담아다가 권했다. 내 접시에도 돗자리 위외 질펀한 먹을 것 속에도 송편이나 생률·햇대추 등 추석 차례상에 으레 올라야 하는 걸로 돼 있는 것들은 보이지 않았다. 그들은 우리에게 음식 대접을 하는 것 외엔 전혀 신경을 쓰지 않고 하던 얘기를 계속했다. 주로 차 얘기였다. 남자들은 남자들대로 여자들은 여자들대로.

형님도 면허 따셨다면서요. 그래 따고 싶어 딴 거 아냐. 저이가 벌써 싫증이 나는지 글쎄 날더러 출퇴근을 시켜달라는 거야. 아이들 때문에도 그렇구 나도 그렇구 집에서 차 쓸 일이 더 많은 건 사실 아냐? 형님은 복도 많지 뭐유. 멀지 않아 차 두 대 굴리시겠네. 웬걸 그럴 형편까지는 아직아직 멀었어. 그렇지만 내가 시내 연수 끝나면 차는 오토매틱으로 바꿔주겠다나봐. 차 사신 지 얼마 됐다고 벌써 바꾸세요? 아무래도 여자가 운전하려면 오토매틱이 낫다나봐. 그래요? 오토매틱이 더 위험할 수도 있다던데. 우린 언제나 고물차라도 한대 사나?

느이 회사에서도 차량 유지비 나오지? 네에, 차만 샀다 하면 무조건 20만 원씩 나와요. 신입도? 아아뇨. 계장급 이상만요. 그렇겠지, 안 사면 손해겠네. 그러니까 누가 손해보나요. 우리 회사도 그 정도는 나오는데 단 A사 차를 사야지 딴 데 거 사면 한푼도 안 준단다. 그런 법이 어딨어? 왜 없냐? 우리 회사가 A그룹 계열 아니냐? 다랍게 노네. 아무리 다라워도 우리 회사만큼 다라울까. 글쎄 처음부터 세금・보험은 내몰라라 기름값만 겨우 십만 원씩 나오더니만 그것도 아까운지 지난달부터는 통근 거리에 따라 기름값에 차등을 두기로 했다나. 그러니까 집이 먼 사람 가까운 사람에 따라 많이도 주고 적게도 준다는 소리냐? 그렇다니까. 대강 나누는 것도 아니고 정확하게 통근하는 거리를 산출해서 그 이상도 이 이하도 아니게 기름값을 주는 거야. 그렇게 했더니 한 달에 경비를 얼마나 줄일 수 있다고 하더라? 벼룩이 간을 내먹지. 보나마나 어떤 아첨꾼 이사의 아이디어였겠지. 그래도 신기한 건 처음엔 다들 더러워서도 차 안 굴리겠다고 아우성이더니 그 후 차가 줄기는커녕 착실하게 늘어만 갑디다. 줄기는 어떻게 주냐? 예전 같은 석유 파동이 난다고 해도 아마 차는 안 줄 게다. 일단 제 차 맛을 보면 마누라 없이 살아도 차 없인 못 살게 되니까. 뭐라구요? 당신 시방 뭐라구 그랬어요. 아냐 왜 이래 내가 뭐랬게? 차는 곧 자유라고 그랬을 뿐이야. 자유 그 자체라고.

누가 형뻘이고 누가 아우뻘인지 분간이 안 되는 한창 나이의 조카들이 술도 없이 꼬약꼬약 밥과 고기와 야채만 먹으면서 주고받는 수작을 무심히 흘려듣다 말고 나중말에 나는 퍼뜩 정신이 들었다. 차가 자유라고 한 건 관민이였던가? 맞아 관민이였을 거야. 아직도 관민이댁이 관민이한테 눈을 보오얗게 흘기고 있었다. 느닷없이 튀어나온 자유란 말이 빈속에 마신 맥주의 첫 잔처럼 속에 짜릿하고 상쾌하게 꽂혔다. 나의 자유에 대한 관념은 맨 존엄하고 비통하고 난해한 것들뿐이었다. 당장 떠오르는 말만 해도, 진리가 그대를 자유케 하리니, 자유 그것 아니면 죽음을 달라, 자유에서는 왜 피의 냄새가 나는가 등등. 하여 자유에 대한 불가해한 안타까움이 거의 체질화돼 있었다. 그런데 차가 자유라? 자유가 그런 손쉬운 지름길을 거느리고 있다는 건 미처 몰랐었다. 자유의 여신상으로 상징되는 나라에 유학까지 갔다온 관민이다운 발상에 나는 너무 감탄을 하고 있었다.
 남편이 거의 손대지 않은 은박지 접시를 밀어놓으면서 일어섰다. 나도 입 안의 김밥덩이를 급히 삼키고 나서 주섬주섬 거추장스러운 치맛자락을 수습하면서 일어섰다.
"왜 벌써 가시게요?"
 종질들이 더러는 따라 일어서면서 이렇게 물었지만 만류할 기세는 아니었다.
"가실 땐 제가 모셔다드려야 하는 건데. 아저씨 조금만 더 노시다 가세요. 제 차로 모실께요."
 관수가 올 적에 미처 생각이 못 미친 실수를 만회하려는 듯 혼자서 열심이었다. 그러나 우리 때문에 먼저 자리를 뜰 기세는 아니었다.
"아니다. 내려가는 길에 산지기영감하고 잠시 얘기나 하다 갈란다. 정 그럴 생각이면 그 동안에 내려오렴."
"아이 아저씨도, 그럼 마음이 안 놓여서 저만 재미없어지라구요."
 관수의 말투에 얼렁뚱땅 어리광이 섞였다.
"마음놓고 놀거라. 나도 기다리지 않을 테니."
 남편이 나에게 손을 내밀었다. 별로 안 하던 짓이었지만 우리는 유치원 짝꿍처럼 손에 손을 잡았다. 막 돌아서려는데 관영이가 사무적으로 말했다.
"산지기한테는 제가 봉투 줬으니 아저씨는 모르는 척하세요. 이 사람 저 사람 줘 버릇 안 하는 게 좋을 것 같아요."
"알았다."
 관영이는 종손(宗孫)이었다.
"참 관우한테서는 편지 자주 옵니까. 돈도 많이 부쳐오구요? 언제 아주 귀국한대요? 이번에 귀국하면 장가들이셔야죠."
 관영이는 우리가 대답할 새 없이 몇 가지의 질문을 연달아 퍼부었다. 궁금해서 물었다기보다는 우리가 하도 고적해 보여서 우리에게도 아들이 있다는 걸 거기 있는 모두에게 상기시키고자 했는지도 모른다. 보호받고 있다는 느낌이 잠깐 환각처럼 왔다. 외아들 관우는 이태쯤 중동 지사에 나가 있었다. 남편은 대답 대신 고개만 끄덕였다.
 산지기네는 명절날답지 않게 고즈넉했다. 그러나 쓸쓸하진 않았다. 산지기 내외가 마루 끝에 노모를 모시고 앉아서 도란도란 얘기를 하고 있었다. 노파가 먼저 우리를 보고 웃었다. 나는 노파를 볼 때마다 세월이 정지돼 있는 것처럼 느끼곤 했다. 내가 한식과 추석 성묘를 거르지 않게 된 지가 한 이십 년쯤 되는데 노파는 이십 년 전에도 오금이 붙어 잘 걷지 못해 양무릎을 세우고 앉아 있었고 무릎이 어깨보다 높았다. 불그러진 무릎뼈보다 작고 동그란 두상에 짧게 커트한 흰머리칼이 작은 입김에도 살짝 나부낄 듯이 부드럽게 곤두선 게 꼭 민들레씨앗 같았다. 이십 년 전에 이미 노파는 더 늙을 수 없이 늙어버려 그 후 쭈욱 세월로부터 자유롭게 살 수 있었던 것이다. 노파는 자신의 나이뿐 아니라 자신의 속에서 낳은 자식과 자식의 자식들의 수효도 잊어버린 지 오래라고 했다. 칠 남매를 낳아 다 길렀다니 손자 증손자까지 합치면 한 송이의 민들레가 퍼뜨린 씨앗보다 훨씬 많은 수효가 될지도 모르겠다. 집안으로 한 자는 넘게 들이비친 가을 햇살이 검게 찌든 마룻장을 뚜렷한 명암으로 양분하고 마루 끝에 앉기도 하고 걸터앉기도 한 세 사람이 도란거리는 대로 미묘하게 일렁이고 있었다. 세 사람은 볕을 쬐고 있는 게 아니라 충만한 빛 속에 몸을 담그고 있는 것처럼 보였다.
"무슨 얘기를 그렇게 재미있게 하고 계십니까?"
"어머니는 옛날 얘기 하시는 걸 좋아하신답니다."
 산지기가 웃으니까 검게 탄 얼굴에 주름이 파문처럼 퍼졌다.
"옛날 얘기를 많이 알고 계시겠지요?"
 나는 문득 노파가 알고 있는 무궁무진한 옛날 얘기를 기록해놓고 싶단 생각을 했다. 어느 날 바람도 없는데 문득 민들레 씨앗이 자취도 없이 그 송이를 떠나듯 정지된 듯한 시간이 미동만 해도 노파의 목숨 또한 자취도 없이 무산될 것만 같았기 때문이다.
"웬걸요. 벌써 몇 년째 하나밖에 모르신답니다."
 산지기댁이 부엌으로 들어가면서 말했다. 남편이 얼른 봉투를 꺼내 산지기 잠방이 주머니에 쑤셔넣으면서 서둘러댔다.
"아주머니 아무것도 차리지 마세요. 가볼 데가 있어서 먼저 내려왔으니까요."
남편은 거짓말을 시키고 있었다. 여기서 지체하다가 종질들과 다시 만나게 될까봐 그러는 거였다.
"차리긴요. 시골 송편 맛이나 보시라구."
산지기 처는 함지박에 덮어놓은 베보자기를 들치고 두루뭉실하게 빚은 송편을 주섬주섬 목판에다 담으며 말했다. 조카들과 만나고 싶지 않은 건 나도 마찬가지였지만 해마다 먹어본 산지기네의 진짜배기 송편 맛 또한 잊히지 않았으므로 싸달라고 말했다. 산지기 처가 마루로 올라가 함박꽃이 만발한 자개무늬 찬장 설합을 들쑤셔 비닐 봉지를 찾는 동안 나는 산지기에게 말을 시켰다.
"명절날 어째 자제분들이 한 분도 안 보이네요."
남의 자식은 다 저절로 자라는 것 같다더니 산지기네 아이들도 유난히 쑥쑥 자랐다. 정지된 시간 곁의 질주하는 시간이었다. 고만고만한 붙임성 있는 아녀석들은 울섶처럼 쉬 자라 데면데면한 소년이 되고 다시 인사 대신 불손하게 어른의 아래위나 훑어보는 반항적인 청년이 되었나보다 하며 미끈하니 신사복 입고 예쁜 각시 데리고 왔다가 마지못해 냉랭한 아는 척을 하기도 했었다.
"아침나절엔 다 모여서 차례를 지냈습죠. 차례 지내고 나서 큰아들이 동생네 식구들을 다 몰고 도라이분가 뭔가 하고 오겠다고 나갔습지요. 큰아들이 봉고차를 샀거든요. 임진각까지 갔다 온다고 했는데 거기 뭐 볼 게 있나요. 차 타는 재미죠. 큰애가 젤 먼첨 차를 산 걸 보면 장사밖에 없어요. 공부는 지 동생들이 더 많이 했건만도 다 월급쟁이니 어느 하세월에 차를 사겠습니까."
"그런 소리 말아. 장손이 성공해서 내가 여간 기쁘지 않아."
노파가 처음으로 말참견을 했다. 옛날 얘기도 저런 목소리로 했을까. 도란도란이라고밖에 표현할 길 없는 나직하고 정다운 목소리였다. 산지기 처가 서울에 있는 유명한 쇼핑센터 표지가 찍힌 비닐 봉지에다 송편을 한 대접이나 되게 쑤셔넣고 아구리를 매듭지으면서 저럴 땐 멀쩡하시다니까요 했다. 그렇다면 보통 때는 노파가 멀쩡하지 않았다는 소리가 된다. 그러한 산지기 내외에겐 노망 노인을 오래 모시고 산 아들 며느리다운 피곤하고 짜증스러운 기색이 조금도 없었다. 그들 세 사람은 서로 동등하게 그 기이한 화평스러움을 받치고 있을 뿐이었다.
"식구가 많지 않으시니까 쬐금만 쌌구먼요."
"여보 시간 없어, 서두릅시다."
남편이 시계를 보면서 재촉했다. 우리는 쫓기듯이 마을을 벗어났다. 동구 밖에서 선산 쪽을 돌아보았으나 무참한 상처처럼 송림을 시뻘겋게 찢어놓은 산길엔 아직 차도 사람도 안 보였다. 그래도 우리는 포장도로까지 걸음을 늦추지 않았다. 버스정류장 못미처서 다행히 콜택시를 잡을 수 있었다. 시트에 기대어 조는 줄 알았던 남편이 눈을 감은 채 푸듯이 말했다.
"관수 있잖아. 걔 대학 사학년 때 두 학기 등록금을 다 내가 내준 거 당신 몰랐지? 하긴 알 리가 없지. 당신 모르게 그만한 돈 축내고 메꾸느라고 생전 처음 대출 부로커 짓을 다 했었으니까."
"어머 그런 일이 있었어요. 금시초문이네요."
"관수 걔 아버지하고 나하곤 다른 사촌간들하곤 다르게 지냈잖아. 꼭 한형제 같았지. 그 형이 벌어놓은 것 없이 하루아침에 세상을 뜨자 어찌나 안됐던지 내가 자청해서 대준 거였어. 갚을 걱정은 하지 않아도 된다고 못박고 대준 건데도 그애가 졸업하자마자 좋은 데 취직했단 소리 듣고 처음 한동안 갚아줄지도 모른다는 공상을 하곤 했지. 돈이 아쉬워서 아니라, 옜다 너 양복이나 한 벌 해입어라 하면서 갚아온 돈의 일부로 다시 한번 선심을 쓰고 싶어서였어. 그때 가선 물론 당신한테도 자랑스럽게 알릴 작정이었구. 그러나 그런 일은 안 일어나고 말았어. 당신한테도 영영 숨길 수밖에 없었구."
"영영 숨겼다구요? 지금 얘기했잖아요. 하필 지금 그 얘기를 왜 하는 거죠?"
나는 나도 모르게 남편에게 적나라한 모멸감을 드러내면서 말했다. 남편이 어쩔 줄을 모르고 무안해했다. 나도 곧 남편을 대놓고 무안하게 한 게 무안해졌다. 남편은 내가 무안해하니까 더 무안해지는 것 같았다. 우리는 되게 복잡하고 고약하게 얽혀서 무안해했다. 나는 다소라도 무안감을 해소해보려고 딴청을 부렸다.
"산지기영감 자식이 다 잘된 건 좋지만 산지기를 이을 사람이 없어서 어쩌죠?"
"그런 걱정은 우리가 안 해도 돼. 종가에서 어련히 알아서 할라구."
그가 선산에 관한 일에 그렇게 무관심한 척하는 건 처음이었다.
추석이 지난 지 얼마 안 돼서 나는 세탁을 주려던 그의 양복 주머니에서 운전 교습소 쿠폰을 발견했다. 떼낸 자국으로 봐서 며칠 안 된 것 같았다. 그가 운전을 배운다는 건 뜻밖이었고 생각만 해도 웃음이 났다. 배우는 건 아무나 배우지만 면허를 아무나 딸 수 있는 건 아니기 때문에 주책이란 생각밖에 없었다. 나한테 비밀로 한 것도 아마 그런 까닭일 터였다. 그는 천성적으로 기계에 대해 겁이 많았다. 스스로도 자신을 배냇병신이라고 비하할 정도로 그것을 인정하고 있었다. 예전엔 전력난으로 전압이 낮아 두꺼비집 퓨즈가 나가는 일이 잦았는데, 퓨즈를 갈아끼는 간단한 작업도 나의 몫이었다. 그는 옆에서 전지를 비춰주거나 발판을 잡아주는 정도로 나의 조수 노릇이나 했다. 라디오 다이얼도 그가 맞추면 잘 안 맞았고, 판소리를 좋아해서 툭하면 판은 사들이면서도 오디오를 조작할 줄 몰라 내가 틀어주지 않으면 못 들었다. 그처럼 기계에 대해 어설픈 사람을 위해 새록새록 생겨나는 오토매틱이니 리모트 콘트롤이니 하는 건 또 더욱 질색이어서 세탁기나 텔레비전도 굳이 수동을 고집했다. 자기가 조작하는 것도 아니면서 더욱 편리해진 기계일수록 더욱 고장이 잘 난다고 믿고 있었다. 음치가 치료되는 게 아니듯 기계에 대한 그의 저능도 나아질 가망이 보이지 않았다.
"당신 운전 배워요?"
그날 밤 나는 복받치는 웃음을 어금니 사이에서 지그시 누르면서 지나가는 말처럼 물었다.
"응 그런 바람이 좀 불었어."
남편도 들킨 걸 그닥 민망해하지 않고 말했다.
"어떤 바람이요?"

"사무실 친구들이 함께 배우자고 해서…… 열 명만 되면 할인 쿠폰을 끊을 수 있다나."
"그 사무실에 벌써 열 명씩이나 나와요?"
"아니, 그렇지만 딴 데서 끌어서 열 명 만들기야 쉽지 뭐."
"아무튼 주책들이야."

남편이 나가는 사무실은 무슨 경제성이 있는 사무실이 아니었다. 젊었을 때의 근검 절약과 퇴직금 등으로 노후 설계를 착실하게 해놓은 정년 퇴직자들 몇이서 단지 출근의 습관을 유지할 목적으로 공동 운영하는 사무실이었다. 도시의 뒷골목의 허술한 빌딩 삼층 방은 웬만한 집 안방만한 넓이에 싸구려 응접세트와 바둑판·장기판·화투, 공짜로 보는 사보들, 석유난로·선풍기·물주전자와 컵, 대걸레, 나일론 빗자루 등등이 비품의 전부였다. 그래도 임대료를 생돈으로 낼 수야 있겠느냐는 공론이어서 얼마간씩 공동 출자한 목돈을 그중 이재에 능한 친구가 증권 투자, 기업 어음 할인 등에 굴려 그 정도는 버티는 모양이었다. 출퇴근이 아닌 단지 출퇴근의 습관을 위해 제 차를 굴릴 것도 아니면서 단체로 운전을 배운다니 주책이랄밖에 없었다. 그러나 아직은 한창 나이라고 여기고 싶은 장년의 습관을 못 버려서라고 생각하면 측은하기도 했다.

할인받기 위한 인원 수를 채우려고 끼어준 걸로 끝날 줄 안 운전 교습이었는데 그게 아니었다. 면허를 꼭 따고야 말겠다고 벼르더니 밤잠을 설치면서 필기 시험 공부에 들어갔다. 내일이면 필기 시험을 본다는 날 그는 밤늦도록 중얼중얼 예상 문제집을 읽다가, 나더러 문제를 임의로 골라내라고 했다.

차선이 그려져 있는 도로의 통행 방법은? (1) 자기가 편한 방법으로 차선을 사용한다; (2) 뒤따라오는 차량과 관계없이 차선을 바꿔 운행한다; (3) 법으로 차종별로 지정된 차선을 통행하고 차선을 바꿔서 운행할 때는 뒤따라오는 차량 통행에 장애가 되지 않게 신호를 하여 차선을 바꿔야 한다; (4) 차선을 아무렇게 사용하여도 좋다.

이렇게 읽어주면 남편은 정답의 번호를 대는 거였다. 나는 그 짓을 하면서 마치 내가 우리 꼴을 창밖에서 엿보는 입장이 된 것처럼 웃음이 나서 견딜 수가 없었다. 그렇게 열심히 한 공부는 헛되지 않아 그는 필기 시험에 단박 좋은 점수로 붙었다. 아무리 친구 따라 운전 배우고 필기 시험까지 봤다지만 그 정도로 만족하고 처질 줄 알았는데 실기 시험을 보기 시작했다. 예상한 대로 실기 시험은 보는 족족 낙방이었다.

"이제 그쯤 해두세요. 우리가 지금 차를 살 것도 아닌데 면허를 꼭 딸 거 없잖아요."

"그쯤 해두다니? 면허도 따고 차도 살 테니 두고 보시오."

"글쎄 우리나라 사람들이 몽땅 신발짝 꿰차고 다니듯이 차 한 대씩 굴리고 다닌다 해도 당신은 안 돼요. 두고 보시구려. 누가 당신한테 면허증 주나."

그 정도로 오금을 박는 것만으로는 모자라 기계에 대한 그의 저능성을 하나하나 열거하기 시작했다. 가장 최근에 있었던 실수는 그의 누님이 가장 아끼는 카세트테이프를 지워버린 사건이었다. 누님의 큰딸은 미국서 살고 있는데 외손자들이 할머니 생신날 녹음해 보낸 카세트테이프를 생신 잔치에 모인 손님들 들으라고 온종일 틀어댔다. 아무리 좋은 소리도 한두 번이지 열 번 스무 번 듣는 데 진저리가 난 손님들이 누님이 잠깐 자리를 비운 사이에 그것 좀 끄자고 했다. 하필 성능 좋은 오디오 곁에 앉아 있던 남편이 끈다고 끈게 지워버린 거였다. 피할 수 없는 노래 자랑 자리에서 음치가 탄로나듯 남편의 기계에 대한 전근대적 무지는 그날 이후 친척들 사이에까지 널리 퍼지게 되었다. 그 사건까지 들먹였는데도 남편은 기죽지 않고 학교 때 자기보다 공부 못한 누구누구도 지금은 제 차를 몰고, 숫제 돌대가리여서 중학교도 못 간 누구는 운전이 직업인 모범운전사라고 맞섰다.

"지능하고 기계에 대한 소질이나 감각은 별개라구요. 재학중에 고등고시에 합격한 젊은 판사가 운전 시험을 여덟 번씩 떨어지고 나서 면허 따기가 고시 붙기보다 훨씬 어려운 줄은 미처 몰랐었다고 한탄을 하더래요."

그 소리엔 그도 낄낄대고 웃었다. 그러나 곧 정색을 하고 반격을 했다.

"한마디로 기계에 대한 소질 어쩌구 몰아붙이지 말라구. 내가 소질이 없는 건 전자 제품에 한해서지 기계 모두가 아니야. 내가 바퀴 달린 기계에 얼마나 소질이 있다는 건 당신도 알잖아. 신혼 시절의 내 자전거 솜씨 당신 벌써 잊었어?"

나는 나잇값도 못하고 볼이 달아올랐다. 젊은 그의 자전거 타는 폼도 폼이려니와 그때의 가난과 열정을 어찌 잊을까. 우리는 휴전이 되기 전의 암울하고 불안한 시기에 무작정 결혼을 했고 그는 마땅히 직장을 못 구해 씻은 듯이 가난했다. 그가 처음으로 구한 직장이 미군 부대 보일러실 책임자였는데 그는 퇴근할 때마다 훔친 석탄을 자전거에 싣고 왔다. 미군 싸아전한테는 부대에서 나오는 쓰레기 중 땔 만한 걸 집에 가져가도 좋다는 허락을 미리 받았기 때문에 그가 싣고 오는 짐은 집채만했다. 그 집채만한 짐에 눌려 그의 모습은 조그맣고 초라했지만 나는 그렇게 큰 짐을 싣고 쏜살같이 달려오는 그가 얼마나 멋있고 잘나 보였던지. 그 집채만한 허접쓰레기는 미군을 속이기 위한 위장이고 그 안 상자 깊숙이 감춰 온 화력 좋고 광택이 유별난 석탄을 쏟아놓을 때 그는 더욱 돋보였다. 우리의 신혼 시절은 그렇게 가난하고 따숩고 행복했다.

그는 젊은 날의 바퀴 달린 것에 대한 소질만 믿고 우직하고 끈질기게 실패와 도전을 거듭한 끝에 드디어 면허를 땄다. 그리고 시내 연수까지 끝마쳤다. 차를 사는 일만 남았고 그 일도 시간 문제인 것처럼 보였다. 그의 사무실 사람을 부추겨 몽땅 할인 요금으로 운전 교습을 받게 한 학원 브로커가 당연히 중고차 브로커 노릇까지 할 모양이었다. 남편이 부탁한 백만 원 안짝으로 살 수 있는 중고차 정보를 쉴새 없이 알아들였다. 나로서는 어찌 해볼 도리가 없었다. 차도 사기 전에 나는 벌써 차에 탄 것처럼 멀미를 느꼈다. 마지막으로 늙으면 자연적으로 떨어지는 순발력·운동 신경 등 노화 현상을 들어 차 사는 걸 만류해봤으나 차 사는 일은 벌써부터 내 뜻뿐 아니라 그의 뜻도 어쩔 수 없는 곳에서 저절로 이루어지고 있었다. 나는 가끔 그도 그가 저절로 실려가는 대세에 멀미를 하고 있을지도 모른다고 생각했다. 그가 괜히 불쌍했다. 나는 우리의 초로(初老)가 정신없이 휘몰아치는 근대화의 소용돌이에 휩쓸리지 않고 다만 관망할 수 있도록 거리를 유지시켜주는 발판쯤은 될 수 있는 줄 알았다. 우리의 초로에 그 정도의 품위는 허용된 줄 알았다. 그 정도도 이룰 수 없는 꿈이 될 줄은 정말 몰랐다. 차량 브로커가 뻔질나게 전화를 하고 어느 날은 새 차처럼 깨끗한 포니 2를 남편이 브로커를 태우고 몰고 와 집 주위를 한바퀴 돌고 가는 일까지 있더니 마침내 그 차를 사게 되었다고 했다. 보험회사 직원이 왔다갔다 하고 모든 수속이 끝나자 나는 집 살 때부터 연탄광으로 쓰던 차고를 닦아내느라 온종일 걸렸다. 별로 좋지도 않은 집에 폼으로 달린 줄만 안 차고를 진짜 차고로 쓸 날이 있을 줄 누가 알았으랴. 녹슬고 뻑뻑한 셔터 문은 숫제 새 결로 갈고 차를 그 안에 가둔 후에도 나는 그게 우리 차라는 느낌이 나지 않았다. 냉장고를 처음 사고 텔레비전을 처음 샀을 때도 처음 며칠은 일이 손에 안 잡히게 기쁘고 대견하더니만 적어도 내 차를 처음 샀는데 이렇게 안 기쁠 수가 있나 이상할 정도였다. 집에다 꼭 애물단지를 하나 들인 것처럼 께름칙하고 근심스럽기만 했다. 남편은 그럭저럭 차를 잘 끌고 다녔다. 그러나 매일 아침 목숨을 건 사명을 띠고 출동하는 결사대처럼 비장하게 얼어붙은 남편의 표정을 훔쳐보는 고통으로 피가 마르는 듯했다. 산빙 앞 베린디로 니기면 남편이 차고에서 기브를 틀이 통과하는 축대밑 길이 빤히 보였다. 처음엔 그의 앞모습을, 다음엔 옆모습을 그리고 뒷모습을 안 보일 때까지 배웅할 수가 있었다. 떨어진 거리에서 유리창에 얼비친 남편의 표정은 정확하게 파악할 수 있는 게 아니어서 상상력이 많이 가미된 것이었다. 정말이든 단지 그렇게 보였든간에 그때 본 남편의 비장한 표정은 온종일 내 뇌리에 늘어붙어 온갖 망상의 근거가 되었다. 늙음과 필사적은 얼마나 안 어울리는 양극인가. 급한 볼일이나 떼돈을 벌러 나간다면 모를까 다만 출근의 습관을 못 잊고 흉내내는 데 불과한 출타에 그런 표정이 가당키나 한가. 그리고 저녁때가 되면 고개를 길게 빼고 그의 퇴근을 기다렸다. 안방 베란다에서 상체를 밖으로 한껏 내밀면 우리 골목으로 통하는 큰길까지 내려다볼 수가 있었다. 그 길은 차가 빈번하게 다니는 길이어서 우리 차와 같은 차종의 남색 차도 빈번하게 지나갔다. 그때마다 행여나 우리 차일까 마음을 졸이다가 허탕을 치기를 수도 없이 되풀이하는 새에 그가 들어올 시간이 넘으면 갖은 방정맞은 생각으로 피가 마르는 듯했다. 내 생애에 그렇게 외곬으로 남편을 기다린 적은 일찍이 없었다. 앙탈을 부리며 서로의 사랑을 자극할 감미로운 기대가 섞인 신혼의 기다림도, 바가지를 긁을 열정으로 지글지글하던 중년의 기다림도 겪었으니 이제 기도처럼 화평한 노년의 기다림이 남아 있을 줄 알았는데 이게 무슨 꼴이람. 나의 기다림은 침이 마른 입 속에 하나 가득 모래를 문 것처럼 삭막하고 깔깔하고 비명도 지를 수 없이 고약한 것이었다. 그가 예고 없이 밤이 깊도록 안 돌아오면 나의 방정맞은 상상력은 최악을 향해 치달았다. 꼭 그 애물단지가 돌이킬 수 없는 잘못을 저질렀을 것만 같았다. 인명의 피해는 남편이 당해도 남이 당해도 안 되는 일이었지만 남이 당하는 경우를 상상하는 게 더 무서웠다. 운전까지는 어찌어찌해서 하게 됐지만 가해자 노릇만은 그가 차마 못 하리라는 걸 알고 있었기 때문이었다. 망상이 이에 이르면 그가 차를 굴리는 것까지 보다니 앞으로 무슨 꼴을 더 보려나 싶어 사는 게 다 싫어지기도 했다. 마치 그가 차를 운전하는 게 최악의 못 볼 꼴이라도 되는 것처럼.

   그런 과장된 망상은 사람을 쉬 지치게 했다. 여보 늦을 땐 늦는다고 꼭 전화해줘요. 같이 늙어가면서 그 정도는 아내에게 신경써 줄 수 있잖아요. 나는 파김치처럼 지쳐서 곧잘 이렇게 하소연했을 뿐 정작 그 까닭을 실토하진 않았다. 남편의 운전은 그 정도의 부담도 주고 싶지 않을 만큼 위태위태해 보였다. 그 애물단지한테 휘둘리고 있는 건 남편뿐 아니라 나까지인지도 몰랐다.

   제 시간에 들어왔는데도 차고에 차를 넣고 마냥 감감 무소식일 때도 있었다. 도대체 차고에서 뭘 하고 있는 걸까. 기다리다 지쳐 내려가보면 그는 보넷을 열고 차의 내장을 골똘히 들여다보고 있었다. 그곳을 차고로 쓰고 나서 갈아낀 촉수 높은 전구를 있는 대로 켜고 구부정한 어깨와 대머리가 지기 시작하는 희끗한 머리를 깊이 수그리고 그 복잡한 기계 속을 들여다보고 있는 모습은 한 폭의 비애였다. 내가 조심스럽게 인기척을 내면 그는 부랴부랴 자신있고 도통한 표정을 지으며 돌아다보았지만 내 눈은 못 속였다. 아무리

들여다보아도 도무지 아무것도 모르겠는 난감한 낭패스러움과 기계 속에 대한 천성의 이질감을 위장하기엔 그의 도통한 체는 미숙하기 짝이 없었다.
 출퇴근에 자신이 생기자 그는 나를 태워주고 싶어했다. 가락시장에 싱싱한 생선을 사러 가지 않겠느냐는 둥 요다음 곗날엔 자기가 운전기사가 돼주겠다는 둥, 조르다시피 했다. 그가 차를 사는 걸 말리지 못한 이상, 이왕 산 차 자신감을 가지고 끌고 다니도록 응원해주는 뜻으로라도 하자는 대로 하기로 했다. 처음 나들이는 아무런 용건 없이 아는 길로 시내를 한바퀴 돌고 집으로 돌아오는 거였다.
"내 옆에 앉으라구."
 나는 될 수 있는 대로 그가 운전하는 걸 가까이서 보기 싫었으나 그는 뽐내고 싶은지 옆에 앉히고 싶어했다. 운전석 앞의 너무 많은 각종 계기와 조정 장치가 나를 불안하게 했다. 지금까지 택시나 승용차를 수없이 타봤건만 내 관념 속의 자동차는 차체와 핸들만 있으면 되는 극도로 단순화된 거였다. 그렇게 많은 계기를 두 손밖에 안 가진 운전자가 조작해야 되는 줄은 미처 몰랐었다. 운전석에 남편 아닌 딴사람이 앉았을 때는 조금도 많은 줄 몰랐던 이니 있는 것조차 몰랐던 계기들이 그렇게 많아 보인 것은 아직도 그가 믿기지 않는다는 증거였다. 나는 그가 행여나 나 때문에 헷갈릴까봐 잔뜩 경직돼 있었다. 차 안에만 신경이 써지는 건 물론 아니었다. 왕복 팔차선의 대로로 들어서자 전후좌우로 흐르는 엄청난 차량의 홍수가 나를 압도했다. 늘 버스나 택시로 다니던 길인데도 그렇게 많은 차는 생천 처음 보는 것처럼 느꼈다. 손발로는 운전을 하면서 한편 온몸의 감각과 신경을 외부로 발사해 그 무시무시하게 거대한 흐름과 유연한 조화를 도모해야 하는 그에게 방해가 될까봐 나는 숨도 크게 못 쉬고 손에 땀을 쥐었다. 악, 소리가 나올 것 같은 고비도 끽소리 안 하고 잘 넘겼다. 이렇게 잔뜩 얼어 있는 내가 안돼 보였는지 그가 웃으면서 뭐라고 말을 시켰지만 나는 알아듣지 못했다. 내가 그의 말을 처음 알아들은 건 그의 입에서 거침없이 욕이 튀어나왔을 때였다. 저 새끼 저거 미친 새끼 아냐? 어딜 함부로 끼어들고 있어? 저 여자 순 얌체네. 고 사이에 대가리를 디밀면 어쩌자는 거야. 그냥 콱 박아버릴라. 왜 빵빵대고 지랄이야. 똥 뀐 놈이 화내고 자빠졌네. 얼래 저 간 큰 여편네 보게. 깜박이도 안 켜고 차선을 바꿔 타이탄 앞으로 끼어들면 어쩔 거야. 죽고 싶으면 한강 난간이나 들이받지 누구 못할 노릇을 시키려고. 야, 초보면 초보답게 발발 겨라, 귀엽기나 하게. 어데서 못된 짓 먼저 배워가지고……쌍놈의 새끼 싸롱이 아깝다.

그가 중얼대는 소리는 처음부터 끝까지 다 욕이었다. 아아, 이 욕 잘하는 사내는 누군가. 나는 그가 뭔가를 과시하고 싶어 조바심할수록 그가 낯설어 화석처럼 굳어 있었다. 그의 욕에 의하면 그만이 옳고 그만이 익숙하고 딴 차들은 다 그르고 다 서툴다는 게 되지만 내 귀에는 그가 아직도 서툴다는 것과 자신의 탈것을 조작하는 일은 물론 이 탈것들의 홍수를 타는 걸 두려워하고 있다는 비명처럼 들렸다. 흐름이 정체했다. 나는 조심스럽게 손수건을 꺼내 이마의 식은땀을 누르며 사람들이 걷는 인도를 부러워하며 바라다보았다.

그는 모르고 있었다. 그 동안 집으로 두 번이나 관제엽서가 날아왔었다. 그의 차량 넘버와 통과한 지점과 시일이 명시돼 있고 그날 그 지점을 지난 그 차량의 운전자는 출두하라는 경찰서 교통계로부터의 출두 명령이었다. 그에게 충격과 수치감을 주기 싫어 궁리 끝에 내가 나가보았다. 그런 일을 대리로 치를 수 있는 것인지 아는 바가 없었지만 하여튼 부딪쳐볼 작정이었다. 신호 위반이었다. 소정의 벌금 삼만 원만 내면 본인 여부는 문제가 되지 않았다. 내가 알기론 그때그때 교통경찰하고 돈으로 해결들을 한다는데 그는 어떻게 미련하게 굴었기에 집에까지 그런 게 날아들게 되었을까. 두번째로 첫번째와는 딴 경찰서에서 관제엽서가 날아왔을 때는 망설일 것도 없이 내가 출두했다. 처음 가보는 변두리 동네의 경찰서였다. 그 경찰서 관할 지역은 우리와는 한 번도 인연이 닿아보지 않은 생소한 지역이었다. 서울이란 넓고 넓어서 아무리 행동 반경이 넓은 사람도 가보지 못한 처녀지가 몇 군데는 있게 마련이다. 이번엔 주차 위반이었다. 이만 원을 물고 돌아왔다. 대리 출두가 가능하다는 걸 알고 나서도 경찰서로부터의 출두 명령서는 섬뜩했다. 일단 받고 나면 진드기처럼 의식에 늘어붙어 만사를 재미없게 했고, 가서 해결하고 나도 억울해, 억울해, 왜 우리만 못살게 구느냐 말야 외치고 발버둥치고 싶은 걸 참느라 오랫동안 우울해야만 했다.
　매일 저녁 우편함에 손을 넣을 때마다 겁이 났고, 엽서의 감촉은 섬뜩했고, 엽서가 그게 아닌 걸 알고 나면 휴우 한숨을 쉬고 형언할 수 없는 슬픔을 맛보았다.
　그는 아무것도 모른다. 모르니까 저렇게 으스댈 수가 있는 것이다. 다시 차가 움직이고 다시 욕을 시작한 그의 옆얼굴을 홀깃 훔쳐보며 생각했다.

　자가용 타고 친정에 갈 일이 생겼다. 친정 장조카가 지방대학 교수로 가면서 친정집은 솔가해서 그쪽으로 이사를 했다. 부모님이 돌아가시고 발길이 뜸해진 친정이었지만 멀리 이사까지 가고 보니 일년에 두 번 부모님 제사 참례가 고작이었다. 남편이 우리 차로 가자고 했다.
　"고속도로 탈 자신있어요? 처음일 텐데."
　"처음은, 벌써 몇 번 답사를 해봤으니 염려 말아요."
　답사라. 그럼 그 낯선 거리도 답사를 갔었나. 나는 주차 위반 벌금을 낸 경찰서 주변의 한편 헐리고 한편 솟아오르는 이상한 동네를 떠올리며 생각했다. 내가 뒷처리를 한 사고 말고 그가 홀로 처리한 사고 건수는 얼마가 되는지 알지 못했다. 그러나 여태껏 일어난 사고가 다 운전자가 저지른 잘못인 것만은 확실했다. 중고차를 사면서 가장 우려한 차가 느닷없이 속을 썩이는 일은 한번도 일어나지 않았다. 우리에게 차를 소개한 중간 브로커가 가끔 전화로 차의 안부를 물어올 때마다 남편은 사장님이 장담한 찬데 어련하겠습니까, 잘 구르고 있구말구요, 하면서 너털웃음을 웃었다.
　그렇게 잘 구르던 차가 하필 친정나들이 가다 말고 고물차 티를 톡톡이 냈다. 남편이 집에 들어온 것도 늦은 시간이었지만 나도 하룻밤 집을 비우려니 집볼 사람도 불러야 하고 이것저것 단속하고 나서도 못 미더운 게 많아 집을 떠난 건 해질 무렵이었다. 수원을 지날 때까지 아무 일도 없었다. 고속도로 타기는 시내 운전보다 한결 쾌적해 그는 욕도 안 했다. 수원을 지나자 하행선이 밀리기 시작하더니 꼼짝도 안 했다. 토요일도 아니었으니 단순한 정체 현상이 아니라 앞의 어데선가 사고가 난 모양이었다. 지루해지자 남편은 남들이 하는 대로 밖으로 나가 고개를 빼고 앞을 살피기도 하고 사람들한테 말을 시키기도 했다. 그러기를 한 이십 분 하고 나서 물꼬를 튼 것처럼 차들이 빠지기 시작했다. 얼른 올라탄 남편이 시동을 걸었으나 엔진이 천천이 움직이는 소리만 나고 시동은 되지 않았다. 우리 앞 차선이 확 틔었다. 그는 붉으락푸르락 어쩔 줄을 몰랐다. 우리 차한테 바싹 붙은 뒤차가 빵빵거리기 시작했다.
"당신이 좀 밀어볼래."
내가 나가서 밀자 뒤의 차에서 젊은이가 내려서 거들어주었다. 그래도 시동은 되지 않았다. 뒤차에서 또 한 사람이 내리더니 암만해도 주행이 불가능할 것 같다면서 우리 차를 도로 한쪽으로 밀어붙여주었다. 우리는 요지부동하는 차 옆에 서서 물끄러미 물 흐르듯이 유연하게 흐르는 탈것의 행렬을 바라보았다. 유리를 내리고 우리한테 손을 저으며 비상 경고등을 작동시키라고 일러주고 가는 친절한 차도 있었다.
얼마나 되었을까 순찰차가 왔다. 그들이 이것저것 물었지만 우리는 갑자기 안 움직인다는 것밖에 할 말이 없었다. 그 밖엔 아는 것도 없었고. 겨우 길들여져가던 차가 다시 낯설고 고약한 애물단지가 되어 있었다. 도망치고 싶었다. 남편 대신 운전석에 앉아 시동을 걸어보던 제복의 사내가 밧데리 용량이 떨어져서 그렇다면서 내렸다. 그리고 견인차를 불러야 한다면서 기본 요금이 칠만 원이라고 했다.
"여기서 제일 가까운 인터체인지가 얼마나 됩니까?"
"왜 밀고 가시게? 참 그래도 되겠군. 바로 조오기예요. 일 킬로도 안 남았을 겁니다."
당신 어쩔려고? 순찰차가 가버리자 남편이 어처구니없다는 듯이 나를 힐난했다. 인터체인지까지의 거리를 물은 건 나였기 때문이다. 우리 차가 바보처럼 견인차에 끌려가는 걸 보고 싶지 않은 나의 급작스러운 변덕이랄까 애정을 어찌 설명할까.

"돈 아깝잖우. 칠만 원 버는 셈 치고 밀어봅시다."

남편은 앞에서 한 손으로 핸들을 잡고 한 손으로 밀고 나는 뒤에서 힘껏 밀었다. 바퀴 달린 물건이라 생각보다는 힘이 덜 들었다. 날이 어두워 빛을 발하기 시작한 가드레일의 동그란 야광대가리는 멀리서만 빛나고 가까이 가면 노란 도료를 발라놓은 것에 지나지 않았다. 그래서 가드레일에 바싹 붙여 차를 미는 우리는 앞으로 앞으로 동그란 빛의 인도를 받는 것 같기도 하고 뒤쫓는 것 같기도 했다. 그런 느낌이 우리의 힘을 한결 덜어주었다. 인터체인지는 곧 나타났지만 완만한 오르막길이었다. 마지막으로 용을 쓰기 위해 잠시 숨을 돌리는 사이에 남편이 말했다.

"당신 생각나? 우리가 미아리 고개 밑에 처음 집 산 해 김장 때 배추 리어카 밀던 일."

이상한 일이었다. 나도 방금 그 생각이 난 참이었다. 처음 산 집은 높은 언덕바지에 있었다. 다행히 계단은 없어서 배추를 리어카로 들일 순 있었지만 리어카꾼 횡포가 심했다. 그 동네 산다고 말하면 터무니없는 값을 불렀고 부르는 값을 다 주기로 해도 중간에서 리어카채를 놓고 못 가겠다고 엄살을 떨기가 일쑤였다. 그럴 때마다 자아 자아 갑시다, 담뱃값이나 더 얹어드릴 테니 하면서 재흥정을 해야만 했다. 동네 사람한테 그런 사정을 들어서 안 우리는 미리 리어카만 빌려서 손수 나르기로 했다. 그때 우린 정말 리어카 품삯도 아까웠던 것이다. 그때 우리는 얼마나 젊었던가. 그는 미류나무처럼 키 크고 씩씩했고 나는 어여쁘고 팽팽했더랬다.

"여보, 그때는 해마다 백 포기씩 김장을 했으니 그걸 어떻게 다 먹었지?"

남편이 뚱딴지 같은 질문을 했다.

"다 못 먹고 버렸을까봐 그래요. 암튼 그때는 김장 때 몇 포기 담갔느냐고 묻는 게 큰 인사였고, 백 포기 했다고 하면 요새 자가용 굴린다고 하는 것보다도 자랑스러웠으니까요."

"옛날 얘기야. 자아 시작합시다."

그 옛날, 그 곤궁하고 씩씩하던 날이 합력을 해서일까, 오르막길도 그닥 힘들지가 않았다. 더 신나는 건 처음으로 내 차를 소유한 것처럼 느낄 수가 있었다. 우리가 마구 휘둘리고 끌려다녀야 하는 애물단지가 아니라 우리 힘에 순종하는 우리의 소유물이었다. 소유한 이상 언제고 마음만 먹으면 자유로워질 수도 있을 것 같았다. 완만해 보였지만 힘이 부쳐 숨이 턱에 닿으니까 높은 봉우리를 오르는 것처럼 급박해졌다. 정상에만 올라봐라 이놈의 차를 낭떠러지 밑으로 굴려버리리라. 그리고 훨훨 자유로워지리라.

 오로지 그 희망에 우리는 이십대의 젊은 날처럼 싱그럽게 용솟음치는 힘으로 차를 밀어올리고 있었다. 〔『창비 무크』, 1987〕

저문 날의 揷話 5

　그들은 서울의 매연(煤煙)을 벗어난 그린벨트 안에 살고 있었다. 교통이 불편하고 신축이나 증축의 허가가 나지 않아 땅값이 싸고 공기가 좋았다. 시간 맞춰 출퇴근할 필요가 없는 은퇴한 영감님과 흙 주무르는 게 취미인 마나님 양주가 살기엔 더할 나위없이 좋은 동네였다. 그들은 아주 가끔씩 따로따로 시내에 볼일이 생겼고, 시내에 나갔다 들어올 적마다 파김치가 되곤 했다. 몇 번씩 갈아타야 하는 불편한 교통 탓도 있으련만 그들은 언제나 시내의 고약한 공기 탓으로 돌리고 시내에서 떨어져 살게 된 걸 새삼스럽게 행복해하곤 했다. 그리고 유난히 자주 심호흡을 하면서 앞산과 탁 트인 하늘을 쳐다보곤 했다. 하루만 그러고 나면 폐부 속의 그을음이 깨끗이 닦인 것처럼 다시 정정해지곤 하는 것이었다.
　영감님은 내년이 환갑이고 마나님은 그보다 이 년 손아래였다. 두 양주가 다 그 나이라면 누구나 한두 가지씩은 지녔음직한 지병(持病) 없이 건강했고 염색하는 대신 서로 가끔 흰머리를 뽑아주는 걸로 족할 만큼 칠칠하고도 검은 머리칼을 가지고 있었다. 험하고 고된 농삿일 아니면 막노동을 생업으로 삼아 일찍이 겉늙은 그 동네 토박이들은 그들의 실제 나이를 알면 한결같이 놀라움을 금치 못했고 도회지와 도회지 생활에 대한 동경과 질투를 적나라하게 드러내기도 했다. 그러나 그들의 생각은 그와는 정반대였다. 은퇴 후의 전원 생활이 그들에게 회춘의 생기를 불어넣어주고 있다고 여기고 있었다.

그들은 지병뿐 아니라 아무런 걱정도 없었다. 공직 생활을 정년이 될 때까지 채운 영감님은 일하지 않고도 죽는 날까지 연금을 받을 수가 있었고, 그 연금은 영감님이 먼저 죽더라도 마나님에게 죽는 날까지 계속 지불될 터였다. 그 액수 또한 검약이 몸에 밴 그들에겐 구태여 돈에 연연해하지 않아도 될 만큼 충분했다. 아들 둘 딸 둘이면 자식 울타리도 남부럽지 않게 근검하다 할 만하다.

이렇게 충족됐던 적은 일찍이 없었다. 고위직도 못 되는 주제에 관운이 평탄치 못하기는 고위직보다 더하면 더해 굴욕을 무릅쓰고 붙어 있어야 했던 기간도 결코 짧지 않았다. 하필 그 시기에 대학생이 둘씩 겹치고, 또 결혼과 대학이 겹치기도 해 이태가 멀다 하고 집을 줄여먹어야만 자식들 뒷바라지를 할 수가 있었다. 막내딸 결혼시키면서 마지막으로 줄여먹을 때 기어코 특별시를 쫓겨나고 말았다. 그러나 더는 줄여먹을 일 또한 없어졌다는 안도감 때문에 더는 줄여먹을 여지도 없는 시골집 한 채가 그렇게 대견하고 편안할 수가 없었다. 그때는 이미 퇴임할 날짜까지 받아놓고 있을 때라 불편한 교통은 조금도 문제가 되지 않았고, 오히려 그 고생 안 해도 될 날을 손꼽아 기다리는 즐거움을 더해주었다. 그 집은 여러모로 그들에겐 복가(福家)였다. 그 집 때문에 영감님은 은퇴 후 갑자기 많아진 시간을 두려워하거나 우두망찰하지 않아도 되었다. 워낙 지은 지 오래된 시골집이라 낡았을 뿐 아니라 불편하기가 이루 말할 수가 없었다. 은퇴 후 대부분의 시간을 영감님은 집을 손보는 데 보냈다. 두꺼비집 퓨즈 하나 못 갈던 솜씨가 느리긴 해도 진국스러운 목수 미장이 흉내를 낼 수 있게 되었다. 어떡하면 마나님을 편하게, 같은 일이라도 즐거워하며 할 수 있게 할 수 있을까에 그는 솜씨와 정성을 다했다. 처음부터 그럴 작정은 아니었다. 너무 허술한 안전과 너무 초라한 미관을 좀 어떻게 해볼 수 있기를 요행처럼 바라고 시작한 일이었다. 지붕을 비가 안 샐 때까지 고치고, 방고래를 없애고 온수가 도는 파이프를 깔고, 벽마다 단열재를 집어넣고 다시 한 겹을 더 쌓는 일 등은 가끔 품을 사야 할 만큼 힘든 일이었지만 어렵지는 않았다. 그에게 난관이 되었던 것은 재래식 가옥의 기본 구조였다. 그 기본 구조까지 어째볼 생각은 손톱만큼도 없이 시작한 일이었는데 그 기본 구조에 손을 대지 않고는 집을 고쳤달 수 없을 것 같은 생각이 들기 시작한 것은 목수일 미장일에 어느 정도 문리가 트고부터였다. 우리의 재래식 가옥이 여자에게 더 불편하게 돼 있다는 건 대물림의 한옥에서 처음으로 개량 주택으로 이사갔을 때 아내가 얼마나 좋아했던지, 그때부터 충분히 알고 있었다. 그러나 이름난 반가(班家)는 물론 시정의 여염집, 시골 구석의 초가삼간에 이르기까지 일관되게 악착같이 고수해온 기본적인 틀이 여자에게 단지 불편한 정도가 아니라 악랄하고도 교묘하게 설계된 형(刑)틀이라고까지 생각하게 된 것은 손수 집을 고쳐보고 나서였다. 그는 오늘날까지, 아내를 사랑하는 방법에 그랬듯이 은근히 생색내지 않고 아내의 마음을 헤아리며 아내와 입장을 바꿔보며 형틀의 고의적인 불편을 고쳐나갔다. 서두르지 않고 천천히 그 일을 해내는 동안 그는 집에 대한 애착과 아내에 대한 애착을 거의 구별할 수 없는 지경까지 이르고 말았다. 아내가 임종을 지켜주리라 생각하면 죽음이 그닥 두렵지 않은 것처럼 그 집이 이승의 마지막 집이라고 생각하면 그렇게 편안할 수가 없었다. 비애(悲哀)에 가까운 편안감이었다. 그는 특정한 종교를 가진 적은 없지만 죽은 후 영혼이 있다면 연옥(煉獄)쯤에 가고 싶었다. 천당은 너무 과람하고 지옥은 무서울 뿐 아니라 억울했다. 사람들과 부대끼며 살 때 그는 자기보다 잘나고 남에게 이로운 사람도 수없이 봐왔지만 자기만 못하고 남에게 해악을 끼치는 사람도 수없이 봐왔기에 연옥쯤이 가장 분수에 맞는다고 생각했다. 성당에 나가는 아내의 기도문 중에 연옥 영혼을 위해 비는 대목이 있는 것도 연옥에 가고 싶은 이유 중의 하나였다. 요컨대 죽은 후까지도 아내의 근심 걱정과 관심을 끌고 싶었고 아내의 정성스러운 기도에 의지해 구원의 희망을 가질 수 있는 곳에 있고 싶었다.

그의 소망처럼 그의 집 또한 그에게 과람하지도 아쉽지도 않았다. 겉모양이 유별나게 달라진 건 없었지만 써볼수록 영감님의 자상한 마음과 공교스러운 솜씨가 안 미친 데가 없는 집이었다.

구미구미 소일삼던 집 고치기가 끝났다고 해서 영감님이 무료해진 건 아니었다. 식수도 할 겸 운동삼아 약수터까지 등산을 하는 것도 그의 중요한 일과였다. 도봉산이나 북한산 관악산처럼 이름난 산은 아니지만 옛 성터가 남아 있는 아차산의 한 가닥이 흘러내리면서 이룬 아늑한 골짜기 속에 그 동네는 있었다. 계곡을 따라 올라가는 길이 아기자기하고 꼭대기엔 간단한 운동틀이 마련돼 있었지만 주봉(主峯)은 아니어서 1킬로도 안 되는 길이었다. 영감님보다 훨씬 나이 많은 노인들도 거뜬히 오르내릴 만한 만만한 산이었다. 그러나 주말에 서울서 가족 단위로 나오는 소풍객도 적지 않아서 봄이나 가을의 날씨 좋은 주말에는 골짜기에서 온종일 고기 굽는 냄새와 풍악 소리가 피어오르기도 했다. 그런 다음날이면 영감님은 으레 커다란 비닐 망태를 어깨에 메고 길다란 집게를 들고 계곡길 뿐 아니라 숲속과 바위틈까지 더듬으며 행락의 쓰레기를 주워담았다. 행락의 절정기 때는 한 행보로는 어림도 없었다. 그러나 그는 서둘거나 화내지 않고 며칠씩 걸려 쉬엄쉬엄 했다. 일거리가 없는 동네 노인들이 따라나서서 거들어줄 적도 더러 있었지만 그가 그걸 바란 적은 없었다. 될 수 있으면 혼자 하고 싶었다. 그게 좋은 일이라서 독차지하고 싶은 욕심이 있었던 건 물론 아니고 쉬엄쉬엄 즐기면서 하고 싶은 그는 남들과 일의 장단을 맞춰야 한다는 게 부담스러웠고 깡통 하나 비닐봉지 하나 주워담을 때마다 망할 자식들 여기가 즈네집 쓰레기통인 줄 아나, 처먹을 아가리만 가져오고 손모가지는 얻다 모셔놓고 왔남, 하는 그들의 걸직한 욕지거리에 장단을 맞추기엔 입심이 모자라는 것도 부담스러웠다. 그는 가끔 그러게나 말입니다, 하는 정도의 재미없는 대꾸밖에 못 했다. 그런 애매한 동조는 그의 공무원 시절의 버릇이기도 했다. 그러게나 말입니다, 그러게나 말일세, 윗사람에게도 아랫사람에게도 정면으로 맞서기를 피하는 데 참으로 편리한 말이었다. 그의 밥줄을 부지해온 그런 어법을 은퇴 후까지 써먹고 싶지 않았다. 그래서 그는 동행이 있는 걸 별로 좋아하지 않았다. 은퇴 후의 동반자는 아내 한 사람이면 족했다. 아내는 옆에 있어도 그의 자유를 방해하지 않는 유일한 사람이었다. 그는 부엌에서 아내를 도와 콩나물이나 파를 다듬는 일을 좋아했고, 아내와 겨끔내기로 설거지를 하는 것 또한 좋아했다. 더 좋은 건 사랑방에 앉아서 미닫이문에 달린 손바닥만한 유리를 통해 채마밭이나 꽃밭을 돌보는 아내를 내다보는 일이었다. 산에서 약수물을 길어나르고 행랑 쓰레기를 치우는 일이 그만의 일이듯이 마당의 흙을 주무르는 건 아내의 일이었다. 그들은 서로의 일을 넘보거나 간섭하지 않는 대신 저만치서 바라보면서 은근히 아꼈다.

ㄷ자집의 안뜰은 볕드는 데다 장독을 보기 좋게 자리잡아주고 나니 응달밖에 남는 게 없었다. 마당이라 부를 만한 땅은 도시의 집과는 달리 대문 밖에 딸려 있었다. 텃밭에 해당되는 땅인데 문서에 등기된 토지가 칠십팔 평이니 집과 안마당이 들어앉은 대지를 빼면 아마 사십 평에도 못 미칠 터였다. 그러나 집이 마을의 가장자리에 있었기 때문에 딴 집이 앞을 가로막지 않아 실제보다 훨씬 넓어 보였다. 덩굴장미 뻗으라고 엉성하게 엮어놓은 울타리 밖은 산으로 올라가는 길이었고 그 길과 나란히 개울물이 흐르고 있었고 개울 건너로는 하천 부지라 불리는 공터가 있고는 곧 숲이었다. 정남향의 그의 집 마당에 서면 갈대 무성한 공터와 숲이 그의 마당과 잇대 있는 것처럼 보였다. 공터와 숲의 사계의 변화는 절묘했다. 달라는 값을 다 주고 그 집을 산 것도 전망에 반해서였다. 그때의 그 고장 땅값으로는 터무니없이 비싼 값이라고들 했지만 그 나름으로는 숲과 공터를 덤으로 얹어받았다는 속셈이어서 횡재(橫財)였다. 숲이란 바라보고 즐기고 수시로 드나들며 좋은 공기 마시면 그게 임자지 문서 가진 임자가 무슨 소용인가. 손님이 와도 집 자랑보다는 경치 자랑을 먼저 했다. 숲은 산자락이 치마폭 끌리듯이 평지에 밋밋하게 퍼진 형태여서 곧 조급한 경사를 취하게 돼 있지만 그의 집 앞을 훨씬 지나서부터였다. 따라서 약수가 있는 산봉우리는 그의 집에서 서쪽이 되기 때문에 해가 약간 일찍 진다는 것 외에는 전혀 그의 집을 답답하게 하지 않았다. 봄의 숲속에는 산나물이 지천이었다. 산나물에 대해선 마을 사람들이 더 많이 알고 있어서 그들에게 배워가며 조금씩 캐다 먹는 정도였지만 봄이 끝나갈 무렵 계곡을 감미롭고 환상적인 향기로 가득 채우는 은방울꽃에 대해선 그만이 알고 있었다. 밋밋하게 웅덩이가 진 골짜기는 은방울꽃의 군생지였다. 넓고 건강해 보이는 잎 사이에 숨다시피 고개를 숙이고 피

는 자다란 흰꽃 어디에 그런 요요하고 강렬한 향기의 꿀샘이 있는지, 그 골짜기는 눈감고도 찾을 수가 있었고 그 한가운데 들면 생전 못 빠져나가지 싶은 공포와 절망에 가까운 황홀경에 빠지곤 했다. 그러나 그 골짜기의 이상한 꽃에 대해 동네 사람한테 묻는다는 건 부질없는 일이었다. 아무도 그런 풀꽃의 군생에 대해 알지 못했고 안다고 해도 시들했다. 약초도 산나물도 아닌 것은 이름없는 풀에 불과했다. 그가 은방울꽃이란 이름을 알아낸 것은 식물도감을 뒤져서였다.

여름이 되면 숲의 푸르름엔 독이 올랐고 한낮의 햇볕이 무수한 잎의 독기와 예리한 스파크를 일으키며 작열할 때 낭자한 매미 소리를 듣는다는 건 허무의 극치였다. 그가 여태껏 의지해온 사물의 의미, 삶의 가치가 자자한 조소 소리를 남기고 증발해버리는 것 같은 시간이었다. 활엽(闊葉)이 비를 맞는 소리에 어느 날 갑자기 청승이 섞이면 걷잡을 수 없이 가을이었다. 잎의 허영도 날로 고조돼 온갖 색깔로 자신의 쇠락을 위장하려 들었다. 숲이 일년 중 가장 현란할 때였고 잠시도 가만히 있지 못하고 변덕을 부릴 때였다. 그러나 한밤중 작은 바람에도 견디지 못하고 우수수 잎 떨구는 소리는 숲의 정직한 탄식이었다. 그 소리에 잠을 설치면 그는 어쩔 수 없이 밤오줌을 지린 소년처럼 망막하고 헐벗은 마음으로 안방으로 스며들어 아내의 시들고 따뜻한 가슴에 얼굴을 묻고 오래도록 그 온기를 탐했다. 관능보다 진한 슬픔 때문에 발기하지 않는 노처(老妻)의 젖꼭지에 이빨자국을 내기도 했다.

지금은 겨울의 문턱이었다. 성급하게 벌써 눈보라가 한차례 지나가긴 했지만 숲의 마지막 잎을 떨구고, 집집의 창문을 흔들며 김장 재촉을 했을 뿐 첫눈의 흔적은 어디에도 남아 있지 않았다. 나무에 따라 엉성하기도 하고 혹은 조밀하기도 하고, 하늘 향해 쭉쭉 뻗기도 하고 혹은 자유롭게 휘기도 한 벌거벗은 가장귀들이 망사처럼 숲속의 밋밋한 등성이와 골짜기의 땅모습을 훤히 드러냈다. 한때 다채로웠던 잎의 허영도 지금은 고담(枯淡)한 갈색으로 퇴색하여 대지를 향해 조용히 침잠하고 있었다. 어찌 저리 보기 좋게 헐벗을 수 있을까. 그는 겨울나무들의 아름다움에 감탄하며 한편 두터운

낙엽 밑에 잠들었을 은방울꽃의 뿌리를 생각했다. 사랑에서 누웠다 앉았다 책을 읽다 말다 한가하게 보낼 수 있는 시간이 많아서 그런지 겨울숲이 제일 마음에 스몄다. 하긴 올 일년은 봄 여름 가을이 다 한가했었다. 이사온 후 처음으로 연장통으로부터 놓여날 수 있었던 한 해였으니까.

별안간 산그림자가 숲과 하천 부지의 양지에 빗금을 그으며 침범해 내려오기 시작했다. 아내가 외출하면서 한 전화벨 소리 잘 들으라는 부탁 때문에 좀전에 명료하게 들은 시계 소리는 세 번밖에 안 쳤는데 벌써 해가 지려 하다니. 그러잖아도 햇볕이 감질나는 계절이었다. 그는 그의 시야의 햇볕을 한 시간도 넘게 단축시킨 산봉우리에 느닷없이 신경질이 끓어오르는 걸 느꼈다. 산그림자는 불길한 예감처럼 신속하게 퍼졌다. 그는 어쩌면 네시 치는 소리를 놓친 게 아닌가 싶어 안채에다 귀를 기울이고 다음 시계 소리를 기다렸다. 안채가 멀지 않은 까닭도 있었지만 사랑방은 무엇보다도 속기(俗氣)를 멀리해야 한다는 그의 이상한 고집 때문에 전화나 시계 라디오 따위를 두지 않고 있었다. 온종일 전화 한 통 없었다면 아내는 믿지 않을지도 모른다. 안 왔길래 못 들었으련만 괜히 떳떳지가 못했다. 숙제 안 한 아이가 핑계를 꾸미듯이 아내의 부재중 오로지 전화벨 소리에만 신경을 곤두세우고 있었노라고 억지로라도 생각하려 들었다.

별안간 숲속에서 한 떼의 새가 곧장 하늘로 날아올랐다. 참새일까. 가랑잎 빛깔의 새였다. 살얼음판같이 차고 반투명한 허공 어디에 그런 중력이 있었을까. 새들은 그가 보기에 날갯짓도 없이 마치 끈 끊어진 추가 곧장 낙하하듯 걷잡을 수 없는 속도로 허공으로 빨려들었다가 미끄럼타듯이 유연히 흩어졌다. 그가 샅샅이 알고 있다고 생각하는 숲속이건만 새둥지를 본 기억은 없었다. 새들을 만난 기억도 없었다. 먹이가 있을까 해서 찾아온 타관의 새일까. 아니면 여름엔 초록빛으로 가을엔 가랑잎 빛깔로 겨울엔 백설처럼 흰 빛으로 변신해 깜쪽같이 숨어 사는 걸까. 어디로 간 것일까. 살얼음빛 하늘에 새들의 흔적은 남아 있지 않았다. 그러나 날아오르는 새떼를 보고 느낀 섬뜩한 불안감은 깜쪽같이 떨쳐질 것 같지 않았다.

그가 모처럼 획득한 평화 속에도 불길한 운명들이 요변하는 새들처럼 깜쪽같이 모습을 감추고 숨어 있다가 어느 날 갑자기 떨치고 일어나 날아오를지도 모른다는 사고의 비약엔 스스로도 아연해지고 말았다.

안채에서 시계 치는 소리가 들렸다. 네시였다. 열두시 결혼식에 간 아내가 돌아올 시간이었다.

"점심 얻어먹고 시장 들렀다 와도 저녁 지을 시간 넉넉할 테니 제발 뭐 해놓을려고 부엌 드나들지 마슈. 남 볼상사나워요."

"남이 누가 본다고……"

혼인 집에 가는 아내와 주고받은 말이었다. 아내는 자기가 부엌일을 할 때는 영감님한테 요것조것 잔시름을 잘도 시키면서도 영감님 혼자서 부엌에서 꿈쩍대는 건 질색이었다. 남 보기에 궁상스럽고 처량해 뵌다는 것이었다. 단둘이만 사는 집에서 남이 누가 본다는 건지. 남이 누가 본다고? 소리는 영감님만이 하는 건 아니었다. 아내도 곧잘 그 소리를 써먹었다. 외출했다 돌아와서 쉬지도 못하고 부랴부랴 저녁을 지어먹고 나면 아내는 으레 설거지는 영감님한테 맡기고 자기는 안경 끼고 다리 꼬고 앉아 석간신문을 보면서 여보 나 커피 한잔, 하고 호기 있게 외쳤다. 그는 오후엔 커피를 안 마셨지만 아내는 저녁 식사 후의 커피를 가장 즐겼다. 그는 설거지를 하다 말고라도 얼른 커피를 타다가 아내 앞에 대령하고는 특별히 맛있게 탔다고 생색을 낸 적도 있었지만 남이 보면 당신이 나를 벌어멕이는 줄 알겠소, 하고 슬쩍 핀잔을 주기도 했다. 그럴 때 아내의 대답도 역시 남이 누가 본다고?였다.

네시 치는 소를 듣고 나서부터 아내를 기다리는 마음이 갑자기 다급해졌다. 아내는 그 나이에도 굽 높은 구두를 즐겨 신었고 젊은 사람처럼 또박또박 스타카토로 걸었다. 사랑방이 면한 바깥 마당은 반은 채마밭이고 반은 꽃밭이었다. 지금은 서리도 이긴다는 노란 토종 국화가 한 귀퉁이에 약간 남아 있을 뿐 양쪽 밭이 다 텅 빈 공터였지만 그 한가운데 통로 겸 경계선 겸해서 깐 돌 때문에 그냥 빈 밭하곤 다른 운치가 있어 보였다. 보일러를 시공하면서 필요 없게 된 구들장 중에서 반듯한 걸 골라 잇대서 깐 건 참 잘한 일이었다. 보기에 좋을 뿐 아니라 아내의 발짝 소리의 특징이 가장 잘 나타났다. 그는 아내의 구두굽 소리가 경쾌하게 또박또박 스타카토로 돌길을 밟으며 가까워오는 소리를 듣는 걸 좋아했다. 아내의 걸음걸이는 이십대 적과 조금도 변함이 없었다. 신혼 시절 아내는 국민학교에서 교편을 잡고 있는 당당한 직업여성이었건만도 동부인해 나갈 때는 구식 여성처럼 몇 발짝 뒤에 처져 걸었다. 그러나 일정한 간격을 두고 따라오는 발짝 소리는 순종적이라기보다는 맹랑하도록 당차고 자주적이었다. 그때부터도 아내는 또박또박 스타카토로 걸었다. 비록 몇 발짝 처져서 따라올망정 아내의 발짝 소리를 들을 때처럼 아내를 대등하게 느낄 적도 없었다. 그는 그 대등한 느낌을 좋아했다. 잎에 떠는 빗소리를 즐기려고 초당 앞에 한 그루 오동나무를 심은 옛 선비가 들으면 시러배아들놈이라 비웃을 일이나 그는 생전 늙지 않는 아내의 구두 발짝 소리를 들으려고 그의 앞마당에 돌길을 깔았나보다. 창호지문에 달린 유리를 통해 돌길을 걸어오는 아내의 상반신을 엿보는 것도 아내를 반기는 낙 중의 하나였다. 아내는 마치 보이지 않는 줄이 위에서 양쪽 귀를 수직으로 끌어당기는 것처럼 고개를 거만하게 곧추세우고 걸었다. 그러면서도 고갯짓이 부자여스럽거나 겪직되지 않고 유연해서 자신있는 모델처럼 보였다. 옷이나 장신구에 구애되지 않는 타고난 듯 몸에 밴 아내의 떳떳함과 당당함을 바라본다는 것은 기분 좋은 일이었다. 여태껏 호강은 못 시켰어도 남한테 비굴하거나 아쉰 소리 한마디 안 하고 살 수 있도록 세파로부터 아내를 지켰다는 자부심을 불러 일으켰기 때문이다. 그러나 그런 자부심이란 단지 그가 책임져야 할 몫에 대해서일 뿐 그게 아내의 전부가 아니란 걸 안 것은 최근의 일이었다. 실상 아내에게 그가 책임질 수 없는 다른 얼굴이 있다는 건 그에게 적지 않은 사건이요 충격이었다.

 새들은 돌아오지 않았다. 새들의 비상은 자의였을까. 새보다 힘세고 흉포한 짐승이 새들을 위협했을지도 모른다. 그럴 리는 없었다. 그는 숲속 사정을 손바닥처럼 빤히 안다고 여기고 있었고 여태껏 토끼 한 마리 만난 적이 없었다. 그러나 저 사는 일에 대해서도 한 치 앞을 못 내다보는 주제에 어찌 새들의 삶 속의 복병(伏兵)에 대해 안다고 할 수 있으랴.

 그의 집엔 방이 넷이다. 원래는 안방 건넌방 아랫방 셋이었는데 아랫방 옆에 붙은 광을 터서 크게 넓히고 바깥 마당 쪽으로 마루를 깔아 사랑채의 규모를 갖추자 아내가 별안간 샘을 내면서 자기도 따로 방이 하나 있어야겠다고 했다. 사랑이 남편의 방이라면 안방은 아내의 방이 되련만 아내의 생각은 그렇지 않았다. 뉘집이건 안방은 개인의 방이 아니라 식구들의 방이라는 것이었다. 식구가 단 둘밖에 안 된다고 해도 예외일 수 없다는 아내의 말도 일리가 있었다. 그는 사랑 아랫목에 맏며느리가 시집올 때 예단으로 해온 보료를 깔아놓고 거기서 뭉기적대다가 그대로 아침까지 자버리는 적도 있었지만 대개는 안방에 들어가 잤고 또 그래야만 다음날 개운했다. 물론 옷도 안방에서 갈아입었고 밥도 안방에서 먹었다. 부엌은 입식으로 만들었지만 양주가 다 걸상에서 밥 먹는 건 질색이어서 상을 봐다가 안방에서 겸상하고 편안히 앉아서 먹었다. 아내가 사랑에 볼일이 있어 나갈 땐 그 볼일이 물렁물렁한 연시를 들이밀어 준다든가 인삼차나 유자차를 한잔 타 내갈 때라도 꼭 밖에서 인기척을 내고 미닫이문을 열었지만 그는 그런 절차 없이 수시로 안방에 드나들었다. 그러니까 안방이 아내 개인의 영역이란 생각이 없었고 그 생각은 앞으로도 고쳐질 가망이 없었다. 아내는 아주 작아도 좋으니 아무도, 영감님일지라도 노크 없이는 못 들어올 그녀만의 방이 갖고 싶다고 했다. 건넌방이 남아 있었지만 손님 방으로 비워놓고 있었다. 묵어가는 손님이 자주 있는 건 아니었지만 사 남매나 되는 아들 딸이 결혼해서 가정을 이루고 살고 있으니 그들이야말로 늘 예비하고 있어야 하는 상객(上客)이었다. 건넌방을 분통같이 꾸며놓고 정결한 비단 이부자리와 자식들이 처녀 총각 땐 아끼다가 결혼하면서 헌신짝처럼 버리고 떠난 책이나 수집품 취미 생활의 흔적 같은 것들을 정리해 갖춰놓고 쓸고 닦는 일까지 하루도 거르지 않는 것은 아내의 최소한의 자존심이었다. 결국 아내의 소원을 들어주기 위해선 방을 하나 새로 들이지 않으면 안 되었다. 다행히 부엌이 필요 이상 넓었다. 인근 산에서 나무를 해다 땔 때 지은 집이라 부엌이 나무광을 겸하고 있었다. 부엌을 입식으로 고치면서 나무광을 떼어내어 방을 만들고 아내의 소원대로 노크를 할 수 있게 도어를 달고 나니 방이 어두워 뒤란 쪽으로 창을 크게 냈다. 한 평이나 겨우 될까말까한 골방이었다. 그러나 그가 노크를 해야 할 일은 좀처럼 일어나지 않았다. 그가 아내를 찾을 때 아내가 그 안에 있었던 적이 없었기 때문이다. 자기만의 방을 갖고 싶다는 건 공연한 심술이었을 뿐 정말 필요해서 그런 건 아닌 듯했다. 언젠가 아내가 집을 비운 사이에 무심히 그 골방 도어를 밀어본 적이 있었다. 안을 엿볼 생각이 있었던 건 아니고 잠겼을지도 모른다는 생각에서였다. 아내가 노크할 수 있는 문을 특별히 강조할 때 그는 한술 더 떠서 안에서도 밖에서도 손쉽게 잠글 수 있는 손잡이를 달아주었던 것이다. 그러나 도어는 슬머시 열렸다. 방안은 지나치게 검소하고 쓸쓸했다. 문과 반대쪽에 난 창은 커튼도 없이 노출돼 있어 좁은 뒤란에 괸 어둠과 옆집과의 사잇담의 균열을 음습한 추상화 액자처럼 가득 담고 있었다. 벽 쪽으로 놓인 다락에서 꺼낸 듯한 투박한 반닫이 하나가 그 방의 세간살이의 전부였다. 반닫이 위쪽 벽에도 십자고상이 걸려 있고 반닫이 위에도 성모상과 성경책이 놓여 있었지만 그가 보기엔 그런 것들은 아내의 신심과는 무관한 것들이었다. 아내는 몇 년 전 친구의 인도로 영세를 받긴 했지만, 영세받을 때 별로 달가워하지 않던 그가 되레 그러려면 뭣하러 영세를 받았느냐는 핀잔을 줄 정도로 어쩌다 한번씩이나 성당에 나갔다. 그 방에 있는 성물도 영세 때 대모로부터 받은 후 가까이 하는 걸 본 적이 없었다. 아마 자기만의 방을 꾸미려고 자기만의 물건을 찾다보니 그것밖에 없었으리라 싶어 아내의 빈곤이 측은하게 여겨졌다. 들어가볼 엄두도 흥미도 나지 않아 문을 닫으려다 마지막으로 눈에 띈 것 때문에 그는 화들짝 놀랐다. 반닫이 위에 촛대도 없이 맨몸으로 서 있는 두 자루의 초 때문이었다. 아마 금년 부활절 때였을 것이다. 오래간만에 성당에 갔다온 아내가 가방에서 미사포랑 성가책이랑 꺼내놓고 나서 백지에 싼 묵직해 보이는 걸 꺼내기에 마침 시장했던 그는 성당에서 먹을 걸 주었나보다고 생각했다. 끌러보니 아이들 팔뚝 굵기의 양초 두 자루였다.
"먹을 거나 주지 겨우 이런 걸 주어?"

"주긴요, 샀어요. 먹을 건 여기 있잖아요."
아내는 가방에서 껍질을 은종이 금종이로 장식한 달걀을 꺼내놓으며 말했다.
"예전처럼 정전이 잦은 것도 아닌데 초는 뭣하러 사누. 얼마야?"
"한 자루에 천 원씩이에요."
"비싸긴."
"성당에서 파는 거니까 이익이 남아도 좋은 일에 쓰겠죠 뭐."
"그럼 이 달걀도 샀겠네."
"네에. 그것도 산 거예요. 오늘 당신 좀 이상하구려. 왜 그렇게 공짜를 밝혀요."

그러면서 그때 주섬주섬 치운 양초가 거기 있었다. 아내가 가르쳐주진 않았지만 보통 양초가 아니라 축성받은 성촉이라는 건 막연히 알고 있었으니 십자고상 아래 성모상 앞에 있다는 게 조금도 놀라울 게 없었지만 언제 그렇게 불을 켰을까. 남아 있는 길이가 겨우 엄지손가락만밖에 안 됐다. 그는 보아서는 안 될 아내의 프라이버시를 훔쳐본 것처럼 민망했고 가슴이 울렁거렸고 부도덕감마저 느꼈다. 그러나 아내가 그 방에서 몰래 불 밝히고 뭘 하나까지 보고 싶다는 궁금증의 유혹은 사뭇 강렬했다. 그 후 며칠 동안 그는 망을 보듯 아내의 동정을 살피다가 마침내 좁다란 뒤란에서 불 밝힌 아내의 골방을 들여다볼 수가 있었다. 아내는 반닫이 위에 촛불을 밝혀놓고 방바닥에 꿇어앉아 무엇인가를 간절히 빌고 있었다. 밖이 어두웠기 때문에 그는 구태여 몸을 숨길 필요 없이 아내를 관찰할 수가 있었다. 그는 일부러 택시 속 같은 데 흔히 걸려 있는 '오늘도 무사히'를 비는 소녀의 모습을 잡은 시선과 같은 각도에서 아내를 바라보려고 했다. 각도뿐 아니라 기도에 대한 그의 상상력도 그 소녀에 대한 심미안에서 크게 벗어나지 못했다. 기도할 때는 누구나 용모의 미추와는 상관없이 아름다워 보이려니 하는 기도에 대한 환상을 가지고 있었던 것이다.

아내의 얼굴은 웃는 것도 같고 우는 것도 같았다. 너무 처참하게 구겨져 있어서 갈가리 찢어진 사진처럼 그가 알고 있는 무뚝뚝하고도 도도한 아내의 얼굴로 다시 뜯어맞출 수 있을 것 같지가 않았다. 기도라기보다는 너무도 비천한 아부였다. 도대체 무슨 잘못을 저질렀기에 저리도 비굴하게 빌붙는 것일까. 그가 있는 자리에선 십자고상도 성모상도 잘 안 보였지만 신도 아내의 추악한 아부에는 얼굴을 돌리고 있을 것 같았다. 아내의 뜻밖의 얼굴은 그에게도 뜻밖의 천박한 상상력을 불러일으켰다. 혹시 아내가 그가 모르는 거액의 빚을 걸머지고 어쩔 줄을 모르는 거나 아닐까. 아니면 서방질을 하고 나서 잘못 걸려든 젊은놈한테 협박을 당하고 있든지. 그날 밤 그는 훔쳐본 아내의 얼굴 때문에 잠을 이루지 못했고 다음날도 어지러운 꿈자리처럼 그 얼굴은 그를 뒤숭숭하게 했다. 그가 애써 뜯어맞출 필요 없이 아내의 얼굴이 평상시의 표정으로 돌아와 있는 것도 기분이 나빴다. 그는 아내의 이중성을 오래 견디지 못하고 어느 날 짐짓 자연스럽게 그 얘기를 할 꼬투리를 잡았다. 아내를 도와 오순도순 아침 설거지를 하고 나서였다. 담배를 피워물자 아내가 질색을 했다. 하루 한 갑씩 피던 걸 아내의 성화로 다섯 개비까지 줄였는데 아내는 아주 끊게 할 작정인 것 같았다. 콜록콜록 헛기침을 해가며 유난을 떨었다. 그는 부엌으로 난 아내의 골방문을 열면서 능청스럽게 말했다.

"이 방 이거 꾸며달랠 땐 언제고 당신 이 안에서 특별히 하는 일도 없잖아. 내가 끽연실로 쓸까봐."

"끽연실 좋아하시네. 내가 왜 안 써요. 거긴 내 기도실이란 말예요. 함부로 담배 연기 피우지 말아요."

"기도실? 당신이 기도를 한단 말야? 성당에도 한 달에 한 번이나 갈까말까한 당신이."

"글쎄 말예요. 당신 보기에도 우습죠?"

아내가 기도에 대해 숨길 뜻이 전혀 없어 뵈는 게 그에게는 뜻밖이었다. 그래도 그는 기도의 제목까지 알아내기 위해 미리 꾸민 각본대로 엄지손가락 길이밖에 안 남은 초를 보고 깜짝 놀라는 시늉을 했다.

"이 초 이거 부활절날 사온 그 초 아냐? 그러니까 당신 그 초가 이렇게 닳도록 기도를 했단 말야? 정말."

"그렇다니까요."

아내는 무안한 얼굴을 했지만 말 못 할 고민이 있는 것 같진 않았다.
"도대체 뭘 그렇게 매일 빌 게 있어. 남편한테도 의논 못 할 고민이 있단 얘기 아냐 그건."
"죽고 사는 건 사람의 소관이 아니니까요."
"그건 또 무슨 해괴한 소리야. 우리 둘 중의 하나가 죽을 병이라도 들었단 소리야 뭐야."
"그게 아니구요. 내가 허구헌날 비는 한 가지 소원은 우리 식구가 순서껏 죽게 해달라는 거니까요."
"순서껏?"
"네, 우리 부부가 퍼뜨린 아들 딸들과 그애들이 짝을 맞아 다시 퍼뜨리 손자들 등 우리 직계 식구들 사이의 죽음만이라도 태어난 순서대로 이루어지이다라고 빌 때처럼 마음이 간절해질 때는 없다우. 그 밖의 욕심은 아예 부려본 적도 없건만 너무 욕심 많다 하실 것 같아 내가 얼마나 열심이 알랑거리는지 아마 당신은 모를 거유."

그가 엿본 건 결코 아내의 비밀이 아니었다. 아내가 그에게 감추거나 속이고 있는 건 아무것도 없었다. 그에게 뭔가를 음흉하게 감추고 있는 건 그의 아내가 아니라 현재 그가 누리고 있다고 믿는 유유자적(悠悠自適)인지도 몰랐다.

그가 장가들 무렵의 처가 식구들은 참척을 두 번이나 겪은 노인들과 청상과부들로 되어 있었다. 장인은 일제 말기에 군속으로 근무하던 일본 지방 도시에서 폭사를 했고 국군 장교이던 처남은 육이오 사변 중 전사를 했다고 했다. 처가 식구 중에서 부부가 해로하고 있는 건 아들과 손자를 차례로 앞세운 처조부모뿐 장모도 처남의 댁도 과부였다. 특히 혼인한 지 일년도 안 돼 그 지경을 당하고 유복자를 낳아 기르고 있는 처남의 댁은 아내와 동갑이서 그 창창한 젊음이 볼수록 애잔했다. 자식이나 손자를 앞세우지 않은 노인이 오히려 드문 전시(戰時)라 그도 그런 처가 형편을 그닥 흉된다고 여기지 않았는데 아내는 그렇지 못했나보다. 난리가 끝난 후에도 순서를 어긴 죽음은 그 집을 떠나지 않아 장모가 오십도 안 된 나이에 먼저 세상을 뜨고 나서 그 이듬해 팔순을 바라보는 처조부가 뒤따랐다. 친정어머니의 너무 이른 죽음에도 좀 면구스러울 정도로 태연하던 아내가 할아버지의 상중에는 통곡통곡하면서 단장의 넋두리까지 했다. 일년만 일찍 돌아가셨으면 좀 좋아요. 네, 할아버지 왜 이제야 돌아가셔요. 세상에 이런 해괴한 애통도 있을까. 그러나 몇 년만 더 살았으면 하고 아쉬워하는 애통보다 몇 배 더 애간장이 끊어지는 애통이어서 순서껏 죽지 못한 집안꼴에 대한 아내의 맺힌 한의 덩어리를 짐작할 수가 있었다. 그 후 처가에는 다시는 순서를 어긴 죽음이 생겨나지 않았고 유복자인 처조카가 자수성가해서 가계를 잇고 있다. 아내만이 아직 그 상처를 가지고 있다는 건 국민학교 때 만들었다는 조각보나 궤불 따위를 아직도 간직하고 있을 뿐 아니라 때때로 꺼내보면서 어떤 감회까지를 이르집어내려고 시도하는 집요한 반추벽(反芻癖) 같은 거여서 그냥 내버려둘 수밖에 없었다. 아내의 상처는 그의 탓이 아니었고 그가 어쩌볼 수 있는 것도 아니었다. 다만 그런 아내가 측은했다.

아내가 돌아오고 있었다. 또박또박 스타카토로 디딤돌을 밟는 소리가 들렸다. 그는 어린애처럼 반색을 하며 미닫이를 열었다. 아내는 씩씩해 보였지만 시내에 나갔다 들어올 때의 버릇으로 지친 시늉을 했다.

"뭘 보고만 계슈. 이 보따리 좀 받으시잖구."

그는 얼른 댓돌로 뛰어내려가 아내의 보따리를 양손으로 받았다.

"주책없이 뭘 이렇게 많이 샀소."

"잔치 끝나고 친구들이 가락시장에 구경 간다기에 따라가서 수삼도 좀 사고 과일이랑 생선도 좀 샀어요. 어찌나 시장이 큰지 아마 이십 리 길은 돌아다녔나봐."

"싸면 얼마나 싸다고 그 먼 데까지 갔다 와. 집에서 눈빠지게 기다리는 사람 생각은 쥐금도 안 하고, 쯧쯧."

그는 짐짓 아내를 나무라며 우쭐우쭐 앞장서 안으로 들어갔다.

"이 양반이 별걸 다 갖고 트집이셔. 당신은 내가 집에서 눈빠지게 기다린다고 퇴근 시간 전에 집에 오신 적 있수?"

"아, 돈 벌이 나간 사람하고 돈 쓰러 나간 사람하고 같아?"

"돈 쓰는 일이 훨씬 더 어려워요. 알지도 못하고."

"내가 벌어놨으니까 쓰지 어디서 거저 난 돈 쓰남."
"난 돈을 벌어보기도 하고 써보기도 했으니까 확실이 말할 수 있는데 쓰는 게 버는 것보다 얼마나 어렵다구요."
"알았어. 알았으니 괜히 기운 빼지 말아요."
 그는 아내와의 입씨름이 즐거워서 생기가 나면서도 일단 한번 져주는 시늉을 했다. 그리고 보따리를 끌렀다. 옷을 갈아입고 난 아내가 민첩하게 사온 것들은 분류해서 다듬고 씻고 저리면서 말했다.
"우리 동네가 그린 벨트에서 해제된다고들 해요."
"공연한 소리. 땅값 좀 오르면 무슨 수가 나겠다고 이 동네 사람들은 꼭 남산골 샌님 역적 바래듯 그 희망에 산다니까."
"이 동네 소문이 아니라 오늘 그 방면에 유력한 남편 가진 친구한테 들은 거예요."
"선거 때마다 나는 헛소문 아니구?"
"아니라니까요. 그 친구는 우리가 이 집터 말고 밭뙈기라도 더 가지고 있는 줄 아는지 당신이 겉으로는 어수룩해뵈도 선견지명이 있다고 그러대요. 약간은 샘이 나는 투로요."
"다시는 이사 같은 거 안 하고 싶은데."
"그린 벨트 해제되면 사람들이 더 많이 모여 살게 되겠지. 사는 사람을 내쫓게야 될라구요."
"그럼, 나더러 저 숲을 불도저로 갈아엎고 집이 들어서는 꼴을 보란 말요. 말도 안 돼. 내 방에서 숲을 볼 수 없게 되다니."
"그래도 난 우리집 값이 오른다고 생각하면 신이 나요. 집을 줄여만 먹었는데 이번엔 늘여갈 수가 있잖아요."
"오오라. 이제야 당신 본심이 드러나는군. 이 집 팔아서 서울에 아파트로 갈 수 있을까 해서 그러지. 꿈도 꾸지 말아요. 이까짓 집이 그렇게 오를 리도 없지만 그렇게 된다고 해도 안 갈 테니까."
 그는 언성을 높여 역정을 냈다. 그의 눈앞에서 곧장 숲을 떠나 허공으로 빨려들어가던 새떼 생각이 났다. 예감에 있어선 미물일수록 영물이라니까 그들을 놀라킨 건 짐승이 아니라 미래의 불도저 소리였는지도 모른다. 이득을 본다는 계산보다는 길들이고 정들인 걸 억울하게 빼앗긴다는 상실감이 앞섰다. 아내는 당신 마음 내가 안다는 따뜻하고 너그러운 눈길로 그를 감싸며 다둑거리듯이 말했다.
"넘겨짚지 마슈. 내가 언제 아파트가 좋댔어요. 우리 이번엔 큰마음 먹고 더 멀리 나갑시다. 어데 간들 저만한 숲, 저만한 산 없겠수. 이 땅에서 마을 들어설 만헌 데는 다 엇비슷하게 생겼으니 염려 마세요."
"당신 그게 정말이요?"
"당신은 숲과 산과 개울물 보고 이 집에 반했다지만 난 시내에서 멀고 교통 불편한 게 첫눈에 듭디다. 내 욕심이 훨씬 적으니 당신 좋고 나 좋은 고장 골라잡기도 쉬울 거 아뉴."
"그럴 리가. 교통이 불편해서 마음에 들었다는 건 억지야. 비꼬는 거라구."
"당신하고 나하고는 시내에서 멀찌거니 교통이 불편한 데 살아야 마음이 편해요. 내 말뜻 아직도 못 알아들으시겠수. 멀리 있는 자식은 엎으러지면 코닿을 데 있는 자식처럼 매일매일 기다리지 않아도 되잖아요. 자식들 쪽에서 또 얼마나 편하겠수. 부모님이 시골 사셔서 자주 못 찾아뵙는다는 핑계가 생겼으니 오잖는 자식 기다리는 것처럼 지치고 치사한 일이 있는 줄 아슈. 여기 와서 그 못할 노릇 안 하니 살 거 같아요. 다시는 안 하고 싶은 게 그 노릇이라우."
아내가 쓸쓸하게 웃으며 그를 지그시 바라보았다. 그는 얼른 아내의 눈길을 피했다. 아내와의 공감(共感)을 들키고 싶지 않았다. 그는 아내의 장보따리에 손을 넣어 남은 걸 뒤져냈다. 구럭같이 생긴 망태 밑에는 푸성귀에서 떨어진 흙과 막대기가 달린 동그란 알사탕이 몇 개 더 있었다.
"그건 철우 몫이에요. 건들이지 마세요."
철우는 담 너머 집에 세들어 사는 젊은 부부의 첫아이였다. 한참 예쁠 때여서 즈이 엄마가 일손이 바쁠 때는 아내가 즐겨 데려다가 봐주었다. 남편이 가구 공장에 다닌다는 철우엄마는 여간 바지런하고 눈썰미 손재주도 있어서 일년 내내 일거리가 떨어지지 않았다. 그 여자의 소원은 부부가 같이 벌어서 한시 바삐 셋방이라도 좋으니 특별시내에서 살아보는 거였다. 요새 그 여자는 앙고라 스웨터에다 반짝이는 구슬로 꽃이나 공작의 날개 같은 걸 수놓는 부업을 하고 있었다. 아내는 툭하면 그 집에 놀러갔다.

그 꽃 하나 놓는 데 얼마나 받수. 애개개 고거밖에 안 줘. 앞가슴에 그 꽃이 들어가니까 값이 곱절은 더 나가 보이는데. 곱절이 뭐야. 이런 건 배우들이나 사 입는 몇십만 원짜리로 둔갑을 했구먼.

이렇게 그 여자의 작업을 신기해하고 나서 아기를 어르다가 슬며시 안고 나오는 것이었다. 아기는 어려서부터 막 길러서 혼자서도 보행기에 앉아서 잘 놀았다. 그러나 아내는 그 여자의 방의 경대랑 호마이카상이란 쌀통 라디오 텔레비전 등에 골고루 내려앉아 미세하게 꼼작대는 털먼지를 보면 불현듯 아기를 그 방에서 데려나오고 싶어졌다. 그 역시 아내가 그 집에 가서 오래 머물러 있는 것보다 아기를 데려오기를 바랐다. 아기는 순하지만 낮은 좀 가리는 편이어서 그에게 안기면 꼬집는 것처럼 울었기 때문에 그는 주로 아내와 아이가 어울어져 노는 걸 바라보기를 즐겼다. 어쩌나 입을 헤벌리고 바라보았던지 여보 당신 침홀리고 있는 거 아뉴? 하고 놀리는 소리를 듣기도 했다. 아내는 아기의 군것질까지 대고 있었다. 과일 같은 건 집에 있는 걸 저며도 멕이고 갈아서도 멕이면 되는데 언젠가 한번 신장 개업한 쇼핑 센터에서 덤으로 얻어온 막대기가 달린 알사탕을 아기가 환장을 하게 좋아하는 걸 보고 나서는 시내에 나갈 때마다 그걸 몇 개씩 사다두고 아기가 보챌 때마다 하나씩 주고 있었다. 지난 여름이던가, 아기의 아랫니가 두 개 솟아오른 걸 보고 그가 밥풀이 붙어 있는 것 같다고 했더니 아내는 당신은 왜 그렇게 멋이 없으시우, 하고 구박을 하고 나서 분홍빛 언덕 위에 양이 두 마리 나타난 것 같다고 멋을 한껏 부렸었다.

그는 아내가 사온 막대기사탕을 삼층장 서랍에다 갖다두면서 말했다.

"밥풀떼긴지 두 마리 양인지 당신이 그렇게 예뻐하던 이빨 썩으면 어쩔려고 맨날 이렇게 단 걸 사와요 사오길. 가뜩이나 애 봐준 탓은 있어도 낯나는 법은 없다는데."

"젖니니까 썩어도 상관없어요."

"당신 남의 애라고 너무 무책임헌 거 아냐?"

"글쎄요 잘 모르겠어요. 아무튼 낯나라고 봐주는 건 아녜요. 그냥 예뻐서 내 맘대로 예뻐하고 싶어서…… 왜 그러면 안 돼요?"
"그렇게 아기를 좋아하면서 왜 손자나 외손자들한테는 그렇게 서툴고 쓸쓸하게 굴어? 걔들 에미 애비가 당신 이러는 거 보면 속으로 섭섭해할 것 같아."
"중하기로 치면 내 손주를 남의 애에다 대겠어요. 그렇지만 예뻐하는 건 정작 내 손주한테는 잘 안 돼요. 주눅이 들어요."
"주눅이 들다니 거 참 별일이구먼."
"당신도 그러시면서 뭘 그래요. 즈이 에미 애비들이 하도 유난스럽게 제 새끼들을 위하니까 자연히 우리는 주눅이 들어 어쩔 줄을 모를밖에요. 비싼 그릇에 물 마시기도 겁이 나는 촌스러운 마음인지 모르지만 내 손주는 한번 안아보려다가도 별안간 안는 법을 잊어버린 것처럼 쩔쩔매게 된다니까요. 당신이나 나나 참 변변치도 못하죠?"
"왜 나까지 싸잡아서 등신 취급을 할려고 그래. 나는 내 손주한테나 철우 녀석한테나 똑같이 쩔쩔매지만 당신은 그게 아니잖아."
"참 오늘 전화온 데 없어요."

아내가 딴청을 부렸다. 그가 없었다고 말하고 나서 돌아본 문갑 위에선 수화기가 대롱대롱 아래로 늘어져 있었다. 철우 짓이었다. 오늘도 아내는 아침나절에 한차례 철우를 데려다 놀아주고 나서 외출을 한 것이었다. 아내도 동시에 그것을 보았다.
"온종일 전화벨 소리가 한번도 안 들리면 한번쯤 들어와보시잖구. 아이고 이 끈적거리는 것 좀 봐. 누가 제녀석 짓 아니랄까봐."

수화기를 올려놓으려다 말고 아내는 질겁을 했다. 아마 사탕을 먹던 손으로 전화 장난을 한 모양이었다. 아내는 물수건으로 수화기를 닦으면서 뭐가 그렇게 좋은지 연방 싱글벙글이었다. 철우가 장난치는 모습이 눈에 선한 모양이었다. 알사탕 한 개를 다 빨아먹고 나면 으레 철우의 열 손가락은 서로 엉겨붙을 만큼 끈끈해졌다. 녀석도 불편한 건 알아서 끙끙대며 아내 앞에 두 손을 내밀었다. 그럴 때 아내는 물이나 물수건으로 닦아줘도 될 것을 긴 혀를 내밀어 열 손가락의 것을 말끔히 핥아먹었다. 너무 샅샅이 핥아서 꼭

단것에 걸신들린 사람 같았다. 아내도 아기도 그 일을 얼마나 즐긴다는 걸 표정으로 알 수가 있었다. 매우 육감적인 교감이었다. 노소(老少)의 그런 천진한 쾌락을 바라보면서 그는 아릿한 슬픔을 맛보곤 했었다.

다 닦은 수화기를 올려놓자마자 벨이 울렸다. 온종일 괴었던 게 한꺼번에 울리는 것처럼 사정없이 강렬한 소리였다. 아내는 수화기를 드는 대신 에그머니나, 하면서 한걸음 물러앉았다.
"원 사람도 얼뜨긴. 전화 소리 생전 처음 들어보나."
이러면서 대신 전화를 받는 그도 까닭없이 가슴이 내려앉아 목소리가 떨렸다.
"여보세요."
"사돈어른이시군요. 도대체 무슨 전화를 그렇게 오래 쓰세요. 큰일 났어요. 아 이 노릇을······"
말끝을 못 맺고 엉엉 우는 소리가 났다. 옆에서 아내는 사색이 되고 그는 정신을 죽어라 가다듬고 울음 소리를 뿌리치려 들었다.
"뉘십니까. 댁은 도대체 뉘십니까."
잘못 걸려온 전화일 가능성만이 유일한 희망이었다. 울음 소리가 뚝 그치더니 악에 받친 듯한 쇳소리가 들렸다.
"보람이 외할머닙니다. 보람이 할아버지 아니신가요."
보람이는 그의 맏손자였다.
"예 그렇습니다만."
"시상에 이 판국에 사돈어른은 어쩌면 이렇게 태평이십니까. 오늘 보람이네 무슨 일 일어난 줄 아세요. 온 식구가 차 사고를 당했어요. 식구들을 다 태우고 나가서 고속도론가 국도에서 타이탄을 들이받았대요. 아이고 내 딸 불쌍해 어쩌나. 그 놈의 자가용이 웬수라니까."
"여보세요. 여보십시오. 암만해도 전화 잘못 거신 것 같습니다. 즈이 자식은 아직 자가용이 없거든요."
그는 아직도 그 유일한 희망에 매달려 있고 싶었다.
"아직 모르고 계셨군요. 한 보름 됐어요. 걔네가 차 산 거."
그는 스르르 수화기를 떨어뜨리고 사색이 되어 떨고 있는 아내를 끌어안았다. 아까처럼 대롱대롱 매달린 전화기 속에서 울려나오는 사돈마님의 울부짖음은 마치 귀에 바싹 갖다댄 확성기 소리처럼 뇌수를 사정없이 짓이겼지만 무슨 뜻인지 하나도 알아들을 수가 없었다.

"죽은 사람은 운전자 하나래요. 딴 식구들은 다 중상이구요. 여기 영감님은 운전자가 에미였는지 애비였는지도 미처 확인해보지 않고 달려가신 후 아직 연락이 없답니다. 에미도 운전을 하거든요. 면허도 먼저 땄으니 에미가 운전대 잡았는지도 모르죠. 저도 같이 갈 건데 댁에 연락이 안 돼 여태껏 전화통 붙들고 있느라고. 병원은 이천에 있는 한외과래요. 듣고 계십니까."

그들은 오로지 전화기가 무서워 떨고 있는 것처럼 사색이 되어 겁먹은 눈으로 전화기를 바라만 볼 뿐 아무도 그걸 만지거나 올려놓을 엄두를 못냈다. 〔『소설문학』, 1988. 1〕

복원되지 못한 것들을 위하여

"심사료를 참 많이 주네요."

시인 함소연이 영수증에 서명을 하면서 말했다.

"많긴 뭐가 많아."

나는 방금 서명을 끝낸 볼펜꼭지를 송곳니 사이에서 씹다 말고 퉁명스럽게 말했다. 함시인은 내 딸 또래의 젊은 시인이었지만 오늘 초면이어서 깍듯이 대했었는데 왜 느닷없이 반말을 했는지 모를 일이었다. 역시 정서 불안 증세인가. 어쩌다 손톱이나 볼펜꼭지를 씹는 내 버릇을 보고 내 자식들이 놀리는 투로 붙인 병명이었다.

함시인의 말대로 삼사십 장 정도의 수기 심사료가 삼십만 원이면 후한 편이었다. 광고가 본문의 갑절은 되는 여성지의 경우 예선도 안 거친 수기의 심사료가 통상적으로 십만 원이었다. 거기 비하면 깔끔한 예선을 거쳐 읽을 만하게 간추려진 글을 심사위원 둘이서 서너 편씩 나누어 읽고 그만큼 받았으니 후하기보다는 과하다 해야 옳을 것이다. 더구나 이 잡지는 팔릴 것 같지 않은 교양지였다. 게다가 정부 시책을 합리화시키고 홍보하는 구실을 하는 정부 투자 기관의 연구소에서 발행하는 것이었으니 어용을 꺼리는 지식인층은 거저 줘도 마다할 만한 잡지였다. 공짜인지 강매를 한 것인지 동사무소나 은행 같은 데는 으레 비치돼 있지만 대중적인 인기나마 있는 것 같지 않은 어중간한 교양지가 앞으로 살아 남을 가망 또한 때가 때니만치 여간 불투명하지가 않았다.

때는 6·29 선언이 있고 나서 오래간만에 국민이 직접 뽑는 대통령선거를 앞두고 온갖 다양하고 새로운 욕구와 희망이 도처에 팽배해 있을 때였다. 내 심보도 나에게 심사를 의뢰한 잡지의 이런저런 불리한 여건은 아무래도 좋았다. 다만 어용한테서는 아무리 파격적인 대우를 받아도 시큰둥 약소하게 받아들여야 한다고 생각했다.
"무슨 잡지사 사장실이 그렇게 으리으리하죠?"
함시인은 쑥색 대리석이 유리알처럼 매끄러운 복도를 패션 모델처럼 보기 좋은 걸음걸이로 앞서다가 문득 나를 기다려주면서 말했다. 작년에 내 집 장판방에서 발목을 삐끗한 게 인대가 늘어났다 해서 한 달 남짓 깁스를 하고 고생한 적이 있는 나는 지레 겁을 먹고 벌벌 기고 있었다.
"누가 아니래지. 염불엔 마음이 없고 잿밥에만 마음이 있는 친구겠지, 보나마나."
우리가 심사하는 동안 쓴 장소는 사장실이었는데 잡지사 사장실답지 않게 으리으리하고 권위주의적이었다. 심사 방법은 원고를 합평 전까지 돌려가며 읽은 게 아니라 각자에게 돌아온 원고에서 두 편씩 추려낸 원고만을 그 자리에서 바꿔보고 나서 최우수·우수·가작 세 편을 뽑는 방법을 취했기 때문에 시간이 좀 걸렸다. 두 시간 가까이나 사장실에 머물렀건만 사장 코빼기도 못 봤을 뿐 아니라 담당 기자 외에는 편집실이 어디 가 붙었는지도 모르게 돼 있었다.
"차나 한잔 같이 하고 가시죠?"
엘리베이터에서 내리자 맞은편이 다방이었다.
"아뇨, 그 동안 두 잔이나 마셨잖아요."
"참 그렇네요. 차 안 가져오셨죠? 제가 댁까지 모셔다 드릴께요. 방향이 비슷하니까요."
"차가 있어야 가져오죠. 신경쓸 거 없어요. 난 시내에 나온 김에 여기저기 들러갈 데가 좀 있으니까."
차 잡기 어려운 시간에 괜한 거짓말을 해서 아까운 차편을 놓치고 터덜터덜 지하철 입구를 찾아 걷기 시작했다. 여태껏 마치 함시인하고 뭐가 잘 안 맞아 마음이 그렇게 삐딱하게 꼬였던 것처럼 혼자가 되니까 한결 편해졌다. 그러나 전철 속에서 나는 다시 손톱을 섰었고 동네 다 와서 장을 보다가 핸드백 속에서 심사료가 든 봉투를 발견하고는 괜히 화가 나고 창피해서 에라 모르겠다 마구잡이로 필요하지도 않은 물건을 몇 가지 샀다.
"엄마 또 스트레스 받았나봐."
막내딸이 내 시장보따리를 끌러보며 말했다. 나는 왜 샀는지 설명이 안 되는 충동 구매를 하고 나서 곧잘 엄마의 유일한 스트레스 해소법이니 봐주라는 투의 변명을 해왔던 것 같다. 나는 서양 사람처럼 어깨만 한번 으쓱해 보였다. 그러나 도대체 어디서 비롯됐는지 알 수 없는 나의 고약한 울분과 수치심은 그렇게 간단히 해소될 수 있는 게 아니었다.
사흘쯤 지나고 나서였다. 아침을 먹고 나서 한가롭게 조간신문을 뒤적이고 있는데 전화벨 소리가 났다. 딸아이가 냉큼 받더니 나를 불렀다.
"엄마 전화예요. 『앞서가는 조국』 잡지사래요."
"없다구 그러잖구."
나는 안 해도 될 소리를 중얼대며 전화를 받았다. 아니나다를까 수기 심사 때의 담당 기자였다.
"선생님 예측이 딱 들어맞았지 뭐예요. 최우수작 당선자가 당선을 없었던 걸로 해달래요. 선생님 선견지명 덕분에 여벌로 한 편을 더 뽑아놓았으니까 잡지사로서 아무런 문제도 없지만 심사위원 선생님도 알고는 계셔야겠기에 전화드립니다."
원래는 침착하고 사무적인 담당 기자의 말투가 내 선견지명에 대한 경탄으로 약간 들떠 있는 것처럼 들렸다. 나는 즉각 그걸 경멸로 받아들였고 모욕감을 만회해보려고 허둥댔다.
"아니 사양한다고 옳다꾸나 그걸 받아들이면 어떡해요. 성의껏 권해보기는 했어요?"
"그러믄요. 부장님이 현지까지 내려가서 하룻밤 주무시면서 설득을 하셨는데도 막무가내더래요."
"그 사람 참 이상한 사람이네, 여간 공들여 쓴 글이 아니던데 쓸 때는 언제고 발표하길 싫어할 건 또 뭐람. 후환이 두려워서 그러나본데 그 점은 보장해주마고 안심을 시키지 그랬어요. 지금이 어떤 세상이라고……"
"부장님도 그 수기를 큰 수확이라고 좋아하셨으니까 놓치고 싶지 않아서 별의별 소리를 다 하셨나봐요. 그렇지만 본인이 그 얘긴 정말이 아니다, 소설처럼 꾸민 이야기니까 수기의 조건을 어겼으니 안 된다고 딱 잡아떼더라니 우린들 어쩌겠어요."
"그게 꾸민 이야기가 아니란 건 내가 보장해도 되는데…… 김기자, 혹시 잡지사에서 그런 글 안 실으려고 일부러 일을 그렇게 꾸민 거 아니오?『앞서가는 조국』지라면 능히 그럴 수도 있을 것 같은데."
"어머 선생님, 무슨 말씀을 그렇게 하세요. 우리 잡지 새 시대에 부끄럽지 않게 거듭나려고 요새 얼마나 애쓰고 있는지 아시면서."
 심사할 수기를 가지고 집에 왔을 때도 김기자는 그와 비슷한 얘기를 했었다. 관변 잡지라는 종래의 잡지 성격에 맞추려는 글보다는 거기 도전하는 글이 나오길 바란다는 요지의 얘기를 들으면서 물에 빠진 자가 검부러기라도 잡으려고 애쓰는 모습을 보는 듯했었다. 수기 나부랭이로 한번 굳어진 이미지가 쇄신될 리 만무하건만 그런 기대를 하는 게 그만큼 불쌍해 보였다. 나 자신 여성 수기를 심사해보고 넌더리를 낸 경험에 비추어 수기라면 신세 한탄 나부랭이 이상으로 보지 않았기 때문이다.
 그러나 내건 상금이 파격적이어선지 예선을 통과한 수기들이 다 놓치기 아까운 수준이었고 소재도 고루 다양했다. 이렇게 수준이 고를 때는 되레 당락이나 일이등을 정하는 데 애를 먹게 마련인데 이번엔 그럴 걱정도 없었다. 최우수작으로 뽑은「복원(復元)」은 그중에서도 단연 돋보였다. 두 사람 이상의 심사위원이 응모작을 나누어볼 때 자기에게 돌아온 글이 그저 그럴 때는 괜히 풀이 죽어서 심사에 임하게 되지만 이거야말로 당선작감이라고 눈에 번쩍 띄는 글을 만났을 때는 절로 신바람이 나게 마련이다. 그래도 겉으로는 시침 딱 떼고「복원」과 또 한 편을 후보작으로 함시인 앞에 내놓았고, 함시인도 그녀가 추려가지고 온 두 편을 나에게 내놓으며 말했다.
"수준이 고르긴 한데 뛰어난 게 없어서 애먹었어요. 선생님 보신

건 어때요?"
 그렇담「복원」의 최우수작 당선은 떼놓은 당상이 아닌가. 나는 속으로만 빙긋 회심의 미소를 지었을 뿐 짐짓 무표정하게 함시인이 뽑은 두 편을 빠르게 속독하기 시작했다.
 "선생님 큰 거 건지셨네요."
「복원」을 반쯤 읽다 말고 함시인이 말했다.
 "내가 건지긴. 우리가 건졌지."
 이렇게 해서「복원」을 최우수작으로 하는 건 쉽게 합의를 보았고 다음 우수작·가작은 한 단계 뚝 떨어진 채 비등비등해서 함시인이 하자는 대로 결정했다. 쏙 마음에 드는 작품을 만났기 때문에 그 다음 이등 삼등짜리에 대해선 그만큼 시들했다. 심사에 들어가기 전에 커피를 주더니 끝마치고 나니까 인삼차와 과일이 나왔다. 느긋한 시간이었다. 아무리 예상 밖의 좋은 글을 만났다고는 하나 순수 문학의 등용문도 아니고 논픽션 부문에서 권위있거나 알려진 관문도 아닌 별볼일없는 잡지의 수기를 심사한 푼수로는 우리는 너무 만족해하고 있었다. 나의 만족도는 거의 행복감에 가까웠다. 그 까닭을 꼭 집어내듯이 함시인이 말했다.
 "참 세상 좋아졌죠? 예전 같으면 감히 그런 걸 폭로할 엄두를 어떻게 냈겠어요. 그것도 순박한 시골 사람이……"
 그렇다. 우리가 좋아하고 있는 건 그럴듯한 당선작을 만나서가 아니라, 그런 얘기가 당당한 제 목소리를 낼 수 있는 새로운 세상이었다. 그러니까 함시인이 말한 예전은 불과 몇 달 전인 6·29 전을 의미할 터였다.
「복원」은 유신(維新)을 전후한 두 번의 국회의원 선거 때 한 씨족 마을이 교묘하게 저지른 선거 부정 이야기였다. 그 당시 그 작자(作者)는 그 마을의 이장이었을 뿐 아니라 문중에서 항렬이 높아 머리가 허연 노인들로부터도 대부(大父) 소리를 듣는 한창 나이의 장년으로 몇백 년을 한결같이 척박한 땅만 파먹고 사는 침체된 마을을 어떡하면 잘살게 할 수 있을까 획기적인 변화를 꿈꾸고 있었다. 마침 문중에서 유일한 대학생의 전공이 축산이어서 그랬는지 젊은이들과 의논해보면 한결같이 내 고장의 살 길은 농업에서 목축

업으로 전환하는 거였다. 말이 쉽지 보수적인 마을에서 그런 엄청난 변화가 일어나려면 자체내의 힘만으로는 어림도 없었다. 운명을 타파할 비전을 주고, 힘차게 밀어주고, 가능하면 앞일을 보장까지 해주는 믿음직한 바깥의 힘을 필요로 했다. 그 힘이 지목이나 수로 변경 자금 지원 등 마냥 까다롭고 힘빼는 일까지 대행해주길 바란다면 그 힘이란 마땅히 권력이 될 수밖에 없었다. 이같이 빽이 되어줄 권력을 목말라할 무렵 선거 때가 되었고 그는 생각할 것도 없이 당시의 여당인 공화당 입후보자에게 붙기로 했다. 붙기 위한 노력은 조금도 필요하지 않았다. 그 마을뿐 아니라 선거구 전지역에 이장의 친인척은 고루 분포돼 있었으니 친인척간의 그의 영향력을 아는 입후보자라면 되레 그에게 빌붙는 일에 군침을 안 삼킬 수가 없었다. 그러니까 양쪽은 마치 음양이 끌리듯이 힘 안 들이고 극히 자연스럽게 협력 관계를 맺었다. 그가 먼저 그의 포부를 말하고, 당선되면 밀어주겠다는 약속을 받아내고자 한 건 말할 것도 없다. 공화당 입후보자는 그의 계획에 전폭적으로 찬동했을 뿐 아니라 한술 더 떠서 그걸 조금도 수정하거나 가감함이 없이 그대로 공약 사업으로 내걸어주었다. 그 역시 그의 영향력을 최대한으로 발휘해 선거 운동에 발벗고 나섰다. 그런 과정에서 입후보자의 인격에 실망하기도 하고 서울서 따라내려온 딴 운동원들과 마찰을 빚기도 하지만 오로지 자기 마을을 잘사는 마을로 만들어보겠다는 일념 하나로 꾹 참고 일편단심 충성을 다한다. 선거전이 막바지에 이르렀을 무렵 그가 미는 입후보자의 복잡한 여자 관계가 소문나 불리해지자 그는 누가 시키기도 전에 여자를 사서 야당 후보에게 버림받아 실성한 행세를 연기하여 선거구를 누비도록 하는 짓까지도 한다. 이렇듯 온갖 위법과 추악한 짓을 닥치는 대로 하고 나서 그걸 상대방에게 씌우기를 여반장으로 했을 뿐 아니라 투표일에는 좀더 실속 있는 부정을 한다. 공개 투표, 무더기 투표, 사전 투표, 대리 투표, 개표 부정 등 자유당 말기에 신문기사를 통해 그런 못된 짓이 있다는 것만 알고 있던 온갖 수법을 다 써본다. 그러면서 공화당 후보의 운동원이기 때문에 그런 못된 짓을 자유자재로 할 수 있다는 것도 저절로 깨닫게 된다. 그런 깨달음은 그를 더욱 대담하게 그리고 희망에 부풀게 한다. 그가 미는 입후보자가 당선만 되면 세상에 안 되는 게 없을 것 같다.

그러나 일단 당선이 되자 그가 당선시켰단 자세를 할 새도 없이 국회의원은 서울로 가버리고 공약도 그의 노고도 꿩 구워먹은 자리가 되고 만다. 기다리다 못해 서울까지 찾아가 어렵게 만난 국회의원은 연구 검토중이라고 거드름을 피우다가, 정국이 혼미하여 국운이 백척간두에 달린 이때 그런 청탁을 하면 어떡하냐고 노골적으로 귀찮아한다. 속았다는 느낌이 확실해질 무렵 계엄령이 선포되고 국회가 해산된다. 유신 시대가 막을 올린 것이다. 그가 당선시킨 국회의원의 단명이 고소하기도 한 한편 국운이 백척간두에 달렸다는 말이 참말이었다는 것 때문에 한 가닥의 신뢰감을 버리지 못한다. 유신 시대에 다시 공화당의 공천을 받은 같은 입후보자에게 그는 전번과 똑같은 언약을 받고 마치 배운 도둑질 써먹듯이 거침없고도 익숙하게 전번의 그 더러운 방법들을 그대로 써먹음으로써 또다시 당선을 시킨다. 그가 당선을 시킨 거나 마찬가지라고 생각한 국회의원이 그의 혁혁한 공로는 물론 자신의 언약까지를 금방 잊어버리는 것까지 전번의 각본과 똑같다.

그의 수기를 대강 이렇게 요약해놓으면, 선거 때마다 매번 경험하고 또 신문이나 텔레비전을 통해 넌더리가 나게 들은 흔해빠진 선거 부정 사례의 나열에 지나지 않는다. 물론 잡지에 싣고 싶어하는 수기라면 으레 사랑에 속고 돈에 울고 식의 신세 한탄이나 투병기 아니면 새마을 성공 사례와 유사한 자수 성가기가 고작이라는 선입관에 젖어 있는 심사위원에겐 이런 소재가 특이하게 보였던 건 사실이다. 그러나 탁월하다고까지 생각한 건 소재보다는 그의 특출한 기술 방법이었다. 그는 마치 깨진 그릇의 파편을 주워모아 원형을 재현하듯이 우직하고도 꼼꼼하게 한 지난 시대에 어떤 외진 고장에서 있었던 부정의 추악상을 본디 모양 그대로 드러내보여주고 있었다. 그 드러냄이 어찌나 선명하고 여실한지 어떤 변두리에서 있었던 사건을 뛰어넘어 한 추악한 시대의 전형을 보는 느낌을 갖도록 했다. 그건 문장력 같은 것하곤 달랐다. 그런 걸 타고났거나 갈고 닦은 흔적이 조금도 없는 게 되레 그 수기의 미덕이었다. 그는 다만 하나의 부정을 완성하는 데 있어서 권력이 차지한 몫뿐 아니라 그 자신과 주변의 평범한 사람이 분담한 몫까지를 동정도 과장도 없이 정직하게 드러냈을 뿐이었다. 따라서 흔한 고발이나 폭로의 의도도 엿보이지 않았거니와 속죄양이 되어 모든 잘못을 자신이 뒤집어쓰는 것처럼 꾸미고, 실은 고백은 손톱만큼 하고 태산 같은 위선의 기쁨을 누리려는 참회록 따위하고도 달랐다.

그가 수기의 제목을「복원」이라고 붙인 건 참으로 적절했다. 깨진 간장종지 하나를 복원시키려도 더도 말고 그 파편들을 잃지도 보태지도 말고 고스란히 주워모아야 하듯이 섬세한 부분도 잊어버리지 않고 있다가 제자리를 찾아맞춘 그의 기억력은 감탄할 만했다. 십수 년의 세월과 그의 연령으로 미루어 기록해두지 않으면 그럴 수도 없는 일이었다. 권력과 힘없는 평범한 사람들의 이해 관계가 찰떡같이 맞물리면서 부정을 모의하게 된 경위뿐 아니라, 부정 자체가 지닌 인력 때문에 한번 발을 들여놓자마자 정신없이 빨려들게 되는 모습이 여실하면서도 그 꼼꼼한 기록성 때문에 그 동안도 그가 깨어 있다는 걸 짐작하게 하는 거야말로 그 수기의 마지막 진가였다.

담당 기자한테 당선작을 통보할 때 함시이이 말했다.
"이런 시시한 잡지에 싣긴 어째 아까운 생각이 드는데."
"너 우리 잡지 발행 부수가 얼만 줄이나 알고 그 따위 소리 하는 거야."
"발행 부수 좋아하네. 거저 뿌릴려면 백만 부는 못 찍을까."
"아무튼 엄격하기로 소문난 이선생님까지도 흡족해하시는 작품이 나왔다니 저희 잡지도 아마 빛이 날 겁니다."

담당 기자가 나에게 말머리를 돌렸다. 두 사람은 여고 동창생이라고 했다.

그러고 나서 점잖게 심사료나 챙겨가지고 일어섰으면 오죽이나 좋았으련만, 내 촉새 같은 입이 나도 예기치 못한 말을 하고 말았다.
"한 편 여벌로 더 뽑아놓는 게 좋을 것 같아요. 마안약의 경우를 생각해서……"

나는 만약을 마안약이라고 사뭇 장중하고도 의미심장하게 끌면서 말했다.
"만약의 경우라뇨?"
"왜 있잖아요. 당선자가 당선을 사양하는 경우 말예요. 아직도 이런 유의 수기는 쓸 때하곤 달라서 발표하려면 용기를 요하는 거니까."

촉새같이 나불댄 깐으로는 그 까닭을 둘러대는 데 있어서는 신중하고 그럴듯했다. 그러나 담당 기자도 함시인도 내 말을 알아먹은 것 같진 않았다. 그냥 나잇살이나 먹은 중견 작가에 대한 대접으로 내 말을 들어주는 것 같았다. 함시인은 숫제 참견도 안 하고 나 혼자 의견으로 아깝게 탈락한 작품 중에서 한 편을 골라 여벌로 추가했다. 그 짓을 하는 동안 나는 벌써 내 촉새 같은 입에 대한 수치심과 후회로 기분이 엉망이 돼 있었다. 그러나 그 촉새처럼 방정맞은 예언이 적중할 줄은 그때까지만 해도 몰랐었다.

당선된 수기가 발표된 『앞서가는 조국』지가 책방에 나왔을 무렵에는 대통령 선거도 끝나 새 시대의 조짐이 보다 확실해지고 있었다. 우선 책방에 나와 있는 신간 서적만 보더라도 삼청교육대의 진상의 폭로가 있는가 하면 몇십 년 전 제주도에서 있었던 4·3 사건을 비롯해서 여순 반란 사건, 거창 학살 사건, 근래의 광주 사태까지 그 동안 망각을 강요당한 사건들이 논픽션으로 또는 소설로 봇물을 튼 듯이 쏟아져나와 있었다. 그러나 『앞서가는 조국』지에서 「복원」은 예선의 반열에도 끼지 못하고 깨끗이 말살돼 있었다. 나는 누가 나한테 그 책임을 물을 것도 아닌데 문득문득 나 때문은 아닐 거라는 독백인지 대답인지를 중얼대곤 했다. 나의 예언이 어떤 영향을 미쳤다고 해도 나의 촉새 같은 입의 잘못이지 내 진의는 아니라고 여기고 싶었다.

그런 일 말고도 88년 4월은 어수선하고 어지러웠다. 국회의원 선거가 있는 달이었다. 그 과열 현상은 그 뒤에 불어닥칠 올림픽 열기까지를 감안해서 제발 조금만 덜 볶아쳐달라고 비명을 지르고 싶을 지경이었다.

한식날 성묘를 교통편이 혼잡할 거라는 핑계로 미루고 있다가 평일날 혼자서 떠났다. 나는 그때까지 무엇에다 써먹자는 마련 없이 그냥 「복원」의 작자의 주소를 기록해서 간직하고 있었다. 힘 안 들이고 찾을 자신이 있었다. 공원묘지는 그가 이장을 지낸 광안리와 같은 면에 있었고 성묘할 때 거치게 되는 골프장과 호수는 그의 수기에도 몇 번 나왔었다. 광안리 사잇말에서 예전에 이장을 지낸 윤장선 노인댁을 찾기는 어렵지 않았다.

"내가 기요만은……"

하면서 초록색 슬레이트 지붕을 인 일자집의 유리 분합문을 연 윤노인은 상상한 대로 정정하고 깨끗한 노인이었다. 너무 쉽게 만나졌기 때문인지 나를 누구라고 말해야 할지 더군다나 용건이 뭐라고 해야 할지 얼핏 생각나지 않았다. 그 동안 벼르고벼른 용건이 당사자를 눈앞에 두게 되니 스르르 김이 빠진다 할까 열쩍어지는 것도 못 말릴 노릇이었다. 나는 비록 「복원」은 빛을 못 보게 됐지만 왜 빛을 못 보게 됐는지 그 진상이라도 캐내고 싶었다. 필시 어용 잡지가 작자로 하여금 당선을 사퇴하게끔 압력을 넣었을지도 모른다고 생각했다. 실은 그 생각이 가장 마음에 들었다.

"저어 몇 달 전에 『앞서가는 조국』이란 잡지에 투고하신 적이 있으시죠?"

나는 조심스럽게 말문을 열었다.

"그렇소만 그건 벌써 끝난 얘기 아뇨. 난 더 헐말 읎시다. 읎었던 걸로 혀준다고 허구설라문에……"

윤노인이 버럭 화를 내면서 분합문을 닫으려고 했다. 나는 넉살좋게 얼른 열린 분합문 사이로 엉덩이를 디밀어 마루끝에 걸터앉으며 말했다.

"저는요 선생님, 그 잡지사에서 보내온 사람이 아니구요 그때 심사를 맡아본 소설가예요."

그러면서 통성명을 하자 윤노인의 안색이 한결 누그러졌다. 그때 뒤란과 마주 뚫린 부엌문에서 쏜살같이 나타난 마나님이 푸성귀가 수북한 고무 함지박을 봉당에 내려놓으면서 사납게 말했다. 우리의 수작을 다 들은 모양이다.

"기어코 그 진정선지 고소장인지가 까탈을 부렸지유. 그치유. 그러게 내 뭐랬시유. 삼시 진지 뜨뜻허게 혀드리는 마누라 있겠다 용돈 꼬박꼬박 부쳐주는 아들이 둘씩 있겠다 뭐가 부족해서 붓대를 놀려요 놀리긴. 자식들헌테도 붓대보담은 기술로 벌어먹는 게 수라고 글강 외듯 허시던 양반이 망령이 나도 분수가 있지."

마누라한테 야단을 맞고 꼼짝못하는 윤노인은 마치 의타심이 강한 어린애처럼 이 눈치 저 눈치 살피기에 바빴다.

나는 그 수기가 까탈을 부린 건 아무것도 없고 단지 그 수기를 심사한 사람으로서 왜 그렇게 공들여서 잘 쓴 글의 당선을 갑자기 취소하게 됐나가 궁금하기도 하고 안타깝기도 해서 지나던 길에 한번 들러보았을 뿐이라고 마나님에게 누누이 설명했다. 그러나 검은 빛이 도는 입술이 앞으로 튀어나와 오리를 연상시키는 안노인은 내 말을 믿지 않기로 작정을 한 것 같았다.

"아이구 이 시골 구석을 지나가다 들러유. 여기가 무신 종로바닥인 줄 아시나뵈."

나는 다시 어렵고 참을성있게 그 집에서 마주 바라보이는 산등성이에 연한 공원묘지까지 성묘를 왔던 길이란 걸 납득시키고자 했다. 그러는 동안도 윤노인은 내 역성을 들어주지도 않았고 자기 대신 나선 마나님을 면박주지도 않았다. 나는 수기를 통해 평범하지만 자존심이 살아 있는 의연한 농사꾼을 연상하고 있던 터라 실망이 이만저만이 아니었다.

"내가 말렸시유. 내가 절대로 안 된다구 했시유. 그러니 어쩔 테유."

내가 불순한 염탐꾼이 아니란 걸 겨우 알아들은 것 같았지만 이렇게 도전적이었다. 그리고 한숨을 섞어가며 좀 뜻밖의 얘기를 했다.

"암튼 시상만 바뀌었다 허면 미리 설치는 건 이 집안 내력이라니께."

가뜩이나 기를 못 펴고 위축돼 있던 윤노인의 표정이 더할 수 없이 불쌍해졌다. 제풀에 나에 대한 경계가 풀린 마나님이 술술 털어놓는 그 집안 내력인즉 실은 별것도 아니었다.

6·25 전까지 면장을 지냈던 윤노인의 부친은 동란중 쭉 숨어지내

야만 했다. 안식구들이 꾀있게 군 덕으로 그 동안을 무사히 넘기고 국군이 들어왔단 연통을 받은 면장님이 땅굴에서 나와 햇볕을 본 것까지는 좋았는데 저만치 국민학교 마당 깃대박이 꼭대기에서 태극기가 나부끼는 걸 보자 그만 감격에 치받쳐 대한민국 만세를 부르며 날뛴 게 문제였다. 미처 도망치지 못하고 수수밭에 숨어 있던 인민군이 총을 난사해 그 자리에서 처참하게 숨졌을 뿐 아니라 총소리를 듣고 몰려나온 국민학교에 주둔해 있던 국군에 의해 인민군도 사살되고 수수밭을 수색해서 찾아낸 나머지까지 소탕되었다. 마나님 말에 의하면 조금만 참았더라면 목숨을 건졌을걸 싶은 건 면장님뿐 아니라 인민군도 마찬가지였다. 그들도 그때 그 분한 고비만 넘겼더라면 밤에 산으로 도망갈 기회도 있었을 테고 하다못해 포로로 잡혔어도 죽지는 않았을 거 아니냐는 거였다. 며느리의 입장이었기 때문인지 어이없이 잃은 시아버지의 목숨에 대해 이렇게 비판적인 생각을 가지고 있긴 했어도 한이 맺혀 있진 않았건만도 요새 새삼스럽게 그 사건이 예사롭지 않게 짚이는 데가 있어 깜짝 놀라곤 했다. 이를테면, 영감님이 케케묵은 옛날 얘기를 미주알고주알 캐물어가며 공책에다 뭔가 끄적거릴 때만 해도 말릴 생각은 없었다. 공화당 때 얘기를 쓰는 줄은 알았지만 그들 세도가 언제 적이라고 후환 같은 걸 염두에 두겠는가. 그보다는 시골에서는 거액에 해당하는 상금이 혹시 굴러들어오지 않나 싶어 가슴을 울렁거리기도 하다가 에잇 우리가 무슨 복에 공돈이 생긴담, 하고 자제를 하기도 했다. 그래도 행여나 서울서 무슨 기별이 있을까 영감님의 글재주에 대한 한 가닥 기대를 못 버리고 있는데 대통령 선거전이 시작되었다. 공화당을 만들다시피 한 구정치인이 대통령으로 입후보해서 그 얼굴을 포함한 대통령감들의 얼굴로 마을 양회담이란 담은 온통 도배를 할 때부터 마나님은 켕기기 시작했다. 그 공화당 후보가 읍내에서 연설을 한다고 해서 구경을 갔더니 영감님이 수기에서 고발한 바로 그 장본인은 수행원으로 따라와 대통령 후보를 극진히 모시고 있지 않은가. 세상 달라진 건 아무것도 없었다. 그때부터 그 글이 혹시나 당선이 되면 어쩌나 조마조마해지기 시작했다. 부전자전도 유만부동이지, 어쩌면 그렇게도 선대의 어리석은 전철을 밟을 게 뭐람. 마나님 생각으로는 영감님도 시아버지처럼 조급하게 때를 못 기다린 죄로 큰 재앙이 꼭 있고야 말 것 같았다. 그날 그들 양주는 남이라 다 받는 식권도 안 받고 유세장을 떠났다. 영락없이 도둑이 제 발이 저린 형국이었다. 바로 그 무렵 당선 통지를 받았으니 영감님 제쳐놓고 마나님이 나서서 그 화근 덩어리를 없이하려 했다는 건 보잖아도 본 듯했다.

"그때만 혀도 저 영감님은 글시 돈 욕심이 나서 안 허겄단 소릴 미적어리더라구요. 시방이야 그때 돈 안 타먹구 그 고발장 뺏어오길 월매나 잘했는지 알겄지유. 저 양반이 고발헌 그 사람은유 이번 선거에서 서울서 나섰구유 우리게선 그 사람만 못헌 그 아랫사람이 나섰시니께유. 그럼유 둘 다 공화당으로 나섰지유. 사람덜마다 다 당선될 거라구덜 허니께 되겠지유 뭐. 그러니 내가 월매나 잘했시유."

외부 압력 없이 그들 자의로 당선을 취소했다는 건 이제 의심할 여지가 없었다. 마나님이 설치는 동안 영감님은 내내 입 다물고 얌전히 있었다. 아마 잡지사에서 부장까지 내려왔을 때도 같은 장면이 벌어졌으리라 싶었다. 그간의 경위는 밝혀졌다손치더라도 저렇게 등신 같은 노인이 그런 쫀쫀한 글을 썼다는 건 암만해도 좀 미심쩍었다. 그러나 나는 곧 그 한 가닥의 의혹마저 풀고 허전해지지 않으면 안 되었다.

선거 유세장이 거기서 멀지 않은지, 어디 가까운 데 마이크 장치가 돼 있는지 느닷없이 친애하는 유권자 여러분, 하고 악을 쓰는 소리가 들렸다.

"우리두 저기 가서 점심이나 때우고 옵시다."

마나님은 나를 어서 쫓아버리고 싶은 눈치였다. 마이크 소리는 메아리가 져서 이중으로 들렸기 때문에 무슨 소린지 잘 알아들을 수 없었지만 오공이나 구시대의 척결 소리는 넘겨짚어서지만 알아들을 만했다. 방에 들어가서 잠바를 걸치고 웬 벙거지같이 생긴 모자를 들고 나온 윤노인이 혼잣말처럼 중얼거렸다.

"척결 척결 허지만서두 복원두 허들 않구 척결부터 허겄단 소릴 누가 믿남."

그리고는 나하고 눈이 마주치자 멋쩍게 웃었다. 담뱃진이 많이 낀 앞니가 하나 빠져 있었다. 나는 그가 틀림없는 수기의 작자고, 복원이란 제목도 명백한 의도를 가지고 붙였다는 걸 인정 안 할 수가 없었다.

국회의원 선거 결과를 보면서도 나는 마나님의 내가 월매나 잘했시유, 소리가 생각나서 쓴웃음이 나왔다.

오래간만에 책방에 들렀을 때다. 다행히 붓대 놀려먹고 사는 사람들은 윤노인 양주분들처럼 어리숙하지도 겁쟁이도 아니어서 책방엔 6·29 전에는 꿈도 못 꿀 책이 쏟아져나와 서로 베스트 셀러를 다투고 있었다. 해금된 과거의 금서뿐 아니라, 북쪽의 이념으로 최고의 가치를 부여한 그쪽 본바닥 소설까지 나와 눈길을 끌었고, 진실이 매몰된 사건들을 파헤치고 복원하고 고발한 소설이나 논픽션의 출판도 더욱 활발해진 것 같았다. 오공과 유신 시대를 풍자한 콩트들은 어찌나 신랄하고 재미가 있는지 서서 몇 페이지만 읽고도 포복절도를 할 지경이었다. 그러나 내가 마음으로부터 즐거워하고 있는 건 아니었다. 나는 속으로 매우 허전했고 무엇인가에 갈급이 나 있었다.

월북·남북 문인들의 문학 선집도 나와 있었다 그들에 대해 언급하는 게 금기로 돼 있을 때부터 줄기차게 그들을 끌어들여 우리 문학사에 포함시켜온 평론가 Q씨가 편(編)한 거였다. 정지용·김기림·이태준·박태원 등 북으로 간 문인들의 이름들이 비로소 복자(伏字)로 결손되지 않은 온전한 이름을 내걸고 있었다. 상·중·하 세 권으로 돼 있는 이 선집에 수록된 복원된 이름들을 나는 결신들린 것처럼 읽어내려갔다. 그리고 마침내 송사목 선생님의 이름을 찾아냈다. 6·25 전까지 이 땅에 살았던 송사목이란 문인은 정지용·김기림처럼 그 이름을 빼면 문학사가 제대로 안 써질 만큼 비중 있는 작품을 남기지도 않았고 또 한때나마 대중적인 인기를 누린 인기 작가도 아니었다. 그래도 Q씨가 펴낸 현대 문학사를 보면 해방을 전후한 시기에는 그의 이름이 결코 가볍지 않은 비중으로 거론되고 있었다. 물론 그의 성명에서 사(思)자는 뻥 뚫린 결손된 이름으로서였지만 나는 일급의 평론가인 Q씨가 여러 가닥의 우리 문학사를 잇는 한 작은 고리로나마 빠뜨리지 않고 그의 이름을 건져 올려준 걸 은근히 고맙게 여기고 있었다.

송사묵은 해방을 전후한 십여 년 동안 그닥 재미는 없지만 씹을 맛 있는 소설을 꾸준히 발표해온 소설가였고 나의 고등학교 시절의 국어 선생님이었다. 장차 소설을 써보는 게 꿈이었던 문학 소녀 때 진짜 소설가가 국어 선생님으로 부임해왔다는 건 가슴 울렁거리는 사건이었다. 어떡하든지 그 선생님한테 인정을 받고 싶었고, 그래서 그의 작은 칭찬도 잊지 않고 인정의 표시로 간직하게 되었고, 그걸 훗날 소설을 쓰기 시작할 때 비빌 언덕으로 삼을 수가 있었다. 이렇듯 나에게 거대한 영향을 끼친 분이 문학사에 오르내리는 게 반가우면서도 성명 가운뎃자가 실종된 채인 게 서운하고 죄송스럽더니만 이제 떳떳이 복원된 걸 생각하니 감개가 무량했다.

오래 살고 볼 일이야. 세상이 좋아지긴 과연 좋아졌구나. 나는 송사묵이란 이름과 함께 복원된 이름들을 훑어내리면서 우선 세상 칭송부터 했다. 그러나 내 만족감은 오래가지 않았다. 복원된 건 그의 성명 삼자뿐이었기 때문이다. 우선 그 문학선의 표제는 월북 납북 문인 선집으로 돼 있는데 송사묵 선생은 사형을 당한 것이지 월북을 한 것도 납북당한 것도 아니었다. 월북이나 납북이 사형보다 듣기에도 좋고, 보다 희망을 걸 여지가 남아 있는 것은 사실이나 그분의 진상은 아니었다. 망가지고 흩어진 걸 복원하는 데 있어서 제 조각을 찾으려는 노력 없이 딴 조각으로 메꾼 걸 진정한 복원이라고 볼 수 있을까. 설사 그 딴 조각이 금(金)이라 해도 말이다.

몇 년 전 실제로 어느 도자기 수집가댁을 방문해서 소장품을 감상하던 중 결손된 부분을 금으로 메꾼 연적을 구경한 적이 있다. 복숭아 모양의 백자 연적이었는데 끝의 뾰죽한 부분이 결손된 채 손에 넣게 되었다고 했다. 때깔이 빼어난 그 연적은 살짝 비튼 것처럼 생긴 끄트머리의 금빛 자태 때문에 무척 요요해 보였었다. 그래도 그 소장가는 불만이었다. 결손된 부분이 하도 아쉽고 안타까워 그렇게 해놓고 보니 금빛 부분만 튀는 게 암만해도 본디 모양은 그게 아니었지 싶다는 거였다. 그럼 왜 하필 비싼 금으로 했느냐 빛깔과 질감이 비슷한 사기질로 감쪽같이 때울 수도 있었을 텐데,

하고 물었더니 그 수집가는 분명히 나를 경멸하는 투로 말했었다.
"그랬다가 아무도 이 연적이 깨졌었다는 걸 못 알아보면 어떡하지요. 그건 속임수잖아요. 할 짓이 아니죠."

그제서야 나는 그가 돈자랑을 하려고 금으로 메꾼 게 아니라 결손된 부분을 분명히 나타내려고 그랬을 거라고 생각을 돌릴 수가 있었다.

나는 아직 일면식도 없는 Q씨지만 조만간 정식으로 찾아가서 송사묵의 문학을 50년대에 실종한 걸로 취급하지 말고 거기서 끝난 걸로, 그 나름으로 완성된 걸로 봐주길 요구할 작정이었다. 도매금으로 넘기지 말고 그의 독자성을 따로 취급해야 할 까닭이 Q씨로서는 없다고 할지도 모른다. 그의 문학만을 떼어내어 취급해야 할 만큼 탁월한 작품을 남긴 특수한 작가라면 모를까 작품이 도매금으로 넘어가는 수준의 작가의 특수한 운명까지 Q씨처럼 바쁜 평론가가 어떻게 일일이 아는 척할 수 있겠는가. 어쩌면 그는 알고도 귀찮아서 적당한 도매금으로 넘겼는지도 모른다. 그래도 나는 말해주고 싶었다. 그 사실로 뭐가 어떻게 달라지길 바라서가 아니었다. 다만 그게 사실이니까, 납치보다는 훨씬 더 끔찍하지만 그래도 그게 진상이니까, 잘못 알고 있다면 가르쳐줘야 할 것 같았다. Q씨가 내 말을 듣고도 그 사실을 대수롭지 않게 흘려버릴지 혹은 그가 쓴 문학사에서 한 줄쯤 수정할 생각이 들지 그건 내가 알 바 아니었다. 그건 전적으로 그의 자유일 테고 진상을 알리고 싶은 건 나의 의무였다. 혹은 먼 훗날, Q씨가 지금보다 한가해져 문득 그 선량하고 평범한 작가가 어쩌다 사형까지 당했을까 궁금하게 여겨 파내려가볼 수도 있을 것이다. 그 결과 한 시대의 광기와 잔인성은 동시대 지식인의 비열한 보신책하고 얼마나 밀접하게 연관돼 있나와 부딪히게 된다고 해도 그건 어디까지나 Q씨가 수고해서 얻은 달갑지 않은 소득이지 내가 준 덤은 아닐 터였다. 거기까지는 나도 막연히 혐의를 두고 있을 뿐 확인한 진상은 아니기 때문이다.

그러나 Q씨를 만나러 갈 엄두는 쉽게 나지 않았다. 납치를 사형으로 고쳐달라는 건 왠지 상식에 어긋나는 짓 같았다. 또 나보다 사실의 왜곡을 여태껏 묵인하고 있던 유가족의 심중은 어떤 것인지 그 전에 한번 헤아려볼 필요도 있었다. 송사묵 선생님은 그 시절에도 다복하다 할 만큼 여러 자녀를 둔 걸로 알고 있었다. 그렇게 미적거리고 있을 무렵 뜻밖에도 송사묵 선생님의 막내 자제라는 이로부터 만나자는 전화를 받게 되었다. 아버지의 제자 중 소설을 쓰고 있는 이가 있다는 건 어머니로부터 들어서 벌써부터 알고 있었다고 했다.

만나본 그는 우리를 가르칠 때의 송사묵 선생님을 너무나도 빼닮아 사람이 자식을 남기고 죽는 한 아주 죽는 게 아니라는 걸 소름이 끼치도록 분명히 깨닫게 했다.

"왜 그렇게 놀라세요?"

"하마터면 아버님이 살아오신 줄 알고 악을 쓸 뻔했어요."

"저의 어머님도 저더러 젤 많이 아버지를 닮았다고 그러시죠."

"젤 귀염받겠네요."

"이 나이에 귀염은요."

"실례지만 올해 몇 됐어요."

"마흔셋입니다."

그러면서 명함을 내놓았다. 꽤 알려진 제약회사 부장이라는 걸 알 수 있었다.

"아버님이 우리 가르치실 때도 아마 지금의 송부장 비슷한 연세셨을 거예요."

"예 맞습니다. 아버님이 마흔넷에 납치당하셨다니까요."

"납치라고요?"

나는 어벙한 질문을 했다. 가족이 송선생님의 죽음을 모를 리가 없는데 송부장은 정말 아무것도 모르는 것 같았다.

"그러니까 아버님이 그 일을 당하셨을 때 송부장은 몇 살이었어요?"

"제가 다섯 살 때 납치당하셨다는데 전 아버님에 대한 기억이 통 없어요"

"그래요, 다섯 살 적이었다면 그럴 수밖에 없겠네요."

나는 고개를 끄덕거리며 다섯 살짜리 막내에겐 그 사실을 숨길 수밖에 없었다는 걸 납득하려고 했다. 그렇지만 지금은 마흔셋이라지 않나. 충격이나 상처받을 나이가 지나고 나면 진실을 알도록 할 것이지, 하는 생각이 들었다.

"막내라 마냥 귀염만 받았나봐요."

나는 내가 속으로 품은 유감의 뜻을 겨우 그 정도로 표현할 수밖에 없었다. 내 속뜻을 알 리 없건만 송부장의 표정이 심란해졌다.

"맏이라고 응석, 막내라고 귀염, 그런 건 다 부잣집 아이들한테나 해당되는 소리 아닌가요?"

"어머님이 고생 많으셨겠어요."

"그걸 어떻게 말로 다 합니까. 자그마치 오 남매를 두고 북으로 가셨으니까요. 맏형은 그때 겨우 고등학생이었구요."

"어머님이 참 장하세요. 혼잣손으로 이렇게 잘 키워놓으셨으니."

"형님 덕도 크죠. 형님은 그때 학교 그만두고는 다시는 학교 문턱에도 못 가보고 동생들 먹여살리는 일에 뛰어들었으니까. 어머님하고 형님하고 죽자꾸나 고생했지만 제대로 된 대학 나온 건 겨우 저 하나 뿐이에요. 그래도 효도는 형님이 다 하니 제가 송구스럽죠. 어머님 잘 모시죠, 게다가 이번엔 아버님 전집까지……"

송부장이 나를 만나자고 한 것은 송사묵 선생의 전집에 관한 건 때문이었다. 맏형이 원해서 그 동안 아버지가 남긴 작품을 모아보니 장편이 한 편, 중단편이 사십여 편이나 되어서 세 권쯤의 전집으로 꾸밀 만하더라는 것이었다. 여태껏 가만히 있다가 별안간 그런 생각을 하게 된 건 말할 것도 없이 여태껏 금기하던 작품들이 쏟아져나오고, 복자 뒤에 숨었던 이름들이 복원되는 해빙 무드와 무관하지 않았다. 그러나 예나 지금이나 그의 작품이 상업성이 없긴 마찬가지라 몇 군데 다녀본 출판사마다 다 뜨악해한 모양이다. 거기까지 일을 맡아 진행한 건 막내였는데 출판사가 달가워하지 않는다는 소리를 듣고 치사하니 자비로 하겠다는 결정을 내린 건 맏이라니 맏이가 그만큼 재력도 든든하단 얘기였다. 서울 위성도시에 주유소를 가지고 있고 시내에서도 자동차 부품업소를 경영하고 있어서 형제 중 가장 알부자라고 했다. 다된 일에 나를 만나자고 한 건 전집 끄트머리에다 아버지의 친구 문인과 나처럼 문인이 된 제자의 글을 첨부하고 싶어서라고 했다. 아버지의 친구 중 아직도 현역인 소설가와 시인을 각각 한 사람씩 찾아뵀는데 쾌히 승낙해주더라며 나한테는 편지글이 어떻겠느냐고 했다.
"편지글을 어떻게……"
나는 저승에다 어떻게 편지를 쓰겠느냐고 하고 싶은 걸 그 정도로 얼버무렸다.
"친구분 중 시인 되시는 분은 일화 중심으로 써주신다고 했으니까 아마 아버님의 인간성을 그리시게 될 테고 소설가 선생님은 아버님 문학을 대강 짚고 넘어가시겠다고 하셨어요. 그러니까 선생님께서는 제자로서 북에 계신 예전 선생님께 선생님의 자식들이 잘 자랐고 자수성가해서 이렇게 전집까지 꾸미게 된 내력과 감격, 축하 뭐 그런 거 있잖습니까, 그런 걸 써주시면 됩니다. 실상 우리 자식들이 우리가 하는 일을 직접 자화자찬하기도 뭣하구요. 선생님이 지금 어엿한 문인이 되신 것도 우리 아버님 영향이 컸다는 걸 말씀해주시면 더욱 영광이겠구요."
다된 각본이었고 송사묵 선생님을 위한 일인데 각본대로 못 움직여줄 것도 없었다. 그렇지만 송사묵 선생님이 사형당한 걸 뻔히 알고 있으면서 어떻게 북한에 있는 것처럼 가정을 할 수 있겠는가. Q씨의 오류를 바로잡기는커녕 내가 이미 기정 사실화된 거짓 위에다 또 하나의 거짓을 덧칠할 판이었다.
편지쓰는 건 일단 승낙을 했다. 제목을 북에 계신 송선생님 보십시오로 하건 저승에 계신 송선생님 보십시오로 하건 쓰고 싶은 사연은 크게 달라질 건 없겠거니 해서였다. 그러나 막상 편지를 쓰려고 하니까 그걸 먼저 정해놓지 않고는 아무것도 쓸 수 있을 것 같지가 않았다. 속 들여다뵈는 거짓에 동조하는 게 아무리 송선생님의 유가족을 위하는 도리라고 해도 나에겐 유가족보다도 송선생님이 더 중요했다. 비록 방대하거나 화려하진 않지만 그분이 남긴 문학을 몽땅 모아논 자리라면 의당 그분의 생애도 정직하게 복원돼야 마땅했다. 그건 내 감수성이 가장 순수했을 때 존경과 동경을 바쳤던 분에 대해 이 나이에도 할 수 있는 유일한 공경의 방법이었다. 그분은 사람이고 문학이고 요사스러운 걸 가장 싫어했다. 그때는 국어 시간에 문장 지도도 했었는데 제발 못 써도 좋으니 요사만은 떨지 말기를 엄하게 경계하던 그 카랑카랑한 목소리는 지금까지도 잊혀지지 않는다. 겉멋, 허영, 장식으로서의 여고생 문학 취미도 적당히 봐주지 않던 그분이 철지난 늙은이들이 꾸미는 이 요사스러운 장난을 보면 뭐라고 할 것인가. 머리가 희끗희끗한 나이에도 유난히 맑고 진국스럽던 그분의 눈빛이 생각났다.

혹시 송선생님 사모님이 자식들의 교육상 철저히 숨겨온 게 그만 기정 사실화되어 여태껏 내려왔을 가능성도 있었다. 아버지가 빨갱이짓해서 사형까지 당했다면 그 자식들이 얼마나 가위눌리며 살았으리라는 건 짐작 못 할 바 아니었다. 어머니로서 의당 숨기고 볼 일이었으리라. 그러나 이제 그 자식들은 아이들이 아니다. 막내까지 마흔이 넘은 자식들이라면 아버지와 아버지를 사형시킨 시대를 포함해서 이해할 수 있는 나이다. 가위눌릴 것도 창피해할 것도 그렇다고 자랑스러워할 것도 없이 진상을 다만 바로 보기만 하면 된다.

나는 유족들의 의사와 상관없이 독자적으로 송사묵 선생님의 생애의 마지막 부분을 복원해서 전집의 마지막에 첨부하려고 마음을 굳혔다. 그러기 위해선 그걸 입증해줄 제삼자의 도움이 필요했다. 사모님이 인정하지 않는 한 그 사실을 아는 건 나밖에 없는 꼴이 되기 때문이다.

1950년 9월 28일 서울이 수복되자 시민들의 기쁨은 가히 광희(狂喜)였다. 내 경험으로도 해방됐을 때보다도 기뻤던 것 같다. 굶주림과 공포에서 해방된 시민들은 복수를 원했다. 부역자를 철저히 색출하는 데 앞장섰을 뿐 아니라 사사로운 미움 때문에도 저놈 빨갱이라는 등뒤로 손가락질 한번으로 당장 오라를 지게 만들기도 했다. 요행 매맞고 풀려나거나 재판을 받을 수도 있었지만 군이나 청년 단체에서 임의로 즉결처분을 하기도 했다. 운수 소관이었다. 자유롭고도 흉흉한 시대였다.

집안내에서 숙부가 밀고를 당해 붙들려갔다. 인공 치하에서 이밥 먹고 산 죄였다. 숙부는 큰길가에서 도매상을 하고 있었는데 난리가 나자 가게는 저절로 문을 닫게 되었다. 그러나 잠긴 가게터가 꽤 넓은 게 화근이었던지 인민군 군관 숙소로 쓰겠다고 했다. 어느 영이라 싫다고 하겠는가. 그러나 거기서 자진 않고 말도 매놓고 군수품 같은 것도 갖다 쟁여놓는 것 같았다. 그리고 숙모더러는 그들의 삼시 식사를 부탁했다. 워낙 식사 분량이 많아 숙부까지 그 일에 매달렸고 덕분에 식구들이 밥 걱정은 안 하게 됐다. 그 죄밖에 없는데 숙부는 내외가 다 동네사람의 밀고로 연행이 됐고 다행히 즉결은 면하고 서대문형무소에 수감이 되어 재판을 받게 됐다. 사촌이 아직 나이 어려 내가 옥바라지를 하게 됐는데 워낙 형무소가 터지게 부역자를 잡아들여 면회고 뭐고 없었다. 그 일대가 한마디로 난장판이었고 옷 한 벌을 차입하려도 그 근처 여관에서 자고 통금이 해제되자마자 당도해도 그날로 넣을 수 있을까말까였다. 부역자는 가족까지도 숫제 개돼지 취급이었고 간수라도 한 사람 연줄이 있었으면 얼마나 좋을까 싶은 게 그때 가족들이 꿀 수 있는 최고의 꿈이었다. 죄수들을 재판소로 실어나를 때는 뚜껑도 없는 트럭을 이용했는데 그 대신 얼굴을 알아보지 못하게 용수를 씌웠다. 어느 날이 즈이 식구 재판날인지 알 리 없는 가족들은 혹시 용수 쓴 모습이라도 볼 수 있을까 해서, 아니 그보다는 용수를 통해서라도 이쪽의 모습을 보이려고 허구한 날 영천 일대를 별산을 했다. 나 역시 그러다가 같은 처지의 사모님을 만났다. 졸업하고 대학에 붙고 나서 선생님을 댁으로 찾아갔을 때 뵌 그 조촐하고도 기품있던 사모님하고는 딴판이었다. 나는 더 딴판이 돼 있었는지 내가 먼저 알아보고 누구누구라고 누누이 설명을 해도 알아본 것 같지 않았다. 알아보려고 노력도 안 하고 건성으로 고개만 주억거리더니만 갑자기 내 손을 붙들고 외진 데로 가더니 부탁 좀 하자고 했다. 그리고 허리춤에서 꼬깃꼬깃하게 접은 편지지를 꺼내서 펼쳐보였다. 진정서였다. 나도 이름을 알 만한 대가급의 문인들, 고등학교 때 교장 선생님과 몇몇 선생님 성함이 진정서 말미에 적혀 있었다.

    선생님은 난리통에도 숨어 있지 않고 학교에도 나가시고 문학가동맹 사무실에도 나가셨다고 한다. 나가서 특별히 한 일은 없어도 암튼 그 세상이 그렇게 빨리 끝날 줄 모르고 어물쩡댔으니 학생들 볼 면목도 없고 해서 수복 후는 집에서 자숙하고 있었다고 했다. 자숙하고 있는 동안도 동료 교사들이 찾아와 학교에 나오기를 권고하기를 한두 번이 아니어서 큰 죄를 진 건 아니구나 안심하고 있을 무렵 연행되어 이 지경이 됐으니 누가 고발을 했음에 틀림이 없다고 사모님은 장담을 했다. 누가 말하기를 밀고로 애매하게 붙들린 사람한테는 그 사람의 부역 사실이 대단치 않고 또 6·25 전의 사상이 온건했다는 사실을 밝혀 관용을 요망하는 진정서를 첨부하면 재판 때 매우 유리할 거라고 했다. 진정인들이 유력하거나 유명 인사라면 그 효력은 더욱 확실해질 거라는 소리를 듣고 사모님이 작성한 명단이 그것이었다. 선생님이 그만큼 발이 넓었다고 생각되자 사모님은 비로소 힘과 희망이 생겼다. 그러나 선생님과 평소 교분이 두텁다고 사모님이 철석같이 믿고 있었던 그분들은 하나같이 사모님을 문전박대했다. 간신히 만날 수 있었다고 해도 무슨 핑계로든지 도장을 안 찍으려 했다. 가장 흔한 핑계는 누가 먼저 찍으면 찍겠다는 거였다. 사모님은 아직까지도 그 먼저 찍어줄 사람을 못 만난 것이었다. 나에게 하고 싶다는 부탁은 내가 나서서 그 먼저 찍어줄 사람을 찾아냈으면 하는 거였다. 선생님을 위해 제자가 발 벗고 나서면 딴 유명 인사는 몰라도 동료 선생님들 마음이야 움직일 수 있지 않을까 기대하는 것도 무리는 아니었다. 그러나 나는 해보지도 않고 나 역시 옥바라지하는 처지임을 빙자해서 못 하겠다고 거절을 했다.

"그 사람들 중에서 누가 밀고를 했을 거야."

사모님이 느닷없이 봉두난발을 흔들면서 사납게 말했다. 도장을 안 찍어주는 사람들한테 품는 사모님의 앙심이 섬뜩했다. 나도 그 사람들 중의 하나가 된 게 무서워서 도망치듯 사모님과 헤어졌다. 그리고 다시는 그 근처에서 사모님을 만나지 못했다. 어쩌면 만나는 걸 내 쪽에서 피하고 있었는지도 모른다.

숙부가 언제 재판을 받았는지도 모르고 있었는데 출감한 사람을 통해 숙부가 보낸 쪽지를 받아보게 되었다. 누런 편지 겉봉 찢어진 데다 연필로 쓴 편지는 간략하고 처절했다.

"재판에서 사형을 받았다. 하늘도 무심하지. 변호사를 좀 대다우. 짐승처럼 죽기 싫다. 송사묵 선생도 사형받고 죽었다. 솜바지저고리는 잘 받았는데 솜이 너무 얇더라. 좀 두둑하게 두어서 넣어다오."

숙부는 내 졸업식에 와서 송선생과 인사하고 사진까지 찍은 적이 있었다. 우리는 숙부의 부탁을 하나도 들어주지 못했다. 곧 혹한이 닥치면서 전세가 불리해지고 수감자도 더러 남쪽으로 이감을 시키기 시작했단 소문도 들렸지만 확인해볼 새도 없었다. 그 후 숙부는 사형을 당했는지 병사를 했는지 가족은 아무런 통보도 못 받았지만 그 안에서도 밖에서도 영영 찾을 수 없는 사람이 되고 말았다. 지금 생각하면 어떻게 그럴 수가 있었나 싶지만 그 안에 있는 사람 일은 천명에 맡길 수밖에 없을 만큼 밖에서 치른 우리 집안의 곤욕과 빈핍 또한 혹독했었다. 숙부가 그 안에서 짐승처럼 죽어갔다면 우리는 밖에서 짐승처럼 살아 남았던 것이다.

이렇게 송사묵 선생님의 죽음은 확실하지만 그걸 입증해줄 제삼자 역시 이 세상 사람이 아니었다.

그러다 문득 또 하나의 제삼자가 떠올랐다. 형무소의 죄수까지 다 가는 피난도 못 가고 텅 빈 서울에 우리 식구만 남아 있을 때였다. 그 공백 상태 속에서도 시장은 몇 군데 서서 소규모의 물물 교환이 행해지고 있었다. 필요한 게 있어서라기보다는 우리 말고도 사람이 살고 있다는 걸 확인해보고 싶어 시장에 갔다가 고등학교 동창인 혜진이를 만나게 됐다. 얼굴은 창백하고 손등은 동상에 걸려 꼴이 말이 아니었지만 표정이 더할 수 없이 해맑아 이상한 느낌을 주었다. 졸업 후 대학에 안 가고 집에서 살림을 돕던 중 6·25를 만나 동네 민청에 나가게 된 게 화근이 되어 감옥살이를 하고 나왔다고 했다. 나와보니 가족들은 이미 피난을 가고 빈집만 남아 있어서 따라내려갈 기력도 없고 집안에 식량은 충분히 남아 있길래 그냥 머무르고 있다고 했다.

"아직 식구도 못 만났지만 살아서 이렇게 하늘 보는 것만도 꿈만 같아. 그 안에서 얼마나 많이 죽는다구. 송사묵 선생님도 그 안에서 돌아가셨어."

혜진이의 눈이 그렁해졌다. 나는 이미 알고 있는 사실이라 따져 묻진 않고 듣기만 했더랬다. 여자와 남자는 물론 따로 수용돼 있지만 워낙 감옥이 초만원 상태라 간수들이 이름 부르는 소리를 서로 들을 수가 있었다. 불과 반년 전까지도 선생님이었던 분의 이름을 듣는 느낌은 형언할 수 없이 착잡하더니 언제부턴가 못 듣게 되자 또 그렇게 허전할 수가 없었다. 그 안의 독특한 통신 방법으로 알아보니 출감한 게 아니라 죽었다고 하더라는 얘기를 들은 생각이 나자 나는 즉시 몇몇 동창생들한테 연락을 취해 혜진이의 전화번호를 알아낼 수가 있었다. 내가 통성명을 하자 혜진이는 호들갑스럽게 반색을 했다.
"어머머…… 이게 얼마 만이니. 졸업하고 처음이지 그치?"
"왜 일사 후퇴 후에도 만났잖아."
내가 그 말을 하자 혜진이의 음성이 갑자기 뜨악해졌다.
"응. 그때—. 전화 왜 걸었어?"
"그때 너한테 송사묵 선생님 얘기 들은 걸 다시 확인해보려고. 전화로 이럴 게 아니라 우리 어디서 만나자. 오래간만에 회포도 풀 겸."
혜진이가 뜨악해진 낌새를 타고 내가 수다스러워졌다.
"여봐, 이여사."
이번엔 뜨악한 대신 전혀 딴사람처럼 위엄을 꾸미며 말했다.
"이여사 나하고 억하심정 있어?"
이번엔 어미가 떨리는 게 느껴졌다. 나는 어쩔 줄을 몰랐다.
"왜 그래? 혜진아, 이여산 또 뭐고."
"나 우리 남편한테 거기 들어갔다는 거 속이고 결혼했어. 그이도 시집 식구도 아무도 모르고 나 여태껏 잘 살아왔어. 무슨 얘길 듣고 싶은지 모르지만 내가 입을 열 것 같아. 소설이나 극으로 써먹지 뭐 할 짓이 없어 남의 비밀을 캐냐 캐길."
그리고 전화를 딱 끊었다. 어처구니가 없어 멍해져 있는데 이번엔 그쪽에서 전화를 걸어왔다.
"아깐 정말 미안했어. 너무 놀라서 그만 제정신이 아니었어. 그때 일은 우리 친정 식구하고 너밖에 몰라. 네 말 한마디로 꽃밭에 불을 지를 수도 있어. 그럴 리야 없겠지만. 아무한테도 그 얘기 안 했지? 그래 고마워. 너만 믿어. 그리고 우린 앞으로도 서로 상종은 안 하는 게 좋을 것 같아. 약점 잡힌 사람 만나는 거 별로인 기분 너두 알 거야. 암튼 너만 믿을께. 아깐 정말 미안했어."
화를 낼 때보다 후환이 두려워 비굴하게 구는 게 나로서는 더 상대하기 고역스러웠지만 그녀가 원하는 대로 충분한 다짐과 맹세를 해서 안심을 시키는 수밖에 없었다. 나를 사로잡은 복원의 꿈은 이미 반 넘어 허물어져 있었다.
 그러나 그 후 며칠 있다가 어떤 칵테일 파티에서 백민세옹을 만나자 불현듯 또 그 생각이 났다. 그 노인이라면 도움이 될 수도 있을 것 같았다. 한때는 소설을 쓴 적도 있지만 60년대초부터 관직에 발을 들여놓더니 문공·문교 계통의 꽤 높은 관직을 두루 거치고 지금은 은퇴해서 유유자적한 노후를 즐기고 있는 다복한 노인이었다. 그러나 나는 백옹의 그런 순탄한 경력보다는 사모님의 진정서에 백민세란 이름이 올라 있었다는 게 한결 흥미로웠다. 그때 그의 이름은 맨 첫째줄에 올라 있었고 몇 번씩이나 문전박대한 사람을 사모님이 특별히 힘주어 원망할 때도 그의 이름이 대표로 오르내렸던 걸 나는 잊지 않고 있었다. 그렇다고 그걸 상기시켜 백옹을 난처하게 하거나 원망을 하려는 건 아니었다. 백옹이라면 송사묵 선생님이 북으로 갈 새 없이 체포 수감되었다는 걸 누구보다도 잘 알 터였다. 옥중에서 죽음에 이르렀다는 것까지는 모르고 있더라도 그것만이라도 확실히 증언해주면 나로서는 소기의 목적을 달성한 셈이었다. 그 파티는 모일간지의 창간 몇십 주년 축하 파티여서 대성황이었다. 나는 가끔 그런 유의 초대장을 받긴 하지만 참석해보긴 처음이어서 좀 어리둥절했다. 시내에서 만나기로 한 동료 문인이 그 장소에서 만나자고 할 때부터도 뜨악했다.
 "왜 그래, 공짜로 저녁 잘 얻어먹고 사람 구경 실컷 하고 나서 우린 어디 가서 따로 차나 마시고 노닥거리면 얼마나 경제적이야."
 "나 파티 체질 아닌 건 당신도 알잖아."
 "군중 속의 고독이 무서워서 그러지. 알았어 내가 옆에 붙어 있어줄께."
 말은 그렇게 해놓고 저 혼자 어찌나 인파를 잘 누비고 다니면서 담소를 즐기는지 나는 곧 외토리가 되었다. 외토리가 됐을 때 제일 곤란한 건 눈길을 어디다 질정할지 몰라 두리번거리게 되는 건데 그러다 노신사들 사이에서 파안대소하고 있는 백민세옹을 발견하게 된 것이었다. 나는 그에게로 곧장 걸어갔다. 그리고 소설쓰는 아무개라고 자기 소개 먼저 하고 나서 뵙게 돼서 영광이라고 했다. 왜 그렇게 말이 잘 나오는지 몰랐다. 그의 초기 작품에 대해서도 아는 척을 좀 했다. 왕년에 소설 한 편 못 써본 사람 서러워서 어디 살겠느냐고 노신사들이 엄살을 부리면서 백옹을 부러워했다. 그리고 찡긋쨍긋 음흉한 미소로 서로 신호를 하더니 슬금슬금 자리를 피해줬다. 옆에서 참견하는 사람들이 없어지자 나는 서둘러 용건부터 말하려고 했다.

"송사묵이라는 소설가 아시죠?"

"아다마다. 내가 키운 작간걸. 참 아까운 사람이 납치당했지."

또 납치였다. 맥이 빠졌다.

"납치라뇨. 그게 아니잖아요. 선생님은 아시면서."

나는 손가락 사이로 빠져나가려는 미꾸라지를 움켜쥐는 것처럼 허둥대며 그러나 재빠르게 체념부터 하며 말했다.

"월북했단 소리도 더러들 한다는 건 나도 알고 있어요. 그렇지만 그건 모함이에요. 무슨 놈의 인심이 있지도 않은 사람까지 모함을 하려 드는지. 그 사람은 절대로 제 발로 북쪽에 갈 사람이 아녜요. 월북이건 납북이건 살아나 있으면 좋으련만. 미국 영주권 가진 내 친구 중에서 더러 북한 방문도 하나봅디다. 그럴 때마다 생사나 확인해보라고 부탁하게 되는 보고 싶고 궁금한 사람이 몇 있는데 송사묵도 그 중의 하나지요. 부탁은 하느라고 하지만 아직 시원한 소식은 못 들어봤어요. 내 친구들이 부실해서가 아니라 그쪽 사회라는 게 이쪽 상식 가지고는 도무지 종잡을 수 없이 돼 있나봐요. 그 착하디착한 천성의 소시민을 끌고 간 것만 봐도 종잡을 수 없는 놈들이죠. 참 송사묵하곤 어떤 사이죠?"

그는 필요 이상 많은 말을 하고 나서 물었다. 나는 그 동안 그 우아하고 고상하게 늙은 노인이 어떤 얼굴로 그런 시침을 떼나 차마 직시하지 못하고 그가 손바닥에 올려놓고 다른 한 손으로 괜히 빙글빙글 돌리고 있는 칵테일잔에 시선을 고정시키고 있었다. 그런 무의미한 손놀림에서나마 그의 갈등을 읽고 싶었다. 어떤 청년이 다가와 공손하게 안부를 묻는 걸 기화로 백옹은 곧 나의 존재를 잊어버렸다.

송부장한테 부탁받은 편지글은 아직도 첫 줄에 걸린 채였다. 북쪽에 계신 ……으로 할 것이냐 저승에 계신 ……으로 할 것이냐 사이에서 헤매고 있는 사이에 송부장이 아무리 늦어도 몇월 며칠까지는, 이라고 당부한 날을 훨씬 넘겼다. 그럭저럭 나에게 준 기간이 갑절이나 지났는데도 재촉 전화도 없었다. 하긴 날짜 맞춰 나와야 하는 잡지도 아니겠다, 그 동안에 계획이 변경됐을 수도 있고 아예 계획 자체를 파기해버렸을지도 모른다. 내가 몸달 일이 아니었다. 그런데도 매사에 그 첫 줄이 걸림돌이 되어서 제대로 손에 잡히는 일이 없었다.

그러나 송부장으로부터 다시 연락을 받았을 때는 오히려 내 쪽에서 급하게 굴었다.

"아니 어떻게 된 거예요. 책 나온다는 날짜 지난 지가 언젠데……"

"선생님 글이 안 들어갔는데 어떻게 책이 나옵니까."

"그럼 미리 미리 독촉을 해야죠."

"우리가 뭐 빚쟁이인가요. 급할 것도 없구요."

책을 낼 의사가 정말 있는 건지 없는 건지조차 종잡을 수 없는 말투였다. 나는 그게 그렇게 화가 날 수가 없었다.

"그럼 이 전화도 원고 독촉이 아니겠네요."

"네, 실은 형님이 선생님을 좀 뵙자고 해서."

"나를 왜요?"

"불쑥 어려운 청탁만 해놓은 것 같아 모시고 식사라도 하시고 싶은가봐요. 여태껏 도리가 아니었다고……"

"결국은 원고 독촉이네요, 그죠?"

"아 아닙니다."

"괜찮아요, 원고 독촉이라도."

"죄송합니다. 형님이 워낙 그래요. 장사꾼이라서요."

"장사꾼이 장사꾼식으로 하는 게 당연하잖아요."

그렇게 돼서 강남의 어느 시끌시끌한 갈비집에서 만난 송사묵 선생님의 장남은 털털하고 배가 나오기 시작한 전형적인 장사꾼이었다. 몇 개의 업소의 대표이사로 돼 있는 명함을 내놓으면서 말했다.
"이젠 살 만합니다만 한참 어려울 땐 밑천 안 드는 장사를 이것저 것 궁리하다가 나도 소설이나 써볼까 한 적이 있었지요. 생각보단 어렵드구먼요. 그래 그런지 아버님 피를 받아서 그런지 지금도 젤 부럽고 존경스러운 게 작가 선생님이지요. 이렇게 모시게 돼서 영광입니다."
그가 유창하게 너스레를 떨수록 나는 속아만 산 사람처럼 또 속아선 안 된다고 생각했다. 나는 단도직입적으로 물었다.
"아버님에 대해서는 어느 만큼 알고 계신지요?"
"글쎄요. 아버님이 돌아가셨을 때 제 나이 열다섯이었으니까……"
"그럼 아버님이 돌아가신 걸 알고 있었단 얘기군요."
"그러믄요. 그걸 어떻게 잊어버리겠어요."
"막내동생 되시는 분은 전혀 모르고 있는 것 같던데……"
"네에, 그거요. 납치당하신 것처럼 말하는 것 말이죠. 그건 우리 식구의 말버릇이죠. 사형이나 옥사보다 얼마나 듣기 좋아요."
"말버릇이라고요?"
"예 말버릇이요. 묵계라고 해도 좋구요. 그렇지만 그런 말버릇을 우리 식구가 먼저 칭인힌 긴 이니예요. 언제부턴지 북쪽으로 긴 사람들의 문학이 거론되기 시작하면서 아버님도 그 안에 포함되는 걸 보고 우리 식구는 다만 동조한 것뿐이죠."
"그건 진실이 아닌데 가족은 마땅히 정정을 해야지 동조를 하다니 그게 말이 됩니까."
"좋은 일에선 특별나고 싶을지 모르지만 나쁜 일일수록 다수의 편에 서는 게 그나마 편하거든요. 일종의 자구책이죠. 불행해진 것도 억울한데 홀로 특별하게 불행해지는 거라도 면해보자는."
원고의 첫 줄을 북쪽에 계신 ……으로 할 것인가 저승에 계신 ……으로 할 것인가를 그와 의논하는 대신 나는 갈비를 아귀아귀 뜯었다.
누구나 빠져나갈 구멍 먼저 마련해놓고 있었다. 진실이 마치 함정이나 덫이라도 된다는 듯이. 남 나무라 무엇하랴. 누구보다도 내가 그렇게 살아왔다는 증거로 나는 하필이면 나의 촉새 같은 입놀림을 생각해냈다. 나는 나의 촉새 같은 입을 그에게 들킬까봐 그렇게 열심히 갈비를 뜯고 있는지도 몰랐다.

송사장은 송사장대로 열심히 다들 성공한 그의 동생들 얘기를 하고 있었다. 그 바로 밑의 동생은 공고만 나왔는데도 지금은 큰 회사에서 공장장까지 올랐고, 두 누이동생도 겨우 여고만 졸업시켰건만 연애를 잘해서 교수한테도 시집을 가고 사업가한테도 시집을 가 떵떵거리고 산다고 했다. 내가 만나본 막내도 결혼을 잘해서 처가가 학자 집안이고 계수도 지금 박사 과정중이라는 얘기도 했다. 요컨대 그는 송사묵 선생님의 오 남매가 다 얼마나 잘됐나를 내 편지글 속에 나열해주길 바라고 있었다. 그러니까 사장님이 글쟁이한테 청탁을 하고 있었다. 겨우 갈비와 소주를 먹이면서 말이다.

나는 점점 헤프게 헤실헤실 웃으면서 자작으로 연거푸 축배를 들었다. 복원되지 못한 것들을 위해서. 〔『창작과비평』, 1989년 여름〕

家

　　6월달의 어스름 밝을녘은 몇 시쯤 되는 것일까. 여름이고 겨울이고 어머니가 들락날락 얘야 학교 늦겠다, 얘야 회사 늦겠다, 성화를 하기 전에 눈을 떠본 일이 없는 성구는 그때가 몇 시나 됐는지 짐작도 할 수 없었다.
　　눈을 뜨자마자 그의 눈에 띈 건 창밖에 풍선처럼 떠오른 하얀 두상이었다. 외할머니다. 그는 일단 한번 가슴이 철렁하고 나서 다시 눈을 감고 잠을 청했다. 성인의 두상으로는 최소한의 부피, 그리고 그 소리 없음과 무게 없음 때문에 정말 풍선처럼 가볍게 여겨지던 게 조금씩 그를 짓누르기 시작했다. 노인네가 꼭두새벽부터 남의 창밖에서 얼씬거리긴. 처음엔 단지 선잠을 깬 게 외할머니가 엿보고 있는 느낌 때문이었다고 탓을 하며 화를 내다가 다시 단잠을 이룰 수 없게 되자 괜히 억울해지기 시작했다. 그는 갈급이 나게 아침잠이 아쉬워 전전반측하다가 앞으로 매일 아침 노인네 때문에 새벽잠을 설칠지도 모른다는 생각이 들었다. 비로소 정신이 말똥말똥해지면서 노인네의 존재가 천근의 무게로 그를 엄습했다.
　　성구는 벌떡 일어났다. 하얀 두상 대신 아침 햇살이 눈부셨다. 그래도 이른 아침일 터였다. 집안은 아직 괴괴했다. 그의 방은 동향이었다.
　　"외할머니가 오셨다."
　　어젯밤의 동창 모임은 삼차까지 끌어서, 집에 돌아온 건 한시가 넘어서였다. 현관문을 따준 어머니는 그렇게 말하고 나서 각각 흩어져 있는 하얀 고무신이 그의 구둣발에 짓밟힐까 저어하는 것처럼 얌전하게 모아 한 귀퉁이로 치웠다. 어머니는 손님을 기다릴 때처럼 단정한 옷매무시에 졸음기 없는 긴장된 표정을 하고 있었다. 취기도 있고 해서 성구의 시간 관념에 잠깐 착란이 왔다. 전엔 전화 걸고 늦었을 때 어머니는 기다리지 않고 일찌감치 자리에 드는 것 같았다. 잠옷 바람에 푸석푸석한 표정으로 문을 따주기 일쑤였다.
"외할머니 오셨다니까."
제 방으로 들어가려는 성구의 뒤통수에 대고 어머니가 재차 말했다. 그가 돌아섰다.
"아주요?"
"그게 그렇게 급하냐?"
"어머니가 딱해서 그렇죠."
"딸도 자식이다."
"어머닌 외삼촌이 너무하단 생각도 안 드세요?"
"그럴 수밖에 없었겠지."
"주무세요."
"뵙고 자렴. 기다리시는데."
"내일 뵙죠. 저 많이 취했어요."
그는 결코 취기를 과장하지 않고 맹숭맹숭한 목소리로 말하고 나서 제 방으로 들어가 등으로 문을 소리나게 닫았다. 기분좋은 취기가 갑자기 냉각한 건 외할머니 오셨다는 소리를 듣자마자였다. 그러고 보니 그 후 새벽까지 안면을 이룬 것 같지 않았다.
그러잖아도 홀어머니는 결혼을 앞둔 성구에게 적잖이 부담스러웠다. 친구의 소개로 만나 교제한 지 일년이 넘는 다영은 어머니도 며느리감으로 허락하고 있었다. 애야, 연애도 아닌데 중매로 일년은 너무 긴 거 아니냐? 말수 적은 어머니가 가끔가다 이렇게 묻는 걸 보면 잘 안 될까봐 걱정이 되는 것 같았다. 궁합도 몇 군데씩이나 보러 다닌 듯했다. 좋다는 데도 있고 그저 그렇다는 데도 있다고 했다. 까다롭기로 유명해서 좋은 소리 듣기가 하늘의 별 따기라는 사주쟁이한테서 그저 그렇다는 소리 들은 건 찰떡궁합보다 더 큰 소득이라고도 했다. 그런 소리를 들을 때마다 성구는 어머니도 차암, 하고 말끝을 흐렸다. 그의 차암 속엔 당사자로서의 계면쩍음보다는 연민·짜증·혐오가 더 많이 섞여 있었다. 어머니는 저희들끼리 좋아하고, 하나밖에 없는 시집 식구가 땐소리 안 하면 다된 혼사인 줄 알고 있지만 다영이 쪽에선 천만의 말씀이었다. 약혼식은 어디서 하는 게 좋을까 그럴듯한 호텔 이름을 몇 군데씩 들먹이고, 또 실지 답사까지도 해본 눈치였지만 정작 날짜 받는 건 차일피일 미루고 있었다. 성구가 급한 나머지 대강 언제쯤이 좋을 것 같다고 이쪽의 의향을 말하면 약혼 날짜 택일은 신부측의 고유 권한이라고 펄쩍 뛰었다. 둘 사이가 기정 사실화되기 전에 다영이가 확실하게 해두고 싶은 게 뭐라는 것쯤 성구도 벌써부터 눈치채고 있었다. 어머니를 모셔야 되나 안 모셔도 되나였다.
"그런 걸 어떻게 어머니한테 직접 여쭤보냐?"
"여쭤보나마날 거야. 요새 젊은 시어머니들 모시겠대도 싫댄대. 울 엄마 아빠 봐. 자기 엄마보다 열 살은 더 많은데도 나 보내면 두 분만 사실 꿈에 부풀어 계셔, 요새."
"너네하고 우리하고 같냐? 우리 어머닌 혼자시잖아."
"그럼 그러니까 우리가 모셔야 된다는 거야 뭐야."
 이러면서 발칵 화를 냈다. 다영이는 화를 낼 때가 가장 매력적이었다. 얄팍하고 선이 고운 입술이 고무줄로 밑동을 칭칭 동여맨 것처럼 동그랗게 오므라들면서 똑 따먹고 싶게 농익은 체리 모양이 되었다. 화내는 다영이에게서 매력을 느끼는 건 성구의 피할 길 없는 약점이었다. 그는 중대한 고비에서 흐물흐물해지면서 바보 같은 소리밖에 못 한다.
"꼭 그렇단 소린 아니고…… 모시긴 누가 누굴 모시냐? 요샌 시어머니가 며느리 모시는 세상이라더라."
"그래, 이제야 성구씨 본색이 드러났어. 그러니까 어머니하고 같이 살아도 그만이다 이거지? 분명히 말해. 난 우유부단한 건 질색이야. 나 답답한 거 속으로 참는 성미 못 된다는 거 알지? 계속 답답하게 굴면 국물도 없을 줄 알아."
 다영이가 이렇게 공갈을 치고 눈을 흘기면 눈에서 파란 불꽃이 튀기는 것 같았다. 그는 다영이의 체리 같은 입술도 좋아했지만 그

파란 불꽃엔 더욱 약했다. 서른 살 사내의 정욕이 열꽃이 되어 살갗을 뚫고 온몸에 만개하는 듯한 전율을 느꼈다. 그러나 그녀가 공갈친 국물엔 중대하고도 굵직한 건더기들을 포함하고 있었다. 결혼은 물론 약혼식쯤 유보할 수도 있다는 뜻도 되었지만 감질나게나마 허용하던 신체적 접촉을 매몰차게 뿌리치겠다는 예고도 되었다. 그런 결론 없는 말다툼 끝엔 적어도 일주일 이상 그는 다영이의 손끝 한번 잡아볼 수가 없었다. 다영이가 얼마나 답답할까에 대해선 그도 깊이 공감하고 있었다. 그러면서도 그는 답답하게 굴 수밖에 없었다. 그 역시 답답해서 죽을 지경이었기 때문이다.

　너희끼리 나가 살라든가, 어차피 외아들의 외며느리로 들어오려면 시집살이할 각오는 했으렷다라든가, 몇 달만 시집살이 시키고 나서 따로 내줄 테니 그 대신 아주 늙어서 수족 못 쓰게 됐을 땐 책임져줘야 한다든가, 혼전의 젊은이들이 가장 알고 싶어하는 문제에 대해 어머니는 여태껏 일언반구도 언급한 적이 없었다. 속셈을 드러내보이지도 않았다. 데리고 살 작정이면 안방을 내줄 것인가, 지금 성구가 쓰고 있는 현관 옆방을 그대로 신혼방으로 할 것인가를 의논하거나 걱정하는 눈치라도 보여야 하는데 전혀 그렇지 않았다. 또 하나 있는 방은 부엌에 붙은 굴속 같은 방이어서 지금도 옷장 대신 쓰고 있었다. 식구는 단 두 식구지만 큰살림을 줄여먹은 끝이라 세간은 많았다. 며느리를 공기처럼 여기지 않는 바에야 그렇게 대책이 없을 수가 없었다. 어머니의 대책 없음을 애당초 데리고 살 생각이 없는 것으로 받아들일 수도 있었다. 그렇다면 큰 근심이 하나 제거되는 셈이었다. 다영이가 바라는 것도 바로 그걸 테니까.

　그렇지만 너희끼리 나가 살아라와 우리끼리 나가 살겠습니다는 사뭇 다르다고 성구는 생각하고 있었다. 윗사람이 먼저 그렇게 말하면 만사가 형통하게 돼 있지만 아랫사람이 먼저 그렇게 말했다간 무슨 회오리바람을 일으킬지 알 수 없는 일이었다. 아무튼 그 말은 먼저 안 하는 게 수였다. 먼저 한쪽에서 뒷갈망을 해야 되고 그 뒷갈망은 방 하나를 내주는 것보다 훨씬 비용이 많이 들고 복잡한 일이 될 터였다.

집 명의는 성구 이름으로 돼 있었지만 성구 마음속으로는 어머니의 집이었다. 그렇다고 어머니에게 돈 버는 재주가 있었다는 얘기는 아니다. 성구가 여덟 살, 성구 위로 낳은 딸 성심이가 열한 살 때 홀로 된 어머니는 근검절약하는 재주밖에 없었기 때문에 남매 대학 교육까지 시키고 나니까 동그마니 집 한 채 물려받은 게 점점 오그라들어 전세방 한 칸밖에 안 남았다. 그래도 지금 있는 아파트 장만할 때는 그 전셋돈이 큰 보탬이 됐지만 무엇보다도 성구의 월급 관리를 물샐틈없이 철저히 한 덕이었다.
"참 장하세요."
　집 명의란 소득이 있는 사람 명의로 하는 게 여러 가지로 편해서 그렇게 했다뿐 그 공은 전적으로 어머니에게 돌리고 싶은 심정을 그때 성구는 그렇게 치하했었다. 지금이라고 그런 갸륵한 마음이 변한 건 아니었다. 변하지 않았기 때문에 우리끼리만 나가 살겠습니다, 소리 하기가 더 힘든지도 모른다. 집에 대한 권리까지 주장할 자신이 없었기 때문에 빈손으로 다시 시작할 각오 없이는 함부로 입 밖에 낼 소리가 아니었다. 시체 풍속따라 어머니가 먼저 그 소리를 꺼내기만 하면 사정이 훨씬 달라지련만. 데리고 살 대책도, 내보낼 대책도 없이 시침 따 메고 있는 어머니가 성구 보기에 고약한 심술을 부리고 있는 것처럼 보이는 요즈음이었다. 어머니한테 정이 떨어질수록 다영이는 하는 짓마다 정붙게 굴었다. 어머니가 돈 버는 재주도 없으면서 자주적으로 보이는 것과는 대조적으로 다영이는 늘씬하고 건강한 체질인데도 성구에게 보호 본능 같은 걸 일으키는 데가 있었다. 큰 부자는 아니지만 웬만큼 살고 부모가 갖춘 가정의 막내딸이 흔히 그렇듯이 돈 어려운 것도 살기 고달픈 것도 몰랐다. 인생은 즐길 거투성이이고 남들이 즐기는 건 다 따라하고 싶어했다. 그녀는 특히 선물·외식·쇼핑을 좋아했다. 선물을 하기도 잘 했지만 사달라고 조르기도 잘 했다. 팔짱 끼고 백화점을 돌아다니다가 억지로 각자가 필요한 물건을 생각해내가지고 서로 상대방 걸 사서 포장센터에 가서 예쁘게 싸고 반짝거리는 리본 달고, 아기 손바닥만한 카드에다 낯간지러운 속삭임까지 적어서 교환한 일도 한두 번이 아니었다. 얼마나 귀여운 여잔가. 그러니까 성구가 보호해주고 싶은 건 약한 체질이나 상처받기 쉬운 정서 따위가 아니었다. 그녀의 인생은 즐거워라였고 철없음이었다. 사내의 명예를 걸고 그 천진성을 다치게 하고 싶지 않았다. 집 장만을 위해 찌들게 한다는 건 더군다나 상상도 하기 싫었다.

성구의 생각이 집 문제에 걸렸을 때 불현듯 외할머니가 보고 싶어졌다. 어젯밤 어머니가 뵙고 자라고 한 말이 생각나서가 아니었다. 그는 시방 외할머니를 보고 싶은 거지 뵙고 싶은 게 아니었다. 우리가 보통 윗어른을 뵙는다고 할 때의 아랫사람으로서의 예절이나 조심스러움이 조금도 섞이지 않은 오직 짓궂은 궁금증, 적나라한 호기심이 전부였다. 드디어 집도 절도 없어진 외할머니는 어떤 꼴을 하고 있을까. 외할머니의 집에 대한 집념, 집 가진 세도가 외가 친척들 사이에서 유명하다는 걸 알고 있는지라 더욱 외할머니가 참담한 웃음거리로 여겨졌다.

성구는 팬티만 입은 아랫도리에다 파자마를 꿰면서 외할머니를 뵈러 베란다로 나갔다. 뵙는 게 아니라 봐줄 때 따르는 잔혹한 쾌감을 예감하면서. 베란다엔 아무도 없었다. 그새 안으로 들어간 걸까. 거실에서 ㄱ자로 꼬부라진 부엌을 살펴보았다. 다음엔 부엌에 붙은 방을 열어보았다. 구닥다리 세간이 꽉 들어차고 남은 통로엔 사철옷이 첩첩이 걸린 철봉같이 생긴 옷걸이가 길이로 놓여 있어 마치 오징어처럼 압축된 수많은 사람이 그를 향해 기립해 있는 것처럼 보였다. 어머니가 아직도 그 방을 치우지 않은 걸 보면 외할머니를 생전 모실 생각은 아닌지도 몰랐다. 당장은 달리 대책이 없어서 모셔왔더라도 임시적일 뿐이라는 걸 노인네에게 인식시키고 싶어했을 어머니의 심정이 느껴졌다.

그는 괴괴한 안방문 앞에서 잠시 머뭇거렸다. 깐깐한 어머니 앞에서 꾸깃꾸깃한 파자마바지와 벗은 윗도리로 외할머니를 뵙기가 망설여졌기 때문이다. 또한 막다른 골목에 몰린 것처럼 어쩔 수 없이 더불어 살게 된 여인 이대(二代)를 어떤 표정으로 대해야 하나는 성구로서는 준비를 요하는 일이기도 했다. 외할머니를 다영이에게 더욱더 미안하게 된 가중된 짐이라고만 여길 것인가? 그렇지 않을 수도 있다고 번득이는 간지(奸智)가 그에게 속삭였다. 어쩌면 방안의 여인 이대를 서로 상쇄시킬 수도 있지 않을까. 요새 세상에 시외조모까지 모실 며느리가 어디 있겠는가. 그건 며느리의 도리 이전의 시어머니의 도리에 어긋나는 문제였다. 어머니의 깔끔하고 뻔뻔스럽지 못한 성미에 비추어서도 그건 상상도 할 수 없었다. 외할머니와 어머니를 서로 비기게 할 수 있는 가능성이 점점 더 농후해졌다. 어젯밤부터 그를 짓누르던 중압감이 깃털처럼 가벼워지면서 그는 순간적으로 날아갈 듯한 해방감을 느꼈다. 그는 손자들에게 아부하기 위한 동전이나 알사탕 따위를 속바지 주머니에 상비하고 있는 외할머니를 반기기 위해 두 팔 벌려 달려들던 어린 날처럼 만면에 웃음을 띠고 안방문을 열었다. 그러나 벽 쪽에 나란히 깔린 이부자리 중 한쪽은 비어 있었다. 어머니가 밤새 잠 못 이룬 듯 피곤한 눈을 뜨고 그를 일별하더니 말없이 돌아누웠다. 그도 말없이 안방을 한번 휘둘러보고 돌아나왔다. 그리고 화장실, 뒷베란다까지 한바퀴 다시 점검하고 나서 베란다로 나왔다. 베란다로 면한 그의 방 창문을 통해 할머니의 두상을 보고 나서 얼마 동안이나 지났는지 짐작이 가지 않았다. 잠깐 눈을 붙인 것도 같고 한잠이 들었던 것도 같았다. 그 동안 해가 떴다고는 하나 주차장의 차들이 다닥다닥 붙은 체인 걸 보면 시퍽 이른 시힘임이 분명했다. 그는 먼지 모를 것을 뜸을 들이기 위해 부질없는 시간 계산을 하다가 용기를 내어 베란다 난간을 붙들고 아래를 내려다보았다. 그의 집은 아파트 13층이었다. 일층 사람들의 취향에 따라 가꾼 뜰이 까마득하게 내려다보였다. 그의 집 라인의 일층 주민은 취미가 별난 사람 같았다. 가장자리에 회양목을 심고 장미나 다알리아 따위를 심은 건 비슷했지만 베란다 난간으로 덩굴장미를 올린 이웃집과는 달리 보리를 심어놓고 있었다. 그 방면엔 무관심한 그였지만 지나다 청청하게 자라 이삭까지 올라온 작은 보리밭을 바라보면 허풍스러운 전원 취미라고 약간은 비꼬는 마음이었다. 시방 그 보리밭 한가운데 산발한 외할머니가 넝마처럼 널브러져 있었다. 성구는 미처 안경도 안 쓰고 나온 근시안으로도 외할머니가 흩뿌린 점점의 다홍빛 핏자국까지 분명하게 확인한 것처럼 느꼈다.

 그는 눈을 감고 한번 깊은 숨을 들이마셨다. 침착해야 된다고 생각했다. 자아, 이제부터 무얼 어떻게 한다? 그는 도무지 요량이 가지 않았다. 그렇다고 혼비백산한 건 아니었다. 그는 조금 놀라긴 했지만 그건 어디까지나 너무 침착한 자신에 대해서였다. 그는 먼저 안방 창 앞으로 가서 방안의 동정을 살폈다. 이중창의 안쪽은 칸유리여서 들여다보이진 않았다. 그러나 어머니가 아직도 자리 속에 있는 것만은 분명했다. 어머니는 일어나면 우선 창문부터 여는 버릇이 있었다. 한겨울에도 아침 환기는 거른 적이 없었다.

나는 지금 다리가 후들후들 떨리고 있다. 성구는 그렇게 생각하려 들었다. 그래서 아주 천천히 거실로 해서 자기 방으로 돌아와 파자마 윗도리를 걸치고 집 밖으로 나갔다. 현관문 밖은 바로 엘리베이터였다. 엘리베이터는 지금 1층에 머물러 있었다. 그는 위를 가리키는 화살표를 누르고 나서 13층 위에도 두 층이나 더 있다는 걸 가위눌림처럼 지겹고 황당하게 여겼다. 13층에 산 지 한두 달 된 게 아니건만 처음 느껴본 느낌이었다. 문득 걸어 내려가야 할 것 같았다. 일층에 있는 엘리베이터를 불러올려 타고 내려가는 동안이 아무리 더디게 느껴져도 걸어 내려가는 것보다는 빠르다는 걸 모르지 않건만 엘리베이터에서 내린다는 건 너무 유유해 보일 것 같았다. 그는 수위한테 기겁을 하고 우두망찰한 것처럼 보이고 싶었다. 그는 숫자판이 5를 가리킬 무렵 계단을 택했다. 그러나 다리가 후들거린다는 느낌 때문에 천천히 계단을 밟았다. 외할머니가 단 일 초만에 극복한 거리가 생전 끝날 것 같지 않은 길이로 무진장 또아리를 틀고 있었다. 이거야말로 창자다, 라고 그는 생각했다. 아파트의 창자도 인간의 창자처럼 제 키의 몇 배나 되게 길었고 밤새 싸고 토하고 아래위로 가셔낸 취한의 새벽 창자처럼 허망하게 비어 있었다.

성구는 어쩌면 다리가 후들댄다는 핑계로 그 길고긴 동안을 야금야금 즐기고 있는지도 몰랐다. 외할머니에 관해 얻어들은 얘기가 한장 한장 환등기에 밀어넣은 원판처럼 생생한 현장감을 가지고 떠올랐다.

성구의 외가는 파주에서 십대를 넘게 터잡고 번성한 향반이라고 했다. 그러나 성구는 한번도 그쪽으로 외가 나들이를 가본 적이 없었다. 그가 태어나기 훨씬 전 그의 어머니가 소학교 들어갈 무렵에 외할아버지·외할머니가 서울로 이주했다니까 그럴 수밖에 없었다. 그러나 어머니한테는 삼촌·사촌·오촌뻘 되는 가까운 친척들이 여러 분 산다는데 너무 왕래가 없는 것 같았다. 성구가 어렸을 때는 과부가 된 어머니가 어린 남매 먹여살리는 일에만 골몰했고 또 요새보다 훨씬 교통편이 마땅찮을 때라 그런 걸 이상하게 여길 겨를도 없었다. 이젠 옛날과 달리 파주 하면 엎어지면 코 닿을 데가 되었고 낚시나 야유회, 드라이브 등으로 그쪽을 지날 일도 종종 생겼다. 시골에 대한 막연한 그리움도 있고 해서 불쑥 들러서 외할아버지 함자를 대면서 외손자라고 하면 깜짝 놀라서 반겨줄 만한 촌로(村老)나 당숙·육촌들이 살고 있을 마을 이름이나 위치를 알고 싶어하면 어머니는 질색을 했다. 이유는 폐될 짓을 뭣 하러 하느냐는 간단한 거였지만 그럴 때의 어머니의 표정은 착잡했다. 매몰차고 쌀쌀맞아 보이기도 했지만 음흉하고 떳떳치 못해 보이기도 했다. 정에 박하다고나 할까. 하여튼 사십 년, 오십 년 만에 만난 사돈의 팔촌도 확인만 되면 들입다 얼싸안고 꿈이냐 생시냐 눈물범벅이 되는 우리나라 사람답지 않은 어머니였다. 서울서 사는 외가 친척 중엔 가끔 찾아오는 이도 있고, 또 전화나 우편으로 부음을 전해주거나 결혼 청첩장을 보내오는 이도 있었다. 어머니는 그럴 때마다 빠지지 않고 참석도 하고 부조도 하는 걸 보면 친정 쪽하고 담을 쌓을 만큼 맺힌 사연이 있는 것 같진 않았다. 그래서 남의 신세지는 걸 극도로 꺼리는 결벽증 정도로 이해하고 한 가닥의 시골 연줄을 스스로 단념해버리고 있었다.

 어머니의 그쪽 기피증이 예사 결벽증하곤 다르다는 사연에 접하게 된 건 외삼촌이 기어코 집을 팔아먹고 나서였다. 전화로 외할머니의 눈물 섞인 하소연을 다 듣고 난 어머니는 맥없이 수화기를 내려놓고 나서 마침 옆에서 듣고 대강의 사정을 짐작한 성구에게 읊듯이 중얼댔다.

"느이 외할머니, 그 악착같은 할망구도 죽을 때가 다됐는갑다. 그 연놈들한테 신나를 뿌리고 확 성냥불을 그어대지 못하는 걸 보면……"

그때 성구는 놀라서 벌린 입을 다물지 못했다. 어머니가 그렇게 독한 악담을 하는 건 처음 들어보았다. 할망구는 외할머니고 그 연놈들이란 외삼촌 내외를 일컫는 소리겠지만 몇 안 되는 친정붙이를 그렇게 하대해 말하는 걸 들어보기도 물론 처음이었다. 외삼촌이 사업이랍시고 손댄 게 지지부진하여 집이 날아가게 생겼다고 외할머니가 하소연할 때마다 어머니는 하나밖에 없는 남동생을 좋은 말로 두둔했었다. 외삼촌은 어머니보다 십칠 년이나 손아래여서 성구는 삼촌이라기보다는 형처럼 맞먹으려 들 때가 더러 있었다. 그럴 때마다 그런 버르장머리를 엄하게 잡도리하던 어머니였다. 부모가 늘그막에 얻은 아들이라 철도 늦게 나는 동생을 행여 남이 얕볼세라 자신이 먼저 깍듯이 대접하던 어머니답지 않은 말씨였다.
"아무리 화가 나시기로서니 무슨 말씀을 그렇게 하셨어요?"
성구가 넌지시 간(諫)하자 어머니의 표정이 형편없이 구겨졌다. 거의 울상이 되더니 전혀 딴소리를 했다.
"이것 봐라, 에미 손등의 이 흠집 좀 보렴. 여섯 살 때 외할머니가 담뱃불로 지진 게 덧나서 이렇게 됐단다."
손등에 정말 우두자국만한 흠집이 있었지만 보기 싫을 정도는 아니었다. 어머니가 말해주기 전엔 거기 그런 흠집이 있다는 것도 모르고 있었다.
외할머니는 열여덟 살 때 조씨가의 둘째며느리로 들어왔다. 같은 파주 땅 교하면 성씨가의 셋째딸 성간난은 그날부터 교하댁이라 불렸다. 행세깨나 하고 사는 시골 양반이 대개 다 그렇듯이 며느리를 호미 들려 들에만 안 내보낸다뿐 농토는 풍년들어야 겨우 배나 안 곯는 정도인데도 신역은 고됐다. 시할머니까지 계신 층층시하에 시동생·시누이·조카·머슴 등 거느려야 할 식구도 수월찮았다. 그래도 남의 자식 아낄 줄 아는 가문이라 시집 잘 갔단 소리 들으면서 삼 년 안에 첫아들까지 낳았다. 그러나 삼 년 안에 집안의 대들보인 시아버지가 뒷간 갔다오는 길에 쓰러지더니 미처 약 한 첩 달일 새를 못 참고 숨을 거두자 쯧쯧 새사람 들어오고 삼 년 안이 어렵다더니…… 하고 수군대는 구설수에 오르게 됐다. 재앙은 그것으로 끝나지 않고 막내시동생이 불장난을 하다가 사랑채를 홀랑 불을 내고 말았다. 고조할아버지가 분가하면서 지은 집이라고 했다. 마침 조씨가 가장 번성할 당시여서 재목 쓴 거하며, 간살이나 규모하며, 솟을대문하며, 과객이나 거지가 제일 먼저 찾아들게 생긴 번듯하던 집이 벌거벗은 것처럼 안채를 드러내게 되었다. 급한 대로 사립문은 해달았지만 더 급한 건 방이 모자라는 거였다. 시할머님의 분별하에 거처가 정해졌는데 맏며느리 내외에게만 따로 방을 주고 나머지 식구는 남자와 여자가 나누어 자는 거였다. 불타고 남은 방이 셋이라고는 하나 실은 둘밖에 안 됐다. 안방·건넌방이 그것인데 안방은 길게 네 칸짜리를 가운데에 장지를 들여 아래윗방으로 쓰던 걸 둘로 쳐서 구차스럽게 셋으로 계산한 거였다. 맏아들 내외에게 방을 하나 내주려면 건넌방을 내주어야 마땅하련만 시할머니는 그렇게 하지 않았다. 예뻐서 방 하나를 통째로 주는 게 아니라 장손이 딸만 둘 두었기 때문에 아들을 바라고 합방을 시켜주는 거니까 안방의 장지 윗방을 쓰라고 했다. 구들목이 따뜻한 안방은 시할머니·시어머니·시누이들, 그리고 맨 윗목이 교하댁 자리였다. 큰동서 내외와 조카딸이 쓰는 윗방 장지문에 바짝 붙어서 잘 수밖에 없었다. 쇠죽 끓이는 큰 가마솥이 걸린 건넌방은 남자들 차지였다. 건넌방 남자들 중 장가를 든 건 둘째밖에 없었으니 둘째 내외의 처지가 제일 억울하달 수도 있었으나 맏이라고 나을 것도 없었다. 장지문 하나로 막아놓은 것도 각방이라고 시할머니는 툭하면 각방을 내준 세도를 부리려 들었고 당사자들도 동생 내외나 딴 식구들 앞에서 죄인처럼 죽어지내야만 했다. 시아버지 삼년상을 치르기 전에 부엌머리 찬방에다 방고래를 놓아 방이 하나 더 생기긴 했지만 머슴을 위한 거였지 교하댁 차지가 되진 않았다. 윗방도 사시장철 맏이 내외가 차지할 수 있는 건 아니었다. 윗방은 장지문만 떼어내면 안방의 윗목에 해당되었으므로 겨울엔 추웠다. 동지 팥죽을 먹기가 무섭게 이듬해 입춘 무렵까지 며느리와 손녀들만 남겨놓고 맏이는 건넌방으로 건너가 자라는 명령이 내렸다. 쇠죽 가마솥이 걸린 건넌방은 절절 끓었기 때문이다. 뚝 떨어진 건넌방이 있는데도 맏이 내외를 구태여 서로 불편한 윗방을 준 건 아들자식들을 춥지 않게 겨울을 나게 하려는 노인네들의 특별한 배려였다. 그러나 딸이나 며느리에 대한 배려는 전혀 없었다. 하긴 아들들에 대한 배려도 배부르고 등 뜨뜻하게 끼고 돌 생각 외엔 어른 취급을 한 건 아니었다. 둘째 내외는 이미 아들이 하나 있다는 걸로 사 년 동안 한 번도 합방을 할 기회를 안 줬으니까. 그러나 하늘을 봐야 별도 딴다는 속담도 교하댁에 한해선 해당되지 않았다. 그녀는 그 사 년 동안에 아이를 둘이나 더 낳았기 때문이다. 둘 다 딸이었다. 재주도 좋다고 무슨 수로 아기를 만들었느냐는 한동네의 그 또래 새댁들의 놀림 섞인 성화에 부끄러움을 못 이긴 교하댁은 그만 실토를 하고 말았다. 이삭이 팰 무렵에 보리밭 이랑에서 만들었다는 그녀의 실토는 수군수군 킬킬 동네방네로 퍼졌다. 남의 말 하기 좋아하는 사람 아니라도 외설스러운 소문에는 자기도 모르게 입이 가벼워지는 법이니 오죽했겠는가. 한동안 점잖기로 이름난 조씨네 집성촌에선 보리는 계집애를 일컫는 은어가 되었고, 딸 그만 낳으란 소리는 아무리 급해도 보리밭에 가지 말아, 가 되었고 고단해 뵈는 신랑이나 신부를 보고는 간밤에 보리방아를 몇 섬이나 찧었느냐고 놀리는 농지거리가 유행을 하게 되었다. 그런 가운데도 조씨가에선 셋째아들을 장가들여 조그맣게나마 새집을 지어 세간을 내는 걸 본 둘째 내외네 마음이 편할 리가 없었다. 소학교밖에 안 나왔지만 체질이 약하고 자존심이 강해 농사짓기엔 합당치 않다고 스스로 판단한 둘째는 어느 날 훌쩍 대처로 돈벌이를 떠났다. 넉넉잡고 삼 년 안엔 세간날 만한 목돈을 벌어오마고 언약하고 떠난 둘째가 일년 만에 그만한 돈을 벌어왔다. 운수가 좋았을 뿐이라고만 말했지만 시기 섞인 소문은 분분했다. 경성 본정통 일본인 상점에서 점원 노릇 하는 걸 보았는데 아마 주인을 잘 만났거나 뒤로 돈을 빼돌렸을 거라고 말하는 사람도 있었다. 그 마을에선 첫손가락 꼽을 만큼 일본말을 잘했으니까 있을 수 있는 일이었다. 월급을 후하게 받거나, 조금씩 표 안 나게 주인 돈을 빼돌리는 것만으로는 불과 일년 안에 그만한 돈을 마련할 수 없을 테니 아마 미두(米豆)나 투전을 한 게 틀림없을 거라는 추측도 나돌았다. 우애도 있고 의뭉스럽기도 한 맏이가 동생 처지를 딱하게 여겨 장사 밑천을 줘서 대처로 내보냈을 거라는 건 소문이 아니라 집안내에서 수군대는 뒷공론이었다.

대식구가 가까스로 일년 계량할 만한 농토를 물려받았다고는 하나 양대에 걸친 윗어른이 살림 주장을 하고 있어 바늘 한 쌈 사는 것도 자유롭지 못한 맏이가 냈음직한 꾀였다. 동기간의 우애도 있었겠지만 열 식구 버는 것보다 한 식구 더는 것이 낫겠다는 긴 안목의 이해 타산도 있었음직하다.
　아무튼 교하댁은 보리밭에서 만든 여식을 포함해서 삼 남매를 낳은 연후에나 세간을 날 수가 있었고 살림 재미가 뭐라는 것도 알게 되었다. 무엇보다도 대처에 나가 그만한 돈을 벌어온 남편이 하늘같이 우러러뵈는 것도 교하댁을 살맞나게 했다. 그때부터 교하댁은 다섯 자도 채 못 되는 키를 어찌나 빳빳하게 펴고 다니는지 되바라지다느니 사작스럽다느니 하고 흉을 잡히게 됐다. 둘째며느리 팔자가 핀 게 기특하기도 하고 한편 시기하는 마음도 있는 시어머니인지라 네 키가 한 치만 더 컸더라면 하늘을 쓰고 도리질을 할 뻔했구나라고 맞대놓고 비아냥거려도, 글쎄올시다 일년만 더 안방 윗목에서 장대 같은 시누이님과 윗방 문지방 사이에서 끼어 잤더라면 제 키가 한 치 아니라 두 치인들 못 늘어났을라구요 하고 태연히 말대답을 할 만한 배짱도 생겼다.
　교하댁은 실로 생전 처음 누려보는 자유요, 기를 펴고 사는 생활인지라 어떤 방해도 받고 싶지 않았다. 그러자면 웬만한 훼방은 우습게 아는 게 수였다. 교하댁의 가장 씩씩하고 행복한 시절이었다. 보리밭 이랑을 면하고 폭신한 햇솜 이부자리에서 편안하게 부부의 정을 나누게 되자 연년생으로 아들을 둘이나 더 뽑아냈다. 아들 셋, 딸 둘 도합 오 남매였다. 그러니까 성구 어머니는 보리밭에서 생겨난 두 딸 중 맏이인 일순이었다. 교하댁이 일순이의 손등을 불로 지져 생전 가시지 않을 흠집을 내놓은 건 일순이가 여섯 살 때였고 교하댁이 가장 행복한 시기였다. 읍내 소학교에 입학한 일순이 오빠가 하루는 화경을 빌려왔다. 이과 시간에 실습에 쓰는 걸 가진 위학년 아이한테 팽이를 깎아주기로 하고 빌려왔다고 했다. 장난감은커녕 유리병도 신기한 구경거리던 시골 구석에서 그 작은 유리붙이가 부리는 요술은 아이들이 혹할 만한 구경거리였다. 특히 먹칠을 한 종이에다 화경으로 햇빛을 모아 모락모락 가는 연기가 올라

오게 하고 마침내 실고추처럼 빨갛게 인화되는 걸 지켜보면 너무 재미가 나 가슴이 자글자글 오그라붙고 나중에는 창자와 오줌통까지 찌릿찌릿해지면서 오줌을 다 지릴 지경이었다. 그건 게딱지를 주워다가 솥을 걸고 모래를 쌀이라고 씻어 안치고, 풀을 뜯어 푸성귀 반찬, 잠자리나 메뚜기를 잡아다간 고기 반찬 만드는 놀이하곤 본질적으로 달랐다. 자연과 문명의 차이 같은 게 어린 마음을 현혹시키고 흥분시켰다. 일순이 남매는 지는 해를 아쉽게 쫓아 굴뚝 모퉁이에서 그 장난을 하다가 지붕을 이려고 엮어놓은 이엉에 옮겨붙어 하마터면 불을 낼 뻔하고야 말았다. 마침 우물에서 물을 길어오던 교하댁이 이엉에서 피어오르는 연기를 발견하고 동이째 물을 들이붓는 것으로 불은 간단히 잡혔건만 교하댁의 분노는 한참을 더 타올랐다. 꼭 미친 여자 같았다. 우라질새끼, 육시랄새끼, 염병할년, 오살할년, 온갖 욕을 폭포수처럼 퍼부으며 아들딸 가리지 않고 사매질을 하다가 입에 거품을 물고 양손에 한 아이씩 덜미를 잡아 질질 끌고 사랑으로 들어갔다. 마침 곰방대로 담배를 맛있게 빨고 있던 남편에게 응원을 청했으나 남편은 미친년처럼 짖는 아내의 소리에 기가 질려 어쩔 줄을 모를 뿐 아무런 도움이 되지 못했다. 혼자 날뛰던 교하댁은 남편의 곰방대를 빼앗아 남매의 손등을 번갈아 지지며 숨가쁜 소리로 외쳤다.

"다시 불장난할래 안 할래, 이 망종아. 다시 불장난할 거면 죽어라 죽어. 지금 당장 죽는 게 나아, 이 망종의 새끼들아. 내 속으로 낳은 새끼들이 집 중한 걸 모르다니, 세상에."

어머니가 혹시 환장을 한 게 아닌가 잔뜩 겁이 난 남매는 사매질을 당해도 단근질을 당해도 울지도 못하고 다시는 안 그러겠다고 싹싹 빌었다. 어찌나 지독하게 단근질을 당했는지 꽈리처럼 부풀어 올랐건만도 교하댁은 안쓰러워하기 전에 다시는 불장난 안 하겠다는 다짐만을 거듭거듭 요구했다. 된장이라고 얻어 바르고 무명헝겊으로 싸맬 수 있었던 건 물집이 터지고 덧나 진물이 질질 흐르고 나서였다.

살림나고 나서 화경으로 인한 불상사 외엔 식구 늘고 풍년들고 하여 교하댁은 재미밖에 날 게 없었다. 그러나 호사다마라고 마을에 돌림병이 돌았다. 토사곽란 끝에 몸에 물기가 말라 죽는 희한한 병이었다. 마을에서 공동으로 역신을 쫓는 굿을 하는 날, 교하댁 막내가 먼저 설사를 하기 시작하더니, 바로 윗형한테로 누이들한테로 맏이한테로 옮겨 올라갔다. 내리 옮기는 것보다 위로 옮기는 게 뒤끝이 안 좋다고들 했다. 겁을 먹은 교하댁은 따로 굿을 또 했다. 손이 발이 되게 빌고 또 빌었건만 남매만 건지고 삼 남매를 잃었다. 공교롭게도 손등을 불로 지진 자식만 남은 셈이었다. 초상난 집이 한두 집이 아니었지만, 한 집에서 셋씩이나 그것도 애초상만 난 집은 그 집밖에 없었다. 교하댁은 원통하고도 부끄러웠다. 자식을 한꺼번에 셋씩이나 잡아먹다니, 아유 끔찍해라. 뭇사람이 그러면서 자신을 손가락질하며 진저리를 치는 것 같았다. 혼자만 있을 때는 하늘 땅이 부끄러웠다. 두문불출하면 남의 눈을 피할 수 있었지만 하늘 땅을 피할 수는 없었다. 하늘을 쓰고 도리질을 하지 못해한다는 욕을 먹을 만큼 되바라졌던 교하댁의 눈은 짓무르고 고개는 물동이를 이지 못할 정도로 꺾였다. 교하댁은 정말 우물에도 못 나갔다. 일순이가 방구리로 물을 긷는 걸 마을 사람들은 애처롭게 바라보았다. 어느 날 남편이 혼잣말로 길게 탄식하는 소리가 교하댁의 귀를 번쩍 뜨이게 했다.

"에이구 불쌍한 것들. 수돗물 먹고 사는 경성 사람은 걸리지도 않는 병을 부모 잘못 만나……"

겁없이 대처에 나가 목돈까지 벌어온 남편의 말이니 믿을 만했다. 그래서 교하댁은 남편의 말꼬리를 붙들고 늘어져 묻고 또 물었다. 그리고 마침내 남은 자식들만은 서울에서 길러야겠다고 마음을 굳혔다. 교하댁은 썩썩하게 떨치고 일어나 남편을 부추겨 동의를 얻어내고 가산을 정리했다. 다시 집 없이 살게 될지도 모른다고 상상을 하는 것만으로도 눈이 뒤집혀 천금 같은 자식을 단근질까지 한 교하댁이었다. 몇 섬의 쌀과 집을 바꾸고 그 쌀로 산 돈이 남편의 쌈지로 들어간 날 교하댁은 마지막으로 제 집에서 목놓아 울었다. 그리고 교하댁은 이고 남편은 지고 아이들을 앞세우고 고향을 등졌다.

그때나 이때나 서울과 시골의 집값은 천양지판이었다. 그 돈으로 전찻길이 통하는 장안에선 전세방도 얻을 형편이 못 됐다. 그들은 청량리 밖 철길을 넘어서도 한참이나 걸어가야 하는, 여기도 경성일까 싶은 거름 냄새 나는 동네에다 방을 얻었다. 경성이 처음이 아닌 남편은 남대문통에 있는 일본인 도매상회의 배달원으로 취직이 되었다. 남편은 일본말도 잘하고 자전거도 잘 탔다. 그를 고용한 일본 장사꾼은 월급도 남보다 박하게 주는 편이 아니었고, 일의 성격상 삼시를 먹여야 하는데도 배곯을까봐 늘 신경을 써주었다. 연말 대목에는 가게에 딸린 방에서 재운 적도 있는데 온돌방에서 뜨끈뜨끈 등을 지져야 잠이 오는 조선 사람 생활 습관을 헤아려 저희들은 한 식구에 하나밖에 못 쓰는 유담뽀(끓는 물을 넣고 헝겊으로 싸서 발치에 대고 자는 금속제 물통)를 둘씩이나 넣어주었다. 그러나 조선 사람들은 비위생적이고 불결하다는 고정관념은 배냇버릇처럼 철저해서 새파랗게 젊은 주인 여편네가 서른이 가까운 자식이 주렁주렁 달린 남의 남편의 손톱·발톱까지 조사를 하고 잔소리를 하려 들었다. 조선 사람 부리는 일본인치고 한 가지 버릇 없는 사람은 없다고 했다. 대개는 정직성을 못 믿는 거여서 거기 따른 감시와 수모는 정말 견디기 힘들다는 걸 같은 처지의 동료들로부터 들어서 알고 있는지라 그는 그 정도는 약과로 알고 잘 견디었다. 덕택에 서울살이 일년 만에 때를 말끔히 벗고 사무원 같아졌다. 아닌게아니라 그의 소원도 그렇고 교하댁의 소원도 그렇고 어서어서 주인의 신용을 얻어 사무직이 되는 거였다. 목간통에 자주 가는 비용을 교하댁이 아까워할 적마다 이왕 왜놈 밑에서 고용살이하기로 작정을 했으면 한번 여봐란 듯이 성공을 하고 물러나야 할 거 아니겠느냐고 다독거렸다. 한문을 쪼개 쓰고 싶은 교하댁에게 목간통 가는 데 드는 돈처럼 아까운 건 없었지만 성공을 위해 드는 밑천이란 소리엔 두말도 못 했다. 그 두 내외가 추구하는 최종적인 성공은 다나카 상점의 사무원이 되는 거였다. 밭농사를 짓거나 시내로 날품팔이를 나가는 게 그 동네 사람들 대부분의 생계의 수단이었기 때문에 그의 찌꾸 바른 하이칼라 머리와 정결한 양복 차림은 돋보이기도 했지만 눈에 거슬리기도 했으리라. 난봉쟁이라느니 기생오라비라느니 하는 별명이 붙었다. 워낙 되바라진 교하댁은 그런 뒷공론에 기가 죽기는커녕 무시하고 경멸하는 마음 때문에 되레 도도해졌다. 세간을 나서 처음으로 제 집을 갖게 됐을 때처럼 다섯 자 키로 하늘을 쓰고 도리질을 할 기세였다. 이웃 사람들한테도 다나카 회사 사무원이고 곧 집 장만해서 셋방살이 면할 거라고 으스댔다. 돌림병으로 삼 남매를 잃고 남매만 남은 게 점원 월급으로도 남 보기에 사무원처럼 사는 데 도움이 되었다. 무엇보다도 월급으로 한 달 계획을 세울 수 있다는 게 그날 벌어 그날 먹는 사람들의 부러움을 사기에 족했다. 그러나 아이들에겐 자신의 처지가 이웃들 사이에서 특별나다는 게 괴로울 수도 있는 법이다. 교하댁에게도 남편의 청결벽이 옮아붙은 탓도 있거니와 참척 끝에 놀란 가슴도 있고 해서 아이들을 막벌이꾼의 자식들처럼 마구 놓아기르질 못하고 끼고 돌면서 열심히 먹이고 씻기고 빨아 입히는 데 온갖 정성을 다했다. 그런 유별난 아이에 대한 이질감을 동네 아이들은 툭하면 때리거나 따돌리는 걸로 풀려고 했다. 특히 안집의 그만그만한 개구쟁이들한테 당하는 건 아이 싸움이 어른 싸움 될 뻔한 적이 한두 번이 아니었다.

  고향에서도 그들은 서울 가서 크게 성공한 걸로 널리 알려졌다. 무슨 때마다 깨끗이 차려입고 달콤하고 알록달록한 과자보따리를 들고 내려오는 그들은 이제 조씨네 큰집에서도 가장 기다리는 상객이었다. 서울에서 뭔가 시작해볼까 무작정 상경하는 고향 친척이나 친구들이 제일 먼저 찾아오는 곳도 그의 셋방이어서 곤란할 적이 많았지만 교하댁은 그들도 능수능란하게 다루었다. 먹이고 재우는 건 인색하지 않게 치다꺼리해주면서도 아무나 서울이라는 눈감으면 코 베어갈 데서 취직이나 장사를 할 수 있는 게 아니라는 걸 알아듣도록 타이르길 잘했다. 교하댁의 그런 특기야말로 일석이조였다. 인심 잃지 않고 군식구를 따돌릴 수가 있었을 뿐 아니라 남편을 더욱 돋보이게 할 수가 있었기 때문이다.

  그렇게 심심찮게 치르게 되는 군식구 중엔 교하댁의 충고가 통하지 않을 정도로 단단하게 작심하고 고향을 등진 사람도 없지 않았다. 하루는 먼 친척이자 한 냇물에서 미역감고 자란 남편의 소위 불알친구가 소 팔고 전답 판 거금 팔백 원을 전대에 차고 찾아왔다. 그 돈으로 어떻게든 살 기반을 잡아놓고 나서 처자식을 불러올리겠다는 결심이 사뭇 비장했다. 맨주먹으로 무작정 상경한 친구와 달라서 따돌리는 것만이 능사가 아닐 듯했다. 그 동안 서울에서 만든 온갖 연줄을 다 동원해서라도 도움이 돼주고 싶었다. 그건 어쩌면 그 동안 대처에서 갖은 고생하며 쌓은 실력이랄까 인덕이랄까를 시험해보고 싶은 허영과도 무관하지 않은 심리였다. 하필 그때 그 일이 일어났다. 일순이하고 안집 계집애하고 소꿉장난하다 싸움이 붙은 게 일순이한테 불리하게 되자 오라비가 역성을 들었고 그걸 본 안집 여러 남매가 합세를 해 대판 싸움이 되었다. 그렇잖아도 애 싸움이 어른 싸움될 뻔한 적이 한두 번이 아니어서 피차 잔뜩 벼르고 있던 참이었는데, 일순이는 뒤통수가 허옇게 되도록 머리카락이 쥐어뜯기고 오라비는 이마에서 콧등에 걸쳐 내천자로 긴 손톱자국이 났으니 가만히 있을 교하댁이 아니었다. 더군다나 손톱 자국은 홈처럼 깊어서 생전 안 없어질 것 같았다. 눈이 뒤집힌 교하댁은 길길이 날뛰면서 사생결단을 하려 들었고 안집 여편네 또한 입이 걸기로 소문난 여편네였으니 싸움 구경 좋아하는 동네 사람들도 혀를 내두르며 뜯어말릴 수밖에 없었다. 실력으로 막상막하라는 걸 인정하고 싶지 않은 안집 여편네는 방을 당장 내놓으라고 호통을 쳤고 교하댁은 오냐 나도 집 없는 설움 더는 안 받고 살 테니 당장 전셋돈이나 내놓으라고 맞받았다. 교하댁은 안집에서 그 방을 복덕방에 내놓기도 전에 정말로 집을 계약했다. 상것들만 사는 동네라고 말끝마다 업신여기던 동네는 못 면했지만 그래도 천 원이나 나가는 집이었다. 눈이 뒤집혀 앞뒤 분별을 잃은 교하댁이 맡아가지고 있던 전대의 돈을 믿고 일을 저지른 거였다. 이자까지 쳐서 갚아주마고 달래고 빌어 가까스로 큰 망신만은 안 당하고 친구를 고향으로 돌려보냈을 수는 있었지만 뒷갈망하는 데는 오랫동안이 걸렸고 고향의 조씨가는 물론 친정인 성씨가까지 곤욕을 치러야 했다. 교하댁이 담독하게도 남의 돈 팔백 원을 믿고 천 원짜리 집을 산 건 전셋돈 백 원을 보태고 금융조합에다 저당을 잡히면 반 이상 갚을 수 있지 않을까 해서였다. 그러나 그때나 이때나 은행에서 집값의 반 이상을 빌릴 수는 없는 법이다. 사백 원을 융자받아 한푼

두푼 이사 비용으로 나가고 겨우 이백오십 원밖에 갚질 못했고 시골 동네에선 교하댁이 도둑년이란 소문이 짝자그르하게 퍼졌다. 넉넉하진 못하나마 체면을 중히 아는 양가에선 그 창피가 견디기 어려웠고, 소 팔고 땅 판 돈을 어이없이 날리고 실의의 나날을 보내는 한동네 젊은이 보기도 못할 노릇이라 성씨 집에선 소를 내놓았고 조씨 집에선 땅뙈기를 좀 떼어주어 교하댁이 진 빚을 무리꾸럭해주었다. 그렇다고 그 집 둘째며느리가 도둑년이란 누명이 벗겨진 건 아니었다. 양가에서 그 돈을 무리꾸럭해준 건 어디까지 자기네는 그런 도둑년하고 한통속이 아니라는 걸 보여주기 위해서였지 도둑년을 다시 식구로 인정하기 위해서가 아니었다. 친가·시가 양가가 다 남보다 더 매몰차게 교하댁과 다시 상종하기를 꺼렸다. 세상이 자꾸 개명해져서 서울 나들이할 기회도 자주 생겼지만 여관에서 자면 잤지 그 집엔 발걸음을 안 하는 게 수라는 게 교하댁의 친가·시가의 불문율처럼 되고 말았다. 그들 또한 지척에 고향을 두고도 못 가는 신세가 된 건 말할 것도 없다.

그러나 그렇게 억지춘향으로, 서럽고 서럽게라도 집은 장만하고 볼 일이라고 자기 잘못을 스스로 대견해할 만한 고비가 교하댁의 일생엔 수도 없이 많았다. 집이야말로 교하댁에게 황금알을 낳은 거위였다. 그때만 해도 집을 사고 팔 때 기와집인가 초가집인가 양기와집인가, 굴도리인가 납도리인가, 서까래 굵기가 애 종아리만한가 장정 종아리만한가에 따라 건평의 평당 가격이 매겨질 때였다. 대지 평수는 집값에 별로 큰 영향을 못 주었고 특히 땅값이 헐한 청량리 밖은 그게 더했다. 교하댁이 산 천 원짜리 집도 대지는 백 평이나 되어서 푸성귀는 실컷 심어 먹을 수가 있었다. 일제가 말기로 접어들면서 식량난이 심해지자 부지런한 교하댁은 그 땅을 충분히 이용했을 뿐 아니라 집도 몇 칸을 더 늘려 지었다. 폭격의 위험을 피해 도심을 떠나는 사람이 늘어남에 따라 그쪽 셋방이 동이 날 때였다. 남편 조씨가 징용을 당해 나가고도 굶어죽지 않고 너끈히 남매를 중학교까지 보낼 수 있었던 건 순전히 집 덕이었다. 마당에 물맛 좋은 우물까지 있어 아침 저녁 정갈한 소반에 정안수 떠놓고 서방님 살려만 달라고 빈 덕에 해방되던 해 겨울에 징용나간 조씨가 성한 몸으로 돌아왔다. 비록 어디가 부러지거나 못쓰게 되진 않았지만 쉰이 아직 멀었는데 머리는 반 넘어 세고 허리는 굽고 눈은 어두워져 전체적으로 그림자처럼 넋나간 등신이 되어 돌아온 남편을 들어앉혀놓고 편안히 봉양할 수 있었던 것도 집 덕이 컸다. 그 무렵 마침 동네 국민학교에 미군 부대가 진주해서 동네 사람들이 너나할것없이 양키 물건 장수, 부대 세탁부, 잡역부 등 미군 경기 맛을 들이게 됐고 교하댁도 뒤질세라 그 물결을 탔기 때문이다. 집에서 직접 생긴 소득은 아니지만 집의 입지적 조건이 마땅치 않으면 엄두도 못 낼 돈벌이었다. 조씨가 어느 정도 몸을 추스러 미군 부대 경비로 취직이 되면서 살림 형편은 더욱 윤택해졌다. 방값도 다달이 높아졌다. 전셋돈이 몇 달 사이에 사글세 보증금으로 깎아내려졌다. 양공주들이 모여들기 시작했기 때문이다. 방만 여러 개 가지고 있으면 포주 노릇 하는 것쯤 시간 문제였다. 그러나 누구보다도 돈을 밝히는 교하댁이었지만 그 짓만은 한사코 피했다. 사춘기로 접어든 일순이를 위해서도 그 짓만은 도저히 할 수 없었고, 무엇보다도 그 짓은 그녀의 집에 대한 신앙에 어긋났다. 도둑년 소리까지 듣고 장만한 집이 그녀로 하여금 도둑질 안 하고 먹고 살게 해준 걸 그녀는 늘 터줏대감한테 감사하고 싶었다. 감사의 표시로 터줏대감을 성내거나 욕되게 하는 짓만은 안 하고 싶은 게 그녀의 집에 대한 신앙이었다. 집세가 올라가는 건 좋은 일이지만 세들 사람을 선별하기가 점점 힘들어졌다. 젊은것들은 여염집 여편네나 회사원처럼 굴다가도 언제 어떻게 양공주로 변할지 몰라 피하고 늙은이나 아이들이 주렁주렁 딸린 식구들을 골라두었다.

일순이 위로 둔 맏아들이 교하댁 속으로 낳은 자식답지 않게 기골이 장대한 청년으로 자라 교하댁 가슴을 뿌듯하게 채우고 또 한 번 하늘을 쓰고 도리질하고 싶도록 교만해졌을 무렵 육이오전쟁이 터지고 그해 가을 징집돼 나간 후 일년 만에 한 장 전사 통지서가 되어 돌아왔다.

허구한 날 침식을 전폐하고 애통해하던 교하댁이 어느 날 된밥을 꿀떡꿀떡 삼키고 기운을 차리더니 남편에게 아들을 또 하나 낳자고 졸랐다. 그때 교하댁 나이가 마흔다섯이었다. 단산한 지 십오 년이 넘은 쪼글쪼글 찌든 여편네의 이런 비원은 조씨도 바로보지 못하고 얼굴을 돌릴 만큼 처연한 것이었다. 교하댁은 남편한테뿐 아니라 남들한테도 꼭 아들 하나 더 낳고 말 테라고 장담을 해서 웃음거리가 되곤 했다. 그러면 그렇지 장대 같은 아들 잃고 환장을 안 하고 배기겠느냐고 이해를 하다가도 미쳐도 어찌 그리 점잖지 못하게 미쳤단 말인가 종당엔 웃음을 참지 못하는 게 남의 동정의 한계였다. 그러나 아무도 못 믿은 게 실지로 현실이 되어 나타났다. 교하댁의 배가 불러오기 시작한 것이었다. 그건 아마 남편에게도 믿기지 않았나보다. 이목구비 제대로 갖춘 자식이 태어날지는 두고 봐야 알지요, 라고 하면서 부끄러워 어쩔 줄을 몰랐다고 한다. 그러나 딴 군말이 없었던 걸 보면 그가 종마(種馬) 노릇을 한 건 의심할 여지가 없다. 남자는 일흔에도 자식을 본다지만 조씨는 그때도 시난고난 성한 몸이 아니었다고 한다. 도대체 무슨 방법으로 그런 남자의 마지막 기운을 짜내 종마의 책무를 다하게 했을까? 그건 외손자로서 적이 불경스러운 상상을 유발할 수도 있는 의문이었으나 성구는 그 대목에서 묘하게 처절해지는 버릇이 있었다. 외할머니 교하댁의 집에 대한 소문난 집착을 가(家)를 잇고자 하는 맹목적 집념과 동일시하려는 그 나름의 시각 때문이었다. 그의 시각에 의하면 그건 또한 사라져가는 것의 잔영이기도 했다. 그래서 그의 처절함은 일시적인 애달픔 이상이 되지 못했다.

　조씨는 경이적 종마 노릇이 빌미가 됐던지 아니면 타고난 명이 그뿐이었던지 아내가 생남을 한 걸 보고도 원기를 회복하지 못했다. 그 후 꼬박 이 년을 더 병상에 있으면서 가산을 탕진했다. 가족이나 본인이 가망없다는 걸 느끼고부터 으레 명의도 명약도 더 많이 나서는 법이다. 교하댁도 그 방면엔 꽤 귀가 여린 편이어서 명의를 찾아 동분서주하는 사이에 알토란같이 돈이 생기던 사글세방이 모조리 전세방이 되었다. 더는 약값을 끌어댈 수 없게 되자 조씨는 집이라도 팔자고 졸랐다. 교하댁이 말을 안 듣자 조씨는 나 죽거든 너 혼자 얼마나 잘먹고 잘사나 보자고 죽을 기를 다해 난동을 부렸다. 그럴 때마다 교하댁은 내가 나가서 양갈보 노릇을 해서 돈을 벌어오면 왔지 집은 못 판다고 맞섰다. 그때 병자는 마음도 이미 깊이 병들어 그런 소리가 충격이 되지 않았을지 모르지만 방년 열아홉 살의 일순이에겐 견디기 어려운 형벌이었다. 아무리 사는 환경이 기지촌과 다름없고, 또 그 나이에 생식 능력까지 과시했다고는 하나 교하댁의 경우 양갈보가 되겠다는 발상이 그렇게 안 어울릴 수가 없었다. 기발한 게 아니라 끔찍했다. 아이를 배고부터 병자 구완에 가뜩이나 찌든 끝에 노산을 하고 나선 완전히 쪼그랑할머니가 돼 있었다. 어머니의 회상에 의하면 팔순이 넘은 지금도 그때보다 더 늙은 것 같지 않다고 하니 외할머니의 그때 몰골을 짐작하고도 남았다. 그렇게 늙은 여자가 느닷없이 갓난애를 내팽개치고 신들린 무당처럼 영언지 주문인지 모를 소리를 중얼대며 얼굴에 회뒷박을 바르고 입술을 쥐 잡아먹은 것처럼 섬뜩하게 칠하고, 나 이제부터 양갈보짓 나간다고 흰소리치고 나간 날 밤을 일순이는 지금도 일생 중 가장 비참한 지옥의 시절로 생생히 기억하고 있다. 가뜩이나 젖이 모자라는 어린 동생은 밤새도록 보채고, 해골이 다 된 아버지는 가쁜 숨을 몰아쉬며 세상을 저주하고, 이런 가운데 스무 살 처녀가 바랄 수 있는 희망은 오직 아버지가 어서 죽어주었으면 하는 거였다. 새벽에 어머니는 파김치가 되어 돌아왔다. 몸을 팔아서가 아니라 할 만큼 했다는 과시를 겸한 실의가 어머니를 그 지경으로 만든 것 같았다. 날 죽여라. 차라리 날 죽여. 아버지는 마지막 기운을 짜내 눈을 부릅뜨고 어머니를 저주했다. 아버지는 죽을 때도 눈을 부릅뜨고 죽었고, 한참 예민한 나이의 일순이에겐 그건 끔찍한 기억이었다. 오래도록 아버지가 죽은 게 아니라 남은 세 식구가 공모해서 아버지를 죽인 것처럼 여기곤 했다.

아버지가 죽은 후 집은 다시 황금알을 낳기 시작했다. 50년대, 60년대의 인플레는 전세로 목돈을 빼쓰면 일년 안에 그 돈이 사글세 보증금으로 절하가 되었다. 땅값이 올라 백 평의 대지만 가지고 있어도 땅부자였다. 교통이 편해져서 그쪽이 시내였고 동회나 파출소에서만 눈감아주면 허가 없이 얼마든지 방을 달아낼 수가 있었다. 일순이는 딸이라고 고등학교만 졸업시켜 몇 년 용돈이나 벌어쓰게 하다가 시집을 보냈지만 늦게 기적적으로 얻은 아들은 호강시켜가며 키울 수가 있었다. 국민학교부터 과외 공부시켰고, 할머니가 너무 날친다고 흥잡히면서 치맛바람도 날렸고 고등학교 갈 때는 재수, 대학교 갈 때는 삼수까지 시켰다. 성구가 중학생일 때 얻어듣거나 슬쩍슬쩍 엿본 대학 생활의 낭만이나 젊음의 질탕함은 다 그 외삼촌으로부터 얻어들은 거였다. 비록 늙은 여자의 시든 자궁을 빌어 태어나 말라붙은 젖꼭지에 매달려 겨우 연명하다가 두 살 때 아버지를 여의었다고는 하나 그건 다 의식이 비롯되기 전에 겪은 불행이고 외삼촌의 기억이 미치는 한은 궁색한 걸 모르고 멋대로 자랐다. 학교를 떨어질 때도 외할머니는 행여나 아들이 기죽을세라 먼저 이런 말로 위로를 했다.

"대학이고 나발이고 다 잘먹고 잘살기 위해 허는 짓인데 너야 만장 같은 집이 있겠다 무슨 걱정이냐. 대학 안 가도 얼마든지 호강허면서 살 수 있을 테니 안달복달헐 거 없어야."

이렇게 백 평 땅을 근거로 일찌감치 부동산 재벌 연수를 시켰다. 그래도 행세하고 장가도 들리려면 학벌은 꼭 있어야겠다 싶었던지 삼수까지 해서 대학을 졸업하고 취직도 했다. 그러나 연애를 하면서 황금알을 낳는 수많은 방이 창피하다고 색시감을 집에 데려오지 않자 외할머니는 과감하게 백 평 땅의 반을 분할해서 팔아 그 돈으로 나머지 오십 평에다 양옥집을 신축했다. 외삼촌이 창피하게 여긴 것만을 나무랄 수도 없는 게 끝도 없이 이어 지은 하꼬방으로 된 외할머니네는 그 동네에서도 골칫거리였다. 교통 편하고 공기 좋은 고급 신흥 주택가로 탈바꿈한 그 동네에 마지막까지 남은 하꼬방집은 동네 집값을 떨어뜨리는 암적 존재로 눈총을 받고 있었다. 그걸 모를 리 없는 외할머니였다. 누구보다도 시대를 앞서 살아왔다고 자부하는 마음도 있는지라 이번에도 시체를 따르기로 했다. 집으로 인하여 생계를 유지했을 뿐 아니라 집으로 인하여 늘 당당하게 으스대는 데 익숙해져 있던 외할머니로서는 무엇보다도 집으로 인해 새며느리한테 굽잡히는 일은 우선 피하고 볼 일이었을 것이다. 집을 그 지경까지 모독한다는 건 그분으로선 상상도 할 수 없는 일이었을 테니까.

고급 주택가와 잘 어울리는 이층 양옥집에서 며느리 보면서 외할머니가 얼마나 기고만장했는지는 성구도 보아서 익히 알고 있다.

며느리한테 참 복도 좋지 이런 알토란 같은 집에 시집을 왔으니, 소리를 끝도 없이 되풀이했는데 덕담인지 질투인지 분간을 할 수 없을 정도로 앙칼진 태도였다. 외할머니가 샘을 낸 새며느리의 복은 남편의 능력이나 사랑, 시어머니의 자애 따위가 아니라 저절로 생긴 이층 양옥을 의미한다는 건 말할 것도 없었다. 그렇게 집 하나 믿고 자세부리는 외할머니의 극성은 아들 며느리가 나이 먹고 손자·손녀가 생겨나도 수그러들 줄 몰랐다. 직장을 자주 옮길 뿐 아니라 월급봉투를 축내는 일이 잦은 외삼촌이고 보니 자연히 외숙모가 바가지를 긁어 집안에서 큰소리 나는 일도 잦았다. 그럴 때마다 외할머니는 참견을 해서 며느리가 보따리까지 싸는 큰 싸움을 만들기 일쑤였는데 그것도 꼭 집이 빌미가 되었다. 남들은 셋방으로 시집을 와서도 남편을 하늘같이 받드는데 어떻게 대궐 같은 집 가진 서방한테 시집온 년이 바가지를 긁을 수가 있냐는 거였다.

외삼촌은 좀더 잘살아보려고 다니던 주방 용품 회사를 그만두면서 그 회사 대리점을 따냈다. 그 과정에서 집을 담보로 하지 않으면 안 되었지만 외할머니는 감쪽같이 모르게였다. 한 이삼 년 집안이 화락하고 씀씀이도 활발해져 외삼촌은 역시 월급쟁이보다는 사업가 체질이로구나, 그때 막 대학을 졸업하고 몇 군데 대기업의 입사 시험을 본 성구는 다행스럽게도 부럽게도 생각했었다.

그러나 부도가 났다는 소문과 함께 외삼촌은 대리점에서 손을 떼게 되었다. 그 동안 회사한테 진 빚이 삼천만 원이 넘는다고 했다. 은행에서 융자를 받아 가만히 앉아서 까먹어도 삼 년은 까먹을 돈을 사업한다고 날치느라 이 년 반 만에 까먹었다. 그래도 그때까지는 외할머니의 충격이 그다지 크지가 않았다. 한동네서 오십 년을 넘어 사니까 넌더리가 나더라고 했다. 집에 넌더리가 난다는 건 지덕(地德)이 다했다는 알림이니 이사를 가 마땅하다고 쉽게 체념하고 담담하게 굴었다. 그때까지만 해도 빚을 갚고도 그 집을 팔면 몇천만 원은 건지게 되니까 으레 다시 집을 살 줄 안 모양이었다. 아닌게아니라 사오천만 원은 남을 테니 더 변두리로 나가서 집부터 사려니 했다. 그러나 외삼촌 내외는 제일 집값이 비싼 강남에서도 반포에다 작은 전세 아파트를 얻었고 자가용도 구입했다. 중학교에

다니는 아들딸 교육 문제 때문에 그럴 수밖에 없다는 거였다. 더욱기가 막힌 건 집 한 채 값을 다 들여 얻은 전셋집에 외할머니 방이 없다는 거였다. 방이 셋인데 안방만 겨우 쓸 만하고 나머지 두 방은 남매가 하나씩 나눠 쓰기에도 숨이 막히게 좁았다. 아무리 극성맞은 외할머니라지만 비집고 들어갈 틈이 없었다. 이사가기 전에 할머니가 지니고 살던 구닥다리 세간의 처분 먼저 시작했다는 것만 봐도 모실 뜻이 전혀 없는 게 분명했다.

 한없이 또아리를 튼 것 같은 계단도 마침내 끝나는 지점이 있었다. 성구는 뻥 뚫린 입구 앞에서 잠시 고개를 숙이고 생각했다. 집 가진 걸 자세부리는 게 표정의 일부, 생명력의 전부였던 외할머니의 집 없어진 후의 모습을 못 봐둔 건 참 아쉽지만 지금부터 보게 될 참상이야말로 외할머니의 파국의 적나라한 진상이 아니고 무엇이겠는가. 외할머니는 죽을 수밖에 없었다. 외할머니의 죽음을 기정사실로 받아들이자 성구의 가슴이 감동으로 벅찼다. 잠이 아쉬운 듯한 경비 아저씨와 눈이 마주치자 그는 밤새 안녕하셨느냐고 심각하게 물었다. 경비는 그의 특별한 인사에 좀 어리둥절한 것 같았다.
"왜 댁에 무슨 일이 생겼습니까?"
"아, 아뇨, 아닙니다."
 그는 허둥대며 경비실 앞을 지나쳤다. 베란다는 입구와는 반대쪽에 있었기 때문에 그는 종종걸음으로 아파트 모퉁이를 돌았다. 그는 아무 까닭도 없이 경비원의 시선만 벗어나면 뛸 궁리를 하고 있었다. 뛰려고 막 주먹을 불끈 쥘 찰나 아장아장 걸어오는 외할머니와 마주쳤다. 외할머니는 두 손을 뒤통수로 돌려 머리를 쪽찌르면서 걸어오고 있었다. 그는 걸음을 멈추고 기다렸다. 쪽을 다 찐 외할머니가 그를 발견하더니 두 손을 벌리고 뛰기 시작했다. 걸음마를 막 배운 아기의 뜀박질처럼 위태로워 그도 마주 달려갔다. 외할머니의 양손에선 문고리만한 금가락지가 한 손에 두 개씩 네 개가 찬연하게 반짝거리고 있었다. 두 팔 벌린 외할머니가 사뿐히 그의 품에 안겨왔다. 빈 사과처럼 조금만 힘을 주어도 으스러질 것 같은 할머니의 어깨뼈를 그는 얼떨결에 안았다. 새벽에 본 것과 다름없는 하얀 두상 뒤에 아기 주먹만한 역시 하얀 쪽이 내려다보였다. 그 쪽에 물린 비녀도 역시 금비녀였다. 쪽이 하도 작아서 그런지 엄청나게 굵어 뵈는 금비녀였다. 다영이한테서 선물받은 몽블랑 만년필만큼이나 뿌듯한 굵기였다. 어쩌자고 이렇게 많은 금붙이를 지녔을까. 왜? 왜? 도대체 왜? 그는 견딜 수 없는 기분으로 소리지르고 싶은 걸 억누르고 조용히 딴소리를 했다.

"새벽부터 어딜 가셨어요? 얼마나 찾아다녔다구요."

"늙은이가 새벽잠이 없어설라문에 공연히 내 새끼를 놀래켰구나. 이 늙은이가 글쎄 주책이여. 장독대에 나갔다가 아래를 보니 천야만야한데 글쎄 난데없이 보리밭이 보이지 뭐냐. 꿈인가 생신가 정말인가 헛건가 하도 신기해서 자꾸 내려다보다가 그만 금비녀를 떨어뜨렸지 뭐냐. 산발을 한 채 주우러 나갔다가 한참 걸렸는가부다."

외할머니는 보리밭에서 금비녀 말고 또 무엇을 보았을까? 외할머니는 거기 대해선 말하지 않고 응석부리듯이 성구의 가슴에 파고들었다.

"어쩌면 좋냐? 할미가 네 신세를 지게 됐으니."

그리고 메마른 울음 소리가 들렸다. 성구는 대답 대신 할머니를 한번 번쩍 안아올렸다가 내려놓았다. 어머니하고 상쇄시키기엔 너무 가벼운 무게라고 성구는 생각했다. 〔『현대문학』, 1989. 11〕

우황청심환

가까스로 잠이 좀 오려는데 또 그놈의 소리가 났다. 주우지 니집뿐, 주우지 니집뿐……
"몇 시라는 소리유?"
노파가 물었다. 남궁씨는 되는 대로 대답했다. 기계로 합성한 음향이면서도 일본말 특유의 교성이 알려주는 시각은 어차피 지금 이 지점의 시간과는 무관할 터였다. 노파의 시계가 친절을 다해 가르쳐주는 시간이 노파가 떠나온 여행지의 시간인지, 한국의 시간인지 도 그는 알아보려 하지 않았다. 날으는 비행기 속이었다. 노파는 태엽을 누르면 현재의 시간을 말로 알려주는 손목시계를 차고 있었다. 백내장 수술 후 시력이 밤낮이나 가릴 정도로 떨어지고 나서 아들이 일본에서 사다준 거라고 했다. 시간을 알려주는 소리도 물론 일본말이었다. 못 봄을 못 알아들음으로 바꿔가지고 으스대는 노파가 남궁씨는 지겨웠다. 말하는 시계에 관심을 보이기가 잘못이었다. 남궁씨는 판촉물(販促物)을 개발도 하고 납품도 하는 회사의 고용 사장이었다. 아이디어가 기발하다 싶은 상품에 대한 유별난 관심은, 그러니까 그의 직업 의식이었다. 남궁씨가 시계의 목소리를 처음 듣고 불현듯 호기심이 동해 노파의 흐물흐물한 손을 끌어당겨 자세히 들여다보려고 했을 때, 노파는 믿어지지 않을 만큼 앙칼진 힘으로 손목을 빼내면서 말했었다.
"괜히 만지지 말아요. 고장나면 우리나라에선 고칠 수도 없는 귀한 물건이라우. 일본에서도 엄청 비싼 거라던데."

그제서야 비로소 남궁씨는 자신의 직업 의식에 대해 참을 수 없는 배반감과 싫증을 느꼈다. 그의 유럽 여행은 명색이 포상 여행이었다. 그러나 속내는 퇴직을 부드럽고 명예롭게 하기 위한 위로 여행이란 걸 그는 알고 있었다. 밀려난다는 것은 이유 여하를 막론하고 억울한 일이었다. 은행에서 밀려날 때도 그랬었다. 부하 행원의 부정을 책임질 상급자가 차장선이었다. 신문에 날 만한 큰 부정이었으면 아마 좀더 높은 상급자가 책임을 졌을 것이다. 공교롭게도 그때 남궁씨는 겨우 차장이었다. 하필 자식들 학비 부담이 피크에 달했을 때라 아내와 더불어 장삿길로 들어섰다. 돈벌이가 여의치 않아 몇 번씩 업종을 바꿀 때마다 그는 밀려난다는 서글픔과 억울함을 맛보아야 했다. 막내까지 대학을 졸업시키자 문방구와 비디오 테이프 대여를 겸한 구멍가게 하나가 달랑 남았다. 아내는 야간 상고 다니는 소녀 하나를 거느리고 주인 노릇을 하고 싶어했다. 그는 서글픈 내색 한번 제대로 못 해보고 또다시 스르르 밀려났다.

마침 그 무렵 절친하게 지내던 친구의 상을 당했다. 그 친구는 생전에 조그만 회사 사장이었는데, 남궁씨는 그의 상속자인 외아들로부터 선친의 회사 경영을 맡아달라는 부탁을 받았다. 회사는 친구의 생전의 씀씀이와 사무실 규모로 미루어 짐작하던 것보다 훨씬 취약했다. 판촉물이나 기념품·답례품을 납품하는 사업은 사무실이나 공장 없이 발과 입심만으로도 가능한 영세한 장사였다. 가내 공업 규모의 공장이 있다고 해도 사정은 크게 다르지 않았다. 미수금과 재고를 합쳐도 기천만 원에 불과했다. 다행히 빚은 없었고 공장과 사무실로 쓰는 건물이 제 집이었다. 게다가 아들은 효자인 듯했다. 건물을 임대하면 훨씬 편하게 수입을 올릴 수 있지만 아버지가 하시던 사업이니 살려보고 싶다고 했다. 그렇다고 과감한 투자로 회생시켜보겠다는 것도 아니었다. 그랬더라면 남궁씨가 그렇게 쉽게 그 일을 승낙하지 못했을지도 모른다. 거기서 이익금을 챙길 생각은 추호도 없으니 현재의 미수금과 재고를 밑천으로 한번 일어나 보든지 다 들어먹든지 마음대로 해보라는 조건이 되레 그의 소심한 마음을 사로잡았다. 아내는 남궁씨가 고용 사장이 된다니까 처음엔 재벌급 회사인 줄 알고 기쁨을 감추지 못하다가 실상을 알고 나서는 한심해하다 못해 차라리 경멸했다.
"이 철없는 양반아, 창피한 줄도 좀 아슈. 그렇게 사장 소리가 듣고 싶으면요, 우리 가게에서 비디오든지 문방구든지 하나 뚝 떼어 드리리다."

그러나 연때가 맞았달까, 세상 풍조가 마침 조그만 가게 하나를 개업해도 고사떡을 돌리는 대신 기념품을 돌리게 변하면서 매상을 급신장시킬 수가 있었다. 외판 조직과 손발도 잘 맞았거니와 문방구점을 하면서 생긴 눈썰미를 가미해서 인기를 끈 제품도 적지 않았다. 그의 아이디어가 히트를 친 판촉물들은 거의가 다 상품으로도 살아 남아 꾸준히 주문이 오고 있었다. 오 년 만에 연간 순이익을 억 단위로 셈할 만한 알토란 같은 회사로 키워놓자 친구의 아들은 다니던 회사에 사표를 내고, 남궁씨의 그간의 노고를 치하한다며, 해외여행을 시켜주었다. 그는 지난날의 거물 정객처럼 자의반 타의반으로 이 땅을 벗어나는 비행기를 탔다. 처음 삼 주는 관광팀에 끼어서 돌고 나서 나중 한 달은 혼자 파리에 처졌다. 출가한 딸이 해외 근무하는 남편을 따라 파리에 살고 있었다. 딸네집에서의 한 달간은 참으로 지루하고 힘들었다. 딸은 아마 더했을 것이다. 아버지 사책이라도 좀 하세요, 제 소녀 적 소원이 뭔 줄 아세요? 파리에 가서 더도 말고 덜도 말고 한 달만 시내를 정처없이 어슬렁거리며 지내보는 거였다구요. 그런 짜증스러운 말투에서 남궁씨는 딸이 노골적인 구박을 참을 수 있는 맥시멈을 한 달쯤으로 잡고 있었다. 그가 견딜 수 있는 한계 역시 그 근처였다. 하루가 여삼추 같기가 징역살이와 진배없는 딸네집살이를 견디면서까지 남궁씨가 해외 여행을 한 달씩이나 더 연장한 것은 젊은 회사 주인에게 충분한 시간을 주기 위해서였다. 경영에 재미를 붙이든 곤란을 겪든 해볼 만큼 해본 연후에 나타나야 피차 후회 없는 결정을 내릴 수가 있을 것 같았다. 남궁씨가 정말 바라는 것은 물론 그가 객지에서 하루하루 지루함이 목구멍까지 차오르는 동안 젊은 주인 역시 그가 아쉽고도 아쉬워 목구멍까지 차오르는 비명을 겨우겨우 참으며 그를 기다려 주는 거였다.

"자매님, 마리아 자매님이 또 가슴이 울렁거리고 손발이 비틀린데요. 말도 더듬거리구."
 노파의 일행 중 빨간 잠바를 입은 중노인이 통로에서 창가에 앉은 노파 쪽으로 윗몸을 휘면서 미안한 듯이 말했다. 남궁씨는 중노인의 물렁물렁한 젖가슴의 부피를 이마에 느끼기가 싫어서 고개를 잔뜩 뒤로 젖혔다. 노파의 일행은 성지 순례단이었다. 근 삼십 명은 돼 보이는 일행의 좌석은 일련 번호로 붙어 있었는데 노파가 창가에 앉고 싶어한다고 가이드인 듯싶은 청년이 창가 손님에게 양해를 구하고 바꿔 앉혔기 때문에 노파만 일행으로부터 떨어져 있었다. 시력이 형편없다면서 남의 신세를 져가면서까지 창가에 앉고 싶어할 만큼 노파는 응석이 심한 편이었다.
"아, 직효약이 있는데 무슨 걱정이유."
 노파가 발밑을 고이고 있던 배낭을 한 손으로 들썩거리면서 남궁씨를 빤히 쳐다보았다. 시력과는 상관없이 말똥말똥한 눈동자는 명령조였다. 벌써 몇 번째인지 몰랐다. 그래서 남궁씨는 그 배낭이 얼마나 무거운지 알고 있었다. 배낭엔 어이없게도 반 말들이 물통이 들어 있었다. 성지 루르드에서 길어오는 기적수라고 했다. 젊은 사람도 들기엔 힘겨운 무게인데도 순례단은 거의 그런 배낭을 메고 있었다. 물은 화물칸에 실어주지 않아서 들고 탈 수밖에 없다는 것이었다. 남궁씨는 낑낑대며 노파의 배낭을 그의 무릎 위로 들어올려 익숙하게 지퍼를 열고 물통 옆에 든 약주머니를 꺼내 노파의 손에 쥐어주었다. 그리고 해본 장단의 능숙함에 혼자 쓴웃음을 지었다. 배낭 속엔 그 동안 기내식에 곁들여나오는 포도주까지 추가가 되어 더욱 무거워져 있었다.
"그 동안에 인이 백혔나, 이게 벌써 몇 번째래요? 그 귀한 걸."
"걱정 말라니까, 우리 아들이 이럴 줄 알고 넉넉히 챙겨주었으니까 아픈 자매님 있으면 참지 말고 지딱지딱 갖다 먹으라고 해요."
 노파가 주머니끈을 풀고 그 안에서 우황청심환을 꺼냈다. 노파는 그걸 꼭 정육각형의 갑째 건네주지 않고 밀랍으로 포장된 동그란 내용물을 꺼내 손바닥으로 한 번 궁글려보고 나서 내놓았다.
"우황청심환은 뭐니뭐니해도 중국 본바닥 거라야지 요새 나온 국산은 믿을 게 못 돼요."

노파의 말투로 보아 그게 국산이 아니란 걸 스스로 확인해보면서 대견스러워하고 싶어 그러는 것 같았다. 노파가 차곡차곡 배낭 속에 챙겨넣은 것만큼의 포도주를 마셔댔기 때문일까. 남궁씨는 수치감 같기도 하고 쓸쓸함이나 슬픔 같기도 한 참을 수 없는 느낌으로 까딱하면 울 것 같았다. 그건 어쩌면 뿌리깊은 열등감이었다.

그의 어머니는 중풍으로 사 년이나 자리보존하고 있다가 돌아갔다. 처음엔 중태였다. 누가 보기에도 못 깨어나고 임종을 맞든지 식물인간으로 남을 줄 알았다. 그래도 남궁씨 내외는 단념하지 않고 한방과 병원 치료를 겸해 정성을 다한 끝에 의식을 회복하고 불편한 대로 자식과 손자들의 효도를 누리다가 돌아갔건만도 그 동안 원망이 자자했다. 어머니보다 몇 년 앞서 큰어머니가 고혈압으로 쓰러진 적이 있는데 회복이 감쪽같았다. 어머니는 그런 기적은 쓰러지던 맡에 그 자리에서 자식들이 진짜 우황청심환을 씹어서 환자의 입으로 흘려넣었기 때문이라고 굳게 믿고 있었다. 어머니는 그 때부터 노인 모시는 집은 딴 건 몰라도 그 중국 우황청심환만은 갖춰놓고 살 거더란 말을 귀에 못이 박이도록 해왔다. 큰집 조카들은 툭하면 해외 출장도 잘 가고 선물도 잘 들어와 그런 귀한 약도 영신환처럼 흔힌데 내 집 자식은 우물 안 개구리에다가 주변머리까지 없어서 에미 소원 하나 못 풀어준다고 노골적인 경멸도 서슴지 않았다. 그때부터 우황청심환은 남궁씨에겐 귀에 박인 못이 아니라 자존심에 붙박인 못이 되었다. 앞을 내다본 푸념이었던지 어머니는 그 후 여봐란 듯이 쓰러졌지만, 그는 그때까지도 여봐란 듯이 씹어서 어머니 입 안에 넣어드릴 우황청심환이 준비돼 있지 않았다. 의식을 회복한 어머니는 육신의 반쪽이 마비된 걸 알자 제일 먼저 우황청심환을 먹었나 못 먹었나부터 물었다. 남궁씨 내외는 정직했기 때문에 그 후 어머니가 돌아갈 때까지 지치지도 않고 되풀이되는 원망과 멸시의 말을 들어야 했다. 어머니의 소원이 오로지 우황청심환인데도 그거 하나 못 구해다드릴 만치 남궁씨가 가난했던 것도 불효했던 것도 아니다. 다만 시기를 놓쳤을 뿐이었다. 마지막 사 년 동안 남궁씨는 어머니의 머리맡에 각종 청심환을 즐비하게 늘어놓고 수시로 만져보게도 하고, 조금만 기분이 언짢아도 잡수시도록 했지만 한번 맺힌 어머니의 마음을 누그러뜨릴 순 없었다. 물론 그 신기하다는 약효도 감감무소식이었다. 점점 노망기까지 생긴 어머니는 아들이 구해온 청심환은 다 가짜고 큰집 아들들이 홍콩에서 사온 것은 진짜일 거라고 우겨서 남궁씨의 마음을 사정없이 할퀴었다. 다시 한번 어머니가 쓰러졌을 때, 소원 풀어드리는 셈치고 청심환 중에서도 가장 진짜스러워 보이는 밀랍으로 포장한 중공제를 씹어서 직접 입에서 입으로 흘려넣으면서도 마음속 깊이에서는 소생을 바라지 않았다.

어머니가 돌아가신 후, 남궁씨에게도 비로소 우황청심환을 선물로 받아보는 일이 생겼다. 역시 은행에 다닐 적이었는데 큰돈을 대부받은 고객으로부터였다. 사무적인 절차의 심부름 외에는 그가 대부를 위해 힘쓴 바는 전혀 없었다. 그때도 그럴 만한 위치에 있지 않았고, 사직할 때까지도 그럴 만한 지위에 있어본 적이 없는 남궁씨였다. 그만한 액수의 대부라면 대개 어느 선에서 결정이 나게 된다는 걸 알고 있는 정도가 고작 그의 관록이었다. 그런데도 그 고객은 고맙다는 인사와 함께 중국산 우황청심환 열 개들이를 한 상자 선물로 놓고 갔다. 사무적인 수고에 대한 가벼운 인사치레로 적당한 물건이라고 여긴 듯했다. 그때만 해도 국산 청심환에 대한 신뢰도도 높고, 외국 나들이 다녀오는 사람도 부쩍 늘어나 중국산이 별로 귀물이 아닐 때였다. 그럼에도 불구하고 남궁씨는 거액의 뇌물을 받은 것처럼 음흉하게 가슴을 울렁거렸다. 그 후에도 그 고객만 나타나면 뭔가 편의를 봐주어야 할 것 같은 강박관념으로 비굴하게 웃으며 허둥대던 생각을 하면 아직도 남궁씨는 진저리가 쳐지면서 닭살이 돋곤 했다.

방콕이 가까워지고 있었다. 비행기도 쉬면서 승무원을 교체하고 급유를 받을 모양이고, 탑승객도 두어 시간 땅을 밟을 수 있을 것 같았다. 그러나 기내 방송은 연착을 했으므로 방콕까지의 손님만 내리고 계속 여행할 손님은 기내에 머물러 있으라고 했다. 남은 여비를 물건값이 싸다는 방콕 면세점에서 털어버리려고 잔돈까지 샅샅이 뒤져내가지고 벼르던 사람들이 여기저기서 웅성대며 불평을 터뜨렸다. 방콕에서 내린 탑승객들이 거의 외국인이었으므로 서울행 에어 프랑스에 남은 손님은 한국인이 대부분이었다. 청소원들이 들어와 닫힌 공간에 여럿이 십여 시간을 붙어앉아 먹고 마시고 잔 어수선한 자국을 신속하게 지워갔다. 자리가 많이 비어 남궁씨는 노파의 옆자리를 면할 수 있을 것 같았다.
"몇 시간이나 남았수?"
 노파가 고개를 빼고 두리번대는 남궁씨의 소매를 당기면서 물었다. 남궁씨는 못된 짓을 하다가 들킨 것처럼 괜히 움찔했다.
"글쎄올시다. 두세 시간이면 땅을 밟게 되겠죠. 지루하셨죠?"
"아이구, 아녜요. 하나두 안 지루해요. 연착할 거 없이 이왕이면 무슨 사고가 나서 오던 길을 되짚어간다구 해두 끄떡 없다우."
 노파가 고른 이를 드러내고 웃었다. 남궁씨는 만약 그런 일이 있다면 비행기에서 뛰어내리기라도 할 것처럼 무턱대고 땅이 밟고 싶었다. 비행기 바퀴가 땅에 닿아 있다는 것과는 상관없이 갈증처럼 다급하게 발바닥에 땅을 느끼고 싶었다. 남궁씨는 방콕에서 내릴 수 없다는 것을 자기 혼자서 너무 견딜 수 없어한다고 생각하면서 막막한 외로움을 느꼈다.
 노파의 옆자리를 면하긴 틀린 것 같았다. 방콕에서 탑승한 승객이 꾸역꾸역 빈자리를 메우기 시작했다. 승무원도 교체가 되어 한국인 스튜어디스가 이제부터 여러분을 서울까지 편안히 모시겠다고 인사를 했다.
"저 계집앤 틀렸어."
 노파가 표독하게 말했다. 남궁씨는 노파의 그런 말투가 싫었지만 그 새로운 스튜어디스가 마음에 안 들기는 마찬가지였다. 특별한 밉상도 아닌데 이상한 일이었다. 평균치의 우리나라 여자들보다 오히려 정돈된 이목구비와 아담한 몸매를 하고 있었음에도 불구하고 승객을 귀찮아하는 마음이 여실히 드러난 표정을 보자 울컥 짜증이 치밀었다. 다들 그렇게 느끼고 있다는 것을 남궁씨는 파리로부터 일행과 자리를 가까이하면서 은연중 생긴 공감대를 통해 감지하고 있었다. 스튜어디스가 칸막이 뒤로 사라지자 누군가가 하품하는 소리로 말했다.
"저 여자 보니까 한국 다 온 실감나네, 제기랄."

다들 옳소 하는 표정으로 고개를 끄덕였다. 노파에게 우황청심환을 가지러 왔던 빨간 잠바가 다시 통로 쪽에서 남궁씨의 어깨를 짓누르면서 노파에게 속삭였다.
"아까 그 서양 남자는 인물도 좋고 인심도 좋더니만 어쩌면 수인사 한마디 없이 없어져버렸을까요? 서운하네요, 자매님."
"한국땅 다 왔으니 슬슬 구박맞을 준비를 해야지 어쩌겠수."
 귀국할 날을 앞두고 딸이 비행기를 에어 프랑스로 예약했다고 했을 때 남궁씨는 암말 안 했지만 속으로는 여간 쾌씸하지가 않았다. 그 동안 주리 참듯 참던, 빨리 내 나라 땅을 밟고 내 식으로 퍼지고 싶은 욕망은 우선 내 나라 비행기만 타도 반은 충족될 것 같았다. 타기만 하면 당장 내 나라 같을 우리 비행기 놔두고 에어 프랑스라니, 같잖은 것 같으니라구. 그는 별것도 아닌 걸 가지고 딸을 고깝고 아니꼽게 여기면서도 촌스러워 보일 것 같아 애써 내색하진 않았다.
 타고 보니 기내 서비스를 맡은 승무원이 아주 잘생긴 백인 미남이었다. 성지 순례단을 비롯해서 함께 무리를 지어 모여앉은 한국 사람들의 대부분은 외국 여행에 익숙지 않아 뵈는 노년층이었다. 기내 방송도 알아들을 수 없는 외국 비행기를 탄 긴장감이랄까 조심성 같은 걸 남궁씨도 이심전심으로 느낄 수가 있었다. 남궁씨는 혹시 우리 동포가 무시당하는 꼴을 보게 될까봐 조마조마했지만 미남 승무원의 친절은 참으로 완벽했다. 처음 기내식이 나왔을 때, 마실 것을 뭘로 하겠느냐를 물을 적에도 일일이 적포도주·백포도주·맥주·생수 등을 들어서 보여주면서 환한 미소로 의견을 물었다. 할머니들이 알콜 음료를 천부당만부당하다는 듯이 도리질을 하며 거부하고, 맹물을 청하는 모습은 남자들의 술자리에 낀 새침데기 처녀가 맥주 한 잔도 못 마시는 척 질겁을 할 때처럼 귀엽기조차 해서 남궁씨는 백포도주를 즐기며 비죽비죽 미소짓곤 했다. 그럴 것 없다고 제일 먼저 아는 척을 한 것은 바로 남궁씨 옆자리의 노파였다. 노파는 기회 있을 때마다 해외 나들이가 처음이 아니라는 걸 비치고 싶어했는데 그때도 혼자만 포도주를 청해 마시지 않고 뒀다가 배낭 속에 챙기면서 그렇게 해도 상관없다는 시범을 보였다. 다음 식사 때부터 너도 나도 그대로 했다. 병마개를 따지 말고 그냥 달라고 청할 수 있을 만큼 할머니들은 미남 승무원과 쉽게 친해졌다. 포도주를 챙기는 김에 잼이나 버터 심지어는 일회용 식사도구까지 가방에 쑤셔넣는 이도 있었다. 그뿐이 아니었다. 처음엔 황송해하던 백인 미남의 서비스를 마음껏 즐겨보려는 분위기까지 감돌기 시작했다. 자주 물을 청하기도 하고 베개나 담요를 더 달라기도 했다. 뭐가 없어졌다고 손짓 발짓으로 흉내를 내어 그로 하여금 발 밑을 더듬게 하기도 했다. 남궁씨가 아슬아슬해하는 것과는 상관없이, 그 미남 백인의 태도는 한결같이 귀부인에 봉사하는 기사처럼 우러나는 기쁨과 공손함으로 일관했다. 부르지 않아도 잠든 할머니만 보면 흘러내린 고개를 바로잡아주고 담요를 양어깨 밑으로 꼭꼭 여며주는 모습은 아기를 돌보는 어머니처럼 거짓 없이 자애롭고도 완벽하게 아름다워서 남궁씨는 제발, 그만 그만 하라니까 하는 비명을 참을 수 없는 기분이 되곤 했다. 남궁씨는 자신이 참을 수 없는 게 동포들의 주책없는 주접스러움인지 백인의 지고지순한 봉사 정신인지도 잘 분간이 안 되었다. 다만 죽자꾸나 엉겨붙고 싶어하면서도 밥의 뉘처럼 단호하게 고립된 자신을 느낄 뿐이었다.

그렇게 안 오던 잠이 문득 남궁씨를 엄습했다. 자신의 코고는 소리에 놀라서 고쳐 앉길 거듭하면서 그 사이사이에 악몽을 꾸었다. 악몽은 집요하게 연결이 되었다. 노파가 그를 흔들어 깨웠다. 좌석벨트를 매라는 기내 방송이 들려오고 있었다. 노파가 기창 밖을 내려다보면서 다 왔다고 환성을 질렀다. 남궁씨도 우리의 산천을 눈으로 확인했다. 그러나 곧 산천은 바다로 변했다. 노파도 정말 산천을 본 것일까. 같이 오면서 쭉 궁금해하던 생각이 또 났다. 노파는 시력이 겨우 밤낮이나 가릴 수 있을 정도라는 말과 어울리지 않는 행동을 자주 했다. 뒤에서 웅성웅성 짐을 챙기면서 스튜어디스를 욕하는 소리가 들렸다. 방콕에서 써버리지 못한 돈을 기내 쇼핑으로 쓸 요량으로 그녀에게 도움을 청한 듯했다. 기다리라고만 해놓고 코빼기도 안 비치다가 나중에서야 물건이 거의 다 팔렸다고 한 모양이었다. 그녀의 잘못도 아니련만 모두들 동족에게 무시당했다고 분개하는 걸 들으며 남궁씨는 그간의 부질없는 긴장과 갈등이 풍선처럼 쭈그러드는 걸 느꼈다.
"그러게 내 뭐랍디까? 내 관상은 못 속인다니까."
　노파가 일행 쪽을 돌아다보면서 의기양양하게 외쳤다. 남궁씨는 속이 근질근질하면서 내 관상도 한번 봐달라고 싶은 충동을 느꼈다. 할머니, 하고 부르자마자 그런 충동은 없어졌지만 할머니는 의아한 듯 그를 빤히 바라보았다. 순례단 중에서도 최고령자답게 백발에 쪼그라든 얼굴이었지만 눈만이 의안처럼 부조화스럽게 홀로 말똥말똥했다. 사물을 제대로 분간 못 하기 때문에 더 그럴 수도 있겠고, 사물을 제대로 분간 못 한다는 게 거짓말일 수도 있으리라. 아무러면 그게 나하고 무슨 상관이란 말인가? 남궁씨는 그렇게 생각하면서도 자기 얼굴을 뚫을 듯이 바라보는 노파의 눈길이 섬뜩했다. 만약 시력이 형편없다는 게 정말이라면 지금 노파의 눈에 비친 자신의 얼굴은 어떤 모습일까. 애매한 윤곽 속에 이목구비가 두루 뭉술하게 함몰된 괴물의 형상이 생생하게 떠올랐다. 악몽 속에서도 그렇게 생긴 괴물에게 쫓기느라 소리나지 않는 절규로 목구멍을 짐승처럼 헐떡인 생각이 났다.
　공항엔 아내와 맏아들 내외가 마중나와 있었다. 남궁씨는 곁눈질로 열심히 출영객들을 살폈다. 뭘 꾸물대냐고 아내가 핀잔을 주었다. 회사에선 아무도 마중나와 있지 않았다. 하긴 제멋대로 연장한 여행이니 귀국 날짜를 알 리가 없지. 그러나 그건 말도 안 되는 소리였다. 만약 회사에서 그 동안 그가 아쉬웠으면 집으로 얼마든지 연락을 취해볼 수 있는 일이었다. 남궁씨는 울 것처럼 그게 허전하고 쓸쓸했다. 빨리 회사에 들어가봐야 한다면서 아들도 남궁씨가 머뭇대지 못하게 재촉을 했다. 그놈의 자가용 좀 얻어타려고 아내가 억지로 아들을 마중나오게 했으리라고 남궁씨는 짐작했다. 아들의 운전 솜씨는 신경질적이었다. 전에도 자주 느낀 일이었지만 꼭 푸대접만 같아서 고까운 마음이 들었다. 그래도 그는 막연히 뭔가를 기다리며 차창 밖을 감회 없이 내다보았다. 비행기에선 뛰어내려도 좋다고까지 여길 만큼 밟고 싶어했던 땅이었다. 마침내 돌아왔다는 느낌은 상상한 것과는 딴판으로 삭막했다. 가슴이 울렁거리기는커녕 무겁게 가라앉는 느낌이었다. 오랜만에 만난 식구들하고도 아무런 교감이 이루어지지 않은 채 붙어앉아 있다는 것은 숨이 답답한 일이었다. 남궁씨는 차창 유리를 조금 내렸다. 바람이 뜻밖에 찼다. 입고 있는 엷은 베이지색 잠바가 을씨년스럽게 느껴졌다. 이 땅은 옷이 여러 가지 필요한 고장이었다. 사람들마다 따뜻하고 짙은 색깔 옷을 입고 있었다. 같은 기온에서도 봄과 가을 옷이 사뭇 달랐다. 지금은 가을이 깊어가는 중이로구나. 남궁씨는 낯선 나라에 처음 발을 디딘 것처럼 그렇게 생각했다.
"참, 당신 안 계신 동안에 큰 손님들이 왔다우."
아내는 갑자기 생각난 듯이 말했지만 참고 있다가 내뱉는 말투였다.
"나한테?"
앞자리의 며느리가 짧게 웃는 소리가 남궁씨 귀에 거슬렸다.
"그럼 당신한테지 누구한테겠수. 당신이 초청했다면서요. 왜 있잖아요? 재작년인가부터 연락이 닿기 시작한 당신하고는 육촌인가 팔촌인가 된다는 그 연변 동포 말예요. 초청을 하시려거든 저하고 의논이라도 한마디 하시든지, 갑자기 들이닥치게 하면 어떡해요. 당신도 안 계신 사이에."
남궁씨는 할아버지를 뵌 적이 없다. 그가 태어나기 전에 돌아가셨고, 할아버지에겐 형님이 한 분 계시다는 것도 아버지로부터 들어 알고 있는 정도지 뵌 적은 없다. 그래도 친할아버지보다는 종조부에 대해서 더 궁금해하기도 하고 의미 부여를 하고 싶어한 것은, 청년 시절 나라를 빼앗기는 걸 보고 울분을 참지 못해 독립 운동을 하러 중국으로 갔다고 전해들은 그분의 이색적인 생애 때문이었다. 남궁씨의 아버지가 그 일을 그닥 좋게 말한 건 아니었다. 당대의 풍습대로 조혼을 한 종조부에겐 그때 이미 처자식이 있었다고 한다. 아버지에겐 사촌형뻘이 되는 그 아이가 장성하지 못하고 일찍 죽자, 집 나간 남편을 원망하기보다는 남기고 간 혈육을 제대로 키우지 못한 죄 많은 팔자만을 심히 부끄러워하며 시들시들 말라가던 그애 어머니도 삼십을 넘기지 못하고 아들 뒤를 따라간 모양이었다. 어린 나이지만 큰집이 그렇게 흔적도 없이 무후(無後)해지는 걸 지켜본 아버지는 그분이 원망스럽기도 했을 것이고 경외스럽기도 했을 것이다. 그리하여 그분에 대한 아버지의 평가는 들쭉날쭉했다. 해방 후 한때는 아버지도 선대에나 당대에 별로 이렇다 할 인물을 배출하지 못한 가문을 그분 덕으로 빛내볼 생각이 없지 않았던 듯하다. 툭하면 그분을 대단한 독립 운동가인 양 자랑을 하고 싶어했지만, 남궁씨는 어려서부터 솔직히 말해 그 양반이 독립 운동을 하러 갔는지, 아편 장사를 하러 갔다가 얼어죽었는지 알 게 뭐냐는 식의 아버지의 폭언을 들어왔기 때문에 그닥 믿기지 않았다. 그나마 남궁씨의 어렸을 적 기억이고 남궁씨 역시 소년 시절에 아버지를 여의어서 종조부의 생사나 정체까지 궁금해할 만큼 편안한 세월을 보내지 못했다. 그러나 자식을 낳아 기르면서 가족사 속에 한두 사람의 의인이나 지사쯤 있는 게 없는 것보다는 낫다는 생각으로 더러 자식들 앞에서 그 어른을 적당히 각색해 울거먹은 적도 있지만 다 지난 일이었다. 귀담아듣지 않는 얘기를 무슨 재미로 각색을 하겠는가. 남궁씨 또한 자신이 각색한 얘기는 물론 아버지의 엇갈린 주장이 다 종조부의 진짜 모습과는 아무 상관이 없는 허상이란 걸 알고 있었다.

그런 종조부가 만주에 정착해 살면서 퍼뜨린 자손들이 고국의 친척을 찾아 여러 갈래의 통로로 수소문한 끝에 마침내 당도한 게 남궁씨였다. 당초의 뜻은 그랬는지도 모르지만, 나중에 종조부는 독립 운동가도 아편 장수도 아니었나보다. 만주에서 만난 조선 처녀와 혼인해서 아들 딸 낳고 농사짓고 고희의 수까지 누렸다고 한다. 그러나 고향에 남긴 일점 혈육에 대해선 죽는 날까지 잊지 못한 듯 임종할 때도 자식들에게 언제고 고국땅과 왕래할 수 있는 날이 오거든 제일 먼저 큰형을 찾아가 우의를 나누도록 신신당부했다고 한다. 그러나 유언을 받든 자식들은 다들 늙어 죽고, 손자들이 늙어갈 무렵에나 겨우 고향땅과 소식을 주고받고 더러 왕래도 할 수 있을 만큼 길이 트였다.

그들이 바로 종조부의 직계인 남궁씨의 육촌들이었다. 그러니까 그들이 애타게 찾은 국내 친척은 그들의 큰아버지나 그 후손이었으나 그 집안이 절손 상태이고 보니 마침내 남궁씨한테까지 이른 것이었다. 국내에선 누가 수고를 하고 수소문을 해서 육촌까지 찾아내게 되었는지 그 경로까지는 알 길이 없었으나, 아무튼 삼대까지 거슬러 올라간 자세한 자기 소개와 함께 친척을 찾은 벅찬 감격으로 다소 흥분한 육촌의 편지를 받은 게 재작년이었다. 연변으로부터였고 한문을 섞어 쓴 한글은 유려한 달필이었다. 직업이 의사라고 했다. 한의인지, 양의인지는 밝히고 있지 않았지만 괜히 한의사일 것 같았다. 최초의 편지에는 남궁씨도 만감이 교차하여 즉각 회신을 보냈으나 다음부터 피차 할말도 없어지고 하여 일년에 두세번씩 안부나 주고받았었다. 그쪽 역시 할말이 없어서였겠지만 편지 사연은 죽기 전에 고국땅 한번 밟아보고 싶다는 절절한 소원으로 일관했다. 남궁씨도 자연히 언제든지 오기만 하면 환영한다는 의례적인 답장을 쓴 적은 있어도 정식으로 초청장을 보낸 적은 없었다.

그쪽에서 그 정도의 편지가 초청장을 대신할 수 있는 것일까, 남궁씨는 속으로 의아했지만 초청한 일이 없다고 말하기도 싫었다. 발뺌 같아서였고 연변 친척을 별로 달가워하지 않는 것 같은 식구들의 냉담한 태도가 울컥 밉살스럽기도 해서였다.

"언제 왔는데?"

"한 달포는 됐을걸요."

"그런 왜 나한테 연락을 안 했수. 내가 영애네 가 있을 적인데."

"연락했으면요? 연락했으면 생전 처음 나간 외국 여행 걷어치고 달려오실려구요? 정성이 하늘에 닿았구랴."

아내의 말투는 비꼬는 투였고, 또 몹시 공격적이었다. 남궁씨는 자기가 없는 동안 식구들이 마음껏 친척들을 푸대접한 게 눈에 보이는 듯해 와락 역정이 치밀었다.

"무슨 말을 그렇게 고약하게 하는 거요? 생전 시집 식구 치다꺼리라고는 모르고 살더니만 버르장머리하고는……"

남궁씨는 며느리하고 함께라는 것도 잊고 언성을 높였다. 아들과 나란히 앞에 앉은 며느리가 어깨가 흔들릴 정도로 킬킬댔다.

"내가 시집 식구 치다꺼리를 안 했다구? 아이구 기가 막혀."

할말이 너무 많아 되레 말문이 막혀 입술만 떠는 아내를 바라보면서 남궁씨는 비로소 아차, 싶었지만 돌이킬 수 없는 일이었다. 아내야 사 년 동안이나 노모의 뒤를 받아낸 시집살이를 생각하고 분개하고 있다는 게 뻔했지만, 남궁씨는 우황청심환으로 하여 겪은 모멸감이 먼저 떠올랐다.
"아버님, 우리도 하느라고 했어요. 어머님은 저녁 초대도 하고 여관에 김치도 해 나르시고, 아범도요 바쁜 사람이 일요일도 못 쉬고 롯데월드랑 육삼빌딩이랑 모시고 다닌걸요. 차가 있으니 어쩌겠어요."
 단지 차 때문이라는 말투였다. 이까짓 똥차 하나 굴린다고 유세하는 말투가 마뜩찮아 남궁씨는 얼굴을 찡그렸다. 그러나 화살은 만만한 아내 쪽으로 돌렸다.
"아니 그럼 그 먼데서 온 친척을 여관에서 묵게 내버려뒀단 말이오?"
"그래요. 그러니 어쩔 테유. 당신이 이렇게 공 모르는 사람이란 걸 모르고 나도 처음엔 집으로 모실려고 했다우. 그쪽에서 마답디다. 한두 식구라야죠. 당신 육촌이 달고 온 식구가 도대체 몇인 줄이나 아슈?"
"그럼 육촌 혼자가 아니란 말이오."
 남궁씨의 언성이 슬그머니 누그러졌다.
"마나님하고 동부인을 한 데다가 처제에다 처조카까지 안동을 하고 왔습디다. 무슨 살판이 난 줄 아는지, 자그만치 네 식구예요."
 몽매에도 그리던 조국을 찾아온 사람들에게 어떻게 저런 말투를 쓸 수가 있단 말인가? 그러나 남궁씨가 뭐라고 하기 전에 며느리가 먼저 참견을 하고 나섰다.
"어머님. 지금 그 식구들이 문제가 아니잖아요."
"그래 네 말이 맞다. 이 양반이 하도 남의 화를 돋구니까 초점이 흐리게 되지 뭐냐? 그 사람들이 여럿인 건 문제도 아니라구요. 그 여럿이 제가끔 얼마나 큰 한약 보따리를 들고 왔는지 알아요. 우황청심환만 해도 네 사람 걸 한데 모아놓은 게 이불 보따리만 합디다."
 남궁씨는 우황청심환 소리에 정신이 번쩍 났다. 중국을 찾는 한국 관광객이 그걸 몽땅 쓸어 사는 바람에 지방에 따라서는 품귀 현상까지 빚고 있다는 걸 신문에서 읽은 생각이 났다. 그 좋은 게 저절로 굴러들어왔는데 모두들 귀찮아하는 걸 남궁씨는 도무지 이해할 수가 없었다.
"우황청심환이라면 현금과 마찬가질 텐데 무슨 걱정이란 말이오?"
"그랬으면 오죽이나 좋겠수, 이 답답한 양반아. 글쎄 중국산 우황청심환이 함량 미달의 가짜라는 게 밝혀졌지 뭐유. 우리 기술로 분석한 결과 그렇게 밝혀졌다고 신문에서 떠들고 나자 청심환 인기가 뚝 떨어질밖에요. 하필 고 때를 맞추어 그 사람들이 들이닥칠 게 뭐람."
아내의 말에 추연한 동정심이 어렸다. 요는 우황청심환이 문제지, 아내가 그 사람들을 특별히 귀찮아하는 것은 아닌 듯했다. 그 사이에 그런 변화가 있었던가? 겨우 두 달 상간이었다. 용궁의 사흘이 이 세상에서 삼십 년이더라는 옛날 이야기 속을 들어갔다 나왔으면 모를까, 남궁씨는 도무지 믿기지가 않았다. 그러나 그는 현실에 적응하려고 애썼다.
"안 팔리면 도루 가져가면 될 거 아뉴? 절대로 가짜일 리는 없으니 우리라도 좀 팔아주든지."
"좀 팔아줘서 될 일이 아니라니까요. 이 기회에 생전 살 걸 벌어보자고 작정을 한 사람들 같더라구요."
"그럴 리가 있겠소. 의사라던데. 사회주의 나라니 노후 걱정은 안 해도 될 테고."
"사회주의가 물욕에 눈뜬 건 더 못 봐주겠더라구요. 어머님 말씀이 맞아요. 약장사 한탕 잘하면 팔자를 고치는 걸로 소문이 나 있고, 실제로 초기에 다녀간 동포들은 생전 벌어도 못 만져볼 큰돈을 번 것도 사실이고요. 그러니 너도 나도 올려고 안 하겠어요? 그쪽 정부에서도 나가서 요령껏 달러 좀 벌어오라고 부추기는 인상이거든요. 여행은 허락하면서 여비는 한푼도 못 갖고 나가게 하고 물건은 얼마든지 괜찮다니 음성적인 수출 장려지 뭐예요. 거의가 다 빚을 얻어서 그렇게들 약제를 사온다니 정부나 개인이나 그런 식으로 달러에 환장을 해서 어쩌겠다는 건지, 참 그 사람들 큰일이에요."
처음으로 운전석의 아들이 참견을 했다. 냉정한 말투였다. 결혼 날짜를 받아놓고, 너는 맏이니까 그런 생각이 없을 줄 안다만 우린 아직 젊고 앞으로 결혼시킬 애들도 남아 있으니 일년만 같이 살고 내보내주겠다고 크게 인심쓰듯 말한 적이 있었다. 그때 아들은 망설이지 않고 딱 잘라 말했었다. 우린 처음부터 나가 살겠습니다. 그때도 그렇게 냉정한 말투였다. 남궁씨는 그때 오만정이 떨어지던 걸 어제 일처럼 떠올리면서 일부러 입을 꽉 다물고 대꾸하지 않았다. 그러나 속으로는 뭐가 큰일이냐? 이까짓 똥차 하나 유지하려고 삭신을 혹사하는 너는 뭐가 좀 낫냐? 하고 비꼬고 있었다.

"아버님도 이제 만나보시면 아시겠지만 그 사람들 어쩌면 그렇게 후진지요, 꼭 우리의 오십년대말 같은 궁상이라니까요."

며느리의 이런 말에도 남궁씨는 속으로만, 본데없는 것 같으니라구, 시집 어른들한테 그 사람들이 뭐냐? 그래도 들은 풍월은 있어서 뭐 오십년대말? 넌 그때 태어나지도 않았어. 너 따위가 그 시절의 의미를 뭘 안다구. 이러면서 자기만이 오십년대를, 그 신산한 세월을 부둥켜안은 것처럼 느꼈다.

아들 내외는 문지방도 안 넘고 집 앞까지만 데려다주고 돌아갔다. 아들은 회사로 급히 들어가야 한다고 했고, 며느리는 아이가 학교에서 돌아올 시간이라고 했다. 남궁씨는 집으로 들어오자마자 트렁크를 메다꽂으면서 아내에게 신경질을 부렸다.

"걔들은 왜 불렀소 그까짓 자가용 얻어타자고? 공항엔 버스도 택시도 동났답디까? 도대체 영감을 어떻게 보고, 외국 한번 나가는 걸 무슨 벼슬인 줄 알고 공항엔 꼭 자가용으로 들락거리고 싶어하는 족속 취급을 하는 게요? 남도 아니고 자식한테 그까짓 똥차 한번 얻어타고 이런 수모를 겪게 하다니."

"걔들이 뭘 어쨌다고 그러세요? 그리구 똥차 아녜요. 이번에 새로 뺐어요. 쏘나타루다. 보태준 거 없이 그만큼 사는 걸 대견해해야지 어쩌겠수."

아내가 불붙는 데 키질을 삼가고 심란한 목소리로 다둑거렸다. 그때 전화벨이 울렸다. 아이구, 얼마나 기다렸으면 때도 잘 맞추네. 보나마나 연변 동폴걸. 이렇게 중얼거리며 수화기를 들었다.

"예, 예, 방금 들어오셨어요. 예, 예, 바꿔드릴게요."

얼떨결에 수화기를 받아든 남궁씨는 여봅쇼, 아, 성님이요? 나요

나, 령이가 왔소. 날래 보십시다 하는 소리가 하도 우렁차서 수화기를 약간 떼면서 자기도 모르게 피곤한 목소리가 나왔다. 장장 스무 시간을 비행기만 탔다는 얘기와 그 동안에 거의 눈을 붙이지 못했으니 지금 누우면 내일까지 못 깨어날 것 같다는 변명을 두서없이 하면서 아내를 향해 곱지 않은 눈을 떴다. 도착할 시간을 그렇게 정확하게 가르쳐줄 게 뭐였을까 싶어서였다. 남궁씨는 자기도 연변 동포를 귀찮아하고 있다는 걸 상대방이 눈치챌까봐보다는 아내가 알까봐 더 신경이 써졌다. 래일이요? 래일두 일 없구 말구요. 육촌 아우뻘 되는 영의 목소리는 여전히 명랑하고 씩씩했다. 건강하고 감정이 섬세하지 않을 것 같은 목소리에 남궁씨는 친화감을 느꼈다. 아내가 밥상을 차리는 것 같았다. 구뜰한 된장국 냄새가 났다. 딸네 집에서도 우리 식으로 먹었지만 아내의 된장국 맛은 그의 집에서만 볼 수 있는 맛이었다. 만 하루를 기내식으로만 견딘 속은 그득한데도 식욕이 동했다. 그러나 남궁씨는 토라진 마음 때문에 꾹 참고 오로지 잠이 급한 것처럼 자리 먼저 깔고 길게 누웠다. 허리와 사지를 마음껏 뻗는 쾌감이 에구구, 소리가 절로 나게 황홀했지만 잠은 생각처럼 쉽게 오지 않았다.

"주무시우? 아마 못 주무실 거유. 시차라는 게 그렇답디다."

아내가 머리맡에서 이렇게 운을 떼고 나서 계속해서 군시렁거렸다. 또 연변 동포들 얘기였다. 남궁씨는 못 듣는 척했지만, 수면을 갈망하면서도 잠들지 못할 때의 불유쾌한 각성 상태를 아내의 목소리는 마냥 끌고 갔다. 차내에서 못다 한 연변 동포들이 얼마나 못 살고 조야하고 억척스럽다는 얘기를 아내는 지치지도 않고 하고 싶어했다. 가짜로 판명이 난 청심환을 진짜라고 우기면서 연줄을 통해 억지로 떠맡기는 것도 한계에 달한 동포들이 직접 거리로 나앉아서 덕수궁 돌담길이 중국산 약종상길로 변했다는 얘기도 했다. 설마 그럴 리가. 남궁씨는 두 달도 안 되는 사이에 세상이 그렇게 변했다는 게 믿어지지 않아 제 집, 제 잠자리로 돌아왔다는 실감까지 잡치는 걸 느꼈다. 아내도 이상했다. 남궁씨의 친척을 꼭 집어 지칭하지 않고 일반론처럼 말하면서도 아내의 말투엔 지나친 관심과 혐오감이 배어 있었다.

다음날 아내가 가르쳐준 대로 찾아간 여관은 광화문 근처의 중심가였지만 재개발 지역이라 환경이 구질구질했다. 그 금싸라기 땅에 빈집도 더러 눈에 띄었다. 여관은 버젓한 오층 건물이었지만 마지막 날까지 제 몸 안 아끼고 돈만 버느라 피폐해질 대로 피폐해져 있었다. 현관을 들어서자마자 김치찌개 냄새가 진동을 했다. 접수창구가 달린 현관방에 여러 식구들이 모여앉아 식사를 하고 있었다. 접객 업소의 무신경이 못마땅하여 남궁씨는 적당히 거만하게 삼백오호실 손님에게 인터폰을 넣어달라고 부탁을 했다.
 "아, 그 연변서 온 사람들 말이죠. 올라가보슈. 그냥 올라가봐요."
 꾸역꾸역 밥을 먹고 있던 주인이 퍼질러앉은 채 턱주걱으로 이층으로 난 계단을 가리키며 말했다. 남궁씨는 그런 불손한 태도에서도 주인이 연변 동포를 얼마나 대수롭지 않게 여기고 있는가를 짐작할 수가 있었다. 우중충하고 눅눅한 복도 구석방이었다. 노크를 하면서 문을 밀어봤더니 쉽게 열렸다. 남궁씨보다 훨씬 늙어 보이면서도 낙천적인 동안의 남자가 누구냐고 확인도 하지 않고 아이고, 성님 하면서 와락 달려들더니 남궁씨를 껴안고 볼을 비볐다. 완전 서양식이었다. 그의 힘찬 가슴의 박동을 가슴으로 느끼면서 남궁씨는 비로소 감동이 벅차오르는 걸 느꼈다. 한편 그가 울까봐 겁이 나기도 했다. 그때 하필 친척 아니라도 동포만 만났다 하면 눈물을 철철 흘린다는 이북 사람 생각이 났기 때문이다. 남궁씨는 그것만은 따라할 자신이 없었다. 남궁씨를 풀어준 연변 아우는 그러나 활짝 웃고 있었다. 우리 친척 중에 저런 웃음을 웃을 수 있는 이가 있다니, 싶을 만큼 눈부시고 너그럽고 대륙적인 웃음이었다. 하긴 의인 아니면 기인이었을 종조부의 직계 후손이니까. 그는 소년처럼 종조부의 혈통이 자랑스러워지면서 아직도 속에서 복대기던 소인스러운 오만가지 잡념이 눈 녹듯이 사라지는 걸 느꼈다. 늙은 여자 중 한 사람이 아이고 아지바니, 하면서 그의 손을 잡았다. 그리고 정식으로 뵙기요, 하면서 남편에게 눈짓을 했다. 남궁씨더러 먼저 자리에 앉길 권했지만 엉거주춤하고 서 있다가 그들의 절에 맞절로 답했다. 육촌 계수하고 생긴 거나 연령이 비슷해 보이는 부인이 처제라고 했다. 식구들한테 들은 처조카는 보이지 않았다.

"한 분 더 계시다고 들었습니다만."

남궁씨는 그이들과 금세 친밀감을 느낄 수 있어서 마음이 놓였으나 역시 할말은 없어서 그것부터 물었다.

"련희 말인갑다. 글씨 갸아가 어제 남대문시장 귀경 갔다가 기름튀기가 먹음직하다고 한보따리를 사다가 밤새 쉬엄쉬엄 다 처먹드니만 리질을 만난나, 저리 뒷간을 들락날락해싸니."

처제라는 노부인이 말했다. 물 내리는 소리가 나고 화장실 문이 열리면서 한창 나이에 활짝 핀 아가씨가 상냥하게 인사를 하면서 나타났다. 방에 화장실이 딸렸다는 게 여간 다행스럽게 여겨지지 않았다. 젊다는 건 좋은 일이었다. 아가씨는 얼굴도 곱고 아무렇게나 입은 평상복도 세련돼 보였다. 남궁씨는 비로소 긴장을 풀고 방안을 살펴보았다. 장판 비닐이 주글주글 낡은 방은 부모자식간이라 해도 네 식구씩이나 기거하기엔 협소한 방이었다. 게다가 한쪽 벽엔 우황청심환을 비롯한 각종 약재가 장롱 하나 부피는 되게 쌓여 있었고 그 위에는 녹용이 한 대 통째로 우아하고도 신비한 위용을 자랑하고 있었다. 그러나 남궁씨 눈엔 우황청심환만 들어왔다. 그리고 그의 가족사 속의 한 기인이 만들어낸 불가사의한 거리를 뛰어넘어 간신히 상봉한 후손들의 감회를, 우황청심환의 값어치가 떨어진 것만큼의 무게가 짓누르는 것처럼 느꼈다. 처량하고도 고약한 느낌이었다. 만약 저 아우가 한낱 환약 따위의 값어치에 따라 인격까지 격하시키는 이 땅의 인심을 안다면 어떤 마음일까 자괴하면서도 그런 느낌을 극복할 수는 없었다.

아니나다를까, 서로 기억의 족보를 대조도 하고 오르락내리락하기도 하면서 남궁가의 틀림없는 후손이고 육촌간이라는 걸 확인하는 절차를 끝내자마자 육촌은 약 얘기를 꺼냈다.

"운수가 나빴든기라요. 집 떠난 건 구월인데 남들은 일주일 만에 받는 비자를 우리는 미운 털이 백혔는지 차일피일하는 바람에 홍콩에서 한 달이나 지체를 했으니. 하필 그 동안에 여기서 그 가짜 소동이 나지 않았겠소. 날은 자꾸 추워지고 반값에라도 후딱후딱 파는 게 수라고 어찌나 성화들을 하는지, 래일부터라도 당장 거리로 나앉아 딴 동포들처럼 좌판을 벌이고 싶은데 그전에 성님하고 의논을 하게 됐으니 얼마나 다행인지 모르오."
"내가 무슨 힘이 있어야 말이지."
"도와달라는 게 아니야요. 성님한테도 리가 될 것 같아 하는 소리지요. 정말 반값이라니까요. 우린 그저 본전치기나 하자는 게지요. 금세 오를 테니 두고 보시라우요. 앞으론 들어오는 량이 줄 건 뻔한 리치구요."

 육촌이 돈 아쉬운 사람다운 궁기나 조바심을 전혀 나타내지 않고 느긋하고 명랑하게 그런 말을 하는 게 남궁씨 보기엔 매우 신기했다. 그뿐이 아니었다. 쉽게 달고 쉽게 식는 이쪽 풍토를 충분히 알고 있다는 태도도 조금도 냉소적이거나 업수히 여기는 투가 아니고 마냥 너그러워 보였다.
"사회주의 나라에서 온 자네가 더 장삿속에 밝으니 놀랍구만. 여기서 눌러살아도 한밑천 잡고 살겠어."

 남궁씨는 그런 말로 완곡한 거절을 대신했다.
"아이구 성님, 누가 죽을 때까지 호강을 시켜준대도 여긴 못 살 뎁디다."
"왜요? 왜 못 살아요?"

 여기가 마음에 들었음이 역력한 계수가 쳐닿듯이 물었다.
"웬 왜야, 그 소리를 어케 믿고 살아, 살긴."

 이렇게 핀잔을 주고 나서 여편네들은 시장으로 백화점으로 쏘다니는 재미에 세월 가는 줄 모른다고 남궁씨에게 설명을 했다. 남궁씨도 그 기회에 여자들에게 말로 수인사를 치렀다.
"어렵고 먼 길을 오셨는데 이런 누추한 데 계시게 해서 면목이 없습니다. 식구들 불찰도 있지만 제 힘이 워낙 딸려서요."
"성님도, 이 호텔이 어드래서요. 우린 려행사 잘 만나서 얼마나 호강인지 몰라요. 몰아다가 짐짝처럼 부려만 놓고 나몰라라해서 당장 잠자리 때문에 고생하는 동포가 얼마나 숱하다구요."

 듣고 보니 여행사가 초청장은 물론 어떤 약재를 들여오면 가장 수지가 맞는다는 정보까지 제공해주면서 적극적으로 여행 알선을 한 만큼 여관비 등 최소한의 경비는 조달할 수 있도록 약제 판매에도 어느 정도 관여하고 있는 듯했다. 그럴 리야 없지만 자기가 정식 초청자가 아니라는 것만으로도 남궁씨는 마음이 한결 가벼워지는 느낌이었다. 못 말릴 소심증이었다. 방값만 내면 되고 식사는 방에서 지어 먹는다고 했다. 현관서부터 여관 전체에 음식 냄새가 배어 있었다. 여인숙과 민박을 혼합한 것 같은 더러운 여관방을 꼬박꼬박 호텔이라 부르는 아우에게 남궁씨는 연민을 느꼈다. 개운치 않은 연민이었지만 아무튼 그런 느낌의 연장선상에서 돌연 생겨난 우월감 때문에 남궁씨는 적지 않은 양의 우황청심환을 팔아보겠다고 떠맡았다.

거리에 나선 남궁씨는 촌스러운 보자기 사이로 비죽비죽 비져나오는 청심환갑을 내려다보면서 왜 하필 허구많은 약재 중에서 우황청심환이었을까? 하고 자신의 미련한 선택에 쓴웃음을 지었다. 갈데가 없었다. 집에 가긴 싫었다. 연변 친척에 대한 아내의 혐오감만 돋굴 일은 피하고 싶었다. 그는 용기를 내서 회사로 향했다. 그까짓거 이판사판이다 싶었다. 그 동안 회사에선 집으로 아무 연락이 없었다고 한다. 출근해봤댔자 자신의 입지가 남아 있으리라는 희망은 없었다. 그러나 오백만 원도 안 되는 포상 여행비만 받고 떨어질 순 없다고 생각했다. 자신의 공로를 그렇게 과소 평가당할 수 없다는 생각은 소심힌 그로서는 피격적인 생각이었고, 전엔 감히 꿈도 못 꿔보던 생각이었다.

그 동안 사장실을 어찌나 잘 꾸며놨는지 한때 자신이 몸담고 있었던 데라는 느낌이 조금도 안 났다. 다행이었다. 그 대신 뒤쪽으로 조그맣게 회장실이란 구석방이 하나 새로 생겨난 게 눈에 띄었지만 안은 집기 하나 없이 텅 비어 있었다. 그가 거기라도 붙어 있으려는 눈치면 그때 가서 책상 하나 걸상 하나 놔주려는 속셈이 뻔했다. 그는 보따리를 놓고 사장실에 버티고 앉아 출타중인 젊은 주인을 기다렸다. 돌아온 사장은 그를 깍듯이 대접했고 그는 덕택에 좋은 구경 많이 한 사례와 앞으로는 슬슬 여행이나 하면서 지낼 생각이라는 사의를 동시에 표현했다.

"회장님으로 모실 생각이었습니다만……"

젊은 사장이 말끝을 흐렸다. 자네 호의는 받은 셈치겠네, 하면서 남궁씨는 약보따리를 끌렀다. 자초지종을 간략하게 설명하고 나서

우황청심환 251

"하필 가짜라고 소문난 물건을 가져와서 안됐네만 속내 아는 자네가 갈아줘야지 어쩌겠나?"
"가짜는요. 그건 사회주의 나라의 경제 체제를 모르는 무식한 사람들이 하는 소리지요. 공장이 다 국영인데 어떻게 가짜를 만듭니까. 함량 기준이 우리하고 좀 다르다고 가짜라고 단정을 해버리니, 국교를 하면서 그런다는 건 암만 생각해도 경솔한 짓이에요."
이렇게 적극 청심환을 두둔하면서 그걸 몽땅 인수를 해주었다.
"고맙긴 하네만 그걸 다 어따 쓰려구?"
"두고두고 해외에 나갔다 올 적마다 선물로 쓰죠 뭐. 나갈 때마다 선물 챙기기도 보통 일이 아니거든요."
"내친김에 하나 더 청을 하겠네. 꼭 들어줘야 하네. 안 들어주면 퇴직금 달라고 데모할지도 모르니 알아서 하게."
"설마 제가 퇴직금 안 드릴까봐 미리 엄포를 놓으십니까? 말씀해보세요."
남궁씨는 녹용을 사달라는 부탁을 했고, 그는 가져와보라고 반승낙을 했다. 남궁씨에겐 연변 아우에게 여기선 보통 부자가 어느 만큼 사나 보여주고 싶다는 허영심이 있었고, 젊은 사장에겐 골치아픈 공로자를 몰인정하지 않게 제거하고 싶다는 아량이 있었다. 만사가 그들의 뜻대로 형통하여, 아우는 녹용을 통째로 삼백만 원에 팔고, 돈으로 처바른 육십 평짜리 아파트 속도 샅샅이 구경할 수가 있었다.
이제 그만큼 해줬으면 흡족한 마음으로 남은 약보따리를 걸머지고 돌아갈 줄 알았는데 그게 아니었다. 덕수궁 돌담길에서 시청 지하도로 쫓겨들어간 거리의 약방을 따라 남궁씨의 친척 네 식구도 좌판을 벌였다. 날은 하루하루 추워지고 있었다. 그들의 얇은 초가을옷과 아무리 도와줘도 채워지지 않는 그들의 욕심이 보기 싫어 모르는 척할래도 갈 데가 없어진 남궁씨의 발길은 매일 그곳으로 출근을 하다시피 했다. 평화시장에서 싸고 보기 좋은 두툼한 겨울옷을 사다가 그들의 어깨에 슬그머니 걸쳐주기도 하고, 유행 지난 옷을 아내와 며느리에게 구걸을 하기도 했다. 그럴 때마다 아내는 눈에 쌍심지를 돋우고 그들의 궁상에 욕지거리를 퍼붓곤 했다. 그러거나 말거나 그는 친척들 곁에 우두커니 앉아서 흥정에 끼어들기도 하고 말동무도 하면서 소일을 했다. 자연히 점심이나 저녁을 같이할 적도 많았다. 아우도 계수도 소주를 좋아했다. 화장품이랑 꽤 괜찮은 옷이랑 잔뜩 갖다준 날이었다. 마누라가 아무리 좋은 걸 줘도 감지덕지할 줄 모르고 넓죽넓죽 받기만 하는 게 미안했던지 아우가 거나한 술김에 이렇게 말했다.

"성님도 자식 길러봤으니 부모 맘이 어드렇다는 걸 알죠. 북조선도 가보고 여기도 와보니까 꼭 부모 맘을 닮아갑디다. 자식 중에 못사는 자식이 있으믄 그저 깨쳐다 보태주고 싶구, 잘사는 자식한테는 조금이라도 덕을 보고 싶은 리기심이 생기구. 성님이 리해하시라우요."

그러고 나서 그들이 북조선에 처가 친척을 만나러 갔을 때 얘기를 했다. 마누라는 준비해가지고 간 것을 다 털어주고도 신고 간 신, 입고 간 옷까지 동생의 헌것하고 바꿔입고 왔다고 했다. 그럼 그들의 기죽을 줄 모르는 뻔뻔스러움은 부모 의식의 당당함이었단 말인가. 남궁씨는 어처구니가 없으면서도 그들이 싫어지거나 미워지지 않았다. 체류 기간을 연장하면서까지 그들은 가져온 걸 다 처분하고서야 떠났다. 아내는 앓든 이가 빠진 것보다 더 시원하다고 했다. 그러나 남궁씨는 이제부터 혼자 뭘로 소일을 하나, 끈 떨어진 뒤웅박처럼 막막했다.

그날 밤 잠자리에서였다. 아내가 조용히 눈물로 베개를 적시고 있다는 걸 알아차렸다. 아내는 자주 그랬고 또 왜 그런다는 걸 남궁씨는 알고 있었지만 근래에 그런 눈치를 보인 건 처음이었다. 아내가 그 버릇을 고친 게 아니라 그 동안 연변 친척한테 정신이 빠져 아내의 설움에 너무 소홀했었나보다. 그는 하던 버릇대로 아내를 돌아눕혀 조용히 안아주려고 어깨에 손을 얹었다. 아내가 기다렸다는 듯이 와락 돌아누우며 그의 가슴을 마구 두들겼다. 격렬한 오열 사이사이로 아내가 울부짖었다.

"현이 자식 나쁜 자식. 망할놈의 새끼야, 그 새낀 정말. 아아, 당신 말짝으로 그 새낀 망종이야. 고작 그게 사회주의라니? 그 거렁뱅이 근성이. 그 자식은 그게 뭐가 좋다고 신세를 망치고. 엉, 엉, 엉."

아내는 막무가내로 울부짖었다. 남궁씨는 비로소 그 동안 그들 부부가 사이에 끼고 엇갈린 게 연변 동포가 아니라 둘째아들 현이였다는 걸 깨달았다. 연변 동포에 대한 미움도 호의도 실은 그들의 실상과는 아무런 상관이 없는 것이었다. 낯선 친척을 보는 시각의 차이는 현이로부터 비롯되고 있었다. 현이는 대학 일학년 때부터 운동권이었다. 아무리 타일러도 소용이 없었다. 남궁씨는 자신의 소년 시절을 엉망으로 밟고 지나간 육이오의 기억으로 운동권은 다 좌익으로 보았고, 좌경의 소치라면 이를 갈았다. 집안 망칠 망종 취급을 했다. 아내는 그가 말끝마다 아들을 망종이라 부르는 것을 제일 듣기 싫어했다. 아들의 말에도 일리가 있을 테니 들어보고 이해해주자고 아무리 애걸을 해도 남궁씨한테는 먹혀들지 않았다. 아들 또한 아버지하고는 한자리에서 입을 어울리기도 싫어했다. 부자지간은 점점 원수처럼 돼갔고, 현이는 학교를 졸업하기 전에 때려치우고 노동의 현장에 직접 뛰어들겠다며 아주 집을 나가버렸다. 가끔 옷도 가지러 오고 전화로 안부도 묻고, 즈이 에미하곤 그런대로 연락이 되고 있는 줄 알았는데 그게 아닌가. 남궁씨도 가슴이 덜컥 내려앉았다. 아내는 울음을 그치지 않았다.

"올 겨울엔 어떻게 된 게 옷도 안 가지러 오고 전화도 없구, 엉 엉 엉, 어디 가서 죽었는지, 살았는지, 엉 엉 엉."

어떻게 아내를 위로할 것인가. 남궁씨는 첫 포옹처럼 가만가만 아내를 안았다. 그리고 가슴을 열고 서로의 상처를 조심스럽게 맞댔다. 나에게도 같은 상처가 있다오. 그걸 확인시켜주는 것밖에 위로의 방법이 없었다. 〔『창작과 비평』, 1991 여름〕

엄마의 말뚝 3

 어머니는 그 후 칠 년을 더 사셨다. 그 칠 년 동안은 고요하고 참담했다. 팔십 고령의 골절상은 역시 치명적이었다. 더군다나 골반 골절이었다. 몇 번에 걸친 재수술 끝에 뜨개질바늘처럼 긴 쇠막대기를 일정 각도로 구부려서 골반과 대퇴골을 연결하는 걸로 겨우 보행을 할 수 있을 만큼 다친 다리를 복원할 수는 있었지만, 그 다리가 세 치는 짧아진 듯했다. 회복된 어머니는 몹시 절룩거렸고 막대기의 각도 때문에 의자에 앉는 것 외엔 바닥에 털썩 앉는 게 불가능해졌다. 누울 때도 걸터앉다가 윗몸을 뒤로 제치면서 다리를 올려 뻗는 순서로 누워야 했기 때문에 침대를 쓸 수밖에 없었다. 다행히 집집마다 양변기를 쓰고 있어서 대소변은 받아내지 않아도 되었다. 만일 예전에 그런 일을 당했더라면 정신 멀쩡한 채 기저귀를 차는 수모를 감수해야 했으리라. "이만하기가 다행이다." 오랜 입원 생활 끝에 퇴원하여 맏손자네로 돌아온 어머니의 첫마디였다. 그게 결코 살아났음에 대한 감격이 아니라 타인에게 대소변 치다꺼리는 안 시키게 됐다는 안도감이라는 걸 우리는 스스로 알아차렸다. 불면 날아갈 듯 극도로 바랜 백지장 같은 인상은 감동 감격 따위를 할 더운피가 남아 있을 성싶지 않았다. 손자들은 그 연세에 한번도 버거운 대수술을 몇 번씩이나 받았으니 어찌 안 그렇겠느냐고 수긍하면서도 차후 좋은 음식과 보약으로 몸보신만 잘 해드리면 곧 예전의 기력을 회복할 수 있으려니 믿는 눈치였다. 나는 안 그랬다. 나는 어머니의 무시무시한 괴력의 유일한 목격자였다. 어머니의 초인적인 난동에 죽자꾸나 몸으로 부딪친 기억은 살아서 체험한 지옥과 다르지 않았다. 아무리 마취가 덜 깨어난 상태라고 해도 그럴 수는 없는 일이었다. 나는 그게 어머니의 전생명력을 건 마지막 발언이라고 생각했다. 나의 불쌍한 어머니는 그때 생명력을 다 소진해버려서 지금 껍데기만 남아 있었다. 그런 어머니는 내 어머니 같지가 않았다.

나는 조카들과 의논해서 어머니를 번갈아 모시기로 했다. 조카들 또한 불감청이언정 고소원인 눈치였다. 백지장처럼 식구들의 생활에 전혀 무게로 실리지 않으려는 어머니의 조용한 노력에도 불구하고 어머니는 존재 그 자체로 부담이 되고 있었다. 조카들도 그랬지만 나도 내가 안 모시는 동안은 열심히 기력 회복에 좋다는 음식이나 보약을 사가지고 문병을 다녔다. 그리고 과연 젊은것들이 그것을 제때제때 잘 챙겨드릴까 의심하곤 했다. 우리집에 계실 때 장조카가 개소주를 해온 적이 있다. 잘하기로 소문난 집에다 웃돈 얹어주며 부탁한 특제니 하루에 두 번씩 꼭꼭 거르지 않고 드시도록 고모가 신경을 써달라는 신신당부와 함께였다. 그애도 나와 비슷한 의심을 하고 있었나보다. 한치 건너 두 친데 내가 아무리 저만 못할라구, 좀 아니꼬운 생각도 들었지만 역시 기특했다. 그러나 나는 조카의 당부를 들어주지 못했다. 복용하기 편하게 일 회분씩 팩에 넣은 보약을 어머니는 백지장처럼 표정이 바랜 웃음으로 거부했다. 배아파 소화제 먹고 감기 들어 해열제 먹는 것까지 피할 생각은 없지만 몸 보하려고 무얼 먹지는 않겠노라고 했다. 치료제는 할 수 없어도 보약은 싫다는 어머니의 거부와 나는 싸워보지도 않고 졌다. 떨리는 마음으로 이해가 되었기 때문이다. 역시 떨리는 마음 때문에 그 동안 해다드린 보약은 다 어떻게 했느냐고 묻지 못했다. 나는 조카의 보약을 처분하는 부담만으로도 벅찼다. 연줄연줄로 그런 약이 필요한 노인을 찾아내서 보내주고 조카한테는 다 드셨다고 거짓말을 시켰다. 어머니는 세끼 식사도 최소한의 일정 분량밖에 들지 않았다. 나는 물어보지 않고도 그 최소한이 화장실을 출입할 만한 기력을 유지할 정도일 거라고 짐작하고 있었다. 어떤 영양가나 맛으로도 어머니로 하여금 그 최소한을 넘도록 유혹할 수 없었다. 운동은 누가 시키지 않아도 아침 저녁 두 차례씩 하루도 걸르지 않았다. 주로 걷기 운동이었다. 우리집에서는 베란다를 천천히 열 번 가량 왕복을 했다. 절룩거리는 것 외에는 지팡이 없이도 잘 걸으셨다. 도도한 성격대로 꼿꼿한 허리도 변함이 없었다. 베란다에서는 노인정이 곧바로 바라보였다. 어머니가 아침 운동을 할 즈음은 노인들이 모여들 시간이고 저녁 운동을 할 때는 노인들이 헤어질 시간이었다. 그 중엔 어머니보다 훨씬 더 못 걷는 노인도 적지 않았다. 매일 출근하다시피 하는 노인 중엔 허리가 직각으로 휘고 다리가 부은 건지, 자기 살인지 보통사람 허리만한 할머니도 있었다. 어머니는 운동을 하다 말고 그런 노인들을 물끄러미 바라보고 계실 적이 있었다. 어머니는 위로받고 있는 걸까, 측은해하고 있는 걸까. 그보다도 나는 어머니보다 못한 노인이 어머니로 하여금 바깥 출입을 할 수 있는 용기를 줄 수 있기를 바랐다. 어느 화창한 봄날 나는 용기를 내어 어머니에게 노인정에 가보시지 않겠느냐고 권했다.

"미쳤냐? 내가 저 늙은이들하고 화투나 치게."

어머니의 정열 없는 노여움은 마치 팽팽한 백지장이 바람에 파르르하는 것처럼 비인간적이었다. 평상시와 다름없는 조용한 어조였지만 미쳤냐?의 의미는 길고 도전적이어서 내 의식을 나사못처럼 죄어오는 것 같았다. 나 역시 정서적인 반응이 불가능해지고 말았다. 차마 입 밖에 내지는 못했지만 속에서는 "아아, 꼴 보기 싫어, 제발 가버려. 석이네나 경아네로 썩 가버려" 하는 악다구니가 아우성치고 있었다. 어머니의 규칙적인 운동은 정해진 소량의 식사와 마찬가지였다. 화장실 출입에 지장이 없을 만큼의 운동 신경을 유지하려는 노력에 불과했다. 어머니가 긴 입원 생활 끝에 마침내 퇴원할 때 주치의는 말했었다.

"할머니, 댁에 가셔도 걸음 연습 걸르시면 안 됩니다. 그 연세에는요, 며칠만 운동을 안 해도 오금이 붙어버려서 변소 출입도 못하게 된다구요. 아셨죠?"

어떻게든 그렇게는 안 되도록 최선을 다하되 그 이상은 죄악시하려는 어머니의 고집을 나는 도무지 참을 수가 없었다. 오로지 화장실 출입을 삶의 유일한 목표로 사는 이가 식구 중에 섞여 있다는 것은 아마 누구도 참아내기 어려웠을 것이다. 그 부피가 설사 백지장 정도밖에 안 된다고 해도 말이다. 칠 년 동안에 어머니는 몇 달에 한 번꼴로 딸네서 맏손자네로 맏손자네서 둘째손자네로 옮겨다닐 때 말고는 전혀 외출을 안 하셨다. 다행히 집집마다 차가 있어서 엉치뼈를 일정 각도 이상 구부릴 수 없는 어머니를 안전하게 모셔오고 모셔갈 수가 있었다. 그러나 그건 몸의 이동일 뿐 외출은 아니었다. 단독주택에 사는 손자네서도 허설수로라도 대문 밖에 발자국을 내딛는 법이 없었다. 참 할머니 자존심 센 것 하나는 알아줘야 한다고 손자들도 그 점에 있어서는 혀를 내둘렀다. 절룩거리는 병신 걸음걸이를 남에게 안 보이려고 할머니가 기를 쓰고 답답한 걸 참는다고 손자들은 생각하는 것 같았다. 그러나 나는 그렇게 생각하지 않았다. 어머니는 바깥 세상에 대한 호기심이 전혀 없었다. 그러니까 답답해할 까닭조차 없다고 판단했다면 내가 너무 잔인한 딸이었을까.

엉치뼈와 넓적다리를 철근으로 연결한다는 게 무슨 뜻인지 어머니가 정확하게 이해한 건 그 수술이 성공하고 걸음 연습도 순조로워 보조기 없이 혼자 걷게 된 연후였다. 우리는 사전에 주치의로부터 그 수술이 성공한다 해도 어머니가 여생을 어느 정도의 불편을 감수하며 살아야 되는지 들어서 알고 있었다. 오랫동안 대소변을 받아내야 하는 병구완에 지친 우리들은 다시 걸을 수 있게 되리라는 것만도 기적 같았다. 바닥에 쭈그리고 앉을 수 없게 되는 정도의 후유증은 너무 가벼워서 차라리 웃음이 났다. 자손들은 다들 아파트 아니면 양옥집에 살고 있었다. 부엌은 입식이고, 거실엔 소파가 있고, 아이들 방엔 침대가 있고, 화장실엔 의자식 양변기를 갖추고 있었다. 노인네를 위해 침대나 하나 사놓으면 모시는 데 조금도 지장이 없었다. 더군다나 사셔야 얼마나 사시겠는가. 어머니의 길지 않은 여생을 가정하는 것도 우리를 한껏 너그럽게 했다. 그러나 그건 어디까지나 모시는 입장 위주의 생각이었다. 부모를 모신다는 걸 시혜(施惠)쯤으로 여기는 세상 인심에 우리라고 어찌 물들지 않았겠는가. 그래서 상한 다리에 삽입한 이물질이 당신 몸을 어느 만큼 부자유스럽게 하나를 몸으로 깨달은 연후의 어머니의 낭패감은 한층 고독하고 쓸쓸했다.
"세상에 이럴 수가, 내 생전에 강화 잇집네 가보긴 다 틀렸구나."
 심한 낙담과 좌절 때문에 젖은 종이처럼 눅눅하고 무력해진 어머니의 나직한 탄식이었다. 그 소리를 들은 손자들이 웃음을 참느라 입귀를 씰룩거렸다. 기껏 한다는 걱정이 잇집네 못 갈 걱정이라니, 서서히 망령기가 든다고 여기는 듯했다. 이(李)씨가로 출가해서 잇집이라 부르는 이는 어머니의 재당질녀(再堂姪女)뻘 되는 동향의 친척이었다. 강화도에 살고 있었다. 강화도엔 일사 후퇴 때 바닷길로 피난왔다가 눌러사는 개성 개풍 쪽 사람들이 많이 살고 있었다. 집안내의 가까운 친척끼리 한마을을 이루고 사는 데도 있었다. 경조사가 있을 때마다 서로 알려 왕래를 유지하고 소식을 끊지 않는 걸 친척의 의무로 여기고 있었다. 그러나 의무에 철저한 건 암만해도 시골 사는 쪽이었다. 서울 사는 쪽은 바쁘다는 핑계도 있었지만 동창이나 직장 관계로 이미 형성해놓은 인간 관계가 다양해서 무슨 때별로 시골 친척이 아쉽지가 않았다. 그런 서울 인심이 행여 시골 친척을 섭섭하게 할까봐 어머니는 중간에서 늘 신경을 많이 써오셨다. 청첩장이나 부고를 받았는데 당신이 못 갈 사정이 있으면 손자들을 시켜서라도 부주돈을 보내고야 말았다. 귀찮아하는 기색을 보이면 "내 생전만 참거라. 나 죽어봐라 저절로 남되지." 이렇게 언짢아하곤 했다. 그러나 아무런 경조사도 끼지 않은 평상시에 나들이 삼아 훌쩍 가서 하루이틀 묵었다 오는 데는 잇집네밖에 없었다. 같은 서울에 사는 하나밖에 없는 딸네 집에도 초대받지 않은 날 들르거나, 단 하룻밤도 주무시고 간 적이 없는 어머니였다. 출가외인에 대한 편갈음과 사돈을 경원하려는 조심성이 그렇게 유별난 어머니였다. 그런 어머니에게 시집간 재종질녀의 집이 아랑곳인가. 더군다나 근근히 사는 형편이었다. 딸린 자식은 많고 농사는 넉넉지 못해 잇집이 일년 내내 화문석을 짜서 살림에 보탠다고 했다. 다행히 잇집과 이서방이 순박하고 무던하여 어머니를 편안하게 해드린다는 건 알고 있었다. 다녀오실 적마다 그 집 식구 칭찬으로 입에 침이 마르셨다. 그러나 그럴수록 정 떨어질세라 신세지는 걸 삼가야 했다. 그걸 모를 어머니가 아니었다. 가실 때마다 당신 형편엔 과도한 선물을 장만하는 것만 봐도 알 수가 있었다.

잇집네는 강화도의 최북단, 양산면이란 데서 살았다. 그 마을에 들어가려면 검문소에서 뉘집에 무슨 볼일로 가는지를 자세히 대고도 주민등록증을 맡겨야 하는 최전방이었다. 이씨가의 종중산이라는 야트막한 뒷동산에 오르면 바로 발 아래로 바다가 보이고 바다 건너로 북쪽 땅이 보였다. 섬과 육지 사이에 낀 바다는 강 너비밖에 안 돼 꼭 한강 이쪽에서 저쪽을 바라보는 정도의 거리감밖에 느껴지지 않았다. 바로 거기가 갈 수 없는 고향땅 개풍군이라고 생각하면 그 지호지간(指呼之間)은 소름이 끼쳤다. 그러나 거기가 오빠의 무덤, 어머니의 상처라고 생각하면 그 바다의 너비는 가이 없었다. 당신 딴에는 자제하느라고 하는 것 같았지만 어머니는 적어도 일년에 두세 번은 잇집네를 다녀오고야 말았다. 그 목적이 순전히 뒷동산에 올라 그 바다와 그 바다 건너를 하염없이 바라보고자 함이라니. 지친 듯 나른한 목소리로 "에그 독종들, 에그 독종들" 하고 중얼거릴 적도 있었다. 누구더러 그러는지는 분명치 않았다. 인두겁 쓴 건 다 독해 보였는지도 모르겠다. 그럴 땐 아이들까지도 뜨악한 눈으로 바라보곤 했으니까. 오빠의 뼛가루를 그 바다에 흩날린 지 삼십 년이나 넘어 지난 뒤까지도 어머니는 지치지도 않고 그 짓을 낙처럼 취미처럼 계속해왔다. 우리는 이제 어머니의 그런 청승은 상상하는 것만으로도 넌더리가 났다. 헤어나고 싶었다. 그러나 어머니는 당신의 뻗정다리로써는 도저히 불가능한 것들을 몸소 확인해보고 나서 가장 결정적인 충격을 받은 것은 바로 그 짓을 할 수 없게 됐다는 것이었다.

잇집네는 재래식 농가였고, 물론 옛모습 그대로의 칙간이 대문 밖, 밭 가운데 있었고, 방방이 요강을 쓰고 있었다.

어머니의 죽음은 어느 날 갑자기 화장실에 갈 수 없게 됨으로써 비롯됐다. 그 후 한 달 동안에 어머니는 서서히 죽어갔다. 어머니가 이상해졌다는 기별을 받은 건 마침 맏손자네에 계실 때였다.

"고모, 할머니가 이상하세요. 뒤를 그냥 흘리시지 뭐예요."

"뭐? 뒤를?"

 나도 단박 일의 심각성을 알아차렸다. 그만큼 어머니는 그 문제에 무서우리만큼 깔끔했었다. 삶의 유일한 목적이었다고 해도 과언이 아니었다. 서둘러 달려가 뵌 어머니는 혼곤히 잠들어 있었다. 혹시나 해서 사가지고 간 유아용 기저귀 중 제일 큰 치수가 꼭 맞았다. 나는 하기스를 채우면서 참 곱게도 말랐다고 생각했다. 어머니의 육신은 희고 깨끗하고 가벼웠다. 그런 상태가 오래간다고 해도 욕창이 생길 걱정은 안 해도 되겠다 싶게 피골 외의 군더더기가 남아 있지 않았다. 죽은 것처럼 곤한 잠에서 깨어난 어머니는 나를 보자 희미하게 웃으면서 물었다.
"애야, 내가 죽었냐? 살았냐?"
 어처구니없는 물음에 나는 살아계시다고 대답하면서 어머니의 손등을 살짝 꼬집어주었다.
"아직두?"
 실망도 기쁨도 아닌, 허우적대는 소리를 내더니 눈을 감았다. 그러나 잠든 것은 아니어서 빨대로 약간의 미음과 과즙을 빨기도 하고 삼키기도 했다. 나는 어머니를 흔들어 눈뜨게 하고 내가 누구냐고 물었다. 또 미미하게 웃으면서 내 이름을 정확하게 대었다. 그 광경을 지켜본 손자 손부들은 쉬 돌아가실 것 같지는 않다는 냉정한 판단을 내린 듯했다. 한 사람씩만 의무적으로 병상을 떠나지 않도록 저희들끼리 조를 짜는 듯했다. 어디 매인 데 없이 자유로운 나는 되레 의무적인 당직에서 제외가 됐다. 줄창 지키고 있어주려니 믿는 마음에서 그러는 것 같았다. 어머니는 마냥 비몽사몽간과 깊은 잠 사이를 오락가락했다. 비몽사몽간일 때 빨대로 유동식을 공급하고, 그 결과로 더러워진 하기스를 제때제때 갈아주는 게 간병의 주된 일이었다. 그러다가도 쥐구멍에 볕들 듯이 반짝 어머니의 눈빛과 표정이 명료해질 적이 있었다. 그럴 때는 병상을 둘러싼 식구들을 일일이 알아볼 뿐 아니라 빠진 식구를 찾기도 했다. 때때로 그 이상을 봐서 탈이었다. 아무도 없는 발치를 바라보며 "호뱅이 너 오래간만이다" 하기도 했고 "자네도 왔네그려, 업힌 애는 누군가. 내려놓고 편히 앉게" 하기도 했다. 웬 애들이 저렇게 득시글

거리냐고 귀찮은 표정을 짓기도 했다. 아무도 없는 빈자리를 보고 너무도 능청스럽게 말을 시키는 어머니를 젊은 애들은 싫어하기도 하고 무서워하기도 했다. 여러 사람의 이름을 불렀지만 내가 누구라고 알 만한 사람은 몇 안 됐다. 자주 아는 척을 한 호뱅이만 해도 어릴 적 시골 마을을 잠시 스쳐간 떠돌이에 지나지 않았다. 내가 아직도 그 이름을 기억하는 것은 내 또래의 장난꾸러기들과 그의 뒤를 따라다니며 알라리 꼴라리, 호뱅이 잠뱅이엔 이가 서 말, 호뱅이 바지 속엔 똥자루가 서 말이래, 어쩌구 하며 놀려먹었을 때의 리듬감 때문이지 우리집과 특별한 연관이 있는 건 아니었다. 그로 미루어 어머니의 환각에 나타나는 다른 이들도 어머니를 주역으로 한 어머니의 인생에선 미미한 엑스트라로 스쳐간 이들에 지나지 않을 성싶었다. 그렇다면 참 이상도 하지. 변의조차 퇴화된 몽롱한 의식 속에서 하필 그 엑스트라들이 튀어나올 건 또 뭔가. 여느 때도 아닌, 장장한 인생의 막을 내리려는 이 금쪽 같은 시간에. 인간의 의식의 불가사의가 조금도 신비하거나 아름답게 느껴지지 않고, 조잡한 허구처럼 여겨져 무안스럽기도 했다. 어머니를 위해서라기보다는 인간을 위해서. 혹시 어머니는 지금 일생일대의 마지막 연기를 하고 있는 거나 아닐까, 당신 의식의 밑바닥에 찰싹 늘어붙은 걸 꼭꼭 감추기 위해 부스러기만 내보이는. 이런 부질없는 생각을 하기도 했다.

　내 이런 조바심은 실은 내 의식의 밑바닥에 늘어붙어 있는 것 때문이었다. 나 죽거든 내가 느이 오래비한테 해준 것처럼 해다오. 누가 뭐라든 상관않고 그렇게 할 수 있는 것은 너밖에 없다. 내가 어떻게 어머니의 그 절절한 부탁을 잊을 수가 있겠는가. 그건 유언인 동시에 신뢰감이었다. 어머니는 그 후 칠 년이나 더 사시는 동안 한 번도 그 사실을 재확인시켜준 적이 없었다. 지금이라도 늦지 않으니 어머니가 좀 이치에 닿는 헛소리를 해주길 나는 갈망하고 있었다. 칠 년 전 그 얘기를 나한테 전해들은 조카들은 별로 심각하게 귀담아듣는 것 같지 않았다. 아직까지 기억하고 있을 리가 없었다. 조카들은 전형적인 현대인이었다. 눈코 뜰 새 없이 바쁜 것과 형편없는 기억력이 가장 큰 걱정이자 자랑이었다. 어머니가 재확인이든지 하다못해 의미있는 암시라도 해주지 않는 한 나는 어머니의 신뢰에 보답할 자신이 없었다. 그러나 어머니의 혼수 상태는 길어지기만 했고 어쩌다 하는 헛소리도 워낙 기진한 데다 혀가 굳어 점점 알아듣기 어렵게 됐다. 짐작으로 겨우 알아들을 수 있는 말은 내가 죽었냐? 살았냐? 하는 말밖에 없었다. 그 말은 임종이 시시각각 다가오는 침울한 분위기에 장난스러운 팔매질처럼 파문을 일으켰다. 염치없지만 유쾌한 파문이었다. 식구들은 잠시 긴장을 풀고 킬킬댔다.

"고모, 호뱅이가 도대체 누구유?"

그런 웃음 끝에 큰조카가 물었다. 어머니가 호뱅이 타령을 안 한 지도 며칠 됐건만 조카가 불쑥 물었다.

"예전에 우리가 시골 살 때, 우리 마을에 흘러들어온 떠돌이였는데, 참 노인네 망령은 알다가도 모를 일이다. 난데없이 호뱅이가 보이실 게 뭐람."

"그땐 할머니도 젊었을 거 아뉴?"

"그럼. 지금부터 반세기도 더 옛날 일인걸."

"호뱅인 미남이었구요?"

"미남?"

나는 조카가 무슨 소리를 하고 싶은 건지 헤아리기 전에 웃음부터 났다. 이가 서 말에 똥자루가 서 말이라는 아이들 놀림이야 과장이라 쳐도 그 몰골이 거지와 진배없었고, 지능도 반편이었다. 다만 어떡하든지 일을 해주고 밥을 얻어먹으려는 결벽증 하나는 있어서 비렁뱅이 취급은 안 당한 듯했다.

"그 옛날에 우리 할머니, 호뱅인가 그 사람하고 썸씽이 있었던 거 아닐까?"

조카가 만면에 웃음을 띠고 능글댔다. 농담치곤 때와 장소를 못 가린 무엄한 농담이었지만 하도 가당치 않은 추측인지라 탄하는 게 되레 이상할 것 같아 아이구, 실없는 소리 좀 작작 하라는 정도로 그만두려고 했다. 그러나 조카는 뜻밖에 집요했다.

"실없는 소리 아녜요 고모. 고몬 이상하지도 않아요? 할머니가 지금까지 앞세운 식구가 한두 사람이유. 식구뿐인가, 친한 친척이나 친구분들도 거의 다 먼저 가셨을걸."
"그래서? 그게 어쨌다는 거니? 장수하면 누구든지 그건 피할 수 없는 운명인 게지 할머니 잘못은 아냐."
"누가 할머니 잘못이랬수. 그냥 이상하단 소리지. 고몬 괜히 핏대를 올리고 그래."
"뭐가 또 그렇게 이상하다는 거니?"
"그럼 이상하잖아요? 왜 허구많은 친한 사람 다 제쳐놓고 하필 호뱅이가 저승에서 할머니 마중을 오냐 말예요."
 나는 하도 어처구니가 없어 픽하고 실소 먼저 터뜨리고 말았다. 조카는 그럼 저승사자가 돼서 온 호뱅이를 할머니가 보았다고 믿는 것일까. 나는 할머니의 헛소리는 다만 헛소리일 뿐이라고, 조카의 말을 일축했다. 우리가 꾸는 수많은 꿈 중 영검한 꿈은 극소수에 불과하다. 그것도 억지로 꿰다 붙여서. 우리는 수많은 꿈속에서 보고 싶은 사람이나 친한 삶보다는 그냥 스쳐 지나간 사람이나 생소한 사람과 노닌다. 결국 꿈은 무의미하고 무의식은 믿을 게 못 된다. 헛소리 또한 그와 다를 바가 없다. 그런 얘기도 했다.
"고모가 할머니의 헛소리에 헛소리 이상의 의미를 부여하지 않으시다니 안심이에요."
 조카는 비로소 정색을 하고 칠 년 전 첫번째 대수술과 그 야단법석 끝에 나온 할머니의 유언을 헛소리로 돌릴 뜻을 분명히 했다. 그제서야 나는 조카의 말수단에 말려든 걸 깨달았다. 그러나 그의 태도가 하도 단호하여 나는 주눅든 소리밖에 못 냈다.
"그건 절대로 헛소리가 아니었어, 너."
"그게 유언이었대도 할 수 없어요. 내가 지키기 싫으니까요. 내 맘이에요."
"쟤 말버릇 좀 보게나. 그게 뭐가 어렵다고."
"어렵다곤 안 했어요, 싫다고 했지. 할머니도 아버지처럼 화장해서 그 뼛가루를 고향이 바라뵈는 바다에다 뿌리라구요? 고모 제발 다시 그런 유난떨 생각 말아요. 내가 싫은 건 할머니나 고모의 그런 유난스러운 한풀이를 지금 이 시점에서 되풀이하는 거란 말예요. 아버지 땐 그 방법밖에 없었으니까 차라리 비통하기라도 했겠죠.

지금 그 짓 해봤댔자 쇼 부리는 것밖에 안 된다구요. 저도 남들이 하는 대로 보통 장례를 치르고 싶단 말예요. 저도 사회적 지위도 있고 체면도 있는 사람이란 말예요. 상주도 저구요."
"그래애, 고몬 출가외인이다 이거지. 할머니 속으로 낳은 자식은 나 하나밖에 안 남았는데도 싹 무시하겠다 이거지."
나는 눈물까지 몇 방울 떨어트리는 체하면서 이렇게 징징거렸지만 속으로는 앓던 이가 빠진 것처럼 개운하고 상쾌했다. 나 자신도 전혀 예기치 못한 느낌이었다. 나 역시 그 짓을 하기가 싫었던 것이다.
"고모, 화났수? 누가 감히 고모를 무시한다고 그러세요. 자아 화 푸세요. 할머니 묘자리 골라잡는 일은 전적으로 고모한테 맡길게요."
"얘는 묘자리가 무슨 보세 스웨터냐? 아무나 골라잡게."
그렇게 되받으면서도 싫진 않았는데 그것도 미리 정해진 거나 마찬가지였다. 벌써 몇 군데 알아봤는데도 교통 편한 서울 근교의 공원묘지는 이미 다 차서 도무지 어째볼 도리가 없더라고 했다.
"그래도 연고권이 있는 데가 좀 납디다."
"그럼 느이 엄미 산소가 있는 신천지공원묘지 말이냐?"
신천지묘원은 어머니가 너무 장수하신 탓으로 앞세운 며느리를 장사지낸 묘지였다. 교통으로 보나 거리로 보나 더할 나위없이 좋은 데였지만, 야산을 묘지로 개발해 분양만 해놓고 사장이 부도를 내고 잠적한 후 몇 번씩 사장이 바뀌는 통에 관리 소홀로 좀 황폐해진 묘지였다.
"저도 거기가 썩 탐탁지는 않지만요, 산 사람 편의대로 해야지 어쩌겠어요. 명절 때 성묘가 큰 일인데 어머니 산소하고 할머니 산소가 각기 딴 묘지에 떨어져 있어보세요. 부득이 한쪽은 접게 될지도 모르잖아요."
"얘 좀 보게나, 금방 장손 유세 부리더니 이젠 숫제 위협이네."
말은 그렇게 하면서 눈을 흘겼지만 조카의 말이 조금도 틀린 말이 아니어서 나는 아쿠를 질 일만 남겨놓고 있었다. 어머니 바로 머리맡에서 장시간 그런 얘기를 했건만 어머니가 눈을 뜨고 당신

주장을 말하는 기적 같은 일은 다시 일어나지 않았다. 조카는 이미 신천지묘지주식회사 경리부장이라는 사람과 현장에서 만날 날까지 약속해놓고 있었다. 교외선 일영역에서 가까운 신천지묘지의 사무실은 석유 난로도 없이 미적지근한 연탄 난로 하나로 여간 을씨년스럽지가 않았다. 사무실과 붙은 식당은 먼지가 부우연 테이블들이 한쪽으로 난폭하게 밀어붙여진 채 고르지 못한 양회바닥에 여기저기 의자가 나동그라져 있는 게 한층 썰렁해 보였다. 우리는 임의로 난로의 불문을 열어놓고 나서 크고 작은 파도 같은 구릉을 타고 한없이 펼쳐진 무덤들을 망연히 내다보았다. 산 자의 피할 수 없는 운명, 영원한 위화감, 그런 생각이 두서없이 오락가락했다.
"식당 꼴만 봐도 분양할 묘지가 남아 있지 않다는 걸 알 만하죠."
조카가 쇠꼬챙이로 난로 뚜껑을 열어보고 나서 말했다. 벌써부터 그의 수완을 자랑하고 싶어하는 걸 보면 전화상으로지만 분양은 된 거나 마찬가지인 듯했다. 짝달막한 중년 남자가 잿빛 오리털 잠바에 찬바람을 잔뜩 묻혀가지고 들어왔다. 조카는 명함을 내놓으며 나까지 인사를 시켰고, 그는 명함 없이 말로 송부장이라고 자기 소개를 했다. 송부장은 연고권이 있으니까 그나마 어렵게 마련을 했지, 공식적으로 분양할 수 있는 묘지는 전혀 남아 있지 않다는 소리를 힘주어 했다.
"더러 다녀보셨는지 모르지만 이 근처에 이만한 묘지 없을걸요. 공원묘지 제도가 생기고 나서 초창기에 개발했기 때문에 돈푼 있는 사람들은 얼마든지 넓게 잡아 호화묘도 꾸밀 수가 있었죠. 교통 편하죠, 노적봉을 마주보고 있어서 자손들이 부자되죠, 이만하면 묘지 중엔 압구정동 아닙니까."
원, 묘지 중에 압구정동이라니, 송부장을 보아하니 좌청룡 우백호를 뇌까려봤댔자 어울릴 것 같지도 않았지만 말을 막해도 좀 너무한다 싶었다. 저런 위인을 상대해서까지 꼭 묘지를 써야 하나, 정이 떨어지면서 역시 어머니가 옳았다는 생각이 들었다. 그 짓을 하긴 싫었지만 그렇게 해야만 할 것 같은 의무감이 아직도 내 의식 밑바닥엔 집요하게 늘어붙어 있었다. 그 일의 실제로부터는 놓여났지만 그 의무감으로부터는 생전 못 놓여날 것 같았다. 그건 어쩌면 미련인지도 몰랐다. 그 짓을 하긴 두려워도 내 안에서 관념화된 그 짓에는 비장미 같은 게 있었다. 그 비장미에 대한 미련이 그러나 현실적으로 일을 지딱지딱 처리해가는 조카 앞에선 민망하고 부끄러웠다. 난로가 아까보다는 달궈진 것 같았지만 조카는 송부장이 몸을 녹일 시간을 주지 않고 채근했다.
"자아, 올라가봅시다. 빨리 결정을 해야 하니까."
"차 가져오셨죠?"
송부장이 먼저 조카의 은빛 르망 앞으로 종종걸음을 치며 말했다. 송부장이 지시하는 길은 꽤 가파른 오르막길이었다.
"좀 낮은 덴 없소?"
"더운밥 찬밥 가릴 작정이면 아예 가지도 맙시다. 딱 한 자리 그것도 사장님한테 사정사정해서 마련해놓았으니까."
송부장이 배짱을 부렸다. 조카는 말없이 차를 몰았다. 등성이를 휘감는 커브를 돌자 전망이 트이면서 편편한 주차장이 나타났다.
"여기 또 주차장이 있군요."
조카는 그게 퍽 마음에 드는 것 같았다. 시무룩했던 표정을 누그러트리며 말했다. 송부장이 바로 조오기라고 턱짓을 하면서 거기서부터 걸어가자고 했다. 완만하지만 차가 다닐 수 없는 오솔길이 나왔다. 주차장서부터는 사람들이 운구를 해야겠군, 조카가 혼잣말로 중얼거렸다. 철두철미하게 실제적인 조카가 밉살스러웠다. 송부장이 가리키는 묘자리는 얼마 안 걸어가서 나왔지만 거기다 어떻게 묘를 쓰라는 건지 알 수 없는 낭떠러지였다. 에잇 여보슈, 조카의 첫마디가 곱지 않자 송부장은 만면의 웃음을 띠고 재빨리 낭떠러지 밑으로 몸을 날렸다. 거기도 물론 남의 묘역이었다. 그는 주머니에서 접었다 폈다 할 수 있는 자막대기까지 꺼내 휘두르면서 그쪽에서 곧장 축대를 쌓아올리고, 또 뒤로는 길을 먹어들어가며 축대를 쌓는다면 예닐곱 평의 평지는 넉넉히 얻을 수 있다는 설명을 그럴듯하게 했다. 이 묘역의 수천수만 기의 묘가 다 그렇게 산의 경사를 깎고 축대를 쌓아 만든 거지 처음부터 공동묘지로 태어난 산 봤느냐는 맺음말이 특히 설득력이 있었다. 조카의 안색도 부드러워졌다.
"그건 그렇소만 길을 깎는다는 게 어쩐지 좀 할 짓이 아닌 것 같잖소?"
 조카는 '도의적으로다'라는 말을 생략한 것 같았다. 송부장을 상대로 도의 운운하는 건 내 생각에도 코미디 같았다.
 "아, 그거야 우리 걱정이지 선생님이 걱정할 일이 아니죠. 바른 대로 말씀드리자면 이 길도 이거 며칠 안 남았습니다. 조만간 다 뭉개서 팔아먹을 테니 두고 보시구랴."
 "길을 없애다니요?"
 "길은 뭐 사장님 땅 아닌가요. 땅임자 맘이죠. 이 산꼭대기까지 찻길 내놨으면 됐지 따로 길 냈다 뭐 할 겁니까. 봉분 사이가 다 길인데, 안 헐 말로 봉분을 넘어다닌들 누가 뭐랄 겁니까. 말많은 건 산 사람이지, 죽어지면 그만이니까요."
 송부장이 영탄조로 나왔고, 조카도 그 문제는 그쯤 해둘 눈치였다. 아무튼 여덟 평 정도의 묘지를 조성하는 데 며칠이나 걸리겠느냐 따졌고, 송부장이 구인난을 핑계로 보름 정도를 잡자, 조카는 닷새 안에 해놓을 자신 없으면 그만두라고 단호하게 말했다.
 "보아하니 이리루 오실 분이 숨을 모나본데 그렇다면 할 수 없죠. 열일 제쳐놓고 여기 일 먼첨 해드릴밖에요."
 서둘러 결정을 내려버린 송부장은 행여나 이쪽에서 무슨 변덕을 부릴세라 다시 노적봉 얘기를 꺼냈다. 거기서 곧장 바라뵈는 먼 산봉우리를 손가락질하면서 저게 바로 노적봉이고, 이 묘원 중에서도 저 봉우리와 이렇게 정면으로 마주볼 수 있는 묘역은 이 지역밖에 없다는 얘기를 의기양양하게 했다. 또 부자되는 얘기를 듣게 될 게 미리 낯간지러워서 우린 서둘러 그 자리를 떴다. 내려오는 차 속에서 조카는 나에게 평당 십만 원씩 여덟 평을 사기로 했다면서 더 넓게 쓰고 싶지만 개인 묘지는 법적으로 그 이상은 못 쓰도록 제한이 돼 있단 얘기를 했다. 구태여 차 속에서 할 것도 없는 얘기였는데 송부장 들으라고 일부러 하는 것 같았다. 나 역시 그 비탈에서 여덟 평을 과연 만들어낼 수 있을까 적이 미심쩍었다. 더 미심스러운 건 과연 이렇게까지 해서 묘를 써야 하나 하는 문제였다. 강화도와 개풍군 사이의 한강 폭만한 바다가, 어머니의 상처가, 더운 그리움이 되어 몸속으로 홀러드는 것 같아 나는 지그시 눈을 감았다.

조카는 한풀이에 동참하기를 거부했고 나는 졌다. 내가 져준 건 과연 잘한 짓일까?

사무실로 내려와 또 한 번 문제가 생겼다. 송부장은 팔십만 원은 매장에 드는 제반 비용과 비석·떼 등 조경비와는 상관없는 순전한 묘지 여덟 평 값이라는 걸 누누이 강조한 연후에 전액을 받아 챙기고 나서, 사장 명의로 된 영수증은 오십만 원으로 떼어주는 것이었다. 안색이 변한 건 우리뿐 송부장은 외눈 하나 깜빡 안 하고 말했다. 평당 십만 원은 어디까지나 현시세가 그렇단 소리고, 여기처럼 분양이 예전에 끝난 묘지에서 실무자와 연고자가 합의해서 자투리 땅에서 재주껏 창출해낸 묘지에 있어서는 그 이득을 땅임자와 실무자가 적당히 갈라먹는 게 관례라고 했다. 너무 능청스러워서 말대답도 못하고 멍청히 서 있는 우리에게 송부장은 "알아들으셨습니까?" 하면서 되레 답답하다는 시늉을 했다. 돌아오는 차 속에서 매우 쓰거운 얼굴로 차를 모는 조카에게 나는 위로삼아 조심스럽게 말했다.

"이왕 그렇게 된 거 더 탄하지 않길 잘했다. 그렇지만 처음부터 좀 깎아볼 것이지 어쩜 그렇게 어수룩하게 굴었냐?"

"고모가 그전시부터 그랬잖아요. 묘지나 수의 등 망자에게 드는 비용은 함부로 깎는 게 아니라고."

조카의 말이 매우 불손하고 퉁명스러웠다.

"쟤 좀 봐, 못 되면 조상 탓이라고 이제 와서 날 나무래네. 제가 언제 적에 고모말을 그렇게 잘 들었다구."

곧장 앞만 보며 경직됐던 조카의 얼굴이 억지로 좀 누그러지면서 그만둡시다 고모 내가 잘못했수, 했다. 혹시라도 내 입에서 또 딴 소리가 나올까봐 그런다는 걸 눈치채고 나도 억지로 웃어주었다. 조카는 그 후 매일같이 전화로 송부장에게 화급하게 묘지 조성을 독촉했고 나는 그게 어머니의 죽음을 독촉하는 소리처럼 들려 언짢았으나, 또 무슨 탓을 들을까봐 암말 안 하고 참았다.

역시 조카가 옳았다. 여덟 평이 넉넉한 묘지가 조성됐으니 와보고 술 한잔 사라는 송부장의 호기 있는 대답을 듣기까지는 열흘이나 걸렸고 어머니도 기다렸다는 듯이 그 무렵에 운명하셨다. 나는 이상하리만치 눈물이 나지 않았다. 딸의 곡성은 저승까지 들린다는 옛말도 있듯이 가장 서러워해야 할 사람이 난데 내가 울지 않으니까 상가에서 곡성이 나지 않았고, 조문객도 한마디씩 호상이란 소리를 해서 곡성 없는 상가를 민망하지 않게 해주었다. 그러나 강화도에서 늦게 당도한 친척들은 대개 곡을 하며 들어왔고 특히 잇집은 서럽게 통곡을 했다. 그녀의 곡성에 온 집안이 숙연해졌고 나도 그녀를 달래다가 덩달아 울고 말았다. 어머니의 임종 후 처음 울어 보는 울음이었다. 기어코 우리는 부둥켜안고 흐느꼈다. 병풍 뒤에 누운 죽음을 마음속 깊이 애련히 여기는 진정이 두 몸을 한몸처럼 느끼게 했다. 강화에서 조상온 친척 중엔 팔십 고령의 노인도 있었는데 우리가 항렬이 높아 어머니에게는 손자뻘이 되었다. 그 노인을 모시고 온 그의 손자가 사십은 돼 보이는데 나에게는 증손뻘이 된다고 생각하니, 일가 못된 건 항렬만 높다는 속담이 생각나 절로 실소를 금할 수가 없었다. 그 노인 역시 몇 마디 형식적인 곡을 했고, 곧이어 술상을 받더니, 상주를 불러 장지는 어디로 정했는가를 물었다. 조카가 신천지공원묘지로 모시기로 했다니까 조카의 손을 덥석 잡더니, 고맙네 참으로 고마워, 우리 집안이 어떤 집안인가, 풍덕(豊德)에 기름진 논밭이 수십만 평, 종중산만 해도 수십 정보, 시제 때 문중이 모이면 풍덕 땅이 온통 백절치듯 했던 유복하고 번성한 문중 아니던가. 그런 가문이 피난 내려와 살기가 좀 어려워진 걸 핑계로 화장으로 모시는 집이 늘어 참으로 괘씸터니 아우님은 안 그런다니 참말로 고맙네, 하면서 서울 사는 뉘집도 화장을 하고, 뉘집도 화장을 했다고 예까지 들어가며 개탄을 했다. 치아가 몇 안 남은 노인의 화장 소리는 영락없이 환장으로 들렸다. 듣다 못한 그의 손자가 불손하게 말했다.

"우리 같은 시골 사람은 아무리 없이 살아도 그렇게 환장은 못 할 테니 걱정 말아요."

그리고 우리 식구들한테는 할아버지가 망령이 나서 저러신다고 역시 퉁명스럽게 해명을 했다. 그도 우리 문중이 고향에서 그렇게 잘살았다는 게 사실이 아니라는 걸 알고 있는 모양이었다. 양반 행세만 유별나게 했다뿐 다들 근근이 살았고, 문중엔 찢어지게 가난한 집도 많았다. 나중에 잇집한테 들은 얘기지만 그 노인 역시 망령이 나고부터는 툭하면 뒷동산에 올라 바다 건너를 바라보면서 저게 다 내 땅이라고 호기를 부린다는 것이었다. 우리집이 살던 마을은 바라뵈는 땅에서 이십 리쯤 내륙으로 들어가야 하지만 그 늙은 조카가 살던 풍덕땅은 강화에서 곧바로 바라보였다. 나중에 젊은이들과 어울린 그 노인의 손자는 저런 늙은이가 다 죽어야 통일이 된다고 모진 말을 했다. 우리집 상주도 차마 들어내놓고 맞장구를 치진 않았지만, 빙긋이 웃으며 의미있는 눈길을 주고받는 게 내 눈엔 꼭 그래, 저런 허풍쟁이들이 죽어야 뭔 일이 되고 말구, 하는 동감의 표시로 보여 눈꼴사나웠다. 그러나 나는 속으로만 그래 잘들 해봐라, 한을 품은 세대가 속속 죽어가니 너희끼리 잘들 해보라고 뇌까렸지 내색하진 않았다.

어머니의 장례날은 푸근했지만 전날 밤에 많은 눈이 내려 교통이 걱정되었다. 해가 나면서 도심의 큰길은 눈이 다 녹아 별로 문제가 없을 것 같았지만 묘지까지 올라가는 급한 경사길을 생각하면 아찔했다. 눈하고 어머니하곤 무슨 악연이 있을지도 모른다는 불길한 생각으로부터 산에 묻히길 원치 않는 어머니의 강력한 의사 표시일지도 모른다는 허황한 생각까지 좋지 않은 생각만 꼬리에 꼬리를 물어 도무지 안절부절을 할 수가 없었다. 그러나 지금 와서 뭘 변경시킬 수 있다고 여기는 것도 아니었다. 나의 불안과는 상관없이 모든 절차가 제시간에 착착 진행이 되었고, 나처럼 불안해하거나 하다못해 근심스러운 말마디 한번 하는 사람이 없었다. 눈은 되레 침울해야 할 장례 분위기를 밝고 활기차게 하는 것 같았다. 나만 속으로 쟤들은 뭘 몰라도 한참 모른다니까, 저러다 무슨 일이나 없었으면 좋으련만 싶은, 도대체 불상사가 나기를 바라는 건지 걱정하는 건지 모를 방정맞은 생각에 계속 시달렸다. 마침 휴일이어서 영구차는 도심을 신속하게 벗어났다. 교외로 나가자 도시보다 한결 깨끗하고 푸근한 눈이 들과 산을 덮고 있어 딴 세상 같았지만 역시 차들이 빠지는 데는 별 지장이 없는 듯했다. 영구차도 뒤따르는 승용차들도 내 생각으로는 좀 빠르지 않을까 싶은 속도로 잘도 달렸다. 우리 일행은 사무실 앞에서 잠시 정차한 후, 여자들은 해가지고 온 음식을 식당에 내려놓고 점심에 대해 이것저것 부탁하면서 젊은 이가 두세 명 거기 남기로 했고, 상주의 친구들은 사무실로 가서 매장 준비에 차질은 없나 알아보고 나서 다시 떠났다. 영구차가 가파른 오르막길을 허위허위 오르다 말고 딱 멎더니 스르르 뒷걸음을 쳤다. 차 안에서 비명 소리가 들렸다. 뒤따르던 승용차의 안위를 생각해서 지르는 비명이었다. 가끔 신문에 나는, 죽은 사람이 산 사람의 목숨을 빼앗는 결과가 되고 만 장례식 불상사가 반사적으로 머리에 떠올랐다. 다행히 느리게 움직이던 중이었고 뒤차와의 거리도 충분해 별일 없이 영구차는 멎었지만 운전사가 심각한 얼굴로 여기서 더 올라가는 것은 위험한 일이라고 했다. 젊은이들이 내려서 삽으로 눈길을 찍어 자국을 냈지만 운전사는 어림없는 얼굴을 했다. 나는 이제야말로 무슨 일이 날 것 같아 간이 콩알만해져서 눈감고 두 손 모아 어머니를 달랬다. 엄마 이제 그만 한 풀어. 그까짓 육신 아무데 묻히면 어때. 난 어떡하든지 엄마 소원 풀어주고 싶었지만 쟤들이 싫다는 걸 어떡해? 쟤들한테 져야지 우리가 무슨 수로 쟤들을 이기겠어. 실상 쟤들이 옳을지도 모르잖아. 나는 엄마 치마꼬리에 매달리는 계집애처럼 어린 마음으로 울먹이며 빌었다. 영구차가 다시 움직였다. 그러나 차내의 수군거림으로 그게 내 기도 덕이 아니라 돈 덕이라는 걸 알았다. 처음엔 상주들이 운전사의 말귀를 못 알아들어 친구들을 시켜 눈길을 치게 했더니 경험 있는 친구가 그게 아니라는 걸 귀띔해줘서 돈을 건네주었다고 했다. 그 후에도 수도 없이 돈 달라고 내미는 손을 거쳐 어머니는 무사히 안장됐다. 조카들과 그 친구들은 그런 일에 능수능란했다.

　삼우날 다시 찾은 산소에서 나는 어머니의 성함이 한 개의 말뚝이 되어 꽂혀 있는 걸 보았다. 정식 비석은 달포쯤 있어야 된다고 했다. 말뚝에 적힌 한자로 된 어머니의 성함에 나는 빨려들 듯이 이끌렸다. 어머니의 성함 중, 이름을 따로 뜻으로 읽어보긴 처음이었다. 참으로 신기한 일이었다. 어머니가 부드럽고 나직하게 속삭이며 아직도 내 의식 밑바닥에 응어리진 자책을 어루만지는 것 같았다. 딸아, 괜찮다 괜찮아. 그까짓 몸 아무데 누우면 어떠냐. 너희들이 마련해준 데가 곧 내 잠자리인 것을.

생전의 어머니는 깔끔한 대신 차가운 분이어서 한번도 그렇게 곰살궂게 군 적이 없었음에도 불구하고 어머니의 생애만큼 먼 옛날의 작명(作名)이 나에게 그런 위무를 해주고 있었다.
어머니의 함자는 몸 기(己)자, 잘 숙(宿)자여서 어려서부터 끝자가 맑을 숙자가 아닌 걸 참 이상하게 여겼었다.

〔『작가세계』, 1991년 봄〕

여덟 개의 모자로 남은 당신

우리집 오동나무 이층장 위칸에는 남자 모자가 여덟 개나 들어 있다. 아래칸은 비어 있다. 그 장 위에는 한 남자의 독사진이 놓여 있다. 미소짓고 있는 사진이지만 쓸쓸하고 복잡한 미소다. 때에 따라서는 우는 것처럼 보일 적도 있다. 원래 그 사진은 독사진이 아니었고, 웃음도 그렇게 쓸쓸하고 복잡하지 않았다. 사진으로 한번 찍힌 표정이 때에 따라 변한다면 정신이 살짝 어떻게 된 사람의 수작 같지만 정말이다. 그 사진을 찍을 때 그는 건강하고 기쁨에 넘쳤었다. 그날은 그의 환갑날이었고, 우리의 아들 딸 손자들이 하나도 안 빠지고 다 모여 잔치를 벌이며 즐거워했으니까. 카메라 사진을 수없이 찍었는데도 사진관에서 나온 사진사가 우리 부부를 중심으로 가족과 일가 친척을 다 불러모아 단체 사진을 찍고, 가족 사진 따로 찍고, 마지막으로 우리 부부만 앉혀놓고 찍었다. 사진사가 "김치" 하는 대신 "자아, 찍습니다. 입 좀 다무세요. 너무 웃으면 첫딸 낳습니다" 하고 농지거리를 할 정도로 우리는 싱글벙글하고 있었다. 우리가 그날 더할 나위없이 즐거웠던 건 환갑 잔치 때문이 아니라, 한치 앞도 내다볼 수 없었기 때문이었다.

그날 우리 부부가 나란히 앉아 찍은 사진 중에서 그를 혼자 떼어내어 독사진을 만들기는 그날로부터 삼 년도 안 돼서였다. 영정(影幀)으로 쓰려면 독사진이라야 하는데 그에겐 마땅한 독사진이 없었다. 나는 그의 영정을 그가 죽기 전에 만들었다. 폐암이 뇌로 전이되고 나서 그의 목숨은 무거운 추를 단 끈처럼 무서운 속도로 죽음의 나락을 향해 곤두박질치고 있었다. 나는 그가 곧 죽게 되리라는 걸 알면서도 거짓 희망으로 그를 들볶았다. 병원 약과 방사선 치료만으로도 지칠 대로 지친 그에게 좋다는 한약 생약을 다 실험하려 들었다. 탕약·환약·인삼·영지·어성초·알로에, 온갖 채소와 약초의 녹즙을 그의 입에 처넣으면서 꼭 고쳐놓고 말 테니 두고 보라고 장담을 하곤 했다. 전부터 친히 지내던 한의사 한 분이 중국에서 구한 희귀한 비방대로 만들었다는 환약은 크기가 꼭 수수알만한데 한 알에 만 원씩 하는 고가품이었다. 값보다는 복용 방법이 문제였다. 그 작은 알약은 그냥 삼키면 약효가 반감되니까 꼭 혓바닥 위에 얹어놓고 반쯤 녹을 때를 기다렸다가 침으로 삼키라고 했다. 메마르고 백태가 앉은 혓바닥 위에서 아무리 작은 환약이라지만 쉬 녹을 리가 없었다. 그래서 그는 그 약 먹는 걸 제일 싫어했다. 그럼 난 무서운 얼굴로 그 약이 얼마나 신효한 약이라는 걸 강조하면서 그를 윽박질렀다. 나도 믿지 않는 걸 믿게 하려니 무서운 얼굴을 할 수밖에 없었다. 매일 밤 그의 손을 꼬옥 붙들고 잤다. 행여 내가 잠든 사이에라도 당신의 영혼이 육신을 훌쩍 떠나가지 않도록 지키고 있다는 몸짓이었고, 그도 그걸 알아주길 바랐다.

이렇게 결코 그를 혼자 죽게 내버려두지 않을 것처럼 굴면서 나는 뒤로 조금씩 그의 장사 치를 준비를 하고 있었다. 그와 나의 교적이 있는 본당 연령회장댁 전화번호를 비롯해서 오랫동안 격조했지만 알려야 할 친척들의 연락처까지 수소문해서 메모해놓는가 하면, 임종의 장소를 집으로 할 것인가 병원으로 할 것인가를 자식들과 수군수군 의논하기도 했다. 그리고 환갑 때 찍은 사진 중 부부의 사진을 딸을 시켜 사진관에 보내 아버지만 홀로 떼어내어 영정으로 쓰기에 적당한 크기로 확대를 해오도록 했다. 넉넉한 사랑을 받으며 나이먹은 티가 역력한 흡족하고 평화로운 미소가 마음에 들어 골라잡은 사진이었다. 그러나 미리 만든 영정 사진을 받아보고 나는 그만 나쁜 짓을 하다가 들킨 것처럼 가슴이 뜨끔하고 말았다. 장식 없는 나무틀 속에 확대된 그의 미소는 암만해도 나하고 나란히 앉아 찍은 환갑 사진 속의 그가 아니었다. 그는 내가 끊임없이 불어넣은 거짓 희망에 속아주고 있을 뿐 결코 정말 속고 있는 건 아니라고 말하는 것 같았다. 엷은 미소가 감도는 눈매는 남의 속을 지그시 들여다보면서도 노염을 타거나 무안을 주려는 게 아니라 연민으로 감싸는 쓸쓸함 때문에 우는 것 같기도 하고 괜찮아, 괜찮아, 하면서 되레 나를 위로하는 것 같기도 했다.

여덟 개나 되는 모자는 다 그가 죽음을 앞둔 마지막 일년 동안에 사모은 것이다. 모자가 유행하는 시대도 아닌데, 일년 동안에 모자를 여덟 개씩이나 사다니, 누가 들으면 그가 몸치장 따위에 취미가 각별한 멋쟁이 신사였다고 여길지도 모르지만 전혀 아니다. 나는 그의 유품을 정리하면서 어쩌면 이렇게 단 한 가지도 값나가는 게 없을까 놀라고 민망해한 적이 있다. 그럼에도 불구하고 자식들을 비롯해서 가깝게 지내던 조카들은 그가 쓰던 걸 뭐든지 한 가지씩이라도 얻어 갖길 원했다. 다들 그렇게 아쉬운 처지가 아닌데도 그런다는 건 그 뜻이 소유나 쓸모에 있지 않고 애장(愛藏)에 있으려니 싶어 나는 목이 메이게 감격을 했다. 크게 성공하거나 성취한 건 없어도 생전에 주위 사람들로부터 많이 사랑받았다는 증거 같아서 나는 기쁜 마음으로 그의 유품을 공평하게 노느매기를 했다. 그러나 모자는 다 내가 가졌다. 그건 누가 달라지도 않았지만 달라고 해도 안 주었을 것이다.

마지막 일년은 참으로 아까운 시절이었다. 죽을 날을 정해놓은 사람과의 나날의 아까움을 무엇에 비길까. 애를 끊는 듯한 애달픔이었다. 세월의 흐름이 빠른 물살처럼 느껴지고 자주자주 시간이 빛났다. 아까운 시간의 빛남은 행복하고는 달랐다. 여덟 개의 모자에는 그 빛나는 시간의 추억이 있다. 나만이 아는.

마지막 일년은 새벽잠을 설치게 하는 그의 기침 소리로부터 비롯됐다. 담배를 워낙 즐기는 그는 새벽참에 쿨룩거리길 잘했다. 그러나 참아도 될 걸 가장이 일어났다는 표시로 일부러 소리를 내보는 것 같은 약간은 허세스러운 것이었다. 나는 어려서부터 기침과 기침(起枕)을 동일시하는 말버릇에 익숙해져 있었다. 어린 날 사랑에서 할아버지의 엄엄한 기침 소리가 들리면 어머니는 할아버지 기침하셨구나, 하면서 나에겐 양칫물과 소금 그릇을 들리고 당신은 세숫대야를 들고 종종걸음을 치셨다. 남자들이란 나이먹어 아침잠이 줄면 으레 일어났다는 표시로 기침을 하는 거려니 예사롭게 듣던 소리가 어느 날부턴지 문득 귀에 거슬렸다. 일부러 내는 게 아니라 억지로 참으려 해도 복받치는 소리로 들렸다. 그러나 그는 괜찮다고 했다. 새벽 담배가 안 좋은가봐, 안 피우면 괜찮아지겠지, 하는 정도로 눙치려 들었다. 그도 그럴 것이 자각 증상이 전혀 없고 기침도 새벽녘의 잠시 동안뿐이었으니까. 그래도 나는 병원에 가봐야 한다고 우겼고, 그가 마지못해 따라나선 게 기침 소리에서 이상한 걸 감지한 지 불과 사나흘 만이었건만 X선 소견만으로도 폐암이 거의 확실하다는 진단을 받았고 당장 입원해서 정밀 검사를 한 결과 역시 틀림이 없었다. 아주 초기니까 항암제로 치료가 가능하다고 자식들은 나를 위로했다. 그러나 나는 그전에 벌써 자식들이 전화로 수군대는 소리를 엿듣고 말았다. "스몰 셀" "엑스텐디드." 내 짧은 영어 실력으로 어찌하여 그 뜻은 그다지도 명료했던지. 특히 EXTENDED는 정확한 스펠과 함께 그 뜻이 가슴속에서 차가운 얼음 조각이 명치로 내려앉듯이 통로가 분명한 차가움으로 느껴져와 나는 전화기를 놓치고 가슴을 움켜쥐었다. 가슴속의 차디찬 이물감은 차차 손끝 발끝으로 시리게 퍼졌다. 스몰 셀이란 폐에 생기는 임의 종류 중의 하나로 문자 그대로 작은 암세포가 고루 퍼지는 소세포암을 이름인데 진행이 빠르고 초기에도 수술이 불가능한 대신 항암제는 아주 잘 듣는 암이라고 했다. 아주 잘 들으면 완치될 수 있단 소리냐고, 나는 주치의와 역시 의사인 아들과 사위에게 따로따로 추궁을 했고, 그러문요, 그러문요, 하는 그들의 선선한 대답을 얻어냈지만 믿지 않았다. 그의 새벽 기침에서 여느 때와 다른 불길한 울림을 가려내고부터 갑자기 민감해진 눈치로 자식들의 선선한 대답이 거짓임을 알아차리는 건 어렵지 않았다. 스몰 셀이 문제가 아니라 엑스텐디드가 문제였다. 주치의한테서도 자식들한테서도 그 이상 알아낼 수 없게 되자 나는 집에 있는 의학책들을 들들 뒤져 그 상태의 폐암이면 적절한 치료를 받아도 팔개월 내지 일년밖에 못 산다는 걸 알아냈다. 이 년 이상 생존율은 2.5%. 이왕이면 완치율이라고 할 것이지 인색하게 이 년 이상 생존율은 또 뭐람. 환자들에게 희망을 주기보다는 자기들 책잡히지 않을 것만 우선으로 한

의사들의 야박한 말버릇이었다.

항암제 주사는 바늘이 꽂힐 때 한번 따끔하고 마는 보통 주사하곤 달랐다. 꼬박 사흘 동안 입원해서 수도 없는 주사를 시간과 순서에 따라 번갈아 맞아야 하는 거창한 주사였다. 하룻밤 사이에 맞아야 할 주사약만 해도 바퀴 달린 테이블에 하나 가득 넘쳤고, 그 각기 다르면서도 위세등등한 모습은 마치 하룻밤 동안에 쏘아대야 할 대포알을 방불케 했다. 아닌게아니라 투병은 곧 전쟁이었다. 항암제가 몸 안으로 흘러들면 환자는 곧 오장육부까지 쏟아낼 것처럼 심한 구역질을 시작했고, 항암제와 함께 빠른 속도로 주입되는 링거 때문에 변기를 줄창 대고 있어야 할 만큼 오줌 마려움에 시달려야 했다. 그놈의 대포알이 암을 명중시키기 전에 사람 먼저 잡을 모양이었다. 그러나 하룻밤만 악전고투를 치르고 나면 다음 이틀은 한결 수월했다. 더욱 신기한 건 그 첫번째 항암제 주사로 거짓말처럼 말끔히 새벽 기침을 안 하게 된 거였다. 암이란 자각 증상이 없어졌다고 해서 안심할 수 있는 게 아니라고 누누이 들어서 알고 있으련만도 그 악명에 비해서는 너무 쉽게 기가 꺾인다 싶었다. 앞으로도 삼 주에 한 번씩 그런 치료를 언제까지나, 암이 이기든 인체가 이기든 결판이 날 때까지 받아야 했으므로 그의 퇴원은 재진과 재입원이 예약된 거였다. 그럼에도 불구하고, 아니 그럼으로 하여 더욱 병원문을 나서자마자 건강한 사람이 누릴 수 있는 온갖 자유가 보장된 바깥 세상은 그에게 황홀했으리라. 그는 어디 가서 맛있는 걸 사먹자고 했고, 그 말이 떨어지자마자 급한 마음에 우리는 채 그 동네도 벗어나지도 못하고 동숭동 일대에 널린 음식점 중에 하나를 골라잡았다. 그는 돌솥비빔밥을 맛있게 먹으면서 내가 시킨 갈비탕에서 갈비까지 한 대 건져다 먹었다.

항암제를 맞으면 맞는 동안은 물론 그 후 며칠간은 속이 느글거려 아무것도 못 먹는다, 항암제를 맞으면서 체력을 유지하려면 그저 잘 먹는 게 수다, 항암제는 또 백혈구를 감소시켜 그로 인하여 주사를 못 맞게 되는 수가 곧 생긴다, 주사를 못 맞게 되면 끝장이다, 백혈구 생산을 위해서도 잘 먹는 수밖에 없다. 그가 입원해 있는 동안 딴 환자 가족으로부터 수없이 얻어들은 정보는 대강 그러했다. 도대체 어쩌란 소린지. 고약한 병답게 진퇴양난의 섭생법이 기다리고 있었다. 그의 왕성한 식욕을 보자 나는 그가 그 중의 한 고비를 거뜬히 뛰어넘은 것 같아 마음이 놓이고 기분이 좋았다. 그러나 그는 식당을 나와서 택시도 잡기 전에 먹은 것을 길바닥에 다 토해놓고 말았다. 그가 토악질을 하는 동안 나는 그의 괴로움보다는 길 가는 사람에게 미안하고 창피해서 어쩔 줄을 몰랐다. 자기 몸 상태에 대해 그 정도도 모르고 마구 먹어댄 그의 미련함이 싫은 생각도 났다. 토하고 난 그는 아무 일도 없었던 것처럼 사무실에 들렀다 집에 갈 테니 나 혼자 가라고 했다.
"당신 미쳤어?"
나는 하도 어처구니가 없어 코웃음치는 소리로 말했다. 투병의 초긴데 벌써 이상하게 굴려는 것 같아 노방의 토악질보다 더 불길한 생각이 들었다.
"내버려둬, 나 하고 싶은 대로……"
그가 슬픈 목소리로 말했다. 슬프고도 단호한 느낌 때문에 나는 아무 말도 못 하고 그를 길에서 놓아주었다. 그가 가야 한다는 사무실은 실상 별것도 아닌 데였다. 은퇴한 노인들 몇이서 공동으로 경비를 부담하고 유지하는 사랑방 같은 곳이었다. 그 동안 못 나갔다고 밀린 일이 있을 것도 아니겠다 퇴원하자마자 얼굴을 내밀어야 할 까닭이 없었다. 나는 그가 이상해지고 있다고 생각했다. 그것도 암환자 가족들로부터 들은 이야긴데, 가장 못할 노릇은 육신이 손을 들기 전에 정신이 먼저 망가지는 걸 지켜보는 고통이라고 했다.
혼자 집으로 돌아온 나는 입이 타게 조바심하며 저녁 준비를 했다. 손이 예가 뇌고 제가 뇌고 도무지 내 정신이 아니었다. 부엌 조리대에선 작은 창을 통해 버스 정거장을 내다볼 수가 있었다. 저녁 노을 속으로 그가 돌아오고 있었다. 손엔 이 홉들이 소주병을 달랑 들고. 그건 그의 몸에 아무 이상이 없던 평상시의 모습 그대로였다. 그는 은퇴하기 전이나 후나, 예고하지 않고 늦는 일이 없었고, 저녁 먹을 때에 한하여 이 홉들이 소주 삼분의 일 내지 반 병 정도의 반주 습관이 있었다. 집에 소주가 남아 있는데 더 사오는 일도, 없는 데 안 사오는 일도 없는 그였다. 어머, 소주가 떨어졌나봐, 나는 그렇게 생각하면서 맥없이 쉽게 마음을 놓았다. 그리고 그가 하고 싶어한 게 별 게 아니라 보통 때처럼 구는 거였다는 걸 알아차렸다. 그러나 나는 그를 보통 때처럼 바라볼 수가 없었다. 내 눈엔 그의 모습이, 그의 존재가 시간과 마찰하면서 빛을 내는 것처럼 빛나 보였다. 나는 신혼 때처럼 가슴을 울렁이며 그를 마중했고, 그는 어디까지나 보통 때처럼 저녁 반찬 뭐냐부터 묻고 씻는 둥 마는 둥 밥상을 받고 소주 반 병을 아껴가며 마셨다.
"담배를 끊으니까 술맛이 유별난데."
"거봐요, 담배 끊기 잘했지 뭐예요."
 우리는 약속이나 한 것처럼 마치 술맛을 위해서 담배를 끊은 것처럼 굴었다. 그는 안주로 먹은 적지 않은 밥반찬도, 보통 때와 다름없이 맛있게 먹은 저녁밥도 토하지 않았다. 잘 자고 기침 없이 깨어나 손수 커피 끓여 마시고 내 머리맡에도 한 잔 갖다놓았다. 제시간에 버스 타고 출근했다가 제시간에 버스 타고 돌아왔다. 달라진 게 있다면 달라진 게 아무것도 없다는 사실이 그렇게 고마울 수가 없는 거였다. 너무 감지덕지해서 감히 입 밖에 내서 말하기도 겁났다.
 어느 날부터인지 그가 자고 일어난 자리에서 주워모은 머리카락이 한 움큼씩 되었고, 그건 날로 늘어나 두번째 항암주사를 맞고 나서부터는 걷잡을 수가 없었다. 우리 인체에서 가장 암세포와 닮은 세포가 머리카락 세포여서 항암제를 맞고 머리카락이 빠지는 것은 암이 그만큼 죽어간다는 것을 눈으로 확인하는 거와 마찬가지라고 이미 들어서 아는 바였다. 그럼에도 불구하고 그의 숱 많은 머리칼이 수시로 한 움큼씩 빠져 단시일내에 아주 없어져가는 걸 지켜보는 마음은 뭐라고 형용할 수 없이 우울하고 참담했다. 무성하던 머리칼이 한 오라기도 안 남은 늙은 남자의 두상은 그 나이에 흔한 대머리하고는 또 달랐다. 대머리는 보통 피부보다 더 유들유들 윤이 나 한눈에 강인한 인상을 주지만 그의 머리 빠진 두상은 마치 머리칼이 귀하게 태어난 갓난아기의 두상처럼 피부가 희고 여려 보였다. 정말이지 크기만 좀 크다뿐 머리 귀한 갓난아이 두상과 다를 게 하나도 없었다. 자세히 들여다보면 아주 대머리는 아니고 보오얀 솜털이 성기지만 고루 뒤덮여 있는 것까지 똑같았다. 그러나 아기의 솜털은 장차 머리카락이 될 희망이지만 그의 여려 보이면서도 결코 근절되지 않는 솜털의 의미는 무엇일까.

그때부터 자식들이 아버지를 위해 모자를 사들이기 시작했다. 제일 먼저 사온 모자는 갈색 쎄무 캡이었다. 의외로 모자가 잘 어울렸다. 써보기 전엔 형사나 무슨 기관원이나 쓸 것 같은 모자여서 별로 탐탁지 않더니만 써보니 십 년은 젊어 보였다. 무엇보다도 장난꾸러기처럼 보이는 게 마음에 들었다. 그러나 잠바엔 괜찮은데 신사복엔 암만해도 좀 어색했다.

"왜 중절모로 사오잖구, 이왕이면 최고급으루다."

나는 자식들에게 이렇게 불평을 했다. 나는 그의 갓난아기처럼 애처로운 민둥머리에다 최고의 사치를 시켜주고 싶었다. 그러나 자식들은 내 말뜻을 알아들은 것 같지 않았다. 지금은 중절모가 유행하는 시대가 아니다.

우리가 혼인할 때는 다들 지금보다 훨씬 못살 때였고 게다가 전쟁중이었는데도 어른 남자가 출입할 때 모자는 필수적이었다. 문자 그대로 의관(衣冠)을 갖추지 않으면 행세할 수가 없었다. 염색한 군복을 입었으면 역시 염색한 군모를 얹고 다녔고, 두루마기엔 약간 찌그러진 듯한 중절모가 제격이었다. 혼인날을 받아놓은 어느 화창한 봄날, 그가 양복을 맞추러 가는데 같이 가달라고 했다. 조선호텔 앞에 있는 양복점이었는데 환도 전의 적막하고 헐벗은 서울에서 그 집은 딴 세상처럼 으리으리해 보였다. 영국산 양복지가 첩첩이 나긋하고도 품위 있게 걸려 있고, 같은 양복지로 빼입은 지배인 역시 나긋하고 품위가 있었다. 그는 그 비싼 양복을 두 벌이나 맞추었고, 나는 그를 위해 양복지를 고르면서 그가 부잣가보다고 생각했다. 나는 그하고 이 년이나 넘어 연애를 했지만 한두 번 가본 집이 제집이라는 것밖에는 그의 재산 정도에 대해서 아는 바가 없었다. 궁금해하지도 않았으니까. 혼인할 남자가 부자일지도 모른다는 생각은 과히 기분나쁘지 않았다. 그러나 한편으로는 여간 서글프지가 않았다. 그가 무작정 들뜨고 행복해 보이는 게 괜히 안돼서였다.

내가 어느 날, 느닷없이 결혼할 남자가 생겼다고 했을 때, 식구들의 놀라움은 내가 예상했던 것보다 훨씬 더 컸다. 아마 배신감도 섞인 분노가 아니었을까 싶다. 그때까지 나는 식구들을 벌어먹이는 입장이었다. 육이오 난리통에 식구 한둘쯤 잃지 않은 집이 어디 있을까만은 오빠가 비명에 가고 난 우리집의 후유증은 좀 유별났다. 오빠는 어머니에겐 하늘 같은 외아들이었고, 올케에겐 신혼 삼 년째의 새신랑이었고, 연년생의 조카들에겐 생명만 주었을 뿐 낯도 익히기 전에 가버린 무책임한 아빠였다. 그 일을 당했을 때, 어머니나 올케의 비통은 꼭 따라죽을 기세였다. 그래도 시일이 지나면 어린것들을 생각해서라도 살아나갈 궁리를 할 줄 알았는데 그게 아니었다. 성질이 모질지 못해 비록 스스로의 목숨을 끊지는 못할망정 살아갈 궁리를 할 의욕이 전혀 없는 것만은 사실이었다. 그들이 따라 죽고 싶은 건 조금도 엄포나 거짓이 아니었다. 그러나 난 그럴 수 없었다. 나 역시 그들 못지않게 오빠를 사랑했지만 오빠를 따라 죽을 만큼은 아니었다. 나는 살고 싶었다. 나는 순전히 내가 먹고 살기 위해 폐허나 다름없는 황량하고 살벌한 최전방 도시에서 겁없이 일자리를 찾아 헤맸다. 요행 미군 부대에 취직이 되어 얼떨결에 식구들을 부양하는 입장이 되었는데 그것도 해보니 나쁘지 않았다. 특히 난리 나던 해의 9월, 함포 사격과 무차별 폭격중에 태어나, 젖과 보살핌의 부족으로 사람될 것 같지 않던 어린 조카가 우유를 실컷 먹을 수 있게 되자 토실토실 살이 오르기 시작한 건 기쁨이자 보람이었다. 아기의 놀라운 생명력은, 무덤의 곁방살이인 양 살아 있는 건지 죽어 있는 건지 분간이 안 될 만큼 침체된 생활에 하루하루 생기를 불어넣었다. 식구들은 아기를 따라 웃기 시작했고, 나에게 미안해할 줄도 알게 되었다. 올케에게 살아보겠다는 의욕이 생기자 딴사람처럼 용감해졌다. 당시 부녀자들이 할 수 있는 가장 손쉽고도 이문이 많이 남는 장사가 양공주들이 밀집해 있는 기지촌으로 옷가지나 화장품 따위를 이고 다니며 파는 보따리장사였는데 올케가 그걸 할 수 있으리라고는 아무도 상상을 못 했다. 증조모까지 생존해계신 양갓집 맏딸로, 여고 졸업 후 줄창 부모 슬하에서 엄한 훈도를 받다가 시집온 올케는 어머니 마음엔 들었을지 모르지만 나 보기엔 여간 답답한 맹추가 아니었다. 그 시절의 기준으로도 요새 세상에 저런 여자가 있을까 싶을 정도로 얌전하기만 하던 올케가 어찌어찌해서 장사 중에서도 가장 상스러운 기지촌 보따리장사길을 트더니만 일년 만에 변두리 시장에 가게터를 하나 얻을 만한 돈을 모았다. 올케의 자립 능력을 믿게 된 나는 그 가게가 개업할 무렵 내 혼인 얘기를 꺼냈다. 그때야말로 내가 집을 떠나기에 전혀 무리가 없는 적기로 판단했던 것이다. 그러나 식구들의 생각은 달랐다. 올케가 그렇게 빨리 목돈을 모은 건 그 동안 내가 전적으로 식구들을 먹여살렸기 때문이란 걸 알아준 건 고마웠지만, 그래서 더욱 나를 놓치고 싶지 않은 거였다. 조금만 더 같이 고생해주면 살 만해질 게 확실한데 그 동안을 못 참고 시집을 가겠다니 괘씸하고 야속한 게 친정 식구들의 인지상정이자 욕심이었다. 생전 데리고 살 것도 아니면서 다만 때가 이르다는 식구들의 생각과, 바로 이때다 싶은 내 생각과의 차이는 단지 시기의 문제에 불과하련만도 그렇지가 않았다. 특히 어머니는 사사건건 사위될 사람에 대해 트집을 잡고 싶어했다. 당신도 외며느리 거느리고 살면서, 너만은 시집살이시키고 싶지 않았다고 그가 부모를 모셔야 하는 외아들인 걸 못마땅해하는 것까지는 그런대로 이해가 됐지만, 그의 성이 벽성(僻姓)인 걸 가지고 너무 오래 탄식하고 얕잡는 건 정말 견디기 어려웠다.

"세상에 우리 집안이 어떤 집안이라고, 헌다헌 양반 중에서도 노론(老論)허구 아니면 통혼을 안 하던 집안인데 아무리 쑥밭이 됐기로서니 백줴 상것한테 내 딸을 내주다니, 아이고 우세스러워."

이런 식이었다. 마침내 그를 집으로 데려와도 좋다는 허락이 떨어졌다. 나는 우리 식구들이 허세부리고 있다는 걸 알기 때문에 그런 허락을 그닥 중요하게 여기지 않았지만 그가 당해야 할 고비를 생각하면 절로 한숨이 서렸다. 어머니는 우리집에 어른 남자가 없다는 약점을 보강하기 위해 외삼촌을 대기시켜놓고 있었다. 외삼촌은 평생 돈벌이라곤 안 해보고 놀고 지낸 분인데 언변이 유창하고 박식했고, 특히 양반 족보에 통달했다. 내 꼬인 생각인지는 몰라도 신랑감이 만의 하나라도 양반 행세를 하면 여지없이 폭로해 망신을 주려는 어머니의 포석임이 분명했다. 사위될 사람에 대한 기대나 호의는커녕 일말의 호기심조차 없이 트집잡을 궁리만 하고 진을 치고 있는 식구들 사이로 그를 불러들여야 하는 내 심정은 심란할 수밖에 없었다. 남의 속도 모르고 그는 초대된 것만 좋은지 싱글벙글하면서 나타났다. 차 한 잔을 앞에 놓고 외삼촌은 "우리 집안으로 말할 것 같으면……"을 서두로 우리가 얼마나 뼈대 있는 집안이란 걸 늘어놓고 나서 그의 지체를 캐묻기 전에 짐짓 난감하고도 동정적인 표정을 지어 보였다. 그러나 그는 그닥 오랫동안 외삼촌의 시험에 들지 않고, 선대가 종로에서 선전을 하던 중인(中人) 집안이라고 그의 지체를 털어놓았다. 양반이 아니면 사람도 아니라고 여기고 싶어하는 사람들 앞에서 스스로를 중인이라고 말하는 그의 태도가 어쩌면 그렇게 담담하고 떳떳한지 나는 속이 다 후련했다. 그리고 그때까지도 확신이 잘 서지 않던 나의 선택에 자신감이 생겼다. 그를 망신주려던 외삼촌의 작전은 이렇게 보기좋게 빗나갔다. 그러나 아직 마음을 놓을 단계는 아니었다. 그를 보내놓고 나서 기가 차다는 표정으로 어머니는 외삼촌에게 물었다.

"선전을 했다니, 그게 아전보담 좀 나은 벼슬인가? 못한 벼슬인가?"

"누님도 참, 선전 시장의 비단 감듯한다는 속담도 못 들으셨수? 벼슬을 했단 소리가 아니라 포목전을 했단 소리예요."

"그게 무슨 자랑이라구."

"보아 하니 그 사람 그게 창피하다는 것도 모르는 눈칩디다."

어머니와 외삼촌은 이렇게 다시금 그를 깔볼 수 있는 발판을 마련했지만 형식적으로라도 몇 마디쯤 반대를 할 줄 알았는데, 저 애 고집을 누가 꺾겠냐는 식으로 허락이 떨어졌다. 그렇다고 아주 호락호락한 허락은 아니었다. 지체가 떨어지는 데로 시집가는 대신 아무것도 해줄 수 없다는 단서가 붙었으니까. 우리가 혼수를 장만할 수 있는 형편이 아니라는 건 나도 빤히 아는 사실이었다. 이왕 못해 보내는 거 듣기 좋게 서로 위로할 수 있는 말도 얼마든지 있으련만 이렇게 야박하게 굴었다. 비록 딸자식을 맨몸으로 시집보낼망정 당당하고 싶은 거였다. 나는 절대로 굽잡히기는 싫어 안간힘

쓰는 우리 집안의 이런 체면 차리기가 면구스러웠고, 그런 야박스러운 허락에도 감지덕지해가며 양가에서 나누어 해야 할 혼인 준비를 혼자 떠맡은 그가 안쓰러웠다. 그렇다고 심정적으로나마 어느 쪽을 역성들 수도 없는, 짓눌리는 듯 무력하고 우울한 시기였다.

양복을 맞추고 난 우리는 미장원에 들러 신부화장이랑 면사포를 예약했다. 뭐든지 다 최고급으로 해달라며 예약이고 뭐고 없이 전액을 지불하는 그를 보며 또 한번 그가 부자일지도 모른다는 생각을 했다. 그러나 양복점에서처럼 그 생각이 기분좋지만은 않았다. 울고 싶도록 울적했다. 미장원을 나와서 점심을 먹으면서도 그는 신부 쪽에서 꼭 장만해야 할 것이 무엇무엇인지 알고 싶어했다. 그는 바보처럼 눈치가 없었다. 내 우울을 도무지 눈치채지 못했다. 나는 그에게 불쑥 나도 그에게 뭐 하나 사주고 싶은 게 있다고 말했다. 직장에서 받은 마지막 월급만은 집에 내놓지 않고 꿍쳐가지고 있었다. 그는 덮어놓고 괜찮아, 괜찮아 했다. 그러나 입가로 비죽비죽 웃음이 새어나오고 있었다.

"모자를 사주고 싶어요, 최고급으루다."
"모자도 곧 살 거니까 염려 말아요."
"내가 사주고 싶다니까."
"비쌀 텐데……"

양복지도 그렇지만 모자도 국산품이란 아예 있지도 않을 때였다. 우리는 명동에 몇 안 되는 양품점을 다 뒤져 꼭 마음에 드는 중절모를 찾아냈다. '필그림'이란 상표가 붙은 고가품이었다. 밝고도 기품 있는 회색빛 몸체에다 그보다 약간 짙은 빛깔의 본견 리본이 달린 순모의 중절모는 가볍고도 부드러웠다. 그에게 썩 잘 어울렸다. 문득 중학교 일학년 영어책 첫 장이던가, 둘째 장이던가에 나오는 이티스 어 캡, 이티스 어 햇 생각이 났다. 그 문장 삽화에 나오는 햇을 쓴 신사만큼이나 그의 모자 쓴 모습이 멋있어 보여서였다. 그러나 우리 집안 어른들 앞에서 저희는 중인 집안입니다고 말할 때보다는 덜 멋있었다. 내가 정말 그에게 반한 건 바로 그때부터였다고 속으로 되새기며 나는 은밀한 행복감을 맛보았다.

예로부터 혼수 없이 몸만 가는 시집을 허리춤에 참빗 하나 찔러

넣고 간다고 했는데 나는 중절모 하나 달랑 들고 가는 시집이었다. 어머니의 아무것도 안 해주기는 아주 철저했다. 그 대신 딸이 시집 가서 역시 지체 높은 집에서 데려온 며느리는 다르다는 소리를 듣 게끔 교육시켜 보내려는 조바심은 무슨 앙심처럼 집요하고도 정열 적이었다. 이를테면 시부모님한테 조석 문안 드리는 법도로부터 집 안내와 친척들을 촌수와 아래 위턱에 따라 어떻게 부르는 게 점잖 은 집안의 예절에 합당한지를 시시콜콜 가르치고 복습을 시키느라 정작 급하게 배워야 할 밥짓는 법이라든가, 저고리 동정 다는 법 따위는 치지도외였다. 그때만 해도 그런 것도 안 가르쳐 보내는 거 야말로 친정어머니가 욕먹을 짓이었는데도 우리 어머니는 그러했 다. 하긴 시집에 있지도 않은 하인한테 쓰는 말씨, 잡도리하는 법까 지 가르쳤으니까. 그런 걸 가르치다가 친시누이는 없지만 시집 근 방에 시외가가 살고 있어 자주 만나게 될 사촌 시누이는 여럿 있다 는 걸 안 어머니는 갑자기 돌변한 태도를 보였다.
"반가의 풍습은 손아래 시누이를 깍듯이 작은아씨라고 불러야 한 다만 그까짓 중인한테 작은아씨는 뭐. 그 사람들 풍습 따라 아가씨 라 부르도록 해라. 알겠느냐?"
이런 식이었다. 그러나 시대 착오적이면서도 사람 헷갈리게 하는 이런 양반집 규수다운 법도야말로 어머니가 장만할 수 있는 유일한 혼수인 걸 어쩌랴. 자연히 피로연까지도 그의 몫이 되었다. 그는 그 당시 서울에서 제일 큰 중국요릿집인 아서원에다 양가의 하객수를 다 먹일 만한 피로연 자리를 마련했다. 우리 친정 친척들은 먼 친 척 가까운 친척, 외가 진외가 할 것 없이 모두모두 양반님네였으므 로 어쩌다 딸년 하나 중인한테 시집 보내 지체를 떨어트린 분풀이 로 너무도 당당하게, 털끝만치도 굽잡히지 않고, 한 사람도 빠지지 않고 모두모두 그 피로연에서 마음껏 먹고 마셨다. 그래도 돈푼이 나 있는 집인가봐, 그나마 다행이지 뭐유. 이렇게들 수군대면서. 그 러나 막상 시집을 가보니 남들이 수군대고 나도 은근히 기대한 것 만큼 그는 부자가 아니었다. 작지만 제집을 지니고 있었으니 아주 가난뱅이라곤 할 수 없어도 스물아홉 노총각이 되기까지 착실히 모 아둔 돈은 색시 하나 싸데려오기 위해 고스란히 탕진한 뒤였다. 어처구니가 없었지만 탓할 계제도 아니었다. 먹고 살 만큼 벌어오는 직장이 있으니 그나마 다행이었다.
　신혼 생활의 이런저런 추억 중 가장 아늑하고 따스운 추억은 역시 모자와 관계가 있다. 나는 처음부터 그가 출근 준비를 혼자서 할 수 있도록 길들였지만 넥타이 매는 것만은 아무리 가르쳐도 제대로 할 줄 몰랐다. 나도 그걸 어디서 따로 배운 바가 있는 건 아니고 그가 하도 속 가닥과 겉 가닥의 길이를 들쭉날쭉하게 매길래 매듭 만드는 법은 그에게서 배워가며 가지런히 매주기 시작한 게 그만 버릇이 되고 말았다. 넥타이를 매주고 나면 모자를 건네줄 차례였다. 그 동안 잠깐 모자를 매만졌다. 고가품답게 잘빠진 모양은 늘 일정했지만 나는 괜히 가운데 누르는 부분과 둥근 테의 곡선을 조금씩 손보면서 그 부드럽고 따스운 감촉을 즐겼다. 소탈한 그에게 사치스러운 모자가 잘 어울리는 것도 묘한 즐거움이 되었다. 그가 지닌 유일한 사치품이 주는 낙은 약혼 시절 그가 부자일지도 모른다고 꿈꾸던 낙과도 비슷하니 철없는 것이었지만, 생각보다 재미없고 어쩔 줄 모를 것 투성이인 시집살이를 그래도 견딜 만하게 해주는 정서적 돌파구였다.
　처음 그와 부부로 맺어졌을 때, 신혼의 서투른 행복에 적절한 소도구처럼 끼어들었던 모자를, 삼십오 년 후 그를 홀로 떠나보내야 할 시간이 시시각각 임박해올 무렵 생각해낼 게 뭐였을까. 세월의 덧없음을 거슬러보려는 부질없는 생각은 그러나 절절했다. 자식들이 기회 있을 때마다 아버지에게 모자 선물을 하기 시작했다. 그때마다 내 눈치를 보면서 어머니 이게 맞아요? 하고 자문을 구했다. 자식들은 에미의 의중에 있는 그 우아하고 품위 있는 최고급품 중절모를 이해하지 못했다. 요새는 아무도 그런 걸 쓰고 다니지 않으니 그런 걸 파는 데도 없나보다. 나도 백화점에 갈 일이 있을 때마다 모자 파는 데부터 기웃거려 보았지만 자식들이 사오는 모자와 대동소이한 것밖에 팔고 있지 않았다. 중절모는 중절모이나 테가 너무 좁아 점잖지 못하고 질도 골덴·화학 섬유·혼방·면·모 등 다양하고 줄무늬나 체크무늬로 된 것까지 있어 멋스럽긴 하나 경박해 보였다. 무엇보다도 우리의 최초의 중절모는 꿰맨 자국이 한 군데도 없는 통짜였는데 요새 것은 다 바느질해서 만든 거였다. 그러나 집에서 물세탁을 해도 감쪽같이 새것처럼 보이는 이점이 있었다. 우리의 최초의 중절모는 당시의 미숙한 드라이 클리닝 기술 때문에 이 년 만에 못 쓰게 되고 말았었다.

　내가 속으로 흡족지 못해한 것과는 상관없이 그는 자식들이 사온 모자는 뭐든지 다 좋아하며 번갈아 쓰고 다녔다. 어떤 모자를 쓰면 퇴직하여 유유자적하는 노교수처럼 보이기도 하고, 어떤 모자를 쓰면 현역의 유행가 작사자처럼 보였다가, 또 어떤 모자를 쓰면 평생 연예인에 연연하며 한번도 빛을 못 본 불우한 딴따라처럼 보이기도 했다. 다 그와는 인연이 먼 것들뿐이었다. 역시 요새 모자는 취미로서의 모자지 정통 의관으로서의 모자는 아니었다. 나의 다양한 평가와는 달리 그는 아침에 모자를 쓰고 나갈 때마다 현관 거울을 보며 말했다. 어때 나 예술가 같지? 결혼 전 한때는 토목 기사였다지만 객지 생활을 많이 해야 하는 게 싫어서 장사꾼으로 전향한 후 한번도 딴 일에 한눈을 팔아본 일이 없는 그와 예술처럼 안 어울리는 직업이 또 있을까. 그의 숨은 마음에 예술에 대한 동경이 있었다면 혹시 글쟁이인 마누라에 대한 콤플렉스가 아니었을까. 나는 별것도 아닌 것에 신경을 쓰면서 그를 배웅했다. 실제로 내가 내 일을 하면서 그에게 신경을 쓴 적은 거의 없으면서 말이다. 내가 내 일이 잘 안 되어 두억시니 같은 모습으로 아이들이나 집안일과 부딪칠 때마다 그는 말했다. 쉿 조용히 하자, 느이 엄마 또 거짓말이 딸리나보다. 혹은 손수 커피를 타가지고 와서 당신 또 거짓말이 막혔나보구려 하고 놀리기도 했다. 그럴 때처럼 그의 시선이 따뜻하고 정겨울 때도 없었다. 그러면 나도 슬며시 웃음이 나오면서 그래, 한낱 거짓부리인 것을 하고, 죽자꾸나 덤벼들던 그 참담한 악전고투에서 한 걸음 물러날 여유가 생기곤 했다. 그렇다고 내 소설 쓰기가 그에겐 한낱 거짓말 만들기로밖엔 안 보였으리라곤 생각하지 않았다.

　그는 모자로 멋 부리는 것 외에는 보통 때와 같은 시간에 보통 때와 같은 모습으로 출근을 했지만 내 일상은 보통 때하고 같을 수가 없었다. 이 보통 때와 같은 나날이 오래 지속돼지이다 기도도 하고 보통 때와 같은 날을 연장시킬 수 있는 음식이나 생약을 얻어 들은 잡다한 정보에 따라 구하러 다니기도 하고 만들어보기도 했다. 그는 병원의 지시나 처방해준 약은 잘 지켰지만 수많은 비방의 생약에 대해서는 매우 냉담해서 먹이기가 여간 힘들지가 않았다. 아무개도 이걸로 나았고 누구도 이걸 먹고 감쪽같아졌댄다고 설득을 해도 도무지 믿는 눈치가 아니었다. 열심히 구하고 만든 날 봐서 먹어달라고 애걸을 하는 게 차라리 빨랐다. 그쪽에서 나에게 애원을 할 적도 있었다. 여보, 제발 우리 현대 의학 하나만 믿도록 합시다. 이왕 자식을 둘씩이나 의학 공부시켰으니 그 정도의 의리는 지켜야 하지 않겠소. 별 말도 안 되는 의리였다. 그런 태도는 현대 의학에 대한 믿음보다는 자식들에 대한 애정과, 자기 목숨에 대한 담담함에 연유했음직하다. 밀가루도 약으로 믿고 먹으면 효험을 본다지만 아무리 좋은 약도 환자가 믿지 않으니 무슨 약효가 있을까 싶어 생약을 연구하고 만드는 일은 자꾸 서글퍼만 졌다. 그 대신 저녁 식사 준비는 신이 났다. 그가 지금 가장 열심히 하고자 하는 일은 병나기 전의 보통 때처럼 사는 거였다. 보통 때 그는 집에서 저녁을 먹을 때, 제일 흡족하고 살맛이 나 보였었다. 거의 유일한 취미가 식도락인 그는 음식 잘한다는 집을 찾아다니는 것도 좋아했지만, 그건 휴일날 점심에 한하고, 보통날 저녁은 꼭 별식을 한두 가지쯤 장만한 내 집 식탁에서 이 홉들이 소주를 반 병이 채 안 되게 비우면서 이런 얘기 저런 얘기를 한없이 오래하며 먹고 싶어했다. 부엌에서 음식을 하면서 버스 정거장 쪽을 내다볼 수 있다는 건 좋은 일이었다. 그가 모자를 쓰고 있다는 건 더 좋은 일이었다. 내 아물아물한 시력으로도 꾸역꾸역 내리는 사람들 속에서 쉽게 그를 가려낼 수가 있었다. 아아, 오늘도 그가 무사히 보통 때와 다름없는 모습으로 내 곁에 돌아오고 있다. 그 동안 그를 기다린 타는 목마름은 그가 휘적휘적 집으로 걸어오는 동안도 탐조등처럼 그를 비추며 좇았다. 그가 보통 때와 다름없이 맛있는 저녁 식사에 대한 기대에 한껏 부푼 표정으로 현관에 들어서면 나는 신혼 때처럼 종종걸음으로 그를 마중해 모자 먼저 받아 걸었다. 비록 늙은 얼굴에 걸맞지 않는 갓난아기 같은 민둥머리를 하고 있을망정 그는 매일매일 멋있어졌다. 너무 멋있어 가슴이 울렁거릴 정도로 황홀할 적도 있었다. 일찍이 연애할 때도 신혼 시절에도 느껴보지 못한 느낌이었다. 그건 순전이 살아 있음에 대한 매혹이었다. 그러고 나서 풍성한 식탁에 마주앉으면 우린 더불어 살아 있음에 대한 안타까운 감사와 사랑으로 내일 걱정을 잊었다. 그 시간 그의 구미에 맞는 한 그릇의 두부찌개는 누가 천년까지 먹고 살 보화를 가지고 와서 바꾸자고 해도 거들떠도 안 볼 만큼 값진 것이었다. 남들이 십 년 후를 근심하고 백년을 위한 계획을 세우는 동안 우리는 순간을 아까워했다. 죽음은 모든 살아 있는 것의 피할 수 없는 운명이고, 동물도 죽을병에 들거나 상처를 입으면 괴로워하기도 하고 저희들 나름의 치료법도 있으리라. 그러나 죽음을 앞둔 시간의 아까움을 느끼고, 그 아까운 시간에 어떻게 독창적으로 살아 있음을 누리고 사랑할 것인가를 생각해야 하는 건 인간만의 비장한 업이 아닐까. 그가 선택한 인간다운 최선은 가장 아까운 시간을 보통처럼 구는 거였고, 내가 할 수 있는 최선은 그에게 순간순간 열중하는 것이었다. 이렇게 우리 부부에게 일생 중 가장 행복한 시간이 열 달이나 계속됐다.

항암제를 삼 주일에 한 차례씩, 때로는 백혈구 부족으로 한 주일 연기해서 사 주일에 한 차례씩 무려 열 번을 맞는 데 팔개월이 걸렸고, 팔개월 후 정밀 검사 끝에 폐암은 거의 완치된 걸로 본다는 진단을 받았다. 거의 완치란 얼마나 애매하고도 반지빠른 말투인가. 그러나 주치의가 꼭 그렇게 말한 것은 아니고, 지금까지의 치료 효과는 희귀한 케이스에 들 만큼 양호하나, 재발이나 전이의 가능성을 아주 배제할 수는 없고, 그렇다고 마냥 항암제를 맞는다는 것도 인체가 견딜 노릇도 아닐 뿐더러 또 지금까지의 임상 경험으로 봐서 무한정 맞는다고 재발이나 전이를 방지할 수 있는 것도 아니라는 뜻의 어렵고 우회적인 말을 그렇게 풀이했을 뿐이다. 만일 재발했을 경우 신속하게 발견해서 항암제를 다시 맞을 수 있게끔 매달 정기적인 검사를 받기로 하고 항암 주사는 일단 중단을 했다. 그동안 그에겐 일곱 개의 모자가 생겼다. 매일 아침 일곱 개의 모자를 이것저것 번갈아 써보며 멋 부리는 버릇도 여전했다. 그가 어때? 나 예술가 같지? 하고 물으면 나는 예술가 좋아하시네, 꼭 난 봉꾼 같네, 라고 응수하기도 했다. 그냥 농담처럼 말했지만 속으로는 진담이었다. 아아, 그에게 마지막으로 로맨스가 생길 수는 없는 것일까? 이왕이면 불꽃 같은. 보통으로 살기도 초인적인 힘이 드는 그를 두고 나는 이렇게 화려한 일탈을 꿈꾸었다. 남편의 연인을 가상해도 조금도 질투가 나지 않는 이 하해와도 같은 관대함은 실은 인간의 운명의 속절없음을 거슬러보려는 작은 몸부림 같은 거였다. 항암제를 중단한 지 두 달 만에 그의 민둥머리에 삐죽삐죽 머리털이 돋아나는 게 보였다. 그도 거울로 그걸 확인하고 환성을 질렀다. 그는 소생하고 있는 걸까? 그는 암세포와 가장 비슷한 세포가 머리카락 세포라는 소리를 벌써 잊었는지 나도 같이 기뻐해주길 바랐다.

"당신은 모자가 아깝지도 않수?"

나는 도저히 꾸밀 수 없는 내 침울한 표정을 이렇게 변명했다. 언제 돌아올지 모르는 새벽 기침을 전전긍긍 기다리느라 잠 못 이루는 밤이 계속됐다. 그러나 암세포는 한번 왔던 길로 되돌아오지 않았다. 그날도 부엌 창문으로 그의 귀가를 지켜보고 있었다. 물론 버스에서 내릴 때부터 그를 딴사람과 가려낼 수가 있었다. 모자 때문이었다. 그날 그는 갈색 줄무늬가 있는 모자를 쓰고 있었다. 그의 걸음걸이가 이상했다. 꼭 비실비실 옆길로 새고 싶은 걸음걸이였다. 기분에 따라 또는 몸 컨디션에 따라 걸음걸이가 달라질 수도 있으련만 괜히 가슴 먼저 후들댔다. 그가 집으로 들어서자마자 왜 그렇게 이상하게 걷냐고 따지듯이 물었다.

"당신 보기에도 그랬어? 참 별일이야. 똑바로 걸으려고 해도 자꾸만 비뚜루 나가잖아."

그가 웃으면서 말했고 나 역시 웃으면서 그 얘기를 아들에게 했다. 설마 비뚜루 걷는 병도 있는 줄은 몰랐다. 그러나 아들의 반응은 심각했고 당장 누나와 매형에게 전화해서 여러 말을 수군대더니 그 밤으로 그들이 달려왔다. 그들은 아버지한테 베란다 쪽으로 똑바로 걸어가보라느니, 손가락으로 코끝을 가리키라느니, 두 팔로 앞으로 나란히를 해보라느니 꼭 세 살 먹은 어린애 재롱 보듯이 시험을 했다. 그러고 나서 내일 당장 뇌를 CT 촬영해야 한다고 했다. 그게 아직도 수련의 아니면 기초 의학 전공인 그들의 진단의 한계였다. 그러나 나는 수도 없는 검사를 거친 노련한 주치의의 진단보다 더 확실하게 그의 몸이 돌이킬 수 없는 파국을 향해 치닫고 있다는 걸 알아차렸다. 그러나 그놈의 암이 뇌 속으로 옮아갔다는 걸 인정하는 건 너무도 무섭고 분노스러웠다. 견딜 수 없이 비참한 밤을 보내고 나서 그래도 한 가닥 희망을 품고 찾아간 병원에서 그러나 CT 촬영은 불가능했다. 노사 분규가 극도에 달했던 88년초였다. 그가 그동안 입원과 통원 치료를 받아오던 종합 병원도 막 그날 아침부터 간호사를 비롯한 종업원들이 파업에 들어가 병원 업무가 마비돼 있었다. 환자들은 하릴없이 발길을 돌리면서도 한마디씩 한탄을 하거나 욕을 했다. 이층에선 일손을 놓고 권리를 부르짖는 근로자들의 노랫소리, 구호 소리가 우렁차게 들려왔다. 뭔가 참을 수 없는 기분에 떠밀려 나는 발길을 돌리는 대신 이층으로 뛰어올라갔다. "거기서 뭣들 하고 있어, 지금 내 남편이 죽어가는데, 제발 내 남편 좀 살려줘." 이런 아우성이 목구멍까지 차오르고 있었다. 그들은 이층 로비에 모여서 선창자를 따라 주먹을 휘두르며 구호를 외치거나 노래를 부르고 있었다. 뒤에서 사담을 소곤대거나 시시덕대는 패도 있었다. 그러나 하나같이 머리에다 띠를 두르고 있었다. 머리띠에 붉은 물감으로 쓴 구호가 마치 상처에서 배어나온 핏자국처럼 분위기를 살기등등하게 만들고 있었다. 나는 무작정 뛰어올라온 기세와는 달리 잠시 우두망찰을 하고 서 있었다. 내가 어쩔 줄을 몰라했던 건 그들이나 그들이 자아내는 활기차면서도 살기등등한 분위기에 대해서가 아니라 나 자신에 대해서였다. 노사 분규의 현장을 처음 보는 것은 아니었다. 가까운 백화점에 쇼핑하러 갔다가도 쇼핑 대신 종업원들의 축제처럼 흥겨운 데모 구경만 실컷 한 적도 있고, 택시나 지하철도 시한부로 파업을 예고해놓고 있었다. 텔레비 화면이 연일 대기업의 노사 분규로만 채워지던 때였다. 남들이 겪는 것만치 불편도 겪고 걱정도 하면서도 나는 내가 노동자 편이라는 걸 한번도 의심해본 적이 없었다. 내가 노동자래서가 아니라 억압하는 쪽보다는 억압당하는 쪽을, 가진 자보다는 못 가진 자를 편드는 건 내 기본적인 도덕심이었다. 더군다나 남편의 잦은 입원과 통원 치료로 종합 병원과 일년 가까이 관계를 맺어오면서 그 권위주의적 관료주의적 체제에 넌더리가 난 뒤였다. 큰 병원 또한 대기업 못지않게 시급히 달라져야 할 가장 비민주적인 기구라는 걸 뼈아프게 느껴왔다. 그럼에도 불구하고 막상 그런 거대하고 오만한 체제의 말단에서 짓눌려만 온 노무자들의 권리 행사에 맞닥뜨리자 동질감보다는 반감이 앞섰고, 끓어오르는 분노를 억제할 수가 없었다. 홀로 막다른 골목에 몰린 절망감과 피해 의식 때문이었을까, 나에겐 그들 또한 막강한 강자로 보였다. 강자란 무엇인가? 목청높은 가해자가 곧 강자인 것을. 그들이야말로 지금 그 두 가지를 완벽하게 겸비하고 있다고 나는 생각했다.

  다음다음날 딴 병원으로 CT 촬영을 하러 갈 때였다. 자식들이 수소문하고 청을 넣고 해서 간신히 예약을 한 병원이었다. 그쪽 지리에 서투른 나는 입구를 잘못 알고 미리 차에서 내렸기 때문에 긴 병원 담을 끼고 한참 걷지 않으면 안 되었다. 그는 자꾸만 비틀비틀 담으로 가서 부딪치면서 한없이 더디게 걸었다. 다시 전전날의 분노가 생생하게 되살아났다. 화를 안 내면 미칠 것 같았다. 그에게 화낸 일은 아니었지만 그럼 누구한테 낸단 말인가.

"제발 똑바로 좀 걸어봐요. 꼭 쥐구멍 찾는 게처럼 걷지 말고……"

  나는 발까지 굴러가며 모질게 악다구니를 쳤다. 60년대초까지만 해도 민물게가 지금처럼 귀물이 아니었다. 시골에서 벼가 누렇게 익을 무렵 동대문시장에 가면 좀 비싸긴 해도 배꼽이 둥근 산 암케가 많이 나와 있곤 했다. 암케 딱지 속에 고약같이 검고 찐득한 알이 잔뜩 들어 있을 때였다. 그때를 맞춰 반 접쯤의 게장을 담그는 건 김장 못지않은 우리집의 연례 행사였다. 식구들이 다 같이 유별나게 게장을 좋아했다. 산 게를 여러 마리 항아리 속에다 가두고 한 마리씩 꺼내 산 채로 손질하려면 한바탕 소동이 벌어지곤 했다. 집게발가락에 물리지 않도록 조심도 해야 하지만, 줄줄이 딸려나온 게들이 제각기 도망을 치는 것이 큰 문제였다. 시어머니는 게가 쥐구멍으로 들어가면 평생 가난하다는 묘한 미신을 믿고 있었다. 오래 된 한옥엔 유난히 쥐구멍이 많았다. 게는 빠르다고는 볼 수 없지만 인간과는 다른 횡적인 방향 감각 때문에 까딱 잘못하다간 놓치기 일쑤였다. 시어머니는 손질은 당신이 하면서 달아나는 게가 쥐구멍으로 들어가기 전에 붙들어오는 막중한 역할은 꼭 나한테 시켰다. 그러나 게에다 간장을 부어 죽인 후에도 다시 세어보아야만 안심을 할 정도로 면밀했으니 나는 자연히 그 일에 전전긍긍할 수밖에 없었다. 나중에 남편한테 그 일을 고해바치며 그의 어머니 흉을 한바탕 보아야만 다소 스트레스가 풀릴 지경이었다. 그런 옛일에 얽힌 농담이라면 얼마든지 재미나게도 그윽하게도 할 수 있었으련만 나는 고약한 성깔에 잔뜩 치받쳐 있었다. 여북해야 그가 딱하다는 듯이 그러나 역시 농담으로 받았다.
"당신이야말로 왜 그래? 꼭 틈바구니에 낀 쥐 같잖아."
그리고 피식 웃더니 탄식하듯 덧붙였다.
"생전 틈바구니에 끼어봤어야지."
그의 목소리가 하도 연민에 차 있어서 나는 대꾸하지 못했다. 죽어가는 사람으로부터의 연민은 감동적이었다. 울어버릴 것 같았다.
CT 촬영은 참으로 놀라운 첨단 과학이었다. 뇌를 가로 세로 여러 장으로 슬라이스하듯이 나누어 찍은 단면 사진은 내 눈으로도 고루 퍼진 암을 확인할 수 있을 만큼 선명했다. 뇌는 혈관의 회로가 달라서 항암제가 미치지 못한다고 했다. 그에게 남아 있는 유일한 치료법은 방사선을 뇌에다 쬐는 거였다. 방사선 치료란 죽는 연습이었다. 그 치료엔 아무도 입회하지 못했다. 방사선과 의사까지도 그를 치료대에 혼자 고정시켜놓고 나와서 밖에서 컴퓨터 화면을 보며 조종했다. 그 안에서 그는 어떤 기분으로 고립되어 있으며, 방사선이란 어떻게 생긴 빛일까? 그 깊이 모를 외로움과, 너무 밝아 차라리 암흑과 상통할 것 같은 빛에 대한 공포감은 죽음에 대한 상상력과 너무도 유사했다. 그는 이마가 까맣게 타도록 방사선 치료를 받았지만 다시 해본 CT 촬영에서 암은 소멸되지도 줄지도 않은 채였다. 미국 가 있는 막내를 잠시 귀국토록 했다. 부고 받고 장사에 대올리려고 허둥대는 것보다는 생전에 뵈러 오는 게 효도가 아니겠느냐는 게 딴 자식들의 의견이기도 했다. 아버지한테 뭐 사다드리면 좋겠느냐고 막내가 전화로 물어왔다. 약 종류를 묻는 말투였다. 그러나 그의 병세도 그렇지만, 때도 이미 미국엔 별의별 신효한 약, 불로초 같은 것까지도 있는 것처럼 여기던 촌스러운 시대가 아니었다. 나는 막내에게 모자를 사오라고 말했다. 최고급으로 사오라는 말도 잊지 않았다. 과연 막내가 사온 모자는 내 마음속에 있는 그의 모자의 원형과 가장 가까웠다. 순모로 된 통짜 중절모였고 견직 리본이 달려 있었다. 그러나 테가 너무 넓어 신사 모자라기보다는 카우 보이 모자를 연상시켰다. 아니나다를까, 네 살짜리 손자 녀석이 그 모자를 보더니 "와아, 장고 모자다" 하면서 그걸 빼앗고 싶어 했다. 녀석이 좋아하는 만화영화의 주인공 장고가 그런 모자를 쓰고 있다고 했다. 그는 모자를 쓴 채 안 빼앗기려고 이리저리 도망을 다녔다. 여전히 비틀대며. 손자가 울음을 터뜨려도 그는 그 모자를 내놓지 않았다. 손자와의 마지막 장난이었다. 마지막 한 달 가량자리 보전하고 있을 때를 빼고는 그는 집에서도 줄창 그 모자를 쓰고 있었다. 막내에 대한 사랑 때문에도 그 모자를 아꼈겠지만, 넓은 테는 방사선 치료로 시꺼멓게 탄 이마를 가려주는 데 안성맞춤이었다. 그 장고 모자가 그의 여덟번째 모자이자 마지막 모자가 되었다.

  나는 요새도 가끔 그가 남긴 여덟 개의 모자를 꺼내본다. 그 안에서 머리카락 한 오라기라도 찾아보려고 더듬어보지만 번번이 헛손질로 끝난다. 그 여러 개의 모자는 멋이나 체면을 위한 것이 아니라, 단지 민둥머리를 가리기 위한 것이었다. 그의 몸을 차디찬 땅속에 묻은 건 확실한데 아침마다 우수수 지던 그 숱한 머리카락은 지금 어느 만큼 멀리 흩어져 티끌로 떠도는 걸까. 생명의 가엾음이 티끌과 다를 바 없다는 속절없는 생각에 잠기기도 한다. 그의 흔적을, 남긴 물질에서 찾는 것보다는 남긴 말이나 생각에서 찾는 게 그래도 조금은 덜 허전하다. 그는 평범한 사람이고, 잘난 척할 줄도 몰랐기 때문에 담소는 즐겼지만 그럴듯한 말은 할 줄 몰랐다. 우리 집엔 그 흔한 가훈도 없다. 그의 말이 생각나는 것도 그가 끼면 편안하고 여유로워지는 담소 분위기이지, 멋있거나 뜻깊은 말뜻은 아니다.

  오직 틈바구니만이 예외다. 내가 생전 틈바구니에 끼어보지 않았다는 게 무슨 뜻일까? 그런 생각이 나를 자꾸 심각하게 한다. 그가 나 대신 가주던 동회나 세무서에 볼일 보러 가서 똑똑지 못하게 굴다가 구박맞으면 이게 틈바구닌가 싶기도 하고, 사용자와 노동자, 가진 자와 못 가진 자, 칼자루 쥔 자와 칼날 쥔 자, 통일꾼과 반통일꾼이 서로 목청을 높여 싸우는 걸 봐도 전처럼 선뜻 어느 쪽이 옳거니 양자 택일이 안 되고, 또 그놈의 틈바구니에 사로잡히게 된다. 여봐란 듯이 틈바구니에 끼기 위해선 거친 두 목청 사이에 낀 틈바구니의 숨결을 찾아내야만 할 것 같다. 어쩌면 그는 그때 삶과 죽음의 틈바구니에서 어느 만큼은 내 원색적인 분노를 관조할 수도 있었기에 해본 단순한 연민의 소리일 뿐인 것을 내가 괜히 심각하게 굴었는지도 모르겠다. 그래도 여전히 틈바구니는 아무것도 아닌 게 되지 않는다. 그가 남긴 모자가 나에겐 모자라는 물질 이상이듯이 틈바구니란 말 또한 말뜻 이상의 것, 한없이 추구해야 할 화두(話頭)임을 면할 수가 없다. 〔『여성동아 문집』, 1991년 봄〕

⟨해 설⟩

저문 날의 삽화,
혹은 소시민적 삶의 풍속도

박 혜 경

　대략 1980년대초부터 1990년대초까지 10년 동안에 생산되어진 작품들을 모은 이 책에서 우리는 지난 격변했던 시대의 한 켠에 서서 자신의 문학 세계를 서서히, 그리고 조금씩 변화시켜온 박완서의 낯익은 문학적 숨결을 듣는다. 변화와 낯익음이 공존한다는 것은 이 책에 실린 그의 소설들이 변화와 지속의 측면을 동시에 보여주고 있다는 것, 보다 정확히 말한다면 그 변화의 크기가 박완서의 문학적 태도를 크게 수정하는 정도로까지 나아가고 있지 않음을 가리킨다. 그것은 또한 박완서의 문학적 변화가 70년대에 작품 활동을 시작했던 작가들이 보여준 변화의 본질적 한계와 맞물려 있다는 것, 즉 70년대의 의식적 토양 속에서 받아들인 매우 제한된 범주의 변화라는 점을 의미하는 것이기도 하다. 그 변화의 한계는 이른바 '반성하는 중간층'의 의식의 한계와 관련된 것이면서, 동시에 박완서 세대가 겪은 역사적 체험의 축적과 관련된 것이라고 말할 수 있을 듯하다. 다시 말해 이 책에 실린 작품들이 보여주는 매우 제한된 변화의 양상은 시대적 상황에 대한 작가 나름대로의 성실한 소설적 대응의 결과로 이루어진 것이면서도 자기 계층적, 혹은 세대적 의식의 틀을 넘어서 있는 것은 아닌 것이다.

나는 앞에서의 한계라는 말이 반드시 부정적인 의미만을 함축하고 있는 것으로 받아들여지지 않기를 바란다. 왜냐하면 여기에서 한계란 개인적인 선택의 결과를 문제삼는 것이기도 하지만, 또한 개인적 선택의 범주를 넘어서는 더 넓은 의식의 토대와 관련되어 있는 것이기도 하기 때문이다. 물론 계층과 세대의 의식적 토대에서 발생하는 본질적 한계가 개개인의 삶에 동일한 크기로 적용되거나 개별적인 의식 그 자체의 한계와 곧바로 연결될 수 있는 것은 아닐 터이며, 우리는 자신이 처한 그 본질적 한계를 뚫고 나가려 한 소수의 예외적 개인들의 노력에 대해서도 모르는 것이 아니다. 그러나 우리는 계층과 세대의 그 본질적 한계가 개개인의 삶에 어떤 편리한 면죄부로 적용되기를 바라지 않는 것과 마찬가지로, 그것이 한 시기를 풍미하는 어떤 지배적인 분위기에 편승하는 것으로써 간단하게 극복될 수 있다고 믿지도 않는다. 중요한 것은 그 한계를 정직하게 인정한 바탕 위에서 그 한계와의 싸움을 자신의 것으로 받아들이고자 하는 끊임없는 자기 반성적인 노력일 것이다. 우리가 이 책에서 엿보이는 변화의 양상에 대해 어떤 긍정적인 의미를 부여한다면 그것은 그 변화가 바로 작가의 그와 같은 자기 반성적 노력의 결과로 이루어진 것이라는 판단 위에서이다.

  이 소설집에 실린 작품들만으로 한정시켜 볼 때, 그 변화의 측면은 대체로 85년 이전에 발표된 작품들과 그 이후에 발표된 작품들이 그 성격상 매우 이질적인 차이를 드러내보이고 있다는 데서 찾을 수 있다. 이를테면 1982년에 발표된 「로열 박스」와 「무중(霧中)」을 비롯한 「소묘(素描)」(1983), 「초대(招待)」(1985) 등의 작품들과, 「저문 날의 삽화(揷話)」1에서 5까지(1987~88), 「가(家)」(1989), 「복원되지 못한 것들을 위하여」(1989), 「엄마의 말뚝 3」(1991), 「여덟 개의 모자로 남은 당신」(1991), 「우황청심환(牛黃淸心丸)」(1991) 등의 작품들 사이에는 뚜렷하게 감지될 수 있는 어떤 문학적 단층이 내재해 있는 것이다. 물론 그 변화는 앞서도 지적한 것처럼 이전의 박완서의 문학적 특성, 즉 판단을 유보하기보다는 상황이나 인물들에 대한 즉각적인 판단을 유도하는 단호하면서도 신랄한 특유의 문체로, 6·25 전쟁 체험과 그 체험으로부터 얻은 가족 내부의 정신적인 상흔, 혹은 소시민적 삶의 불모성과 허위 의식, 그 중에서도 특히 소시민적 가정에서 여자들이 부당하게 겪는 고통받는 삶의 여러 모습들을 즐겨 소설적 소재로 다루어온 작품 성향에서 크게 벗어날 정도의 변화는 아니다. 그러나 대부분 80년대의 시대 상황 속에서 생산되어진 것으로 보이는 작품들이 그와 같은 뚜렷한 문학적 단층을 보여주고 있다는 것은, 비단 박완서 개인뿐만 아니라 70년대의 홍성했던 소설의 생산이 80년대 초반 갑자기 침체되었던 사실과 관련하여서도 우리의 흥미를 끄는 현상이라 아니할 수 없다. 박완서가 80년대 후반에 이르러 비로소 시대 상황에 대한 어떤 명시적인 소설적 대응을 보여주는 것은 70년대에 자신의 문학적 입지를 구축했던 작가들의 일반적인 의식적 성향과 관련해서 이해될 수도 있을 것이기 때문이다. 이러한 점을 염두에 두면서 우리는 이제 박완서의 작품들이 보여주는 그 변화와 지속의 내적 의미를 작품을 통해서 보다 구체적으로 살펴보고자 한다.

앞서도 말한 바, 이 소설집에 실린 작품들 중 가장 이른 시기에 발표된 「로열 박스」와 「무중(霧中)」 혹은 「소묘(素描)」 등의 작품들은 모두 일상적인 감각으로 볼 때 다소 이질적으로 느껴지는 삶의 정황들을 그리고 있다. 우리가 말하는 일상적인 감각이 통상 소시민적인 삶의 내용과 관련지어질 수 있는 것이라는 점을 감안한다면 이러한 느낌은 일차적으로 앞의 소설들이 평균적인 소시민적 삶의 테두리로부터 일정하게 벗어나 있는 인물들의 삶을 다루고 있다는 사실에서 오는 것이다. 그러나 이러한 느낌은 주인공들의 계층적인 삶의 형태 그 자체뿐만 아니라, 그 인물들의 삶을 그려나가는 작가의 기술 방식, 즉 인물들의 일상적인 삶의 구체적인 결보다는 그들의 내적인 심리 묘사에 치중하면서 작품 전체를 인간의 삶의 본질에 대한 관념적인 탐색의 시선으로 이끄는 기술 방식과도 깊은 관련을 맺고 있는 것으로 보인다. 따라서 그러한 기술 방식을 통해서 작가가 드러내보이고자 하는 것은 각 인물들의 상이한 계층적 삶의 내용을 규정짓는 사회 구조적인 문제들이 아니라 그 계층적 삶을 뛰어넘어 인간의 삶의 양식을 본질적으로 규정짓는 보편적인 존재론적 문제들인 것이다. 그것을 가장 뚜렷하게 보여주는 것이 「무중

(霧中)」이라는 작품이다.

이 작품에는 어린 나이에 고향을 뛰쳐나와 무작정 서울에 상경, "몸을 함부로 굴리며 허덕이고" 산 끝에 "기분파이면서도 능구렁이기도 한 아빠"를 만나 18평짜리 맨션 아파트에서 "아빠한테 종종 귀염받는 거 외엔 내 몸이 편하게 놀고 먹을 수 있게 된" 젊은 여인이 등장한다. 이 소설은 그 여주인공이 자신의 아파트 옆집에 사는, 정체를 알 수 없는 젊은 남자에게 모종의 정서적인 유대감을 느끼게 되는 것으로 시작된다. "누구에겐가 쫓겨 숨어 살고 있을지도 모른다는" 여주인공의 내면적인 불안 심리에서 비롯된 그 유대감은 끊임없이 그들의 아파트를 감싸는 안개와 더불어 작품 전체의 분위기를 매우 비현실적인 것으로 몰고 간다. 물론 이 작품에도, 여주인공이 반상회에 참석해서 아파트의 주민들과 대화를 나누는 장면을 통해 오늘날 일상에서 부딪치는 편협하고 이기적인 소시민적 삶의 편린들이 드러나지 않는 것은 아니지만, 작품의 전체적인 흐름은 그 일상적 삶의 현실 속에서 멀리 벗어나 있는 주인공의 비현실적인 의식 세계에 의존하고 있는 것이다. 이 작품에서 누군가에게 쫓기고 있다는 막연한 불안감과 그로부터 비롯된 여주인공의 젊은 남자에 대한 기묘한 정서적 유대감은 확고한 일상의 토대를 지니지 못한 그들의 유동적인 사회적 삶의 조건과 관련된 것이면서도, 기실은 인간 삶의 근원적인 조건으로부터 우러나오는 것이라는 의미를 함축하고 있다. 이 작품의 결미를 이루는 다음의 구절은 그녀의 쫓기고 있다는 심리적 불안감이 사회적인 삶의 조건 이전의 단계에서 연원하는 것이라는 점을 뚜렷하게 보여준다. 즉 그녀의 불안감은 그녀가 무작정 상경한 서울이라는 구체적 공간이 아니라 "광대 무변한 혼돈"에 그 뿌리를 두고 있는 것으로 나타나는 것이다.

비로소 나는 내가 철들고 덮어놓고 몸을 던진 광대 무변한 혼돈 속에서 무엇인가를 보았다고 말할 수 있을 것 같았다. 그건 사람마다 죽자구나 쫓고 쫓기고 있다는 거였다.

「무중(霧中)」이 일상적 삶의 틀 속에 편입하지 못한 유동적인 인물들의 삶을 보여주고 있다면, 「로열 박스」와 「소묘」는 사회의 상류층에 속하는 사람들의 삶을 그 소재로 취하고 있다. 두 작품 모두 상류층의 가정으로 시집간 며느리들이 그 가정 내부의 분위기에 적응하지 못한 채 이질적인 존재로 떠도는 모습을 그리고 있는데, 그와 같은 며느리들의 정신적인 불안과 방황은 「로열 박스」에서는 시아버지와 며느리간의 갈등으로, 「소묘」에서는 고부간의 갈등으로 인해 야기되는 것으로 나타난다. 그러나 「로열 박스」에서 후계자로서의 사업적 수완을 기대하는 아버지의 요구를 감당 못 한 남편이 정신병원에 입원하고 난 뒤 주인공이 겪는 고통이나 「소묘」에서 탐욕스러운 자기 현시욕과 허위 의식에 가득찬 전형적인 상류층 부인인 시어머니에 대해서 내가 느끼는 억눌린 반감은 모두 가족 내부의 삶의 공간 속에 협소하게 갇혀 있는 자기 폐쇄적이고 즉물적인 갈등의 형태로 나타난다. 그것은 며느리들의 시점으로 들려지는, 따라서 필연적으로 며느리에 의한 자기 정당화의 시각을 수반할 수밖에 없는 그 갈등의 형상화가 갈등의 대상 자체에, 아니 그 대상에 대해 반감을 느끼는 주인공 자신의 감정 자체에 완고하게 고착되어 있기 때문이다. 특히 「소묘」에서 시어머니에 대한 나의 적의는 그것이 충분히 이유 있는 것이라고 하더라도 그 적의가 작가에 의해 객관적으로 걸러지지 못한 채 작중 화자인 나의 일방적인 시각에만 매몰되어 있음으로 인해 충분한 공감을 얻지 못하고 있는 것이다.

  이 작품들이 지니고 있는 이러한 약점은 그 두 작품의 안이한 결말 처리에서도 나타난다. 즉 「로열 박스」는 시아버지의 인터폰 목소리에 대해서 "시아버지는 많은 사람을 거느리고 돌보는 위치에 있느니만큼 사람 다루는 데는 능구렁이였다. 사람에 따라 그 대접이 방법을 조금씩만 달리해도 자신의 관심도가 얼마나 크게 확대되어 상대를 감격시키는지 알고 있었다. 선희는 바로 그게 싫다 못해 그 소리에 의해 조만간 미치고 말 것 같은 예감을 즐기고 있기까지 했다"라고 말하는 구절에 뒤이어 주인공이 인터폰 속에서 들려온 "아가, 외롭냐?"라는 시아버지의 따뜻한 말 한마디에 "침묵 끝에 들려온 이 한마디는 처음 들어보는 시아버지의 육성이었다. 귓전에 생생하게 숨결과 체온마저 느껴지는 이 한마디 육성이 무거운 추처럼 그녀를 곧장 그 깊이 모를 어둠으로 끌어들였다. 그녀는 그 속으로 끌려들어 가면서 실로 오랜만에 편안감을 맛보았다"라고 서술함으로써 그때까지 겪어온 그녀의 갈등이 결국은 자신이 처한 삶의 조건들 속으로 편안하게 빨려들어 가버리고 마는 결과를 빚고 있는 것이다. 이에 비해 「초대」는 구정물이 내려가지 않은 채 쿨럭대기만 하는 막힌 하수구와, 저녁 식사에 초대된 사람들의 가식적인 대화에 대해 주인공 희주가 느끼는 구역질이라는 이중적인 소설적 정황을 통해 현대의 거짓된 삶의 한 단면을 매우 예리하게 꼬집고 있다. 박완서 특유의 신랄한 어조에 의해 거침없이 까발려지는 그 거짓된 삶에 대한 묘사는, 작품 속에서 간혹 작가의 감정적 편향이 도드라지게 나타나는 부분들이 엿보임에도 불구하고, 박완서의 가장 뚜렷한 문학적 성과가 이루어지는 부분, 즉 자기 기만과 허위 의식으로 가득찬 이 시대의 소시민적 삶에 대한 건강한 비판 의식에 그 뿌리를 두고 있는 것이라고 할 수 있을 것이다.

그러나 박완서의 작품들은 「저문 날의 삽화」와 그 이후에 발표된 작품들에 이르러 몇 가지 주목할 만한 특징적인 현상을 드러내보인다. 그 중에서도 가장 두드러진 현상은 이들 작품이 대개 중년이나 중년 이상의 여성을 작중 화자로 내세우고 있다는 점, 따라서 이야기의 진행도 그들 세대의 일상적인 주변의 관심사를 중심으로 이루어지고 있다는 점이다. 이들 작품이 이전의 작품들이 보여주던 비현실적인 허구성이나, 이야기의 상황을 이분법적인 대립으로 몰고 가는 감정적 편향을 상당 정도 극복하면서 구체적이고 친근한 소시민적 일상사의 여러 모습들을 자기 반성적인 시선으로 감싸안고 있는 것 또한 하나의 특기할 만한 현상이라 할 수 있을 것이다. 즉 80년대 초반에 발표된 작품들이 작중 화자의 의식에 거의 완전히 밀착해 있는 데 비해 이들 작품들은 작가가 작중 화자의 의식에 대해 일정한 반성적 거리를 유지함으로써 작중 인물들 사이에 일어나는 갈등의 의미를 보다 폭넓게 확장하는 결과를 가져오는 것이다. 물론 이들 작품에서도 인간 내면의 허위성을 신랄하고 때로 냉소적이기까지 한 어조로 파헤치는 박완서 특유의 언어 묘사가 간간이 드러나 있긴 하지만, 이전 작품들이 대개 작중 화자와 갈등 관계에 있는 인물들의 부정적인 측면만을 주로 묘사함으로써 작품의 전체적인 흐름이 작중 화자의 도덕적 정당성을 일방적으로 부각시키는 데 몰두하고 있다는 인상을 주는 데에 비해, 이들 작품에서 작가는 인생의 황혼기에 접어든 인물들을 중심으로 그들이 서로 부대끼며 살아가는 과정에서 일어나는 삶의 자질구레한 갈등들을 비교적 균형잡힌 객관적 시각으로 드러냄으로써 이야기의 진행을 비판과 애정의 어느 한 극단으로 몰고 가지 않는 것이다. 작가의 그와 같은 작품 기술 태도는 이들 작품으로 하여금 이 시대 소시민적 삶의 충실한 풍속도를 이루게 한다. 다시 말해 이들 작품들은 소시민적 삶을 비판어린 애정의 시선으로 그려나감으로써 세태의 풍속에 재빨리 적응하는 그들의 얄팍한 삶과, 그럼에도 불구하고 그 속에서 인간다움의 품위를 잃지 않으려는 소시민적 안간힘을 함께 그려내보이고 있는 것이다.

앞서 말한 바, 이들 작품이 인생의 황혼기에 접어든 인물들을 주인공으로 내세우고 있다는 사실은 곧 이들 작품이 세대간의 갈등을 이야기의 기본 바탕으로 지니고 있음을 의미한다. 그러나 황혼기를 맞는 노부부가 젊은 세대의 이기주의적 생활 풍조에 의해 상처받거나 가족 단위의 삶의 중심으로부터 밀려나는 이야기들, 혹은 그들이 현대의 빠르게 변화하는 삶의 풍속도를 따라잡기 위해 애쓰는 이야기 속에서 그와 같은 세대간의 갈등은 오늘날의 전형적인 소시민적 삶의 현장과 폭넓게 조우하고 있다. 「저문 날의 삽화 5」의 경우는, 결혼한 자식들과 떨어져서 도시의 변두리에서 살아가는 노부부의 단촐한 삶을 통해 세대간의 갈등을 핵가족 단위의 삶 속에서 소외되어가는 노인들의 외로움이라는, 비교적 한정된 문제 의식으로 다루고 있지만, 「저문 날의 삽화 4」나 「가(家)」에서 그 세대간의 갈등은 '집'과 '자가용'으로 대표되는 오늘날의 소시민적 삶의 패턴과 긴밀하게 연결되어 있다. 이를테면 「저문 날의 삽화 4」에서, 집과 더불어 오늘날 소시민적 삶에 빼놓을 수 없는 욕망의 대상으로 등장한 자가용은 구세대의 가치관이 세대의 이기적이고 실리주의적인 세태에 의해 밀려나는 과정을 드러내는 한 효과적인 매개로 등장하는 것이다. 해마다 가는 추석 성묘길에서 자가용을 몰고 온 종질로부터 초라하고 주눅든 심리 상태를 경험한 중년을 넘긴 작중 화자의 남편이 뒤늦게 운전을 배우러 다니고 자가용을 사들이는 일련의 과정을 통해서 이 작품은 다음 구절에서 나타나는 바, 구세대의 삶의 방식이 이제 신세대의 삶의 풍조에 어떠한 도덕적 품위로도 작용할 수 없는 현실을 여실히 드러내 보여준다.

  마지막으로 늙으면 자연적으로 떨어지는 순발력·운동 신경 등 노화 현상을 들어 차 사는 걸 만류해봤으나 차 사는 일은 벌써부터 내 뜻뿐 아니라 그의 뜻도 어쩔 수 없는 곳에서 저절로 이루어지고 있었다. 나는 가끔 그도 그가 저절로 실려가는 대세에 멀미를 하고 있을지도 모른다고 생각했다. 그가 괜히 불쌍했다. 나는 우리의 초로(初老)가 정신없이 휘몰아치는 근대화의 소용돌이에 휩쓸리지 않고 다만 관망할 수 있도록 거리를 유지시켜주는 발판쯤은 될 수 있는 줄 알았다. 우리의 초로에 그 정도의 품위는 허용될 줄 알았다. 그 정도도 이룰 수 없는 꿈이 될 줄을 정말 몰랐다.

이러한 세대간의 갈등은 신세대인 성구의 눈을 통해서 집에 대한 외할머니의 평생에 걸친 끈질긴 집착의 내력을 보여주는 「가(家)」에서도 나타난다. 이 작품에서 외할머니의 집에 대한 거의 본능에 가까운 집착은 소시민적 욕망의 구조와 관련된 것이기보다, 현대사의 그늘 아래서 겪은 힘겨운 삶의 체험으로부터 외할머니가 나름대로 터득한 치열한 생존의 방식과 관련된 것으로 그려지지만, 그러한 시대적 삶의 고통스러운 부대낌을 체험하지 못한 성구의 눈에 외할머니의 그 집착은 다만 그악스럽고 맹목적인 욕망으로 비춰질 뿐이다. 더군다나 성구는 현대의 전형적인 실리적 사고 방식을 지닌 여성과의 결혼을 앞두고 있는 처지이며, 따라서 자신이 모시게 될지도 모를 외할머니의 존재에 대해서 약혼녀에게 커다란 심리적 부담을 느끼고 있는 것이다. 그러나 이 작품은 성구가 죽은 줄 알았던 외할머니의 몸을 안아 일으키는 장면으로 그 끝을 맺음으로써, 비록 일시적이고 소극적인 형태로나마, 그 두 세대의 갈등이 대립이 아닌, 따뜻한 감싸안음의 자세로 모두어지는 모습의 일단을 보여준다.
　「가(家)」가 이룩한 문학적 성취는 아마도 외할머니나 성구의 어느 한편에 일방적인 도덕적 정당성을 부여하는 것이 아니라 두 세대의 삶을 동일한 객관적 시각으로 그리고 있다는 점에 상당 부분 힘입고 있는 것으로 보이는데, 그와 같은 객관적 형상화가 이룩한 탁월한 문학적 성과는 「저문 날의 삽화 3」에서도 엿보인다. 이 작품은 다른 작품들과 마찬가지로 노년기에 접어든 부부의 삶을 그리고 있으면서도 세대간의 갈등이라는 문제보다는 평균적인 소시민의 삶에 내재한 자기 기만적인 의식의 양태를 섬세하고 예리한 심리 묘사를 통해 그리고 있다. 이 작품에서 그와 같은 자기 기만적 의식이 날카롭게 드러나는 것은, 주인공의 전형적인 소시민적 삶을, 그녀가 은연중 "상전 의식"으로 대하는 만수네의 건강한 삶과 대비시키는 방식을 통해서이다. 즉 "나만큼 너그럽고 인정 많은 사람도 흔치 않을 거라는 자기 황홀이 즉흥적으로" 만들어낸 그녀의 얄팍한 선심 편지로 만수네와 그 손주들을 서울로 초청한 뒤 사흘이 못가 그들에게 짜증스런 부담감을 드러내는 그녀의 이기적인 삶은 전쟁통에 남편을 잃고 갖은 고생을 하며 살아온 만수네의 가난하지만 건강한 삶에 의해 그 허위성을 여지없이 드러내놓고 마는 것이다. 특히 이 작품에는 도자기를 하는 딸의 이야기와 만수네의 이야기가 표면상 별다른 연관 없이 엇물려 있는데, 그 두 이야기는, 주인공이 만수네에 의해 찢겨진 그 편지 조각들에서 "실용에서 제외된 장식용 도자기를 산산이 부수면서 수치스러워하던 딸의 모습"을 떠올리는 작품의 결말 부분에서 하나로 모아진다. 아마도 이것은 딸의 마음을 이해하지 못하면서도 그 딸이 예술가로 성공하기를 바라는 그녀의 세속적 욕망 또한, 예술적 성공을 단순한 삶의 장식거리로 받아들이는 자기 기만적 허위 의식에서 비롯된 것이라는 점을 암시하는 것으로 보인다.
　그러나 이 작품집에 수록된 소설들에서 80년대 초반과 후반에 발표된 작품들간에 나타나는 변화의 양상은, 대체로 80년대 후반을 관류했던 정치 사회적 사건들의 편린이 소설 속에 개입되는 작품들에서 보다 두드러지게 드러난다. 이를테면 「저문 날의 삽화」 1과 2

는 학생 운동하는 아들을 가진 부모의 이야기를, 「여덟 개의 모자로 남은 당신」은 87년 여름의 노동 쟁의를, 「우황청심환」은 얼마 전에 있었던 연변 교포들의 중국 한약재 가짜 파동을 그 소설적 모티프로 끌어들이고 있는 것이다. 물론 정치 사회적 상황에 대한 이와 같은 소설적 대응조차도 박완서의 문학이 뿌리를 내리고 있는 소시민적 삶과 의식의 테두리를 벗어나는 것은 아니다. 그것은 이들 작품이 그러한 정치 사회적 사건들을 정면으로 기술하거나 사건 그 자체로서 돌올하게 부각시키는 것이 아니라, 여러 형태의 자질구레한 소시민적 일상사와 뒤얽혀 있는 일과성(一過性)의 사건으로 다루고 있다는 데서 뚜렷하게 드러난다. 따라서 이들 작품에서 실제로 부각되어지는 것은 정치 사회적 사건 그 자체가 아니라 그것을 받아들이는 소시민적 의식의 다양한 양태들이다. 예컨대 「저문 날의 삽화 1」과 「저문 날의 삽화 2」가 학생 운동하는 아들의 이야기를 담고 있기는 하지만, 기실 이 작품들에서 더욱 큰 비중으로 그려지는 것은 전자의 경우에는 데려다 키운 자식에 대한 작중 화자의 심리적 갈등이며, 후자의 경우에는 민중 운동가인 남편으로부터 학대받는 여성의 이야기인 것이다. 또한 「우황청심환」에서 고국을 방문한 연변 교포의 이야기는 주인공인 남궁씨의 사업이나 가족 관계에 관련된 이야기와 복잡하게 뒤얽혀 있으며, 「여덟 개의 모자로 남은 당신」에서 주인공이 체험한 87년 여름의 노동 쟁의는 불치의 병에 걸린 남편에 대한 이야기 가운데에서 잠깐 스쳐가는 상황으로 그려질 뿐이다.

 실상 이들 작품이 보여주는 이러한 소설 기술 방식은 소시민적 삶의 정황과 관련해서 작품의 내용을 매우 사실적인 실감으로 받아들이게 하는 요소라고 할 수 있다. 이 말은 이러한 소설 기술 방식이 그와 같은 일련의 정치 사회적 사건을 대하는 소시민의 전형적인 의식의 한계를 가감 없이 보여주는 것이라는 의미뿐만 아니라, 자신이 그릴 수 있는 한계 안의 것만을 정직하게 그려내는 박완서의 문학적 특성에 대한 긍정적 평가도 함께 담고 있다. 앞에서 이미 말했던 바, 이들 작품이 보여주는 소시민적 의식의 한계란 계층적 한계일 뿐만 아니라, 현대적 삶의 중심으로부터 점차 밀려나는 구세대의 한계라는 이중의 의미를 지니고 있다. 즉 박완서는 이들 작품에서 자신과 같은 계층과 연배의 주인공을 내세워 자신들의 세대가 그 시대적 충격을 받아들이는 반응의 여러 모습들을 형상화하고 있는 것이다. 예컨대 「저문 날의 삽화 1」의 주인공이 드러내 보이는 그 반응은 분노와 불안이 뒤얽힌 격심한 공포이다. "정부를 비난하는 논조가 강한 신문을 구독하는 것조차 공무원 신분에 어긋난다고 믿을 만큼 고지식하고 융통성 없는 남편의 얼굴에서 핼쑥하게 핏기가 가"시는 남편의 반응은 물론이고, 작중 화자인 나는 그 운동권 학생들의 모습에서 어린 시절에 보았던 용수를 쓴 죄인의 모습을 연상하며 다음과 같은 보다 극단적인 반응을 보여주는 것이다.

나는 우리집 지하에서 절대로 해서는 안 되는 악(惡)이 땅속 깊이 뿌리를 박고 가닥가닥 무성하고 극성스럽게 퍼지는 걸 유리병에 기르는 둥근 파 뿌리를 보듯이 명료하게 보는 것처럼 느꼈다.

반면에 학생 운동을 하다 정신 요양원에 들어가 있는 아들을 가진 「저문 날의 삽화 2」의 주인공우 아파트에서 위층에 사는, 젊은 아내를 학대하는 민중 운동가를, 그가 아들과 같은 일을 하고 있다는 이유만으로 무조건적인 이해심으로 감싸안으려 하며, 「여덟 개의 모자로 남은 당신」의 주인공은 불치의 병에 걸린 남편이 병원 노조원들의 농성으로 치료를 받을 수 없게 되자 다음과 같은 심리적 반응을 보인다.

뭔가 참을 수 없는 기분에 떠밀려 나는 발길을 돌리는 대신 이층으로 뛰어올라갔다. "거기서 뭣들 하고 있어, 지금 내 남편이 죽어가는데, 제발 내 남편 좀 살려줘."〔……〕 노사 분규의 현장을 처음 보는 것은 아니었다. 〔……〕 남들이 겪은 것만치 불편도 겪고 걱정도 하면서도 나는 내가 노동자 편이라는 걸 한번도 의심해본 적이 없었다. 내가 노동자래서가 아니라 억압하는 쪽보다는 억압당하는 쪽을, 가진 자보다는 못 가진 자를 편드는 건 내 기본적인 도덕심이었다. 〔……〕

그럼에도 불구하고 막상 그런 거대하고 오만한 체제의 말단에서 짓눌려만 온 노무자들의 권리 행사에 맞닥뜨리자 동질감보다는 반감이 앞섰고, 끓어오르는 분노를 억제할 수가 없었다. 홀로 막다른 골목에 몰린 절망감과 피해 의식 때문이었을까, 나에겐 그들 또한 막강한 강자로 보였다.

실상 앞에서 열거한 갖가지 반응의 양태는 자신의 안온한 일상적 삶에 가해지는 위해는, 그것이 어떠한 동기에서 유발된 것이든 모두 악으로 간주하는, 혹은 정치 사회적 사건들을 철저히 자신의 개인적인 이해의 반경 속에서만 받아들이는 소시민적인 의식 구조와 긴밀하게 연결되어 있는 것이라고 할 수 있다. 인용된 구절에 나타난 격렬한 반응 또한, 우리가 무조건 부정적인 쪽으로만 몰아붙일 수 없는 나름대로의 심리적 타당성을 지니고 있으면서도, 크게 보면 아무리 정당한 일이라도 그것이 나에게 어떤 위해나 불편으로 작용하는 것이라면 가차없이 냉담해지고 마는 소시민적 이기주의의 범주를 완전히 벗어나 있는 것이라고는 할 수 없을 것이다.

앞의 작품들이 동시대에 일어난 사건들을 소설적 모티프로 활용하고 있다면 「복원되지 못한 것들을 위하여」나 「엄마의 말뚝 3」은 역사적인 사건들이 오늘날의 세태를 지배하는 여러 형태의 이해 관계와 얽혀 왜곡되고 일그러진 형태로 수용되어지는 양상을 다루고 있다. 특히 「복원……」은 과거의 부정이 올바로 복원되지 못한 채 되풀이되는 역사적 상황을 매우 짜임새 있는 소설 구조를 통해서 보여주고 있다. 특히 두 가지나 세 가지의 이야기들을 한데 끼워맞춰 소설을 기술해나가는 방식은 이 소설집에서 자주 나타나는 박완서의 특징적인 소설 기법이라고 할 만한 것인데, 이 작품 또한 윤노인의 수기에 얽힌 이야기와 송사묵 선생의 죽음에 얽힌 이야기들이 함께 짜여지면서 윤노인의 "척결 척결 허지만서두 복원도 허들 않구 척결부터 허겠단 소릴 누가 믿남"이라는 말에 담긴, 감춰지고 왜곡되어진 역사적 허위에 대한 날카로운 비판 의식을 매우 탁월하게 형상화하고 있다. 더군다나 이들 작품이 지니고 있는 그 탁월함은 그와 같은 왜곡된 역사의 수용이 오늘날의 소시민적 삶의 양태와 긴밀하게 연결되어 있는 양상을 매우 사실적인 수법으로 드러내는 데서 찾아볼 수 있다.

　실상 오늘날 소시민적 삶의 양태란 한정된 계층의 범주를 넘어서, 현대적 삶의 일반적인 풍속도를 이루고 있는 것이 사실이고, 그런 점에서 박완서의 문학이 그리고 있는 소시민적인 삶의 꼴은 박완서의 문학이 지닌 계층적·세대적 한계를 넘어서는 폭넓은 의미의 자장을 거느리는 것이라고 할 수 있다. 따라서 우리가 박완서가 그리는 저무는 세대의 이야기 속에서, 오늘날 우리의 삶을 지배하고 있는 무기력한 이기주의에 의해 한없이 작아져가는 우리 자신의 왜소한 모습과 부딪치게 되는 것은 피할 수 없는 일인 것처럼 보인다. 결국 박완서의 작품 속에 등장하는, 자질구레한 일상사에 부딪혀 끊임없이 갈등하고 분개하는 소시민들의 모습은 바로 우리 자신의 모습에 다름아닌 것이다.

⟨신판 해설⟩

젊음과 늙음의 아름다운 의식

김 치 수

1

    우리가 매일매일 살아가는 삶은 대부분의 경우 반복적인 것처럼 보인다. 아침에 일어나서 신문을 보고 아침식사를 하면 일터로 나가 일을 하고 저녁이면 집에 와서 가족들과 저녁식사를 하고 텔레비전을 보고 자리에 눕는다. 그사이 일이 생기면 친구들과 만나 의논하고 주변에서 일어나는 자질구레한 일들을 해결하다 보면 일주일이 흘러간다. 이렇게 일상적 삶을 요약하면 사람이 사는 것이 거의 비슷하다는 것을 알 수 있다. 그래서 반세기도 훨씬 전에 어떤 작가는 '기상, 전차, 사무실이나 공장에서의 네 시간의 일, 점심, 전차, 네 시간의 일, 저녁식사, 취침, 그리고 월 화 수 목 금 토 똑같은 리듬으로'라는 말로써 우리의 일상생활을 절망적으로 표현한 바 있다. 그것은 산업화되어 가는 사회에서 개인의 삶이 얼마나 기계화되어 버리고 개성을 잃어버리고 자동화되어 가고 있는지 낮지만 뚜렷한 목소리로 상기시킨다.
    그러나 개개인이 살고 있는 삶을 보다 면밀하게 관찰해보면 마치 사람의 얼굴 모습 하나하나가 전혀 다른 것처럼, 그리고 그들의 지문 하나하나가 다른 것처럼 각자가 살고 있는 삶의 모습도 이처럼 단순하게 요약되는 것이 아니라는 것을 알 수 있다. 소설 작품은 개인이 살고 있는 삶의 모습 하나하나가 어떻게 다르고 얼마나 다른지 보여준다. 소설은 동일한 시대나 사건을 체험한 집단적 사회에서 사람들이 서로 다른 삶을 살 수 있다는 것을 입증한다. 개인은 자신의 출신 성분이나 성장 과정이나 타고난 성격에 의해 하나의 자아를 형성하고 자신의 삶을 만들어간다. 그렇기 때문에 개인의 경험은 절대적인 것이 아니라 상대적인 것이다. 일상생활에서 '……한 것을 내 눈으로 보았다'고 하는 주장은 자신이 잘못 볼 수도 있다는 개연성을 인정하지 않는 독단적이고 독재적인 관점이다. 그렇기 때문에 현실 속에서 그러한 주장을 하는 사람은 얼핏 보면 신념이 강한 사람 같지만 사실은 가장 경계해야 할 독선적인 사람이다.

그러나 소설에서 제시되는 개인의 삶은 그것이 수많은 삶 가운데 하나라는 것을 전제로 제시되는 것이기 때문에 그것만이 진실이라고 주장하는 것이 아니며 또 다른 삶도 있을 수 있다는 것을 인정하는 것이다. 앙드레 지드 같은 작가가 자신의 소설이 '더 계속될 수도 있을 것이다'라고 쓴 것은 소설 속의 삶의 성격을 규정하는 적절한 말이다. 소설은 '인생의 한 단면'이며 '사회의 한 단면'이다. 내가 본 바로는 이렇지만 다른 사람이 본 바로는 저럴 수도 있다는 것을 인정하는 것이 '한 단면'이다. 그 단면을 통해서 내가 보지 못하고 경험하지 못한 삶을 보고 경험할 수 있게 되는 것이 소설이다. 박완서의 소설집 제목에 '삽화'라는 난어가 들어가 있는 것도 '단면'의 요소가 있다는 것을 의미한다. 박완서의 삽화는 수많은 인생의 단면들로 구성되어 있다. 그것은 일상적 삶의 단순한 스케치처럼 보이지만 그것을 읽어가는 동안 그것이 주는 감동은 어느 순간 작가의 소설적 장치가 일상의 늪에 감추어진 깊은 진실에 도달하게 하는 데서 연유하고 있다.

2

이 작품집에 수록된 거의 모든 소설은 대부분 가족 관계를 그 중심 모티브로 삼고 있다. 거의 모든 작품이 한 가정 안에서 일어나는 일상적인 사건과 그것을 중심으로 한 가족 관계를 다루고 있다. 첫번째 작품인 「로열 박스」는 젊은 며느리와 시아버지의 관계를, 「素描」는 며느리와 시어머니의 관계를, 「초대」에는 사업하는 남편과 신혼의 상태를 벗어나지 못한 그 부인의 관계를, 「저문 날의 揷話 1」은 60대에 접어든 어머니와 입양해서 기른 아들의 관계를, 「저문 날의 揷話 2」는 정신병원에 입원한 아들을 둔 어머니와 옛날의 제자로서 운동권의 남편을 둔 가연의 관계를, 「저문 날의 揷話 3」은 60대에 접어든 여자와 어렸을 때부터 가정부였던 '만수네'의 관계를, 「저문 날의 揷話 4」는 퇴직한 은행원과 그 조카들의 관계를, 「저문 날의 揷話 5」는 은퇴한 공직자와 그 아들과의 관계를, 「家」는 어머니와 외할머니의 관계를, 「우황청심환」은 은퇴한 은행원과 그 6촌 형제들과의 관계를, 「엄마의 말뚝 3」은 소설가인 딸과 그 어머니의 관계를, 「여덟 개의 모자로 남은 당신」은 암으로 죽은 남편과 그 부인의 관계를 그리고 있는 점에서 모두 가족 관계를 토대로 하고 있음을 알 수 있다. 여기에서 제외된 두 편의 작품은 시골 출신의 가난한 젊은 여자가 생활비와 아파트를 제공하는 '아빠'와 기이한 동거 생활을 하는 「霧中」, 6·25 때 처형당한 소설가이며 스승인 '송사목' 선생의 진실을 밝히고자 하지만 성공하지 못하는 소설가와 그 가족 이야기인 「복원되지 못한 것들을 위하여」이다. 그것은 작가의 관심이 적어도 이 작품집에서는 가족 관계 혹은 가정의 문제에 집중되고 있다는 것을 충분히 말해준다. 한 사람이 가정을 이루기까지는 여러 가지 우여곡절을 겪게 마련이고 그 결과 하나의 가정을 이룩했다고 해서 그의 삶이 완성된 것이 아니라 새로운 문제의 시작일 수밖에 없다. 그러니까 그의 소설은 작중인물들의 현재의 삶으로부터 시작하지만, 어느 순간에 그의 과거로 되돌아갔다가, 그것이 현재의 삶과 어떤 관계에 있는지 밝혀주는 것으로 끝난다. 그러한 점에서 그의 소설은 일상적 삶의 범주를 벗어나지 못하고 있는 것처럼 느껴지고 일상성의 끝없는 반복이라는 인상을 주지만, 그것은 일상성이 가지고 있는 소모적인 요소가 우리의 삶의 내면을 끊임없이 갉아먹음으로써 우리 자신을 죽음의 위협 속에 빠트리고 있음을 보여준다.

그의 소설에는 젊은이가 화자로 되어 있는 작품이 몇 편 있지만, 대부분의 경우 나이 든 노인이 화자로 등장하거나 그 노인의 시점으로 서술되는 작품들이다. 그 노인들은 60 전후의 나이를 먹은 사람으로서 이 작품들이 처음 씌어졌을 때 작가의 나이와 비슷한 연령의 사람이다. 표제 작품 가운데 제일 먼저 발표된 작품은 화자가 공무원 생활을 하다가 은퇴한 남편을 둔 여성의 이야기이다. 이 작품의 시작은 그녀가 성당에서 고해성사를 하는데 구체적인 사례를 들지 못하고 '의심'과 '미움'과 '속임'이라는 추상적이고 일반론적인 표현만을 사용함으로써 자신이 무엇을 고해해야 하는지 모르고 있음을 고백하는 이야기다. 중산층의 가정 주부로서 평생을 결벽증과 완벽주의로 일관해온 사람답게 모든 일을 깔끔하게 처리하고 자신의 분수를 착실하게 지켜온 그녀가 자신의 고해 내용을 모르고 있다는 것은 그녀답지 않은 일이다. 그녀는 자신이 누구를 의심하고 있는지 말하고 싶지 않으며, 누구를 미워하고 있는지 고백하지 않고, 누구를 왜 속이는지 말하지 못한다. 딸만 셋을 둔 그녀는 젊은 시절에 남편의 친구가 죽어서 고아가 된 아이들 가운데 막내인 영택을 양자로 삼아 길러오다가 그 아이가 성장하여 남편과 진짜 부자 사이처럼 잘 지내는 것을 보고 남편과 영택 사이를 의심하기에 이른다. 어쩌면 남편이 영택의 진짜 아버지일지도 모르고, 영택이 남편의 친자식일지도 모른다는 의심은 그녀로 하여금 두 사람을 미워하게 만들고 그 둘 사이를 이간질시키고자 한다. 그녀는 남편에게 "영택이는 당신 아들이죠"라고 윽박지르면서 영택에게는 어머니로서 다정하게 대하는 속임수를 쓴다. 교활하고 용의주도한 그녀의 행동은 영택이가 친구들과 함께 지하실 방에서 불온 서적을 읽고 불온 문서를 만든 사실을 알림으로써 남편으로 하여금 배은망덕한 놈이라는 소리와 함께 당장 나가라는 호통을 치게 하고 두 사람 사이가 파국으로 지닫게 만든다. 그 때문에 그녀는 손자들에게 TV에서 대학생들이 농성하는 장면과 연행되는 장면을 보지 못하게 한다.

그런데 바로 그 행동이 영천에 살던 그녀의 어린 시절의 묻혀 있던 기억을 되살리게 한다. 어린 시절 용수를 씌워 서대문 형무소로 끌려가는 죄수들을 그녀의 부모가 보지 못하게 했지만, 그들 가운데 독립운동가도 있었다는 것을 나중에야 알게 된 것이다. 그녀는 일제 시대에 지배자들이 독립운동을 악으로 규정한 것을 그대로 받아들인 것처럼, 군사 정권 아래서 불순한 것으로 규정한 것을 그대로 받아들인 자신의 과오를 깨닫는다. 그 순간 그녀는 자신이 신부님에게 고해하지 못한 것이 무엇인지 알게 된다. 그것은 영택이에 관한 것이다. 그녀는 공무원 생활을 하는 자신의 남편의 신분에 불이익을 가져올 수 있는 것은 어떤 것도 용납할 수 없고, 평온한 자신의 일상생활을 깨뜨릴 가능성이 있는 것은 비록 자신이 아들로서 키워온 영택이마저 버릴 수 있게 만든다. 그녀는 고아가 된 영택이를 자신의 아들처럼 키웠지만, 자신의 진정한 가족으로 받아들이기를 거부하고 있다. 이러한 가족이기주의에서는 정의와 불의, 선과 악의 객관적 판단이 필요한 것이 아니라 자아와 타자라고 하는 배타적 선택과 혈연적 관계가 적극적으로 작용한다. 그녀는 그 사실을 고해하지 못한 것 때문에 신부님으로부터 질책을 받고 스스로를 수긍하지 못하고 괴로워하고 있다. 그것은 그녀의 일상적 삶이 진실을 가장한 위선의 구조로 이루어져 있다는 것과 그런 점에서 그녀 자신이 내면적 죽음의 그림자를 안고 있다는 것을 의미한다.

반면에 「저문 날의 삽화 2」에서는 운동권에 가담했다가 수사기관으로부터 모진 고통을 받아 정신질환을 앓고 요양원에 입원한 아들을 찾아간 어머니가 나온다. 그녀는 30이 가까워진 아들이 하루 빨리 완쾌하여 사회에 복귀할 수 있기를 바란다. "한때 아들은 내가 이해할 수 없는 이상에 목숨을 걸고 싶어했고 그때 그의 젊음은 얼마나 아름답게 빛났던가" 감탄을 하고 "이상 대신 공포가 차지한 아들의 초라한 모습이 내 마음을 무두질했다"고 고백하고 있다. 물론 이 작품에 등장하는 화자가 앞의 작품에 등장하는 화자와 동일한 인물이라고 할 만한 증거는 없다. 그러나 이 작품의 '어머니'는 운동권에 가담한 아들의 젊음을 아름답게 보는 감탄사를 내뱉으면서 어떻게 해서든지 아들의 정신이 정상으로 돌아와 사회에 복귀하기를 바란다. 그것은 앞의 작품에서 운동권에 가담한 영택이를 집에서 나가게 한 것과 비교하면 전혀 다른 태도이다.

이러한 차이를 혈연 관계의 유무로 설명한다면, 그것은 혈연을 토대로 한 가족이기주의로 설명할 수도 있지만, '인생의 한 단면'이라는 관점에서 본다면 두 작품의 화자는 서로 다른 사람으로 각자의 삶의 태도를 지니고 있음을 의미한다고 할 수 있다. 실제로 두번째 작품에서 화자는 자신이 국어 교사로 있었던 과거의 제자 '가연'이 운동권 남편으로 인해서 겪고 있는 고통을 알게 되자 그녀를 그것에서 벗어나게 해주고자 노력한다. 화자는 가연의 남편이 운동권에 가담하고 있는 이유를 충분히 납득하면서 자신의 아들도 가슴에 화염병을 품고 살고 있다고 이해하는 입장에 서 있다. 그래서 그녀는 '황폐를 처바르고 사는' 가연을 이해하고 동류의식을 느끼며 일상적 연대감마저 갖는다. 그 때문에 그녀는 옛 제자와 음식을 나누고 그녀가 자립할 수 있도록 교사 자리를 구해주고자 한다.

그렇다고 해서 그녀가 가연의 남편의 여성관에 대해서도 동의하고 있는 것은 아니다. "판검사나 의사가 당연하게 받는 처가 덕을 왜 운동권 인사는 감지덕지 비굴하게 받느냐"고 항변하는 그의 남성우월주의는 비판의 대상이 되어 마땅하다. 더구나 담뱃불로 가연의 허벅지를 지지는 행위는 그의 운동 자체가 진정한 것으로 받아들일 수 없음을 이야기하고 있다. 권위주의 시대에 대항해서 민주화 운동을 벌이는 사람이 가정 안에서는 남성우월주의에 의해 여성에 대한 억압과 폭력을 일삼는 것은 싸우면서 닮는다는 또 다른 권위주의의 지배를 의미한다. 마치 판검사나 의사가 처가의 덕을 받는 것이 자연스런 것처럼 생각하는 버릇 때문에 운동권 인사도 자연스럽게 처가의 덕을 받는 것을 당연하게 생각하고자 한다. 그런데 문제는 억압의 대상이었던 여자가 억압의 주체에게 쏟아지는 비난을 견디지 못하고 억압을 당연하게 생각하게 된다는 사실에 있다. 화자가 가연의 남편을 비난하자 가연은 오히려 자신의 남편을 비호한다. 그것은 투쟁의 대상이 너무나 크고 강해서 그것과 싸우다 지친 남편이 자학적인 행동으로 아내에게 폭력을 행사하는 심리적 측면을 이해하는 입장을 드러내고 있다고 할 수도 있지만, 부부 관계가 사제 관계를 비롯한 다른 어떤 관계보다 강하다는 일상적 삶의 단면을 보여주고 있다.

3

「저문 날의 삽화 3」은 30여 년을 은행원으로 살아온 남편이 은퇴한 다음 안락한 생활을 하고자 하는 주인공의 일상적 삶에 어린 시절부터 함께 살았던 '분녀'가 끼어든 이야기이다. 이 작품에서 화자인 '나'는 도자기를 하는 딸 하나를 제외하고는 자식들도 분가시켜 편안한 생활을 한다. 화자는 어린 시절 자기 집 안잠자기의 딸 분녀를 주종 관계로 생각하며 그의 가족으로 받아들이지 않는다. 분녀는 주인집으로부터 독립하여 살고자 하지만 성공하지 못하고 극빈자의 삶을 살아간다. 그녀는 6·25 때 남편을 비명에 잃고 어렵게 살았지만 아들 만수마저 감옥살이를 하고 있어서 혼자서 손자를 돌보며 생계 유지에 급급해하는 길거리의 노점상을 한다. 화자는 우연히 만난 그녀를 친절하게 대하고 화자를 친정붙이처럼 생각하는 그녀를 동정하여 돈을 보내며 서울에 한번 오라는 인사편지를 한다. 하지만, 그녀가 정작 손자들을 이끌고 서울 집에 와서 번잡을 떨게 되자 화자는 이를 귀찮게 여기고 빨리 떠나게 하고 싶어한다. "그만큼 해주었으면 오늘쯤 떠나는 게 예절이었다"고 느끼는 것은 화자가 성장기에 분녀의 도움을 받았음에도 불구하고 그녀를 가족의 일원으로 인정할 수 없는 한계 때문이다. 가족이란 제도적이고 관례적인 개념이기 때문에 그것이 운명처럼 혈연으로 묶여지지 않는다면 성립되기 어려운 관계이다. 비록 혈연 관계로 묶여 있다고 하더라도 함께 살아오지 않은 사람은 가족이라는 편안한 관계로 받아들이기 어렵게 마련이다. 은퇴하고 "남들이 말하는 소위 복 많은 부부"로서 평온한 말년을 보내고자 하는 주인공에게 삶의 간섭을 받는 일체의 사건이나 인물이 기피의 대상이 되는 것은 당연한 일이다. 그것은 단순한 소시민적 이기주의라고 말하기보다는 서로 다른 삶을 차별화할 수밖에 없는 노년기의 자기 정리의 방법이다. 지나온 삶에 대한 조용한 관찰을 통해서 자신에게 닥쳐왔던 고난의 순간들을 어떻게 극복하며 살아왔는가, 또 내면으로부터 오고 있는 죽음의 끝없는 위협을 의식화시키고 그것과 정면으로 대결할 수 있는 길이 무엇이었는지 반성한다는 것이 바로 자신의 삶을 정리하는 방법이기 때문이다.

  공직이나 직장에서 은퇴한 주인공들 부부의 삶을 다루고 있는 이 작품들은 "남들이 말하는 소위 복 많은 부부"의 이야기라는 점에서 큰 감동이 없을 것처럼 생각할 수 있다. '복 많은 부부'라는 것은 그들이 큰 어려움 없이 평탄한 삶을 살아왔으며 한을 남길 만큼 이루지 못한 것도 없이 모든 것을 갖추었다는 것을 의미한다. 현실 속에서 과거에 엄청난 사건을 겪었고 현재에도 끝없는 문제에 부딪쳐야 하는 드라마틱한 삶을 살고 있는 우리로서는 그처럼 평탄한 삶이 가지고 있는 진실을 이해하기가 쉽지 않다. 그러나 큰 뜻을 가지고 역사의 현장에 뛰어들거나 현실을 개혁하고자 하는 운동에 직접적으로 가담하는 사람이 아니라면, 단순한 월급쟁이들은 대부분 주어진 현실을 받아들이고 자신에게 부과된 일에만 충실하고자 한다. 그들은 변화의 물결에 자신이 희생자가 될 수도 있고 간접적인 체험자가 될 수는 있지만, 그것과 적극적으로 부딪치고 대항하고자 하지 않는다. 그들은 그것에 대해서 깊은 절망에 빠지거나 그것을 표현하는 것이 아니라 그것을 삶의 보편적 현상 가운데 하나로 수용한다. 그렇기 때문에 그들은 그것을 피할 수 있으면 좋지만, 그렇지 못하더라도 그 다음에 주어지는 상황에 충실함으로써 생존의 방법을 찾아간다.

4

그러나 그렇다고 해서 그들이 상처를 입지 않는 것은 아니다. 「저문 날의 삽화」 연작에는 공통적으로 드러나는 역사적 사건들이 있다. 그것은 독재적인 군사정권 아래서 거기에 저항하는 젊은이의 희생이 상처로서 나타나고 있다. 「저문 날의 삽화 1」에서는 양자로 키운 '영택이'가 대학생이 된 뒤에 운동권에 가담함으로써 화자의 남편으로부터 "못된 놈 같으니라구, 이게 고작 너를 길러주고 공부시켜준 은인한테 할 짓이냐, 천하에 배은망덕한 놈, 썩 나가지 못할까, 꼴도 보기 싫다"라는 질책을 받는다. 공무원 신분인 남편이 운동권 아들을 둔 것으로 인해 피해를 입을까 두려운 것일까 아니면, 군사 정권의 독재에 항거하는 것을 정말로 나쁘게 생각한 것일까 알 수 없지만, 그것이 작중인물에게 상처를 입힌 것은 사실이다. 「저문 날의 삽화 2」에서 화자의 아들은 운동권에 가담했다가 수사 기관의 고문으로 정신질환을 앓고 있고 그로 인해서 요양원에 입원해 있다. 화자는 자신의 아들을 그렇게 만든 수사관을 원망하고 저주하는 것이 아니라, 자신의 아들이 완쾌하여 요양원을 벗어나기만 바라고 있다. '사회에 복귀'한다는 표현은 사회에서 쫓겨난 것을 전제로 한다. 화자는 그가 쫓겨나기 전에 행한 일이 정당한 일인지 아닌지 묻지 않고 그가 완치되어 사회에 복귀하는 것만을 관심으로 갖고 있다. 그것은 화자가 사회에 대한 의식을 거의 갖고 있지 않은 보편적인 '어머니'의 태도에 다름 아니다. 화자가 옛 제자 가연의 남편에 대해서 보인 태도도 비슷하다. 가연의 살림을 도와주던 친정이 경제적 어려움으로 인해 더 이상 도와줄 수 없게 되자 화자는 가연에게 교사 자리를 마련해줌으로써 생계를 해결하게 한다. 화자가 가연에게 동류의식을 느끼는 것은 가연의 남편이나 마찬가지로 자신의 '아들도' 운동권에 가담했었다는 것을 밝히고 난 다음 음식도 나누어 먹고 가연의 취직 자리도 마련해주는 것으로 입증된다.

「저문 날의 삽화 5」에서 공무원으로 은퇴한 주인공은 아내와 함께 서울을 벗어난 교외에서 조용한 생활을 보내는 것을 행복으로 생각한다. 자신이 아무런 탈 없이 건강한 몸으로 정년을 맞이하고 자식들을 분가시키고 조금 외롭지만 두 내외만 안빈낙도의 즐거움을 맛보며 살고 있다. 숲과 나무를 보며 자연 속에 살게 된 것을 다행으로 생각한 그들은 각자가 자신의 방을 갖는 행복도 누린다. 그렇기 때문에 그들은 자기네들이 사는 곳이 그린벨트에서 풀렸다는 이야기를 듣고 반가워하지 않고 오히려 그린벨트에 묶여 있는 곳으로 더 멀리 이사갈 생각을 한다. 자식들이 자주 오지 못해도 마음에 거리끼지 않을 것이고 녹지에서 자연과 함께 살 수 있기 때문이다. 그런데 주인공은 어느 날 아내가 자기 방에서 하는 유일한 기도가 "태어난 순서대로 죽는 것"임을 알게 된다. 그의 아내에게는 평생 낫지 않는 상처가 있었던 것이다. 그것은 그녀가 친정에서 경험한 죽음의 아픔이었다. 그녀의 아버지는 일제 시대에 군속으로 근무하다가 폭격으로 죽었고, 그녀의 오빠는 6·25 때 국군으로 전사하였다. 그녀가 적어도 자기 가족들이 "태어난 순서대로 죽기"를 기도하고 있는 것은 가정을 행복하게 지키고자 하는 그녀의 마지막 염원이다. 그러나 운명은 그녀의 마지막 기도를 들어주지 않는다. 어느 날 사돈으로부터 걸려온 전화는 아들 가족이 교통사고를 당했고 아들 내외 중 하나는 죽었다는 소식을 전한다. 그것은 아픔이나 상처가 없는 인생이란 없다고 하는 작가의 비극적 세계관을 보여주면서도 그것을 극복하는 길이 그것과 함께 사는 것이라는 달관의 경지를 보여주고 있다.

이 작품에서 아들 내외가 자동차를 사서 운전을 하고 다니는 사실을 부모인 자신들에게 이야기하지 않은 것을 그들은 섭섭하게 생각할 수 있다. 실제로 「저문 날의 삽화 4」에서 은퇴한 주인공은 아내와 함께 성묘를 가면서 택시를 타고 가서, 마이카 족인 조카들이 아저씨인 자신을 배려하지 않는 데 섭섭한 생각을 하게 된다. 특히 사촌 동생이 죽은 뒤에 5촌 조카 관수의 등록금을 두 학기나 마련해준 사실에 대해서 감사할 줄 모르고 성묘 가는 길에도 자동차를 저희끼리만 타고 온 관수에 대해서 주인공은 섭섭함을 토로한다. 그리하여 주인공은 자신도 운전면허를 따고 중고차를 사서 몰고 다닌다. 그는 운전을 하면서 다른 운전자들에게 끊임없이 욕설을 퍼부으면서도 자신의 교통위반 범칙금을 아내가 몰래 납부하는 것도 모른다. 주인공은 중고차로 고속도로에 나갔다가 고장이 나서 아내와 함께 밀고 가면서 젊은 시절 김장 배추를 실은 리어카를 밀고 가던 생각을 하게 된다. 가난한 시절에는 배추를 사서 리어카에 싣고 밀고 가는 것이 힘든 일이었지만 뿌듯한 행복감이 느껴진 반면에 지금은 고장난 자동차를 밀고 가는 것이 대단히 초라하게 느껴진다.

5

이 작품집에 수록된 작품들이 작중인물들의 일상생활을 그리고 있다는 것은 사람들이 사는 나날의 모습을 보여주는 것이다. 그것은 산다는 것의 양상과 의미에 대한 성찰을 가능하게 한다. 그러나 삶과 죽음은 별개의 것이 아니라 동전의 양면처럼 붙어 있는 것이어서 삶을 이야기하기 위해서는 죽음을 이야기하지 않을 수 없다. 이들 작품 속에는 사람들의 일상적인 자질구레한 사건들과 그것을 중심으로 한 사람들의 관계와 심리적 추이가 정밀하게 그려져 있지만, 그들의 삶에 끊임없이 관계를 하고 있는 것이 죽음의 이야기이다. 이 작품집의 첫번째 작품인 「로열 박스」에서 아버지의 사업에 후계자가 되기로 된 형 준기가 교통사고로 죽은 후 새로운 후계자 수업을 받고 있는 동생 준형은 원래 사학을 전공하고 공부를 하기로 되어 있었으나 어쩔 수 없이 아버지의 후계자 수업을 열심히하다가 성신실환을 앓는다. 「저문 날의 삽화 1」에서 영택이가 고아가 된 것은 여덟 살 때 일이며 그는 그의 어머니와 아버지가 2년에 걸쳐 병사함으로써 외할머니의 손에 맡겨진다. 6남매의 막내인 영택이만 아버지 친구 집에 입양하지만, 나머지 5남매는 외할머니의 손에 길러질 수밖에 없다. 아이들로 보면 다행스런 일이지만, 노인으로 보면 그녀의 욕된 장수가 징그럽지 않을 수 없다. 영택이의 외할머니의 장수는 영택이 부모의 죽음과 상관 관계에 따라 행복과 불행의 결과로 평가된다. 「저문 날의 삽화 3」에서 분녀는 자기 어머니와 함께 구멍가게를 내고 독립적으로 살 수 있었으나 어머니의 죽음과 함께 가정부살이의 운명으로 떨어진다. 그녀는 농부에게 시집을 가서 만수를 낳고 다시 독립해서 살 수 있게 되었으나 남편이 파편을 맞아 과부가 됨으로써 다시 가정부살이를 하게 된다. 어머니의 죽음과 남편의 죽음으로 운명이 달라진 만수네는 다시 만수와 함께 충청도에 집과 땅뙈기를 마련해준 주인집의 배려로 한번 더 독립할 기회를 갖지만, 만수가 공장에서 잘못되어 감옥살이를 하게 되자 며느리가 출분하여 만수네 혼자 옥바라지와 손자들 양육을 맡아 어려운 삶을 살아간다. 「저문 날의 삽화 5」에서 은퇴 후 교외에서 숲과 나무를 보며 안빈낙도의 생활을 하는 주인공은 태어난 순서대로 죽게 해달라는 기도를 하는 아내의 과거에서 많은 죽음을 보게 된다. 일제 때 폭격으로 죽은 아버지, 6·25 때 국군으로 전사한 오라비를 가진 아내가 자신의 자식들과 손자들만이라도 자기들보다 나중까지 살기를 기원하지만, 아들 내외 가족이 교통사고를 당하는 사건을 겪는다. 「家」의 화자 성구의 외할머니는 5남매를 낳았으나 일제 때 전염병으로 3남매를 잃고 남매만 기른다. 그녀는 6·25 때 장남을 잃게 되자 남편을 독려하여 45세의 나이로 아들을 하나 더 낳는다. 교하댁이라고 불리는 그녀는 남편이 병들자 유산으로 남겨진 땅을 지키는 무한한 노력을 보이고 남편이 죽자 방을 달아내서 방세로 수입을 올린다. 그녀의 생명력은 그녀 주변의 무수한 죽음을 딛고 살아나며 진가를 발휘한다. 「엄마의 말뚝 3」에는 80 고령의 어머니가 골절상을 당하여 대퇴골과 골반을 쇠막대로 연결하는 수술을 받고 7년 동안 고요하고 참담하게 살다 간 이야기이다. 6·25 때 북쪽으로부터 피난 온 어머니는 죽으면 아버지처럼 화장해서 뼛가루를 바다에 뿌리라고 했지만, 살아남은 조카들에 의해 묘지에 묻힌다. 장수하면 누구나 다른 사람들을 먼저 보내게 되어 있지만, 어머니는 늙어서 자신의 몸을 제대로 간수하지 못하고 노망이 들어 젊은 시절의 동네 반푼수의 이름을 불러 자손들을 놀라게 만든다. 「여덟 개의 모자로 남은 당신」에서는 결혼 후 35년 만에 암에 걸려 죽어가는 남편을 돌보는 여자의 이야기다. 그녀에게 젊은 시절에 가장 아픈 기억으로는 오빠가 결혼 3년 만에 아내와 연년생의 두 아이를 두고 6·25 때 비명으로 죽은 사건이다. 이러한 참척의 아픔을 겪고도 살아남은 어머니와 올케에 대한 기억을 가진 주인공은 폐암에 걸린 남편의 시한부의 삶을 지켜보는 아픔이나 슬픔을 여덟 개의 모자로 상징화시키고 있다. 죽어가는 생명의 끈을 조금이라도 붙들고 싶은 안타까운 마음을 '모자'라고 하는 구체적인 사물로 표현하고 있는 소설적 장치는 사랑하는 사람이 죽음으로써 비존재화되는 것이 아니라 그것을 통해서 존재하게 하고 생활 속에 살아 있게 만든다.

    박완서의 소설은 이처럼 우리의 일상생활 속에 존재하는 무수한 죽음의 이야기를 하고 있지만 그것이 삶의 끝인 것이 아니라 삶의 일부임을, 삶으로부터 그토록 동떨어져 있는 것이 아니라 삶의 한 양상임을 보여주고 있다. 그것은 죽음이 삶에 개입하고 죽은 사람이 살아 있는 사람의 삶에 영향을 미치고 때로는 그것을 결정하는 역할을 하고 있음을 보여준다.

6

남들이 보기에 '복 많은' 노인처럼 보이는 이들 주인공들의 삶은 그러나 겉으로 드러난 것처럼 완전히 행복한 것도 아니고 언제나 의기투합하는 것도 아니다. 겉으로 보이는 것과는 달리 그들은 각자 존재의 외로움도 느끼고 삶의 허무감도 지니며 산다. 그 외로움이나 허무감은 너무나 일상적이어서 문제로 삼기에는 하찮게 보이지만 나날의 생활이란 그 작은 것들의 지배를 받는 것이지 큰 사건의 지배를 받는 것이 아니다. 대머리를 감추고자 기울이는 남편의 노력을 보는 것 자체를 고통스러워하는 아내가 그것을 몰라주는 남편을 타인으로 느끼고 40여 년의 부부 생활에 무슨 의미가 있는지 질문한다(「저문 날의 삽화 3」). 운동권에 가담했다가 정신 치료를 받는 아들의 요양원 생활 4년 동안 "피를 말리게 가혹한 시간을 견디고" 있는 부부는 "쾌락이라 이름 붙인 걸 탐한다는 게 아들의 고난 앞에서 차마 못 할 부끄러움이라"고 생각하고 잠자리를 같이하지 않는다(「저문 날의 삽화 2」). 낙엽 떨어지는 소리에 잠을 설친 남편이 사랑방으로부터 안방으로 스며들어 "아내의 시들고 따뜻한 가슴에 얼굴을 묻고 오래도록 그 온기를 탐"하기도 하고 "관능보다 진한 슬픔 때문에 발기하지 않는 노처(老妻)의 젖꼭지에 이빨 자국을 내기도" 한다(「저문 날의 삽화 5」). 뒤늦게 차를 산 남편이 밤늦도록 귀가하지 않으면 주인공은 최악의 상황을 향한 상상력으로 삭막하고 깔깔하고 비명도 지를 수 없는 고약한 기다림을 되풀이한다. 그 기다림은 "앙탈을 부리며 서로의 사랑을 자극할 감미로운 기대가 섞인 신혼의 기다림도, 바가지를 긁을 열정으로 지글지글하던 중년의 기다림도" 아니고 "기도처럼 화평한 노년의 기다림"도 아니다. 그러면서도 남편의 운전에 부담을 주기 싫어서 한마디 말도 못하는 그녀의 고통은 남편의 운전 이상으로 "못 볼 꼴을 볼까" 두려워한다(「저문 날의 삽화 4」). 팔순을 바라보는 친정어머니가 세상의 변화를 어린애처럼 즐거워하며 백 살을 살아도 죽을 때 억울할 것 같다고 한탄하는 것을 들은 주인공은 자신의 일상이 그렇지 않은 데 절망한다(「저문 날의 삽화 1」).

이러한 작중인물들의 삶을 보면, 그들이 비극적인 체험들을 하면서 끊임없이 회구하는 것은 '보통 때'의 삶이다. 폐암과의 투병 생활을 하는 주인공이 "하고 싶어 한 게 별게 아니라 보통 때처럼 구는 거였"고 "보통 때처럼 저녁 반찬이 뭐냐부터 묻고" 소주를 반주로 저녁식사를 하는 것이다. 화자는 이러한 남편을 "보통 때처럼 바라볼 수" 있기를 바라지만 그럴 수 없는 자신을 발견한다. 화자는 그럼에도 불구하고 '보통 때처럼' 바라보는 척하고 자신의 마음이 '보통 때'와 다르다는 것을 내색하지 않는다. 아픔을 아픔으로 말하지 않고 고통을 고통으로 표현하지 않는 삶이 아름다운 늙음의 방법이다. 인생을 오래 살아온 경험에 의하면 사람이란 일생 동안 많은 험한 꼴을 보게 되지만 그때마다 매순간 격렬한 감정을 표현하며 몸부림치는 것이 아니라 그것을 내면화시킴으로써 그것을 견뎌내면 새로운 삶의 순간이 다가오고 그 모든 것이 결국 삶 전체라는 것을 알게 되는 그들의 모습은 지혜롭고 아름다운 늙음의 철학이다. 보통 때와 다른 것을 싫어하는 것을 보수적이라고 폄하할지 모르지만 누구나 혁명가가 될 필요는 없는 것이며, 보통 사람은 '보통 때'처럼 사는 것이 삶의 근본이기 때문이다. 그 근본을 무시하고 큰 감동만을 추구하는 것은 모든 사람들을 혁명가로 인식시키고자 하는 일종의 선동하는 행위이며 속임수에 지나지 않는다. 모든 아픔이나 슬픔을 포용하며 죽음마저도 삶의 한 양상으로 보고자 하는 박완서의 소설들은 늙음의 과정을 작별의 아름다운 의식(儀式)으로 바꿔놓고자 하는 감동적인 노인 철학을 보여주고 있다. 작품집의 제목에 '저문 날'이 들어간 것은 그것이 인생의 황혼기를 의미하고 있음을 뚜렷하게 나타내고 있다.

21세기에 들어서 우리 사회가 노령 인구의 증가라는 새로운 문제에 직면하고 있다면 노인들을 주인공으로 다루고 있는 최근의 박완서의 소설들은 거기에 대한 응답의 가능성을 모색하고 있다. 그것은 삶의 보편적인 문제의 새로운 제기이면서, 동시에 젊은 세대와 늙은 세대가 조화롭게 공존하는 방법의 모색이고, 아름다운 작별을 가능하게 하는 늙음의 철학적 수용이다. 거기에는 박완서의 주인공처럼 필연적으로 자신의 삶을 되돌아보며 전도서 첫 구절에서 말하고 있는 "헛되고 헛되다" "하늘 아래 새 것이 없다"라는 깨달음에 도달해야 하고 자신의 일생에서 "조금도 새롭지 않은 나날들, 예전에도 수없이 저질렀음직한 잘못과 어리석은 짓, 헛된 욕망의 되풀이는 사는 걸 쉽고 익숙하게도 했지만 때로는 비명을 지르고 싶도록 진부하고 무의미하게도 했다"고 고백할 수 있는 반성이 있어야 한다는 것을 박완서의 작품은 보여주고 있다. 그의 작품을 읽으면 대부분의 서양 현대 소설에서 소설의 결말 부분에 주인공의 개심 conversion이 이루어지고 있다고 주목한 바 있는 르네 지라르의 탁월한 분석을 떠올리게 된다. 그의 작품집을 다 읽고 난 다음까지 첫 작품 「로열 박스」의 마지막 부분에서 시아버지의 "아가, 외롭쟈" 하는 말에서 처음으로 시아버지의 육성과 이를 듣는 젊은 며느리의 감동이 생생한 기억으로 살아 있다. 젊은 며느리의 모든 고통을 알고 있으면서도 늙은 시아버지는 겉으로 표현하지 않지만 며느리의 고통을 깊이 있게 이해하고 그것을 덜어줄 수 있는 길을 끊임없이 모색한다. 그는 자신의 노력이 며느리의 고통을 덜어주지 못한다는 것을 알지만, 자신이 할 수 있는 최선의 노력을 할뿐이다. "아가, 외롭쟈"라는 말은 인간은 누구나 외로울 수밖에 없고 산다는 것은 각자가 그 나름의 외로움을 지니고 사는 것이며 그는 그 진실을 알고 젊은 며느리의 고통을 위로하고 있다. 박완서의 소설의 감동은 일상적 삶에 대한 깊이 있는 통찰과 따뜻한 이해에 있다.

책 뒤에

　다섯번째 창작집입니다. 네번째 『꽃을 찾아서』를 낸 지 5년 만입니다. 그동안에 쓴 게 책 한 권 분량이 됐다면, 노동량으로 따져 부지런한 건지 게으른 건지 잘 모르겠습니다. 책 한 권 분량이 되기가 무섭게, 옥석을 가릴 염치도 못 차리고 책으로 묶은 여태껏의 관습을 반성하는 마음도 있고 해서 앞으로는 달라지고 싶었는데 또 이렇게 되고 말았습니다. 우애 깊은 여성동아문우회 후배들 덕입니다. 회원 중 제일 연장자인 제가 올해 회갑이 되는 걸 알고 후배들이 꾸민 일입니다. 출판사도 그들이 물색했고, 원고 보따리도 그들이 들고 다녔습니다. 그런 짓 또한 저는 안 해보던 짓입니다. 회갑 기념 창작집이라니, 쑥스럽습니다. 그러나 어쩝니까. 후배들이 저를 위해 해주고 싶어한 몇 가지 축하 계획 중, 아직 축하를 받아낼 만하지 못한 제 심정이 묵인할 수 있는 가장 번거롭지 않은 방법이 그거였으니까요. 이왕 나오게 된 책, 생각만 해도 심난하기만 한 회갑 잔치를 대신해서, 평소 걱정만 끼친 가까운 문우·친지 들과 나누고자 합니다. 또한 후배들이 그중 좋은 출판사라고 생각해서 골라잡은 듯한 문학과지성사에도 손해나 안 끼치게 책이 팔려야 후배 잘 둔 복이 더욱 빛나련만, 하는 게 제 은근한 걱정이자 욕심입니다.
　제 초라한 글잔치를 빛나게 해주신 문학과지성사에 깊은 감사를 드립니다.

1991년 8월
박 완 서